HEYNE

*Das Buch*

Tausende von Jahren in der Zukunft: Die Menschen haben den Atomkrieg überlebt, indem sie unterirdische Städte bauten: die Amtrak-Föderation. Sie wollen die Oberfläche zurückerobern, die von Mutanten beherrscht wird. Steve Brickman, Pilot der Amtrak-Föderation, erhält seinen bisher gefährlichsten Auftrag: Er soll als Mutant verkleidet ins geheimnisvolle Ne-Issan, das Reich der Eisenmeister, vorstoßen. Die stolzen Krieger, deren Vorfahren aus Japan stammen, treiben Handel mit den Präriemutanten und befahren mit Raddampfern die großen Seen. Steve soll zwei mit paranormalen Kräften begabte Mutanten herausschmuggeln: seinen Freund Cadillac und die schöne Clearwater. Doch Ne-Issan wird von stolzen Samurai bewacht, die kurzen Prozess mit Eindringlingen machen …

**Die Amtrak-Kriege:**

*Wolkenkrieger*

*Erste Familie*

*Eisenmeister*

*Der Autor*

Patrick A. Tilley, 1928 in Essex geboren, studierte am King's College der University of Durham Kunst und arbeitete nach seinem Abschluss 1955 als Grafikdesigner in London. 1968 gab er diese Laufbahn auf, um sich dem Schreiben zu widmen: Er begann mit dem Verfassen von Drehbüchern für Filme und TV-Serien und zog in die USA. 1975 erschien sein erster Roman *Fade-Out*, 1981 folgte *Mission*, der schnell Kultstatus erlangte. Die Amtrak-Kriege, deren erster Band *Wolkenkrieger* 1983 erschien, ist seine erfolgreichste Science-Fiction-Romanserie.

PATRICK TILLEY

# DIE AMTRAK KRIEGE

## EISENMEISTER

Dritter Roman

Aus dem Amerikanischen übersetzt
von Ronald M. Hahn

WILHELM HEYNE VERLAG
MÜNCHEN

Titel der amerikanischen Originalausgabe:
THE AMTRAK WARS – BOOK 3: IRON MASTER



Dieses Buch ist auch als E-Book erhältlich.

MIX
Papier aus verantwortungsvollen Quellen
FSC® C014496

Verlagsgruppe Random House FSC® N001967

Taschenbuchausgabe 04/2020

Printed in Germany
Umschlaggestaltung: DAS ILLUSTRAT, München,
unter Verwendung eines Motivs von
Shutterstock/Tithi Luadthong
Satz: KompetenzCenter, Mönchengladbach
Druck und Bindung: GGP Media GmbH, Pößneck

ISBN 978-3-453-32055-0
www.diezukunft.de

*Für Sophie,*
*Mike und Adrienne*

*Das Folgende ist ein Auszug*
*aus dem in*
COLUMBUS,
*der führenden Intelligenz der Föderation,*
*gespeicherten privaten Archiv*
*der Ersten Familie*

ZUGRIFFSEBENE: NUR FF-1 bis 5

**EISENMEISTER** (bei den Mutanten übliche Gattungsbezeichnung)

Eine Rasse reinhäutiger haarloser Anthropoiden, die den östlichen Küstenstreifen Amerikas von Maine bis North Carolina bewohnen. Ihr oberirdischer Einflussbereich (unter dem Namen Ne-Issan bekannt) schließt den westlichen Teil der Appalachen ein und erstreckt sich über Ohio bis Cleveland, einem Schifffahrtsknotenpunkt der Großen Seen am Ufer des Eriesees.

Die Ursprünge der Eisenmeister lassen sich in den illegalen Einwanderergruppen verschiedener asiatischen Subspezies finden, denen es vor dem Holocaust gelungen ist, die größeren urbanen Zentren des Nordostens zu infiltrieren. Zwischen 2300 und 2400 hat es einen geringen, doch signifikanten Zustrom von Bootsleuten gegeben; Asiaten, die sich einer als Japanisch bekannten Sprache bedienten. Nach ihrer Verbündung mit den bereits ansässigen Gruppen ähnlicher Herkunft haben die Bootsleute rasch die Macht ergriffen und sind seither die dominante ethnische Gruppe.

Auf der Stufenleiter der Evolution stehen die Eisenmeister halbwegs zwischen den Wagnern und den Mutanten. Offiziell als subhumane Spezies eingeordnet, sind die Eisenmeister dennoch des Lesens und Rechnens kundige Individuen mit großem manuellem Geschick, das sich in Ackerbau, Fischen, Holz- und Metallbearbeitung (besonders Waffen), Weben und Mauern mit behauenen Steinen ausdrückt.

Im Verlauf eines Prozesses genetischer Mutation, der allen subhumanen Spezies und niedrigeren Tierarten gemeinsam ist, sind die Eisenmeister gegen atmosphärische Strahlung immun geworden, aber auch hier zeigt sich der nachteilige Einfluss des Erwerbs von Immunität auf andere Lebensfunktionen. Die offenkundigsten Nebeneffekte im Fall der Eisenmeister sind geringe Körpergröße, gelbliche Haut und völliges Fehlen der Körperbehaarung, aber der größte Schaden betrifft ihr Kreislaufsystem. Er zeigt sich in einem häufigen Auftreten der Hämophilie und dünnwandiger Blutgefäße, die unter Stresseinwirkungen platzen und zu tödlichen inneren Blutungen führen können.

Durch Bushidō (siehe weiter unten) sind diese angeborenen Defekte im positiven Sinn umgedeutet worden und haben zu einer gelassenen, disziplinierten Lebensauffassung und einer ergebenen Akzeptanz des Todes geführt.

Die Gesellschaft der Eisenmeister weist eine nach einem Modell des 17. Jahrhunderts gestaffelte Klassenstruktur auf, an deren Spitze die Krieger (Samurai) stehen. Unterhalb der Samurai stehen in absteigender Ordnung Verwaltungsbeamte und Schreiber, Handwerksmeister, Kaufleute und Bauern. Die Pyramide stützt sich in hohem

Maße auf Sklavenarbeit, die durch im Tauschhandel erworbene Mutanten verrichtet wird. Auf allen Ebenen der Gesellschaft spielen die Frauen eine sekundäre, untergeordnete Rolle als Gattinnen, Hausfrauen und Gebärerinnen.

Die höchste Gewalt ist im Shōgun verkörpert, Haupt der führenden Samurai-Familie und nominelles Oberhaupt der Regierung (*bakufu*). Der Shōgun wird in der Theorie durch die Oberhäupter der übrigen Samurai-Familien unterstützt, die den Titel Landfürsten führen.

Wie dieser Titel andeutet, beziehen die Landfürsten ihre Macht und ihren Reichtum aus dem Landbesitz und der ihnen direkt unterstellten Bevölkerung. Außerdem führen und unterhalten sie Privatarmeen, die (wiederum in der Theorie) den Diensten des Shōgun und der Wahrung von Recht und Ordnung verpflichtet sind.

Wie zu erwarten, sind die Hauptmerkmale einer derartigen Gesellschaft (a) ihr kriegerischer Charakter und (b) ihre Hochachtung für Autorität und Tradition. Im Laufe der Jahre haben sich diese Einstellungen in einem Glaubenssystem (Bushidō) niedergeschlagen, das großen Wert auf die Pflicht dem jeweiligen Vorgesetzten (Giri) gegenüber legt, an der gemessen jedes menschliche Gefühl (*ninjō*) zweitrangig ist. Die Folgen sind unbedingter Gehorsam und unverbrüchliche Loyalität, die an erster Stelle dem jeweiligen Landfürsten und durch ihn dem Shōgun gelten.

Die Erbfolge vollzieht sich in der männlichen Linie, und manche Shōgunate führen das Zepter mehrere Generationen lang, bis sie von einem stärkeren Rivalen verdrängt werden. Da die Führerschaft der Ersten Familie unbestritten und unangefochten bleibt, verlangt diese systematisierte Wandelbarkeit nach einer Erklärung. Die Eisenmeister betrachten den Shōgun als Gleichen unter Gleichen; einen Landfürsten, dessen Familie Vorrang durch Zustimmung seiner Standesgenossen oder durch Waffengewalt erhalten hat. Als Folge davon hängen das Erlangen und Bestehen der Macht des Shōgunats letztlich von Allianzen mit anderen Landfürsten ab, deren Loyalität in großem Umfang mit Eigeninteressen verknüpft ist – eine nachteilige Nebenerscheinung aller offenen Systeme.

Obwohl durch eine Kriegerkaste beherrscht, konzentriert sich die Haupttätigkeit der Eisenmeister auf den Binnenhandel. Bodenschätze, landwirtschaftliche und handwerkliche Erzeugnisse werden auf der Basis von Angebot und Nachfrage von einem Gebiet ins andere verschifft. Alle Landfürsten sind zu jährlichen Unterhaltszahlungen (Steuern) an ihr Shōgunat verpflichtet. Der von ihnen zu entrichtende Anteil errechnet sich prozentual aus den Aktivposten ihrer Besitzungen. Da die Schätzungen von Regierungsagenten vorgenommen werden, hat sich diese Einrichtung in der Vergangenheit als potenzielle Quelle von Unzufriedenheit erwiesen.

Diese Zahlungen ergeben gemeinsam mit dem Verkauf von Handelslizenzen und Fertigungsmonopolen die öffentlichen Einnahmen, die die *bakufu* benötigt, um die verschiedenen Regierungsgeschäfte wahrzunehmen.

Alle Überschussgüter werden mittels eines Prä-Holocaust-Mediums gekauft und verkauft, das als Geld bekannt ist. Es kommt in Form dünner, rechteckiger Stücke aus gepresstem Holzstoff (Dollars) und kleiner Metallscheiben (Yen) vor, die jedes für sich eine bestimmte Anzahl von Tauscheinheiten (Währung) repräsentiert, seinen Besitzern ein Äquivalent an Kaufkraft verleiht und auf diese Weise die eigenartige Vorstellung persönlichen Reichtums zulässt – eine aus der Mode gekommene Vorstellung, von der sich die Föderation klugerweise distanziert hat.

**ENDE DES AUSZUGS**

Siehe auch die Stichworte CHINKS, DINKS, GOOKS, JAPSE, FLEISCHKLOPSE, NUDELFRESSER, SCHLITZAUGEN, GELBE GEFAHR!

# PROLOG

Cadillac übergab seiner Dienerin den Bademantel, setzte sich in den großen Badekübel und ließ sich hinabsinken, bis das dampfende Wasser sein Kinn umspülte. Zwei andere weibliche Totengesichter – nackt bis auf ihre baumwollenen weißen Kopftücher – standen je eine links und rechts von ihm im Wasser, bereit, seinen gebräunten Körper zu säubern und zu massieren. Er bedeutete ihnen, anzufangen, dann schloss er die Augen und dachte wieder einmal über sein Glück nach. Obwohl er die Zukunft in den Sehsteinen erblicken konnte, hatten sie ihm nicht entschleiert, dass innerhalb weniger Monate nach dem Abzug des Prärievolkes alles in seiner Reichweite sein würde, was er sich je gewünscht hatte. Macht, Verantwortung, eine seinen Fähigkeiten angemessene Aufgabe, und – am wichtigsten von allem – Ansehen.

Sein Leben hatte sich grundlegend verändert, und zum ersten Mal fühlte er sich völlig zufrieden. Die Wärme des Wassers durchdrang seinen Körper, löste sanft Fleisch und Knochen auf. Die Augen vor dem flackernden gelben Licht der Laternen geschlossen, hatte er die Empfindung, dahinzutreiben; ohne Form; wie ein Geistwesen, das durch Mo-Town in den Uterus seiner Erdmutter einfließt.

Er schickte seinen Geist auf die Reise …

Kurz nachdem Steve Brickman in den morgendlichen Himmel emporgestiegen war, verfolgt von mehreren Haufen Bären, begann Cadillac mit dem Bau eines zweiten Donnerkeils aus den Teilen, die der Clan vor dem Wolkenkrieger versteckt hatte. Versehen mit den Fähigkeiten und Kenntnissen, die er aus Steves Geist gezogen hatte, fand er diese Aufgabe ziemlich einfach. Und auch außerordentlich befriedigend, denn sein Donnerkeil war schlanker und stärker als *Bluebird*, das notdürftige Gebilde, das er Steve zu bauen geholfen hatte und den zu fliegen er Cadillac gelehrt hatte.

Cadillac lächelte, als er sich erinnerte, wie sorgfältig er darauf geachtet hatte, es nicht zu rasch zu lernen. Brickman war zurück in die dunkle Welt der Sandgräber gegangen, ohne zu erkennen, dass er den Schlüssel zu einem Schatz im Haus der Informationen fortgegeben hatte. Dank der von Talisman übergehenden Kraft hatte er eine mentale Kopie von allem angefertigt, was der Wolkenkrieger wusste; von jeder Kenntnis, die er erworben, von allem, was er in seinem ganzen Leben gelernt hatte. Jetzt konnte er über die ganze Bandbreite der Talente, Fähigkeiten und Kenntnisse Brickmans verfügen.

Ja … der Verlust Clearwaters war ein geringer Preis für solche Gaben.

Die Flugmaschine bezog ihre Energie von einem Elektromotor, den sie einem der in der Schlacht mit der eisernen Schlange abgestürzten Himmelsfalken entnommen hatten. Es war derselbe Motor, den Brickman an *Bluebird* angebracht und dann, kurz vor seiner Flucht, wieder abgenommen hatte, weil er ihn nicht zum Laufen hatte bringen können. Cadillac tat, was Steve sich in seiner Hast nicht hatte leisten können: er nahm den Motor auseinander, überprüfte jedes Teil, baute ihn mit liebevoller Sorgfalt wieder zusammen und arbeitete so lange daran, bis er einwandfrei funktionierte.

Brickman jetzt in der Luft ebenbürtig, hob er von dem Fels oberhalb der Siedlung ab und flog mit derselben Furchtlosigkeit über den Rand des schroffen Felsens ins Leere. Er spürte, wie ihn der Wind umfing, fühlte seinen kühlen, süßen Atem auf dem Gesicht; ließ sich von dem glückseligen Gefühl der Freiheit überwältigen, während er in weiten Spiralen emporgetragen wurde, wie die goldenen Adler, die auf den Bergen horsteten.

Höher und höher stieg er in die Himmelswelt, mit ihren sich ständig verändernden, von Sonnenlicht durchtränkten Weiten, stieg und sank zwischen den hoch aufragenden Wänden der Wolkenschluchten. Von Weitem sahen sie wie riesenhafte unbezwingliche windgeformte Schneewehen aus, aber die gekurvten Hänge und die sich türmenden, ihre Erstürmung herausfordernden Gipfel schmolzen bei seiner Annäherung dahin, lösten sich zu einem feinen, formlosen Schleier auf, der seine Flugmaschine einhüllte und die Sonne verschluckte; wie die Morgennebel, die sich in der Zeit des Gilbens auf die Erde legten. Denn hier war das Reich der Himmelsstimmen; eine zauberische Landschaft, die nur mit den Augen des Geistes sichtbar war; heiter, Ehrfurcht gebietend, majestätisch – von derselben vergänglichen Schönheit wie ein Regenbogen –, für alle Zeiten dem Zugriff der Sterblichen entzogen.

Als er hinabsah, wirkte alles so klein. Die Probleme, die am Boden so schwer wogen, verloren hier oben jede Bedeutung. Das Freiheitsgefühl war so überwältigend, dass er zwei ganze Stunden lang oben blieb. Sogar nach der

Landung war sein Gefühl noch so abgehoben, dass seine Füße kaum den Boden zu berühren schienen.

Mr. Snow ließ ihn in seiner typischen Klugheit ein paar Tage lang im Glanz der Selbstversunkenheit schweben, dann brachte er ihn mit einem Ruck auf den Boden zurück, indem er ihm von dem Handel berichtete, den er mit den Eisenmeistern abgeschlossen hatte. Wie er es erzählte, hörte es sich so einfach an: ein Donnerkeil, vollständig und unbeschädigt, dazu ein Wolkenkrieger in gleicher Verfassung im Austausch gegen neue, lange, mächtig scharfe Eisendinge. Gewehre …

Cadillac brachte nichts als ein verblüfftes Starren zustande. Es gab keinen Donnerkeil. Die Wracks der von der eisernen Schlange freigesetzten Maschinen waren in Stücke zerlegt worden. Und der Wolkenkrieger war längst fort.

Mr. Snow, der am anderen Ende der Gesprächsmatte saß, las seine Gedanken und antwortete ihm mit finsterem Nicken. »Du hast recht. Ich nehme an, das heißt, dass du einspringen musst.«

Süße Himmelsmutter! Cadillac fröstelte bei diesem Gedanken. Denn kein Mutant war je von den Feuergruben Beth-Lems zurückgekehrt.

Mr. Snow wischte seine Einwände beiseite. Eine solche Undankbarkeit! Bedankte er sich so bei Talisman, der einen Wortschmied und Seher aus ihm gemacht hatte und ihn jetzt jedem Wolkenkrieger ebenbürtig stellte? Gaben, wie er sie erhalten hatte, mussten zum Wohle des Prärievolkes genutzt werden!

»Vergiss nie, was ich dir jetzt sage«, schloss er und drohte mit dem Finger. »So etwas wie eine kostenlose Mahlzeit gibt es nicht.«

»Kostenlose Mahlzeit?«

Mr. Snow schien seine Frage überhört zu haben; er fuhr fort, indem er den Plan eingehender erläuterte. Cadillac sollte nach Norden zum Yellow-Stone-River fliegen, sich dann nach Osten in Richtung des Handelspostens im Gebiet des San'Paul wenden. Von dort aus musste er dem Lauf des großen Flusses folgen, des ersten von mehreren großen Flüssen. Der letzte, der von Norden nach Süden verlief, hieß Iri. Jenseits seines östlichen Ufers lag das Land der Eisenmeister und das Reich Yama-Shitas, des Fürsten der Raddampfer. Den Handelsposten zu erreichen bedeutete eine gefahrvolle Reise über ein Gebiet, das von den feindlichen D'Troit und C'Natti gehalten wurde, aber wenn er hoch genug flog, konnte er den Bolzen ihrer Armbrüste entgehen. Und es verlangte zwar viel von ihm, aber er würde noch sicherer sein, wenn er bereit war zu fliegen, wenn die Welt unter Mo-Towns bestirntem Mantel schlief. Wenn er vor dem nächsten Vollmond vor Sonnenuntergang aufbrach, würde er – wenn alles gut ging – sein Ziel im Verlauf des folgenden Tages erreichen.

An diesem Punkt der Erklärung brach Mr. Snow ab und kramte in dem schlampigen Haufen seiner Besitztümer herum. Nach ein paar Flüchen brachte er schließlich zwei zusammengefaltete Stoffstücke hervor, die sich, als er sie entfaltet hatte, als rechteckige Fahnen aus feinem, weißem Tuch entpuppten.

Auf beiden Fahnen war in der Mitte eine blutrote Scheibe dargestellt: das Emblem der Eisenmeister. Die Fahnen, die an Bord eines der Raddampfer Yama-Shitas aus Beth-Lem hergebracht worden waren, sollte Cadillac unter den Tragflächen des Donnerkeils anbringen, damit man sie vom Boden aus sehen konnte. Damit ihm ein sicherer Empfang bereitet wurde, sollte das Fluggerät außerdem eine weiße Rauchspur hinterlassen, sobald er das Gebiet der Eisenmeister erreichte. Grüne Raketen – wie er sie bei seinem letzten Besuch beim Handelsposten hatte in den Himmel schießen sehen – würden signalisieren, wo er landen sollte.

So weit, so gut. Die Eisenmeister schienen alle Punkte geklärt zu haben. Alle bis auf einen: die Möglichkeit, dass Mr. Snow den abgesprochenen Plan durch das eine oder andere eigene Detail ergänzt haben könnte. Cadillac sollte seine Körperfarbe ablegen und als Wagner verkleidet gehen und die Kleider eines der gefallenen Wolkenkrieger tragen, dessen Kopf vor Clearwaters Hütte auf einer Stange verweste. Bei seiner reinen Haut, seinem neu erworbenen Wissen und einem kurzen Haarschnitt würde niemand vermuten, dass er kein Flieger der Föderation war. Aber da war noch etwas. Das an die rechte Tasche seiner Tunika genähte Stoffschild würde ihn als »8902 BRICKMAN S.R.« ausweisen.

Die Ironie der Situation führte bei beiden zu einem Ausbruch von Gelächter, der alle Gedanken an Gefahren beiseitewischte – und die gleichermaßen erschreckende Aussicht auf den Verlust seiner langen, schwarzen Haare.

Während sich Cadillac bemühte, im Geist ein Gleichgewicht zwischen den Risiken und Vorteilen auszuarbeiten, die die Ausführung einer derart reizvollen Aufgabe mit sich brachte, kam Mr. Snow mit seiner letzten Überraschung heraus. Die Flugmaschine, die Cadillac gebaut hatte, würde einen zweiten Sitz für seine bewaffnete Eskorte brauchen.

Clearwater.

Als Wölfin verkleidet, die makellose olivfarbene Haut

unter verwirrenden schwarzbraunen Mustern verborgen, würde sich Clearwater als Emissärin des Clans M'Call ausgeben. Ihre wirkliche Aufgabe war, ihn moralisch zu unterstützen und – falls nötig – ihre gewaltigen Kräfte als Ruferin einzusetzen, um ihn zu schützen und ihrer beider sichere Rückkehr zu gewährleisten.

Cadillac biss sich auf die Lippe; er zog es vor, nicht über das zu sprechen, was er in den Steinen erblickt hatte – dass der Bund zwischen ihm und Clearwater gebrochen worden war. Dem äußeren Anschein zum Trotz war sie nicht mehr seine Seelengefährtin. Ihre Gedanken und Erdgelüste kreisten jetzt um den Wolkenkrieger; den Tod-Bringer, dessen Geschick es war, zurückzukehren und sie auf einem Strom aus Blut fortzutragen.

Dem Blut des Prärievolkes.

Damals, als Cadillac den Steinen dieses Wissen entnommen hatte, war ihm auch der Ort offenbart worden, an dem Mr. Snow sein Leben lassen würde, um seines, Cadillacs, Leben zu retten. In seinem Kummer hatte er bittere Tränen vergossen, die Gabe des Gesichts verflucht und sich wortlos gelobt, die Sehsteine nie wieder aufzuheben. Das Rad drehte sich, der Pfad wurde bestimmt. Wenn man nichts ändern konnte, war es besser, den Schleier nicht zu lüften. Soll die Zukunft ihre Schicksalsschläge verborgen halten; die Mühsal der Gegenwart war schwer genug.

In den folgenden Tagen, während er den schlanken Rumpf des Flugzeugs verlängerte und einen zweiten Sitz hinter seinem installierte, bemühte sich Cadillac, die stattgefundenen Ereignisse zu verarbeiten. Als er mit Clearwater und Mr. Snow auf dem Fels gestanden war und dem Wolkenkrieger zugesehen hatte, wie er im auffrischenden

Wind hochstieg und über den Bergen in südliche Richtung abdrehte, beschloss er, dass es keine Anklagen geben würde, keine Beschuldigungen. Der wahre Krieger erlaubte derart unwürdigen Gefühlen wie Neid oder Eifersucht nicht, ihn abzulenken. Aber Cadillac hatte eben die ersten unsicheren Schritte auf Dem Pfad getan und noch nicht den nötigen Grad philosophischen Gleichmuts erlangt.

Clearwaters blinde Leidenschaft für den Wolkenkrieger hatte ihn tief verletzt. Schon von seinen eigenen inneren Dämonen überzeugt, dass sie straucheln würde, konnte er die Vorstellung, Zweiter zu sein, nicht ertragen. Wenn er die Verletzung seiner Ehre hätte rächen wollen, hätte er sie vor dem versammelten Clan bloßstellen und ihren Tod verlangen können. Nach den Gesetzen des Prärievolks wäre die Untersuchung eine reine Formsache gewesen.

Aber diese Vorgehensweise war ihm nicht möglich. Er hätte selbst jetzt noch mit Freuden sein Leben gegeben, um das ihre zu retten. Die freundschaftlichen Bindungen, die in den geteilten Schmerzen und Freuden ihrer Kindheit verwurzelt waren und durch ihr gemeinsames Anderssein genährt wurden, würden sich niemals lösen lassen, bis Mo-Town ihre Seelen in die schimmernden kristallklaren Wasser zurückbefahl, die den großen Becher des Lebens füllten. Außerdem hatte er keinen Beweis dafür, dass ihn Clearwater betrogen hatte. Sie hatte ihre Schuld nicht zugegeben. Tatsächlich hatte sich ihr Benehmen ihm gegenüber kaum geändert. Aber er wusste, dass sie schuldig war! Er wusste es! Ihre umwölkten blauen Augen verrieten ihm, dass ihr Herz die Gemeinschaft mit dem seinen gekündigt hatte.

Außerdem wusste er, dass Mr. Snow in seiner Eigenschaft als Rufergenosse verpflichtet war, ihr zur Verteidigung beizuspringen, ohne dass er etwas dagegen sagen konnte. Das Maß an Respekt und Gehorsam, das der uralte Codex der Wortschmiede verlangte, machte es jedem Lehrling unmöglich, seinem Meister öffentlich zu widersprechen. Es dennoch zu tun wäre ein unverzeihlicher Traditionsbruch gewesen. Aber selbst wenn er so töricht gewesen wäre, es zu versuchen, hätte er den Streit mit Mr. Snow niemals gewinnen können. Weit davon entfernt, irgendwelche Sympathien zu gewinnen, hätten ihn alle verspottet, die ihn beneideten und versuchten, ihn aus den Reihen der Bären zu entfernen.

Die einfachste Lösung war, aus dem Wettbewerb auszutreten; seinen Anspruch an Clearwater aufzugeben. Aber selbst das war nicht völlig ungefährlich. Wenn es ihr einfiel, ihn in seiner Hütte aufzusuchen, würde es erhobene Augenbrauen und Gerede geben. Und wenn sie und der Wolkenkrieger, wie er es vermutete, zwischen dem Fuchs und dem Wolf gelegen hatten, würde das vor ihren Clanschwestern nicht lange geheim bleiben. Frauen hatten ihre Wege, solche Dinge zu erfahren. Und sie waren unfähig, ein Geheimnis für sich zu behalten. Wenn diese Neuigkeiten erst bekannt wurden, würde es nicht lange dauern, bis die beiden vor die Claneltern zitiert wurden.

Nein. Was er auch fühlen mochte, das Klügste war, sie mit nach Beth-Lem zu nehmen. Dadurch konnte die Wahrheit dem Clan bis zu ihrer Rückkehr verborgen bleiben – vielleicht sogar für immer. Falls Zeit genug verging, war eine spätere Versöhnung nicht ausgeschlossen. Sein Stolz war verletzt worden, aber er war nicht zu stolz, um zuzugeben, dass ihm ihre Gegenwart bei einer derart gefährlichen Reise willkommen war.

Was geschehen war, entsprach dem Willen des Talisman. Also sei es …

Aber sein Verstehen hatte den Schmerz nicht gelindert. Selbst jetzt, fast neun Monate später, während sein Denken und seine Tage glücklich mit der Myriade an Problemen erfüllt waren, die sich aus seinem neuen Aufgabenbereich ergaben, öffnete sich die unsichtbare Wunde erneut und vertrieb seine neu gefundene Zufriedenheit. Zum Glück hatten die Eisenmeister eine kräftige Medizin für diese Art Kummer – ein feuriges Getränk namens Sake, das ihn mit neuem, verwegenem Mut begabte, seiner Zunge neue Schärfe verlieh und Bedürfnisse in ihm erweckte, die seine Leibsklavinnen mit Hingabe, Geschick und unermüdlichem Eifer befriedigten. Und wenn alle Leidenschaft besänftigt und der bittersüße Schmerz betäubt war …

Vergessenheit.

# 1

Der Sommerpalast Yoritomo Toh-Yotas lag bei Yedo, auf Aron-giren, einem großen Stück Land, das er zu seinem schwimmenden Distrikt ernannt hatte. Yedo war ein Ortsname, der aus der fernen Vergangenheit entlehnt war; der Name Aron-giren stammte von den Menschen einer längst untergegangenen Nation, die einst das Land bewohnt hatten, auf dem der Palast stand – ein Land von der Form eines Fisches mit einem unregelmäßig gegabelten Schwanz, der sich in die östliche See erstreckte. Eine handgezeichnete Landkarte aus Seide an der Wand seines mit Bücherregalen gesäumten Studierzimmers zeigte den nahe dem Festland gelegenen großen Haifischkopf und mehrere kleinere Inseln, die wie kleine Fischchen in seinem Maul gefangen waren. Lange, schmale Sandriffe schmiegten sich an seinen Leib wie Pilotfische, die auf Abfälle von seinen Mahlzeiten hofften.

Mehrere andere Inseln lagen zwischen Aron-giren und dem Festland, von denen Sta-tana und Mana-tana die größten waren, andere, wie Govo-nasa und Eri-siren, waren sehr klein. Auch diese Inseln gehörten zu Yoritomos Reich und besaßen – je nach Größe – einen oder mehrere befestigte Häfen, die von Seesoldaten bewacht wurden. Bei Tag oder Nacht entging kein Seefahrzeug,

Hochseedschunke oder einrudriges Boot der Inspektion durch die stets gegenwärtigen Wachboote, die auf den Seewegen der Umgebung patrouillierten, und kein Schiff oder Boot durfte ohne Sonderausweis bei Aron-giren anlegen, wenn sich Yoritomo in seiner Residenz aufhielt. Die Wachsamkeit der Seesoldaten schützte seine Inselzuflucht davor, von dem überflutet zu werden, was höflich als fremde Personen bezeichnet wurde, und sicherte die Überfahrt für Yoritomo, seine Familie und ihre hochrangige Begleitung auf ihren Reisen zu und von seinen Gütern auf dem Festland.

Die Toh-Yota, eine der überlebenden führenden Samurai-Familien des vergangenen Jahrhunderts, hielten die Zügel der Macht bereits seit zweiundachtzig Jahren in Händen. Yoritomo, ihr derzeitiges Oberhaupt, war das sechste Mitglied der Familie in einer Reihe, das den Titel eines Shōgun für sich beanspruchte, Hoher Herrscher Ne-Issans, des Landes der aufgehenden Sonne. Die Toh-Yota hatten ihre Vorherrschaft dank der unerreichten Geschicklichkeit ihrer Krieger und mit Hilfe ihrer Verbündeten erlangt – anderer Landfürsten, die die Köpfe ihrer gesamten Familien aufs Spiel gesetzt hatten, indem sie ihre Banner neben jene des Ur-Ur-Großvaters Yoritomos pflanzten.

In den alten Zeiten war die Aufgabe, über Ne-Issan zu herrschen, einfacher gewesen. In jener ersten Epoche der raschen Eroberungen, nach der Landung der Bootsleute – der historischen Siebten Welle – hatte es nur eine Handvoll Landfürsten gegeben, aber in den folgenden Jahrhunderten waren neue Kriegerfamilien in die Randregionen eingedrungen und hatten ihre Banner auf den Westlichen Bergen und in den Ländern südlich von Awashi-tana gepflanzt. Jetzt gab es siebzehn mächtige Landfürsten; siebzehn durch ihre eigenen Armeen aus Samurai geschützte Kriegerfamilien, deren jede durch geheiligte Schwüre der Lehenstreue an Yoritomo gebunden; einige noch enger durch Blutsbande.

Da die Basisstruktur unverändert bestehen blieb, hätte die Regierung Ne-Issans eigentlich keine Probleme verursachen dürfen. Als Shōgun konnte Yoritomo unabdingbaren Gehorsam seiner Untergebenen verlangen, vom mächtigsten Landfürsten bis zum niedrigsten Bauern oder Fischer. Er hatte die Macht über Leben und Tod, und seine diesbezüglichen Entscheidungen wurden nie angefochten. Mit einer einfachen Entlassungsgeste und ohne jede Erklärung konnte er einem Samurai befehlen, sich dem *seppuku* zu unterziehen, einem Ritual, das ihn ausweidete; einem entsetzlich schmerzvollen Tod durch eigene Hand, der allein den Samurai vorbehalten war, und dem sie sich bereitwillig und mit bewundernswerter Tapferkeit unterwarfen.

In der Praxis hingegen waren die Dinge nicht so einfach. Wären sie es gewesen, hätten die Shōgunate keine geheimen Feinde gehabt, und die Ufer Aron-girens hätten keines Schutzes gegen fremde Personen bedurft. Der einst so große Da-Tsuni wäre noch an der Macht, und der Toh-Yota würde immer noch Nutzholz in den von Wasser umgebenen Hügeln der nördlichen Marschen hauen. Die Hohe Autorität des Shōgun konnte nur aufrechterhalten werden, wenn der Inhaber dieses Amtes eine entschlossene, starke Führerschaft kombiniert mit unverbrüchlicher Beachtung der Tradition und einen eisernen Willen an den Tag legte. Aber ebenso traf es zu, dass jene, die keine Pause einlegten, um die möglichen Folgen einer nicht rückgängig zu machenden Entscheidung zu überdenken, in der Regel nicht lange an der Macht blieben. Aktionen erzeugten Reaktionen. Das war ein fundamentales Gesetz. Der Stein im Wasser. Der Shōgun mochte als Führergestalt in den Massen seiner Untergebenen niedrigerer Ränge verehrt werden, für seine Mit-Landfürsten war er nur Erster unter Gleichen, und nicht der unberührbare Gott-König. Despotisches Betragen wurde nicht lange toleriert. Heutzutage bestand die Kunst der Regierung im Maßhalten. Und trotz der starren Philosophie des *bushidō* fragte man sich oft nicht einfach, ob etwas recht oder unrecht war, sondern welches das geringere zwischen zwei Übeln war.

In seiner Eigenschaft als Shōgun wurden die Entscheidungen Yoritomos durch einen nie nachlassenden Informationsfluss mitbestimmt, der seinen verpflichteten Ratgebern durch ein ausgedehntes Netz von Regierungsspionen zufloss. Er wusste, dass die durch den Codex des *bushidō* erlangte äußerliche Gelassenheit, die formale Etikette der Vorgänge am Hof und die vom ministeriellen Regierungsrat ausgegebenen restriktiven Verordnungen einen Schutzschirm bildeten, der ein wimmelndes Gefäß voller Vipern verbarg, denen der Traum von der Macht keine Ruhe ließ; von deren gespaltenen Zungen unablässig das Gift der Gerüchte troff und die beständig über tödlichen Verschwörungen heckten.

Früher war Loyalität fraglos eine Selbstverständlichkeit gewesen. Aber das waren magere, harte Zeiten, in denen das Überleben Ne-Issans auf dem Spiel gestanden hatte. Die Errichtung des ersten Shōgunats durch die Da-Tsunis, die Anführer der Siebten Welle, war ein Muster an Reinheit gewesen. Ihrem Sturz waren zwei Jahrhunderte voller Unruhen gefolgt, unterbrochen von Perioden eines unsicheren Friedens und blutiger Bürgerkriege. Der Aufstieg des Toh-Yota zur Macht hatte die frühere Autorität der Shōgunate wiederhergestellt und eine starke Regierung sowie mehr als ein Dreivierteljahrhundert relativen Friedens und Gedeihens mit sich gebracht.

Aber sogar der Frieden war nicht frei von Gefahren. Er hatte den Landfürsten ermöglicht, reicher und noch mächtiger zu werden. Die jährlichen Steuern, die sie in die Truhen der Shōgunate zahlen mussten, hatten zusätzlich den bereits beträchtlichen Reichtum der Toh-Yota-Familie vergrößert; aber Loyalität hatte, wie alles andere, ihren Preis. Denn der Wohlstand brachte nicht nur eine Zunahme des materiellen Reichtums der Gesellschaft mit sich, sondern auch eine Veränderung ihrer Werte. Er erweckte das Verlangen nach Fortschritt, und Fortschritt war ein zweischneidiges Schwert, das in den falschen Händen Ne-Issan zerstören konnte, wie es die Welt ihrer Vorfahren zerstört hatte.

Ja, dachte Yoritomo, es waren schwierige Zeiten. Absolute Macht war ein gefährliches und verführerisches Gebräu, das mit Vorsicht zu genießen war … besonders, wenn die Macht nur dem Namen nach absolut war. Es gab Momente, in denen das Regierungsgeschäft eine niederdrückende Bürde war. In den Nächten, in denen er schlaflos lag und zu entscheiden versuchte, was zu tun war, ertappte sich Yoritomo häufig dabei, dass er wünschte, er könnte sein Leben gegen das ruhigere und reichere Dasein eines Sattelmachers, Waffenmeisters oder Schwertschmiedes tauschen. Shōgun zu sein bedeutete eine schreckliche Verantwortung – besonders, wenn man erst achtundzwanzig Jahre alt war.

Tōshirō Hase-Gawa war an Bord einer Fähre zum Sommerpalast des Shōguns bei Yedo unterwegs; er kam aus Nyo-poro, einem Fischerdorf an der Küste Rodi-rens. Das Boot, eine Barke mit breitem Rumpf, steuerte in Ufernähe in westlicher Richtung, dann drehte es auf den offenen Kanal ab und folgte der Linie der Inseln, die zum nordöstlichen Zipfel Aron-girens führten.

Trotz der Tatsache, dass an der Fähre seine beiden persönlichen Banner aufgezogen waren, die ihn als Regierungsbeamten auswiesen, wurden sie in Sichtweite des Landes von einem Wachboot abgefangen, und eine Abteilung Seesoldaten kam an Bord. Sobald die Gangway zwischen den beiden Booten gesichert war, kam der Wachhauptmann an Bord der Fähre, wo er sich nach Austausch der Begrüßungen höflich nach weiteren Beweisen für Tōshirōs Identität erkundigte. Nachdem die Papiere, die des Shōguns persönliches Siegel trugen, ehrfurchtsvoll überprüft und die Fähre eingehend durchsucht worden war, zog sich der Wachhauptmann mit seinen Männern zurück, nicht ohne sich wortreich für den unverzeihlichen Aufenthalt entschuldigt zu haben. Tōshirō antwortete in ähnlichem Tenor. Wäre der Wachhauptmann weniger diensteifrig und die Durchsuchung weniger gründlich gewesen, hätte er Grund gehabt, erzürnt zu sein. Die Seesoldaten führten nur Befehle aus, und ihr vorbildliches Verhalten brachte ihrem Regiment und vor allem ihrem Kommandanten Ehre. Etcetera, etcetera.

Eine Stunde später setzte der flache Bug der Fähre auf der Helling bei Ori-enita auf, dessen einziger Vorzug darin bestand, dass es an einem Punkt gelegen war, an dem die nördliche Straße auf den See traf. Durch die Banner über dem kleinen Ruderhaus der Fähre alarmiert, versammelten sich die niedrigen Beamten und die wenigen zufällig an Land befindlichen Fischer erwartungsvoll an beiden Seiten der Straße, die vom Ufer fortführte. Die Atmosphäre nahm noch an Spannung zu, als zwei Matrosen die Banner behutsam vom Dach des Ruderhauses abnahmen und nach unten trugen. Kurz darauf versammelte sich die Crew der Fähre auf dem Vorderdeck und sank wie ein Mann in die Knie, als Tōshirō Hase-Gawa in voller zeremonieller Rüstung auf dem Rücken eines stolzen, kurzbeinigen Ponys erschien.

Sie waren ein imponierender Anblick. Tōshirōs Rüstung bestand aus schwarzen, lackierten, mit Gold eingefassten und mit Schnüren aus karmesinroter Seide zusammengebundenen Platten; seinen Kopf schmückte ein passender Helm mit breitem, aufgewölbtem Rand. Vorn auf dem Helm war das aus einer polierten Bronzescheibe geschnittene Emblem des gegenwärtigen Shōgun angebracht – die ausgebreiteten Flügel, Brust und mit Schopf versehener Kopf eines langhalsigen Stelzvogels.

Das Geschirr des Ponys war ebenso prunkvoll. Seinen gescheckten Leib umhüllte eine Schabracke in Schwarz und Gold; in Mähne und Schwanz waren karmesinrote Schnüre und Troddeln geflochten. Die Bambusstöcke mit Tōshirōs persönlichen Bannern staken jetzt in ledernen Köchern an der Rückenplatte seiner Rüstung, die schmalen Seidenbänder flatterten und flappten in der Seebrise.

Die Zuschauer am Ufer fielen auf die Knie, als Tōshirō sein Reittier die Rampe hinablenkte, und als er vorbeiritt, pressten sie die Stirnen an den Boden. Ihre Huldigung war ein Zeichen der Verehrung, die sie dem Shōgun entgegenbrachten und den Regierungsbeamten, die unter seiner Anleitung die Staatsangelegenheiten regelten. Eine Hochachtung, die entgegengebracht, aber auch gefordert wurde. Wäre Tōshirō übel empfangen worden, würde er eine sofortige Exekution all derer verlangt haben, die eines unverschämten Verhaltens schuldig befunden wurden, und tatsächlich war er, wie er in der Vergangenheit bewiesen hatte, fähig, diese Bestrafung eigenhändig auszuführen.

Tōshirō ließ sich von dem Pony gemächlich durch das Dorf tragen, mit einem Schritt, der unter den Samurai-Reitern als Paradeschritt bekannt war – ein eleganter Trab, bei dem die Hufe hoch in die Luft gehoben wurden. Die Gesetze, die von den niedrigeren Rängen verlangten, dass sie ihre Nasen in den Schmutz stießen, verlangten auch, dass die Höheren einen gewissen Stil wahrten. Als er den letzten zu Boden gekrümmten Bewohner hinter sich gelassen hatte, gab er dem Pony die Sporen und ließ es die Straße nach Yedo in einem leichten Galopp nehmen.

Die Straße schwang sich von Seite zu Seite einer schmalen, zerklüfteten Halbinsel, die in der Vorstellung des Shōgun die obere Hälfte vom gegabelten Schwanz des Fisches darstellte, dem seine Insel glich. Zu Tōshirōs Rechter brachen sich die Wogen des östlichen Sees sanft am flachen Ufer. Zu seiner Linken war das Land vom zurückflutenden Wasser fortgeschwemmt worden und bildete Buchten, deren einige sich zusammengeschlossen hatten und Inseln bildeten, die bei Niedrigwasser durch Sand- und Felsbänke untereinander verbunden waren. Voraus lag eine vierundsechzig Kilometer lange freie Straße. Das Pony gehorchte Tōshirō und machte ausgreifendere Schritte. Hinter seinem Rücken verneigten sich die langen schlanken Fahnenstangen anmutig, die Banner mit ihren Wort-Zeichen und Emblemen standen steif im Wind.

Tōshirō Hase-Gawa war ein Herold des Inneren Hofes und gehörte somit zu einer kleinen, sorgfältig ausgewählten Samurai-Truppe, die ihre Instruktionen direkt vom Shōgun empfingen und ihm auch direkt mitteilungspflichtig waren. Obwohl solche Boten im Rang nicht besonders erhoben waren, bedeutete dieser privilegierte Zugang zum Inbegriff der Macht, dass Tōshirō und seine Kollegen sich der Bevorzugung der älteren – und zuweilen neidischen – Hofbeamten erfreuten. Es bedeutete außerdem, dass ihnen ähnliche Behandlung in den Häusern der mächtigen Landfürsten zuteilwurde, deren Gastfreundschaft häufig dem Zweck diente, Zungen zu lösen.

Herolde des Inneren Hofes waren die Augen und Ohren des Shōgun und sprachen mit seiner Stimme; sie trugen seine intimsten Gedanken in die entferntesten Winkel seines Reiches. Aufgrund ihrer in hohem Maß öffentlichen Rolle wurden sie offiziell nicht als zum Netzwerk der Spione und Informanten zugehörig betrachtet, aber unter den Intriganten und Machthungrigen war bekannt, dass sie als Übermittler heikler Informationen fungierten, wie sie von wichtigen Regierungsagenten gesammelt wurden; Männer (und Frauen), die viele Rollen spielten und viele Verkleidungen benutzten.

Wenn man sich eine vom Kopf bis zum Schwanz gezogene imaginäre Linie durch die Fischinsel des Shōgun denkt und die Insel dann in drei gleich große Teile zerlegt, würde man Yedo in der Nähe der Linie gefunden haben, die den zweiten Teil des Fischleibes vom Schwanz trennt. Hochgelegen, fast gleich weit von beiden Ufern entfernt, stand der aus vielen Stockwerken bestehende Sommerpalast hoch über den hübschen Ansammlungen niedrig liegender Gebäude, die in seiner Nähe errichtet worden waren. Nach einem von der *bakufu* erlassenen Edikt durfte kein Haus in fünf Kilometern Umkreis von seinen Mauern errichtet werden, und kein Haus im Umkreis von fünfzig Kilometern durfte von einer Familie bewohnt sein, wenn nicht wenigstens ein Mitglied des Haushalts in direktem Beschäftigungsverhältnis beim Shōgun oder einem seiner Hofbeamten stand.

Aus mit Mörtel verfugten Steinen aus den Steinbrüchen von Baru-karina erbaut, erhoben sich die geschwungenen Mauern des Yedo-Palastes über einem breiten, im Geviert angelegten Graben. Obenauf, fünfzehn Meter über der Wasseroberfläche, begann die erste Etage des aus Holz und Steinen bestehenden und mit Ziegeln gedeckten Aufbaus. Die Türme an allen vier Ecken ragten weitere achtzehn Meter hoch empor; sie waren untereinander durch ein verzwicktes Labyrinth mit Blenden versehener Galerien verbunden, mit verzierten Querbalken und geschwungenen Dächern. Der Eindruck, den das Gebäude auf einen sich nähernden Besucher machte, war der von Reichtum, Festigkeit und Macht; exakt die Eigenschaften, die sein erster Besitzer, Yoritomos Großvater, von seinen Baumeistern verlangt hatte.

Der Eingang mit seiner breiten, sanft gewölbten Brücke wurde von zwei Türmen bewacht; einer stand am Ende der Straße, der andere auf einer Steininsel inmitten des Grabens. Dieser Palast mit seinen Lustgärten und kunstvoll gestalteten Felstümpeln und Wasserfällen war eine Festung mit geheimen Treppenaufgängen, Aus- und Eingängen.

Tōshirō brauchte seine Papiere nicht am äußeren Turm vorzuzeigen. Der Wachhauptmann, durch einen grünäugigen Wachmann aufmerksam gemacht, erkannte ihn mittels eines Fernglases und ritt ihm mit zwei weiteren Samurai entgegen. Hauptmann Kamakura und Tōshirō tauschten die üblichen Grüße aus, aber ihre Stimmen fügten den förmlichen Worten Wärme hinzu. Sie waren alte Freunde, trotz des unterschiedlichen Alters. Kamakura, der um rund fünfzehn Jahre Ältere, hatte Tōshirō geholfen, seine Fechtkunst zu perfektionieren und übte mit ihm oder beriet ihn, wann immer er es wünschte.

Während der beiden letzten Jahre war Tōshirō ständig unterwegs gewesen, und jedes Mal, wenn er mit den ersehnten Informationen zurückgekommen war, war er mit einer neuen Botschaft losgeschickt worden. Kaum, dass er Atem geschöpft hatte. So kam es, dass sich die beiden Männer weniger häufig getroffen hatten, als es ihnen lieb gewesen wäre; aber ihre Freundschaft war davon ungetrübt geblieben.

Kamakura, ein mit fünf Töchtern gesegneter Samurai, behandelte Tōshirō wie einen Ersatzsohn. Immer, wenn er nach Aron-giren kam, empfingen ihn der Hauptmann und seine Frau mit größter Wärme und Großzügigkeit in ihrem Haushalt. Tōshirō hätte nie an der Lauterkeit seines Mentors gezweifelt, aber trotzdem war es nur natürlich, anzunehmen, dass im Hinterkopf des bezaubernden Paares die Hoffnung genährt wurde, eine ihrer Töchter würde vor seinen Augen Gefallen finden. Es war offensichtlich eine Hoffnung, die von ihren Töchtern geteilt wurde, denn im Laufe der Jahre hatten sie sich der Reihe nach alle – bis auf die jüngste, die noch keine dreizehn Jahre alt war – darin abgelöst, ihn mit einer intimeren Form der Gastfreundschaft zu empfangen.

Ihre nächtlichen Besuche, von denen man gemäß der

Sitte nicht erwartete, dass sie zurückgewiesen wurden, hatten mit bewundernswerter Diskretion stattgefunden, die den Vergleich mit jener am Hof nicht zu scheuen brauchte. Und auch später bot das Verhalten keiner der Besucherinnen den geringsten Hinweis auf das Vorgefallene. Sie alle waren ebenso höflich und respektvoll wie zuvor. Tōshirō hatte ihrem Vater nichts gesagt. Er zog es vor zu glauben, der gute Hauptmann habe keine Ahnung, was geschehen war. Immerhin konnte die von seinen Töchtern erwiesene Geschicklichkeit nicht ohne einen gewissen Grad elterlicher Anleitung erworben worden sein. Obwohl er und Kamakura nie darüber gesprochen hatten, wusste Tōshirō, dass ihre Mutter früher eine Kurtisane gewesen war. Es war eine sattsam bekannte Tatsache, dass die Wärme ihrer Umarmungen oft durch eine glühende Leidenschaft genährt wurde.

Die beiden Reiter, die mit Kamakura hinausgeritten waren, stiegen von ihren Reittieren und nahmen ihren Wachdienst wieder auf, als Kamakura und Tōshirō ihre Ponys durch die Tore des äußeren und des inneren Turmes lenkten und den Haupthof des Palastes betraten. Zivile, hauptsächlich Händler von niedrigem Rang, die sich zufällig auf der Brücke aufhielten, fielen auf die Knie und pressten ihre Gesichter an die dicht verfugten Planken. Die eisenbeschlagenen Hufe der Ponys erzeugten donnernde Echos, als sie an den Knienden vorbeitrabten.

Als Mitglied des Hauses Hase-Gawa hatte Tōshirō sein Heim am seewärts gelegenen Rand der nördlichen Marschen. Nur zwei weitere Distrikte waren ähnlich weit abgelegen: Fu-Ji und Na-Shuwa, deren Ländereien nordwestlich beziehungsweise nordöstlich von Hase-Gawa lagen. Jenseits davon lag das Land des Nebelvolks. Kamakura hingegen residierte in Aron-giren. Als sein enger Freund und Schwertmeister war es natürlich, dass er dem jüngeren Mann sein Haus anbot, obwohl für Herolde immer eine Unterbringung vorgesehen war, wo sich der Hof auch befinden mochte. Der Shōgun verfügte über vier weitere palastartige Festungen auf dem Festland und zahlreiche andere Residenzen auf den Gütern der Toh-Yota-Familie.

Tōshirō dankte Kamakura für die Einladung und versprach, bei der nächsten sich bietenden Gelegenheit mit ihm zu speisen. Unglücklicherweise konnte er keine Pläne machen, bevor er dem Shōgun berichtet hatte. Erst dann konnte er wissen, ob er Zeit haben würde, die köstlichen Freuden des Familienlebens im kamakuraschen Haushalt zu genießen, bevor er mit einem neuen Auftrag losgeschickt wurde. Inzwischen bat er den guten Hauptmann, Yukio, seiner Frau, und ihren fünf Töchtern, deren unvergleichliche Schönheit, selbstlose Aufopferung und unverdorbene Anständigkeit ihren Eltern alle Ehre machten, seine respektvollen und dennoch zärtlichen Grüße zu übermitteln. Etcetera, etcetera.

Kamakura wendete sein Pony und preschte über die Brücke zurück; der Ehre war Genüge getan. Da sein Respekt und seine Freundschaft für den jungen Mann in die Zeit zurückreichten, in der Tōshirō noch nicht in den Rang eines Heroldes erhoben war, wusste er, dass sein Angebot der Gastfreundschaft nicht als Versuch ausgelegt werden würde, Gunst zu erschleichen. Trotzdem erinnerte ihn seine Frau ständig daran, dass jede beliebige ihrer Töchter eine ideale Gefährtin für Tōshirō abgeben würde. Und mit einem Herold als Schwiegersohn würden die Heiratsaussichten für die übrig gebliebenen Töchter in unvergleichlichem Maße zunehmen. Ein vornehmer Bewerber war das Mindeste, was man erwarten konnte. Vielleicht zwei!

Frauen! Trotz ihres angeblich untergeordneten und zweitrangigen Status fand man nur selten eine von ihnen, die der Verlockung des gesellschaftlichen Aufstiegs widerstehen konnte. Gut, dass ihnen eine Vielzahl häuslicher Pflichten oblag; anderenfalls wären ihre Tage mit eitlen Träumen aller Art ausgefüllt gewesen. In seinen Jahren im Dienst beim Shōgunat hatte Kamakura genug gesehen, um zu wissen, dass von der täglichen Mühsal körperlicher Arbeit oder von soldatischen Pflichten befreite Personen bald Unzufriedenheit hegten. Untätigkeit führte erst zu ungezügelter Vergnügungssucht, wenn die abgestumpften Sinne selbst durch die ausgesuchtesten Perversionen nicht mehr aufzustacheln waren, dann wandten sich die Damen des Hofes bösartigen Gerüchten und Intrigen zu. Nachdem sie ihr eigenes Moralempfinden abgetötet hatten, machten sie sich daran, die Moral ihrer Mitmenschen zu untergraben. Es gab auch privilegierte Männer, auf die dies zutraf, und das hatte bereits zum Zusammenbruch von mehr als einem Shōgunat geführt.

Vornehmheit, reflektierte Kamakura, war nicht immer, was zu sein sie vorgab. Allein die Samurai-Ethik war ein Bollwerk gegen geistige und leibliche Korruption, und er war dankbar, dass der neue Shōgun eine Verkörperung all dessen war, was er hochhielt. Unglücklicherweise teilte seine Frau Yokio, die als junge Konkubine den Vater des derzeitigen Shōgun erfreut hatte, diese von Neid geprägte Sicht der Vornehmheit nicht – obwohl ihr Herr und Meister ihr in einem Anfall von Großmut Kamakura als Dank für geleistete Dienste angeboten hatte. Yukio, damals ein schlankes Mädchen mit einem makellosen, straffen Körper, hatte sich gefügt, wie ihr Status sie verpflichtete; aber wie alle Frauen hatte sie Mittel und Wege gefunden, ihrem Unmut Ausdruck zu verleihen.

Das war der Anfang gewesen. Ihre Beziehung hatte sich in den letzten Jahren verbessert, denn im Verlauf der Zeit hatte er sich als lohnender Fang erwiesen, besonders als Yoritomo ihn bei Erlangung seiner Macht in den Rang eines Wachhauptmanns befördert und zugleich die übrig gebliebenen Sybariten aus der Lustkuppel seines Vaters vertrieben hatte. Aber das angenehme Leben des Inneren Hofes hinterlässt ein unauslöschliches Mal. Kamakura wusste, dass sich Yukio im tiefsten Herzen wünschte, einen Vornehmen als Ehemann bekommen zu haben; was für die Tochter einer wohlhabenden Kaufmannsfamilie durchaus im Bereich der Möglichkeiten gelegen haben würde. Es gab Zeiten, in denen sich selbst Kamakura wünschte, mit einem silbernen Löffel in der Wiege geboren zu sein. Aber wie er dank seiner fortgeschrittenen Jahre und Weisheit wusste, mussten die flüggen Erben von Reichtum, Macht und Privilegien oft genug feststellen, dass der silberne Löffel vergiftet war.

Tōshirō betrat den Palast, machte Ieyasu, dem Hofkämmerer, seine Aufwartung und erfuhr, dass die Nachricht von seiner Ankunft bereits bis zum Shōgun gelangt war. Der Herold würde ihn im Steingarten treffen, sobald er den Staub der Reise von sich abgewaschen hätte.

Ieyasu, ein großer knochiger Mann mit faltigem und leichenblassem Gesicht, pries sich selbst seiner Tüchtigkeit. Wie sie sich zeigen sollte, stellte für Tōshirō ein Geheimnis dar. Ieyasu schien nie etwas zu tun, und bei den seltenen Gelegenheiten, da er ihn in Bewegung gesehen hatte, war jede Geste und seine Sprache langsam, zögernd und präzise gewesen. Er strahlte eine gewisse Ruhe aus – und ein beunruhigendes Maß an Bedrohung, wie eine Spinne im Zentrum eines unsichtbaren Netzes der Macht.

Tōshirō dankte dem Kämmerer in der üblichen Manier und verließ rückwärts seinen Raum.

Ieyasu trat ans Fenster und beobachtete, wie Tōshirō durch den kleinen Garten schlenderte, gefolgt von zwei Pagen, die sein Reisegepäck trugen. Diese Energie! Diese Verschwendung von Muskelkraft! Wo sollte das enden? Unter dem vorherigen Shōgun hatte Ieyasu als Filter der Informationen gedient, die von Herolden vom und zum Hof getragen wurden. Aber Yoritomo hatte alles geändert. Heutzutage berichtete diese neue Bande hochnäsiger geckenhafter Spitzbuben dem Shōgun persönlich – und unter vier Augen! Ein unerhörter und höchst unwillkommener Bruch mit der ehrwürdigen Tradition, die den Weg für eine weitergehende Verminderung der Machtbefugnisse bereitete, die dem Amt des Kämmerers gebührten.

Ieyasu gehörte zur alten Garde. Er hatte seinen Posten schon unter Yoritomos Vater innegehabt, und er hoffte sehr, wenn keine unvorhergesehene Katastrophe dazwischenkam, im Amt zu bleiben, bis er senil wurde – einen Zustand, den er nach Meinung einiger seiner Kritiker längst erreicht hatte. Bei seinem Amtsantritt hatte Yoritomo viele Angehörige des Stabes seines Vaters entlassen, darunter die Bewohner der Lustkuppel. Die Sybariten und die sich selbst bedienenden Blutegel in ihrem Gefolge, die es immer irgendwie schaffen, ins Zentrum der Macht zu gelangen, waren verschwunden. Aber Ieyasu war geblieben. Auch ein neuer Besen kann nicht alle Ecken auskehren. Und trotz des anderslautenden, allgemein bekannten Sprichworts sind manche alten Hunde bemerkenswert geschickt darin, neue Kunststücke zu erlernen.

In einem auf alte Traditionen aufgebauten Staat, der zudem durch die strenge Befolgung uralter Gebräuche und Etiketten zusammengehalten wird, werden Veränderungen als Bedrohung der gesamten Gesellschaft angesehen, denen mit allen Mitteln widerstanden werden muss. Sie können nur schrittweise eingeführt werden – wenn überhaupt –, und bei ihrer Vornahme bewahrt sich der weise Lenker des Staates ein starkes Bewusstsein für die Kontinuität der Vergangenheit. Ieyasu war nicht eben die Person, die sich Yoritomo als Kämmerer gewünscht hätte; aber er war zweifellos der geeignetste Mann für diesen Posten. Der schlaue, alte Fuchs wusste alles und kannte jedermann, und der damals erst dreiundzwanzigjährige Yoritomo erkannte rasch, dass er sich mit Ieyasu verbünden musste, bis er seine eigene Position besser gesichert hatte. Folglich war seiner Säuberungsaktion der Abschaum zum Opfer gefallen, aber als die Ruhe wieder eingekehrt war, stellte sich heraus, dass sich nicht viel geändert hatte. Abgesehen von dem neuen Status der Herolde – einem Punkt, in dem nachzugeben dem alten Fuchs opportun geschienen hatte –, waren Ieyasus Macht und Einfluss unbeschadet geblieben, und die meisten der Schlüsselpositionen waren nach wie vor von Gleichgesinnten besetzt.

Yoritomo war sich dieser Situation bewusst, und obwohl andere Mittel zur Verfügung gestanden hätten, Ieyasu zu entfernen, begnügte er sich damit, alles beim Alten zu lassen. Palastrevolutionen führten immer zu Instabilität; sie erzeugten Wellen der Unruhe, die sich über das ganze Land ausweiteten und den Menschen seltsame

Ideen eingaben. Abgesehen davon, genoss er es, seine Klugheit mit der des alten Schlachtrosses zu messen. Die Zeit arbeitete für ihn, und genau das – seine übermäßige Jugend – war die Wurzel des Problems. Der Kämmerer mit seinem Reichtum an Erfahrung glaubte allen Ernstes, jemand, der so jung wie Yoritomo war, dürfe keine Entscheidung treffen, ohne zuerst seinen Rat und seine Zustimmung einzuholen. Immerhin war er sein Großonkel.

Als Mitglied der Familie stand Ieyasus Loyalität dem Shōgunat gegenüber außer Frage, aber vor allem war er ein Händler in Informationen, der über jeden Schritt in den Vorhöfen der Macht Bescheid wusste; ein Mann, der gewünschte Privilegien und Bevorzugungen gewähren konnte – und nicht abgeneigt war, sich dabei zu bereichern. Darin befolgte der Kämmerer eine weniger verfeinerte Tradition, die schon viele Jahrtausende bestanden hatte, als die Samurai-Ethik aufkam, und die, wie Ieyasu fühlte, Yoritomo im Laufe der Zeit als einzigen beständigen Wert erkennen würde: Die Ausübung und Bewahrung der Macht in einer zunehmend komplexer werdenden Welt.

Ein Problem, das so alt wie die Zeit war.

Es war lobenswert, wenn ein junger Mann danach trachtete, zu den reineren Formen der Führung zurückzukehren, wie sie durch *bushidō* vorgeschrieben waren: es war richtig, dass er neue Betonung auf dessen zentralen Lehrsatz legte, *giri* – das Gefühl für Pflicht und Schuldigkeit gegen Vorgesetzte. Ohne *giri* würde Anarchie herrschen! Aber der Drang, eine strengere Moral aufzuerlegen, würde sich nachteilig auf die Produktivität auswirken. Die Menschen waren mit Fehlern behaftet und würden niemals die Perfektion des höheren *kami* erlangen. Ihre angeborene Bestechlichkeit kam früher oder später immer an die Oberfläche, bedauerlicherweise; aber eben wegen ihrer Schwäche war es möglich, sie wirksam zu kontrollieren.

Sünder waren leichter zu behandeln. Und sie waren eine erfreulichere Gesellschaft. Trotz seiner vorgerückten Jahre hatte Ieyasu nicht vergessen, wie man sich amüsiert. Und in seinem Fall war es nicht nur der Geist, der willig war.

Der Steingarten bestand aus einem feinsinnigen Arrangement aus Felsen in einem wellenschlagenden Meer aus feinen Kieseln, die in endlose Muster aus Linien und Spiralen angeordnet waren. Jeden Morgen beim ersten Licht des Tages und mehrere Male während des Tages wurden Laub, Zweige und sonstige Fremdkörper eifrig durch eine Schar leichtfüßiger Gärtner entfernt, die auf ihrem Rückweg die Kiesel wieder zu ihren alten Mustern zurechtharkten. Wenn der Shōgun kam, war der Garten stets wie durch Magie in seinem ursprünglichen Zustand. Er war eine Landschaft, in der die Zeit erstarrt war; ein Arrangement aus Linie und Tönung, Textur und Stoff von wundervoller Harmonie, das wie alle großen Kunstwerke dem Auge des Betrachters ständig neue Tiefen bot. Es rief Heiterkeit hervor und lud zu tiefer Meditation ein; bot Frieden und Erneuerung für jeden, dessen Geist der nötigen Stille fähig war.

Yoritomo war einer von jenen, die neue Stärke aus dem Garten schöpften; die wohlbehütete Neuerschaffung eines Stückes des früheren Lebens an einem Ort, den die Chronisten als »Die Welt Davor« bezeichneten. Yoritomo war dem Zauber des Gartens schon mit neun Jahren verfallen, und seit damals stattete er jedes Mal derselben Stelle auf der obersten Stufe der Veranda einen Besuch ab, wenn sein Zweig der Familie in der Residenz in Yedo war. Seine Gefühle in Bezug auf den Garten hatten sich nicht verändert; nur war es jetzt niemandem als ihm erlaubt, an seinem auserwählten Platz zu sitzen, der aufgrund seiner Erhöhung zu einem Schrein geworden war.

Wenn auch von unkompliziertem Wesen, war Yoritomo keine asketische, heiligmäßige Gestalt und wünschte auch nicht, es zu werden. In seiner Jugend hatte es besinnliche Perioden in Zeiten normaler Aktivitäten und übermütige Exzesse gegeben, wie sie von einem jungen Vornehmen zu erwarten waren. Sinnliche Freuden wurden nicht ermutigt, waren aber auch nicht verboten, und obwohl die jungen Samurai gelehrt wurden, dass die Gesellschaft der Mit-Krieger der von Frauen vorzuziehen war, waren sie nicht immer fähig, den Verlockungen zu einer sentimentalen – und manchmal unerlaubten – Beziehung zu widerstehen. Das galt auch für den neuen Shōgun.

Tōshirō, jetzt in einen breitschultrigen Kimono aus dunklem Seidenbrokat gekleidet, näherte sich dem Wachhauptmann, dessen Männer rings um den Steingarten postiert waren. Beide Samurai trugen weiße, im Nacken befestigte Stirnbänder über aus Mutantenhaar gefertigten Perücken, die hochgekämmt waren und den traditionellen Haarknoten bildeten. Das Stirnband des Wachhauptmanns war mit der üblichen blutroten Scheibe geschmückt, von zwei seinen Rang und seine Funktion verdeutlichenden Schriftzeichen flankiert. Auf Tōshirōs Stirnband ersetzte das Vogelemblem des Shōgun die rote Scheibe. Ein langes und ein kurzes Schwert in sanft gekrümmten Scheiden waren durch die Schärpe gesteckt, die er um die Hüfte trug.

Ein anderer wäre verpflichtet gewesen, sie abzulegen, aber als Herold des Inneren Hofes hatte er das Recht, Waffen in Gegenwart des Shōgun zu tragen. Es war ein Zeichen des außergewöhnlichen Vertrauens, das Yoritomo in seiner Gruppe junger Männer genoss. Es war kein reiner Zufall, dass Tōshirō im selben Alter wie der Shōgun war. Keiner der neuen Herolde, die Yoritomo ausgewählt hatte, war älter als dreißig Jahre; der jüngste war fünfundzwanzig.

Der Wachhauptmann führte Tōshirō den Pfad entlang zu dem offenen Sommerhaus, in dem Yoritomo mit gekreuzten Beinen saß, in Betrachtung der steinernen Landschaft versunken. Die fünf Samurai, die im Halbkreis hinter ihm saßen, sprangen schweigend auf die Füße. Als sie sahen, wer der Ankömmling war, ließen sie die Griffe ihrer Langschwerter wieder los. Diese Männer waren, wie die um den Garten verteilten Wächter, von Geburt an in den Haushalten der Toh-Yota-Familie aufgewachsen und fest entschlossen, den Shōgun zu beschützen. Der Wachhauptmann verbeugte sich tief und trat zurück, als Tōshirō auf die breite untere Stufe der Veranda trat und in einer Linie mit der linken Schulter des Shōgun niederkniete. Yoritomo starrte nach wie vor geradeaus in den Garten. Tōshirō beugte die Stirn auf die Strohmatte, die auf der oberen Stufe lag, und wartete.

»Was hat Sie aufgehalten?«, erkundigte sich der Shōgun in fehlerlosem Amerikanisch. Es war die Sprache, die er und seine Herolde fließend sprechen konnten – aber sie waren nicht ermutigt worden, denselben Gesprächston in der Anrede anzuschlagen. Die fünf Wachen, jetzt auf der anderen Seite Yoritomos aufgereiht, sprachen nur Japanisch.

Tōshirō setzte sich mit gekreuzten Beinen auf den Boden. »Es gab gewisse Aspekte der Situation, die einer näheren Untersuchung bedurften, Herr. Es war nicht leicht. Sie lassen sich nicht in die Karten schauen.«

»Haben sie viele Asse?«

»Ich bin nicht sicher, aber … es ist ein Joker dabei.«

Yoritomo wendete seinen Blick widerwillig vom Steingarten ab und ließ ihn kurz auf Tōshirō ruhen. Der Shōgun trug ebenfalls eine aus Mutantenhaar gefertigte Perücke, aber sie war ein imposanteres Gebilde aus geflochtenen Zöpfen in Kombination mit einem kleinen, flachen Hut und lackierten Holzkämmen – eine seinem Rang als oberster Herr Ne-Issans vorbehaltene Haarpracht. »Wird es so schlimm, wie ich es mir vorstelle?«

Tōshirō verneigte sich tief. »Es sieht nicht gut aus.«

Yoritomo seufzte und kehrte zu seiner Betrachtung des Steingartens zurück. »Gut, soll es nur kommen …«

# 2

Während der letzten sechs Monate hatte die Hauptaufgabe Tōshirōs darin bestanden, die Arbeit am Reiherteich zu beobachten – ein neues Handwerkszentrum, das im Westen Ba-satana errichtet worden war. Zu Beginn des letzten Jahres hatte Fürst Yama-Shita, der eine Handelslizenz mit den Nördlichen Mutanten besaß, Yoritomo von der Notwendigkeit überzeugt, das Geheimnis des Flugantriebes neu zu entdecken. Sein Plan war gewesen, sich wegen Hilfe bei der Eroberung eines Flugpferdes und seines Reiters an die Mutanten zu wenden. Eine Untersuchung von beidem würde sehr lehrreich sein und konnte Monate fruchtloser Experimente sparen.

Um Druck auszuüben, hatte Yama-Shita betont, dass keine Zeit zu verlieren sei. Die wegen ihrer Körpergröße und knochigen Leiber Langhunde genannten Wüstenkrieger des Südens waren im Begriff, sich nach Norden ins Land des Prärievolkes auszubreiten. In wenigen Jahren mochten sie ihre mächtigen Waffen gegen Ne-Issan richten. Dank seiner Kontakte mit den Mutanten wusste Yama-Shita, dass die fliegenden Pferde wichtige Elemente in der militärischen Strategie der Langhunde waren. Ne-Issan musste seine eigene Luftreiterei aufbauen, um der zu erwartenden Bedrohung zu begegnen.

Yoritomo versprach, über die Sache nachzudenken. Es ergab natürlich alles einen Sinn. Fürst Hiro Yama-Shita, der durch die Fusion zwischen den Familien Yama-Ha und Matsu-Shita der mächtigste Landfürst in Ne-Issan geworden war, war ein nüchterner Realist. Jeder Vorschlag, den er unterbreitete, verdiente, dass man sich ernsthaft mit ihm befasste.

Es waren die Yama-Has und später die Matsu-Shitas gewesen, die Erbauer der ersten Raddampfer, die die einträglichen westlichen Handelsrouten eröffnet und die dem Anschein nach unerschöpflichen Vorräte an Mutanten angezapft hatten, jener mit seltsamen Verunstaltungen versehenen Halbmenschen, die die große Masse des Arbeiterheeres von Ne-Issan ausmachten. Die Lizenzen, die den Yama-Has und Matsu-Shitas ein faktisches Monopol auf den Handel mit dem Westen sicherten, waren von Yoritomos Großvater garantiert worden. Die Familien waren lange Zeit Verbündete der Toh-Yotas gewesen und hatten sie in ihrer Bewerbung für das Shōgunat unterstützt. Aber die unerhörte Heirat zwischen den beiden Häusern hatte eine unwillkommene Machtkonzentration zur Folge gehabt; wenn man die Landkarte mit den Augen eines militärischen Kommandanten betrachtete, bildeten ihre vereinigten Ländereien einen Dolch im Herzen der Toh-Yotas.

Glücklicherweise schien der vierzigjährige Yama-Shita mehr am Handel als an politischen Allianzen interessiert zu sein, aber das war eine Situation, die nach ständiger Überprüfung verlangte. Das Land war nicht nur einmal durch Parteienstreitigkeiten gespalten worden, und obwohl zurzeit eine durch die Toh-Yotas eingerichtete, starke zentrale Regierung herrschte, besaßen die Landfürsten ein eifersüchtig gehütetes Maß an Unabhängigkeit. Zwar hatten sie alle dem Shōgunat Treueschwüre geleistet, aber es gab einige unter ihnen, auf deren Wort man sich besser nicht blind verließ. Folglich trug Yoritomo, wie schon seine Vorgänger in diesem hohen Amt, zwei Listen im Kopf, deren eine die *fudai* aufführte, diejenigen, die er als loyal und vertrauenswürdig betrachtete, und eine mit der Überschrift *tozama*, auf der die unsicheren Kantonisten standen.

Hiro Yama-Shita siedelte trotz seiner familiären Verbindungen mit den Toh-Yota in einer Grauzone dazwischen.

Nachdem er Ieyasu konsultiert hatte (der Kämmerer kannte Hiro schon von Kindesbeinen an), stimmte Yoritomo dem Erwerb eines Flugpferdes und seines Reiters zu. Dank des eifrigen Handelstreibens war ihnen eine Anzahl Langhunde in die Hände gefallen. Ihre Befragung hatte dem Shōgun erlaubt, sich ein ungefähres Bild von den seltsamen Untergrundreichen zu machen, die als die Föderation bekannt waren. Aber das Zeugnis der Gefangenen war zweifelhaft. Diese Langhunde waren Kriminelle, Renegaten – wie die versprengten Gruppen heimatloser Rōnin, die sich in den dunklen Wäldern an den Hängen der Berge im Westen verbargen. Die bleichen Krieger dieser Untergrundwelt mochten ihren Herren gegenüber ebenfalls untreu sein. Aber selbst wenn es so war, durfte man die Gefahr aus dem Süden nicht ignorieren. Daher die durch Yama-Shita verwirklichte Strategie, die zahlenmäßig überwiegenden Mutanten zu bewaffnen.

Aufgrund ihrer fremdartigen Kultur und Rückständigkeit kamen die Mutanten nie als Verbündete in Betracht, aber ihr Konzept der Kriegerschaft verlangte Berücksichtigung. Die Jahre des Handels hatten zu einem Zustand wohlwollender Neutralität geführt. Es waren keine Versprechen ausgetauscht und keine Pläne diskutiert worden, aber in den letzten Jahren war das Gebiet des Prärievolkes eine Pufferzone zum Schutz der Grenzen Ne-Issans. Die Kriegerclans waren jetzt bewaffnete Hilfstruppen, die, wenn alles nach Plan verlief, die Langhunde in einem langen Zermürbungskrieg aufreiben würden.

Auf Ieyasus Rat hin hatte Yoritomo die Herstellungslizenz für die Flugpferde Kiyomori Min-Orota erteilt, dessen Ländereien an das Gebiet des östlichen Sees angrenzten und dem Norden Aron-girens direkt gegenüberlagen. Kiyomoris Vater hatte eine der Tanten Yoritomos geheiratet, und die Min-Orota standen auf der Liste mit der Überschrift *fudai*.

Als der Schnee höher lag und das alte Jahr unter sich begrub, war Tōshirō mit seinem ersten Erfolg zurückgekehrt: Ein Flugpferd war in der Nähe von Bu-faro gelandet, einem Hafen auf dem Iri-See an der westlichen Grenze des Reiches Fürst Yama-Shitas. Es trug zwei Reiter: einen Langhund namens Brickman und seine Begleiterin, eine Mutantenkriegerin aus dem Clan M'Call, den Spendern dieses lang ersehnten Gerätes.

Das Gerät und seine Reiter waren ohne weitere Umstände über den Kanal und das Flusssystem Ro-diren verschifft und dann über Land zu dem Ort namens Reiherteich transportiert worden, der für dieses neue Unternehmen ausgewählt worden war. Die Werkstätten waren bei Tōshirōs erstem Besuch noch nicht errichtet gewesen, aber er hatte Skizzen von der fremdartigen Maschine mitgebracht und konnte Brickman, den braunhäutigen Langhund, und Clearwater, seine blauäugige Mutantenbegleiterin beschreiben.

Nach anfänglicher Zurückhaltung hatte sich Brickman

als bemerkenswert kooperativ und leicht zu befriedigen erwiesen. Die Mutantin hingegen hatte Yama-Shita informiert – mit aller gebührenden Ehrerbietung und durch die üblichen Mittelsleute –, dass der Clan M'Call das Flugpferd aufgrund der Übereinkunft zur Verfügung gestellt hatte, dass sie und der Langhund wieder in ihr Heimatland verschifft würden, sobald die Raddampfer ihre nächste Fahrt über die großen Seen machten.

Aber eine derartige Übereinkunft hatte es nie gegeben. Die Frage nach dem weiteren Schicksal derer, die die Maschine überbrachten, war von dem weißhaarigen Anführer des M'Call-Handelsrats nie erhoben worden. Und Yama-Shita hatte nicht die Absicht, die Abmachung mit einer Mutantin neu zu verhandeln. Sobald Mutanten den Boden Ne-Issans betreten hatten, waren sie Sklaven, Unpersonen ohne alle Rechte. Aber selbst wenn es nicht so gewesen wäre, hätte die Forderung Clearwaters schon aufgrund der Besonderheit des Unternehmens auf taube Ohren stoßen müssen. Es war von lebenswichtiger Bedeutung, dass die Föderation so lange wie möglich über die Pläne im Unklaren blieb. Wenn Clearwater und der Langhund zum Prärievolk zurückkehrten und später in feindliche Hände fallen würden, bestünde das Geheimnis nicht länger.

Da die Mutantin keine weitere Rolle mehr spielte, war sie der Obhut des Generalkonsuls Nakane Toh-Shiba anvertraut worden, einem Neffen des gleichnamigen Landfürsten. Nakane war ständiger Repräsentant des Shōgun für das Haus Min-Orota. Von Yoritomo ernannte Militärvertreter hatten ähnliche Stellungen in sämtlichen untergeordneten Distrikten inne. Sie besaßen imposante Residenzen auf privatem Land, die vom Shōgunat unterhalten wurden und auch als Stützpunkte für Provinzverwalter, Steuerinspektoren und Regimenter der Regierungstruppen dienten.

Am Reiherteich waren die nötigen Gebäude fertiggestellt und eine Gruppe aus Minen und Steinbrüchen rekrutierter Langhunde war mit Arbeiten unter der Oberaufsicht ortsansässiger Handwerker beauftragt. Der dunkelhaarige braunhäutige Brickman stellte sich rasch als idealer Aufseher heraus, der seiner zugewiesenen Aufgabe völlig ergeben war. Darüber hinaus besaß er einen erstaunlichen Intellekt und zeigte ein mit einer raschen Auffassungsgabe gepaartes ungewöhnliches Interesse an allen Aspekten der Gesellschaft der Eisenmeister; an seiner Kunst, Kultur, Sitte, Tradition und an seinem geistigen Ethos. Sein Interesse an diesen Dingen war so ausgeprägt, dass sich Min-Orota bemüßigt fühlte, um Erlaubnis zu fragen, ihm Japanisch beibringen zu dürfen.

Ieyasu hatte seine schriftliche Anfrage an den Shōgun weitergeleitet, mit einer beigefügten Note, die ihre Ablehnung befürwortete. Endlich einmal waren Yoritomo und sein Kämmerer einer Meinung. Trotz seiner Bereitschaft, seine Fähigkeiten und Kenntnisse mitzuteilen, war der Langhund ein Fremder, ein Renegat, und deshalb ohne Ehre. Die Sprache Ne-Issans war ein geheiligtes Überbleibsel aus Der Welt Davor, das sorgsam gehütet werden musste. Niemals wieder durfte sie durch fremde Einflüsse verunreinigt werden, und vor allem durfte nicht erlaubt sein, dass die Unwerten sie im Mund führten. Yoritomo mochte ebenso wie seine Herolde die Sprache benutzen, die von den Langhunden als Grundsprache bezeichnet wurde, aber das diente nur dazu, in Gegenwart anderer über vertrauliche Dinge zu sprechen.

Brickman, der sich des Aufruhrs nicht bewusst war, den sein Ansinnen hervorgerufen hatte, fuhr fort, wie ein Besessener zu arbeiten, und Anfang März war ein stark verbesserter Typ der Maschine, die er überbracht hatte, bereit, sich in die Luft zu erheben. Das Gerät musste von einer hoch gelegenen Plattform aus gestartet werden, dann glitt es wie ein Seevogel aus seinem Nest in den Klippen. Außerdem mussten Vorbereitungen getroffen werden, eine Anzahl weiterer Geräte herzustellen, aber davor war es nötig, dass ein Mechanismus gefunden wurde, der sie durch die Luft bewegte. Wasserdampf war eine Möglichkeit, aber keine der zur Verfügung stehenden Dampfmaschinen war für diesen Zweck klein genug, und das Fluggerät konnte nicht mit Holz oder Kohle befeuert werden, während es in der Luft war. Wenn Dampf die Lösung war, musste eine besondere leichtgewichtige Maschine entworfen werden, die auf völlig neuen Prinzipien basierte. Unberührt von diesen Problemen, setzte Brickman seine Arbeit fort.

Fürst Kiyo Min-Orota, beeindruckt von Brickmans Energie und tadelloser Führung, die in jeder Hinsicht der eines Samurai ebenbürtig war, dachte darüber nach, wie er Brickman für den Schatz nützlicher Geräte belohnen könnte, die er mit unermüdlichem Stift entworfen hatte. Dieser Mann war eine Gans, die aufgrund eines inneren Triebes goldene Eier legte. Der Vogel musste gut gefüttert werden und ein behagliches Nest bekommen, bis es Zeit war, ihm den Hals umzudrehen.

Wie die Mutanten besaßen die Langhunde traditionsgemäß Sklavenstatus, aber Min-Orota fühlte, dass Brickman ein Sonderfall war, der eine bessere Behandlung verdiente. Und so kam es, dass Brickman wie durch Zauberei in ein kleines, aber elegantes Haus gesetzt und mit koreanischen Leibsklavinnen versehen wurde. Fürst Min-Orota nahm seinen überschwänglichen Dank entgegen, ohne ihn darüber aufzuklären, dass die Koreaner im Verein mit den Thais und Vietnamesen zu den unreinen Völkern gehörten, die zu den unteren Schichten der Eisenmeistergesellschaft zählten. Für einen wahren Sohn Ne-Issans – einen Samurai aus vornehmer Familie – wäre die Versorgung mit derart minderwertigen Sklavinnen eine tödliche Beleidigung gewesen; für einen Langhund, der zu solchen subtilen Unterscheidungen nicht fähig war, war es ein Luxus, von dem er sich nie hätte träumen lassen.

Während eines früheren Besuchs hatte Tōshirō dem Landfürsten taktvoll von dem Eindruck des Shōgun berichtet, die Erhebung Brickmans aus dem Sklavenstatus sei sowohl unnötig als auch nicht opportun, und es gäbe bisher kein Beispiel für einen solchen Fall. Fürst Min-Orota hatte sich beeilt, Tōshirō zu versichern, es handle sich um ein vorübergehendes Arrangement, das wichtige materielle Vorteile nicht nur für sein Haus, sondern auch für den Shōgun mit sich bringen könne. Und die spätere Entlassung des Langhundes aus der Gunst würde eine unterhaltsame Ablenkung bieten.

Aber es gab weniger amüsante Aspekte der derzeitigen Lage, auf die Tōshirō jetzt zu sprechen kam. Die Mutantin, die Generalkonsul Nakane Toh-Shiba in seine schützende Obhut genommen hatte, war mysteriöser Weise nicht mehr gesehen worden. Durch fleißige Detektivarbeit und mit Hilfe des örtlichen Netzes der Agenten und Informanten hatte Tōshirō eine unerlaubte sexuelle Liaison entlarvt, die – obwohl schon an sich störend genug – weit traurigere Folgen nach sich gezogen hatte.

Tōshirō berichtete dem Shōgun über die neueste Arbeit Brickmans, dann machte er eine gleichgültige Bemerkung über das Schicksal der Mutantin, die ihn begleitet hatte. »Ich bedaure, Ihnen mitteilen zu müssen, aus zuverlässiger Quelle informiert worden zu sein, dass der Konsul von Masa-chusa und Ro-diren dem Begriff der ›schützenden Obhut‹ eine neue Bedeutung verliehen hat.«

Der Shōgun reagierte mit einem scharfen Blick. »Sind Sie sicher?«

»Absolut. Alle Anzeichen sprechen dafür, dass ihn eine große Leidenschaft ergriffen hat. Die betreffende … ah … Dame wurde generös mit eigenen Leibsklaven ausgestattet. Natürlich Abschaum.«

Im Gesicht des Shōgun zeigte sich keine Spur der Erregung, die ihn durchlief. Sein Blick war unverrückbar auf den Garten gerichtet.

»Wo?«

»Zu seinen Ländereien gehört ein See mit einer kleinen Insel in der Mitte. Anscheinend befindet sich auf dieser Insel ein Haus. Die Bäume, die es umstehen, machen es vom Ufer aus schwer erkennbar. Ich glaube, es hat zuvor bereits ähnlichen Zwecken gedient.«

Der Shōgun nickte. Sein Gesichtsausdruck blieb ungerührt, aber Tōshirō wusste, welchen Zorn er hervorgerufen hatte. Generalkonsul Nakane Toh-Shiba war mit einer der Schwestern Yoritomos verheiratet. Es stellte einen Angriff auf ihre Ehre dar, sie in ihrem Schlafgemach zu besuchen, nachdem man sich mit einer Mutantensklavin gepaart hatte; einen Angriff, der bei passender Gelegenheit gerächt werden musste.

»Es ist nicht ganz so schlimm, wie es aussieht«, sagte Tōshirō.

»Sie meinen … das waren die guten Nachrichten?«

»Ja, Herr. Die schlechte Nachricht lautet … Sie ist keine Mutantin.«

Der Shōgun schloss die Augen und atmete tief. »Wie ist es zu erklären, dass Sie das nicht merkten, als sie ankam?«

»Ich hatte keinen Grund, es zu vermuten. Man hatte uns gesagt, der Langhund würde eine Mutantenkriegerin als Eskorte haben. Wer hätte ahnen können, dass sie eine Körperbemalung aufgetragen hatte? Ich habe keine Ahnung, was sie bewogen hat, ihre Verkleidung zu entfernen, aber ihre Haut ist rein – wie die Brickmans. Sie gehören zur gleichen Art.«

»Beide Langhunde …«

Tōshirō beobachtete, wie der Shōgun die Implikationen abwog. Ihre Blicke trafen sich. »Weshalb die Irreführung?«

Tōshirō wog seine Worte sorgfältig ab. »Vielleicht war der Handel, den Fürst Yama-Shita mit den Mutanten abgeschlossen zu haben behauptet, eine … Tarnung für ein direkteres Arrangement mit den Herstellern.«

»Die Föderation …?«

Tōshirō senkte den Kopf unter dem eindringlichen Blick des Shōgun. »Es ist die einzige Erklärung, die einen Sinn ergibt, Herr. Natürlich könnten Sie etwas wissen, das mir unbekannt ist.«

»Ich wünschte, es wäre so.«

»Fürst Yama-Shita ist ein Mann, der gerne handelt.«

»Und er ist ehrgeizig. Aber die Vorstellung, dass er Geschäfte mit der Föderation …« Yoritomo beendete den Satz nicht.

»Ich bin mir der Bedeutung bewusst.«

»Die übelste Form des Verrats. Tod für ihn und seine engere Familie, plus Einbeziehung seines ganzen Distrikts.

Aber bevor ich Ieyasu auf den Fall ansetze, werde ich mehr Verdachtsmomente brauchen.«

»Mit etwas Zeit werde ich die Beweise bekommen, wie ich glaube. Aber das löst nicht das Problem, wie man ihm die Kette anlegt.«

»Genau. Ist Kiyo Min-Orota an der Sache beteiligt?«

»Lassen Sie es mich so ausdrücken. Ich finde es schwer vorstellbar, dass er nicht wissen sollte, mit wem der Konsul den größten Teil seiner Tage verbringt. Selbst wenn die Familie nicht an dem Handel mit den Langhunden beteiligt wäre, müsste sie längst eins und eins zusammengezählt haben.«

Der Shōgun seufzte. »Mehr brauche ich nicht zu wissen.« Sein Mund wurde schmal. »Wie lange ist mein lieber Schwager schon …?«

»Seit Anfang Januar.«

»Und Sie haben es eben erst herausgefunden?«

Tōshirō senkte den Kopf. Es war nicht der Augenblick für Entschuldigungen.

»Ich begreife es einfach nicht«, klagte Yoritomo. »Meine Schwester und ihre Kinder waren noch vor wenigen Wochen hier. Sie hat nie die geringste Andeutung gemacht, dass etwas in dieser Art vor sich ginge.«

»Sie hat es möglicherweise nicht gewusst, Herr. Der Grund, aus dem ich so lange gebraucht habe, war, dass sich gewisse Leute viel Mühe gemacht haben, die ganze Geschichte zu vertuschen.«

Yoritomo atmete scharf ein. »Wenn er nicht zur Familie gehören würde, stünde er morgen früh vor mir. Wie konnte er mir das antun? Es ist unverzeihlich.« Er beruhigte sich wieder und gewann auch ein gewisses Maß einer mäßig guten Laune zurück. »Andererseits kann ich nicht behaupten, dass es mich sehr überrascht. Ich wusste schon seit Langem, dass er in dieser Hinsicht einen exzentrischen Geschmack hat.«

Schweigen entstand, während Yoritomo die Züge erwog, die ihm offenstanden.

»Ich vermute, wir könnten die Angelegenheit jederzeit beenden, indem wir ihr etwas in den Reisnapf praktizieren. Oder wir könnten sie beide zusammen erwischen. Dann würde es mehr nach einem abgesprochenen Selbstmord aussehen.«

Tōshirō schüttelte den Kopf. »Das wäre ein schlechter Zug, Herr …«

»Wollen Sie damit sagen, es sei nicht möglich?«

»Gewiss nicht. Verglichen mit Fürst Yama-Shita ist der Konsul ein bemerkenswert schwankendes Ziel. Ich bin nicht der Ansicht, dass es in diesem Stadium des Spiels unser Vorteil wäre, wenn wir einen der Spieler töteten. Wenn der Zug bis zu Ihnen zurückverfolgt würde …«

»Ja … ja.« Die Mundwinkel des Shōgun verzogen sich nach unten; sein Gesicht verfinsterte sich. »Was für eine komplizierte Situation. Wir haben immer gewusst, dass die Familie Yama-Shitas der Schlüssel für jeden Zug gegen das Shōgunat sein würde. Und es war klar, dass mein Schwager die Art von Idiot war, der sich letztlich selbst ans Messer liefern würde; aber …« Er seufzte und fuhr fort: »Die Person, durch die ich mich am meisten gedemütigt fühle, ist Kiyo. Sind Sie absolut sicher, dass er bei der Sache eine Rolle spielt?«

»Ich setze mein Leben dagegen, Herr.«

Yoritomo schloss die Augen fest, als versuchte er diese Enthüllung abzuwehren. Mit einer langsamen, widerstrebenden Geste fuhr er sich mit den Händen übers Gesicht und wischte es frei von allen Gefühlen, dann legte er die Hände auf die Knie. »Also haben wir möglicherweise die Min-Orota verloren. Und einer meiner Generalkonsuln steckt ebenfalls in ihrer Tasche.«

»Nicht ganz. Ich glaube nicht, dass er weiß, was sie planen. Er mag nicht einmal etwas von dem Handel gemerkt haben, aber er ist immer noch auf Ihrer Lohnliste; und er gehört zur Familie.«

»Erinnern Sie mich nicht …«

»Fürst Yama-Shita ist bereit, eine Gelegenheit beim Schopf zu ergreifen, aber er ist kein Narr. Können Sie sich ernsthaft vorstellen, dass er mit einem Mann konspiriert, der bereit ist, alles aufs Spiel zu setzen, um eine Langhündin zu bespringen?«

»Nein, vermutlich nicht. Also wie reimt es sich?«

»Wenn Yama-Shita im Bett der Föderation liegt, muss er gewusst haben, wer das geflügelte Pony übergeben hat.«

»Also war es eine List.«

»Es muss eine List gewesen sein. Von welcher Seite Sie es auch betrachten, der Generalkonsul hatte Gelegenheit, Alarm zu schlagen, als er herausfand, was sich unter der Körperfarbe verbarg. Er hat es nicht getan. Von diesem Zeitpunkt an war er am Haken. Was kann Fürst Min-Orota Ihnen erzählen? Ich bin sicher, er und Fürst Yama-Shita können eine Menge Zeugen aufbringen, die schwören, dass sie eine Mutantin ausgehändigt haben. Und wir können nicht auf den Clan des Prärievolks verzichten, mit dem Yama-Shita gehandelt zu haben behauptet, denn …«

»Er ist unser einziger Kontakt.«

»Ende der Geschichte. Toh-Shiba ist der Mann auf dem Schleudersitz. Sie haben ihn mit entblößtem Glied ertappt und beabsichtigen, es als Hebel zu benutzen.«

»Etwa, um ihn zu überreden, dass er seine Garnison anweist, in die andere Richtung zu schauen, wenn die Min-Orota beschließen, gegen mich vorzugehen …«

Tōshirō schüttelte den Kopf. »Wir müssen weit gehen, um diese Straßenkurve zu erreichen. Sie haben noch nicht angefangen, die militärischen Möglichkeiten zu bedenken. Selbst mit Hilfe der Min-Orotas sind Yama-Shita und seine Freunde nicht stark genug, um das Shōgunat mit einem raschen, blutigen Schlag zu stürzen.«

»Sie könnten es schaffen, wenn Toh-Shibas Familie die Seiten wechseln würde.«

»Wir müssen sicherstellen, dass sie es nicht tun.«

»Mit anderen Worten, ich muss mich hüten, schlafende Hunde zu wecken.«

»Ich bin sicher, dass wir mit ein paar Listen aufwarten können, die ihnen schlaflose Nächte bereiten. Aber selbst wenn die Toh-Shibas überlaufen würden, könnte Fürst Yama-Shita immer noch nicht auf einen sauberen Staatsstreich hoffen. Keine Seite möchte in einen neuen, langwierigen Bürgerkrieg verwickelt werden. Wir haben alle zu viel zu verlieren. Nein – was wir im Augenblick in der Hand haben, ist eine Schlacht für Herzen und Köpfe.«

»Die Art Schlacht, die am schwierigsten zu gewinnen ist.«

Tōshirō senkte den Kopf. »Herr, mit Ihnen am Ruder …«

»Ist das alles?«

»Nicht ganz.«

Wieder seufzte Yoritomo. Als er sprach, war der klagende Ton aus seiner Stimme einem Anflug von Gereiztheit gewichen. »Seien Sie vorsichtig, mein Freund. Sie fangen an, die Übersicht zu verlieren.«

Tōshirō nahm diese Ermahnung gelassen hin. Die

Gefahr, sich als Überbringer schlechter Nachrichten den Unmut des Shōgun zuzuziehen, verlor sich wieder. »Ein Gerücht, Herr; nichts weiter. Ich dachte nur, Sie sollten es erfahren.«

»Ich warte.«

Tōshirō straffte sich innerlich. Man mochte es als Gerücht auffassen, aber es war immer noch Sprengstoff. »Das Flugpferd wurde durch einen Motor durch die Luft getragen, dessen Arbeitsweise nicht zu ermitteln war.«

»Ich weiß. Yama-Shita hat angeordnet, ihn zu zerstören.«

»Es ist nicht geschehen.«

Bei dieser Nachricht stiegen die bemalten Brauen des Shōgun in die Höhe.

»Bis jetzt ist nichts geschehen, aber es heißt, unsere Freunde im Norden hätten beschlossen, ihre gezähmten Langhunde zu bitten, seine Geheimnisse zu lüften und ihnen zu helfen, Wege zu ersinnen, um …«

»Um was?«

»Wege zur Wiederentdeckung der …« Tōshirōs Kehle wurde trocken.

»… des Dunklen Lichts.« Die Worte beschworen das eisige Phantom von Tod und Katastrophe herauf.

Die fünf Samurai, die den Shōgun bewachten, verstanden nicht, was er sagte, aber sie spürten die Angst in seiner Stimme und warfen einander unbehagliche Blicke zu.

Tōshirō wandte seine Augen ab, während sich Yoritomo zur Ruhe zwang. In einer solchen Situation verbot ihm die Etikette, den Shōgun anzuschauen. Er musste mit gebeugtem Kopf knien bleiben, bis ihn Yoritomo ansprach.

In seiner Eigenschaft als gegenwärtiger Inhaber des

höchsten Amtes und Wächter der geheiligten Prinzipien und Traditionen, die die Welt der Samurai regierten, war das Dunkle Licht das, was Yoritomo am meisten fürchtete. Es war die böse Macht, die zur Vernichtung der Welt Davor geführt hatte; die Macht, die niemals wieder in menschliche Hände gelangen durfte. Ihre Geheimnisse waren zu einem verborgenen Wissen geworden; gemieden und gefürchtet wie die magischen Sprüche der Zauberer und Hexen uralter Zeiten.

Die Langhunde waren Meister des Dunklen Lichts und zugleich seine Sklaven. Es verlieh ihren furchtbaren Waffen Macht und beherrschte ihre Gedanken. Es war das Blut und das schlagende Herz ihrer Untergrundwelt. Aber es war ein krankes Organ; in ihm steckten die Keime der Seuchen, die den Körper schwächten, das Denken lähmten und die Seele zerstörten. Irgendwann würden die Söhne Ne-Issans einen Weg finden, dieses Herz aus seinem Körper zu reißen. Und sobald es zu schlagen aufhörte, wären die Langhunde wie Maden in einem begrabenen Leichnam gefangen, gezwungen, sich gegenseitig in der Finsternis aufzufressen, bis der letzte vom Gestank der Verwesung überwältigt wäre.

Aber zuerst musste ihr Fortschreiten mit Hilfe des Prärievolkes aufgehalten werden. Erst dann, wenn ein Weg gefunden war, ihre Kriegsmaschinen zu überwältigen, konnte man sie in ihr unfruchtbares Lager zurücktreiben und für alle Zeiten von der übrigen Menschheit abschneiden.

Das Dunkle Licht war schön und schrecklich zugleich. Es verführte und korrumpierte und machte jeden zum Gefangenen, der versuchte, es zu meistern. Die Narren, die jetzt versuchten, es wiederzubeleben, würden zuerst in den Wahnsinn getrieben und dann von den in ihm hausenden Dämonen zerstört werden. Von dem Moment an, in dem die Krieger der Siebten Welle an Land gestürmt waren, hatte man diese Dämonen von den Ländern verbannt, die an den östlichen See angrenzten, und jene, die das Denken der Langhunde heimsuchten, waren weit jenseits der Westlichen Berge verbannt worden. Und jetzt drohte eine Intrige, die durch von blinder Gier verführte Landfürsten angezettelt worden war, sie wieder freizusetzen! Es war verrückt! Yoritomo fühlte den schmerzhaften Zugriff sich vertiefender Verzweiflung. War die Geschichte für alle Zeiten dazu verdammt, sich ständig zu wiederholen?

Wie alle wahren Söhne Ne-Issans kannte Yoritomo die Geschichte gut. Es war eine warnende Geschichte, die durch die Zeitalter übermittelt worden war; eine Lektion, zu der seine Eltern, Lehrer und Berater von seiner frühen Kindheit an bis zu seinem Amtsantritt immer wieder zurückgekommen waren.

Ne-Issan, das Land der Aufgehenden Sonne, lag am Ostufer eines riesigen Kontinents, der in der Welt Davor Iyuni-steisa genannt worden war. In jenen weit zurückliegenden Tagen hatten die Krieger, deren Nachkommen die Söhne Ne-Issans gezeugt hatten, an einem fernen Ort gelebt, der ebenfalls das Land der Aufgehenden Sonne geheißen hatte. Es war ein Land von großer Schönheit gewesen, dessen Bewohner großen Reichtum und große Macht erlangt und dann ihre Seelen an die Spinner und Weber des Dunklen Lichts verloren hatten.

Das Dunkle Licht war der erdverhaftete Bruder des weißen Himmelsfeuers, das den Himmel gespalten hatte, als der Teufel *kami* aus der Wolkenwelt versuchte, das

Kastell Ameratsus, des All-Gottes zu stürmen. Der blendende Blitz war aus der Funkenkette entstanden, die von seinem Schwert sprühte, als er zehntausend seiner Widersacher mit einem furchtbaren Hieb vernichtete. Und das Feuer, das auf die Erde gefallen war und über die Erde raste, war von seiner göttlichen Macht erfüllt gewesen.

Die Spinner fanden geheime Methoden, diese Macht aus den Wäldern und Flüssen, Steinen und Gräsern zu ziehen, und von den stummen Luftmännern. Sie luden sie auf magische Räder und banden sie in Metallfäden, die so fein wie Seide waren. Die Weber nahmen diese Fäden, verwoben sie zu dünnen Seilen und knüpften ein riesiges Netz daraus, das im Laufe der Zeit den ganzen Erdball umgab. Niemand widersetzte sich, weil im Anfang jedermann durch seine magische Kraft gebannt war. Die Seile erzeugten mit einem Fingerschnipsen Licht, wo zuvor Dunkelheit gewesen war, und erfüllten die Luft mit Musik.

Diese Dinge waren gut, aber es hörte nicht auf. Man fand neue Wege, das Dunkle Licht durch die Luft zu werfen. Ein zweites Netz, diesmal aus unsichtbaren Fäden, wurde über den Himmel gewoben. Die Welt wurde unversehens zum Gefangenen, aber wieder leistete niemand Widerstand, denn die Spinner hatten noch mächtigere magische Räder gebaut, und die Weber hatten Methoden ersonnen, die Menschen von der Arbeit zu befreien. Das Dunkle Licht bewegte Bohrer und Sägen, ließ Hämmer fallen, schmiedete Eisen und verband Metallteile mit einem einzelnen Lichtfunken.

Für die stumpfsinnigen Tagediebe und ewig Unzufriedenen war auch das eine gute Sache. Müßiggang wurde eine Tugend. Auch die Handwerksmeister fanden bald keinen Markt mehr für ihre Fähigkeiten. Ihre geschickten

Finger wurden durch die Eisenklauen hirnloser Sklaven mit unermüdlichen Armen ersetzt. Gespeist vom Dunklen Licht, unempfindlich für den Wechsel von Tag und Nacht und der Jahreszeiten stellten sie Gegenstände in wenigen Augenblicken her, aus Materialien, die nicht der Welt der Natur entstammten. Solche Dinge, ohne Liebe gefertigt, hatten keine Seelen. Sie waren wertloser Tand, vorübergehende Luxusartikel für Menschen, die jeden Preis zu zahlen bereit waren, um die zunehmende Leere ihres Lebens zu bemänteln.

Die Weber hatten diese Leere geschaffen, und jetzt arbeiteten sie eifrig daran, sie auszufüllen. Die Welt der Natur wurde durch eine Welt der Illusion ersetzt: eine Welt der falschen Hoffnungen und inhaltlosen Träume, die sogar noch stärker wurde, während sie durch die von den Alten gestohlene Energie gespeist wurde.

In weniger als einem Jahrhundert verwandelte sich die Erde in eine einzige Vergnügungskuppel, angefüllt mit magischen Fenstern, die das Auge verführten, und Sirenenklängen, die jedermann bis auf die Stärksten vom Weg des Kriegers ablenkten. Die Fantasie wurde die neue Realität. Die Menschen verloren alles Gefühl für Ehre, als Sinneskitzel die Sensibilität ersetzten. Die dem ethischen Codex der Samurai zugrunde liegenden Prinzipien wurden missachtet; die Trauben uralter Weisheit verdorrten ungeerntet am Weinstock. Ehefrauen vernachlässigten ihre Familienpflichten, Männer ließen ihre Geschäfte und Berufe brachliegen und verloren jeden Sinn für Ehre, während sie sich törichten Spielen und niedrigen Zielen widmeten, voller Eifer, sich in der vagen Hoffnung auf wertlose Preise öffentlichem Spott und Demütigungen auszusetzen. Trügerischer Tand galt ihnen mehr als alles andere.

Die Spinner und Weber wurden immer reicher und mächtiger. Wer Widerstand leistete, wurde an den Pranger gestellt und gekreuzigt. Die Herrschenden unterstützten sie und suchten ihnen zu gefallen; Regierungen stimmten ihnen zu oder wurden gestürzt.

Da sie das Beispiel ihrer Eltern vor Augen hatten, war es unvermeidlich, dass die im Zeitalter des Dunklen Lichts geborenen Kinder die moralischen und geistigen Traditionen der Vergangenheit ablehnten. Und die Zukunft existierte nicht für sie. Sie lebten in einer geisterhaften Welt, die sofortige, geistlose Belohnung bot, und in der ständig Gegenwart herrschte. Sie wurden Schattenmenschen, standen mit dem Mond auf, um die Straßen zu bevölkern, sammelten sich zu Tausenden, wenn eine neue Sensation lockte.

Schmerz oder Vergnügen, das machte wenig Unterschied. Brust an Rücken und Schulter an Schulter zusammengepresst, standen sie in den prunkvollen Tempeln der Träumemacher und schwankten wie Schilfrohr in einer Flut aus Lärm, die Arme und Augen erhoben in Anbetung der vom Licht geschaffenen Bilder. Sie waren in der Gewalt der Weber, und ihre Kleidung spiegelte ihre Verfassung wider. Ihre Leiber waren gebunden und gekettet, sie trugen Ringe durch Ohren und Nasen, und in ihren Armen steckten Nadeln. Ihre Haare standen an einer Seite wie die Borsten blödsinniger Stachelschweine empor, und ihre Gesichter waren wie die regenbogenfarbener Mutanten bemalt. Einem bedeutungslosen Wort zufolge war Stil alles. Wie radschlagenden Pfauen galt ihnen der äußere Schein mehr als alles andere; aufzufallen war ihr höchstes Ziel.

Von den durch Moral und spirituelle Gesetze auferlegten Beschränkungen befreit, wurden Männer und Frauen die Opfer krimineller Elemente, die ihre niedrigsten Instinkte reizten und sie in einen Morast der Wollust und Korruption trieben. Terror herrschte in den Städten, Feiglinge überfielen die Schwachen und Wehrlosen. Die Regierung wurde zu einem inhaltlosen Ritual, Könige und ihre Minister wurden von Schreibern und Händlern und den niedrigsten Schuften öffentlich verhöhnt und verspottet.

Ameratsu-Omikani, der große Himmelsgeist, krank gemacht durch den Teufel aus der unteren Welt, schleuderte die Sonne ins Meer, wo sie mit einem mächtigen Getöse explodierte und die Ozeane entflammte. Wer es gewagt hatte, den Blick zu erheben, um das Ereignis zu sehen, den tötete das Entsetzen. Die Wasser warfen Blasen und kochten wie geschmolzenes Gold. Von wirbelnden Winden aufgepeitscht und unter dem Toben Tausender Stürme stiegen sie hoch in die Luft empor, griffen mit glühenden Klauen nach den geschichteten Wolken und fielen krachend wieder aufs Ufer zurück, alles auf ihrem Weg vernichtend. Niemand blieb am Leben, nicht einmal jene, die sich auf den Gipfel des heiligen Berges Fuji geflüchtet hatten.

Nur die Bootsleute überlebten, verborgen hinter den eisernen Mauern ihrer schwimmenden Dörfer unter den schneebedeckten Bergen jenseits der Südmeere. Sie sahen das Feuer im Himmel, aber die Flammen erreichten sie nicht, denn Ameratsu, der sie erretten wollte, schickte kalte Winde, dass sie die Hitze vom Wasser vertrieben. Denn jene Menschen waren die Auserwählten. In ihren Seelen glomm ein Funke, der zu einer Flamme werden sollte. Jene Flamme, die eines Tages das Eisen des Herzens und der Seele einer neuen Nation der Samurai schmieden sollte.

Die Zeit stand still. Die Sonne war verschwunden, von den Ozeanen verschluckt. Sie hatte nur noch ihr flüchtiges Nachbild am Himmel zurückgelassen, einen stumpfroten Ball, der von Zeit zu Zeit einen bleiernen Glanz ausstrahlte, der sich wie ein Leichentuch auf die Erde senkte.

Während sie schweigend zwischen Säulen aus grauem Eis dahintrieben, wurde den Bootsleuten allmählich bewusst, dass die Welt, die sie gekannt hatten, verschwunden war. Die Erde hatte sich in eine verkohlte Wüste verwandelt, in der sich nichts regte und nichts gedieh. Die Wolken saugten den todbringenden Staub auf und luden ihn als giftigen Regen über dem Meer ab. Da die einzige Nahrung der Bootsleute in den Früchten des Meeres bestand, brachten sie eine tödliche Ernte ein. Viele verdarben, aber nicht alle. Einige, die Ameratsu gesegnet hatte, fühlten sich zwar krank, gewannen aber dann in gewissem Umfang ihre vorherige Kraft wieder. Ihre Zahl nahm ab, aber ein Kern blieb bestehen und gesellte sich anderen Ozean-Wanderern zu, die ihre Sprache sprachen und ihre Träume teilten.

Die Odyssee währte länger als zwei Jahrhunderte. Generation um Generation wurde geboren und auf dem Meer beigesetzt, aber die Abkömmlinge der Erwählten gaben nie die Hoffnung auf, und allmählich wurden sie stärker. Sie hielten die Erinnerung an ihre glanzvolle Vergangenheit in den Köpfen ihrer Kinder lebendig, brachten von Hunger, Krankheit und Verzweiflung trübe Augen zum Leuchten mit Berichten von heroischen Taten durch kühne, furchtlose Samurai, für die der Gedanke an den Tod leicht wie eine Feder war.

Und sie übermittelten genaues Wissen von der einstigen Welt, und die Fähigkeiten, die nötig sein würden, eine neue Welt aufzubauen, wenn die Wunden der Erde verheilt waren. Vor allem übermittelten sie den Codex des *bushidō*, die geistigen Gesetze, die das Denken und Handeln der Krieger regieren und sie über die normale Menschheit erheben.

Und sie vertrauten ihnen eine heilige Aufgabe an: das Dunkle Licht auszumerzen und zu zerstören und für immer von der Welt zu verbannen.

Es war eine Aufgabe, die die Söhne Ne-Issans niemals vernachlässigt hatten. Bei der Errichtung des ersten Shōgunats hatte sie die Form eines Erlasses angenommen. Das Dunkle Licht war der größte Feind der Menschheit; der Versuch, es wiederzuerlangen, war das größte Verbrechen.

Die nachfolgenden Herrscher Ne-Issans hatten den Kampf mit heiligem Eifer geführt, und der jetzige hielt es ebenso.

Yoritomo wusste, wenn sich das Gerücht als wahr erwies, mussten die mit ihm in Zusammenhang Stehenden mit Stumpf und Stiel ausgerottet werden. Aber wie weit mochte die Verschwörung verbreitet sein? Vor Tōshirōs Rückkehr waren die Min-Orota als *fudai* betrachtet worden; loyale Verbündete der Toh-Yota. Es war eine extrem delikate Situation.

Da die Kräfte in den einander gegenüberliegenden Lagern fein ausbalanciert waren, konnte das Shōgunat nicht riskieren, offene Maßnahmen gegen die Verschwörer zu ergreifen – wenn sie Verschwörer waren. Selbst wenn er seinen Schwager, den Konsul anwies, sich dem *seppuku* zu unterziehen, wie es die Familienehre verlangte, konnte das beim gegenwärtigen Stand der Verschwörung unvorhergesehene Folgen haben.

Nein ... Die Beleidigung seiner Schwester und seines Hauses würden geahndet werden, aber zu einer Zeit seiner Wahl. Im Augenblick war es weiser, den Dingen ihren Lauf zu lassen.

# 3

Wieder einmal hatte Tōshirō Hase-Gawa sein ungewöhnliches Geschick bewiesen, Informationen zu beschaffen und die losen Fäden des Netzes aus Agenten und Informanten zu verknüpfen: Augenzeugenberichte, Klatsch, Schlafzimmergeheimnisse, Brunnengeschwätz, Badehausgerüchte. Aber das Bild, das der Herold für den Shōgun gemalt hatte, hatte ernstliche Fehler. Die Landfürsten waren einer geheimen Allianz beigetreten, sie erwogen die Fertigung von Geräten zur Wiederentdeckung des Dunklen Lichts, und der Generalkonsul Nakane Toh-Shiba war in eine unerlaubte sexuelle Liaison verstrickt. Aber Yama-Shita war kein Bündnis mit der Föderation oder ihren Agenten eingegangen. Tōshirō hatte die falschen Schlüsse aus der ihm zugänglich gemachten Information gezogen. Das Szenario, das er entworfen hatte, baute auf einem fundamentalen Irrtum auf: seine Annahme, das Objekt der Liebe – Clearwater – sei eine Langhündin.

Es war ein Irrtum, für den man Tōshirō nicht verantwortlich machen konnte. Sein Wissen über die Mutanten betraf, wie das der Mehrzahl der Eisenmeister, nur die Exemplare, denen er in Ne-Issan begegnet war: stumpfäugige Sklaven, die wie Vieh gefüttert und getränkt wurden und unter der Peitsche besser arbeiteten. Sie waren primitive Ausländer, deren Platz in der Eisenmeistergesellschaft dem der Pflügeochsen glich und die zuweilen für noch geringer erachtet wurden.

Als Samurai und Herold des Inneren Hofes war Tōshirō an strenge soziale Konventionen gebunden. Es schickte sich nicht für ihn, mit solchen Leuten zu reden, er konnte ihnen nur Befehle erteilen. Und wenn er Sklaven besessen hätte, würde er ihnen diese Befehle durch Mittelsmänner gegeben haben. Infolgedessen wusste er fast nichts über ihre Sitten und Traditionen oder ihre freie Existenz in dem riesigen Land jenseits des O-hiyo und Mei-suri. Insbesondere wusste er nichts von der Existenz der Supernormalen, jener Mutanten, deren Körper nicht nur gerade gewachsen und glatthäutig, sondern auch reinhäutig waren – wie die Langhunde und die Söhne Ne-Issans.

Er war nicht der Einzige.

Fürst Hiro Yama-Shita hatte einige Monate zuvor genau den gleichen Fehler gemacht; trotz der Tatsache, dass er mehr über das Prärievolk wusste als irgendjemand sonst in Ne-Issan.

Im Laufe der Jahre hatte Yama-Shita eine beachtliche Menge an Informationen über die nomadischen Mutanten gesammelt, aber nur ältere Mitglieder seiner Familie hatten Zugang zu ihnen. Die jährliche Expedition der Raddampfer über die Großen Seen war eines der vielen Unternehmungen, die Yama-Shita reich und mächtig gemacht hatten. Die Mutanten waren nicht nur eine Quelle billiger Arbeitskraft; die durch sie eingebrachten Güter trugen dazu bei, ihre gefangenen Brüder zu ernähren und zu kleiden. Sein Wissen um diese Dinge war sein Handelsgeheimnis; die Kenntnis der Stärken und Schwächen seiner Kunden versetzte Yama-Shita in die Lage, die besten

Tauschgeschäfte zu machen, und die Rivalität zwischen den verschiedenen Clans bedeutete gewöhnlich, dass seine Handelskapitäne den Gewinn davon hatten.

Im Gegensatz zur Mehrheit der Eisenmeister verachtete Yama-Shita die Mutanten nicht, obwohl er persönlich ihre verunstalteten Leiber abstoßend fand, insbesondere Haarbüschel in den Achselhöhlen und um die Sexualorgane. Aber trotz ihres wunderlichen Aussehens und ihrer lässigen Einstellung der Hygiene gegenüber besaßen sie eine gewisse Vornehmheit und waren in ihrer natürlichen Lebensweise kräftige und furchtlose Individuen mit einem eigenen Ehrencodex, der viele Berührungspunkte mit dem der Samurai aufwies. Und sie hatten ein ausreichendes Talent, eine höhere Autorität zu erkennen und anzuerkennen – namentlich ihn selbst und seine Begleitung –, und genug Verstand, zu begreifen, dass der fortgesetzte Austausch von Gütern und Leuten gegen Waffen und Gegenstände für beide Seiten profitabel war.

Das Bild, das sie dem Außenseiter boten, war das eines weitgehend ungebildeten Volkes, dessen Angehörige mit einer gewissen primitiven Schläue, aber mehr Muskeln als Verstand ausgestattet waren. Immerhin gab es einige Mutanten – insbesondere die Wortschmiede –, die eine kühne Intelligenz und überraschende Klugheit aufwiesen. Das Individuum namens Mr. Snow, der Wortschmied des Clans M'Call, gehörte zu ihnen, und an ihn hatte sich Yama-Shita um Hilfe bei der Beschaffung eines Flugpferdes gewandt.

Der Landfürst war auch mit der unbegründeten Meinung vertraut, gewisse Mutanten besäßen übernatürliche Kräfte; Personen mit rätselhaften Fähigkeiten, die als Rufer und Seher bekannt waren. Die Eisenmeister, die ihre Riten an Ameratsu-Omikami geweihten Stätten ausübten, glaubten, dass die Welt der Natur von der Geist-Welt durchdrungen sei – dem Reich des *kami* –, aber Yama-Shita reagierte auf Geschichten über Mutantenmagie mit Spott. In seiner Sicht stellten die Mutanten keine Gefahr für die Eisenmeister dar. Trotz ihrer großen Anzahl machten es ihnen die unvollständige Natur des Clansystems und die traditionelle Feindschaft, mit der die rivalisierenden Parteien einander begegneten, unmöglich, eine großangelegte militärische Aktion gegen ihre Wohltäter im Osten oder den Feind im Süden zu starten. Das Prärievolk verteidigte sein Territorium heftig, aber es war nicht fähig, ein Imperium aufzubauen. Das war der Grund, aus dem es ungefährlich war, sie mit Waffen zu beliefern. Ihr unversöhnlicher Hass gegen die Langhunde und die von ihnen geübte Guerillataktik machten sie hervorragend als Bollwerk gegen das tastende Vordringen der Untergrund-Kriegsmaschinen der Föderation geeignet.

Manchmal fragte sich Yama-Shita, ob das Prärievolk erkannte, dass es manipuliert wurde, aber es fiel ihm nie ein, dass sie ebenso von einem Glauben an eine Bestimmung beeinflusst werden mochten. Er hatte nie von der Talisman-Prophezeiung gehört; wäre es ihm zugetragen worden, würde er nicht viel darauf gegeben haben. Seine Neugier in Bezug auf Mutanten hielt sich durch seinen natürlichen Glauben an die Überlegenheit seiner selbst und des Systems, das er verkörperte, in Grenzen. In seiner Sicht – die jeder Eisenmeister bis hinauf zum Shōgun teilte – gab es von den Mutanten nichts zu lernen; man konnte nur über sie etwas lernen. Yama-Shita war kein Anthropologe, noch war er ein Student der vergleichenden

Religionswissenschaft; er befasste sich mit wirtschaftlichen Fragen.

Dieses selektive Sammeln von Informationen bedeutete, dass Yama-Shita, wie dem Herold, die Existenz der supernormalen Mutanten völlig unbekannt war. Deshalb war er dazu verdammt, die gleichen falschen Schlüsse zu ziehen, und als ihn Ende Januar endlich die Nachricht der unerwarteten Verwandlung Clearwaters von einer vielfarbenen Mutantenkriegerin zur makellosen Langhündin erreichte, teilte er längst den gegenwärtigen Eindruck des Shōgun, dass ein Betrug vorläge.

Yama-Shitas Zorn richtete sich gegen zwei Ziele: gegen Mr. Snow, weil er versucht hatte, ihn zu täuschen, und gegen den Konsul wegen seiner Schwachheit und Dummheit. Als ihn Kiyo Min-Orota über die Ereignisse informiert hatte, war sein erster Impuls gewesen, Clearwater durch einen Assassinen töten zu lassen, aber Kiyo hatte ihm versichert, keiner von ihnen könne der Komplizenschaft angeklagt werden, wenn alle Umstände in Betracht gezogen würden.

Yama-Shita hatte ihm spontan recht gegeben, sich aber im Nachhinein wie der Shōgun in einem Dilemma gefangen gefunden. Die verschleierte Anwesenheit einer Langhündin war zugleich eine willkommene Verwirrung der Dinge und eine vom Himmel gesandte Gabe. Das unverständliche Verlangen des Konsuls, Frauen unterer sozialer Schichten zu bespringen, hatte ihn endlich für Erpressung zugänglich gemacht. Der Mann war ein degenerierter Clown, aber seine hochrangigen Verbindungen durch seine Heirat mit einer Schwester des Shōgun machte ihn zu einem wertvollen Pfand in dem bevorstehenden gefährlichen Spiel.

Mr. Snow, der gefällige Wortschmied, stellte ein völlig anderes Problem dar. Was für ein Spiel spielte der schlaue alte Beulenkopf? Da er derjenige war, der sich bereit erklärt hatte, ein Flugpferd im Austausch gegen eine Schiffsladung Gewehre zu liefern, war klar, dass er an der Täuschung beteiligt gewesen sein musste. Hieß das, dass er mit der Föderation unter einem Hut steckte? Wenn es so war, ergab die Forderung, dass die Langhündin mit dem Wolkenkrieger zum M'Call-Clan zurückkehren müsse, sobald er seine Aufgabe erledigt haben würde, einen Sinn. Offenbar wurde von ihr und ihrem Partner erwartet, dass sie über das berichten würden, was sie gesehen hatten: Die handwerklichen Fähigkeiten der Eisenmeister und ihr Geschick bei der Adaption neuer Techniken, die Art, wie sie das Flugpferd antreiben würden, und der Grad ihrer Luftüberlegenheit. Kein Wunder, dass der Wolkenkrieger verlangt hatte, er und seine Begleiterin müssten zusammenbleiben. Es war eine kluge List, aber kein Mutant oder abtrünniger Wagner, der je Ne-Issan betreten hatte, war entkommen, um berichten zu können – und dieses schamlose Paar würde das gleiche Geschick erleiden.

Aber eine andere wichtige Frage blieb unbeantwortet: Weshalb sollte die Föderation wissentlich einem potenziellen Feind die Geheimnisse des Flugs preisgeben? Zugegeben, das Flugpferd war unter der Tarnung beschädigter Güter übergeben worden, aber dieser Umstand verlieh nur der Behauptung Brickmans Glaubwürdigkeit, es aus geretteten Stücken und Teilen zusammengebaut zu haben, während er bei den Mutanten gefangen gehalten wurde. Trotz ihres ein wenig mitgenommenen Aussehens war die Maschine in der Lage, zwei Personen durch die Luft zu tragen, und tatsächlich hatte sie zwei Personen von großem Wert hergebracht: einen Reiter, der begierig war, genau die Funktion jedes einzelnen Teils und die Theorie hinter dem Entwurf zu erklären, und ein funktionierendes Beispiel für eine durch Dunkles Licht angetriebene Maschine.

Für Yama-Shita, einen geborenen Unternehmer, war diese Gelegenheit zu günstig gewesen, um sie nicht zu nutzen. Er hatte das Flugpferd in Sicherheit gebracht und dann beachtliche Geschicklichkeit darauf verwandt, unter den wachsamem Augen des Vertreters des Shōgun in einem spektakulären Feuerwerk unter Verwendung harmloser Sprengkörper und mehrerer versteckt angebrachter Ladungen Schießpulver seine Zerstörung zu simulieren.

Der Irrtum bezüglich der wahren Identität Clearwaters, der später den Herold Tōshirō zu dem Glauben verführen sollte, Yama-Shita sei möglicherweise mit der Föderation verbündet, veranlasste den Landfürsten, seine eigene ausgeklügelte Theorie in Bezug auf Mr. Snow zu entwickeln. In Ne-Issan erreichte niemand die Machtposition, derer sich Yama-Shita erfreute, ohne skrupellos und verschlagen zu sein – und er selbst war keine Ausnahme. Wie die meisten Landfürsten besaß er einen von Natur aus misstrauischen Verstand und den Hang zu verzweigten Verschwörungen. Er war sicher, Mr. Snow hatte nicht erwartet, dass die Langhündin ihre wahren Farben enthüllen würde.

Und der Wortschmied konnte nicht erfahren haben, dass sie der Obhut Nakane Toh-Shibas anvertraut werden würden, noch konnte er die Folgen vorausgesehen haben.

Was also war beabsichtigt gewesen? Stellte die Übergabe des Flugpferdes mit seinem faszinierenden Antrieb und seinem zuvorkommenden Reiter einen Versuch dar, das Interesse an weiteren Geräten zu erregen, die vorhanden sein mochten? Nach Jahren des Handels mit den Mutanten war erwiesen, dass Yama-Shita jemand war, mit dem man Geschäfte machen konnte. Und seine Raddampfer waren ein sicheres Transportsystem für Güter und Personen. War es möglich, dass die Föderation versuchte, via Mr. Snow einen Kontakt mit ihm herzustellen?

Einen derartigen Zug zu erwidern wäre Hochverrat. Es war auch Hochverrat, einem geheiligten Edikt zuwiderzuhandeln, das sich auf das Dunkle Licht bezog. Aber Yama-Shita sah sich nicht als Verräter. Er wünschte, Ne-Issan zu erhalten – aber nicht unbedingt in seiner gegenwärtigen Form. Friede und Wohlstand waren nicht genug. Yama-Shita wollte Fortschritt. Um ihn zu erlangen, würde er Shōgun werden müssen. Das bedeutete, dass er Toh-Yota ersetzen musste. Wenn ihm das in den Kriegsmaschinen der Föderation steckende Wissen dabei nützlich sein konnte, dann wäre er unter geeigneten Bedingungen bereit, ein Arrangement zu treffen. Und wenn er die absolute Macht erreicht haben würde, konnte er dasselbe Wissen benutzen, um die Langhunde zu besiegen, ihr unterirdisches Imperium zu zerstören und sämtliche Spuren ihrer Anwesenheit vom Antlitz der Erde zu tilgen.

Yama-Shita war sich dessen bewusst, dass jede Art Handel mit der Föderation gefährlich war, aber er hatte bereits ein beträchtliches Risiko auf sich genommen, indem er über die Erbeutung des Dunklen Lichts nachdachte. Er war nicht einmal sicher, den Mut zu haben, derart ehrgeizige Gedanken in Taten umzusetzen. Wenn er es täte, wäre er gezwungen, die Geräte in die Hände zu bekommen, die von den Spinnern und Webern benutzt wurden. Diese verbotenen Gegenstände und die Materialien, aus denen sie bestanden, konnten nur nach Ne-Issan gebracht werden, wenn seine Position unanfechtbar war.

In der Zwischenzeit konnte es nicht schaden, wenn er sich die Möglichkeit offenhielt. Er würde sein Wort halten und den M'Calls die versprochene Schiffsladung Gewehre zukommen lassen. Er würde nicht danach trachten, Mr. Snow zu bestrafen, weil sein Clan versucht hatte, ihn zu betrügen; er würde ihm keine Vorhaltungen machen und ihm nicht einmal eine Erklärung abverlangen. Er würde einfach den alten Fuchs der Langhündin gegenüberstellen und zusehen, was geschähe, wenn er die Veränderung ihrer Kleidung und ihres Aussehens sähe und von ihren eigenen Lippen hörte, dass sie und der Wolkenkrieger gut behandelt worden waren und kein Verlangen danach hatten, zum Prärievolk zurückzukehren.

Von dem Augenblick an, in dem er sie erblickte, würde Mr. Snow keinen Zweifel mehr haben, dass er, Yama-Shita, der mächtigste Landfürst in Ne-Issan, alles wusste. Aber der Wortschmied würde nicht fähig sein, etwas in ihrem Gesicht zu lesen, denn ihr Gesicht wäre hinter einer schwarzen und goldenen Maske verborgen. Er würde seinen Besucher mit derselben ausgesuchten Höflichkeit empfangen, derer er sich einem Mit-Samurai gegenüber bedienen würde; weder seine Stimme noch sein Benehmen würde eine Spur von Zustimmung oder Ablehnung zeigen. Es wäre an Mr. Snow und seinen unbekannten Verbündeten, sein Schweigen zu interpretieren und ihren nächsten Zug entsprechend auszurichten.

Nakane Toh-Shiba war strikt angewiesen worden, der Langhündin nichts zu sagen, als dass sie an einen anderen

Ort gebracht würde; aber er hatte sich nicht daran gehalten. In seiner Verzweiflung über ihre bevorstehende Trennung war er hoffnungslos indiskret gewesen. In dem Wissen, dass die Zunge dieses Mannes so unbeherrscht wie sein Glied war, hatte Min-Orota sorgsam darauf geachtet, nicht die ganze Geschichte zu erzählen, aber von dem Augenblick an, als Clearwater wusste, dass sie Yama-Shita in Kari-faran treffen sollte, hatte sie vermutet, dass der Landfürst sie zu Mr. Snow mitnehmen würde. April war der Monat, in dem das Präriavolk mit den Vorbereitungen für den »Gang auf dem Wasser« begann – der kurzen Periode des Friedens, wenn sich die rivalisierenden Clans am Handelsposten am Ufer des Großen Flusses trafen.

Da Cadillac offenbar ganz zufrieden war, am Reiherteich zu bleiben, wusste Clearwater, dass sie nach Ne-Issan würde zurückkehren müssen. Tatsächlich hatte sie keine andere Wahl. Als sie bei der Nachricht ihrer bevorstehenden Trennung Tränen hervorgebracht hatte, hatte sich der Generalkonsul beeilt, sie zu trösten. Er hatte ihr versichert, Yama-Shita die feierliche Zusage abverlangt zu haben, dass ihr jede Annehmlichkeit zuteil und sie unversehrt zu ihm zurückgebracht werden würde.

Clearwater wusste, dass sie keine Zeit verlieren durfte. Sie erbat sich, ein kleines Zeichen seiner Zuneigung von ihm mitnehmen zu dürfen. Etwas, das sie in den Stunden, Tagen und Wochen trösten würde, in denen sie getrennt wären. Ein kleines, lackiertes Kästchen vielleicht; mit Bildern nach ihrem Wunsch geschmückt …? Und wieder hatte sie ihm diesen besonderen Blick zugeworfen. So anrührend; so inbrünstig; so voller Versprechen.

Toh-Shiba hatte nicht widerstehen können. Diese Augen! Sie waren wie schimmernde Juwelen. In einem

Augenblick waren sie scharfkantig geschliffene, von blauem Feuer erfüllte Smaragde; im nächsten Moment wurden sie weich, schmolzen zu azurnen Teichen. Wäre er ein Stein gewesen, würde er freudig in der geheimnisvollen Tiefe dieses Blicks versunken sein. Er hatte die Zahl der Frauen vergessen, deren sexuelle Gunst er genossen – oder erzwungen – hatte, aber keine von ihnen hatte je das Verlangen seines Körpers oder seine geheimsten Fantasien so befriedigt wie diese Langhündin. Sie war ganz einfach die begabteste Praktikantin, der zu begegnen er je das Vergnügen gehabt hatte. Sie war mehr als nur schön; ihre ganze Erscheinung strahlte eine geheime, erregende Sexualität aus. Sie war die Verkörperung fleischlicher Lüste. Und Toh-Shiba war besessen von ihr; er würde alles tun, was sie verlangte.

Innerhalb vernünftiger Grenzen, versteht sich.

Die Wahrheit sah ein wenig anders aus. Der Konsul war ohne das geringste Bedenken in ihren Körper eingedrungen, und sie war bei jeder dieser Gelegenheiten in seinen Geist eingedrungen und hatte den fiebrigen Bildern darin ihren Willen aufgezwungen. Fantasie wurde Wahrheit. Toh-Shibas wildeste Vorstellungen hatten physische Formen angenommen, während sie sich in alles verwandelte, wonach er verlangte; weich und unterwürfig in einem Moment, verzückt und verlangend im nächsten. Seine Nerven wurden überreizt. Sehen, Hören, Berühren, Riechen – jeder Sinn wurde erweitert und dann mit seinen geheimsten Wünschen verschmolzen. Sein Geschlechtsapparat, ohnehin großzügig bemessen, wurde in seinen Augen zu einem Ehrfurcht einflößenden Elfenbeinstab vergrößert, den er mit der Wucht und Ausdauer eines Hengstes und der Vitalität eines Lastesels einsetzte.

Das Zeitgefühl verwirrte sich, sodass, wenn der Höhepunkt erreicht war, der verzückte Spasmus, der jede Faser seines Seins ergriff, in ein Strömen außerordentlicher Befriedigung transformiert wurde, in dem sein Geist und Körper eine lustvolle Ewigkeit einzunehmen schien.

Kurz, der Konsul glaubte, weit mehr Lust zu empfinden, als er es wirklich tat. Clearwater zog kein Vergnügen aus ihren sexuellen Vereinigungen, aber sie musste ihren Körper einsetzen, um die Herrschaft über seinen Verstand aufrecht zu erhalten. Der Konsul war sich dessen nicht im Geringsten bewusst; jedes Mal, wenn er bei ihr lag, empfingen seine Augen und Ohren, seine Zunge, die Finger und das unermüdliche Glied Signale, die in Wirklichkeit seinem eigenen wollüstigen Hirn entsprangen.

Die Kraft, die Clearwater eingesetzt hatte, war dieselbe, die Mr. Snow eingesetzt hatte, um das Gehirn Hartmanns zu vernebeln, des Kommandanten des ersten Wagenzuges, der das Territorium des Prärievolks erreichte. Aber Mr. Snow musste dem Sandgräber nicht in eigener Person gegenübertreten. In seiner Eigenschaft als Sturmbringer war er Inhaber des Siebten Ringes der Kraft, und das befähigte ihn, Kontakte durch das mentale Bild Hartmanns herzustellen, das Cadillac dem Sehstein entnommen hatte. Die Fähigkeiten Clearwaters waren sehr groß, aber denen Mr. Snows weit unterlegen. Die Kräfte, die sie durchflossen, folgten dem Willen Talismans; sie selbst konnte ihnen nicht befehlen. Das war der Grund, aus dem sie wusste, dass ihre derzeitigen Aktionen seinen Segen hatten. Sie war zu der Liaison mit dem Generalkonsul getrieben worden, weil sie in der Nähe Cadillacs bleiben musste. Toh-Shibas Anwesen war nicht weit vom Reiherteich entfernt. Wenn Cadillac seine Meinung ändern und sich wieder an sie und die Möglichkeit der Flucht erinnern sollte, würde sie in der Lage sein, ihm zu helfen.

Die Himmelsstimmen hatten ihr gesagt, der Zorn der Eisenmeister müsse auf die Sandgräber fallen, nicht auf das Prärievolk. Deswegen musste ihre Kraft, wenn es nötig war, sie in der Öffentlichkeit einzusetzen, wie eine Kraft der Föderation wirken. Clearwater war über Cadillacs scheinbare Gleichgültigkeit in Bezug auf ihre Trennung betrübt gewesen, aber sie begriff rasch, dass es ihr bestimmt war, in die Hände des Konsuls zu fallen. Außerdem hatte sie genug gesehen, um zu wissen, dass sie als Mutantin nicht der Beachtung wert war, und dass ihre vielfarbene Haut trotz ihres wohlgeformten Körpers sie zu einer unangenehmen und entwürdigenden Existenz als Lasttier verdammen würde, das unter dem Gewicht mit Erde und Steinen gefüllter Körbe strauchelte, Wagen mit Exkrementen zu den Reisfeldern ziehen oder an ein Bewässerungsrad gekettet würde.

Clearwater verachtete den Status nicht, zu dem ihre Artgenossen herabgewürdigt waren; sie bedauerte sie, und seit ihrer Ankunft in Ne-Issan hatte sie manche bittere Träne deswegen vergossen. Aber sie konnte ihre Lage nicht verbessern, indem sie diesen Status teilte, und sie musste ihn nicht teilen, um zu begreifen, was ihre Artgenossen litten. Ihre Aufgabe war gleichermaßen unangenehm, und ihre Erniedrigung durch den Konsul war trotz des relativen Luxus, mit dem man sie umgeben hatte, nicht geringer. Wenn Mr. Snow die Wahrheit gesagt hatte, würden die »Verlorenen« – die von den Eisenmeistern gehaltenen Mutanten – befreit werden, wenn Talisman in die Welt kam. Und Mr. Snow hatte gesagt, sie und Cadillac seien das Schwert und der Schild des Dreifachbegabten. Er hatte nicht gesagt, was das bedeutete, aber er hatte betont, die Prophezeiung, in der von seinem Kommen und vom Sieg des Prärievolks über seine Unterdrücker die Rede war, träfe nur ein, wenn sie dem vorgezeichneten Pfad folgten.

Ein Teil ihrer Aufgabe war die Beschützung Cadillacs, in der Hauptsache vor sich selbst, weil in ihm dunkle Mächte wirkten. Und so hatte sie, als sie kurz vor Nakane Toh-Shiba paradiert war, erkannt, was von ihr verlangt wurde. Ihre Blicke waren sich nur ein paar flüchtige Augenblicke lang begegnet, aber mehr war nicht nötig gewesen. Ihr Geist drang in seinen ein und entdeckte seinen unerfüllten Wunsch, eine Langhündin zu besitzen. Und sie witterte ein Element lüsterner Neugier in seinem flüchtigen Taxieren, aber selbst der Konsul hatte seine Grenzen. Mutantinnen kamen nicht infrage. Trotzdem gelang es ihr, in seinem Kopf die Idee einzupflanzen, sie mitsamt dem kleinen Beutel, in dem sich ihr ganzer Besitz befand, in einer Einzelzelle mit Fließend-Wasser-Versorgung unterzubringen. Toh-Shiba gehorchte ihr zwar, indem er die nötigen Anweisungen gab, aber mit dem fast unmerklichen Zögern eines Mannes, der sich nicht ganz sicher war, richtig zu handeln.

Jeden Abend, wenn die Wachen lässiger wurden und seltener umherstreiften und durch die vergitterten Spionfensterchen spähten, benutzte sie ihren Vorrat an Nelkenblättern dazu, die Bemalung ihres Körpers zu entfernen, wobei sie mit den Körperteilen begann, die durch ihre Gehhäute verdeckt wurden. Am vierten Tag ihrer Gefangenschaft war die Verwandlung abgeschlossen. Die Wache, die ihr das karge Frühstück brachte, hätte fast das Tablett fallen lassen. Nachdem er seinen unmittelbaren

Vorgesetzten dazu gebracht hatte, sich mit eigenen Augen zu überzeugen, wurde die Neuigkeit rasch in immer höhere Ränge weitergegeben, und eine Stunde später kam der Generalkonsul persönlich in ihre Zelle und gebot ihr, sich zu entkleiden.

Clearwater widersetzte sich nicht und stand mit niedergeschlagenem Blick still, während Toh-Shiba sie umkreiste und jede Einzelheit ihres Körpers begutachtete. Endlich befahl er einem der hinter ihr stehenden Wächter, das lange, dunkle Haar vor ihrem Gesicht zu entfernen. Als ihr der Weißgestreifte die Haare über die Schultern zurückstrich und es in ihrem Nacken grob zusammenfasste, hob sie dem Zug gehorchend das Gesicht, und ihr Blick traf den des Konsuls. Toh-Shiba erwartete, dem kriecherischen Blick einer minderwertigen Kreatur zu begegnen; von furchtsamer Erwartung erfüllt; aber was er erblickte, waren zwei blaue Blitze, die sein Herz wie einen Fisch auf einen Speer spießten.

Und von jenem Augenblick an befand er sich im Banne der Kraft, die ihr Talisman verlieh.

Trotz Toh-Shibas zuvor unersättlichem Appetit auf Frauen war Clearwater zuversichtlich, während ihrer Abwesenheit nicht ersetzt zu werden. Seine ungesetzlichen Gelüste waren jetzt völlig auf sie konzentriert und würden es für ein paar Wochen der Trennung bleiben. Immerhin verließ sie sich nicht völlig darauf. Am Vorabend ihres Abschieds, als Toh-Shiba in ihren Armen lag und vor Ekstase bebte, während er seine neueste Reihenfolge imaginärer Sexualgymnastik durchspielte, lenkte sie seine Gedanken zum Ehebett zurück, indem sie ihr eigenes Bild mit dem seiner Frau überlagerte. Es war deshalb nicht überraschend, dass die Schwester des Shōgun bei ihrem

Besuch im Sommerpalast in Yedo nicht den geringsten Grund zur Klage hatte.

Die Kraft, die Clearwater benutzt hatte, um den Konsul zu manipulieren, befähigte sie auch, die Hände des Handwerksmeisters zu lenken, der das lackierte Kästchen herstellte. Ohne sich dessen bewusst zu werden, hatte er Boden, Deckel und Seiten des Kästchens mit Bildern verziert, die seinen Empfängern Nachricht geben würden: Mr. Snow und dem goldhaarigen Wolkenkrieger, dessen Geschick untrennbar mit ihrem verflochten war.

Für die Eisenmeister, die nicht die geringste Ahnung von Clearwaters Kräften hatten, war es nichts weiter als ein leeres Kästchen. Ein hübscher Gegenstand von gewissem Wert, aber nicht mit den exquisiten Kunstwerken zu vergleichen, die die großen Häuser der Landfürsten und die Paläste des Shōgun schmückten. Aber das Holz des Kastens war von ihrem Wesen erfüllt, und die Bilder waren kunstvoll verschlüsselte Landkarten, die Steve zum Reiherteich und zu dem verborgenen Seeinselhaus leiten konnten, in dem Nakane Toh-Shiba sie hielt. Wenn es Mr. Snow in die Hände bekam, würde er ihre Gegenwart spüren, ihre Stimme in seinem Kopf hören, und die Bilder würden ihr Geheimnis preisgeben.

Mitte Mai fuhr eine Flotte mächtiger Raddampfer mit Yama-Shitas ältestem vergoldeten Schiff an der Spitze von ihrem Heimathafen Bu-faro zu den tosenden Wasser Nya-garas. Sie fuhren in südwestlicher Richtung die Küstenlinie entlang zum Hafen Kari-faran in dem benachbarten Distrikt der Ko-Nikka, enger Verbündeter Fürst Yama-Shitas. Die Raddampfer ankerten bei Sonnenuntergang in Küstennähe – die Dunkelheit verbarg jede Bewegung vor etwaigen spähenden Augen –, und ein kleines Boot brachte die Langhündin in einer versiegelten Sänfte zu Yama-Shitas Schiff.

In der Morgendämmerung nahmen die Raddampfer ihre Reise nach Westen wieder auf. Die Fahrt verlief ohne besondere Vorkommnisse. Als sie den Lake Huron überquerten, sandte Yama-Shita ein Schiff nach Bei-sita und ein anderes nach Mira-woki, um mit kleineren Ansammlungen von Mutantenclans zu handeln, die alljährlich aus den südlichen Ländern herzogen. Am zehnten Tag ihrer Reise sichteten sie die übliche riesige Menge von Mutanten, die am Handelsposten bei Du-aruta, am westlichen Zipfel des Binnensees, kampierten.

Während der folgenden, von lebhaftem Handel ausgefüllten Woche unternahm Mr. Snow, der Wortschmied der M'Calls, mehrere Versuche, die Sprache auf den Wolkenkrieger und seine Eskorte zu bringen, aber Yama-Shita ließ ihn bis zum Abend ihres Abschieds auf die Folter gespannt. Erst dann lud er unerwartet den Wortschmied und zwei Clanälteste ein, an Bord seines Schiffes zu kommen. Die Mutanten waren natürlich verpflichtet, sich einer gründlichen Reinigung zu unterziehen, bevor sie zu ihm vorgelassen wurden, und mussten ihre faulig riechenden Tierhäute und Felle mit Kitteln und Hosen aus Baumwolle vertauschen. Alles in allem fanden sie es nicht allzu schrecklich, und Yama-Shita hatte das Vergnügen, zu beobachten, dass sich Mr. Snow sauber gekleidet und mit hübsch geordneten Haaren mit einer gewissen Würde benahm. Tatsächlich, wären nicht die Höcker auf seiner Stirn gewesen, die borkenartige Haut seiner Unterarme und das unregelmäßige schwarz-braune Muster, das ihn von Kopf bis Fuß überzog, hätte man sagen können, er sähe aus und benähme sich wie ein echtes menschliches Wesen.

Wie geplant konfrontierte er ihn mit Clearwater, jetzt prächtig mit Kleidern ausstaffiert, die ihr ihr unwürdiger Wohltäter gegeben hatte. Ihr war unter Androhung des sofortigen Todes eingeschärft worden, worüber sie nicht sprechen durfte, und zwei verborgene Bogenschützen waren postiert worden, die Strafe augenblicklich zu vollstrecken, wenn er den Befehl dazu gab. Es war ihnen nur eine kurze Audienz gestattet worden, aber sie war höchst aufschlussreich. Yama-Shita sah, dass Mr. Snow durch ihre veränderte Erscheinung eindeutig aus der Fassung geriet, aber sein Gesichtsausdruck verriet Überraschung, nicht Erstaunen: die unangenehme Überraschung eines Mannes, der weiß, dass man ihm auf die Schliche gekommen ist; nicht das echte Staunen desjenigen, der mit einer völlig unerwarteten Veränderung konfrontiert wird. Von diesem Augenblick an war der Wortschmied lebhafter geworden und hatte seine Worte mit größter Sorgfalt gewählt. In ihrer vorsichtigen Unterhaltung kamen ein paar Bemerkungen vor, deren Bedeutung Yama-Shita entging, aber er war nicht beunruhigt. Mr. Snow hingegen hatte seine anfängliche Fassung nicht mehr zurückgewonnen.

*Ja,* dachte Yama-Shita. *Es soll ihnen eine Lektion sein. Ich bin ein Mann, der sein Wort hält, aber ich bin nicht leicht zu betrügen. Dein Zug, mein beulengesichtiger Freund …*

Außer der Übergabe des Kästchens hatte Clearwater noch einen weiteren Grund, der Reise freudig entgegenzusehen. Nachdem sie den sich in Vorahnung windenden Generalkonsul an der Angelleine zurückgelassen hatte, hoffte sie jetzt auf eine Gelegenheit, ihre Angelhaken in den Mann zu senken, der im Mittelpunkt dieser Affäre stand. Yama-Shita, der ihre Rückkehr zum Prärievolk mit einem Fingerschnipsen anordnen konnte. Aber sie machte rasch die Entdeckung, dass der Landfürst kein so leichter Fang sein würde. Während der ganzen Reise bekam sie buchstäblich niemanden zu Gesicht, abgesehen von den beiden Dienerinnen, die ihr zur Versorgung und als Wächterinnen zugeteilt worden waren. Die Sänfte, in der man sie von Bo-sona nach Kari-faran gebracht hatte, war während des Transportes über die Straße versiegelt gewesen, und das Einzige, was sie durch die Luftlöcher hatte sehen können, waren kleine Himmelsausschnitte gewesen. Wenn der Straßenkonvoi am Abend anhielt, um in Gasthäusern zu übernachten, die als Poststationen bekannt waren, wurde sie aus der Sänfte gelassen und fand sich jedes Mal in einem Raum wieder, der den Blick nach draußen verwehrte.

Auf dem Raddampfer war sie ähnlich untergebracht worden, und als Folge bekam sie Yama-Shita erst zu Gesicht, als die Wandschirme zurückgezogen wurden und Mr. Snow, Rolling-Stone und Mack-Truck freigaben, die auf Strohmatten knieten und wie Eisenmeister niedrigen Ranges in dunkle Baumwollkittel und -hosen gekleidet waren. Yama-Shitas Anweisungen, wie sie sich zu verhalten hatte und was sie sagen durfte, waren ihr von seinem Samurai-Dolmetscher überbracht worden, einem äußerst kalten Fisch, dessen Stimme und Benehmen völlig klar machten, dass er nie mit ihr gesprochen hätte, wäre es ihm nicht befohlen worden. Es war fast, als setze er sich der Gefahr einer furchtbaren in der Luft lauernden Infektion aus, wenn er mit ihr redete.

Das Verhalten des Samurai war verständlich. Die wohlgeordnete Welt der Eisenmeister basierte auf dem Konzept höherer und niedrigerer Personen, deren Status durch ihre Geburt bestimmt wurde. Sie hatte die Form einer Pyramide mit vielen Stufen, an deren Spitze sich einige wenige glückliche Personen befanden und mit einer großen Menge weniger glücklicher unbedeutender Kreaturen am Boden. Aber während die Menschen durch die Ränge absteigen konnten, gab es nur sehr selten Bewegungen in umgekehrter Richtung. Rang, Funktion und die dazugehörigen Privilegien hingen vom Grad der rassischen Reinheit und der Vornehmheit der Eltern ab, die beruflichen Möglichkeiten von der Geburt. Nur Menschen an der Spitze der Pyramide erhielten auch Spitzentätigkeiten. Wer zum Bodensatz der Gesellschaft gehörte, war in der Regel dazu verdammt, es zu bleiben. Clearwater war, wie alle Fremden, ausgeschlossen. Sie war nicht nur gesellschaftlich geächtet, ihre Liaison mit Nakane Toh-Shiba hatte sie zudem zu einer Aussätzigen gemacht. Sie stellte eine Gefahr für jeden dar, der mit ihr in Berührung kam.

Die wenigen anderen Eisenmeister, denen sie auf der Seereise gegenübertrat, waren mit ihrem und des Konsuls Geheimnis nicht vertraut, aber sie alle reagierten auf die gleiche Art. Sie sahen sie kaum an, und wenn es doch geschah, dann nur zufällig. Und selbst in solchen Fällen konnte sich Clearwater keinen Eingang in ihren Geist verschaffen. Aber es musste eine Möglichkeit geben. Eine halb geöffnete Tür, ein unverschlossenes Fenster. Toh-Shibas unverhohlene Begierde hatte es ihr leicht gemacht, seine Verteidigung zu durchbrechen; auch der Handwerksmeister, der den Anweisungen seines Herrn folgte, war leicht zu befriedigen gewesen. Aber Yama-Shitas Begleiter sahen verächtlich auf sie herab. In ihren Augen war sie ein Pfand, das fallen gelassen würde, wenn es seinen Nutzen verloren hatte. Und sie spürte, dass der Konsul ein auf Abwege geratener Ritter war, der geopfert werden würde, wenn die Zeit reif war.

Yama-Shita war der Eiskönig persönlich. Kalt, berechnend, unerbittlich. Das Bild, das ihr in seiner Gegenwart in den Sinn kam, war das eines Hechts mit stählernem Gebiss, der still unter die kleinen Fische schwamm, sich mit kaum merklichen Bewegungen seiner Flossen und des Schwanzes in die richtige Position brachte und dann mit blitzartiger Geschwindigkeit zuschlug. Yama-Shita konnte nicht auf die gleiche Art wie der sexbesessene Konsul geangelt werden. Die Mauern in seinem Kopf würden sich einreißen lassen, aber nur zu dem Preis, seinen Verstand zu zerbrechen. Und dies war nicht der Augenblick, zuzuschlagen.

Da Yama-Shita und seine Samurai auf jedes ihrer Worte achteten, war es ihr nicht möglich gewesen, zu erklären, weshalb sie ihre Körperbemalung entfernt hatte oder wieso sie jetzt in farbenfrohe Seide gekleidet war. Sie konnte nur sagen, was zu sagen man ihr aufgetragen hatte, und hoffen, dass ihre knappen Worte Bände sprechen würden. Es war nicht zu übersehen, dass Mr. Snow unter ähnlichen Beschränkungen stand, aber sie hatte die verschleierten Anspielungen auf das begriffen, was in den Steinen gesehen worden war und an die Saat, die der Wind davongetragen hatte und die sich jetzt wieder von der Erde erhoben hatte.

Der Wolkenkrieger war zurückgekehrt und würde zu ihrer Befreiung losgeschickt werden. Es war die Nachricht, auf die sie gewartet hatte, und sie bedeutete, dass das Geschenk, das Mr. Snow zu überreichen ihr erlaubt worden war, nicht vergebens sein würde.

Auf der Rückreise wurde Clearwater wie auf der Hinfahrt isoliert, nur die vietnamesischen Hausdienerinnen kümmerten sich um sie. Von Zeit zu Zeit betrachtete sie Yama-Shita mit kalter Gleichgültigkeit durch ein verborgenes Wandpaneel, gewöhnlich, wenn sie ein Bad nahm. Der Anblick ihres nackten Körpers erweckte in ihm nichts als Neugier. Yama-Shita hatte sich nie übermäßig für Sex mit Frauen begeistern können, obwohl er eine Frau hatte und zwei seiner fünf Kinder Töchter waren. Die Ehe war für ihn eine häusliche Notwendigkeit; eine strategische Interessenallianz. Frauen waren ihm nur Mittel zum Zweck. Und noch dazu unbedeutendere, denn in Ne-Issan nahmen sogar Damen von hoher Geburt den zweiten Platz hinter Männern desselben Ranges ein. Die vornehme, kameradschaftliche Liebe unter Kriegern verdiente Achtung, aber zuzulassen, dass ein körperliches Verlangen nach untergeordneten Personen – zu denen auch die eigene Frau gehörte – das Denken und Handeln diktierte, empfand er äußerst entwürdigend.

Körperliche Liebe und sinnliche Vergnügungen stellten Versuchungen dar, denen der wahre Samurai ständig zu widerstehen trachtete. Als natürliche Folge der Tatsache, dass die Vergrößerung des Reichtums seiner Familie das Denken Yama-Shitas seit seinem frühen Erwachsenenalter voll und ganz ausgefüllt hatte, war seine Kriegerseele von dieser Schwäche völlig frei. Die Langhündin war hochgewachsen, besaß gerade Glieder und war wohlproportioniert, aber auf Yama-Shitas Liste hatte sie drei

Minuspunkte: sie war weiblich, eine fremde Unperson, deren Platz zuunterst auf der sozialen Leiter war, und sie hatte ein abstoßend behaartes Geschlechtsorgan wie eine Mutantin. Und aller Wahrscheinlichkeit nach trug sie dieselben Male.

Der Gedanke, sich mit einer derart verderbten Gefährtin die Zeit zu vertreiben, verfehlte nie, ihm einen Schauer den Rücken hinunter zu jagen. Wenn Nakane Toh-Shiba es für nötig gehalten hatte, sich mit diesem schmutzigen Tier zu paaren, hätte er sie wenigstens am ganzen Körper rasieren lassen können, aber was in aller Welt hatte ihn überhaupt dazu getrieben, so *etwas* zu besteigen? Wie mochte man so *etwas* besitzen?

Eine gute Frage. Unglücklicherweise hatte sich Fürst Yama-Shita, indem er Geschichten über magische Kräfte der Mutanten verlachte, blind für die Antwort gemacht: Der Konsul hatte Clearwater nicht besessen; sie war es gewesen, die ihn besessen hatte. Er war von ihr besessen.

Als die drei Raddampfer auf der Rückreise durch den Kanal bei Hui-niso fuhren und sich ostwärts über den Iri-See in Richtung Kari-faran wendeten, ordnete Yama-Shita an, dass sie beidrehten. Acht Mutanten – vier Männer und vier Frauen – wurden von einem der anderen Schiffe übergesetzt und mit den Rücken zu den breiten, eisenbeschlagenen Schaufeln des ruhenden Schaufelrades am Heck aufgestellt. Sie folgten dem Beispiel ihrer Eskorte und beugten die Köpfe vor Yama-Shita, der ihnen gegenüber auf einem erhöhten Deckteil saß.

Clearwater wurde von zwei Rotgestreiften – schwerttragenden Funktionären, die rangmäßig unter den Samurai standen – an Deck gebracht. Ihr Gesicht war hinter der traditionellen rot und kalkweiß bemalten Maske einer Kurtisane verborgen. Ihr Kopf war von der Kapuze eines durchgeschlossenen Umhangs bedeckt, ihre Hände steckten in langen Handschuhen. Als sie Yama-Shita erblickte, verbeugte sie sich tief und kniete dann auf einer Matte zu seiner Linken nieder, zwischen ihren Wächtern. Ihr gegenüber standen sechs weitere Rotgestreifte, die Hände an den Griffen ihrer leicht gekrümmten Schwerter. Zwölf mit Peitschenstöcken bewaffnete Weißgestreifte standen als Wachen bei den Gefangenen; Fürst Yama-Shita hatte seine übliche Wache bei sich, hochrangige Samurai; sie alle trugen die grausam aussehenden Metallmasken, die ihnen bei den Mutanten den Namen »Totengesichter« eingetragen hatten. Die Masken der Roten und Weißen wie auch Clearwaters waren eher bescheidene Exemplare aus lackiertem Pappmaché, deren einziger Schmuck ein farbiges Band von der Stirnmitte bis zum Kinn war.

Auf Yama-Shitas Befehl wandte sich sein Dolmetscher an Clearwater. »Mein Herr wünscht, dass du Mann und eine Frau unter diesen Sklaven auswählst.«

Nach mehreren schmerzhaften Lektionen verzichtete Clearwater darauf, nach dem Warum zu fragen. Der Dolmetscher bedeutete ihr durch eine Handbewegung, sich zu erheben und, nachdem sie sich nochmals vor Yama-Shita verbeugt hatte, vor die aufgestellten Mutanten zu treten.

Alle acht sahen sehr elend aus. Sie waren schon seit neun Tagen auf dem Wasser und litten wie die meisten ihrer Artgenossen an der Seekrankheit. Clearwater war während der ersten Hälfte der Hinfahrt seekrank gewesen; später hatte sie nur Anfälle von Unwohlsein gehabt. Das Gefühl, das sie jetzt verspürte, war völlig anders; das

Gefühl, dass etwas Schreckliches geschehen würde. Sie wählte einen jungen Mann und eine junge Frau aus, dann kehrte sie an ihren Platz auf der Matte zurück, während das junge Paar geholt und genötigt wurde, vor dem erhöhten Deckteil niederzuknien. Die beiden waren Fremde: ihre Kleidung, die ihre Clangruppe verraten hätte – She-Kargo, D'Troit, San'Paul, M'Waukee – war durch ein baumwollenes Lendentuch ersetzt worden. Beide sahen nicht so aus, als hielten sie es für wahrscheinlich, dass sie die nächsten Minuten überleben würden, aber sie sahen ihrem Schicksal mit dem für das Prärievolk typischen Stoizismus entgegen.

Yama-Shita fragte durch seinen Dolmetscher: »Bist du sicher, die Stärksten erwählt zu haben?«

Clearwater verneigte sich unterwürfig. »Das bin ich nicht, Herr.«

»Fürst Yama-Shita möchte sich vergewissern«, sagte der Samurai. »Eine Person von deiner Bedeutung hat Anspruch auf die Besten.« Er stieß einen bellenden, unverständlichen Befehl aus.

Mit erschreckender Plötzlichkeit traten die Rotgestreiften, die Clearwater gegenüberstanden, in Aktion und drängten das ausgesuchte Paar in die Reihe zurück. Dann traten die Roten und die niederrangigen Weißen drohend auf die Mutanten zu, schlugen mit ihren Peitschenstöcken oder schwangen die Schwerter und schrien im Kauderwelsch der Eisenmeister. Sie gebärdeten sich, als seien sie ein Rudel wütender Kojoten, die eine Gruppe in die Enge getriebener Renner ankläfften und -knurrten. Die drohend erhobenen Schwerter und Peitschenstöcke illustrierten unmissverständlich, was sie sagen wollten, aber einige der Maskierten radebrechten in der Grundsprache.

»Auf! Auf!« – »Auf Rad!« – »Vorwärts, marsch!« – »Affen alle auf Karussell!«

Die acht Mutanten wurden gezwungen, auf das Schaufelrad zu klettern und in einer Reihe auf der Schaufel zu stehen, die in horizontaler Position stehen geblieben war: Frauen auf der linken, Männer auf der rechten Seite, zwischen ihnen eine Armlänge Abstand, mit dem Gesicht zum Rad. Das Schaufelrad war breit, aber der Stand der Mutanten war unsicher. Das Holz war glitschig vor Nässe, und ihre Bewegungen wurden durch die Ketten um ihre Handgelenke und die schweren Metallbänder um ihre rechten Knöchel behindert. Einige von ihnen warfen unruhige Blicke über die Schulter zurück, um zu sehen, was als Nächstes geschehen würde; sie wurden durch einige Stockhiebe auf die Beine eines Besseren belehrt.

Clearwaters Gefühl drohenden Unheils verstärkte sich, als sie begriff, was Yama-Shita vorhatte. Der Landfürst winkte einem Untergebenen ungeduldig zu, der daraufhin einem an einer offenen Luke stehenden anderen Diener einen Befehl zubrüllte. Der Befehl wurde unter Deck prompt ausgeführt. Man hörte das laute Zischen entweichenden Dampfes, dann erbebte das Deck, als die beiden mächtigen Holzbalken, die das Schaufelrad antrieben, ihre Arbeit aufnahmen; einer von ihnen übte Zug, der andere Druck aus, und das Rad begann sich in Richtung der zuschauenden Eisenmeister zu drehen.

Huh-schuhhh, huh-schuhhh, huh-schuhhh …

Das Schaufelrad hatte sich in eine riesige Tretmühle verwandelt; die acht Mutanten mussten die sich senkenden Schaufelblätter hochsteigen, um den Peitschenstöcken und Schwertspitzen der unter ihnen stehenden Eisenmeister zu entgehen. Aber es sollte noch schlimmer für sie werden. Wenn einer von ihnen durch Unachtsamkeit oder Erschöpfung einen Tritt verfehlte, trug ihn die sich senkende Schaufel hinab, und er wurde in dem engen Spalt zwischen Rad und Schiffsdeck zermalmt.

Huh-schuschuhhh, huh-schuschuhhh, huh-schuh-schuhhh …

Das gemächliche Drehen des Rades nahm allmählich eine irrsinnige Geschwindigkeit an. Als es die Mutanten zu ihren äußersten Leistungen anspornte, erging ein weiterer Befehl an die Maschinisten im Bauch des Schiffes – wahrscheinlich die Anweisung, diese Geschwindigkeit beizubehalten. Yama-Shita lieferte den Mutanten ein sadistisches Wettrennen; ein Rennen, das nur die stärksten und gelenkigsten zu überleben hoffen durften.

Clearwater dachte fieberhaft darüber nach, was sie unternehmen konnte. Die Himmelsstimmen hatten ihr gesagt, dass sie den Eisenmeistern ihre Fähigkeiten nicht offenbaren dürfe; aber ob sie eine Situation wie diese vorhergesehen hatten? Sollte sie die Warnung in den Wind schlagen und versuchen, die Erdmächte zu beschwören? Würden sie ihr gehorchen? Schon war kein Land mehr in Sicht, und unter ihnen lag die unergründliche Tiefe des Sees. Wenn ihr nun Talisman die Stärke verlieh, Vernichtung auf ihre Peiniger zu schleudern und ihr Schiff zu zerstören; was dann? Es würde die Mutanten in der Tretmühle nicht retten und auch den anderen Angehörigen des Prärievolks, die unter Deck in Ketten lagen, den Untergang bringen. Ihr Herz verzagte. Sie war zur Untätigkeit verdammt. Vor allem war sie Mr. Snow verpflichtet und musste ihr Gelöbnis erfüllen, dass sie alles in ihrer Macht Stehende tun würde, um Cadillac zu schützen und ihn heil zum Clan zurückzubringen.

Der Erste, den das Schicksal ereilte, war ein Mann.

Die Weißgestreiften stießen erregte Schreie aus, als der Mutant einen Tritt verfehlte, strauchelte und den Fehler machte, sich an das sinkende Blatt zu klammern, in dem verzweifelten Bemühen, zurückzuklettern, statt abzuspringen. Sein Angstschrei verwandelte sich in einen Schmerzensschrei und wurde abrupt abgeschnitten, als ihm das Blatt erst den rechten Arm und das rechte Bein abtrennte, dann seinen Körper zermalmte und ins Wasser schleuderte. Unter brüllendem Gelächter klaubten zwei Weißgestreifte die Glieder auf, zeigen sie höhnisch den Mutanten auf dem Rad und warfen sie dann ihrem ehemaligen Besitzer hinterher.

Das entsetzliche Schicksal ihres Genossen vor Augen beschlossen zwei der drei verbliebenen Männer, sich über Bord zu werfen. Der Erste – er stand nahe am rechten Rand des Rades – kletterte das Rad so hoch hinauf, wie es ging, lief mit verblüffendem Geschick über die Schaufel und sprang ins Wasser. Er kam an die Oberfläche, kämpfte einen kurzen Kampf und sank dann vom Gewicht seiner Ketten gezogen in die Tiefe. Der zweite, der dem ersten auf den Fersen folgte, erreichte den Gipfel des Rades, dann rutschte er aus und fiel zwischen die Schaufeln in das Gewirr der Stützbalken. Hilflos in einer Gabel zwischen zwei Balken eingeklemmt, wurde er in den brodelnden Hexenkessel getaucht. Als er wieder herausgehoben wurde, hatte er sich an ein Blatt geklammert. Aus Angst unfähig, sich zu rühren, wurde er erneut ins aufgewühlte Wasser getaucht. Irgendwann ereilte ihn der Tod, aber das Rad setzte die Wechselbäder seines erschlafften Körpers fort.

Die Frauen zögerten nicht lange, dem Beispiel der Männer zu folgen. Die dem linken Radrand am nächsten stehende Frau versuchte, auf dieselbe Art zu entfliehen. Aber sie verlor beim Absprung das Gleichgewicht. Mit fuchtelnden Armen fiel sie aufs Deck und kam mit dem Rücken unter den mächtigen, eisenbeschlagenen Balken zu liegen, der das Schaufelrad an der linken Seite antrieb. Ihr Rückgrat brach mit einem vernehmlichen Krachen, das Clearwater einen Schauer den Rücken hinabjagte. Die junge Frau, die sie erwählt hatte, begann aus dem Tritt zu kommen. Sie schrie verzweifelt um Hilfe. Sie befand sich nahe der Mitte des Rades, aber der einzige überlebende Mann zu ihrer Rechten war zu weit von ihr entfernt. Ungeachtet der Gefahr reichte ihr ihre Nachbarin die Hand, und sie umklammerten eine der anderen Handgelenk. Clearwater wünschte, dass sie sich würden retten können. Dass sie die Kraft haben würden, das Rad emporzuklettern und den Absprung in den See zu schaffen. Aber es sollte nicht sein. Die Frau umklammerte beide Handgelenke ihrer Nachbarin und machte einen letzten Versuch, wieder Tritt zu fassen. Sie hatte keine Chance, ließ aber die andere nicht los. Kurz darauf wurden beide vom Rad zermalmt.

Yama-Shita übermittelte den Maschinisten einen dritten Befehl. Das Rad wurde rasch langsamer, und als es zum Stillstand kam, befahlen die Weißgestreiften den beiden erschöpften Überlebenden unter Lachen und Rückenklopfen, herabzuklettern. Der Mann war derjenige, den Clearwater ausgesucht hatte. Der plötzliche Umschwung von sadistischem Vergnügen zu offen gezeigter Sympathie für die Überlebenden dieser furchtbaren Probe machte die beiden verlegen; sie waren den Tränen nahe. Die sechs bewaffneten Rotgestreiften traten herbei und drängten sie hastig zu Yama-Shita.

Auf einen Befehl des Samurai-Dolmetschers hin nötigten sie das Paar in Clearwaters Richtung und zwangen sie hinzuknien.

»Fürst Yama-Shita wünscht zu erfahren, ob es dir gefallen würde, diese beiden Personen, die ihre Tüchtigkeit soeben bewiesen haben, als Geschenk anzunehmen.«

Clearwater verneigte sich vor dem Landfürsten. »Ich fühle mich tief geehrt, ein Geschenk – sei es groß oder klein – aus der Hand des allerhöchsten Fürsten entgegennehmen zu dürfen, und ich will alles in meiner Macht Stehende tun, um mich seiner unvergleichlichen Großzügigkeit würdig zu erweisen.«

Der Samurai-Dolmetscher wandte sich wartend Yama-Shita zu. Der Landfürst nickte. Der Samurai verbeugte sich und wandte sich wieder an Clearwater. »Die beiden werden in Kürze zu dir gebracht.« Er schnauzte den Rotgestreiften einen weiteren Befehl zu und bedeutete Clearwater durch einen Wink, aufzustehen. Sie erwies Yama-Shita die üblichen Ehrenbezeugungen und wurde in ihr enges Quartier zurückgeführt.

An diesem Abend, zu der Zeit, als ihr die beiden Hausdienerinnen gewöhnlich etwas zu essen brachten, wurde die Tür von dem üblichen Rotgestreiften geöffnet, aber statt der beiden kleinen, dunkelhäutigen Frauen, Su-Shan und Nan-Khe, trat der Samurai-Dolmetscher ein, gefolgt von zwei Weißgestreiften, die zwei von gewölbten Deckeln bedeckte runde Platten trugen. Clearwater kniete nieder, wie es von ihr in Gegenwart eines Samurai verlangt wurde. Die Weißen stellten die Platten vor ihr auf den niedrigen Tisch und zogen sich zurück.

Der Samurai bedeutete ihr, die Deckel von den Platten zu nehmen. Clearwater tat es und erblickte die abgetrennten Köpfe der beiden Mutanten, die die Schaufelradprobe überlebt hatten. Und vor ihrer Enthauptung waren sie offensichtlich verstümmelt worden.

Clearwater war mit dem Tod und auch mit menschlicher Gewalttätigkeit hinreichend vertraut, aber die an diesem unglücklichen Paar verübten Grausamkeiten ließen ihr fast die Sinne schwinden.

Der Samurai verneigte sich. »Fürst Yama-Shita wünscht, dass du das Schicksal deiner beiden Mutantenfreunde bedenkst.« Er betonte das Wort »Freunde«. »Wenn solche Dinge mit jenen geschehen können, die nichts taten, um das Missfallen meines Fürsten erregt zu haben, wird das Schicksal derer, die ihn hintergehen, wahrhaft schrecklich sein.« Mit diesen Worten nahm er die gewölbten Deckel auf und schlug sie so hart gegeneinander, dass sie in Stücke zerbrachen.

Clearwater duckte sich, als die Porzellansplitter auf sie herniederregneten.

»Du wirst niemals zu jemandem über diese Reise sprechen. Noch wirst du je enthüllen, was du gesehen oder mit wem du gesprochen hast, seit du das Haus des Generalkonsuls Nakane Toh-Shiba verlassen hast. Insbesondere wirst du nie zugeben, in Gegenwart von Fürst Yama-Shita gewesen zu sein. Hast du das verstanden?«

Clearwater nickte demütig und bemühte sich, nicht die angesengten Augenhöhlen in den Köpfen der beiden jungen Mutanten anzusehen. »Ja, Herr.«

Der Samurai deutete auf die abgetrennten Köpfe. »Weder du noch deine Hausdienerinnen dürft sie anrühren. Sie werden hierbleiben, auf diesem Tisch und unbedeckt, bis man dir befiehlt, das Schiff zu verlassen. Hast du das begriffen, du Hure von einer Langhündin?«

»Ja, Herr.« Clearwater hielt den Kopf gebeugt, bis der Samurai die Zelle verlassen hatte.

Und ich schwöre bei Mo-Town, der großen Himmelsmutter, und bei der Macht des Talisman, dem Dreifachbegabten, dass der Tod meiner Brüder und Schwestern tausendfach gerächt werden wird …

# 4

Zu Beginn des Juni kehrte Tōshirō Hase-Gawa von einer weiteren Ermittlungsmission zurück. Der Shōgun empfing ihn wie beim letzten Mal im Steingarten. Tōshirō begann mit einem Bericht über seine Fortschritte bei der Arbeit am Reiherteich und den mit dem Versuch verbundenen Problemen, ein funktionsfähiges Antriebselement für das jetzt in der Konstruktion befindliche Flugpferd zu finden. Der Shōgun hörte mit seiner gewohnten Aufmerksamkeit zu, aber es war nicht zu übersehen, dass er mehr an einem Bericht über die Affäre zwischen seinem Schwager und der neuesten Bewohnerin seines bewussten See-Hauses interessiert war – der Langhündin.

»Sie ist nicht mehr dort, Herr.«

»Nicht mehr dort?«

Tōshirō verneigte sich unter dem eindringlichen Starren des Shōgun. »Nach meinen Informationen verschwand sie gegen Ende April von den Besitztümern des Generalkonsuls ...«

»Mit anderen Worten, Sie haben erst meinen beträchtlichen Schmerz über die unangenehme Lage meiner Schwester erzeugt, ohne ein handfestes Indiz liefern zu können; und jetzt sagen Sie, es sei vorbei«, sagte Yoritomo brüsk.

»Es ist … ah … nicht ganz vorbei.«

Yoritomos Mund wurde schmal. »Was muss ich tun, um den Rest der Geschichte zu hören … soll ich sie Ihnen mit glühenden Zangen entlocken?«

Tōshirō verneigte sich erneut. »Ende April wurde eine versiegelte Sänfte mit einer unbekannten weiblichen Person von hohem Rang einem Straßenkonvoi nach Nyoporo übergeben. Das jedenfalls war der Eindruck bei den wenigen, denen es gelungen war, einen Blick auf den Inhalt der Sänfte zu werfen. Meine Informantin war die Frau des Konvoimeisters. Ihr zufolge trug die betreffende Dame auch die Maske einer Kurtisane.«

»Fahren Sie fort!«

»Der Name auf den Reisepapieren lautete Yoko Mi-Shima, und die Transportkosten wurden durch einen Kaufmann bezahlt, von dem man weiß, dass er Verbindungen mit dem Generalkonsul hat, und ihr Endziel war Kari-faran.«

»Einer der Häfen, die von Yama-Shitas Raddampfer besucht werden. Und Sie glauben, diese Frau war …?«

»Für mich ergibt es Sinn.«

»Unglaublich … Haben Sie die lokalen Register überprüft und festgestellt, ob es eine solche Person gibt, oder ob der Name aus dem Hut gezogen wurde?«

»Nun, ich habe ihn nie gehört … aber das bedeutet nicht viel. Und ich könnte mit diesem Namen nicht um mich werfen, ohne alles aufs Spiel zu setzen. Ihr Großonkel Ieyasu könnte ihn kennen. Man sagt, der Hohe Fürstkämmerer …«

»Jaaaa …« Yoritomo ließ seinen Blick in den Garten zurückwandern. »Wo hält sich der Affenmann jetzt auf?«

»Im Westen.« In der Landessprache der Eisenmeister

wurden die Mutanten oft als *saru* bezeichnet, Grasaffen, und der Shōgun hatte diesen Spitznamen für Yama-Shita erwählt.

»Haben wir das Datum seiner Rückkehr?«

»Kein genaues«, erwiderte Tōshirō. »Aber der Kapitän der Fähre erzählte mir, in Nyo-poro würde ein Schiff vorbereitet, um einen der Hauskapitäne Fürst Min-Orotas nach Firi zu bringen. In dieser Stadt wird in etwa einem Monat eine Sklavenauktion abgehalten.«

»Das bedeutet, dass die Raddampfer in den nächsten Tagen bei Kari-faran andocken müssten …«

»Erst in Kari-faran und später in Pi-saba. Das ist der Hauptumschlagplatz für die Güter, die auf dem freien Markt verkauft werden sollen.«

»Und Sie glauben, diese Frau wird auf einem der Schiffe sein?«

»Ja, Herr. Bisher ist niemand in das See-Haus eingezogen. Das ist für sich allein genommen weniger auffallend, aber wenn der Generalkonsul nicht erwartet, dass sie wiederkommt, weshalb hätte er sie dann auf eigene Kosten mit Geschenken versehen nach Kari-faran schicken sollen? Wenn er sie loswerden wollte, hätte er sie unter dem nächsten Misthaufen begraben oder zerkleinern und an die Schweine verfüttern können.«

»Sie haben recht. Aber wenn sich Yama-Shita, wie Sie andeuten, große Mühe gegeben hat, nicht mit dieser Sache in Zusammenhang gebracht zu werden … ich meine, so, wie Sie es darstellen, haben er und Min-Orota praktisch ein todsicheres Alibi.«

»Gewiss scheint es so …«

»Also weshalb setzt sich der Affenmann dem Risiko aus, eine Langhündin auf eine Schiffsreise mitzunehmen?«

»Eine gute Frage, Herr. Es hängt davon ab, was ursprünglich bezweckt war. Vielleicht soll sie berichten … oder sie hat eine Einkaufsliste mit allem bei sich, was am Reiherteich gebraucht wird. Es kommen alle möglichen Gründe in Frage. Wir müssen uns vor Augen halten, dass die Risiken minimal sind. Sie haben mir zu verstehen gegeben, dass alles, was an Bord seiner Raddampfer geschieht, ein Buch mit sieben Siegeln …«

»Es stimmt, dass es uns noch nie gelungen ist, einen unserer Leute an Bord zu schmuggeln.«

»Dann behält er eine reine Weste, wenn nicht jemand die Dame direkt dabei beobachtet, wie sie an oder von Bord geht. Wenn sie sich erst wieder in der Sänfte befindet, ist die einzige Person, mit der sie in Zusammenhang gebracht werden kann, der Generalkonsul.«

»Hmmmm …« Yoritomo zupfte sich an der Unterlippe. »Es ist eine hübsche Theorie, aber – lassen Sie uns der Sache ins Auge sehen, mein Freund – reine Vermutung. Verstehen Sie mich nicht falsch. Ich versuche nicht, diese Verschwörung zu verdrängen, aber bis jetzt haben Sie mir keine Indizien geliefert. Sie können nicht einmal mit einer Information aus erster Hand aufwarten; nur mit Gerüchten.«

Das war ein hartes Urteil, aber Tōshirō war gezwungen, es anzuerkennen. Er verneigte sich. »So funktioniert das System, Herr. Ich bin nur ein Überbringer von Informationen – kein Regierungsspion.«

»Ich weiß, ich weiß. Ich stelle Ihre Kompetenz nicht in Frage. Und die Leute, die dort draußen ihre Arbeit tun, genießen mein volles Vertrauen; aber … Ich bin nicht ganz überzeugt, dass Sie die Informationen richtig interpretiert haben.«

»Ich teile Ihre Bedenken, Herr. Aber ich kann durchaus Namen nennen. Drei Namen, um genau zu sein. Wenn Sie ein wenig nachhelfen würden, bin ich sicher, dass Sie nur zu glücklich wären zu bestätigen, dass die Frau im See-Haus des Generalkonsuls eine Langhündin ist. Mit dunklen Haaren und blauen Augen.«

»Gibt es eine andere Möglichkeit, die Wahrheit zu erfahren? Vielleicht eine kompliziertere?«

»Ich kann mir nur eine Methode vorstellen. Aber sie erfordert gewisse Vorbereitungen, und wir werden rasch handeln müssen.«

»Schießen Sie los!«

»Unsere Leute in Kari-faran und Pi-saba müssen angewiesen werden, Tag und Nacht die Raddampfer mit neuen Ladungen von Mutanten im Auge zu behalten. Sie müssen jeden beobachten, der von diesen Schiffen an Land kommt – darunter auch alle gefangenen Langhunde. Und wir müssen ständig erfahren, wer für Reisen bei jedem Konvoi eingetragen ist, der in den Osten geht.«

»Das ist eine umfangreiche Anordnung.«

»Ja, Herr. Aber ich glaube nicht, dass sie die Möglichkeiten des Shōgunats übersteigt. Unsere wichtigsten Agenten können durch Brieftauben benachrichtigt werden.«

»Gut. Lassen Sie uns annehmen, wenn wir das alles tun und herausfinden, dass eine großzügige Seele die Transportkosten für eine gewisse Yoko Mi-Shima oder wen auch immer bezahlt hat. Was dann?«

»Irgendwo zwischen Pi-saba und Bo-sona hat der Konvoi das Pech, dass ihm gesetzlose Elemente auflauern, und die Dame wird entführt. Es ist bedauerlich, aber selbst unter einer starken Führung ist ein gewisser Prozentsatz an Kriminalität unvermeidbar.«

Yoritomos Blick wurde hart. »Sie wissen, was Sie da verlangen?«

»Ja, Herr. Diese Leute laufen Gefahr, getötet zu werden. Wer aber sein Leben lässt, tut dies im Dienste des Shōgun.«

»Und wenn sich erweist, dass Sie sich in Bezug auf diese Frau geirrt haben?«

Tōshirō neigte demütig den Kopf. »Dann werde auch ich ohne Zweifel die Ehre haben, dieses Opfer zu bringen …«

»Es kann gut sein, dass ich darauf zurückkomme«, sagte Yoritomo, als der Herold seinen Blick wieder hob. »Aber angenommen, Sie haben recht. Was geschieht als Nächstes?«

»Nichts, Herr. Wenn wir erst den Beweis haben, dass sie eine Langhündin ist, richten wir es so ein, dass sie ohne Verzug wieder entlassen wird.«

Der Shōgun legte die Stirn in Falten. »Einen Augenblick … Sie wollen sie nicht verhören?«

»Nein, Herr. Das wäre verhängnisvoll. Ich nehme an, die … ah … Gesetzlosen würden nicht erzählen, dass sie in Ihrem Auftrag handelten?«

»Bestimmt nicht.«

»Dann wird es funktionieren. Es ist allgemein bekannt, dass Banden von gesetzlosen Rōnin auf der Suche nach Beute häufig Straßenkonvois überfallen und zuweilen hochgeborene Reisende verschleppen, um sie gegen Lösegeld wieder freizulassen. In diesem Fall werden sie feststellen, dass ihr Angebot wertlos ist, und sie werden die Frau freilassen.«

»Fahren Sie fort!«

»Wenn die Dame wieder bei ihrem derzeitigen Besitzer und seinen Herren ist, werden sie sie fragen, was geschehen ist, und sie wird ihnen das wenige erzählen, das sie weiß. Da sie alle an der Täuschung Anteil haben – und an der größeren Verschwörung –, müssen sie misstrauisch in Bezug auf die wirklichen Hintergründe der Entführung sein. Sie werden mit der Erzählung der Dame nicht zufrieden sein. Vielleicht glauben sie ihr nicht einmal. Sie werden anfangen, nach Indizien Ausschau zu halten, die auf Sie hinweisen – aber wenn wir ihr keine Fragen stellen, haben sie nichts in der Hand. Sie werden anfangen, sich zu fragen, ob sie ertappt worden sind, wie viel Sie wissen, wer den Alarm ausgelöst hat und – das ist das beste –, ob wir jetzt hinter der Freundin des Generalkonsuls her sind.«

»Das gefällt mir«, sagte Yoritomo. »Sie fangen am besten gleich an.«

»Ah … ich, Herr?« Tōshirō war unfähig, seine Überraschung zu verbergen. »Operationen dieser Art gehören ganz und gar nicht in mein Ressort. Der Überfall auf den Straßenkonvoi müsste in Fürst Se-Ikos Distrikt stattfinden. Das ist nicht mein Gebiet. Außerdem bin ich nicht dazu befugt.«

»Ab jetzt sind Sie es.«

Tōshirō verneigte sich tief und bemühte sich, aufrichtig zu klingen. »Ich bin geehrt, Herr. Aber ich bitte Sie, Ihre Entscheidung noch einmal zu überdenken. Ich bin im Gebiet Fürst Min-Orotas bereits als Ihr Auge und Ohr bekannt. Wenn er oder seine Verbündeten durch einen Zufall davon erführen, dass ich etwas mit der Entführung der Langhündin zu tun habe, würde das …«

»… die ganze Sache auffliegen lassen. Also gut, wir werden noch darüber sprechen.«

Bei Kari-faran warfen die drei Raddampfer vor der Weiterfahrt durch das Kanalsystem nach Pi-saba vorübergehend Anker. Während Vorräte an Bord gebracht und ein Teil der Ladung gelöscht wurde, war Yama-Shita an Land zu einem prunkvollen Empfang durch die Ko-Nikka-Familie eingeladen. Während des Essens teilte ein vorgesetzter Leutnant des abwesenden Landfürsten Yama-Shita mit, dass die bekannten Agenten des Shōgun ein ungewöhnliches Interesse an den Bewegungen der Güter und Leute in den Docks und außerhalb zeigten.

Yama-Shita dankte ihm und änderte seine Pläne entsprechend, als die Raddampfer ihren Weg fortsetzten.

Die meisten für die *bakufu* tätigen Spione wurden von den Steuereintreibern des Shōgun eingestellt; ihre Aufgabe war es, ein Auge auf das Handelsvolumen zu haben; darauf, wer wem was verkaufte; und in wessen Taschen das Geld landete, sodass die gewöhnlich maßlosen Forderungen zweimal in einem Jahr erhoben werden konnten. Aber man konnte nie vorsichtig genug sein. Es gab andere Agenten der Regierung, die nach Fischen einer anderen Art Ausschau hielten. Yama-Shita hatte erfahren, dass der für das Haus Min-Orota zuständige Herold des Shōgun in den Spelunken und Hurenhäusern um Ba-satana und den neu errichteten Reiherteich bei Mara-bara fischte. War es möglich, dass eine Andeutung dessen, was dort draußen – oder genauer gesagt, im Bett – im See-Haus des Konsuls vor sich ging, diesem lästigen Bluthund in die Nase gestiegen war? Darüber konnte nur die Zeit Aufschluss geben. Inzwischen mussten er und Min-Orota alles tun, was nur möglich war, um sich öffentlich und privat von Toh-Shiba und seinem haarigen Schmutztier zu distanzieren.

Yama-Shita hatte vorgehabt, von Pi-saba aus seine traditionelle Route entlang der Great East Road fortzusetzen, auf der Straße, die in ferner Vergangenheit unter dem Namen Pennsylvania Turnpike bekannt gewesen war. Das war die Route, die Side-Winder Steve zu nehmen empfohlen hatte, in dem Glauben, er würde, indem er der Gesellschaft Yama-Shitas folgte, schließlich dessen Weg zum Reiherteich finden. Aber Steve sollte vergebens warten, denn als die Raddampfer in Pi-saba ankamen, hatte der umsichtige Landfürst beschlossen, eine andere Route einzuschlagen. Nur die Langhündin und ihre für den Reiherteich bestimmten Mit-Renegaten sollten auf der Great East Road zurückkehren, er und seine zahlreiche Gefolgschaft würden die nördliche Route (vor dem Holocaust Highway 80) nach Wirimasa-poro nehmen, bevor sie nach Norden in seinen eigenen Distrikt abbog – und er würde eine Woche vor ihnen aufbrechen. Das bedeutete, dass er den vorbereiteten Empfang seines Nachbarn SeIko versäumen würde, aber er bezweifelte nicht, dass er unterwegs königlich unterhalten würde.

In der Annahme, dass die Regierungsspione ihre Überwachung mit Anbruch der Dunkelheit verdoppeln würden, beschloss Yama-Shita, dass Clearwater im hellen Tageslicht von Bord gebracht werden würde. Er ordnete an, dass sie mit Stoffstreifen wie ein Fötus zusammengebunden werden und dann in einem Bündel Felle versteckt werden sollte. Verborgen hinter einem mit Löchern versehenen Schirm auf dem obersten Deck sah er zu, wie das Bündel inmitten der üblichen fieberhaften Geschäftigkeit auf den Schultern eines untersetzten Mutanten die Gangway hinabgetragen und auf einen Handkarren geworfen wurde. Die nachfolgenden Träger warfen ihre

Lasten darauf, und als der Karren voll war, wurde er in eines der Lagerhäuser gezogen.

Nach einer holprigen Fahrt wurde das zermalmende Gewicht, das sie zu ersticken gedroht hatte, von Clearwater genommen. Weitere Fahrten und Stationen folgten. Stimmen und Schritte kamen und gingen. Clearwater spürte, wie der Karren wieder in Bewegung gesetzt wurde. Er ratterte über Straßen mit Kopfsteinpflaster, dann wurde das Fellbündel, in das sie eingebunden war, auf einen anderen kräftigen Rücken gehievt. Sie fühlte, dass sie eine Treppe hochgetragen und ein weiteres Mal ohne Umstände fallen gelassen wurde, diesmal auf den Boden. Trotz des dicken Polsters aus Fellen presste ihr der Aufprall die Luft aus den Lungen. Eine Tür wurde geschlossen und verriegelt, und sie wusste, dass ihre Zeit in dem engen Gefängnis noch nicht vorbei war. Trotzdem war sie froh, wieder auf festem Land zu sein.

Endlich öffnete sich wieder die Tür, und sie hörte die vertrauten leiernden Stimmen Su-Shans und Nan-Khes. Sie banden das Fellbündel auf, und Clearwater fand sich wieder einmal in einem fensterlosen Raum wieder. Immerhin war er größer und besser ausgestattet als die Kabine, in der sie auf dem Raddampfer gehaust und die sie während der letzten drei Tage mit zwei abgetrennten Köpfen geteilt hatte. Sie hatte sich Mühe gegeben, sie nicht anzuschauen, aber der Raum war so klein gewesen, dass sie ständig am Rand ihres Gesichtsfeldes waren. Bei den Mahlzeiten hatte es kein Entkommen gegeben; die Hausdienerinnen waren angewiesen gewesen, ihr das Essen auf dem Tisch zwischen die Köpfe zu stellen und zu warten, bis sie alles bis auf den letzten Krümel aufgegessen hatte.

Es waren nicht die Köpfe gewesen, die Clearwater aus der Fassung gebracht hatten. Auf Pfähle gepflanzte Köpfe waren ein gewohnter Anblick in jeder Mutantensiedlung; sie dienten als sichtbare Beweise der Tapferkeit eines Kriegers. Vor ihrer eigenen Hütte waren die Köpfe zweier Wolkenkrieger auf Pfähle gesteckt worden, in Anerkennung der Rolle, die sie bei ihrem Absturz gespielt hatten. Was zu verdauen ihr schwerfiel, war die heimtückische Art, in der die beiden erst freundlich in Sicherheit gewiegt und dann grausam verstümmelt und geblendet worden waren, bevor man sie enthauptete. Und das wiederum erinnerte sie daran, wie die anderen sechs auf dem großen Wasserrad gestorben waren, und an das schreckliche Gelächter der Zuschauer, das ihren Tod begleitet hatte.

Die Angehörigen des Prärievolks töteten nicht kalten Blutes und griffen keine Schwachen oder zur Verteidigung Unfähigen an. Wo läge die Ehre darin? Krieger beiderlei Geschlechts kämpften nur, um ihr Land gegen rivalisierende Clans zu verteidigen. Wenn es ums Töten ging, waren die Totengesichter so rücksichtslos wie die Sandgräber. Sie gehörten beide zur selben Art und würden beide dasselbe Schicksal erleiden, wenn Talisman einem Racheengel gleich auf die Welt käme.

Und dieser Tag würde kommen. Wie schon gegen Ende der Reise ahnte Clearwater sogar jetzt, während sie gefangen in einem neuen goldenen Käfig saß, dass der Wolkenkrieger schon in Ne-Issan war. Der Goldene, der ihre Seele genommen hatte, war hier! Ganz in der Nähe des Ortes, an dem sie sich befand! Ihr Geist hatte die feinen Schwingungen aufgefangen, die von seiner Gegenwart ausgingen – die Wirkung der Kraft, die sie in seinen klingenbewehrten Stab gesenkt hatte, um ihn gegen die vor ihm liegenden Gefahren zu wappnen. Die Steine hatten nicht gelogen. Er war zurückgekehrt; und sein Schatten barg den Tod, und er würde sie auf einem Strom aus Blut von hier fortbringen.

Die Prophezeiung würde eintreten: das Prärievolk würde ein glänzendes Schwert in der Hand Talismans, seines Erretters sein. Und das Schwert würde eine grimmige Ernte unter einem Blut-Mond halten. Das Unkraut und die Dornen, die drohten, die Saat des Prärievolkes zu ersticken, würden abgehauen. Ihre Wurzeln würden aus dem Erdboden gerissen und dem Feuer überantwortet werden; die Asche würde zu fruchtbarem Boden werden. Und aus diesem Boden würde eine neue Generation des Prärievolks erstehen; mutig und stark wie die Helden der Alten Zeiten. Die Welt würde heil gemacht werden, und das Blut auf dem Boden würde trocknen, und das Land wieder grün werden.

Für Jodi Kazan und Dave Kelso, die zusammen mit dreißig anderen Renegaten gefangen und vom Clan M'Call verkauft worden waren, überwog die Erleichterung, sich wieder auf festem Boden zu befinden, bei Weitem die grobe Behandlung, die ihnen seitens der Wachen zuteilwurde. Wie alle Wagner war Jodi darin geübt, mit körperlicher Gewalt, Zwang und Misshandlungen fertigzuwerden, aber die lange Seereise und die schwächenden Folgen einer anhaltenden Seekrankheit waren ein Albtraum völlig neuer Art gewesen. Zehn Tage und Nächte lang hatten sie und die anderen zusammengekauert auf dem vibrierenden Zwischendeck des Raddampfers gesessen, dem donnernden Getöse des Schaufelrades gelauscht und einander darin abgelöst, sich in einen Holzkübel zu übergeben. Immer, wenn die Reihe an Jodi gewesen war, diesen Behälter in die unermessliche wellenschlagende graublaue Wüste, die sie umgab, zu entleeren, war sie schmerzlich versucht gewesen, seinem Inhalt nachzufolgen.

Während der Reise waren die verhältnismäßig wenigen mit den Mutantensklaven reisenden Renegaten der Reihe nach zu Befragungen abgeholt worden. Die Fragen waren detailliert und weitreichend gewesen und hatten alles abgedeckt, von Namen, Rang, Zahl ihrer Leute und technischen Fähigkeiten bis hin zu den Transportkapazitäten ihrer Wagenzüge und den Bedingungen in den Zwischenstationen und in der Hauptuntergrundbasis, die ihre Heimatstation gewesen war.

Die Ermittlungen wurden mit derselben Härte durchgeführt wie eine beliebige Einsatzbesprechung, der Jodi beigewohnt hatte, aber die Aufzeichnungsmethoden der Informationen, derer sich die Eisenmeister bedienten, waren steinzeitlich. Jede Frage des Meisterbefragers wurde mit Rücksicht auf die Renegaten in die Grundsprache übersetzt; ihre Antworten wurden dann in das Kauderwelsch zurückübersetzt und mit peinlicher Sorgfalt durch einen verschrumpelten Schreiber mittels eines Pinsels, der in einen Topf mit schwarzer Flüssigkeit getaucht wurde, auf Blätter eines gelblichen, an Plasfilm erinnernden Materials niedergeschrieben. Die Zeichen, die die Dinks machten, waren so unverständlich wie die Laute, die sie ausstießen, aber Jodi fand den ganzen Vorgang faszinierend. Es mochte eine verrückte Art sein, die Dinge zu handhaben, aber der alte Knabe war gewiss ein Künstler im Umgang mit dem Farbpinsel.

Am Ende der Sitzung war ein kurzes Stück farbiges Band durch einen Schlitz in der metallenen ID-Plakette gezogen worden, die sie jetzt wie alle anderen ums rechte Handgelenk trug. Als alle Renegaten auf ihrem Schiff befragt worden waren, stellten Jodi und Kelso fest, dass sie die einzigen mit blauen Bändern waren. Als Flieger hatten sie sich schon immer als etwas Besonderes betrachtet, aber bei dem Gedanken, fortan von ihren Mit-Ausbrechern abgesondert zu sein, fühlten sie sich entschieden unwohl, wenn sie an die Zukunft dachten.

Der Hafen von Kari-faran war der Ausgangspunkt der Route über Land gewesen, die durch ein System von Schleusen und Kanälen führte. Und er hatte das Ende der erzwungenen Untätigkeit markiert. Mutanten und Wagner wurden in Arbeitsgruppen aufgeteilt über Landungsbrücken geführt, damit sie halfen, Schleusentore zu schließen und die mächtigen Raddampfer über Streckenabschnitte zu ziehen, auf denen die Tore dicht aufeinander folgten. Jodi hatte den Verdacht, dass die Schiffe durchaus in der Lage gewesen wären, sich mittels ihrer eigenen Dampfkraft zu bewegen, aber indem sie es auf die harte Tour durchzogen, hatten die Eisenmeister Gelegenheit, den neuen Schub Gastarbeiter zurechtzustutzen.

Jene, die weder Seile zogen noch Schleusentore hochkurbelten, wurden in kleine Gruppen aufgeteilt und mussten vom Bug zum Heck und zurück rennen, bis sie zehn Runden gedreht hatten. Jodi und die Übrigen hatten dieses Vergnügen zwölfmal in den zweieinhalb Tagen, die es dauerte, von Kari-faran zum Binnenhafen Pi-saba zu gelangen. Ihre Handgelenkfesseln und an den rechten Fußknöchel geketteten Gewichte machten es nicht leicht und verdarben ihnen den Genuss, aber zumindest verschaffte es ihnen Gelegenheit, die so lange entbehrte frische Luft zu atmen und einen Blick auf die schöne neue Welt zu werfen, der sie bald angehören würden.

Das Trio der Raddampfer erreichte Pi-saba etwa vier Stunden vor Sonnenuntergang. Auf dem Fluss herrschte eine Menge Verkehr. Außer mehreren kleineren dampfgetriebenen Raddampfern erblickte Jodi Barken mit Rahsegeln, Fähren mit geringem Tiefgang und kleine Boote mit einem Ruder; sie alle fuhren flussauf- und flussabwärts und kreuz und quer. Dunkelgraue Rauchsäulen stiegen in den Himmel und verkündeten, dass irgendwo mehrere große Feuer brannten. Endlich wurden die Schaufeln langsamer, hielten an und drehten sich schließlich rückwärts. Leinen wurden ans Ufer geworfen und von Gruppen wartender Männer um Poller geschlungen, und nach viel von Geschrei begleiteter Betriebsamkeit trieben die Raddampfer gemächlich in Kontakt mit den Stoßdämpfern aus verknüpften Seilen, die von der hölzernen Mole herabhingen.

Das war das Signal für einen Tobsuchtsanfall einer kleinen Horde von Weißgestreiften und speichelleckenden Mutantenaufsehern. Sie liefen durchs Unterdeck, ließen ihre Peitschenstöcke auf die Schultern der menschlichen Fracht niedersausen, brüllten sie an, aufzustehen und sich den Gruppen anzuschließen, denen sie zugeordnet worden waren.

Nachdem sie geholfen hatten, die mächtigen Raddampfer durch das Kanalsystem zu ziehen, wurde den Mutanten und Wagnern jetzt das Privileg zuteil, ihre Frachten abzuladen. Aber zuerst wurden ihnen die Armfesseln abgenommen. Jedes am Handelsposten an Bord getragene Stück war überprüft, mit einem Etikett versehen und durch Zählmeister auf einer Liste eingetragen worden, und jetzt wurde die ganze aufwendige Prozedur in umgekehrter Reihenfolge wiederholt; die Ballen und Bündel wurden die Gangways hinabgetragen und fortgekarrt und säuberlich in Lagerschuppen mit Steinmauern und mit gekrümmten Dächern gestapelt.

Die einzigen unterirdischen Bauten, die Jodi gesehen hatte, bevor sie nach Ne-Issan kam, waren die hässlichen Bunker der Zwischenstationen gewesen, die abschreckenden Arbeitslager mit ihren Türmen, Sperren und Drahtkäfigen, und die stark befestigten Zugangsrampen zu Orten wie Nixon/Fort Worth. Sie hatte nie Gebäude aus der Zeit vor dem Holocaust gesehen – was ein Alter von mehreren Hundert Jahren bedeutet hätte –, und die Videoarchive, zu denen sie mit ihrer ID-Karte Zugang hatte, enthielten keine Aufzeichnungen von ihnen.

Das Löschen der Ladung war mit Anbruch der Dunkelheit geschafft, und letzte Checks und Zählungen wurden beim Schein von Laternen vorgenommen, während die frisch angekommenen Verstärkungen des Arbeitsheeres eine großzügig bemessene Portion dampfenden Reis, zerkleinertes Gemüse und Fleischklößchen verschlangen und mit einer heißen, blassgrünen Flüssigkeit hinunterspülten.

Das Getränk schmeckte nicht annähernd so gut wie Java, aber zum Teufel, dachte Jodi, es ist nicht gut, sich nach dem Schnee von gestern zu sehnen. Wir werden nie wieder eine Tasse Java vorgesetzt bekommen.

Als sie den Zählmeistern und ihren Gehilfen zusah, wie sie ihre Stücklisten mit den Ladepapieren verglichen, fragte sich Jodi, weshalb hier noch kein heller Kopf auf die Idee gekommen war, Strom zu erzeugen. Immerhin verfügten sie über Dampfkraft, alles, was sie bisher gesehen hatte, war handwerklich gut gewesen, und die Art, wie der Schreiber alle Angaben auf die Seite übertragen hatte, war Beweis genug für ihre ausreichende Geschicklichkeit.

Es war wirklich merkwürdig. Sie besaßen alle Fähigkeiten und Werkzeuge, die nötig waren, und es war nicht so, als wüssten sie nichts von der Existenz der Elektrizität. Der gegenwärtige Haufen Renegaten war nicht der erste gewesen, den sie befragt hatten, und die Fragen, die man ihr und den anderen gestellt hatte, bewiesen, dass sie eifrig bemüht waren, zu entdecken, was die Föderation funktionieren ließ.

Wie also war es möglich, dass sie sich immer noch im dunklen Zeitalter befanden?

Als die kurze Essenspause vorbei war, wurden Mutanten und Wagner aufgefordert, ihre Blechtassen und -näpfe in den großen Holztrögen zu spülen, bevor sie sie wieder in die kleinen Baumwollbeutel steckten, die ihnen zusammen mit dem Geschirr ausgehändigt worden waren. Die Beutel waren mit Bändern versehen, sodass man sie um die Hüfte binden konnte. Es gab keine Messer, Gabeln oder Löffel. Man aß mit den Fingern und leckte aus oder trank, was übrig blieb.

Der nächste Punkt auf der Tagesordnung betraf die Kleiderfrage. Die Mutanten hatten sich bis auf ein baumwollenes Lendentuch und ihre Mokassins entkleiden müssen; die Wagner hatten ihre kurzärmligen Hemden – falls vorhanden –, Tarnhosen und Schuhe behalten dürfen. Die Nacht des 10. Juni 2990 war mild und trocken, aber sie wurden alle mit aus rauem Jutefaden gewobenen Umhängen, breiten Strohhüten mit kegelförmigem Kopfteil und einer dünnen Baumwolldecke ausgestattet. Wie alles, was die Eisenmeister anpackten, war die Verteilung gut organisiert, das fremdartige Zeichen und die Nummer auf ihrer Armplakette wurde rasch auf ihre Ponchos, Hüte und Decken übertragen, während sie in einer Reihe darauf warteten.

Nach ihrer Ausstattung wurden sie aufgefordert, sich wieder zu ihren verschiedenen Farbgruppen zu sammeln. Da sie die einzigen Blauen waren, beschlossen Jodi und Kelso, sich ein gutes Stück von den Übrigen entfernt zu halten. Während die Leute umherirrten, um ihre Plätze zu finden, schafften sie es, Medicine-Hat und ein paar andere Ausbrecher aus Malones Gruppe zu sehen. Sie tauschten schweigende, aber vielsagende Abschiedsgrüße aus, dann standen sie auf und versuchten, mit dem Hintergrund zu verschmelzen, denn die Weißgestreiften machten sich daran, die Leute mittels ihrer Peitschenstöcke in ordentlichen Reihen anzuordnen. Die Peitschenstöcke waren aus mehreren dünnen, scharfen Bambusfasern gefertigt, zu einer biegsamen Rute vom Durchmesser eines kleinen Fingers zusammengebunden. Wurde man von ihm getroffen, passte er sich der Krümmung des Rückens an und ließ einen die Wucht des Schlages voll auskosten. Die Grate schnitten tief in die nackte Haut ein, und es tat weh; Mann, es tat wirklich weh!

Ermutigt durch einen Chor von Schreien und Hagel von Schlägen wurden die unglücklichen Mutantensklaven und -sklavinnen in einer langen Reihe aufgestellt und gezwungen, ihrem ungewissen Schicksal entgegenzumarschieren. Jodi sah zu, wie sie sich vorbeischleppten, war aber unfähig, Mitgefühl für ihre Misere aufzubringen. Die Beulenköpfe waren unten am Fluss von ihren eigenen Artgenossen verkauft worden; von denselben Bastarden, die sie und die anderen Wagner für ein paar Töpfe und Pfannen verschachert hatten. Sie hatte in dieser Hinsicht keine andere Wahl gehabt, aber diese Burschen … Zum Teufel, du musst reichlich dumm gewesen sein, zuzulassen, dass einer so ein Ding mit dir abzieht. Jetzt diene ihnen mal schön.

Ein maskierter Samurai und vier Rotgestreifte näherten sich dem Totschläger, der die Aufsicht über die versammelten Renegaten hatte. Seit ihrem Andocken in Pi-saba hatten die niedrigeren Ränge der Eisenmeister ihre Phantom-in-der-Oper-Maskerade fallen lassen und ihre flachen, gelblichen Gesichter und die seltsam geschnittenen Augen gezeigt. Zu Beginn hatte sich Jodi keinen Reim darauf machen können, wieso sie so merkwürdig aussahen, aber dann fiel der Groschen: sie hatten keine Augenbrauen – und die Haarpracht der Samurai war nicht ihre eigene.

In den zehn elenden Tagen auf dem See hatten Jodi und die anderen Ausbrecher die fundamentalen Regeln der Eisenmeister-Etikette auf die harte Tour erlernt. Man ging auf Hände und Knie hinab, wenn ein Samurai des Wegs kam, und bohrte die Nase in den Dreck und ließ sie dort, bis er die Stadt verlassen hatte. Vor allem durfte man ihm nie direkt in die Augen sehen.

Diese Situation war nicht wirklich neu. Die MP-Chefs zu Hause rissen den Delinquenten, die großmäulig ins Department kamen, jedes Mal den Arsch auf, aber diese Hochflieger waren schlimmer. Das Recht der Föderation kam einem schon streng und rücksichtslos vor, aber es stellte eine gemäßigte Variante dessen dar, was hier passierte, wenn es diese Dinks auf einen abgesehen hatten. Trat man aus der Reihe, bekam man die Quittung umgehend und auf der Stelle. Jodi hatte gesehen, wie einem Ausbrecher und drei Mutanten die Kerzen ausgeblasen wurden, wegen der wenigen Worte, die sie während der Essenspause mit ein paar Burschen auf dem anderen Schiff zu wechseln geschafft hatten, und sie wusste, dass das kein Ausnahmefall gewesen war. Die Dinks ließen keinen Verstoß gegen ihre Anordnungen zu. Sie verlangten völlige Unterordnung, und die beste Methode, Ärger aus dem Weg zu gehen, bestand darin, ständig mit gesenktem Kopf herumzulaufen. Bis jetzt hatte sie Glück gehabt. Es hatte ein paar Gelegenheiten gegeben, bei denen Jodi mit der selbstmörderischen Idee gespielt hatte, ihre Zähne in die in Baumwollsöckchen steckenden Füßchen des streitsüchtigen Pygmäen zu schlagen, der sich über sie erhob, aber sie hatte den Mund weise geschlossen gehalten.

Die Rotgestreiften setzten sich auf einen abgestuften Kasten in der Mitte des Versammlungsplatzes. Der Samurai stieg hinauf, beäugte die knienden Renegaten und sprach sie in der Grundsprache an. »Jetzt ihr SITA!«

Alle ließen sich auf die Fersen hinab und legten die Hände auf die Oberschenkel. Die meisten hielten den Blick gesenkt und das Kinn an die Brust. Wer es nicht tat, bekam den Peitschenstock im Nacken zu spüren.

»Sollen die *balou* Arme-Bande tragt jetzt tritt vorne.«

*Balou* …? Jodi und Kelso tauschten fragende Blicke aus, dann sprangen sie auf die Füße, als sie sahen, dass mehrere Weißgestreifte mit erhobenen Peitschenstöcken auf sie zukamen. Sie liefen nach vorn und knieten, wie angewiesen, vor dem Samurai nieder.

»Strecken Hand wenn wissen, wie fliegen Himmel-Maschin.«

Kelso streckte die geballte Faust vor. Mit klopfendem Herz tat es Jodi ihm nach. Eine ähnliche Prozedur wurde während des Trainings in der Föderation angewandt, um Freiwillige für Schmutzarbeiten wie Fußboden schrubben zu rekrutieren.

Der Samurai schaltete auf Japanisch um und gab seinen Genossen eine Reihe Befehle. Jodi und Kelso wurden auf die Füße gezogen und eilig fortgeschafft.

Jodi fluchte innerlich. Oh, Dave, du Fleischklops! Erzählst den Dinks freiwillig, dass du ein Flieger bist! Und bringst mich dazu, dasselbe zu tun! Sie hätten es nie erfahren, wenn du nicht deinen großen Mund aufgemacht hättest. Was für eine Dummheit …

Die Rotgestreiften führten sie beide durch ein verwirrendes Labyrinth von Gassen; einige waren von Laternen erleuchtet, andere lagen im Dunklen. Vor einer fest aussehenden Tür hielten sie an. Sie wurde rasch aufgeschlossen, und die beiden wurden hineingestoßen. Als sie den Kopf beugten, traten ihnen mit Holzsandalen bewehrte Füße schmerzhaft in die Hinterteile und sandten sie mit dem Kopf voraus fliegend auf einen Strohhaufen. Die Tür wurde heftig zugeschlagen, ein Schlüssel drehte sich im Schloss, Riegel wurden knallend vorgeschoben.

Jodi und Kelso setzten sich auf, lehnten sich gegen die Wand und lauschten, bis das Geplapper verstummt war. Es war zu dunkel, als dass einer den anderen hätte sehen können, aber sie hörte Kelso bei dem Versuch, zu Atem zu kommen, röcheln. Als er endlich damit aufhörte, hörte Jodi ihr eigenes Herz schlagen.

»Wenigstens sind wir immer noch heil«, sagte sie leise.

»Für den Augenblick«, grunzte Kelso. »Dieser verdammte Brickman.« Er spie in die Dunkelheit. »Wärst du nicht wegen ihm zurückgegangen, wären wir jetzt nicht hier! Ich muss verrückt gewesen sein, mich von dir dazu überreden zu lassen.«

Es war ein vertrauter Refrain. »Es ging nicht nur um dich und mich, Dave.«

»Da hast du verdammt recht. Du hast Medicine-Hat verloren, und Jinx steckt auch drin!«

»Warte einen Moment. Es wurden eine Menge andere Jungs aufgesammelt, und sie waren kilometerweit weg!«

»Ja, und wir hätten auch kilometerweit weg sein können! Wenn wir bei Malone geblieben wären, könnten wir immer noch dort draußen sein! Stattdessen tappen wir direkt hinein. Jesus! Dieser verdammte Brickman wartete, um diese Beulen zu treffen!« Er lachte bitter. »Ich hab schon von Jungs gehört, die Biber gevögelt haben; aber … Junge. Junge, ich hätte nie geglaubt, dass ich einen Treugläubigen so aufgeputzt wie ihn erleben würd'!«

»Ja, ich weiß«, erwiderte Jodi matt. »Ich hab ihn danach gefragt. Er sagte, er hätte einen guten Grund dafür gehabt.«

»Ja. Nun, Freund oder nicht Freund …«

»Dave, wie oft hab ich es dir schon gesagt? Er ist nicht mein Freund.«

»Das sagst du. Aber wenn sich unsere Wege je wieder kreuzen sollten, schlage ich diesen beulenfotzenleckenden Hurensohn mausetot, das schwöre ich!«

»Ich hoffe, es ist bald, Dave; das kannst du mir glauben.« Jodi ließ sich ins Stroh zurückfallen. Vielleicht wirst du dann deine Bauchschmerzen los …

Eine Brieftaube, die auf dem Dachboden des westlichen Turmes am Sommerpalast des Shōgun in Yedo landete, überbrachte die Nachricht von Fürst Yama-Shitas Ankunft in Kari-faran. Eine zweite Brieftaube bezeugte sein Anlegen in Pi-saba, eine dritte verkündete seinen Aufbruch nach Wirimasa-poro. Keine von ihnen erwähnte irgendeine ungewöhnliche Aktivität. Die dritte Botschaft berichtete in einem geheimen Kurzcode, dass zwei Langhunde für die Beförderung durch einen Straßenkonvoi zu Fürst Min-Orota vorgesehen seien. Ein rothaariger Mann und eine Frau, deren Gesicht und Hals durch rotes Narbengewebe verunstaltet war. Es gab keine Erwähnung der geheimnisvollen Yoko Mi-Shima oder einer anderen unerkannten Reisenden.

Tōshirō begann sich unbehaglich zu fühlen. Er schritt die obere Steinterrasse der Außenmauer entlang und suchte den Himmel nach der nächsten Taube ab. Seit die Brieftauben in rascher Folge aus allen Teilen Ne-Issans kamen, waren seine Hoffnungen erst erregt und dann desto mehr gedämpft worden, je länger die hereinkommenden Vögel die Nachricht vermissen ließen, die seinen Aufstieg oder Untergang bedeuten konnte.

So entscheidend war es. Er hatte Anklagen wegen Betrugs in zwei Fällen gegen den mächtigsten Landfürsten des Reiches erhoben, hatte einen zweiten, einen nahen Verbündeten der Toh-Yota, der Unloyalität und Verschwörung mit dem ersten und außerdem den Schwager des Shōgun der Entehrung seiner Gemahlin durch Unzucht mit einer Langhündin bezichtigt. Wenn es ihm jetzt nicht gelang, alle oder eine dieser Anklagen zu untermauern, mochte er sich – um eine Redensart in der alten Sprache der Iyuni-steisa zu benutzen – leicht ohne Ruder in einem Teich aus Scheiße wiederfinden.

Sechs bedrückende Tage nach Yama-Shitas berichtetem

Aufbruch nach Wirimasa-poro über die nördliche Straße fand endlich ein geflügelter Kurier seinen Weg aus dem Westen und ließ einen Hoffnungsschimmer am Ende des Tunnels erstrahlen, in dem sich Tōshirō befand. Die Botschaft kam aus Pi-saba. Die Sänfte mit einer gewissen Yoko Mi-Shima als Inhalt war für einen Straßenkonvoi eingetragen worden, der die Great Eastern Road nehmen würde. Zudem war ein Transport per Ochsenwagen für zwei vietnamesische Hausdienerinnen gebucht worden. Die Transportkosten hatte ein Kaufmann bezahlt, der durch Heirat mit der Ko-Nikka-Familie liiert war. Der angegebene Bestimmungsort war Firi, aber zwei Langhunde reisten mit demselben Konvoi, die für den Reiherteich bei Mara-bara bestimmt waren.

Der Shōgun übergab Tōshirō den winzigen Reispapierbrief ohne Kommentar und beobachtete mit ausdruckslosem Gesicht, wie sein Herold mit gierigem Blick den fast mikroskopisch klein geschriebenen Text verschlang.

Tōshirō überschwemmte eine Woge der Erleichterung. Er war noch nicht aus der Klemme, aber er fühlte, dass sich alles ordnen würde.

»Was glauben Sie?«

»Ich glaube, dass wir sie haben, Herr.« Ein flüchtiges Lächeln stahl sich über sein Gesicht. »Können Sie sich das vorstellen? Denselben Namen auf der Hin- und Rückreise zu benutzen? Unglaublich …«

»Und was jetzt?«

»Wir müssen sie und ihre beiden Dienerinnen aufgreifen, wenn der Konvoi das Land Fürst Se-Ikos durchquert. Wenn ich nicht irre, ist er Ihnen gegenüber … sagen wir, neutral.«

»Nicht ganz. Wenn der Ballon hochflöge, würde Se-Iko

vermutlich abwarten, um zu sehen, was von Yama-Shitas Seite des Zaunes geflogen kommt.«

»Dann ist es der richtige Ort. Es wäre sicherer, wenn sie sich schon auf Mitsu-Bishi-Land befänden, aber die gehören zu den Säulen des Shōgunats. Es würde zu sehr nach einer Inszenierung aussehen.«

»Da haben Sie recht. Wie wäre es hiermit: Sie holen sie aus dem Konvoi, während er durch Se-Ikos Fleckchen Land reist, halten sie über Nacht fest, überqueren dann die Grenze und lassen sie auf der anderen Seite frei. Auf diese Art können wir jede juridische Maßnahme verantworten, die … ah … erforderlich ist.«

»Juridische Maßnahme?«

»Mein lieber Tōshirō, wir können einen derartigen Übergriff nicht ungestraft hinnehmen. Ich werde Mitsu-Bishi bitten, dreißig oder mehr gewöhnliche Kriminelle zu ergreifen, sie als Rōnin zu verkleiden, ihnen die Köpfe abschlagen zu lassen und an der Straße zur Schau zu stellen, und zu behaupten, seine Männer hätten diese Leute erwischt. Natürlich bevor sie jemand fragen kann.«

»Wer soll den Überfall auf den Konvoi machen?«

»Eine sehr verlässliche Gruppe, die von einem Mann namens Noburō Naka-Jima angeführt wird. Ein echter Getreuer.«

»Darf ich fragen, Herr, ob er weiß, was von ihm erwartet wird?«

»Noch nicht. Ich werde eine Zusammenkunft bestimmen. Der überzeugendste Ort ist die Poststation bei Midiri-tana. Knapp südlich von Ari-saba. Sie werden sich natürlich verkleiden müssen. Ieyasu wird Sie mit falschen Papieren ausstatten und Ihnen die Einzelheiten mitteilen.«

Tōshirō setzte sich auf die Fersen, sein Mund öffnete

und schloss sich wie das Maul eines gestrandeten Karpfens. »Ich … Si … Herr? Ab … aber …«

»Ja, ich erinnere mich, was Sie gesagt haben, aber ich habe entschieden, dass es besser ist, nicht zu viele Leute hineinzubringen. Deshalb möchte ich, dass Sie diese Sache persönlich in die Hand nehmen. Immerhin ist es Ihre Verschwörung. Und wenn etwas schiefgeht, werde ich wissen, wer schuld daran ist.«

»Aber Herr; Ari-saba ist viele …«

»… Kilometer entfernt. Sie haben recht«, sagte Yoritomo. »Sie brechen besser gleich auf.«

Tōshirō legte die Stirn auf die oberste Stufe der Veranda, dann stand er auf, legte die erforderlichen zehn Schritte rückwärts zurück, wandte sich um und eilte davon.

Yoritomo sah ihm nach, bis er hinter den säuberlich beschnittenen Sträuchern verschwunden war. Er wusste, dass der Herold, wenn er seine Fassung wiedergewonnen hatte, seinen Auftrag mit der gewohnten Energie und Entschlossenheit ausführen würde. Sein Verdacht in Bezug auf Yoko Mi-Shima, die reisende Kurtisane, war wahrscheinlich richtig. Tōshirō besaß ein Gespür für die Implikationen von Situationen dieser Art. Aber trotzdem war der Erfolg zweifelhaft. Die Risiken waren beträchtlich, aber das Spiel war lohnend. Wenn sich herausstellen sollte, dass der Herold recht hatte, würden Yama-Shita und seine Freunde heftig, vielleicht sogar tödlich kompromittiert, und sein lieber Schwager, der Konsul Nakane, den er nie sonderlich gemocht hatte, würde endlich seine wohlverdiente Strafe erhalten.

Und das Spiel war gar nicht so gefährlich. Er hatte Schritte unternommen, um die Gefahren in Grenzen zu halten. Von Noburōs Rōnin war zu erwarten, dass sie sterben würden, ohne ihre Verbindungen mit dem Shōgunat zu enthüllen. In der Tat wusste keiner von ihnen, dass sie in Yoritomos Auftrag handelten. Sein Herold war ein anderes Problem. Wenn die Dinge nicht wie geplant verliefen, und Tōshirō in dem folgenden Getümmel gefangen genommen wurde, würde er erkannt werden, und die Hand des Shōgun würde offenbar. Aus diesem Grund hatte Yoritomo mit dem Anführer seiner eigenen, sehr privaten Assassinen abgesprochen, dass Tōshirō spurlos verschwinden musste, wenn die Umstände es erforderten. Yoritomo mochte in den Augen Ieyasus immer noch nicht trocken hinter den Ohren sein, aber niemand konnte Shōgun werden, ohne als erstes zu lernen, seinen Hintern bedeckt zu halten.

Es war nicht die Art, wie er gern Regierungsgeschäfte führte, aber sein Handlungsspielraum war beschränkt. Die Yama-Shitas konnten durch eine direkte Konfrontation nicht zum Gehorsam gebracht werden. Sie waren zu mächtig, und ihr Einfluss reichte zu weit. Yoritomo konnte es sich nicht leisten, dass der Autorität des Shōgunats öffentlich Widerstand geleistet wurde, und die Alternative – ein mit Waffen ausgetragener Konflikt – kam nicht in Frage. Die Jahre des Friedens unter den Toh-Yotas hatten den Wunsch nach größeren Konflikten schwächer werden lassen. Aber sie hatten nicht den Ehrgeiz befriedigt. Der Kampf um die Macht dauerte an, und die Geheimwaffe, die Hiro Yama-Shita gegen das Shōgunat gerichtet hatte, war weit zerstörerischer als die größte Armee, die je aufgestellt worden war. Ihr Name war Fortschritt.

Yama-Shita war verschlagen und rücksichtslos. Zudem war er hochintelligent und äußerst scharfsinnig. In der derzeitigen Situation musste man seinen Plänen durch ebenbürtige Listen begegnen. Der ahnungslose Herold, der bald westwärts reiten und seine Pferde an den Poststationen auf dem Weg wechseln würde, hätte es mit dem Pokerspiel verglichen. Es war ein passender Vergleich. Yoritomo dachte an die Unwägbarkeiten und schloss, dass die einzige Möglichkeit, dieses Spiel zu gewinnen, darin bestand, einen Joker auszuspielen.

Als er diesen Entschluss fasste, hatte der junge Shōgun keine Ahnung, dass der Joker, nach dem er suchte, versteckt in einem Wald an der Westseite der Ari-geni-Berge lag, oberhalb einer Straße, die einst als Pennsylvania Turnpike bekannt gewesen war.

Er hatte die Gestalt eines hungrigen, schmutzigen, mit einem Messer und einer primitiven Hellebarde bewaffneten Flüchtlings. Sein Körper trug die Wirbelmuster, die ihn als Prärievolk-Mutanten identifizierten. Aber er war kein gewöhnlicher Beulenkopf. Seine Glieder waren gerade, die Haut, die seinen jungen, gestählten Körper bedeckte, war glatt wie Sattelleder, und er trug keine Ringe oder Brandzeichen. Seine harten blauen Augen waren die eines Kriegers der Bay, nicht die eines gejagten Sklaven, und ein scharfer Beobachter hätte bemerkt, dass seine dunkelbraunen Haare an den Wurzeln erblondet waren, um zu denen um seinen Mund und entlang des Unterkiefers zu passen.

Sein Name war Steve Brickman, im Gegensatz zu dem fleißigen Langhund am Reiherteich, der auf denselben Namen hörte, das Original: 2102-8902 Brickman, S.R. von Roosevelt/Santa Fe, New Mexico; ausgebildet an der Lindbergh Field Air Force Academy, Klasse von 2989.

Der geübte Flieger Steve war jetzt ein Mexikaner; er gehörte zu einer ausgewählten Gruppe von Untergrundagenten, die von der AMEXICO gesteuert wurden, einer Ultra-Top-Secret-Einheit, die direkt für den General-Präsidenten der Amtrak-Föderation arbeitete. Offiziell war er tot, bei einer Aktion über dem Wyoming-Territorium getötet. Diese Fiktion war ganz und gar nicht allzu weit von der Realität entfernt. Er war bei einer Gefechtsmission über Wyoming abgeschossen worden und, seit er den Boden erreicht hatte, bei mehr als einer Gelegenheit dem Tod nahe gewesen. In einem ereignisreichen Jahr hatte sich Steve in einigen ernsten Situationen befunden und war wieder einmal in großen Schwierigkeiten.

# 5

Während der letzten zwei Wochen hatte Steve gefährlich als illegaler Immigrant in einem fremden Land überlebt, dessen Bewohner eine unverständliche Sprache sprachen und Fremden gegenüber außerordentlich feindselig waren. Es hatte sich rasch herausgestellt, dass er keine schlechtere Verkleidung hätte wählen können. Die Eisenmeister behandelten Mutanten als Sklaven, die, wenn sie nicht unter den Peitschen der Aufseher arbeiteten, in Gefangenenlagern zusammengepfercht wurden; die Gruppen, die er die Straße hatte entlangziehen sehen, waren zusammengekettet und streng bewacht gewesen. Er hatte keine Wagner-Renegaten getroffen, aber soweit er es beurteilen konnte, hatten sie vermutlich ebenfalls einen schweren Stand.

Unfähig, Kontakt mit jemandem herzustellen, der ihm hätte helfen können, wurde Steve zum Straßenräuber, der sich sein Essen zusammenstahl, wann immer sich die Gelegenheit bot. Aber es gab überall Soldaten und Beamte, die alle Bewegungen von Gütern und Personen überprüften. Es war wie der Versuch, sich ohne ID-Karte auf einer Untergrundbasis der Föderation zu bewegen. Steves größtes Dilemma war das folgende: Er konnte sich nicht in der Öffentlichkeit bewegen, ohne zu einem Teil des

Systems zu werden, aber wenn er einen Weg fand, als Mutant ein Teil dieser Gesellschaft zu werden, riskierte er es, an andere angekettet zu werden und sich überhaupt nicht mehr frei bewegen zu können.

Bei einer seiner erfolgreichen Unternehmungen war es ihm gelungen, eine gesteppte Baumwolldecke zu stehlen, die ihm half, die kältesten Nachtstunden vor Tagesanbruch zu überstehen, aber auf seinen beiden letzten Raubzügen war er einer Gefangennahme nur um Haaresbreite entgangen. Um seinen Verfolgern zu entwischen, hatte er Zuflucht im tiefsten Wald gesucht und war dort geblieben, lebte von dem Wild, das er erwischen konnte, und bewegte sich hauptsächlich nachts. Steve hatte entdeckt, dass die Stunden zwischen Abend- und Morgendämmerung die einzige Zeit waren, in der die Eisenmeister in ihrer unermüdlichen Aktivität nachließen. Aber natürlich war es trotzdem zu gefährlich, ein Feuer zu entzünden; er musste alles Essbare, das zu stehlen oder fangen ihm gelang, roh verzehren.

Der Tag, der sich eben dem Ende zuneigte, war warm und sonnig gewesen, aber für Steve ebenso anstrengend und frustrierend wie der Tag zuvor. Und der Tag davor. Die Mission, die ihn hoffnungslos unvorbereitet ins Land der Eisenmeister geführt hatte, schien zum Untergang verdammt. Steve war nach Ne-Issan gekommen, um Clearwater und Cadillac zu finden. Sein einziger Anhaltspunkt war eine Unterhaltung gewesen, von der man ihm berichtet hatte, in der ein Ort namens Reiherteich erwähnt wurde. Er hatte keine Ahnung gehabt, wo sich dieser Ort befinden mochte, und sich in vorwiegend östlicher Richtung durchs Land geschlagen, in der vagen Hoffnung, einen Anhaltspunkt zu finden. Bis jetzt war es ihm versagt geblieben, und er hatte keinen Anlass mehr, sich selbst etwas vorzumachen. Er wusste weder, wo er war, noch in welche Richtung er sich wenden sollte, und das Einzige, was ihm bevorstand, war eine weitere Nacht des unruhigen Schlafs mit fast leerem Magen.

Als es dunkel wurde, rollte sich Steve in seine gestohlene Decke, den klingenbewehrten Stock im Arm. Die Wolken, die jetzt schon in der zweiten Nacht den Himmel bedeckten, waren seine Ausrede, nicht auf den Füßen zu sein; die Wahrheit war, dass sein Körper mit schmerzhafter Dringlichkeit nach Ruhe verlangte. Ein Teil seines Denkens schickte sich darein, ein anderer verweigerte die Zusammenarbeit und hielt ein Ohr offen und den Körper in Alarmbereitschaft. Eine Weile ging dieses Arrangement gut, und Steve drehte und krümmte sich auf seinem Lager, aber schließlich, als deutlich wurde, dass der Körper nicht länger reagierte, gaben die widerspenstigen grauen Zellen für diese Nacht nach und füllten die Stunden mit Essensträumen: heiße, würzige Stews, getrocknete Fleischbällchen, frisch gebackenes Fladenbrot und saftige Gelbfrüchte. Das geträumte Mahl schloss sogar einen berghohen Stapel frisch aus einem riesigen Mikrowellenherd kommender Sojabohnenburger mit ein, die ihm das Wasser in den Mund trieben.

Steve erwachte, als der neue Tag heraufdämmerte, und sprang mit der Raschheit eines wilden Tieres auf die Füße, alle sechs Sinne auf Gefahr eingestellt. Langsam entspannte er seinen Griff um den Stab. Die einzigen Geräusche, die er vernahm, waren die natürlichen Laute des Waldes: die Rufe der Vögel, schrill und misstönend oder sanft und melodisch; eine improvisierte Pastorale, unterlegt durch ein Stakkato aus Geschnatter und Grunzen ihrer vierbeinigen Nachbarn, dargeboten vor der flüsternden Zuhörerschaft durch den Wind bewegten Laubes. Der aufmerksame Zuhörer vernahm auch das Krachen und Knirschen der Bäume, deren saftstrotzende Zellen sich im Zuge des jährlichen Wachstumsschubs reckten und streckten; der Stämme, die sich unmerklich Zentimeter um Zentimeter verdickten, um dem Höherwachsen und der größeren Ausdehnung durch die nach außen strebenden jungen Zweige gewachsen zu sein; den Wurzeln, die auf der unermüdlichen Suche nach besserem Halt sich schlangengleich durchs Erdreich wanden und mit urwüchsiger und unbegreiflicher Kraft Felsbrocken sprengten.

Der nächste Schritt, der jetzt zu seinem täglichen Ritual gehörte, war, das im Griff seines Kampfmessers versteckte winzige Funkgerät zu überprüfen. Unter den hölzernen Seitenteilen befand sich ein Wunder an Mikroelektronik mit einer alphanumerischen Tastatur, über die er Text oder Daten für die Hochgeschwindigkeitsübermittlung zu vorgegebenen Zeiten eingeben konnte. Eingehende Botschaften wurden durch ein Signal angekündigt, das außerdem den elektronischen Speicher aktivierte. Steve löste den winzigen Stift aus der Halterung und drückte auf den Aufrufknopf, der jede aufgezeichnete Nachricht seitenweise auf dem zwanzig Zeichen fassenden Flüssigkristallbildschirm erscheinen lassen würde. Siebzehn vertraute Buchstaben marschierten von links nach rechts über den Schirm und blieben stehen, sobald sie komplett waren. KEINE AUFZEICHNUNG.

Side-Winder, der Geheimagent, der ihm geholfen hatte, sich auf dem Raddampfer zu verstecken, hatte die Besorgnis Karlstroms darüber angedeutet, dass er nicht in Kontakt geblieben war. Er hatte Gründe dafür gehabt, aber jetzt, da ihm die Mittel zur Kontaktaufnahme zur Verfügung gestellt worden waren, hatte er keine Entschuldigung mehr – und auch nicht den Wunsch, die latenten Zweifel an seiner Loyalität der Föderation gegenüber zu vergrößern. Da er nicht wusste, dass sein Gerät dazu ausgerüstet war, sein Rufzeichen in regelmäßigen Intervallen auszustrahlen, hatte Steve es programmiert, zweimal am Tag zehn Minuten lang HGFR im Morsecode zu senden, sodass sie seine Position feststellen konnten.

Als er ihm das Messer überreichte, hatte Side-Winder gesagt: »Die Familie hat immer ein Ohr am Boden.« Steve hatte sich verwundert gefragt, wie das aussehen sollte. Die maximale Reichweite seines Funkmessers betrug achtzig Kilometer. Aber er war jetzt mindestens sechzehnhundert Kilometer von der nächsten Zwischenstation oder vom nächsten Wagenzug entfernt. Wenn die Erste Familie in der Lage war, ihn aufzuspüren, musste sie ein geheimes Netz auf dem Gebiet der Eisenmeister installiert haben, das es ihr ermöglichte, die Signale, die er losließ, aufzufangen und weiterzugeben. Bis jetzt hatte er keine Antwort erhalten. Okay. Vielleicht lag es daran, dass er keinen Bericht geschickt oder um Hilfe gebeten hatte. Trotzdem hätten sie ihn gelegentlich wissen lassen können, dass ihm am anderen Ende jemand zuhörte.

Trotz der Jahre des Trainings an der Flugakademie beschränkte sich Steves Wissen über Funkgeräte wie das der meisten Wagner auf ihre Bedienung und darauf, wie man fehlerhafte Platinen ersetzte. Grundwissen. Man musste nur lesen können. Die Kommunikationsgeräte der Wagner umfassten Selbsttestprogramme, die auf dem Bildschirm anzeigten, welche Schaltung ersetzt werden musste. Man verglich die Nummer, kramte den Chip aus dem Ersatzteillager und setzte ihn ein. Erst bei den Platinen wurde es komplizierter. Die Kenntnisse, Fähigkeiten und Prozesse, die zur Entwicklung und Herstellung dieser Geräte geführt hatten, und die technischen Prinzipien, auf denen sie basierten, blieben ausschließlich der Ersten Familie vorbehalten.

Steve klappte den Griff seines Messers zu und umwickelte ihn wieder mit dem Stoffstreifen. Er wusste, dass sein Funkgerät funktionierte; aber galt das auch für das Netz? Die einzig sichere Methode, das herauszufinden, war, einen Mayday-Ruf loszulassen – und das war das Einzige, was er nicht wagte. Er benötigte dringend eine Karte Ne-Issans, mit einem großen X, das den Reiherteich bezeichnete, und ein Videotape mit einem Schnellkursus in Japanisch. Aber beides konnte ihm die AMEXICO nicht verschaffen. Selbst, wenn sich Karlstrom dazu herabließ, ihn herauszuhauen, wäre ein Himmelshaken – MX-Slang für eine Befreiung aus der Luft – von wenig Nutzen, und die Ankunft eines Reservegeschwaders würde die Dinge nur noch komplizierter machen, als sie ohnehin schon waren. Nein. Er war für die derzeitige Situation verantwortlich, und die einzige Möglichkeit, mit heilen Knochen herauszukommen, lag bei ihm selbst.

Steve machte eine Rolle aus der Decke, band die Enden zusammen, sodass er sie als Ring über der Schulter tragen konnte, und machte sich auf die Suche nach einem Bach. In diesen Hügeln waren Bäche eine Seltenheit. Als er auf einen gestoßen war, füllte er seine kleine Wasserhaut, bespritzte sich Gesicht und Arme und versuchte, wenigstens einen Teil des Schmutzes abzuwaschen. Die schwarzen und braunen Zeichnungen auf seinem Körper blieben unversehrt. Einmal aufgetragen, war die pastenartige Farbe, zuerst von einer längst vergangenen Mutantengeneration erfunden, schweißfest, färbte nicht ab, verblasste nicht und war gegen alle normalen Entfernungsmethoden resistent. Mr. Snow hatte ihm gesagt, sie könne nur mit Hilfe eines besonderen fünffingrigen Krauts entfernt werden. Wenn man sich mit dem Saft dieser Pflanze einrieb, veränderten sich die chemischen Eigenschaften der Farbe, und sie ließ sich mit Wasser abwaschen. Steve hatte noch keine Gelegenheit gehabt, diese Methode an sich selbst auszuprobieren, aber er wusste, dass sie funktionierte, und trug immer einige dieser Kräuter bei sich, für den Fall, dass ein rascher Wechsel der Identität nötig sein würde.

Er dachte an den denkwürdigen Tag zurück, an dem er unbemerkt zugesehen hatte, wie Clearwater und Cadillac sauber wurden, und ließ die darauf folgenden Ereignisse über den Bildschirm in seinem Kopf ablaufen. Mit ihren Augen verbunden zu sein, als er in sie eindrang, war ein fantastisches Gefühl gewesen, aber die Entdeckung ihrer makellosen Schönheit war der Moment gewesen, an dem sich sein Leben verändert hatte; eine neue Bedeutung angenommen hatte. Die Ereignisse hatten zu ihrer Trennung beigetragen, aber bei seiner Rückkehr zum Präriervolk hatte ihm Mr. Snow offenbart, es sei bestimmt, dass sie beide wieder zusammenkommen würden. In dem Wissen, was ihm aufgetragen worden war, hatte Steve versucht, sie sich aus dem Kopf zu schlagen, aber immer, wenn er die Reflexe des Sonnenlichts auf den Wellen eines kristallklaren Baches sah, drängte sich ihm ihr Name auf die Lippen. Wenn er dann niederkniete, um dessen Kühle zu trinken, war das Gefühl auf ihren Lippen, nicht auf seinen. Sie war allgegenwärtig. Das strahlende Blau eines wolkenlosen Himmels erinnerte ihn an ihren ruhigen, steten Blick; die hochbeinigen Rehe bewegten sich mit ihrer geschmeidigen, sicheren Anmut; der Geruch wilder Blumen erinnerte ihn an den ihrer Haare. Nichts hatte sich geändert. Seine Gefühle waren jetzt ebenso stark, ebenso überwältigend, wie sie es in ihrer letzten gemeinsamen Nacht gewesen waren, als sie nackt unter seine Schlaffelle geschlüpft war …

Die harte Wirklichkeit drängte nach einem Comeback und zog den Vorhang vor seine Tagträumerei. Die unerfüllte Sehnsucht, die durch solche Gedanken in Erinnerung gerufen wurde, blieb besser im Verborgenen. Steve stand auf, befestigte sein Kampfmesser an der Innenseite seines linken Unterarms, wickelte einen zweiten schmutzigen Stoffstreifen um den Griff, sodass es wie der Teil eines Verbandes aussah. Und wenn ein eventueller Angreifer nahe genug sein würde, um zu sehen, was es wirklich war, würde das Messer schon an seiner Kehle sein.

Die aufgehende Sonne hatte sich noch nicht von dem Gipfel des Berges vor ihm gelöst. Es war noch genügend Zeit, einen sicheren Standort zu finden, von dem aus er das Land beobachten und den Rest des Tages damit verbringen konnte, seine nächsten Bewegungen zu planen. Während er sich seinen Weg durch die Bäume suchte, unternahm Steve bewusste Anstrengungen, sein Denken zu klären. Das Nachsinnen über die Vergangenheit half ihm in seiner jetzigen Lage nicht. Die Befreiung Clearwaters und Cadillacs war nur ein Teil des Problems. Wenn er diesen Auftrag ausgeführt hatte, erwartete ihn eine schwierige Wahl. Wenn er sein Versprechen Mr. Snow gegenüber einlöste, mochte Roz, seine Blutsschwester, sterben. Die Alternative war, zu tun, was die Föderation verlangte, und zu riskieren, dass er Clearwater für immer verlor. Die Situation wurde noch erschwert durch den Umstand, dass er beiden Frauen aus verschiedenen Gründen gleich stark verbunden war. Die Aussicht, eine von ihnen zu verlieren, war etwas, über das nachzudenken er sich beharrlich weigerte. Er würde eine Möglichkeit finden, sie beide zu retten.

Oder jemand anderer würde diese Möglichkeit für ihn finden …

Seit seiner Graduierung im letzten April von der Air Force Academy in New Mexico hatte Steve genug gesehen und gehört, um überzeugt zu sein, dass das Leben durch Kräfte gestaltet wurde, die zu kontrollieren weder er noch die Föderation die Macht hatte. Nach Mr. Snow war er im Schatten Talismans, des Dreifachbegabten, geboren, des all-besiegenden Helden, der der Mutantenprophezeiung zufolge als Erretter des Prärievolks auf die Erde kommen würde. Die Föderation glaubte nicht an Prophezeiungen; die Mutanten taten es. Für sie war der Weg vorgezeichnet. Das Rad drehte sich. Die Föderation hatte auch einen Traum von der Zukunft, aber die Wagner benutzten Computersimulationen und Netzplananalysen, um sie eintreten zu lassen. Die Mutanten hatten Vertrauen zu unsichtbaren Geistwesen; die Wagner vertrauten auf sich selbst, auf das System. Für sie besaß die physische Welt endliche Ausdehnung und Eigenschaften, die quantifiziert, und potenzielle Ressourcen, die ausgeschöpft werden konnten. Für die Mutanten war die natürliche Welt wie ein ummauerter Garten, den man durch eine Tür betreten konnte; dahinter lag ein riesiges in Wolken gehülltes Land, das ständig neue Panoramen von unvergleichlicher Herrlichkeit offenbarte; schneebedeckte Berggipfel und gemächlich fließende Ströme, von Früchte tragenden Bäumen gesäumte und von würzig duftendem Erdreich bedeckte Täler, mit hohem Brot-Gras bestanden, von Hügeln unterbrochene Ebenen, reich an Wild. Ihr Kosmos erstreckte sich hinter dem Sternengewölbe, jenseits von Zeit und Raum, und umfasste geistige Reiche von unermesslicher Ausdehnung. Die Wagner waren der Meinung, dass das irdische Leben ein Funke war, der von einem Feuer hochstob und auf seinem Höhenflug eine kurze Weile glühte, um schon einen Augenblick später zu erlöschen; die Mutanten hingegen glaubten, dass die Funken in den Flammen ständig wiedergeboren wurden. Geburt, Tod, Wiedergeburt – der Zyklus hatte keinen Anfang und kein Ende; der Ozean des Seins, in den der Fluss der Zeit mündete, kreiste um eine ewige Sonne, deren Strahlung das Zentrum aller Schöpfung war.

In den letzten Monaten und besonders in den letzten Wochen hatte Steve gelegentlich Zeit gehabt, über diese Mysterien nachzudenken. Alles, was er als Wagner gelernt hatte, sprach gegen solche Vorstellungen. Die Föderation befasste sich mit Fakten, nicht mit Abstraktionen. Aber seine Unterhaltungen mit Mr. Snow waren noch in seinem Kopf. Vergangenen und zukünftigen Gefahren zum Trotz hatten sie etwas in ihm ausgelöst; unsubstanzielle Schwingungen, die seinen Körper in Gleichklang mit der Oberwelt gebracht hatten. Die fremde Welt, deren Existenz er instinktiv spürte, war seine wahre Heimat.

Während er seine Bergaufwanderung durch die Wälder fortsetzte, sah Steve ein kleines Pelztier mit buschigem Schwanz, das sich ein paar Armlängen von ihm entfernt an einen Baum geklammert hatte. Er erstarrte mitten in seiner Bewegung und zog langsam sein Messer. Dann hob er den Arm mit der Heimlichkeit einer Gottesanbeterin, nahm Maß mit den Augen und … *zingggg!* Das Messer traf genau die Stelle, an der sein Frühstück noch vor einer Millisekunde gesessen hatte. Ein paar Minuten später wies ihm Mo-Town, die große Himmelsmutter, ein neues günstiges Ziel. Sein schweifender Blick erhaschte den Schwanz einer Schlange, die unter einem losen Haufen verrottenden Laubes dahinglitt. Steve packte seinen Stock fester, schwang ihn in Schulterhöhe, und … *whapppp!* Obwohl die Schlange im Laub verschwunden war, hatte ihr die Klinge den Kopf abgetrennt. Einmal wieder hatte sich der Stock mit einer Geschwindigkeit bewegt, die ihn überrascht hatte; er hatte das zum ersten Mal in dem Kampf mit dem verlorenen Reservegeschwader wahrgenommen. Der Stock hatte in seiner Hand vibriert, und er glaubte zu fühlen, dass die Klinge den hölzernen Stab hinter sich herzog – fast, als wäre sie mit Verstand begabt.

Zitternd vor Gier häutete Steve die Schlange ab, weidete sie aus und schlug die Zähne in das Fleisch entlang des Rückgrats, blind für alles, was in seiner Umgebung geschehen mochte, außer dem Gefühl, sich Mund und Magen mit etwas zu füllen, das er kauen und schlucken konnte. Er keuchte vor Lust und hätte sich fast verschluckt. Welch ein Vergnügen! Er schwang sich den Stock auf den Rücken und ging weiter, aß sich von der Mitte der Schlange an zu beiden Körperenden durch.

Als er den Hügelkamm erreicht hatte, kletterte Steve bis in die Spitze des höchsten Baums und betrachtete seine Umgebung. Die Sonne hing inzwischen über einem Wäldermeer. Die Wogen bewaldeter Hügel erstreckten sich bis zum östlichen Horizont, und auch nach Norden und Süden verliefen sie, so weit das Auge reichte. Auf dem Boden und an den unteren Hängen der benachbarten

Täler waren vereinzelte Lichtungen, von denen einige sehr verlockend aussahen; andere umgaben rechteckige Teiche und terrassenförmig angelegte Getreidefelder.

Rauch stieg aus den Kaminen der Wohnhäuser und erinnerte Steve daran, dass andere, Glücklichere als er, sich darauf vorbereiteten, dem Tag ins Auge zu blicken; gestärkt durch ein schmackhafteres Frühstück als eine rohe Schlange. Wenn er sich entschied, das Tal zu durchqueren, würde er sich große Mühe geben müssen, von niemandem gesehen zu werden. Es war sicherer, die Dunkelheit abzuwarten und auf einen klaren Himmel zu hoffen. Der Mond war nur noch eine Sichel, und bald würde er ganz verschwinden, aber das spielte keine Rolle. Wenn die Sterne sichtbar waren, konnte er die Straßen benutzen. Wenn er sich von Wohngebieten und den Wachtposten, die die Brücken und Fähren kontrollierten, fernhielt, war es nicht sehr gefährlich. Und es würde ihn viel schneller weiterbringen, als wenn er sich durch den stockfinsteren Wald kämpfte. Die Eisenmeister benutzten nachts kaum die Straßen. Wenn doch, waren die Reisenden immer von mehreren Dutzend Soldaten begleitet, und alle trugen Laternen an langen Stangen. Und sie machten einen erstaunlichen Lärm, schlugen mit Stöcken auf kleine Trommeln, bliesen in Hörner und unterhielten sich übertrieben laut. Der Lärm, den sie erzeugten, konnte sie bei den Menschen, die entlang der Straße wohnten und ihren hart verdienten Schlaf brauchten, nicht gerade beliebt machen, aber er warnte Steve immer rechtzeitig, wenn sich eine Gruppe Reisender näherte.

Von seinem Ausguck überblickte Steve eine Strecke der Landstraße, die sich durch die Berge schlängelte. Im Westen führte sie zum Allegheny River und weiter –

über die Fähre in Richtung des Schifffahrtsknotenpunkts Pittsburgh; den Feuergruben Beth-Lems. Da die Straße breiter als üblich und sorgfältig gepflastert war, schloss Steve, dass sie zu anderen Orten von ähnlicher Bedeutung führen musste. Mangels besseren Wissens überzeugt, dass der Reiherteich in der Nähe eines dieser wichtigen Orte liegen müsse, hatte sich Steve etwa parallel zur Straße bewegt und seine Aufmerksamkeit zwischen der Landschaft und dem Himmel geteilt. Cadillac und Clearwater waren vor gut sechs Monaten hier gewesen. Wenn Clearwater seine Gedanken aufgefangen hatte, hätte inzwischen etwas am Himmel zu sehen sein müssen. Etwas, das mit ihm zusammenhing. Aber bis heute hatte er nur Vögel gesehen, und heute war es nicht anders. Er sog noch einmal die frische Luft ein und machte sich an den Abstieg.

Seit Beginn seiner Reise in den Westen hatte Steve darauf geachtet, einen Teil jeden Tages mit der Beobachtung des Verkehrs auf der Straße und des Verhaltens der Menschen auf den Feldern und in der Nähe ihrer Wohnungen zu verbringen. Was er sah, bestärkte seinen Eindruck, den er sich schon am Handelsposten von den Eisenmeistern gemacht hatte. Ihre Organisation war hoch, vielleicht zu hoch. Und Steve hatte den Eindruck, möglicherweise ihren schwachen Punkt gefunden zu haben. Feldarbeit und häusliche Aktivitäten griffen nach einer strikt eingehaltenen täglichen Routine ineinander über, aber ihr Stundenplan sah auch Rastzeiten vor, zu denen sich die Leute zu Gruppen sammelten, um sich zu unterhalten, und nach dem Gelächter zu urteilen, das er noch in der Entfernung hören konnte, ließen sie es sich im Großen und Ganzen gut gehen. Ob ihre Mutantensklaven etwas zum Lachen hatten, war eine andere Frage.

Steve hatte jetzt schon annähernd dreihundert Kilometer zurückgelegt, größtenteils in schwierigem Gelände, und er begann mit der Idee zu spielen, einen der einsamen Reiter zu überfallen, die gelegentlich vorbeikamen. Wenn er feststellen würde, dass er nicht fähig war, das Tier zu reiten, konnte er es immer noch essen. Es war eine verlockende Vorstellung, aber nicht mehr. Die gut gekleideten Krieger, die hin- und herritten – manchmal allein, aber meistens in Gruppen –, waren eine höhere Art Eisenmeister, deren Auftauchen die ansässigen Fußgänger veranlasste, sich in den Straßendreck zu werfen. Einen von ihnen auszunehmen würde wahrscheinlich einen mächtigen Alarm auslösen.

Steve hatte schon Videobilder von Pferden gesehen, aber die Entdeckung, dass sie noch auf dem Kontinent vorkamen, war die bisher größte Überraschung gewesen. Die Archive der Föderation führten sie als eine der vielen Arten an, die während des Holocaust ausgerottet worden waren. Aber sie irrten. In den letzten drei Wochen hatte Steve bestimmt fünfzig Pferde gesehen – immer mit einem Samurai im Sattel. Pferde waren eindeutig ein Statussymbol und den privilegierten Klassen vorbehalten. Alle anderen gingen zu Fuß, ließen sich in Rikschas fahren oder auf größeren vierrädrigen, von glatthäutigen Büffeln gezogenen Karren. Wirklich wichtige Leute – nach den sie begleitenden Prozessionen zu urteilen – wurden in verschwenderisch geschmückten Sänften getragen. In der Eisenmeistergesellschaft galt offensichtlich eine ähnliche Hackordnung wie jene in der Amtrak-Föderation, die von der Ersten Familie über die hochrangigen Kommandanten im Schwarzen Turm bis hinab zu den Dreckhaufen der A-Ebenen reichte. Trotz des großen kulturellen und technischen Gefälles waren die Wagner und die Söhne Ne-Issans aus demselben Holz geschnitzt. Die Ausstattungen der Samurai bewiesen, dass sie dieselbe zügellose Leidenschaft für Waffen beherrschte; und beide hatten sich der Idee einer überlegenen Rasse verschrieben – und glaubten, sie zu verkörpern. Aber trotz dieser potenziellen Konfliktquelle schien es nicht unmöglich, dass die Eisenmeister irgendwann in der Zukunft beschließen mochten, die Vermittler auszuschalten und direkt mit der Föderation zu verhandeln. Wenn das der Fall wäre, würden Talisman und das Prärievolk gut zusammenarbeiten müssen. Und rasch.

Steve hielt sich an der im Schatten liegenden Westseite der Anhöhe und strebte der Landstraße zu. Sie folgte der tiefsten Linie eines von Menschen geschaffenen Grabens, dessen glatte Hänge jetzt von einer verfilzten Vegetation überwuchert waren. In einer weit zurückliegenden Vergangenheit war links und rechts der Straße je ein breiter Streifen von Bäumen gesäubert gewesen, aber der nach oben verdrängte Wald hatte seinen Boden allmählich zurückerobert. Mehrere Generationen Anflug waren inmitten der Büsche und des hohen Grases aufgeschossen, und die Kräftigsten begannen die Schwächlinge zu verdrängen, um sich ein größeres Stück Himmel zu sichern.

Als Steve eben anfing, nach einem Versteck Ausschau zu halten, brach auf der gegenüberliegenden Seite der Straße eine bunt gemischte Gruppe Reiter im Galopp zwischen den Bäumen hervor. Steve, von ihrem plötzlichen Erscheinen überrascht, erstarrte; er wusste nicht, ob er sich verbergen oder weglaufen sollte. Seine Überraschung verwandelte sich rasch in Panik, als die Reiter die Straße überquerten und den Hang hoch auf ihn zugedonnert kamen; die Waffen tanzten auf ihren Rücken. Die Tatsache, dass sie ab und zu über die Schulter zurücksahen, ließ Steve vermuten, dass sie verfolgt wurden, aber er hatte nicht die Absicht, abzuwarten, bis seine Vermutung bestätigt wurde. Es war an der Zeit, etwas zu unternehmen. Bewegung, Brickman!

Durch einen Adrenalinstoß aufgeputscht wandte sich Steve um und rannte zurück zwischen die Bäume. Auf dem Hügelrücken hielt er inne, um die Szene zu begutachten. Der zunehmend steiler werdende Hang zwang die Reiter, in Serpentinen zu reiten und ihren irrsinnigen Galopp zu einem raschen Trab zu reduzieren. Die wilde Horde hatte inzwischen Reihenformation angenommen, und jetzt strömten die Verfolger – annähernd in doppelter Anzahl und reichlich mit Wimpeln und Waffen bewehrt – aus dem Wald hervor und schossen einen Pfeilhagel über den Graben, noch während sie auf die Straße zu galoppierten.

Und sie sammelten Trefferpunkte. Dort stieg ein Pferd hoch und fiel mit dem Rücken auf seinen Reiter. Steve beschleunigte seinen Lauf. Es hatte keinen Sinn, hier in ein Gefecht zu geraten. Sein rasender Lauf zwischen den Bäumen erinnerte ihn an den Tag, an dem er vor einem Haufen Mutanten durch einen anderen Wald geeilt war. Er war ihnen entkommen, indem er in einen Tümpel getaucht war und sich in Ufernähe unter dem Schilf verborgen hatte. Hätte hier eine solche Möglichkeit bestanden, würde er sie genutzt haben, aber er war in zu großer Höhe. Die Bäche, die er überquerte, waren alle nur fußtief. Er hatte keine andere Wahl, als immer weiterzulaufen. Er wechselte zu einem Dauerlauf über, wie er ihn bei den M'Call-Bären gelernt hatte. Die vielfältigen, von Verletzungen herrührenden Schmerzen wurden zu einer einzigen Pein, einem Brennen, das vom Kopf bis zu den Füßen strahlte, während er seinem Körper das Äußerste abverlangte. Der Schmerz wurde unerträglich und verwandelte sich in eine Art Euphorie, die alle körperlichen Gefühle überlagerte. Er spürte kaum noch den Boden unter seinen Füßen oder seine Lungen, die ihm noch vor einem Augenblick zu platzen gedroht hatten. Er war sich dessen bewusst, außerhalb seiner selbst zu sein. Es war, als hätte sich sein Gehirn vom Körper getrennt, schwebte knapp über ihm und sagte: »Du läufst immer weiter und tust, was nötig ist, Alter. Und mach dir keine Sorgen um mich. Ich fühle nichts.«

Steve war nicht zum ersten Mal außerhalb seines Körpers und wusste aus Erfahrung, dass er diesen Trab mehrere Stunden lang durchhalten konnte. Aber er konnte nicht vor einem galoppierenden Pferd davonlaufen – und das wurde rasch sein dringlichstes Problem. Er hatte mehrere Male die Richtung geändert, aber wohin er sich auch wandte, die flüchtenden Reiter, die offenbar ebenso verwirrt wie er waren, schienen sich immer für dieselbe Richtung wie er zu entscheiden!

Die einzige Lösung war, auf einen Baum zu klettern und abzuwarten, bis sich die Aufregung gelegt hatte. Aber was sollte er tun, wenn ihn die Verfolger entdeckten und für einen Angehörigen der anderen Partei hielten? Er säße in der Falle wie ein Berglöwe. Andererseits, wenn sie ihn fingen, würde es keine Rolle spielen, für wen sie ihn hielten. Es käme auf eins heraus. Es war eine Chance. Er erklomm den laubreichsten Baum, den er in der Eile entdecken konnte, und zog rasch die Beine hoch, als der Boden unter den Hufen der Pferde erbebte.

Durch das Laub erhaschte Steve kurze Blicke auf die vorbeirasenden Reiter, die fast auf ihren Pferden lagen. Ihre Gesichter und Arme waren verdreckt, und ihre Kleidung war so zusammengestoppelt wie die Uniformen der Renegaten Malones. Einige trugen Teile von Rüstungen, keine war vollständig. Ein paar hatten sich rechteckige Schilde an die Schultern gebunden. Die meisten trugen Helme unterschiedlicher Formen, einige hatten weit geschwungene Ränder, und vorn war etwas befestigt, das wie metallene Hörner oder Mondsicheln aussah. Ein paar trugen verfilzte schulterlange Haare, die unter Stirnbändern aus Stoff hervorquollen. Alle Reiter, die Steve zu Gesicht bekam, trugen gekrümmte Schwerter – Kennzeichen der Samurai – und dazu eine Vielfalt anderer Waffen: Speere, Hellebarden, doppelschneidige Äxte und Pfeil und Bogen. Handelte es sich um Gesetzlose? Hatten die Eisenmeister auch ihre Renegaten?

Steve kletterte auf einen höheren Ast und sah einen weiteren großen Haufen über die kleine Lichtung galoppieren, gefolgt von einer Handvoll Nachzügler. Der Letzte hatte sich im Sattel umgedreht und schrie heiser etwas in der unverständlichen Sprache der Eisenmeister. Seine Gesten ließen vermuten, dass er jemanden meinte, der zurückgefallen sein musste. Er hielt kurz an, sein dampfendes Pferd tänzelte nervös, dann ritt er weiter. Einige Sekunden später erblickte Steve einen weiteren Reiter. Aber dieser Bursche hatte Probleme; sein Pferd war in einen Trott verfallen, und er saß verkrümmt im Sattel; aus seinem Rücken ragten zwei Pfeile. Das muss wehtun, dachte Steve. Der Reiter kam außer Sicht, kurz darauf war ein Klirren und ein dumpfer Aufprall zu hören.

Steve spähte hinab und sah, dass der Bursche vom

Pferd gestürzt war und direkt unter seinem Baum lag. Sein breitkrempiger Helm war zusammen mit den langen Haaren zur Seite gerollt und hatte einen völlig haarlosen Schädel enthüllt. Das reiterlose Pferd war ganz in der Nähe stehen geblieben und rupfte sich ein Maulvoll Gras. Steve hatte eine merkwürdige Empfindung. Das muss Schicksal sein, dachte er. Es war völlig verrückt. Aber eine Stimme, die nicht seine eigene war, drängte ihn. *Rasch! Bevor es zu spät ist!* Sein Denken widersprach. *Aber ich weiß nicht, wie man diese Biester steuert! Das macht nichts,* sagte die Stimme. *Du brauchst es nur zu tun!*

Er stieg eilig von seinem Baum und warf einen Blick auf den Eisenmeister. Er war auf den Rücken gefallen, und die Wucht des Aufpralls hatte die Pfeile durch seinen Körper getrieben, sodass ihre Spitzen aus seiner Brust ragten. Er war nicht tot, würde es aber bald sein. Steve erleichterte ihn um sein Schwert, dann nahm er den Helm mit der Perücke an sich und setzte ihn auf. Er befestigte den gelochten Riemen straff unter seinem Kinn, ergriff die Zügel des Pferdes, atmete tief durch und schwang sich auf den Rücken des Tiers.

Okay, liebe Himmelsmutter; dann wollen wir mal!

Das Pferd setzte sich in Bewegung, und Steve hopste im Sattel auf und ab wie ein Tischtennisball in einem Jahrmarktschießstand. Aber Mo-Town – oder eine andere wohlwollende Gottheit – hielt ihn im Sattel, bis seine Füße die Steigbügel entdeckten und ein angeborener Gleichgewichtssinn seinen hin- und herschwingenden Oberkörper annähernd in Phase mit dem Rhythmus des Tierrückens brachte. Was Steve sich vor allem anderen wünschte, war, anzuhalten und abzusteigen, aber er wusste nicht, auf welchen Knopf er zu diesem Zweck drücken musste. Die Alternative war, einfach abzuspringen, aber er wagte es nicht, denn das Pferd schritt zu rasch aus, und er war ziemlich hoch über dem Boden. Wenn er ungünstig fiel und unter die Hufe geriet …

Steve vertrieb den Gedanken aus seinem Kopf. Es war klar, dass er einen taktischen Fehler gemacht hatte. Er war auf den Baum geklettert, um der wilden Horde aus dem Weg zu gehen, und jetzt war er ihr dicht auf den Fersen! Fairerweise muss man zugeben, dass dies gegen seinen Willen geschah. Seine ganze Energie war darauf gerichtet, aufrecht im Sattel zu bleiben und zu vermeiden, dass ihn ein niedriger Ast erwischte. Er konnte nicht auch noch lenken; selbst wenn er gewusst hätte, wie. Steve hatte die Zügel längst fahren lassen und klammerte sich mit Fingern, deren Knöchel weiß hervortraten, an den vorderen Rand des Sattels. Seine Füße glitten immer wieder aus den Steigbügeln, und jedes Mal, wenn er sie auf diese Art unbeabsichtigt dem Pferd in die Rippen stieß, gab es sich einen Ruck und legte einen Spurt ein. Jesus! Was in aller Welt veranlasste die Eisenmeister, ihre Gesundheit derart wilden Geschöpfen anzuvertrauen? Kein Wunder, dass sie keine Haare mehr hatten. Sie mussten sie sich ausgerauft haben in dem verzweifelten Bemühen, sich eine Methode auszudenken, wie man sich auf den Rücken dieser Bestien hielt.

Natürlich erkannte Steve, dass ein Pferd auch einen gewissen Vorzug hatte. Wenn man eine größere Entfernung zurücklegen musste, war es sehr hilfreich. Aber, Jessas, der Schmerz! Seine Oberschenkelsehnen waren grausig überdehnt, und immer, wenn sein Hintern mit dem Pferd kollidierte, fühlte es sich an, als würde ihm ein glühendes Messer ins Steißbein getrieben. Aber mit diesen

Misslichkeiten konnte er leben. Was ihn weit mehr beunruhigte, war die Tatsache, dass er keine Ahnung hatte, was er tun sollte. Wenn er versuchte, das Pferd zu verlangsamen, würden ihn die Verfolger einholen; war er zu schnell, trieb ihn die Geschwindigkeit der wilden Horde in die Arme.

Da es von den Problemen, die seinen Reiter bewegten, nichts wusste, galoppierte das Pferd weiter und bahnte sich ohne den geringsten Zweifel an der Richtigkeit seines Tuns seinen Weg zwischen den Bäumen. Obwohl der Boden auch nicht die Andeutung eines Pfades aufwies, fand es seinen Weg mit einer Sicherheit, als sei es programmiert. Das ließ darauf schließen, dass dieses Tier nicht so dumm war, wie es aussah – selbst wenn seine Route nicht immer genügend Platz für den Kopf der Person auf seinem Rücken berücksichtigte. Innerhalb kurzer Zeit waren Steves Gesicht und Glieder mit Kratzern, Abschürfungen und Prellungen übersät. Der Lauf in die Freiheit forderte auch von dem Pferd seinen Tribut. Sein Atem ging heftig und mühsam, und seine bebenden Flanken waren mit seifigem Schaum bedeckt; aber irgendwoher nahm das Tier die Kraft, Kilometer um Kilometer zurückzulegen, getrieben von demselben Herdeninstinkt, den Steve schon bei Schnellfüßen und Büffeln bemerkt hatte. Reiter und Reittier waren von demselben Drang besessen, einen sicheren Ort zu erreichen. Aber wo mochte der sich befinden? Das war genau die Situation, die Steve mit allen Mitteln zu vermeiden versuchte.

Was geht hier vor, Brickman? Ich meine, gehörst du nicht zu der Sorte, die alles im Voraus plant? Du weißt schon: der sich alle Möglichkeiten ausmalt?

Yeah; schon, aber …

Vergiss das Aber! Komm schon! Es wird Zeit, dass du die Lage meisterst. Ich möchte ein bisschen *action* sehen!

Leichter gesagt als getan. Steve war immer noch der Bursche, der sich gern alle Möglichkeiten ausmalte, aber er hatte feststellen müssen, dass er, seit Clearwater seinen Weg gekreuzt hatte, immer wieder Opfer plötzlicher, gefährlicher Impulse geworden war. Die überstürzte Entscheidung, sich an Bord eines der Raddampfer Yama-Shitas zu verstecken, ohne sich auch nur die wichtigste Frage zu stellen, was er am Ziel vorfinden würde, wo immer das auch sein mochte, war ein ausgezeichnetes Beispiel dafür. Auf dieses Tier zu springen, ein anderes. Eine solche Handlungsweise sah ihm ganz und gar nicht ähnlich. Oder vielleicht doch?

Als er in die Blauhimmelwelt eingetreten war, hatte er von Anfang an den Eindruck gehabt, nach Hause gekommen zu sein. Nichts von dem, was er erlebt hatte, besaß Ähnlichkeit mit dem, was er sich je vorgestellt hatte. Es war, als wäre er in zwei Teile zerrissen worden. Er war ungeduldig und zunehmend rebellisch geworden, hatte Gefühle entwickelt, die er nicht in Worte fassen konnte, und jetzt trieb ihn die Not, seinen gebührenden Platz im großen Plan der Dinge zu finden. Dieser innere Konflikt hatte zu dem sicheren Gefühl geführt, dass der Schlüssel zur Lösung der Fragen, die ihn beschäftigten, in der Unterwelt zu finden war. Hier würde er nicht nur die Wahrheit über sich selbst finden, sondern auch die dunklen Geheimnisse, die so eifersüchtig von der Ersten Familie gehütet wurden. Vielleicht stellte das Pferd, das ihn tragen würde, wohin auch immer er wollte, ein Zeichen dar. Eine sanfte Warnung, dass er mit dem Versuch aufhören sollte, Menschen zu manipulieren und sich selbst immer unter

Kontrolle zu haben. Vielleicht wurde er aufgefordert, sein Leben anderen anzuvertrauen – zuzulassen, dass er manipuliert wurde. Das war eine interessante Annahme, und sie war es wert, dass er ernsthaft über sie nachdachte. Aber nicht gerade jetzt.

Die Rufe und das Trompetengeschmetter seiner Verfolger wurden allmählich leiser, und es gab keine Anzeichen dafür, dass die wilde Horde noch vor ihm war. Die Furcht, die Steves Eier hatte hart werden und schrumpfen lassen, wich allmählich. Der Wald begann sich zu lichten. Bald gab es mehr Sträucher als Bäume, mehr Himmel als Laubdach, und das Einzige, was ihm noch ins Gesicht schlug, war frische Luft. Vor ihm war eine weitere Anhöhe. Steve ergriff die Zügel und schaffte es, das Pferd abzubremsen und kurz vor dem Hügelrücken zum Stehen zu bringen, sodass er in den Steigbügeln stehend einen Blick auf die andere Seite des Hügels erhaschen konnte.

Der Boden senkte sich in Etappen zu einem mit Geröll übersäten Flusstal. Auf der gegenüberliegenden Seite befand sich ein von halber Höhe an dicht bewaldeter, ebenfalls unregelmäßig ansteigender Hang, der weiter oberhalb in einen abgeflachten, von Vegetation freien Berggipfel überging. Die Bergflanke wies tiefe, fast senkrechte Einschnitte auf, und das Ganze sah aus der Entfernung wie ein riesiger Baumstumpf aus, der in einem mit rotem Moos bewachsenen Hügel wurzelte; ein Fossil aus einem längst vergangenen Erdzeitalter.

In seinem Eifer, sein Ziel zu erreichen, das saftige Grün, strebte das Pferd weiter. Im selben Moment hatte die wilde Horde – oder wenigstens ein Teil von ihr – ihren zweiten Auftritt des Tages. Aber diesmal hielten sie nicht auf Steve zu. Sie kamen zwischen den Bäumen auf der anderen

Seite des Flusses hervor und galoppierten in einer von links nach rechts verlaufenden Diagonale vorüber. Und wieder wurden sie von Kameraden, die ihre Wimpel flattern ließen, verfolgt; aber jetzt war ihre Anzahl fast gleich.

Steve zog den Kopf des Pferdes nach links. Das Tier trabte im Kreis, stampfte ungeduldig mit den Hufen und warf den Kopf in den Nacken, um ihm die Zügel aus der Hand zu reißen. Steve wehrte sich heftig und verfluchte das Biest, weil es ihn zwang, in einem so entscheidenden Augenblick seine Aufmerksamkeit zu teilen.

Indem er sich ständig im Sattel hin- und herdrehte, gelangen ihm kurze Blicke auf die wilde Horde, die über das Flussufer auf eine Furt zuraste. Steve erschrak, als sie in einer Gischtwolke auf ihn zustoben, aber am diesseitigen Ufer angekommen, schwenkten sie wieder nach rechts ab und teilten sich in drei Gruppen auf, die in verschiedenen Richtungen auseinanderstrebten; vermutlich in dem Versuch, ihre Verfolger abzuschütteln oder zu zwingen, dass sie sich ebenfalls teilten.

Aber die List glückte nicht, denn die Verfolger hatten einen Trumpf im Ärmel. Mit einer dramatischen Plötzlichkeit, die Steve verblüffte, brach eine zweite Gruppe beflaggter Samurai aus dem Wald, den er selbst eben hinter sich gelassen hatte. Glücklicherweise waren sie weit rechts von ihm und hatten ihn wie durch ein Wunder übersehen. Trotzdem blieb ihm fast das Herz stehen, als er den unerwarteten Chor gellender Schreie hörte. Columbus! Eben noch hatte er für jedermann sichtbar dort gestanden; mitten im Freien!

Steve, der inzwischen begriffen hatte, wie die Steuerung mittels der Handriemen funktionierte, nötigte das Pferd, zum Fluss und nach links zu traben, fort vom

Schauplatz. Als er einen Blick über die Schulter zurückwarf, sah er, dass die Zange der Samurai der wilden Horde den Fluchtweg abgeschnitten hatte und sie zwang, in wirrem Durcheinander zu wenden und die Schwerter zu schwingen. Eine Bodensenke verbarg das nachfolgende Getümmel vor Steves Blicken, und als er eine Stelle gefunden hatte, an der er sicher ans andere Ufer gelangen konnte, waren der Anblick und Lärm des Kampfes in weiter Ferne.

Ja, man gewinnt und verliert …

Welche Seite den Sieg davontragen würde, war für Steve unwichtig. Er hatte keinen Grund zu glauben, dass Renegaten der Eisenmeister Mutanten besser als ihre gesetzestreuen Artgenossen behandeln würden. Nur eines zählte: er, Steven Roosevelt Brickman, war noch am Leben.

Und das galt auch für das Pferd. Sobald sie außer Sicht des Gefechts waren, hatte Steve die Lederriemen losgelassen, und jetzt trabte das Tier in eigener Regie den steiler werdenden Waldpfad entlang auf die schreckliche Anlage des Felsturms zu, die Steve in liebevoller Erinnerung an Buck McDonnell, den Spieß des als *Lady* bekannten Wagenzuges, eines Burschen mit granitenem Unterkiefer und Bürstenhaarschnitt, spontan Big D taufte. Seine Gedanken wanderten zurück zu den Augenblicken der Gefahr, die er gemeinsam mit McDonnell und dem Rest der Crew in der Schlacht am Dann-und-wann-Fluss durchlebt hatte. Jodi Kazan, seine Flugleiterin, in einem weißglühenden Feuerball über Bord gefegt, als sie versuchte, ihren Himmelsfalken im tobenden Sturm zu landen. Gus White, sein Partner, war davongeflogen und hatte ihn in einem brennenden Getreidefeld zurückgelassen. Und die übrigen Mitglieder der Flugstaffel, die alle an demselben verhängnisvollen Tag gestorben waren. Booker und Yates wie Motten von den Flammen verzehrt, als ihr Flugzeug vom Blitz getroffen wurde. Webber auf der Abflugrampe getötet. Caulfield, den Kopf von einem Armbrustpfeil durchbohrt, mit hervortretenden Augäpfeln aus dem Cockpit hängend. Ryan von der Explosion seiner eigenen Ladung Napalm zu Boden geschleudert. Lou Fazetti und Naylor, die sich, von plötzlichem, unerklärlichem Wahnsinn ergriffen, gegenseitig abschossen.

Jodi hatte aufgrund glücklicher Umstände und mit Hilfe einer Bande Renegaten überlebt; Gesicht und Hals durch Narben verunstaltet. Aber das Glück hatte sie zugleich mit den Renegaten verlassen. Jetzt befand sie sich in den Händen der Eisenmeister und war auf dem Weg zum Reiherteich. Vor ihrer Gefangennahme und ihrem Verkauf durch den M'Call-Clan hatte sie Steves Leben gerettet, und er hatte sich in den Kopf gesetzt, sie gemeinsam mit Cadillac und Clearwater zu befreien – ebenso, wie er sich geschworen hatte, mit Gus White abzurechnen. Und mit den übrigen. Denjenigen, die sich verschworen hatten, ihm die ihm rechtmäßig gebührenden Ehren als bester Pilot abzuerkennen. Die Erinnerung an vergangenes Unrecht und die zynische Art, auf die er durch die Bedrohung seiner Blutsschwester Roz gemein erpresst worden war, stählten seine Seele wieder.

So viele Treffer waren anzubringen. So vieles war noch zu tun …

Als das Pferd oberhalb der Baumgrenze angelangt war, warf Steve einen Blick ins Tal zurück. Die Sicht wurde durch die bewaldete Felsnase behindert, die er soeben erklommen hatte, aber er sah fast direkt unter sich die Furt, wo die wilde Horde den Fluss überquert hatte. Er schätzte, dass er sich etwa zweihundertfünfzig Meter hoch befand. Das Pferd trabte weiter, sein Weg war ein zunehmend steilerer Pfad durch das Gesträuch, das in Kaskaden wie aus rotem, erstarrtem Schaum den felsigen Hang hinablief.

Bäume und Felshänge boten für Steve keinen Schrecken. Er fühlte sich in großer Höhe wohl, und fliegen wie ein Vogel war sein größtes Vergnügen. Aber das hier war etwas anderes. Er stand nicht auf seinen eigenen Füßen, und er konnte seine Hände nicht frei gebrauchen. Er balancierte unsicher hoch oben auf einer fremdartigen Bestie, die jeden Augenblick straucheln und stürzen mochte. Dieser beunruhigende Gedanke und das ständige Hin- und Herschwingen flößten ihm Unbehagen ein. Immer wieder fühlte er sich gedrängt, abzuspringen und sein Schlangenfrühstück hochzuwürgen; aber dank der Macht des positiven Denkens gelang es ihm, die in seiner Kehle hochsteigende Galle unten zu halten und an Bord zu bleiben.

Das Pferd suchte sich beharrlich seinen auf die Ostseite des Felsturms zu führenden Pfad. Steve blickte hoch und betrachtete das verwitterte Bauwerk. Big D sah uneinnehmbar aus – wie der Mann, an den er ihn erinnerte. Das Tier musste wissen, was es tat, aber soweit Steve erkennen konnte, war dort oben nichts. Er hatte den Eindruck, dass das Pferd zu demselben Schluss gelangt war. Es war gewiss nicht in der Verfassung, noch viel höher zu steigen. Es war in einen schleppenden Gang verfallen, und sein Kopf sank ständig tiefer. Immer öfter drohte es auszurutschen, und Steve hatte Angst, aus dem Sattel zu fallen; aber es wollte nicht aufgeben. Ein bewundernswert hartnäckiger Zug trieb das Tier immer weiter bergauf, bis sie eine tiefe Felsspalte erreichten. Sie waren schon an mehreren solcher Einschnitte vorbeigekommen, aber das Pferd hatte offenbar diesen im Sinn gehabt.

Steve blickte zum Fluss zurück, als sie den Weg verließen, aber eine Krümmung der Felswand verhinderte die Sicht auf das Tal, bot aber einen Blick auf die umgebende Landschaft. Sie waren jetzt ungefähr dreihundert Meter hoch und hatten zwei Drittel des Weges bis zum Gipfel hinter sich. Ein paar Schritte in die Felsspalte hinein, und er konnte von der Außenwelt nur noch ein Stück Himmel sehen; bald war auch das nicht mehr möglich. Der Spalt war nicht nur eine Verwerfung, sondern ein tiefer Einschnitt, der nicht nur in den Felsturm hineinführte, sondern bis zur Spitze hoch reichte. Zu einer anderen Zeit und an einem anderen Ort wäre Steve versucht gewesen, ihn zu erforschen; wäre da nicht ein beunruhigendes Detail gewesen. Während oder nach der Spaltenbildung waren mehrere Hundert Tonnen Felsgestein von den Hängen losgebrochen, die jetzt in etwa fünfzehn Metern Höhe im Spalt verkeilt waren. Diese Felsdecke schien nur durch mehrere mächtige Brocken gehalten zu werden, aber ein anständiger Stoß oder das, was die Mutanten Erddonner nannten, hätte genügt, um das Geröll herabstürzen zu lassen.

Ungeachtet dieser Gefahr trabte das Pferd durch eine Reihe aufsteigender S-Kurven weiter. Ein bleierner Schein ersetzte das schwindende Tageslicht, und während sie immer tiefer in die Eingeweide des Berges eindrangen, wurde die zerklüftete Decke aus Felsbrocken immer niedriger, bis ihre bedrohliche Masse direkt über Steves Kopf hing. Noch ein paar Kurven, und er saß geduckt im Sattel und starrte eine Felswand an. Eine Sackgasse.

Hervorragend ... Es war nicht einmal genügend Platz,

um das Pferd wieder herumzudrehen. Welchen Hebel musste man betätigen, um dieses Biest zu wenden? Welch ein Reinfall!

Während Steve unterdrückt fluchte, stieß sein geborgter Helm gegen die Decke, und das Pferd blieb geduldig mit der Nase am Fels stehen. Dann, als sein undankbarer Reiter es unterließ, die nötigen Maßnahmen zu ergreifen, klopfte es erst mit dem rechten, dann mit dem linken Huf gegen die Wand. Steve begriff die Botschaft. Das Pferd war doch kein so großer Tölpel, wie er geglaubt hatte. Es versuchte, ihm mitzuteilen, dass dies keine Sackgasse war. Was wie eine solide Felswand aussah, war in Wirklichkeit eine Tür – aber wie mochte sie zu öffnen sein? Er sprang ab und … machte schleunigst den Rücken krumm, kämpfte sich mit eingeknickten Beinen hoch und schlang die Arme um den Bauch, während er versuchte, die Knie zusammenzubringen. Seine Oberschenkel waren versteinert, und die Knochen seines Gesäßes …

Christoph Columbus!

Er biss die Zähne zusammen und befühlte die Felsoberfläche. Es war Fels; aber an den Seiten glaubte er, einen leisen Luftzug zu spüren. Diese schlauen Bastarde … Es war doch eine Tür! Steve zog sein Messer und versuchte, die Klinge zwischen die abschließende Wand und die unebenere Seitenwand zu drängen. Wer auch immer diesen Eingang geschaffen hatte, war ein Künstler gewesen. Die Tür passte haargenau. Aber es musste einen Griff oder einen geheimen Riegel geben. Steve schob das Pferd weg und suchte zwischen dem losen Geröll am Fuß der Wand den Boden ab. Dann überprüfte er noch einmal die Seitenwände und betrachtete die Decke. Keine Seilzüge, keine versteckten Hebel oder Griffe. Nichts.

Steve ließ sich mit gebeugten Knien an der Wand hinabrutschen, noch immer unfähig, sich ganz aufzurichten. Der Schmerz, der an seinen Knien angefangen hatte, war ihm jetzt das Rückgrat hoch bis in die Schulterblätter gezogen.

Verdammte Pferde …

Er warf dem schaumbedeckten Tier einen scheelen Blick zu, als es wieder zur Wand drängte, mit dem Huf daran kratzte und unwillig den Kopf zurückwarf.

Warte nur, Bürschchen. Wenn wir erst durch diese Tür sind und mit dem fertigwerden, was sich dahinter verstecken mag, mach ich Beefburger aus deinem Arsch …

Das Pferd schnob missbilligend.

Steve unterdrückte seinen Ärger. Komm schon, Brickman! Ein schlauer Kerl wie du sollte dahinterkommen. Diese Dinks mögen wissen, wie man zwei Holzbretter verbindet, aber ihre Technik ist aus der Steinzeit. Es gibt nicht allzu viele Methoden, auf die dieser Stein bewegt werden kann, und du kannst deinen letzten Credit verwetten, dass sie die einfachste gewählt haben. Wenn das hier ein geheimer Eingang ist, schaffst du ihn im Nu.

Er schob das Pferd erneut weg und überprüfte die Felsoberfläche noch einmal Zentimeter um Zentimeter. Das in dem Gang herrschende Halbdunkel war nicht sonderlich hilfreich, aber schließlich entdeckte er etwas, das er bei seiner ersten Suche übersehen hatte. Der scheinbar massive Fels bestand in Wirklichkeit aus unregelmäßigen, terrassenförmig angeordneten Schichten, deren Ränder hauptsächlich senkrecht verliefen. Knapp fünf Zentimeter von der rechten Seitenmauer entfernt, ertasteten seine Fingerspitzen in Brusthöhe einen geringen Abstand zwischen den beiden obersten Schichten.

Steve zitterte vor Erregung, als er den Schlitz mit dem Messer bearbeitete. Als er den Messergriff glatt an den Fels legte, glitt die Klinge ohne Widerstand in die Ritze. Er stocherte darin herum und entdeckte rasch, dass sie V-förmig war und nach innen enger wurde. Die Seiten des V bildeten einen annähernden Neunzig-Grad-Winkel. Er schob das Messer ganz hinein und hörte es an Metall stoßen. Er bewegte die Klingenspitze hin und her, um Form und Funktion des Metallteils zu erforschen. Es war rechtwinklig und hohl. Eine Art Tubus oder … Hülse?

Hülsen hatten immer dieselbe Funktion … sie waren entworfen, um Dinge aufzunehmen. Das war es.

Steve, der kaum zu atmen wagte, fand die Öffnung und versuchte, sein Messer hineinzustoßen. Die Spitze ging ein Stück hinein. Steve zog das Messer wieder heraus und steckte es diagonal hinein. Es passte perfekt, nur noch der Griff ragte aus dem V. Jetzt gab es nur noch eine mögliche Richtung – aufwärts. Steve zwang seine Finger zwischen den Messergriff und den Stein, atmete tief ein und drückte. Er musste sich anstrengen und verlor ein wenig Haut an den Knöcheln, aber dann spürte er, wie sich die rechte Seite der Tür bewegte.

Das Pferd stieß ihm ungeduldig die Nase zwischen die Schulterblätter. Er drückte dagegen und versuchte, das Tier wegzustoßen. Es widerstand ihm, diesmal stieß es mit der Schnauze unter den Rand seines Helmes und schob ihn Steve vorn über die Augen. Steve drehte sich um und boxte nach der Nase, aber das Tier wich ihm aus.

Blöde Viecher …

Er warf sich mit seinem ganzen Körpergewicht gegen die Tür. Sie schwang mit einem hölzernen Knarren auf, kam an der linken Mauer zum Halt und gab einen Gang frei, dessen Decke wenigstens nicht noch niedriger wurde. Und er war nicht dunkel.

Ja … alles ist einfach, wenn man es weiß …

Während er noch dort stand, die Hände in die Hüften gestemmt, und seine Arbeit bewunderte, schob sich das Pferd an ihm vorbei und trabte den engen Gang entlang und ins Tageslicht hinaus.

Allmächtiger …

Nach einem sechsstündigen Ritt auf dem Biest war Steve nicht in der Verfassung, es einzufangen – und ganz sicher hatte er nicht vor, es wieder zu besteigen. Er ging zurück und untersuchte die Tür genauer. Die Felsverkleidung, die so perfekt ihrer Umgebung glich, war nur ein paar Zentimeter dick. Sie war auf einem massiven Holzrahmen befestigt, mit mehreren dichten Lagen Baumwolle dazwischen; vermutlich, damit der Stein nicht hohl klang. Die Tür drehte sich auf dick eingeschmierten eisernen Zapfen, ihr Gewicht wurde durch eine Reihe Räder abgestützt, die auf in den Boden eingelassenen, rundgebogenen Holzbalken liefen.

Die Tür wurde durch zwei senkrechte Balken in ihrer Position gehalten, die in rechteckige Sockel in Decke und Boden passten. Ein Hebel auf der Türinnenseite erfüllte dieselbe Funktion wie Steves Messer. Wenn er sich senkte, bewirkte er, dass sich die eisenverstärkten Riegelbalken versenkten, wurde er angehoben, kamen sie wieder heraus. Steve prägte sich den Schließmechanismus ein, dann zog er sein Messer heraus und steckte es wieder zu sich.

Er schwang die Tür halb zu und legte einen Stein davor, der sie weit genug offenhielt, für den Fall, dass er es eilig haben würde, zu verschwinden. Bis jetzt hatte er zugelassen, dass ihn das Pferd brachte, wohin es wollte, und hatte es mit viel Glück geschafft, auf seinem Rücken zu bleiben und nicht in ernsthafte Schwierigkeiten zu geraten. Von jetzt an würde er vorsichtiger sein müssen. Steve wusste über Pferde nicht viel mehr, als dass sie vier Beine hatten, Gras fraßen, Wasser tranken und dass es selbstmörderisch war, auf ihnen zu reiten, aber er war klug genug, um zu erraten, dass es eine Art Heimweh sein musste, das das Tier mit dem Verlangen erfüllt hatte, durch diese Tür zu gelangen. Der Weg, dem es gefolgt war, konnte nur zu einem Ort führen: dem Versteck der wilden Rotte. Man musste kein Absolvent der Flugakademie sein, um dahinter zu kommen. Aber diese offensichtliche Schlussfolgerung führte nur zu einer weiteren Frage: War jemand zu Hause?

Die Antwort – falls sie ja lautete – würde wahrscheinlich jeden Augenblick auftauchen. Das Pferd, das froh war, wieder zu Hause zu sein, würde bald jemandes Aufmerksamkeit erregen – falls dies nicht schon geschehen war. Und da es die Tür nicht selbst geöffnet haben konnte, war dieser Jemand entweder aufgrund einfacher Neugier oder nachbarschaftlicher Sorge verpflichtet, nach seinem Reiter Ausschau zu halten. Deshalb die geöffnete Tür.

Steve wog die Möglichkeiten ab. Nach der Entwicklung der Dinge zu urteilen, deren Zeuge er geworden war, schien es höchst unwahrscheinlich, dass einer aus der wilden Rotte den Weg zurück nach Hause finden würde. Demnach käme nur noch ihr Ersatzteam infrage, falls vorhanden, oder … vielleicht Diener. Sklaven. Prärievolk-Mutanten, die ihm helfen konnten. Der Eifer des Pferdes, durch die Tür zu kommen, war ein Indiz dafür, dass sich hier oben etwas befand. Und es wäre verrückt, den ganzen Weg gekommen zu sein, ohne einen Blick darauf zu werfen. Besonders wenn er die Unannehmlichkeiten bedachte, die er auf sich genommen hatte. Ein unbewachter Unterschlupf konnte reiche Beute beherbergen. Nahrung zum Beispiel. Steves Mund wässerte bei diesem Gedanken. Es war nicht gut, wenn er blieb, wo er war. Die Entfernung zwischen den Wänden war geringer als sein Stock lang war, und ohne ein Versteck würde er ein gutes Ziel für einen Bogenschützen abgeben. Er konnte entweder einen eiligen Rückzug antreten oder weiter vordringen, um einen größeren Handlungsspielraum zu gewinnen.

Getreu dem Spruch, dass Angriff die beste Verteidigung ist, rückte Steve vor, den Stock schlagbereit. Fünfzig ausgreifende Schritte brachten ihn ins Tageslicht jenseits des Felssturzes hinaus, der die Spalte in einen Tunnel verwandelt hatte; weitere dreißig Schritte konfrontierten ihn mit einem erfreulichen Anblick. Der Tafelberg hatte einen Krater mit einer grob kreisförmigen Basis, die mit Felsbrocken übersät war. Steve kletterte rasch auf den unordentlichen Haufen aus großen Felsbrocken links vom Eingang und nahm rasch die sich ihm bietende Szene auf.

Die Kraterwände ragten steil empor wie die der Tennessee-Valley-Tiefe, des Wohnschachtes in Roosevelt/Santa Fé, wo Steves Artgenossen lebten. Die Ähnlichkeit wurde erhöht durch die drei Reihen Höhlen, die rings um den unebenen Felsboden verteilt lagen. Ob sie von Menschen gegraben oder natürlichen Ursprungs waren, ließ sich schwer sagen, aber das Netz der Stufen und Terrassen, die den Aufstieg auf das obere Plateau ermöglichten, waren zweifellos das Werk der Eisenmeister.

Das Pferd, das ihn ins Herz von Big D geführt hatte, trabte langsam auf die gegenüberliegende Seite des Kraters zu. Steve duckte sich in eine durch drei wuchtige Felsen gebildete Höhlung, als mehrere Japse ins Freie gelaufen kamen, um sich des erschöpften Tieres anzunehmen.

Gut gemacht, Brickman. Diesmal hast du dich wirklich selbst übertroffen ... Er überprüfte die Skyline, ob Wachen dort oben postiert waren. Nein. Keine Gefahr aus dieser Richtung. Wenn sich jemand auf dem Hochplateau aufgehalten hätte, würde man ihm schon an der Tür ein Empfangskomitee entgegengeschickt haben. Hätten sie ihn im Besitz von Pferd, Helm und Schwert eines der Ihren erwischt, würden sie aller Wahrscheinlichkeit eins und eins zusammengezählt und sich seiner entsprechend angenommen haben.

Um alle künftigen Missverständnisse auszuschließen, stopfte Steve den Helm mitsamt dem wehenden Perückenteil in einen Felsspalt und das Schwert in einen anderen. Nachdem er den Schock über die neueste Wendung dieses ereignisreichen Tages überwunden hatte, begann sein Gehirn die feineren Details wahrzunehmen.

So weit er sehen konnte, waren nur vier voll einsatzfähige Mitglieder der wilden Horde hier; ein fünfter hinkte an einem Stock und unterstützt von einem sechsten, der so etwas wie eine Bandage um den Kopf trug, auf die erregte Gruppe zu, die das Pferd umringte. Alle Übrigen – vielleicht fünfzig oder sechzig Menschen – waren Frauen und Kinder in unterschiedlichem Alter, einige wurden noch auf Armen getragen. Es war nicht nötig, eine genaue Volkszählung zu veranstalten. Alles, was zählte, war, dass es viel zu viele waren!

Steve verabschiedete sich von der Aussicht auf mehrere gewaltige Mahlzeiten und eine Nacht in einem bequemen

Bett und begann aus seinem Versteck zu klettern. Zwei der kriegsfähigen Männer schritten jetzt entschlossen auf den Eingang zu, in dessen Nähe er sich versteckt hatte, gefolgt von zwei Frauen und einer kleinen Gruppe Kinder.

Es war an der Zeit, ans Gehen zu denken. Wenn sie feststellten, dass der vermisste Reiter nicht im Eingang lag, und dass die Tür verkeilt worden war, würden die Alarmglocken läuten.

Steve wand sich aus seinem steinernen Versteck. Die beiden Japse am Kopf des Suchtrupps waren noch knapp fünfzig Meter entfernt. Gerade noch Zeit genug. Als er es halb bis zur Rückseite des Felsenhaufens geschafft hatte, hörte er einen Lärm, der sich nach mehreren Pferden in einem engen Hohlweg anhörte. Jesus! Er tauchte in sein Versteck zurück und sah mit einer Mischung aus Schrecken und Verblüffung, dass elf beflaggte Samurai durch den Eingangstunnel geritten kamen und in der Arena anhielten. Aus der Art, wie sie sich in ihren Sätteln nach allen Seiten drehten, ersah er, dass sie ebenso überrascht waren, wie er es gewesen war. Sie zogen ihre Schwerter, wandten sich um und plapperten aufgeregt durcheinander. Steve verstand kein Wort, aber diese Burschen hatten offensichtlich erkannt, dass sie einen Haupttreffer gezogen hatten.

Ihr plötzliches Erscheinen auf der Szene rief bei den übrigen Panik hervor. Mit schrillen Alarmrufen rafften die beiden vordersten Frauen die beiden kleinsten Kinder an sich und trieben die Übrigen auf die Höhlen in den Wänden der Arena zu. Auch alle anderen liefen darauf zu, einschließlich der verbliebenen Männer – vermutlich, um sich eine Waffe zu holen.

Die beiden, die auf den Eingang zumarschiert waren,

erstarrten und griffen nach ihren Schwertern. Es gab nicht viel anderes, das sie hätten tun können. Sie waren nur wenige Meter von den Berittenen entfernt. Es war eine tapfere, aber vergebliche Geste. Bevor sie ihre Schwerter aus den Scheiden gezogen hatten, rollten ihre Köpfe über den Boden.

Die erste Reihe Reiter teilte sich in zwei Gruppen auf, die in entgegengesetzter Richtung rings um die Arena sprengten und die Nachzügler ohne Umstände niedermachten; von Panik ergriffene Kinder und Frauen, die angehalten hatten, um sie einzusammeln. Unfähig, die Sicherheit zu erreichen, liefen andere wieder auf die Mitte der Arena zu, und weitere wurden niedergemäht, als mehrere Samurai der zweiten Reihe anfingen, mit Pfeilen zu schießen. Zwei von ihnen stiegen von den Pferden und fielen mit ihren Schwertern über die Leute her. Ein paar Frauen erschienen mit Hellebarden und machten einen Versuch der Gegenwehr, aber sie vergrößerten nur die Zahl der Toten. Kaum dreißig Sekunden waren vergangen, und schon war der Boden des Kraters mit Leichen übersät.

Steve war unschlüssig. Es war nicht sein Kampf, und er konnte keine Medaillen gewinnen, indem er seine Nase hineinsteckte, aber er konnte nicht zusehen, wie diese Dinks sich vergnügten, Frauen und Kinder zu zerstückeln. Vor einem Jahr hatte er Napalmkanister über einem Getreidefeld mit Mutantenkindern abgeworfen, die sich zu verteidigen versuchten, indem sie mit Steinen nach seinem Himmelsfalken warfen. Er hatte es zögernd getan, aber er hatte den Auslöser betätigt. Eine Menge war seitdem geschehen. Aber was konnte er tun? Er konnte es nicht mit allen elf aufnehmen!

Der Anführer der Samurai riss sein Pferd herum und brüllte einem der anderen etwas zu. Wieder konnte Steve die Worte nicht verstehen. Der Angebrüllte steckte sein blutbeflecktes Schwert in die Scheide und eilte zum Eingang zurück. Er war zurückgeschickt worden, um den übrigen Verfolgern von der Entdeckung zu berichten.

Nun hieß es jetzt oder nie.

# 6

Steve sprang aus seinem Versteck und ließ sich hinter dem Felshaufen neben dem Eingang fallen. Er wollte sich hinter der Tür verbergen und den Boten festnageln, wenn er abstieg, um hindurchzukommen. In seinem Hinterkopf nagte der Gedanke, dass er für das stattfindende Massaker verantwortlich war. Die Samurai waren ihm vermutlich immer auf den Fersen gewesen. Er hatte sie nicht nur unwissentlich zu dem Lager geführt, er hatte ihnen auch noch zuvorkommend die Tür offengehalten!

Er packte seinen Stock fester und sprang die schräge Passage hinab auf die dunkle Strecke des engen Gangs zu. Als er um die letzte Kurve bog und die Tür vor sich sah, kam er rutschend zum Stillstand. Die Tür war weit geöffnet, und dort stand ein zwölfter Samurai mit Pfeil und Bogen Wache auf der anderen Seite der Tür!

Verdammt!

Für den Bruchteil einer Sekunde war der Samurai ebenso verblüfft wie er, dann brüllte er Steve ein paar Worte Japanisch entgegen und bereitete sich auf einen Schuss vor.

Bei dieser Entfernung und bei dem engen Raum konnte er ihn nicht verfehlen. Für Steve, der dem sicheren Tod ins Auge sah, verlangsamte sich alles zur Zeitlupe. Er wusste, dass er sich nicht umdrehen und weglaufen konnte, der Reiter hinter ihm mochte jeden Augenblick um die Ecke biegen.

Alles trat mit übernatürlicher Klarheit hervor. Steve sah mit schmerzhafter Deutlichkeit, wie der Samurai den Bogen hob und spannte; sah den schwachen Lichtschimmer auf der breiten, rasiermesserscharfen Pfeilspitze, fühlte sein Herz einen Schlag lang aussetzen und seine Brust sich in Erwartung des furchtbaren Geschosses anspannen. Und alles, was er hören konnte, war das donnernde Crescendo von Hufschlägen, als der Reiter hinter ihm herangaloppierte.

Im selben Sekundenbruchteil erwachte der Stock zum Leben; vibrierte in seiner Hand, erfüllte seine Glieder mit einer prickelnden Energie, die das Eiswasser aus seinen Adern schwemmte. Kopf, Hand und Auge reagierten mit einer Geschwindigkeit, von der er nie zu träumen gewagt hätte, als sich sein Körper in eine aufgeladene Kampfmaschine verwandelte. Steve war weniger als zehn Meter von dem Bogenschützen entfernt, aber als die Bogensehne losgelassen wurde und der Pfeil auf seine Brust zuflog, hob er die gebogene Klinge des Stocks und warf sich nach links.

Die Eisenspitze prallte auf die Klinge und wurde nach oben abgelenkt. Für Steve war sie ein Lichtblitz, der an seiner rechten Schulter vorbeizuckte, dann hörte er einen erstickten Aufschrei. Er warf einen Blick zurück und sah, dass sich der Pfeil in den Hals des Reiters hinter ihm gebohrt hatte. Das Schwert, mit dem der Samurai ihm hatte den Schädel spalten wollen, fiel ihm aus der Hand, während er rückwärts aus seinem Sattel rutschte.

Steve drückte sich eng an die Wand, als das reiterlose

Pferd, von seiner eigenen Beschleunigung vorangetragen, an ihm vorbei auf die offene Tür zugaloppierte, wo es mit dem Samurai zusammenstieß. Der Dink, damit beschäftigt, einen neuen Pfeil einzulegen, wurde gegen die Wand geschleudert, und die Kerbe des Pfeiles sprang wieder von der Bogensehne.

Als der Samurai erkannte, dass er seines Vorteils beraubt war, warf er den Bogen fort, zog sein Schwert und stürmte mit einem markerschütternden Schrei auf Steve zu. Das war kein geschickter Zug. Ebenso wie bei dem Kampf mit dem Reservegeschwader bewegte sich Steves Klinge rascher, als das Auge ihr zu folgen vermocht hätte. Sein erster Schlag trennte die Schwerthand des Samurai am Gelenk ab, der zweite hieb das gekrümmte Ende der Klinge durch seinen Hals und trennte ihn durch.

Zwei geschafft, bleiben noch zehn …

Unter gewöhnlichen Umständen hätte ihn ein derartiges Missverhältnis nachdenklich gemacht, aber jetzt war sein Killerinstinkt erwacht. Er schleppte den blutüberströmten Leichnam des Samurai aus dem Weg, schloss die Tür und eilte an dem sterbenden Reiter vorbei in den Krater zurück. Der Dink lag auf dem Rücken und würgte an seinem Blut, während er sich fieberhaft bemühte, den Pfeil aus seinem Hals zu ziehen. Steve hatte kein Mitleid mit ihm.

Junge … das war ein glücklicher Schuss.

Ein Bild Clearwaters kam ihm in den Kopf, und eine Stimme sagte ihm, dass sie es war, die ihre Gaben als Ruferin einsetzte, um dem klingenbewehrten Stock diese Kräfte zu verleihen. Aber war es eine begrenzte Ladung? Wenn ja, wie lange würde sie noch vorhalten? War das der Inhalt der Botschaft, an die sich ihre Blutsschwester

Night-Fever nicht hatte erinnern können, als sie ihm den Stock bei seiner Rückkehr zum Clan übergeben hatte? Jesus! Steve lief weiter, in der wilden Hoffnung, dass die Mutantenmagie nicht wie die Kraft einer Batterie verschwinden würde. Bei dem, was ihm bevorstand, brauchte er alle mögliche Hilfe.

Als er in den Krater stürmte, sah er, dass sich das Verhältnis in Sieben gegen Einen verwandelt hatte. Eine beachtliche Anzahl Pfeile, die von unsichtbaren Verteidigern abgeschossen wurden, flogen in alle Richtungen, ohne Ziele zu treffen. Eine stotternde Salve lauter Knalle belehrte ihn darüber, dass jemand eines der primitiven Trommelmagazin-Gewehre benutzte, mit denen die Eisenmeister den M'Call-Clan ausgestattet hatten. Der Rauch quoll aus einer Höhle in der dritten Reihe, aber der Gewehrschütze zielte schlecht, und seine unwirksamen Schüsse vergrößerten nur die Wut und den Blutdurst der Samurai. Nur der Anführer saß noch auf seinem Pferd und dirigierte seine Krieger. Zwei Bogenschützen gaben ihm Deckung und schossen auf alles, was sich auf den Terrassen bewegte. Die übrigen vier suchten systematisch die ebenerdigen Höhlen auf der rechten Seite mit brennenden Fackeln heim. Aus einigen quoll bereits Rauch. Wenn Frauen und Kinder in panischem Schrecken herausgelaufen kamen, um den Flammen zu entkommen, wurden sie niedergehauen.

*Das,* dachte Steve, *muss aufhören.*

Er lief in die Mitte des Kraters, pflanzte die Füße fest auf den Felsboden und schrie dem berittenen Samurai Beleidigungen zu. Zwischen ihnen lagen höchstens fünfzig Meter. Nach seiner heftigen Reaktion zu urteilen, schien der Anblick eines bewaffneten Mutanten den Reiter in äußerste Rage zu versetzen. Er riss sein Pferd herum, um Steve ins Gesicht zu starren, und befahl den beiden Bogenschützen, den unverschämten Beulenkopf niederzuschießen.

Wieder gelangen Steve zwei unglaubliche Ablenkungen; er fing zwei einander entgegenfliegende Pfeile mit seiner Klinge ab und schlug sie mit einer raschen Drehung des Handgelenks an sich vorbei. Und noch einmal. *Zinnnnng! Tzschuck! Psiiiii … psiiii …!* Erledigt. Die Geschwindigkeit seiner Reaktion und Wahrnehmung schien sich vertausendfacht zu haben. Ihm kam es so vor, als flögen die Pfeile langsam auf ihn zu und ließen ihm genug Zeit, sie wie lästige Mücken abzuwehren.

Der berittene Anführer wäre vor Staunen fast aus dem Sattel gefallen. Seine ebenfalls verwunderten Bogenschützen hatten einen weiteren Grund, sich Sorgen zu machen. Nach ihrem vorangegangenen Gemetzel gingen ihnen die Pfeile aus. Und Steve rückte ihnen immer näher; in der unübersehbaren Absicht, zu töten. Sie zogen ihre Schwerter, aber keiner von ihnen hatte genug Mut, den ersten Streich gegen einen Mann zu führen, der eindeutig ein ernst zu nehmender Gegner war. Der Reiter allerdings rechnete sich einen eindeutigen Vorteil aus und gab seinem Pferd die Sporen, während er sich mit einem ohrenbetäubenden Schlachtruf selbst Mut machte.

Steve wartete, bis er genug Geschwindigkeit aufgenommen hatte, warf einen Stein nach ihm, dann lief er nach links auf die aus Felsen errichtete Terrasse an der Seite des Kraters. Der Kurs des Reiters führte ihn im spitzen Winkel vor den anstürmenden Bogenschützen her und zwang ihn, entweder eine weite Kurve zu beschreiben oder die Zügel zurückzureißen, um das Pferd zu einer scharfen

Rechtskurve zu veranlassen. Von dem Stein, der auf seinen Brustpanzer gekracht war, leicht irritiert, vollführte er ein Manöver, das eine Art Kompromiss zwischen den Alternativen darstellte; inzwischen stand Steve auf einem Felsen und schwang seinen Stock wie ein Zepter über dem Kopf.

Der Fels, auf dem Steve stand, hatte ungefähr die Höhe der Steigbügel. Die Größe des Felsens und ihr gedrängter Haufen machten es dem Samurai unmöglich, Steve über den Fels zu verfolgen, falls er sich zu einem Rückzug entschließen sollte. Er musste ihn dort festnageln. Um dies sicherzustellen, befahl er den beiden Bogenschützen, Steve zu umrunden. Sie begannen ihn in die Zange zu nehmen, während der Samurai sein Pferd in Stellung für einen neuen Angriff brachte. Mittlerweile wurde das sinnlose Abschlachten auf der anderen Seite des Kraters fortgesetzt.

*Paff!* Der Büchsenmann in der oberen Höhle begann endlich eine Runde Zielschießen. Einer der anrückenden Bogenschützen wurde getroffen. Er fiel über einen Felsbrocken und zuckte mit den Beinen.

Sechs erledigt, bleiben sechs ...

Der Samurai ritt vor Steve hin und her, und mit jeder Kehre kam er ihm näher; das Schwert erhoben, den Schild in der anderen Hand, um Steves Gegenschläge abzuwehren. Er und sein Pferd waren sichtlich aufeinander eingespielt. Steve schloss richtig, dass sein Angreifer mit der Idee liebäugelte, die Beine unter ihm wegzuhacken. Als der erwartete Schlag endlich kam, war er blitzschnell; aber Steve war noch schneller. Er sprang über die Klinge hinweg und drehte sich wie ein Kreisel in der Luft, während der Samurai an ihm vorbeipreschte. Der ausgestreckte Stock wies ein wenig nach unten und kreiste mit der Geschwindigkeit und Wucht eines Rotorblatts von einem Helikopter; er landete unter dem Rand des Helmes, in dem der Kopf des Samurai steckte. Der Helm flog durch die Luft und machte einige Purzelbäume, ehe er auf den Boden fiel. Beim Aufprall löste er sich vom abgetrennten Schädel. Der Körper des Samurai schwankte wie betrunken im Sattel, während das Pferd weiterlief. Steve hatte keine Zeit, sich mit dem weiteren Schicksal des kopflosen Reiters zu befassen. Seine Aufmerksamkeit galt jetzt dem überlebenden Bogenschützen.

In der Erkenntnis, dass er der nächste sein würde, trat dieser einen übereilten Rückzug an. Steve verfolgte ihn, indem er scheinbar mühelos wie eine Bergziege über die Felsen sprang. Der Bogenschütze fiel in seiner Hast vom letzten Felsen, raffte sich eilig wieder auf und schrie aus Leibeskräften.

Mit wenigen raschen Schritten holte Steve ihn ein. Der Dink sah ein, dass er sich stellen musste, rief ein letztes verzweifeltes Mal nach seinen Genossen, wandte sich um und nahm eine Gefechtsstellung ein, beide Hände am Griff seines Schwertes. Inzwischen stürmte Steve weiter wie ein Amtrak-Zug. Als der Eisenmeister Anstalten zu einem Schwertstreich machte, riss Steve den waagerecht gehaltenen Stock mit beiden Armen hoch, um den Schlag aufzufangen.

Der Stock traf mit der Wucht einer Eisenstange beide Ellbogen des Dink und zerschmetterte sie. Die Gewalt des Hiebes hob den Mann von den Füßen und schleuderte ihn durch die Luft.

Als er auf dem Boden angekommen war, hatte Steve schon sein nächstes Ziel vor Augen: einen Samurai, der eben eine junge Frau niedergehauen hatte, die aus einer brennenden Höhle geflohen war, und soeben im Begriff war, eine weitere Frau zu töten, die mit einem kleinen Kind in den Armen hingefallen war. Jetzt kniete sie und bat um Mitleid. Sie hatte eine Chance.

Aus dem Augenwinkel sah Steve, dass sich ein neuer Ärger abzeichnete. Die drei anderen Samurai, die sich inzwischen des Problems, das er darstellte, bewusst waren, liefen auf ihn zu. Aber alles hübsch der Reihe nach.

Der nächste Samurai hatte ebenfalls die Gefahr bemerkt, die von Steve ausging, aber sein Denken war bereits damit befasst, den Streich auszuführen, der die Frau und das Kind töten sollte. Einen flüchtigen Augenblick lang schwankte sein erhobenes Schwert. Das war die Gelegenheit, die Steve brauchte. Er stieß seine Klinge in ihrer ganzen Länge in die entblößte Achselhöhle des Mannes.

Neun geschafft, noch drei.

Steve wandte sich dem überlebenden Trio zu. Sie boten einen grausigen Anblick. Gemeinsam mit dem Samurai, der eben den Löffel abgegeben hatte, hatten sie die Hauptarbeit bei der Schlächterei geleistet, und ihre Rüstungen und Schwerter waren blutüberströmt.

*Und euer Blut wird als Nächstes vergossen werden,* dachte Steve zähneknirschend. *Komm schon, Stock! Lass mich jetzt nicht im Stich!*

Durch seinen beherzten Angriff auf die schwindende Anzahl der Samurai kamen die Lagerfrauen allmählich wieder zum Vorschein. Ein paar von ihnen nahmen die Hellebarden der Erschlagenen an sich, andere hielten sich an die Pfeile und Bogen. Links von Steve gaben zwei Frauen dem Samurai den Rest, dem er die Arme gebrochen hatte. Die Übrigen bildeten einen unregelmäßigen, aber entschlossenen Halbkreis hinter dem Trio, das Steve bedrängte. Der Geruch des Sieges lag in der Luft, und die Frauen wollten an ihm teilhaben. Steve wünschte sich, dass sie zurückbleiben würden. Die Pfeile noch vor Augen, die vor Kurzem noch durch die Luft geflogen waren, wollte er bei diesem Spielstand nicht das Risiko eingehen, Opfer eines Fehlschusses zu sein.

Während die beiden äußeren Samurai ausschwärmten und offenbar überlegten, wie sie Steve am besten angingen, drehte sich der Bursche in der Mitte auf dem Absatz herum und trat den Frauen entgegen, sprang von einem Fuß auf den anderen, stieß wütende Schreie aus und schwang sein Schwert. Er hatte einen gewissen Erfolg damit. Ein paar der Frauen ergriffen die Flucht. Die Übrigen schwankten und wichen ein paar Schritte zurück, fassten sich dann aber ein Herz und hielten die Stellung.

Steve wusste, dass er losschlagen musste, während ihm der mittlere Mann den Rücken zuwandte. Die beiden zu seiner Rechten und Linken wollten ihn eben in die Zange nehmen. Ein Frontalangriff auf einen der beiden würde ihn dem anderen ausliefern. Steve machte einen Satz nach vorn und drehte sich in der Luft, sodass er hinter den beiden landete und ihre Rücken im Blick hatte. Es war ein gewaltiger Sprung von mehr als drei Metern Höhe gewesen. Wäre sein Körper nicht durch den Stock aufgeladen gewesen, hätte er kaum die Hälfte geschafft.

Als sich der verdutzte Dink zu seiner Rechten umwandte, um sein Schwert einsetzen zu können, schwang Steve seinen Stock mit dem eisenverstärkten Ende vorn herum und versetzte dem Samurai einen Hieb gegen den Punkt, an dem der Henker den Knoten der Schlinge anbringt – mit demselben Effekt: der Halswirbel brach. Dann fing er mit derselben fließenden Bewegung den Schwerthieb des zweiten Samurai mit dem Korb unterhalb der Klinge seines Stocks auf und stieß den Griff dem Samurai zwischen die Beine und nach oben. Die Wucht hob den Mann vom Boden hoch. Als er wieder herunterkam und sich vor Schmerzen krümmte, traf Steve seinen Kopf mit einem zweiten Hieb mit dem eisenverstärkten Stockende unters Kinn; dann spürte er eine Gefahr, schwang herum und sah den mittleren Mann angreifen. Der letzte der Samurai hatte sein Schwert über dem Kopf erhoben, und Steves Klinge traf ihn in den Magen. Erst als der Mann an ihm vorbeiwankte, sah Steve, weshalb seine Reaktion so langsam gewesen war. Mehrere Pfeile hatten seinen Rücken in ein Nadelkissen verwandelt.

Gut gemacht, die Damen …

Steve machte sich daran, sich nach dem Befinden der beiden anderen zu erkundigen, und kam eben noch rechtzeitig, um zu sehen, wie die Frau, der er das Leben gerettet hatte, dem zweiten Dink das Schwert des Ersten in die Kehle senkte.

Als Noburō Naka-Jima die sechsundvierzig Überlebenden seiner Bande Rōnin durch einen geheimen Eingang in sein Lager führte, wurde er durch den Anblick der Leichen zweier der Samurai Fürst Se-Ikos im Gang hinter der Tür erschreckt. Er gab seinem Pferd die Sporen, galoppierte den Gang hoch und kam eben rechtzeitig, um zu sehen, wie ein groß gewachsener Mutant eine Art Speer in den Bauch eines anderen Samurai stieß. Aus fünf der ebenerdigen Höhlen quoll Rauch, und …

Bei der gesegneten *kami;* überall lagen Leichen!

Seine Männer, die ihm mit den drei Gefangenen folgten, schwärmten hinter ihm aus und schrien entsetzt auf, als sie die toten Frauen und Kinder sahen. Und unter den Leichen lagen auch die Kameraden, die sie zur Bewachung des Lagers zurückgelassen hatten! Der alte Ishido, der nach reichlichem Sakegenuss auf der oberen Terrasse ausgerutscht war und sich das Bein gebrochen hatte; Narita, der von seinem Pferd geworfen worden war und sich den Kopf aufgeschlagen hatte. Aber sie hatten sich gut gewehrt. Zwölf Samurai Se-Ikos waren ebenfalls gefallen.

Die Rōnin galoppierten heran und stiegen von den Pferden, und die überlebenden Weiber und Kinder eilten unter herzzerreißendem Wehgeschrei zu ihnen. Ihre tränenreiche Klage und das Geheul der Frauen, die mit den leblosen Körpern ihrer Kinder herankamen, mischten sich mit den freudigen Rufen derer, die ihre Angehörigen unverletzt vorfanden. Väter umarmten ihre Söhne, während sie den furchtbaren Berichten des stattgefundenen Gemetzels lauschten – und über den Mut des geheimnisvollen Eindringlings, der eigenhändig fünf der blutgierigen Angreifer getötet hatte.

Und die beiden im Geheimgang?

Aha; demnach also sieben!

Und wer war diese niedrige Person, die es gewagt hatte, den Zorn der Eisenmeister herauszufordern, indem sie Waffen trug?

Niemand wusste es. Er war wie durch Zauberei erschienen, als Ishido und Narita und die anderen Männer schon getötet worden waren und sich der schreckliche Zorn der Samurai Se-Ikos den Jungen und Alten zuwandte. Und der Ausländer hatte sich trotz seiner niedrigen Abstammung wie ein wahrer Krieger aufgeführt, mit dem Mut und Kampfgeschick, die man nur den Samurai nachsagte.

Und er hatte noch mehr getan! Er hatte Kiri und Itada gerettet – Noburōs Frau und Sohn –, als sie hilflos und um Gnade flehend unter dem erhobenen Schwert eines Samurai lagen! War es nicht so gewesen? Kiri Naka-Jima stimmte zu. Die Menge teilte sich, als sie vortrat, um Itada zu seinem Vater zu bringen. Mit einer Hand trug sie das Kind, in der anderen ein Samuraischwert, rot vom Blut der Angreifer. Noburō übernahm den Jungen und umarmte ihn zärtlich. Er weinte und küsste den Kleinen. Kiri stellte das Schwert mit der Spitze auf den Boden, faltete die Hände über dem Griff und neigte respektvoll den Kopf. Noburō legte ihr die Hand auf die Schulter. In der Regel umarmten Samurai keine Frauen oder zeigten ihre Zuneigung in der Öffentlichkeit. Es wurde als ungehörig erachtet, aber Noburō wurde von seinem Gefühl übermannt.

Als Steve dort inmitten des Gemetzels stand, erkannte er, dass er einen schalen Sieg errungen hatte. Er hatte wenig Grund zum Jubel, und es war unwahrscheinlich, dass man ihn wie einen strahlenden Helden behandeln würde. Im Grunde hatte sein Eingreifen seine Lage nur noch schlimmer gemacht. Er war nicht nur ein fremder, bewaffneter Eindringling, sondern außerdem ein uneingeladener Gast, der bald aufgefordert werden würde, für sein Essen zu arbeiten.

Die ungepflegten Krieger – die zu einer anderen Gruppe gehört haben mussten als jene, die im Tal eingeschlossen worden war – waren sichtlich erschüttert über das, was in ihrer Abwesenheit stattgefunden hatte, und diejenigen, deren Familienangehörige getötet worden waren, ließen ihrem Kummer freien Lauf. Und es gab viele Frauen, die von Entsetzen gepackt wurden, als sie ihre Männer nicht unter den zurückgekehrten Reitern fanden. Fragen wurden gestellt und Antworten gegeben. Die meisten betrafen Steve. Mitten in dem vom Kummer gedämpften Kauderwelsch deuteten die Frauen immer wieder auf ihn, und als die Männer den ersten Schock über die Verwüstung ihres Lagers überwunden hatten, sah sich Steve rasch von ihnen umringt.

Bei so vielen spitzen Klingen, die in seine Richtung wiesen, blieb Steve nur übrig, sich still zu verhalten und zu hoffen, dass er genug getan hatte, um sich eine faire Behandlung zu verdienen. Aus den eindringlichen Blicken schloss er, dass man von ihm erwartete, auf die Knie zu sinken. Fickt euch doch selbst, ihr Arschlöcher! Er hatte nichts getan, für das er sich entschuldigen musste. Er blieb hartnäckig stehen, wie er stand; die Beine leicht gespreizt, den Körper locker und entspannt, den Stock vor der Brust.

Da er fast dreißig Zentimeter größer als die Leute war, die ihn umringten, war es ihm möglich, über ihre Köpfe zu blicken und jeden direkten Augenkontakt zu vermeiden. Drei aus der Gruppe waren nicht von ihren Pferden gestiegen. Zwei waren kleine, dunkelhaarige und olivhäutige Dinks, der dritte war größer und hatte eine Kapuze auf dem Kopf, und sein Gesicht war mit einer kalkweißen Maske bedeckt. Alle drei hatten die Augen verbunden. Ihre Hände waren an die Sattelknöpfe gefesselt, die Füße unter dem Bauch des Pferdes verschnürt. Etwas veranlasste ihn, sich noch einmal die Gestalt mit der weißen Maske anzusehen. Der Stock vibrierte in seiner Hand, und ein Schauder lief ihm den Rücken hinunter. Nicht aus Furcht; vor Erregung.

Nein … bestimmt nicht. Es konnte einfach nicht sein!

Der Kreis nach Schweiß riechender Krieger um Steve teilte sich, um den Mann durchzulassen, der sie angeführt hatte. Er war größer als die anderen. Eine Frau mit einem kleinen Jungen im Arm folgte ihm. Das Kind barg sein Gesicht scheu am Hals der Frau. Nur manchmal warf es Steve Blicke aus kleinen, geschlitzten, schwarzen Knopfaugen zu. Der Blick seiner Wächtermutter war steter, aber es war schwer zu sagen, was sie dachte. Ihre dunklen Augen ließen weder Dankbarkeit noch Feindseligkeit erkennen. Jetzt, da sie ihre Fassung wiedererlangt hatte, war ihr Gesicht völlig ausdruckslos.

Darin waren sie alle gleich. Side-Winder hatte ihm gesagt, die Eisenmeister besäßen eine bewundernswerte Selbstkontrolle. Sie rühmten sich selbst wegen ihrer Fähigkeit, alle äußeren Anzeichen für Gefühle zu unterdrücken. Und wie es schien, waren sie auch innerlich reichlich kalt. Es war buchstäblich unmöglich, von ihren Gesichtern abzulesen, was sie dachten – oder was sie als Nächstes tun würden.

Steve wusste, dass er einen seltsamen Anblick bieten musste. Abgesehen von seiner gemusterten Haut hatte er dunkle, verfilzte Haare und einen blonden Zwei-Wochen-Bart. Und Haare auf den Unterarmen und den entblößten Teilen der Beine. Wohingegen diese Dinks, soweit er sehen konnte, überhaupt keine eigenen Haare hatten. Die wehenden Schöpfe, die die wilde Horde getragen hatte, mussten von Mutanten stammen. Und Steve erinnerte sich, mehrere Säcke voll Haare unter den Waren gesehen zu haben, die die M'Calls an ihren Transportstangen zu den Handelsposten am Großen Fluss getragen hatten.

Der große Mann umkreiste Steve langsam, dann blieb er vor ihm stehen. Er war ungefähr fünfzehn Zentimeter kleiner als Steve, aber seine Gestalt bestand nur aus Muskeln und Knochen, und der Blick aus seinen dunklen Augen war unverwandt. »Du verstehst meine Worte, Grasaffe?«

»Ja.«

»Du hast diese Samurai getötet?«

»Einige von ihnen.«

Noburō Naka-Jima streckte die Hand nach dem Stock aus. Steve gab ihn ihm. Noburō reichte ihn an einen in der Nähe stehenden Mann weiter, dann ergriff er Steves rechten Arm und betrachtete die schmutzige Bandage. Steve ließ den Arm locker. Dies war nicht die Zeit für Heldentaten. Noburō nahm das Kampfmesser aus seiner versteckten Scheide, wickelte den Stoffstreifen von ihm ab und überprüfte die Qualität und Schärfe der Klinge.

Ohne abzuwarten, dass er darum gebeten wurde, wickelte Steve den Stoff von der Scheide ab und gab sie dem Mann.

Noburō reichte beide Gegenstände an einen anderen seiner Adjutanten weiter. »Wie hast du den Weg hierher gefunden?«

Darauf war Steve vorbereitet. Er hatte bereits die ganze Geschichte im Kopf ausgearbeitet. »Ich war auf dem Berg. Ich sah ein Pferd ohne Reiter in einen Spalt im Fels gehen. Die zwölf Samurai folgten ihm.« Er hob die Schultern. »Ich folgte ihnen.«

»Warum?«

Steve warf dem Mann mit der weißen Maske, der etwa zehn Meter entfernt auf einem Pferd saß, einen raschen Blick zu. Der seltsame sechste Sinn, der ihm in der Vergangenheit gelegentlich geholfen hatte, legte ihm die Worte in den Mund. »Sie sind jemand, den ich treffen musste.«

Noburō nickte, aber sein Gesicht ließ nicht erkennen, ob er Steves Erklärung akzeptierte. Er verfiel wieder in seine eigene Sprache und überschüttete seine Bande mit einem Schwall unverständlicher Worte.

Vier Männer ergriffen Steve und zogen ihn eilig auf eine der unteren Höhlen zu. Er warf über die Schulter einen Blick auf die drei gefesselten Reiter zurück. Sie wurden von den Pferden losgebunden.

Der Höhleneingang, auf den sie zuhielten, war breiter als hoch. Eine vom Boden bis zur Decke reichende Lattenwand mit zwei unterteilten Türen der gleichen Konstruktion verwehrte den Blick ins Innere der Höhle. Nach der Höhe der Türen zu urteilen, waren sie für zwergenhafte Dinks geschaffen. Einer der Burschen entriegelte die untere Hälfte der rechten Tür und bedeutete Steve, einzutreten. Steve spielte mit der Idee, ihn aufzufordern, dass er auch die obere Hälfte öffnen solle, aber er schluckte seinen Stolz hinunter und kroch auf Händen und Füßen hinein.

Die Ausstattung war spartanisch, aber weniger schlimm, als er erwartet hatte. Wenigstens waren Wände und Boden trocken, und es krochen keine Käfermonstrositäten herum. Die einzigen Einrichtungsgegenstände waren eine geflochtene Strohmatte und ein Kasten mit einer an Scharnieren befestigten Tür. Darin befand sich ein Sitzbrett mit einem ausgeschnittenen Loch, unter dem ein Topf mit zwei Griffen stand. Es sah wie ein primitives Klo aus, aber Steve beschloss, es nicht zu benutzen, falls sich vielleicht doch herausstellen sollte, dass die Dinks Suppe in dem Topf zu servieren pflegten. Dass er in einer Zelle gelandet war, bewies, dass sie nicht die Absicht hatten, ihm einen Orden zu verleihen, aber Steve, der trotz der Schlange am Morgen einen gewaltigen Hunger hatte, war überzeugt, sich durch seine Bemühungen in Bezug auf die Lagerfrauen zumindest ein herzhaftes Mahl verdient zu haben. Jesus! Zu Hause bekamen sogar zur Haft verurteilte Burschen eine ausgiebige Mahlzeit, bevor man sie vor laufenden Kameras mit Kugeln durchsiebte.

Steve saß mit gekreuzten Beinen mit dem Rücken gegen die Lattenwand gelehnt, die die beiden Zellen trennte, und rief sich die lieblichen Düfte in Erinnerung, die in der Luft geschwebt hatten, als er die Dink-Wohnungen auf der Suche nach etwas zu essen durchsucht hatte.

Das Geräusch von Riegeln, die zurückgeschoben wurden, unterbrach sein Schwelgen in Erinnerungen. Steve spähte durch den Lattenverschlag und sah, dass beide Abteilungen der Tür neben seiner Zelle geöffnet worden waren. Die beiden kleinen dunkelhaarigen Frauen trugen Bettrollen herein, ihnen folgte die größere in einen Mantel gehüllte Gestalt mit der weißen Maske. Auch sie trug eine Bettrolle unter dem Arm.

Alle drei trugen noch ihre Augenbinden, aber als die Tür geschlossen worden war, rief einer ihrer Gefangenenwärter etwas auf Japanisch. Die beiden Frauen ließen ihr Bettzeug fallen und entfernten ihre Augenbinden, dann entfernten sie auch die Binde der dritten Gestalt. Die Zellen lagen im Dämmerlicht, aber da ihm der Fremde jetzt näher war, konnte Steve die Maske genauer sehen – den kleinen Schmollmund, die beiden dünnen und wie in ständiger Überraschung hochgezogenen Augenbrauenstriche, die roten Wangenflecken und die Augenschlitze. Dahinter ein blaues Glitzern.

Clearwater lehnte ihre Bettrolle gegen die Trennwand und setzte sich mit dem Rücken zu Steve hin. Sie nahm die Kapuze ab. Ihr gewelltes, dunkles Haar – das ihr, als er es zuletzt gesehen hatte, den halben Rücken hinabgereicht hatte – war jetzt nach der Art der Eisenmeister aufgetürmt und mit Kämmen festgesteckt.

Steve hielt den Atem an. Die glatte, olivfarbige Haut in ihrem Nacken war sichtbar. Was hatte sie dazu veranlasst, ihre Körperbemalung zu entfernen? Ein Hauch ihres Geruchs wehte ihm in die Nase. Die Erinnerung sandte ihm einen schmerzhaften Stich in die Lendengegend, und prompt geriet sein Denken aus den Fugen.

Clearwater zog ihren Handschuh aus, legte ihre rechte Hand auf die linke Schulter und stützte das Kinn ihrer Maske darauf.

Steves Gebärden waren ein Spiegelbild der ihren. Er lehnte sich gegen die Lattenwand, steckte den Zeigefinger hindurch und flüsterte: »Hallo, Fremde ...«

Die einzige Erwiderung war ein sanfter Fingerdruck. Aber er reichte aus, ihm einen heftigen Stromstoß den Arm hinauf zu schicken. Oh, Mo-Town! Süße Mutter! Das Vokabular der Amtrak-Föderation kannte kein Wort wie Liebe, und der Lehrstoff gab keine Hinweise auf die Sexualchemismen, aber hier war die Praxis.

»Was ist mit deiner ...«

Clearwater grub ihm den Fingernagel in die Haut.

Steve interpretierte das als Warnung, nicht mit ihr zu sprechen, während die beiden Frauen zugegen waren. In der nächsten Stunde musste er sich mit Fingerkontakt zufriedengeben. Es war kein Hindernis. Wenn die Chemie stimmt, ist es erstaunlich, wie erfinderisch Finger sein können, und als er auf ihrer Schulter kleine Kreise mit dem Finger beschrieb, erreichte die Botschaft jeden Teil ihres Körpers, ohne sich durch Kleider behindern zu lassen.

Die Sonne war schon längst aus dem kreisförmigen Himmelsausschnitt des Lagers verschwunden, und jetzt, als Mo-Town ihren dunklen Mantel über die Welt ausbreitete, begann das Licht völlig zu erlöschen. In kürzester Zeit waren die Abstände zwischen den Latten ebenso dunkel wie die Latten selbst. Niemand kam, um nach den Gefangenen zu sehen, aber umso häufiger wanderten gelbe Laternen an den Zellen vorbei und bezeugten, dass sie nicht völlig verlassen waren.

Steve bemühte sich, mit seiner Frustration fertigzuwerden. Vor weniger als vierundzwanzig Stunden hatte er sich erschöpft, hungrig und ohne Hoffnung, seine Mission erfüllen zu können, schlafen gelegt. Und jetzt war er hier, nur wenige Fingerbreit von einem der beiden Menschen entfernt, die zu befreien er gekommen war!

Er wusste, weshalb er eingesperrt worden war, aber aus welchem Grund hatte man Clearwater gefangen gesetzt? Und weshalb war sie jetzt reinhäutig und nach Art der Eisenmeisterfrauen gekleidet? Die Fragen nahmen kein Ende. Wer waren die beiden Frauen in ihrer Begleitung? Beide trugen die gleiche Kleidung aus einem einfachen, braunen Stoff: beutelförmige Hosen, deren Beine an den Knöcheln zusammengerafft waren, und Mäntel mit hohem Kragen und weiten Ärmeln mit Bünden an den Handgelenken. Der lange Umhang verbarg, was Clearwater trug, aber der Umhang selbst bestand aus demselben glänzenden Material, das Yama-Shita bei seiner Kleidung bevorzugte – der bedeutende Eisenmeister, den Steve bei dem Handelsposten gesehen hatte.

Seine bisherigen Beobachtungen hatten ihn gelehrt, dass die Eisenmeister ihren Rängen gemäß gekleidet waren; im Gegensatz zu der fast universalen Einheitskleidung der Föderation. Die triste Uniformität der beiden Frauen zeigte, dass ihr Rang unter dem Clearwaters lag – also weshalb wollte sie in ihrer Gegenwart nicht sprechen?

Steve ahnte, dass etwas schiefgelaufen war. Sie war von einer zerlumpten Rotte Eisenmeister geraubt worden, die von den Streitkräften für Recht und Ordnung verfolgt wurden. Vielleicht war sie von einer jener Gruppen von karrenziehenden Leuten hergebracht worden, die er entlang der von Ost nach West führenden Straße beobachtet hatte. Aus ihrer Maske und Kleidung, die für einen nichts ahnenden Beobachter die Tatsache verschleierten, dass sie den Körper einer Wagnerin besaß; einer Ausländerin, deren sozialer Rang nur geringfügig höher als der einer Mutantin war.

Weshalb hatte sich jemand solche Mühe gegeben, ihre Identität zu verbergen? Wer auch immer es gewesen sein mochte, er musste einen wichtigen Rang bekleiden; ihre Kleider bewiesen, dass sie Verbindung mit zumindest einem Hohen Tier hatte. Und die beiden Frauen – war es ihre Aufgabe, darauf zu achten, dass sie diesen Umstand nicht preisgab? Die Tatsache, dass sie es gewesen waren, die ihre Augenbinde entfernt hatten, und ihre Weigerung, in ihrer Gegenwart zu reden, legten diese Vermutung nahe. Und da war noch etwas: Alle drei waren sie mit Augenbinden ins Lager gebracht worden. Das konnte nur eines bedeuten: es sollte vermieden werden, dass sie ihre Häscher identifizierte und den Ort beschrieb, an dem sie gefangen gehalten worden war. Es bedeutete, dass die Absicht bestand, sie zu einem späteren Zeitpunkt wieder freizulassen.

Langsam nahm die Geschichte in seinem Kopf Gestalt an – und wurde noch wahrscheinlicher, als Steve über die

Gründe nachzudenken begann, aus denen Clearwaters Maske nicht entfernt worden war. Ihre Augenbinde war darüber und über den Umhang gebunden worden, der ihre dunklen glänzenden Haare und den Hals verdeckte, dessen Hautfarbe alles verraten hätte. Für Steve hieß das, dass nur einige Mitglieder der wilden Horde die wahre Identität der Person kennen durften, die sie entführt hatten. Aber vielleicht kannte sie auch keiner von ihnen. Jedenfalls bedeutete es, dass sie Clearwater nicht aus eigenem Antrieb entführt hatten, sondern im Auftrag eines Dritten.

Von dem, was ihm Side-Winder erzählt hatte, wusste Steve, dass das Leben eines Wagners – oder eines Mutanten – nicht die Bohne wert war. Und doch war sie – eine Mutantin, die nach ihrem Aussehen nicht von einer Wagnerin zu unterscheiden war –, wie eine Eisenmeisterin von höchstem Rang aufgeputzt, mit zwei persönlichen Wächterinnen, die ihr zu Diensten waren.

O ja, etwas ging hier vor. Es gab noch eine Menge, was Steve wissen musste, aber die große Frage war – konnte er etwas unternehmen und die Situation in seinem Sinn ändern?

Zwei sich nähernde Laternen warfen ihren warmen Schimmer durch die Holzlatten. Steve sah ein Quartett orangefarbener Gesichter, von Strähnen aus Mutantenhaar umrahmt. Vier aus dem harten Kern der wilden Horde. Clearwater zog hastig ihren schwarzen Umhang vor der Brust zusammen und den Handschuh wieder an. Die Eisenmeister traten vor die Tür der benachbarten Zelle und riefen etwas auf Japanisch. Steve spähte durch die Latten und sah die kleinen Wächterinnen einander die Augenbinden wieder anlegen. Als die Knoten festsaßen, wurde die Tür geöffnet, und die Frauen wurden fortgebracht.

Wieder hüllte Dunkelheit die Zurückgebliebenen ein, und Steve kniete gegen die Lattenwand und streckte die Finger hindurch. Auf der anderen Seite hörte er das Rascheln von Kleidung; das Geräusch von kostbarem Seidenstoff auf Haut, das er noch nie zuvor gehört hatte.

Diesmal hatte sie Maske und Handschuhe abgelegt. Sie küsste seine Fingerspitzen, dann schmiegte sie ihr Gesicht daran. Ihre schlankeren Finger reichten weiter durch die Ritzen, und die befühlten seine Nase und liebkosten seinen Mund. Er biss sie in die Finger.

»Oh, Wolkenkrieger«, flüsterte sie. »Wenn du wüsstest, wie sehr ich mich nach diesem Augenblick gesehnt habe.«

»Mir ist es ebenso ergangen«, erwiderte Steve. »Ich habe mir immer gewünscht, mit dir im Dunklen allein zu sein, aber … ich habe es mir anders vorgestellt.«

»Gedulde dich, Geliebter. Unsere Reise hat eben erst angefangen.«

Ja; die Frage ist nur, wohin sie geht …

Steve sah, wie sich eine einzelne Laterne näherte: ein Mann hielt sie in die Höhe.

»Vorsicht, es kommt jemand.«

Sie rückten von der Lattenwand ab. Steve spähte durch die Lattentür. Der Eisenmeister trug eine Maske wie die Samurai am Handelsposten, aber Steve erkannte ihn an der Figur. Es war der stämmige Bursche, der angeordnet hatte, ihn in die Zelle zu stecken. Er blieb vor der Nachbarzelle stehen, schob den Riegel zurück, trat ein und schloss die Tür hinter sich. Steve hielt sich im Hintergrund, konnte aber sehen, wie Clearwater – sie hatte Maske, Umhang und Handschuhe wieder angezogen – auf die Knie fiel, um ihren Besucher mit einer respektvollen Verbeugung zu begrüßen.

Der Eisenmeister nahm die Laterne in die andere Hand, und Steve konnte die Silhouette Clearwaters an der Wand sehen.

»Steh auf!«

Sie gehorchte.

»Entferne äußere Kleid.«

Clearwater löste den Kragen, der ihren Umhang dicht um den Unterrand der weißen Maske geschlossen hielt, hob ihn über den Kopf und ließ ihn hinter sich fallen. Dann öffnete sie ihren Umhang und warf ihn beiseite. Darunter trug sie ein langes Gewand mit weiten, dreiviertellangen Ärmeln und einem tief ausgeschnittenen Kragen, der ihren hübschen Hals freiließ. Eine breite Schärpe um Hüfte und Zwerchfell war im Rücken in einem großen Bogen gebunden. Die weißen Handschuhe, die ihre makellosen Hände und Arme verbargen, reichten tief in die Ärmel hinein.

»Jetzt Handschuhe und Maske.«

Clearwater tat wie befohlen und blieb mit gesenktem Kinn stehen. Was hat dieser Bursche vor?, fragte sich Steve. Einen kompletten Striptease? Ein plötzlicher, irrationaler Ärger ergriff ihn bei der bevorstehenden Verletzung dessen, was er für sein privates Vorrecht hielt. Irrational für Steve, denn Eifersucht und Besitzansprüche gehörten ebenfalls zu den Wortkonzepten, die im Vokabular der Föderation fehlten. Wieder einmal, wie damals, als er sich verliebt hatte und das Gefühl nicht ausdrücken konnte, wusste er nicht, was ihm so zusetzte.

Der Eisenmeister hob die Laterne, legte Clearwater die Hand unters Kinn und begutachtete Gesicht und Hals.

Dann umrundete er sie, warf einen näheren Blick in ihren Nacken, befühlte die Stellen, an denen ihre hochgesteckten Haare entsprossen, trat wieder vor sie hin und betrachtete ihre Hände und Unterarme.

»Jetzt wirst du wieder ankleiden wie zuvor.«

Er sah schweigend zu, und als Clearwater fertig war und wieder unterwürfig vor ihm kniete, grunzte er zufrieden und verließ die Zelle, legte den Riegel vor und verschwand.

*Aha,* dachte Steve. *So funktioniert das. Nur der Boss darf einen näheren Blick riskieren. Der Rest der Bande besteht aus Speerträgern.*

Als der Fackelschein fort war, trat er an die Latten zurück, um den Kontakt mit Clearwater wieder aufzunehmen.

»Bist du mit einem der Raddampfer übers Wasser gekommen?«, flüsterte sie.

»Ja. Woher hast du das gewusst? Und warum flüsterst du?«

Sie sprach ein wenig lauter. »Ich habe gespürt, dass du in der Nähe warst, kurz nachdem ich an Land kam.«

»Du … warst auf einem der Schiffe?«, stammelte Steve. »Du warst tatsächlich an dem Handelsposten?«

»Hat Mr. Snow es dir nicht gesagt? Hat er dir das Kistchen nicht gezeigt?«

»Welches Kistchen?«

»Das Kistchen mit den versteckten Bildern, die dich zu dem Ort führen sollten, an dem Cadillac und ich gefangen gehalten werden. Ich gab es Mr. Snow am Abend, bevor wir zurück nach Ne-Issan fuhren.«

Steve verstand allmählich. »Als er von Yama-Shitas Schiff kam …«

»Ja – mit Rolling-Stone und Mack-Truck.«

Steve lachte verzweifelt auf. »Das also hatte er vor. Er glaubte, ich würde auf die harte Tour vorgehen. Als ich ihn vorbeigehen sah, war ich schon an Bord eines der anderen Raddampfer. Ich fand ein Versteck und blieb in ihm, bis wir bei Pi-saba anlegten.« Steve behielt die Details für sich. »Hat der Alte gewusst, dass er kam, um dich zu sehen?«

»Nein. Es schien ihm die Fassung zu rauben. Vielleicht, weil ich hautlos war.« Hautlos war der Ausdruck, den Mr. Snow gewählt hatte, um das wahre Aussehen von Clearwater und Cadillac zu beschreiben, das sich nur in der kurzen Zeit zwischen dem Abwaschen ihrer Tarnung und dem Auflegen neuer Farbe offenbarte.

»Ja, ich wollte dich noch fragen …«

Clearwater unterbrach ihn. »Yama-Shita war zugegen. Wir konnten nicht reden, wie wir wollten, aber seine versteckten Worte besagten, dass du zurückgekehrt seist und versuchen würdest, uns zu befreien. Er sagte nicht, wie oder wann.«

»Ich wollte mit den M'Call-Sklaven reisen, aber Mr. Snow wollte nicht zulassen, dass ich Waffen an Bord mitnahm. Also traf ich meine eigenen Reisevorbereitungen. Ich konnte meinen Stock nicht zurücklassen, nach dem, was du mit ihm angestellt hattest.«

»Hat es geholfen?«

»Willst du mich aufziehen? – Wenn deine Zauberei nicht gewesen wäre, würde ich nicht hier sein. Du hast mir mehrere Male das Leben gerettet.«

»Nein, Goldener. Talisman hat mir die Kraft verliehen.«

»Mag sein, aber dich kenne ich – ihn nicht.« Steves Stimme wurde heiterer. »Wenn er so begierig war, mir zu helfen, hätte er es wenigstens so einrichten können, dass wir auf demselben Schiff gefahren wären. Wir hätten ein wenig Zeit miteinander verbringen können. Du hättest mir die Reise sehr viel angenehmer machen können.«

»Es wäre der reine Wahnsinn gewesen. Was du getan hast, war gefährlich genug.« Sie klang besorgt und ein wenig vorwurfsvoll.

Steve nahm es mit Gleichmut. »Der Schlamassel könnte auch nicht schlimmer sein als der, in dem ich jetzt stecke. Aber andererseits – du bist hier. Schicksal, nehme ich an.«

»Bist du zu deinen eigenen Leuten zurückgekommen?«

»Am Ende ja.« Es hatte keinen Sinn, zu lügen. Er hatte Mr. Snow schon die ganze Geschichte erzählt. Oder den größten Teil. »Sie sind nicht allzu beglückt, zu hören, dass das Prärievolk nicht so dumm war, wie sie dachten.«

»Hast du ihnen von mir erzählt?«

Diese Lüge ging ihm leicht von den Lippen. »Nein. Du bist meine Geheimwaffe. Wenn ich bei dir bin, fühle ich mich, als könnte ich die ganze Welt erobern.« Das zumindest, dachte er, ist wahr.

»Vielleicht bist du dazu berufen«, flüsterte sie.

»Ist es das, was Cadillac in den Steinen gesehen hat?«

»Er hat vieles gesehen.«

Steve spürte, wie es ihm den Rücken hinunterlief. »Zum Beispiel?«

»Dass du in der Verkleidung eines Freundes zurückkehren würdest, den Tod in deinem Schatten, und mich über einen Strom aus Blut tragen würdest. Ist das der Grund, aus dem du zurückgekommen bist? Um mich mit in die dunkle Welt der Sandgräber unter den Wüsten des Südens hinabzunehmen?«

»Bist du verrückt? Ich kam zurück, um bei dir zu sein!«

Er drückte ihre Finger. »Bist du sicher, dass die Steine gesagt haben, ich würde dich mit in die Föderation zurücknehmen?«

»Nein. Cadillac hat nicht gesagt, wohin. Nur, dass du mich fortbringen würdest.«

»Das ist richtig«, beeilte sich Steve zu versichern. »Das ist der Grund, aus dem ich jetzt hier bin; weil ich Mr. Snow versprochen habe, euch beide hier herauszuholen! Der Rest ergibt einen Sinn. Ich bin in der Verkleidung eines Freundes, weil ich hoffe, diese Leute täuschen zu können. Und ich würde sagen, der Tod, der sich in meinem Schatten verbirgt, ist die verborgene Kraft, die du in meinen Stock gegeben hast. Nimm sie von mir, sie ist tödlich. Ich bin sicher, diese Eisenmeister werden uns nicht kampflos ziehen lassen, also werde ich dich vielleicht über einen Strom aus Blut tragen. Aber das Blut wird aus ihren Adern fließen. Und der einzige Ort, an den du zurückkehren wirst, ist der, an den du gehörst.«

»Ich gehöre zu dir, Wolkenkrieger. Solange wir zusammen sind, ist es mir gleich, wohin du mich führst. Aber Cadillac muss zum Prärievolk zurück.«

»Ihr werdet beide zurückkommen. Vertrau mir.«

Sie legte einen Finger an seine Lippen. »Glaubst du, Talisman würde seine Kraft in deine Hände legen, wenn du die Absicht hättest, uns zu schaden?«

Es ist nicht Talisman, an den ich denke. Es sind die anderen Menschen, die bei diesem Spiel beteiligt sind. Und sie benutzen nicht dasselbe Regelbuch …

Steve lachte auf und wechselte den Gesprächsgegenstand. »Ist es nicht seltsam, wie sich die Dinge entwickeln? Ich kam zum Handelsposten, weil ich der Erste sein wollte, der dich zu Hause begrüßte. Ich muss viele Stunden lang an diesem Ufer auf und ab gewandert sein. Weshalb hast du dich nicht gezeigt?«

»Es war mir nicht erlaubt. Ich habe in den beiden letzten Monaten fast nichts von der Außenwelt gesehen.«

»Wer hat dich eingeschlossen gehalten – dieser Bursche Yama-Shita?«

»Auf dem Schiff war er es. Aber seit meiner Ankunft in Ne-Issan mit Cadillac hielt mich ein anderer gefangen.«

»Wie hat er dich gehalten? Wer?«

Ihre Stimme wurde leise. »Ein Fürst am östlichen See.«

»Ist das der Kerl, der dir diese feinen Kleider gab?«

Sie erwiderte nichts und küsste seine Fingerspitzen.

»Und ist er der Grund, aus dem du dir die Körperfarbe abgewaschen hast?«

Auch diese Frage beantwortete sie nicht. Er versuchte es noch einmal. »Willst du nicht darüber sprechen?«

Ihre Antwort war ein kaum hörbares Flüstern. »Was geschah, ist der Wille Talismans.«

»Ja, sicher. Ich verstehe es ja«, sagte Steve. »Du musst es mir nur von Anfang an erzählen.«

Nach einer Weile kamen Su-Shan und Nan-Khe mit drei Tabletts mit warmem Essen zurück. Steve wünschte sich, er hätte Clearwater nicht zu einer Erklärung gedrängt. Wissen mochte Macht bedeuten, aber wer auch immer diesen Spruch geprägt hatte, versäumte zu erwähnen, dass es einige Dinge gab, die man besser nicht wusste. Steve erfuhr, dass für junge Männer, die aufrichtige Antworten auf alle Fragen verlangten, diese Antworten oft recht schmerzlich sind. Der delikate Duft der Speisen, die nebenan verzehrt wurden, stieg ihm in die Nase und steigerte seine Qual.

Er musste nicht lange darunter leiden. Als die Tür seiner Nachbarzelle geschlossen wurde, öffnete jemand den unteren Teil der Tür zu seiner Zelle und befahl ihm, herauszukommen. Er kroch auf Händen und Knien heraus, innerlich auf einen körperlichen Anschlag vorbereitet, und wurde nicht enttäuscht. Jemand trat ihm auf die Arme und in den Hintern, dass er mit dem Gesicht in den Dreck fiel. Es sah nicht vielversprechend aus, aber der nachfolgende Hagel von Schlägen stellte keinen ernsthaften Versuch dar, ihn zu verletzen. Wenn die vier bewaffneten Dinks vorgehabt hätten, ihm ein paar Knochen zu brechen, hätten sie es leicht tun können. Aber sie waren nur darauf aus, ihm den Schneid abzukaufen. Sie wollten ihm zeigen, wer der Boss war.

Sie setzten ein breites Grinsen auf, hievten ihn auf die Füße und setzten ihm auf dem ganzen Weg zu. Steve konnte jenseits der Lichtkreise, die von den schwankenden Laternen ausgingen, nicht viel von seiner Umgebung erkennen, aber es sah so aus, als seien alle Spuren des Gemetzels, das hier stattgefunden hatte, beseitigt worden. Seine Eskorte stieß ihn eine Treppe aus roh behauenen Stufen hoch auf die Terrasse, die zu der zweiten Höhlenreihe führte, und führte ihn in eine der Höhlen vor den Anführer. Er saß mit gekreuzten Beinen auf einer Matte vor der Wand. Zehn oder zwölf weitere Burschen waren bei ihm. Die Höhle war durch Laternen in ein gelbes Licht getaucht, und die Luft war dick von Rauch, sodass Steve beim Eintreten husten musste.

Mehrere der Dinks hatten Pfeifen, wie sie Mr. Snow benutzte. Sie rauchten kein Regenbogengras, aber Steves Nase belehrte ihn darüber, dass ihrer Mixtur ein wenig von diesem Kraut aus dem glücklichen Tal beigemengt war. Die wilde Horde trank becherweise von jener blassgelben Flüssigkeit, mit der ihn Side-Winder bekannt gemacht hatte. Sake. Die Eskorte nötigte Steve vor dem Boss auf die Knie und bediente sich dann von dem Getränk.

In Anbetracht dessen, was heute geschehen war, schienen die Versammelten ziemlich gut gelaunt, aber Steve bemerkte unter der Stimmung eine gewisse Spannung. Die Atmosphäre war geladen, sogar explosiv, und er hatte den Eindruck, als ob sie von einem Augenblick zum anderen anfangen könnten, ihm die Glieder auszureißen. Ein unbedachtes Wort oder eine falsche Geste würde reichen. Eingedenk der Warnung Mr. Snows, jeden längeren Blickkontakt zu vermeiden, versuchte Steve, den Kreis fremdartiger, haarloser Gesichter mit ihren dunklen, fast jettschwarzen Augen zu übersehen. Er konzentrierte seinen Blick auf die Wand hinter ihnen und zwang sich zur Ruhe.

Komm schon, Brickman! Du hast schon vorher gefährliche Situationen erlebt. Du könntest diese Burschen einzeln dazu zwingen, dass sie den Blick senken. Sie sind wie Totenvögel. Zeig dich schwach und wehrlos, und sie kommen, um dich umzubringen. Du hast ihnen schon gezeigt, dass du ein Spitzenkämpfer bist. Sei stark!

Sein haarloser Gastgeber trank seinen Becher leer und hielt ihn in der ausgestreckten Hand, damit ihn jemand füllte. »Hast du einen Namen, Grasaffe?«

Steve sah ihm in die Augen. »Ja. Brickman.«

»A-barick-mann.«

»Nein. Es ist nur ein Wort. Brickman.«

»Abarrickmann.«

»Richtig.« Was, zum Teufel …?

Der kräftig gebaute Dink schnippte mit den Fingern

und deutete auf Steve. Eine Hand kam von links und hielt ihm einen Becher Sake unter die Nase.

»Ich würde lieber etwas essen.«

»Später vielleicht. Erst trinken wir auf deinen Mut, dann wir reden. Danach ... wer weiß?«

Einer der Dinks sagte etwas. Alle lachten.

»Was ist so komisch?«, fragte Steve.

»Er sagt, du wirst dann vielleicht keinen Bauch mehr haben für Essen.«

Aha. Junge; was für ein merkwürdiger Humor.

Steve nahm den angebotenen Becher.

»Kanpai!«

Steve hielt es wie sein Gastgeber und trank den Becher in einem Zug leer.

Bei seiner Einführung in die Geheimnisse des Sake hatte Side-Winder nicht versäumt, Steve vor der Wirkung zu warnen, die Alkohol, insbesondere auf den leeren Magen genossen, auf das Zentralnervensystem haben konnte. Das Zeug explodierte in ihm wie eine Bombe. Steve spürte die Hitze in seiner Speiseröhre aufsteigen und seine Ohren entflammen. Sein Blick verschwamm. Er schüttelte den Kopf, um die Benommenheit zu vertreiben und zwang sich zur Konzentration. Er musste die Augen zusammenkneifen, um geradeaus blicken zu können; aber als sich der Schleier hob, fühlte er sich hellwach, zuversichtlich und frei von Furcht.

Steve ehrte seinen Gastgeber mit einer tiefen Verbeugung aus der Hüfte. »Ist es mir erlaubt, zu erfahren, mit wem zu sprechen ich die Ehre habe?«

Der Eisenmeister zögerte. Es war vermutlich das erste Mal, dass ihm ein Mutant eine solche Frage gestellt hatte. »Ich bin Samurai-Hauptmann Noburō Naka-Jima.«

»Dann gestatten Sie mir, Sie zu grüßen, Hauptmann.« Steve verbeugte sich erneut, und als er sich wieder aufrichtete, sah ihm Noburō ins Gesicht. »Und welchem Landfürsten dienen Sie?«

Noburō ließ sich Zeit mit seiner Antwort. Dieser Grasaffe würde für seine Unverschämtheit kräftig zahlen, aber zuerst musste er gewisse Fragen beantworten, so aufwendig das auch sein mochte. Die Tortur hätte diese Antworten geliefert, und andere hätten sie sicherlich auch angewendet, aber Noburō war durch den Verhaltenscodex der Samurai eingeengt. Der Grund, aus dem dieser Ausländer jetzt dort saß und ihm ins Gesicht starrte, statt bei lebendigem Leib gehäutet und dann Stück für Stück seiner Glieder beraubt zu werden, war der, dass er eigenhändig sieben Samurai des Fürsten Se-Iko besiegt hatte. So ehrenwert seine Motive auch gewesen sein mochten, letzten Endes würde er getötet werden müssen; aber sein Mut und seine kämpferische Geschicklichkeit verlangten ein gewisses Maß an Achtung.

»Wir haben keinen Landfürsten«, sagte er endlich. »Lord Naka-Jima ist tot, seine Familie wurde vertrieben. Wir sind Rōnin. Wanderer, die niemandem Gehorsam schuldig sind.«

»Sie überraschen mich, Hauptmann«, erwiderte Steve. »Sie sagen, Sie seien ein Samurai; aber seit wann rauben vornehme Krieger Ne-Issans Frauen? Und wie ist es zu verstehen, dass Sie dreißig oder vierzig Ihrer tapferen Männer um einen so wertlosen Preis opfern?« Er sah das Erstaunen in Noburōs Augen und fügte hinzu: »Ich habe sie unter ihren Verfolgern im Flusstal fallen sehen. Samurai aus demselben Haus wie die Männer, die hier den Tod fanden.«

Das Gesicht des Japaners verhärtete sich. »Das Schicksal meiner Artgenossen hat dich nicht zu interessieren, Grasaffe. Wir wollen über dein Geschick sprechen.«

Steve stellte den geleerten Becher ab und verbeugte sich. »Ich stehe Ihnen zu Diensten, Hauptmann.«

»Grasaffe«, begann Noburō, »ich bin in einer … äh …« – er unterbrach sich, um in seinem begrenzten Vokabular der Grundsprache die richtigen Worte zu finden – »… schwierigen Lage. Du hast viele hier vor dem sicheren Tod gerettet. Insbesondere meine Frau und meinen Sohn Itada. Weil du dabei dein eigenes Leben aufs Spiel gesetzt hast, schulde ich dir Dank … und ich kann mich aus dieser Schuld nur befreien, indem ich Gleiches für dich tue. Hast du mich verstanden?«

»Ja. Worin besteht das Problem?«

»Es ist Grasaffen in Ne-Issan bei Todesstrafe verboten, Waffen zu tragen. Und es ist ein noch größeres Verbrechen für Sklaven, Eisenmeister zu töten; besonders Samurai. Also gibt es hier ein Problem. Solange meine Dankesschuld … äh … unerledigt ist, bin ich verpflichtet, dein Leben zu schützen – sogar unter Einsatz meines eigenen Lebens. Aber es kann auch nicht zugelassen werden, dass du straflos bleibst.«

»Ich verstehe«, sagte Steve. »Das ist schwierig.«

»Es ist für uns beide schwierig, Grasaffe.« Noburō hielt seinen Becher für eine neue Füllung hin. »Es wäre einfacher gewesen, wenn du meine Frau und meinen Sohn unter dem Schwert des Samurai hättest sterben lassen.«

»Ich verstehe nicht.«

»Verpflichtungen gegenüber Sklaven sind mit einem Gesichtsverlust verbunden. Die einzig ehrenvolle Lösung für die Samuraifamilie ist in solchen Fällen, von eigener Hand zu sterben.«

»Das ist verrückt«, sagte Steve. »Es muss eine andere Möglichkeit geben.«

»Die gibt es«, erwiderte Noburō. »Du kannst dich selbst töten.«

»Mich selbst töten …?«

»Ja. Jetzt.« Noburō zog sein Kurzschwert, beugte sich vor und legte es ehrfürchtig vor Steve hin. »Dein Tod durch eigene Hand wird mich von meiner Schuld befreien und die Unehre von meiner Familie nehmen. Und Lord Se-Iko wird gerächt sein. Befriedigung … äh … Lösung für alle.«

*Außer für mich*, dachte Steve. Kein Wunder, dass Noburōs Frau nicht übermäßig glücklich wirkte. Gesichtsverlust … was, zum Geier, war das? Jemand streckte die Hand aus, um seinen Becher neu zu füllen. Steve legte die Hand über den Becher und hielt ihn am Boden fest, während er Noburō mit der anderen Hand ein Zeichen gab.

»Warten Sie einen Augenblick. Sie haben alles falsch verstanden.«

»Aha. Und wieso?«

»Erstens, ich bin kein Sklave. Zweitens, ich konnte als Krieger nicht einfach zusehen, wie Söhne der Samurai niedergemetzelt wurden. Und drittens, Hauptmann, wage ich einzuwenden, dass das Töten von Samurai nur bei denen ein Verbrechen ist, auf die die Gesetze angewendet werden können.«

Noburō nickte ernst und übersetzte seinen Kompagnons Steves Rede. Sie rief unbändiges Gelächter und Schenkelklopfen hervor. Als sich die Fröhlichkeit legte, sprach Noburō Steve mit der Andeutung eines Lächelns an. »Gut gesprochen, Grasaffe. Aber du musst noch ein anderes Problem lösen. Wenn du kein Sklave bist – was tust du dann hier?«

Das war der Punkt. Steve holte tief Luft und versuchte es. »Ich bin gekommen, um den Krieg zwischen unseren beiden Ländern zu verhindern.«

Noburō verbarg seine Verblüffung und lachte. »Zwischen den Söhnen Ne-Issans und den Grasaffen?«

»Nein, Hauptmann. Zwischen den Söhnen Ne-Issans und der Föderation. Die Krieger aus der unterirdischen Welt unter den Wüsten des Südens.«

Das angedeutete Lächeln in Noburōs Gesicht erstarb. »Die Langhunde führen Krieg mit den Grasaffen. Warum sollten sie dich als Friedensboten schicken?«

Steve richtete sich auf und sah dem Führer der Rōnin direkt ins Gesicht. »Ich bin kein Mutant, Hauptmann. Ich bin ein Wolkenkrieger der Amtrak-Föderation. Einer von Tausenden, deren Himmelswagen den Himmel über Ne-Issan verdunkeln und Feuer auf die Erde regnen lassen werden, wenn die Feinde, die jetzt Schutz in euren Reihen genießen, nicht ausgeliefert werden.«

Noburōs Verblüffung schien grenzenlos. »Welche Feinde?«

»Ich suche die maskierte Frau, die Sie aus dem Straßenkonvoi geraubt haben, und ihren Begleiter, der sich an einem Ort namens Reiherteich im Land am östlichen See befinden muss.«

Noburō beäugte ihn eine Weile ungerührt, dann nahm er sein Kurzschwert wieder an sich und gab einen längeren Befehl an seine Leute aus. Die Männer erhoben sich und schwärmten aus, nur zwei der Burschen blieben links und rechts von ihrem Boss sitzen, und ein dritter stand bei der Tür Wache.

Steve lächelte in sich hinein. Sein Programm war geladen und lief.

Der Führer der Rōnin setzte eine drohende Miene auf. »Kannst du deine Worte beweisen?«

»Ja. Aber dazu brauche ich das Messer, das Sie mir abgenommen haben.«

Noburō schickte den Mann rechts neben sich, es zu holen.

Steve ließ die Klinge in der Scheide, drückte auf die verborgenen Sperren, die die hölzernen Seitenteile am Griff festhielten, und tat sie zur Seite, um die Schaltkreise im Inneren freizulegen. Er zeigte sie dem Boss der Rōnin, nahm den winzigen Stift heraus, drückte auf den Wiedergabeknopf und reichte Noburō das Messer.

Noburō nahm es vorsichtig entgegen und riss die Augen weit auf, als die bekannten Buchstaben auf dem Kristalldisplay erschienen. Die beiden Rōnin zu seinen Seiten sahen ebenso beeindruckt wie er aus.

»Was Sie hier sehen, ist ein Beispiel für die Macht meiner Leute«, sagte Steve. »Diese Zeichen stehen für die Laute der Sprache, die ich spreche. Mit diesem Gerät kann ich innerhalb eines Herzschlags Botschaften an meine Herren übersenden.«

Noburō ließ das Messer vor Steve auf die Matte fallen, als hätte er einen elektrischen Schlag bekommen. Er murmelte seinen Kriegern etwas zu. Alle drei sahen unbehaglich drein.

Steve klappte die Seitenteile des Messergriffs wieder zu und legte es vor Noburō auf die Matte. »Lassen Sie uns die Ehrenschuld vergessen, Hauptmann. Wir haben wichtigere Dinge zu bereden.«

Seine offene Art nahm Noburō den Atem, die beiden

anderen purzelten fast hintenüber. Es sah fast so aus, als ob auch sie ein paar Brocken der Grundsprache verstünden. Noburō deutete auf das Messer. »Was soll ich damit tun?«

»Zeigen Sie es Ihren Herren.«

»Wir haben keine Herren, Barickmann. Wir sind Gesetzlose.«

Steve verneigte sich. »Bei allem Respekt, Hauptmann, in Ihrem Land und in meinem gibt es Männer, die im Dienste ihrer Herren viele Verkleidungen anlegen. Ich bin einer von ihnen, und ich vermute, dass auch Sie ein solcher Mann sind. Zeigen Sie Ihrem Herrn dieses Messer, erzählen Sie ihm, was zwischen uns geschehen ist, und sagen Sie ihm, dass es Dinge gibt, über die er mit mir sprechen muss.«

Noburō brüllte vor Lachen und schlug sich auf die Schenkel. Rasch übersetzte er Steves Worte seinen Leuten, damit sie seine Belustigung teilten, dann wandte er sich wieder Steve zu. »Ich hätte nie gedacht, dass ich das einmal zu einem Ausländer sagen würde, aber du ehrst uns durch deine Gegenwart, Wolkenkrieger. Und wir achten deinen Mut im Angesicht des Todes. Deine Botschaft wird jenen überbracht werden, die Interesse an solchen Dingen haben. Ich kann dir … äh … keine Befreiung versprechen, aber … wenn alle deine Kameraden so tapfer sind wie du, müsste der ein törichter Mann sein, der nicht ernsthaft über deine Worte nachdenken würde.«

Clearwater setzte sich aufrecht, als sie das Licht einer Laterne erblickte. Der Wolkenkrieger kehrte zurück. Er trug ein Tablett mit Essen, und seine Eskorte öffnete ihm beide Türen seiner Zelle, sodass er sie aufrecht betreten konnte. Sie warf einen Blick auf Su-Shan und Nan-Khe, als Licht von der Fackel auf ihre Gesichter fiel. Aber beide schliefen fest.

Der Wolkenkrieger ließ sich langsam mit dem Rücken gegen die Trennwand auf die Fersen sinken und stellte sich das Tablett auf den Schoß. Dunkelheit erfüllte die Höhle, als sich die Fackel wieder entfernt hatte. Clearwater streckte die Finger zwischen den Latten durch und berührte Steve an der Schulter. »Oh, Wolkenkrieger ... als ich sah, wie sie dich schlugen, fürchtete ich, dich nie wiederzusehen. Bist du verletzt?«

»Ich spüre nichts.« Seine Stimme klang undeutlich.

»Schhhh!«

Er senkte die Stimme. »Mach dir keine Sorgen. Es ist alles in Ordnung. Wir sind so gut wie unterwegs, Liebes.«

»Unterwegs wohin?«

»In die Freiheit.«

»Wieso? Ich begreife nicht.«

»Ich erklär's dir später«, sagte Steve und begann, heißen Reis mit der einen und Gemüse mit der anderen Hand in seinen Mund zu schaufeln. »Kann jetzt nich red'n. Hab'n Mund voll Essen ...«, nuschelte er.

# 7

Irgendwann mitten in der Nacht wurde Steve von seinen Gefängniswärtern geweckt. Sie ließen ihm einen Moment Zeit, seine betäubende Müdigkeit abzuschütteln, und gaben ihm per Zeichensprache zu verstehen, dass er seine wenigen Habseligkeiten zusammenpacken solle: die gestohlene Baumwolldecke, den Wasserschlauch und den Leibbeutel mit Nelkenblättern, die ihn in einen Langhund zurückverwandeln konnten.

Als er aus der Höhle in den Fackelschein hinaustrat, sah Steve, dass Clearwater und ihre beiden Begleiterinnen wieder in den Sätteln saßen, gebunden und mit Augenbinden. Ein viertes Pferd stand bei ihnen. Steve schwang sich in den Sattel und biss die Zähne zusammen, als sein Hintern auf das harte Leder auftraf. Der elektrisierenden Energie aus dem Stock beraubt, wurde er wieder zum Opfer aller angesammelten Schmerzen. Steve tröstete sich damit, dass er wenigstens die Hungerkrämpfe von der Liste seiner Plagen streichen konnte, und dass – wenigstens im Augenblick – niemand darauf aus war, ihm das Lebenslicht auszublasen.

Es war ein schlechter Zug gewesen, aber mit ein bisschen Mühe hatte er es geschafft, die Katastrophe wieder einmal abzuwenden. Er schauderte bei dem Gedanken, was geschehen wäre, wenn er einen zweiten Becher Sake getrunken hätte. Er musste sich künftig vor diesem Zeug hüten. Noburō und die übrigen Rōnin konnten es wegstecken, als wäre es Wasser, aber ihn hätte dieser erste Becher fast zu Boden gestreckt. Er hatte zwar seine Zunge beweglicher gemacht, aber da war dieser schreckliche Moment gewesen, an dem er befürchtete, sie nicht mehr kontrollieren zu können.

Fast!

Ein Dink mit einem Stück Leine trat ans Pferd. Steve reichte ihm seine Handgelenke und wurde an den Sattelknopf gefesselt. Der Dink sorgte dafür, dass seine Füße in den Steigbügeln blieben, indem er ihm unter dem Pferdebauch die Knöchel zusammenband. Steve erlebte einen Augenblick der Furcht, als er an den Abhang dachte, den sie beim Verlassen des Lagers zu bewältigen hatten. Wenn das Pferd einen Fehltritt tat, war alles vorbei.

Noburō Naka-Jima und elf bewaffnete Rōnin tauchten aus der Dunkelheit auf. Vier der Reiter ergriffen die Zügel der wartenden Pferde, bereit, sie hinauszuführen. Noburō und die drei Männer, die bei ihrer privaten Unterredung zugegen gewesen waren, setzten sich an die Spitze der Kolonne und ritten los. Die übrigen vier folgten nacheinander hinter Steve.

Die Tür öffnete und schloss einer aus der kleinen Gruppe, der vorausgeschickt worden war, um auszukundschaften, ob der Ritt durch den Felsspalt den Hang hinab sicher war. Er sagte leise etwas zu jedem der vorbeikommenden Rōnin, dann zog er sich zurück und schloss die Tür hinter ihnen.

Clearwater, Su-Shan, Nan-Khe und Steve wurden unter einem sichelförmigen Mond in einem wolkenlosen Himmel den kahlen, abschüssigen Pfad hinuntergeführt. Steve fühlte sich mit seinen gefesselten Händen und Füßen hilflos und ungeschützt. Aber es kam kein tödlicher Pfeilhagel, und kein Trompetensignal kündigte einen wilden Überfall der Art an, wie er ihn unten im Flusstal mit angesehen hatte. Der nervenaufreibende Abstieg schien kein Ende nehmen zu wollen, und er selbst blieb angespannt, und sein Magen hob sich jedes Mal, wenn sein Pferd ausglitt, bis sie die Baumgrenze erreicht hatten.

Für die nächsten drei Stunden ritten sie in nordöstlicher Richtung, enge Waldpfade entlang, über Berg und Tal, über Bäche und kleine Flüsse, bis sie endlich, in dem Zwielicht, das der Abenddämmerung vorangeht, einen baumbestandenen Hang hinabritten und die Straße erblickten. Den alten Pennsylvania Turnpike, den Steve seit der Landung des Raddampfers in Pi-saba im Auge behalten hatte.

Noburō gebot der Gruppe durch Handheben, anzuhalten. Clearwater, Su-Shan und Nan-Khe wurden losgebunden und von ihren Pferden gehoben. Immer noch mit Augenbinden wurden sie bis auf ungefähr hundert Meter an die Straße herangeführt, dann in eine kniende Position gezwungen, und sechs Rōnin sprachen längere Zeit japanisch auf sie ein. Clearwaters Begleiterinnen verbeugten sich wiederholt, ihre Oberkörper senkten und hoben sich, als hätten sie eine Sprungfeder im Rücken, dann warfen sie sich zu Füßen der Rōnin nieder, indem sie Clearwater zwischen sich mitzogen.

Steve, der gern alles wusste, ertappte sich dabei, wie er wünschte, das Gesprochene zu verstehen.

Die sechs Rōnin traten näher, ließen eine letzte Tirade los und verliehen ihren Worten mit mehreren Tritten in die Rippen und Seiten der Frauen Nachdruck. Endlich sicher, dass die Frauen die Botschaft auch wirklich begriffen hatten, gesellten sich die Rōnin dem Rest der Gesellschaft zu und stiegen auf ihre Pferde. Noburō führte sie auf dem Rückritt den Hang hinauf an. Steve blickte zu den drei Frauen zurück und sah, dass sie immer noch bäuchlings auf dem Boden lagen, die Gesichter der Straße zugewandt.

Nan-Khe und Su-Shan zählten zweimal bis hundert, wie man es ihnen gesagt hatte, dann setzten sie sich auf und entfernten ihre Augenbinden. Die Rōnin waren fort. Sie entfernten das Tuch, das Clearwaters maskierte Augen verdeckte, geleiteten sie auf die Straße und machten sich auf den Weg in Richtung Osten.

Die Rōnin hatten ihnen gesagt, es seien weniger als acht Kilometer bis zur nächsten Poststation. Dort würden sie das Schicksal des Konvois erfahren können, aus dem sie geraubt worden waren. Wenn er immer noch beisammen war und sich nicht allzu weit entfernt hatte, konnten sie ihn vielleicht einholen und ihre Reise mit ihm fortsetzen. Nach Angriffen wie diesem gab es immer Aufenthalte, da die lokalen Behörden Augenzeugenberichte aufnahmen und Listen der gestohlenen Güter anfertigten.

Wäre ihnen erlaubt gewesen, zu enthüllen, dass sie mit dem Vertrauen ihres Herrn geehrte Dienerinnen des Generalkonsuls von Masa-chusa und Ro-diren waren, des Schwagers des Shōgun, wäre ihnen sofort jede Unterstützung gewährt worden. Aber sie durften es nicht preisgeben. Ihr Dienstherr hatte gedroht, ihnen die Zungen herauszureißen, falls sie es wagten, seinen Namen zu erwähnen. Ihren Papieren nach waren sie Hausdienerinnen eines in Nyo-poro ansässigen Fischhändlers. Falls jemand fragen sollte, waren sie angewiesen, zu sagen, sie hätten Yoko Mi-Shima bei einem Besuch bei ihren Verwandten in Kari-faran begleitet und würden jetzt zurückkehren, um besagten Kaufmann bei Firi zu treffen, wo er den Sklavenmarkt besuchte.

Aber niemand hatte ihnen gesagt, was sie tun sollten, falls sie und ihre Schutzbefohlene von Rōnin verschleppt würden. Niemand hatte vorhergesehen, dass Yoko Mi-Shima aus ihrer versiegelten Sänfte geholt und auf der Straße den neugierigen Blicken des gewöhnlichen Volkes ausgesetzt werden würde – und einer offiziellen Überprüfung.

Das alles war sehr betrüblich, und die Dinge wurden noch misslicher durch den Umstand, dass Su-Shan und Nan-Khe verpflichtet waren, der lokalen Behörde über die Entführung und Freilassung zu berichten und alle Fragen zu beantworten. Das Schlimmste aber war, dass sie in einem der westlichen Distrikte ausgesetzt worden waren, die von den Leuten aus dem Osten an sich schon als barbarisch angesehen wurden. Wenn einer dieser ungeschliffenen Provinzschreiber darauf bestand, zu sehen, wer sich unter der Maske verbarg, statt die Dame des Vergnügens mit der üblichen Diskretion zu behandeln, konnte die Lage außerordentlich unangenehm werden. Und es musste so kommen, weil ihre Schutzbefohlene nicht Japanisch konnte. War die Langhündin einmal entdeckt, würde sofort offensichtlich, dass ihre Papiere gefälscht waren.

Su-Shan und Nan-Khe wussten beide, dass der Besitz falscher Dokumente ein ernstes Vergehen war. Sie mochten Dienerinnen sein, die das Vertrauen ihres Herrn besaßen, aber als Vietnamesinnen wurden sie ständig auf einen unteren Platz in der sozialen Hierarchie der Eisenmeister verwiesen. Das bedeutete vor allem, dass sie weder die gesellschaftliche Macht noch das Geld hatten, legale Prozesse aufzuhalten. Wenn der Betrug entlarvt wurde und sie den Beamten Rede und Antwort stehen mussten, konnten sie damit rechnen, dass ihnen Ohren und Nase abgeschnitten wurden – und die Zunge, wenn sie die Fragen nicht beantworteten.

Die Risiken bestanden durchaus, aber die Befürchtungen der beiden Dienerinnen erwiesen sich trotzdem als grundlos. Ohne ihr Wissen hatte ein Mitglied der Se-Iko-Familie, das durch zahlreiche Geschäfte sowohl mit den Ko-Nikkas als auch mit Fürst Yama-Shita verbunden war, angeordnet, dass seine Samurai-Hauptmanns den Straßenkonvoi diskret beobachten sollten, wenn er durch Gebiete unter ihrem Kommando kam. Aus diesem Grund war die Reaktion auf den Überfall unerwartet rasch gewesen. Es war nur Noburōs taktischem Geschick und seiner Erfahrung in verdeckten Operationen zu verdanken gewesen, dass eine Katastrophe verhindert worden war.

Hideyoshi Se-Iko, der gute Nachbar, dessen Aufgabe es war, den Frieden und die Ruhe im südlichen Teil des Distrikts zu sichern, war nicht über den Grund informiert worden, aus dem dieser spezielle Konvoi für Yama-Shita von Interesse war. Er war lediglich von den Ko-Nikkas aufgefordert worden, seine gut funktionierenden Behörden für die ungehinderte Passage durch den Distrikt seiner Familie einzusetzen. Als ihn die Nachricht von dem Raub erreichte, schickte er zwei Beamte seines Vertrauens zu Pferd los, die Beamten entlang der Route anzuweisen, dass alle Untersuchungen in dieser Sache mit äußerster Delikatesse gehandhabt werden sollten.

In die Grundsprache übersetzt, hieß das: »Ruiniert nicht eure Karriereaussichten, indem ihr versucht, diesen Fall zu lösen, Jungs. Wenn er auf eurem Schreibtisch landet, sperrt einfach das Büro zu, und nehmt euch viel Zeit beim Lunch.«

Für die nervösen Dienerinnen Su-Shan und Nan-Khe bedeutete das, dass sie, als sie die Poststation bei Kara-li erreichten und erklärten, was geschehen war, den Wirt der Herberge sowohl mitfühlend als auch besorgt fanden. Die Wirte gehörten zwar nicht zum Apparat von Gesetz und Ordnung, aber sie waren angehalten, ein Auge auf das Kommen und Gehen zu haben. Und es war in ihrem Interesse. Das hatte zur Folge, dass sie gewöhnlich die Ersten waren, die von delikaten Vorkommnissen erfuhren. Wie in diesem Fall.

Als die beiden ein Zimmer für ihre Herrin verlangten – die von den Ereignissen so mitgenommen war, dass sie nicht sprechen konnte –, arrangierte es der Wirt, dass sie zum nahe gelegenen Amtsbüro überführt wurden, und bestand darauf, sie zu begleiten.

Su-Shan und Nan-Khe zeigten dem Schreiber in ängstlicher Erwartung ihre Papiere zugleich mit denen ihrer Herrin und schilderten nochmals ihre schrecklichen Erlebnisse in den Händen der Rōnin. Der Wirt bestätigte, dass die Dame Yoko Mi-Shima nicht in der Verfassung sei, Fragen zu beantworten. Zur größten Überraschung der Dienerinnen – die zu verbergen sie sich bemühten – schien der Schreiber diese Erklärung ohne Weiteres zu akzeptieren. Er notierte sich das wenige, das sie über den Raub aus dem Konvoi und die Rōnin, die sie verschleppt hatten, berichten konnten, warf einen kurzen Blick auf ihre Papiere und gab sie ihnen ohne Kommentar zurück.

Su-Shan und Nan-Khe konnten ihr Glück kaum fassen. Die gute *kami* war ihnen offenbar an diesem Tag wohlgesinnt. Sie verneigten sich dankbar und erkundigten sich nach dem Schicksal des Konvois.

Der Schreiber erzählte ihnen, die verbliebenen Reisenden hätten die Wagen wieder versammelt, und nachdem sie ihre Zeugenaussagen gemacht und eine Liste der ihnen gestohlenen Güter angefertigt hätten, sei es ihnen erlaubt worden, die Reise fortzusetzen. Ob sie die Absicht hätten, sich dem Konvoi wieder anzuschließen? Ja, das hätten sie. Der Schreiber versah sie umgehend mit den notwendigen Passierscheinen, mit denen sie übersetzen konnten.

Das alles war ziemlich verwirrend. Aufgrund ihrer früheren Erfahrungen mit Beamten wussten beide Frauen, dass jede Prozedur, die eine Ausstellung oder Überprüfung von Papieren implizierte, in der Regel Stunden dauerte, manchmal fast einen ganzen Tag; ganz gleich, wie drängend die Geschäfte des Antragstellers sein mochten. Ihre Audienz bei dem Schreiber hatte weniger als eine Stunde in Anspruch genommen, und es war nicht einmal nötig gewesen, den Tisch zu polieren, wie man die Zahlung von Bestechungsgeldern umschrieb. Als freiwillige Spenden zur Unterstützung der Witwen und Waisen schlecht bezahlter Schreiber getarnt, fanden solche Zahlungen, die bewirkten, dass sich die Schreibarbeit nicht im Unendlichen verlor, in einer Höhe statt, die von der Wichtigkeit des benötigten Dokuments abhängig war. Es handelte sich um eine fest verwurzelte Tradition, und jeder, von der Spitze der gesellschaftlichen Pyramide bis zum Niedrigsten, steckte in diesem Geschäft.

Su-Shan und Nan-Khe zogen sich unter unzähligen Verbeugungen von dem Schreiber zurück und wandten sich wegen weiterer Hilfe an den freundlichen Wirt. Sie hatten ein bisschen Geld, das die Rōnin nicht gefunden hatten. War es möglich, je eine Rikscha für sie beide und ihre Herrin aufzutreiben?

Es war. Die Glücksgöttin hatte ihnen schon wieder gelacht. Sie gelobten ein Opfer und viele geweihte Stäbchen am nächsten Schrein.

Nachdem er die Gefangenen freigesetzt hatte, führte Noburō seine Kolonne auf einem umständlichen Weg, der sie westlich des Ortes, an dem sie die drei Frauen zurückgelassen hatten, über die Straße und in den Wald. Die Morgendämmerung brach an, und bald wurde der Wald durch Lichtstrahlen durchbohrt. Die Rōnin unterbrachen ihren Ritt nur, um etwas zu essen und die Pferde zu füttern, und es ging den ganzen Tag und die folgende Nacht weiter, erst in nördlicher Richtung, dann über den Susquehanna-Fluss, wo er südlich von Harrisburg eine Rechtskurve beschreibt; an einer Fährenstation, die bei den Eisenmeistern Ari-saba hieß. Der Susquehanna bildete die Grenze zwischen den Fürstentümern der Se-Ikos und ihren östlichen Nachbarn, den Mitsu-Bishis; treuen Verbündeten des Shōgun. Vorausgesetzt, sie benahmen sich nicht auffällig, waren Noburō und seine Männer hier verhältnismäßig sicher.

Sie lagerten auf dem Gipfel eines Berges; eines der vielen Berge, die Steve von seinem Ausblick auf dem Baum aus gesehen und mit den Wellen eines unermesslichen Ozeans aus Bäumen verglichen hatte. Noburō gestand seinen Männern drei Stunden Schlaf zu, dann, nach einem

Frühstück vor Morgengrauen, beschrieb die Gruppe einen weiten Bogen um Ari-saba.

Steve, dem die häufigen Richtungsänderungen aufgefallen waren, ahnte, dass sie ihr gegenwärtiger Kurs wieder zu der Straße zurückführen würde. Wie am Tag zuvor hielten sie sich fast immer im Schutz der Bäume. Immer, wenn sie über offenes Gelände ritten, sandten sie einen Scout voraus, und wenn sie anhielten, um die Pferde trinken und Gras rupfen zu lassen, blieben sie in den Sätteln.

Am Nachmittag gab Noburō das Zeichen, anzuhalten, von den Pferden zu steigen und ihnen die Sättel abzunehmen. Abgesehen von einem gelegentlichen leichten Galopp, waren die Pferde immer normal getrabt und deshalb in guter Verfassung. In Bezug auf Steve ließ sich das nicht behaupten. Als er vom Pferd gestiegen war, ließ er sich dankbar am nächsten Baum nieder und blieb dort. Von den letzten drei Tagen hatte er nach seiner Berechnung fast anderthalb Tage im Sattel verbracht. Er war an einem Punkt angelangt, an dem der Tod eine willkommene Erlösung bedeutet hätte und die entsetzlichsten Drohungen seiner Wächter nicht vermocht hätten, ihn wieder auf ein Pferd zu bringen.

Wie es sich ergeben sollte, stellte sich diese grimmige Entschlossenheit mit Erreichen des Ortes ein, den Noburō als Rastplatz für den Rest des Tages erwählt hatte. Also war die einzige Bewegung, die im Laufe der nächsten acht Stunden von ihm verlangt wurde, sich aufzusetzen, als er erwachte, weil ihm jemand einen Napf mit Essen unter die Nase hielt.

Während Steve schlief, zog Noburō seine staubigen Kleider aus und wusch sich von Kopf bis Fuß in dem Fluss, an dessen Ufer sie lagerten. Dann rieb er sich kräftig trocken, öffnete eine Satteltasche und entnahm ihr Reisekleidung und Perücke eines Samurai. Zwei seiner Männer halfen ihm beim Anlegen des Gewandes und achteten auf den richtigen Sitz der Perücke. Andere Männer legten seinem Pferd ein eleganteres, mit blauen Bändern verziertes Geschirr an und legten ihm ein blau gemustertes schwarzes Tuch auf den Rücken, ehe sie den Sattel wieder auflegten. Noburō steckte seine beiden Schwerter in die Schärpe um seine Taille, und nachdem er sich vergewissert hatte, dass seine Erscheinung in jeder Hinsicht makellos war, bestieg er sein Pferd und ritt los in Begleitung zweier als Rotgestreifte gekleideter Rōnin zu Fuß.

Ihr Ziel war die Poststation bei Midiri-tana, in der er sich zehn Tage zuvor mit dem Herold Hase-Gawa getroffen hatte. Hase-Gawa war damals wie ein *ninja* von Kopf bis Fuß in Schwarz gekleidet aus der Dunkelheit hervorgetreten, und heute würde er ohne Zweifel in einer ähnlichen Verkleidung erscheinen.

Noburō lächelte, als er an die Rolle dachte, die der Herold angenommen hatte. Trotz seines offenkundigen Hangs zu Intrigen besaß der junge Mann ein romantisches Gemüt und einen Hang zum Dramatischen. Aus Noburōs Sicht keine gute Kombination. Dennoch war er ein Herold, und nur die klügsten und verständigsten jungen Männer wurden für diesen einflussreichen Posten ausgewählt. Noburō folgerte, dass Hase-Gawa andere, weniger offenkundige Qualitäten besitzen musste.

Flankiert von zwei Rotgestreiften – die übliche Eskorte eines allein reisenden Samurai – kam Noburō gegen sechs Uhr abends bei der Poststation an, in der Absicht, seine gewohnte sorgfältige Überprüfung des Ortes und der Reisenden vorzunehmen, die hier übernachten wollten.

Er wusste, dass Hase-Gawa begierig war, seinen Bericht über den Ausgang der Entführung und seiner Überprüfung der maskierten Kurtisane zu hören. Der Herold würde nicht enttäuscht werden; aber wie sollte er die Sache mit dem mutigen Grasaffen handhaben, der vorgab, ein Langhund zu sein?

Als er den Hof der Poststation betrat, überraschte Noburō der Anblick einer großen Zahl beladener Ochsenkarren, von denen ihm ein paar bekannt vorkamen. Und er sah eine gewisse Sänfte. Noburō übergab die Zügel einem seiner beiden Rotgestreiften, stieg vom Pferd, schritt kühn um die Veranden und Terrassen des Posthauses und blickte jedem, dem er begegnete, ins Gesicht. Eines der Gesichter gehörte dem Meister des Konvois, den er mit seinen Rōnin beraubt hatte! Bei der geheiligten *kami!* Der Konvoi hatte sich wieder gesammelt und übernachtete hier!

Noburō wusste, dass er nicht Gefahr lief, erkannt und der Räuberei angeklagt zu werden. Er war bei dem Überfall maskiert und als heruntergekommene Gestalt verkleidet gewesen. Aber dieser Zufall war doch seltsam. Auf dem Rückweg aus dem Hof erlebte er eine noch größere Überraschung. Nur wenige Meter von der Stelle entfernt, an der sein Pferd und die beiden verkleideten Rōnin standen, halfen die beiden vietnamesischen Hausdienerinnen der maskierten Kurtisane aus einer Rikscha!

Das konnte kein Zufall mehr sein, sagte sich Noburō. Das Schicksal hatte beschlossen, die Darsteller in diesem Drama noch einmal auf derselben Bühne zusammenzubringen. Er würde dem Herold seinen versprochenen Bericht liefern, aber er würde es dem jungen Mann überlassen, die Wahrheit selbst zu entdecken!

Noburō beobachtete aus sicherer Entfernung, wie die beiden Hausdienerinnen zum Konvoimeister geführt wurden, der sie begrüßte und ihnen half, ihrer Herrin die angenehmste Unterbringung zu sichern. Sobald sie untergebracht worden war, suchte Noburō den Wirt und seine Frau auf und teilte ihnen mit, dass er mit ihnen eine Angelegenheit von größter Wichtigkeit zu besprechen habe.

Der Wirt, der wie alle Männer seines Gewerbes sozial unter den Samurai stand, führte Noburō unter den üblichen Verbeugungen und Kratzfüßen in seine Privatunterkunft, während seine Frau unterwürfige Entschuldigungen für den beschämenden Zustand ihrer Wohnung hervorbrachte, et cetera, et cetera.

Nachdem den Nettigkeiten Genüge getan war, setzte sich Noburō mit gekreuzten Beinen dem Wirt gegenüber. Seine Frau kniete an ihrem traditionellen Platz, der rechten Seite ihres Gemahls, ihm gegenüber. Noburō setzte an zu erklären, sein vorheriger Besuch der Poststation hätte ihm gezeigt, dass sein Ruf als sauberes, gut geführtes Etablissement berechtigt sei. Er habe es mit Befriedigung zur Kenntnis genommen. Die hervorragende Bedienung und großherzige Gastfreundschaft, die dem erschöpften Reisenden zuteil würden, würfen ein günstiges Licht auf die Wirtsleute. Ihre Ehrenhaftigkeit und offensichtliche Begeisterung für ihren Beruf sei, sagte Noburō, ein Beispiel, dem andere Wirte nur nacheifern könnten.

In der Tat ein Lob.

Während das überrumpelte Paar nach den passenden Worten suchte, um ihre Unwürdigkeit als Empfänger einer derart übertriebenen Ehrung auszudrücken, förderte Noburō ein Päckchen Geldscheine zutage und legte es vor den Wirt auf die Matte. Der Mann und seine Frau tauschten verwunderte Blicke, dann starrten beide mit offenem Mund auf das kleine Vermögen. Unfähig, seinen Augen zu trauen, streckte der Wirt eine zitternde Hand nach dem Geld aus und zog sie wieder zurück. Nach den Regeln des Anstandes durfte er das Geld erst an sich nehmen, nachdem Noburō es ihm erlaubt hatte.

Als er die feierliche Zusage erhalten hatte, dass sie das, was zu sagen er im Begriff war, mit größter Diskretion handhaben würden, enthüllte ihnen Noburō, er handle im Interesse eines jungen Noblen, der sehnlichst nach einem Stelldichein mit der maskierten Dame verlange, die sie soeben in ihrem Haus empfangen hätten.

Noburō erwärmte sich für sein Thema und malte ein tragisches Bild von der erwachenden Liebe des jungen Mannes, die von der Dame glühend erwidert würde. Aber aufgrund des hohen Ranges seiner Familie könne diese Liaison nicht länger erlaubt werden. Es waren Vorbereitungen zur Verheiratung des jungen Mannes mit einer der vielen Verwandten der Toh-Yota-Familie getroffen worden, den Herrschern Ne-Issans.

Der Wirt und seine Frau waren offensichtlich beeindruckt. In ein solches Geheimnis eingeweiht zu werden!

Aus diesem Grund, fuhr Noburō fort, war die Dame aus Hofkreisen verbannt worden und jetzt auf dem Weg, die Sklavin eines Kaufmannes von der Ostküste zu werden. Dieses Treffen – vorausgesetzt, der Wirt und seine Frau gestatteten großzügig, dass es unter ihrem Dach stattfand –, war die letzte Gelegenheit der Liebenden, beisammen zu sein.

Die Gattin des Wirtes, eine warmherzige Frau, deren Leben völlig frei von solchen großen Passionen verlaufen war, sog gierig jedes Detail der Geschichte in sich auf. Ihr

Gemahl hatte nur ein Ziel: bei jedem Geschäft zu verdienen. Seine Finger, die mit unglaublicher Anmut und Geschwindigkeit über seinen Abakus gleiten konnten, hatten längst vergessen, wie man den Körper seiner Frau liebkost. Deshalb war ihr Appetit auf die Liebesaffären anderer Menschen unersättlich. Das Geldgeschenk befriedigte den Gemahl, und die herzerweichende Geschichte ließ Tränen in die Augen seiner Frau treten. Wenn sie heute Abend im Bett lag, würde sie fähig sein, sich in die Rolle der Kurtisane in einer letzten, verzweifelten Umarmung mit ihrem vornehmen jungen Liebhaber zu versetzen. Immer vorausgesetzt, natürlich, ihr dämliches Stück Ehemann zerstörte die Illusion nicht, indem er wie ein Holzfäller schnarchte.

Ihr Mann fragte schüchtern, wie sie helfen konnten. Noburō erklärte, die beiden Frauen, die als ihre Anstandsdamen auftraten, seien für besagten Kaufmann tätig. Die Tatsache, dass er Vietnamesinnen gewählt habe, sei schon an sich eine Beleidigung und zeige, was für ein widerwärtiger Bursche er sei.

Der Wirt und seine Frau, die beide chinesischer Abstammung waren und daher allen außer den Söhnen Ne-Issans überlegen, sprachen rasch ihr Einverständnis aus.

Nachdem er sich vergewissert hatte, dass er in dem kleinen Pavillon übernachten konnte, den er auch bei seinem vorigen Besuch benutzt hatte, brachte Noburō ein kleines Fläschchen mit Pulver zum Vorschein, ein starkes Schlafmittel, das auf zwei Becher Sake verteilt werden musste, die der Wirt den beiden Dienerinnen der Kurtisane großzügig zum Abendessen spendieren sollte. Wenn kein Zweifel mehr daran bestand, dass sie fest schliefen, und sich auch die übrigen Gäste zur Nachtruhe zurückgezogen hatten, würde er die junge Dame mit ihrem Einverständnis in den Pavillon bringen, wo ihr nobler Liebhaber sie erwarten würde; in der Hoffnung, dass sie ihm großzügig und freimütig entgegenkäme. Am Morgen würde der junge Mann scheiden, um sie nie wiederzusehen, und die Dame würde wieder in ihre Kammer gehen, zu ihren nichtsahnenden Anstandsdamen.

Der Wirt starrte mit verhangenen Augen auf das Geld und erklärte den Plan für ausgezeichnet; seine Frau schwor, das Geheimnis zu wahren, notfalls unter Einsatz ihres Lebens, und schaffte es, Noburō durch einen scheinbar zufälligen Seitenblick zu verstehen zu geben, dass sie, während der Herr in den Armen seiner Geliebten lag, nicht abgeneigt sein würde, seinen Fürsprecher zu beglücken. Für Noburō lag nichts ferner, aber da er in ihr eine Verbündete erkannte, antwortete er mit einem ähnlichen Blick und zog sich zurück, ließ sie in geheimer Vorfreude und ihren Mann damit beschäftigt zurück, das Bündel lieblich duftender neuer Dollarnoten durchzublättern.

Als die papierdünne Mondsichel aufgegangen war, fühlte sich Steve ausgeruht, und seine Stimmung hatte sich erheblich gebessert. Und das war auch gut so, denn die Rōnin hatten angefangen, ihre Pferde zu satteln.

Mit einem mächtigen Gähnen erhob sich Steve und reckte seine Glieder, dann sprang er an einen überhängenden Baumast und hängte sich daran, um seinen Rücken zu strecken. Ahhh, das ist gut … genau, wie es mir der Arzt verschrieben hat. Er ließ sich wieder auf den Boden hinunter und vollführte noch ein paar Dehnübungen, dann schöpfte er Wasser aus dem Fluss und klatschte es sich ins Gesicht und in den Nacken.

Okay, Welt, ich bin bereit. Tu dein Schlechtestes …

Das Schlechteste, was die Welt anzubieten hatte, war ein neuerlicher gemächlicher Nachtritt. Aber jetzt nahmen nur neun Rōnin an ihm teil. Noburō war einer von denen, die fehlten; er hatte es seinen beiden Begleitern überlassen, die Gruppe anzuführen. Steve, dessen sattelmüder Hintern schon bald neue Schmerzenssignale aussandte, löste seine Gedanken von seinem Fortbewegungsmittel und versuchte sich vorzustellen, was vor ihnen liegen mochte.

Obwohl er die Sprache nicht verstand, war es für ihn klar ersichtlich, dass Clearwater und ihre beiden Aufpasserinnen freigesetzt worden waren, um ihren Weg nach Hause zu finden. Aber was war der Sinn dieser Übung? Aus dem wenigen, das sie ihm hatte sagen können, wusste Steve, dass sie Leibsklavin eines der höchsten Eisenmeister war; eines gewissen Nakane Toh-Shiba, der soeben an die erste Stelle der Hitliste Steves gerückt war. Er wusste außerdem, dass sie unter großen Geheimhaltungsmaßnahmen durch Ne-Issan transportiert worden, mit Yama-Shita zum Handelsposten gefahren und wieder in die Sänfte gesteckt worden war, um zu Toh-Shiba zurückgebracht zu werden. An diesem Punkt hatten Noburōs Rōnin mit ihrem Überfall auf den Konvoi alles verdorben; auf einen Konvoi, in dem sich auch zwei Langhunde befanden. Clearwater hatte nur einen flüchtigen Blick auf sie werfen können, aber sie hatte genug gesehen. Das reisende Duo waren Jodi Kazan und Dave Kelso, auf dem Weg zum Reiherteich, wo Cadillac zurzeit eifrig mit dem Versuch beschäftigt war, Himmelsfalken nachzubauen.

*Aber nicht mehr lange, Amigo. Dein Freund Stevie, den du so freundlich behandelt hast, indem du ihm zuerst den Kopf aufhack-*

*test, dann seine Identität annahmst, hat die Absicht, dir einen hübschen großen Knüppel direkt zwischen die Beine zu werfen!*

Dank Clearwater hatte Steve jetzt drei Namen, mit denen er sich befassen konnte: Yama-Shita, Alte Goldene Nase, der den Handel mit Mr. Snow abgeschlossen hatte; Min-Orota, ein weiteres hohes Tier, in dessen Distrikt der Reiherteich lag und der offenbar die Operation begründete, und Nakane Toh-Shiba, der Japs, der Clearwater jetzt besaß. Er war eine Art Spitzenbeamter der Regierung in Min-Orotas Territorium.

Drei interessante Stücke, die zusammenzupassen schienen, aber wie passten sie zum übrigen Puzzle? Steve hatte Noburō dazu gebracht, zuzugeben, dass er ein Agent von Leuten war, die Interesse an solchen Dingen haben. Was war der Zweck dieser Reise – diente sie denjenigen, die eine Art verdeckte Operation gegen das von Yama-Shita angeführte Trio gestartet hatten?

Während die Kolonne langsam ihren Weg durch bewaldetes Terrain fortsetzte, von einer schwach erhellten Lichtung zur nächsten, brütete Steve über den unbekannten Elementen der Situation. Wenn ein Treffen stattfand, musste er zuverlässig aussehen und klingen und in der Lage sein, jede Gelegenheit zu nutzen, die sich ihm bot. Wenn es ihm nicht gelang, die richtigen Verbindungen herzustellen, würde er wahrscheinlich keine neue Chance erhalten. Das größte Hindernis war sein mangelhaftes Wissen über die gegenwärtige Situation in Ne-Issan. Ohne dieses Wissen war es buchstäblich unmöglich herauszufinden, wer in welche Aktivitäten mit wem begriffen war. Er musste sich auf seine bisher meistens erfolgreiche Kombination von Intuition, seinen ausgeprägten sechsten Sinn, die Stimme, die er manchmal im Hinterkopf hörte, und sein unglaubliches Glück verlassen – das Mr. Snow den Willen des Talisman zu nennen nicht müde wurde.

Je mehr Steve darüber nachdachte, desto deutlicher schien es ihm, dass Clearwater und nicht Cadillac der fehlende Schlüssel zu der Gleichung war. Aus Gründen, die er noch nicht ganz begriff, hatte ihre Verwandlung von der gescheckten Grasäffin zur reinhäutigen Langhündin einen erstrebenswerten Preis aus ihr gemacht – ein Kleinod, das zu tarnen Yama-Shita und seine Freunde bemerkenswerte Anstrengungen unternommen hatten. Aber weshalb? Was unterschied sie so von all den anderen Wagner-Renegaten, die in Ne-Issan gefangen gehalten wurden? War es vielleicht, weil sie die einzige Frau war, außer Jodi, die ihnen in die Hände gefallen war? Oder weil dieser Nakane Toh-Shiba sie so gern anschaute. War die jetzt offenbare körperliche Verwandtschaft der Dinks mit Clearwater der Grund all dieser verstohlenen Aktivität? Hatte Toh-Shiba die Regeln gebrochen – und waren Yama-Shita und seine Freunde dabei, es aufzudecken?

Der Überfall auf den Konvoi war ein Indiz dafür, dass ihnen jemand auf der Spur war: jemand mit genug Mumm und Geld, um fast hundert Rōnin zu unterhalten, die von einem sicheren und gut ausgerüsteten Lager aus operierten. Dieser Jemand – Mr. X – war gegen oder zumindest besorgt über das, was vor sich ging: besorgt genug, um das Leben von Männern aufs Spiel zu setzen, die herausfinden sollten, wer sich hinter der Maske verbarg. Und er musste mächtig genug sein, die bis zum Tod reichende Loyalität von Männern zu fordern – denn mehr als vierzig der Rōnin waren gestorben –, um seine Neugier zu befriedigen. Noburō hatte Clearwater keine Fragen gestellt;

die Hausdienerinnen hatte er ignoriert. Er hatte seinen hart erkämpften Preis nur begutachtet und war, nach seinen erkennbaren Reaktionen zu urteilen, nicht übermäßig überrascht gewesen, eine Langhündin vorzufinden, raffiniert wie eine Eisenmeisterin gekleidet.

Steve dachte auf seiner Suche nach einem Schlüssel, wer Mr. X sein könnte, an das zurück, was ihm Side-Winder, sein mexikanischer Freund, über Ne-Issan erzählt hatte. Toh-Shiba, der Dink, der jetzt darauf wartete, wieder in den Besitz Clearwaters zu kommen, war ein hohes Tier bei der Regierung. Yama-Shita und Min-Orota waren Landfürsten. Ob sie etwas ausbrüteten? Sollten die Flugzeuge, die Cadillac zu bauen versuchte, bei einem Versuch der Machtergreifung benutzt werden? Side-Winder hatte eine verschwörerische Unterströmung erwähnt. Planten sie etwas gegen andere Landfürsten ... oder gegen die Regierung? Konnte der Jemand, dessen Identität Steve herauszufinden versuchte ... Konnte Mr. X der ... Shōgun selbst sein?

Steve spürte sein Gehirn kribbeln, als er diesen Einfall hatte. Es war, als wäre ein Stromstoß durch seine grauen Zellen gegangen.

*Das wird es sein, Brickman. Du hast den Nagel auf den Kopf getroffen.*

Die Kolonne hielt an. Zwei Rōnin tauchten aus der Finsternis auf und banden Steves Handgelenke und Füße los. Zwischen den Bäumen konnte Steve mehrere schwache orangefarbene Lichtpunkte ausmachen, die ein regelmäßiges Muster bildeten. Von seinen Lebensmittel-Raubzügen her wusste er, dass sie von erleuchteten Fenstern der Wohnhäuser herrührten. Hier war also der Treffpunkt.

Die beiden Rōnin brachten Steve an die Spitze der Kolonne, wo Noburō durch einen dünnen Lichtstrahl beleuchtet wurde, der von einer umwickelten Laterne herrührte. Er hatte sein abgerissenes Äußeres abgelegt und war jetzt wie ein Herr von einiger Bedeutung gekleidet. Er trug ein schwarzes, blau gemustertes Gewand. Mehrere weiße Schriftzeichen und Symbole waren an Brust und Rücken seiner Jacke angebracht. Sein kahler Kopf war teilweise von einer Perücke bedeckt, deren Haare hinten zu dem Knoten hochgesteckt waren, der das unverwechselbare Markenzeichen der Samurai darstellte.

»Du wirst jetzt Kleider ausziehen und dich waschen«, sagte er und deutete auf einen hölzernen Eimer mit Wasser.

Steve zog seine Gehhäute aus und stand fröstelnd in seinen blauen Fliegerunterhosen da. Noburō bedeutete ihm, auch sie auszuziehen. Der Anblick der Haare, die ihm vom Nabel bis in die Beckenregion wuchsen, hatte einige gemurmelte Kommentare der umstehenden Dinks zur Folge. Jemand reichte ihm ein eckiges Stück Fett und führte ihm reibende Bewegungen vor, während ein anderer ihm einen Teil des Wassers über dem Kopf entleerte. Steve benutzte das Stück Fett wie angedeutet und erzeugte reichlich Schaum. Es war eine feste Version der flüssigen Seife, die man in der Föderation durch Knopfdruck aus dem Spender ziehen konnte. Weiteres Wasser wurde über ihn ausgeschüttet. Christoph, war das kalt! Er arbeitete sich mit der Seife über den ganzen Körper vor, bis er bei den Zehen ankam, erhielt noch eine Dusche, dann wurde ihm ein Handtuch gereicht. Er rieb fest, damit die Gänsehaut verschwand.

Noburō schnupperte in der von Steve herkommenden

Luft und nickte befriedigt. »Jetzt wirst du andere Kleider anziehen.«

Einer der Rōnin händigte Steve ein baumwollenes Hüfttuch aus und zeigte ihm, wie man es um die intimen Körperteile schlang, dann kam ein anderer mit einem Beutel für seine schmutzigen Kleider und die übrigen Habseligkeiten. Als er alles verstaut hatte, wurde er mit einem Paar weißer Baumwollsocken ausgestattet, einer braunen, lose fallenden Jacke mit Ärmelaufschlägen und Hosen, wie sie Clearwaters Aufseherinnen getragen hatten, und einem Paar dünnsohliger Schuhe. Eine eckige Strohmaske mit zwei Augenschlitzen wurde über sein Gesicht gelegt und an Hinterkopf und Hals festgebunden, dann legte ihm jemand einen hüftlangen Umhang mit Kapuze um die Schultern und schloss ihn über dem Schlüsselbein mittels Schleife und Knebel. Schließlich wurde ihm ein weiteres Paar Socken über die Hände und unteren Ärmel gezogen, um seine entlarvenden Pigmentflecken zu verbergen.

Seine Handgelenke wurden wieder gefesselt, aber seine Reittage waren vorüber. Zwei Rōnin, die sich in Rotgestreifte verwandelt hatten, kamen herbeigeritten, als Noburō wieder aufsaß. Alle drei Pferde waren durch zusätzliche Bänder am Geschirr aufgeputzt worden, ihre Schwänze waren geflochten, und das Pferd Noburōs trug jetzt ein schwarzes Tuch auf dem Rücken, damit es besser zur Erscheinung seines Reiters passte.

Einer der Rotgestreiften ergriff das lose Ende des Seiles, mit dem Steves Handgelenke gefesselt waren, und band es am Knopf seines Sattels fest, der andere nahm sich des Beutels mit seinen alten Kleidern an. Noburōs Gruppe winkte zum Abschied den neun verbleibenden Rōnin zu und machte sich auf den Weg in Richtung der Lichter.

Steve hatte keine Zeit zu winken. Er war vollauf damit beschäftigt, Schritt zu halten.

Kurz vor Mitternacht, als die Bewohner der Poststation im Schlummer lagen, trat eine in Schwarz gehüllte und maskierte Gestalt, von der nur die Augen durch die in dem Stoffstreifen frei gelassenen Schlitze sichtbar waren, in den im Dunklen liegenden Gartenpavillon und setzte sich mit gekreuzten Beinen den wartenden Rōnin gegenüber.

Es war Tōshirō Hase-Gawa. Eine kleine Laterne, die links neben Noburō auf dem Boden stand, war die einzige Lichtquelle im Raum. Der Herold enthüllte den Rōnin sein Gesicht, tauschte die üblichen Begrüßungen mit ihnen aus und lauschte dann aufmerksam Noburōs Bericht über den Raub und seine Entdeckungen. Der Verlust von rund vierzig Männern war bedauerlich; aber es war beruhigend, zu erfahren, dass seine Informanten nicht gelogen hatten. Das Liebesobjekt war in der Tat eine Langhündin.

Wie gewünscht hatten die Rōnin die Nachricht von der Bestätigung dieses Umstandes per Brieftaube auch direkt an den Shōgun geschickt. Dann kündigte Noburō an, dass die *kami,* die sie aus den Fängen des dem Raub folgenden Todes errettet hatte, noch einmal zu ihren Gunsten eingegriffen hatte. Der Herold konnte den Handelsgegenstand jetzt selbst begutachten: Yoko Mi-Shima und ihre beiden Begleiterinnen hatten sich dem Straßenkonvoi wieder angeschlossen und verbrachten die Nacht in derselben Herberge, in der sie sich befanden!

Der Herold verbarg seine Überraschung und fragte Noburō, wie diese Überprüfung vorgenommen werden könne, ohne deren Grund zu entschleiern. Noburō erläuterte die Vereinbarung, die er mit dem Wirt und seiner Frau getroffen hatte, und dass die Frau, wenn man ihrem letzten geflüsterten Wort glauben durfte, jetzt im Bett mit einem Ohr auf die drei Eulenrufe lauschte, die sie zu dem stillen, dampferfüllten Badehaus und in Noburōs Arme locken würden. Sie würde bitter enttäuscht werden, aber Noburō beabsichtigte, ihr am Morgen eine hinreichende Entschuldigung zu liefern. Er würde sein Nichterscheinen mit der Notwendigkeit erklären, dass er das unglückliche Paar bei seinem mitternächtlichen Stelldichein hätte bewachen müssen, und vor dem Abschied andeuten, dass er später auf ihr Angebot zurückkommen würde.

Tōshirō hörte ihm mit amüsiertem Lächeln zu und lachte an den richtigen Stellen, aber sein sorgloses Verhalten verbarg die gemischten Gefühle, die er in Bezug auf den Aufenthalt der Langhündin im Posthaus empfand. Die Tatsache, dass sie hier war und er sie dank Noburō sehen konnte, wann immer er wollte, stellte die Weisheit seines Originalplans in Zweifel. War es eine überstürzte und vergebliche Aktion gewesen? Waren die Männer umsonst gestorben?

Er entschied, dass es nicht so war. Heimlich durch einen Wandschirm im Badehaus auf den Körper der Langhündin zu starren oder mit Noburō als unabhängigem Zeugen zur Seite hinter der Tür zu ihrem Schlafraum zu lauern würde zwar die Berechtigung seiner Anklagen beweisen, aber die Verschwörer nicht beunruhigen.

Denn das war der wahre Zweck der Entführung. Sie sollte Zweifel erzeugen; die Möglichkeit andeuten, dass zumindest eines ihrer Geheimnisse aufgedeckt worden war; und die ständig präsente Angst nähren, dass ihre

Verschwörung entlarvt sei. Vielleicht würde Yama-Shita urteilen, dass die Langhündin jetzt ein zu großes Risiko darstellte, und anordnen, dass sie umgebracht würde. Das würde gewiss ein Problem aus der Welt schaffen – aber es würde auch seine Gewalt über Nakane Toh-Shiba beenden. Es mochte sogar zur Folge haben, dass sich der Generalkonsul gegen ihn wandte.

Nun … in beiden Fällen lag eine interessante Zeit vor ihnen.

Tōshirō hielt seinen zuversichtlichen Anschein aufrecht und beglückwünschte den Rōnin zu seinem Vorgehen. »Wenn es mir also jetzt gestattet ist, die Dame zu sehen, die mich dazu verführte, einer leidenschaftlichen Begegnung zuliebe alles zu riskieren …?«

»Bald, Herr«, erwiderte Noburō. »Zuerst möchte ich Sie bitten, Ihre Aufmerksamkeit noch einer anderen Person zu widmen.« Ohne weitere Erklärung wickelte er den Stoff von dem Kampfmesser und berichtete dem Herold von Steves Beendigung der Metzelei unter den Lagerbewohnern und seinen späteren Erklärungen.

Tōshirō hörte ungeduldig zu, dann zeigte er auf das Messer. »Weshalb zeigen Sie mir das?«

»Weil es mehr als ein Messer ist. Es ist eine mit der Kraft der Langhunde erfüllte Waffe. Mit der Kraft, die … deren Namen wir nicht auszusprechen wagen.«

Das Dunkle Licht …

Tōshirō nahm das Messer vorsichtig an sich und betrachtete es. Es war gut gearbeitet, aber Qualität und Schärfe der Stahlklinge waren deutlich geringer als bei den in Ne-Issan hergestellten Schwertern und Dolchen. Er gab es dem Rōnin zurück. »Zeigen Sie mir …«

Noburō drückte auf die verborgenen Federn und entfernte eines der hölzernen Seitenteile, die das Gerät verbargen. Er hatte Steve dabei zugesehen und das Öffnen des Griffs mehrmals geübt, um nicht wie ein Tölpel vor dem Herold zu stehen. Er hatte sogar mit dem Stift auf die verschiedenen Knöpfe gedrückt, aber es war ihm nicht gelungen, die Schriftzeichen erscheinen zu lassen.

Was er hingegen fertiggebracht hatte, natürlich ohne sich dessen bewusst zu sein, war, den automatischen Sender auszuschalten, der Steves von Side-Winder einprogrammiertes Rufzeichen wiederholte, und die kurzen zwölfstündlichen Mitteilungen, die Steve selbst einprogrammiert hatte. Mit dem Ergebnis, dass Steve völlig aus dem Äther verschwunden war. In den beiden vergangenen Tagen hatten die hoch fliegenden Ohren der Ersten Familie erfolglos auf dieses Signal gelauscht. Der letzte AMEXICO bekannte Aufenthalt Steves war das Gebiet um Big D – aber niemand wusste, wo er sich jetzt aufhielt oder was mit ihm geschehen war.

Tōshirō inspizierte die Mikro-Schaltkreise in dem Griff, wurde aber nicht klug aus ihnen. »Hat der Wolkenkrieger den Zweck dieses Gerätes erklärt?«

»Ja. Es ist wie eine Brieftaube ohne Flügel. Er benutzt es, um Botschaften durch den Himmel zu senden – und um die Befehle seiner Meister zu empfangen.« Noburō schüttelte verwundert den Kopf.

Auch Tōshirō fand diese Vorstellung verwunderlich, aber er war sich dessen bewusst, dass sie mit dem Feuer spielten. Der verborgene Inhalt des Messers machte es zu einem verbotenen Gegenstand, dessen Macht denjenigen verderben konnte, der sich an seinem Mechanismus zu schaffen machte. Er war verpflichtet, das Messer mitzunehmen, falls der Shōgun den Wunsch äußern sollte, es zu sehen; aber durch seine Präsenz im Raum fühlte er sich unbehaglich. Tōshirō ließ sich von dem Rōnin zeigen, wie man die Seitenteile am Griff befestigte und wieder von ihm löste, dann befahl er ihm, das Messer zu umwickeln und in einen anderen Raum zu bringen, bis sie ihre Geschäfte hier erledigt hätten.

Noburō tat, was er verlangte, und als er wiederkam, hatte er den geheimnisvollen Wolkenkrieger im Schlepp. Die große, dunkelhaarige Gestalt, deren Handgelenke zusammengebunden waren, fiel vor dem Herold auf die Knie und verbeugte sich respektvoll.

»Nehmen Sie ihm die Maske ab«, sagte Tōshirō.

Noburō band die Maske los und setzte sich rechts vom Herold mit gekreuzten Beinen auf die Matte.

Steve setzte sich auf die Fersen und schlug den Blick nieder, bis ihn die schwarz gekleidete Gestalt ansprechen würde. Noburō hatte ihn einem Schnellkurs in Benimm unterzogen und besonders darauf hingewiesen, dass ihm dieses Hohe Tier nichts schuldete und großen Wert auf das Protokoll legte. Sozial Unterlegene, und besonders Ausländer, saßen nicht in Gegenwart eines Samurai. Sie knieten. Vor allem aber traten sie nicht großspurig auf.

Tōshirō betrachtete Steves geschecktes Gesicht und die Unterarme mit einer Mischung aus Argwohn und Abscheu. Noch nie war er einem Grasaffen so nahe gewesen. Er zögerte, unsicher, welcher Ton in einer solchen Situation angemessen war. Er dachte an die ungewöhnlichen kämpferischen Fähigkeiten, von denen ihm der Rōnin erzählt hatte, und an die furchtlosen Antworten des Grasaffen, und beschloss, ihn bestimmt, aber nicht übermäßig streng anzusprechen. »Ich höre, dass du dich als Wolkenkrieger bezeichnest. Was genau ist das?« Steve war überrascht, wie fließend der Mann, der ihn angesprochen hatte, die Grundsprache beherrschte. »Das ist der Name, mit dem die Mutanten die Piloten der Föderation bezeichnen. Sie sind eine besondere Art Soldaten. Das Beste vom Besten. Sie reiten nicht auf Pferden, sondern fliegen mit Maschinen in den Kampf, die Himmelsfalken genannt werden.«

»Das habe ich verstanden. Sag mir jetzt, weshalb sich jemand wie du als Grasaffe verkleidet?«

Steve zögerte.

»Fällt es dir schwer, diese Frage zu beantworten?«

»Nein, Herr; ich habe nur nach den passenden Worten gesucht. Sie sprechen bewundernswert gut die Grundsprache, aber Ihr gesellschaftliches System ist von unserem so verschieden, dass wir mit denselben Worten oft andere Dinge meinen.«

»Stell mich auf die Probe.«

»Der oberste Herrscher Ihres Landes ist als der Shōgun bekannt. Ist das richtig?«

Die Kehle des Herolds wurde eng. Er war nicht darauf vorbereitet gewesen, dass der Ausländer die Unverschämtheit haben würde, ihm Fragen zu stellen. Er wurde seines Zornes Herr, ohne seinen Gesichtsausdruck zu verändern. »Fahr fort.«

»Der oberste Herrscher meines Landes, der Amtrak-Föderation, ist als General-Präsident bekannt. Ich habe die Ehre, einer aus einer kleinen Anzahl Soldaten zu sein, die er persönlich ausgewählt hat, um äußerst delikate Aufgaben auszuführen. Diese nur seinem persönlichen Befehl unterstellte Einheit heißt AMEXICO. AMtrak EXecutive Intelligence COmmand. Seine Ausführenden heißen Mexikaner. Wir sind Augen und Ohren des General-Präsidenten, und das ist der Grund, aus dem ich hergeschickt wurde.«

»In Verfolgung zweier Langhunde, glaube ich …«

Steve beschloss, zuzuschlagen. »Sie sind falsch informiert, Herr. Die beiden, die ich suche, sind keine Langhunde. Sie sind Mutanten.« Bevor er den Blick senkte, sah er, dass in den Augen seines maskierten Befragers Alarm aufleuchtete.

Tōshirō wechselte einen Blick mit dem Rōnin. Wenn das, was der Ausländer sagte, stimmte, war die Position, die er in seinem Land innehatte, mehr oder weniger mit seiner Position als Herold des Inneren Hofes vergleichbar. Wenn es sich so verhielt, war es kein Wunder, dass der Mann so gut gekämpft und so bestimmt gesprochen hatte. Aber wenn das, was er über Clearwater und ihre Begleiter gesagt hatte, stimmte, konnte das Szenario, das er vor dem Shōgun entworfen hatte, völlig falsch sein. Und das stellte eine große Gefahr dar. Er musste den Ausländer härter anfassen.

Er schlug sich auf die Schenkel und lachte spöttisch. »Du hast ein gutes Lügengarn gesponnen, Wolkenkrieger, aber ich empfehle dir, vorsichtiger zu sein. Du kommst uneingeladen hierher, drohst, uns mit Krieg zu überziehen und Feuer vom Himmel fallen zu lassen, wenn wir dir die beiden Kriminellen nicht aushändigen, und jetzt verlangst du, dass wir trotz deines Aussehens glauben, du wärst ein Langhund, und jene, die wie Langhunde aussehen, seien Grasaffen!«

Steve verbeugte sich. Es war offensichtlich, dass dieser Bursche noch nichts von Supernormalen gehört hatte. »Ja, Herr, ich weiß, dass es sich weit hergeholt anhört, aber es ist dennoch wahr. Sie sind eine besondere Mutantenart, der Sie möglicherweise noch nie zuvor begegnet sind.«

Tōshirōs Mund wurde schmal, und die Mundwinkel zogen sich nach unten. War das, was dieser Ausländer gesagt hatte, möglich? Diese Unterhaltung nahm eine gefährliche Wendung. Er würde sich eine Entschuldigung einfallen lassen müssen, um den Rōnin loszuwerden und unter vier Augen mit dem Wolkenkrieger reden zu können. Es war äußerst wichtig, dass diese verwirrenden Neuigkeiten nicht dem Shōgun zu Ohren kamen, bevor er den Grund sondiert hatte.

»Kannst du beweisen, dass du kein Grasaffe bist?«

»Ja.« Steve deutete auf Noburō. »Ich habe diesem Mann mein Funkmesser gegeben.«

Tōshirō nickte. »Ich habe es gesehen«, sagte er matt.

»Das Prärievolk besitzt keine derartigen Geräte. Auch die Söhne Ne-Issans haben nichts Derartiges. Nur die Föderation hat das Wissen und die Macht, solche Dinge herzustellen. Ich kann Ihnen zeigen, wie es funktioniert.«

Und wer weiß; vielleicht kann ich Karlstrom ans andere Ende der Leitung bekommen. Sie würden sich ganz schön auf den Arsch setzen.

»Das Gerät ist ohne Interesse für uns.«

Steve fand diese Antwort verwirrend, aber andererseits hatte auch der Rōnin einen gewissen Widerwillen gezeigt, als er ihm das Messer gereicht hatte. Steve erinnerte sich, dass ihm Side-Winder gesagt hatte, die Dinks würden die Elektrizität nicht kennen. Okay. Das galt auch für die Mutanten. Aber diese Burschen waren anders: Sie spielten großes Theater. Sie hätten sich gegenseitig über den Haufen rennen müssen, vor Eifer, das Geheimnis der Elektrizität zu erfahren. Stattdessen gaben sie vor, kein Interesse zu haben. Vielleicht hatten sie nur Angst vor neuen Ideen – wie die M'Calls, die die Gewehre der Eisenmeister ablehnten.

Egal; wenn sich dieser Knabe mit Technik nicht reizen ließ, hatte er immer noch ein paar Karten im Ärmel. »Diese Hautfarbe lässt sich abwaschen. Ich brauche Wasser und einige der Blätter aus meinem Beutel.«

Tōshirō warf dem Rōnin einen Blick zu. Noburō erhob sich und verließ den Raum. Als sich die Tür hinter ihm geschlossen hatte, sagte Tōshirō: »Was weißt du noch, Wolkenkrieger?«

Steve hob den Blick, zögerte kurz und beschloss dann, seinen Trumpf auszuspielen. »Ich weiß, dass Sie und der Samurai-Hauptmann dem Shōgun dienen, und dass es Menschen gibt, die sich seinen Sturz wünschen. Fürst Yama-Shita ist einer von ihnen, sein Freund Min-Orota ein anderer.«

Tōshirōs Augen verrieten nichts. »Fahr fort!«

»Wenn ich recht habe, können Sie und ich vielleicht ein Geschäft machen.«

»Welche Art Geschäft?«

»Ich wurde hergeschickt, um den Mutanten aus dem Spiel zu nehmen, der Flugmaschinen für Fürst Min-Orota baut.«

»›Aus dem Spiel zu nehmen‹ ... du meinst töten?«

»Meine Anweisung lautet, ihn und seine Begleiterin wenn möglich lebend zurückzuholen. Wenn nicht ...« Steve zuckte die Achseln. »Wenn ich keinen Erfolg habe, ist die Regierung gezwungen, auf andere ... kriegerischere Mittel zurückzugreifen. Wir sind nicht auf einen größeren Konflikt aus, aber wir können nicht zulassen, dass dieses Unternehmen gelingt. Ich könnte mir auch vorstellen, dass die Vorgänge am Reiherteich nicht die volle Unterstützung jener haben, die Sie repräsentieren. Wenn es so ist, könnten Sie den Eindruck haben, dass es im Interesse aller Beteiligter wäre, wenn diese Machenschaften ein für alle Mal beendet würden.«

»Hmmmm … ein interessanter Gedanke. Du machst mir ein Angebot?«

»Es würde allen eine Menge Ärger ersparen.«

»Wer hat dir diese Informationen gegeben – mein Kollege?«

Steve schüttelte den Kopf. »Abgesehen von der Enthüllung, dass sein Name Noburō Naka-Jima lautet, hat er mir gar nichts erzählt. Er brauchte es nicht. Die Föderation hat Augen und Ohren überall am Himmel.« Der letzte Teil seiner Ausführung war reine Erfindung; aber Steve war näher an der Wahrheit, als er ahnte.

Noburō kehrte mit einem kleinen Eimer Wasser und dem Beutel aus Hirschleder zurück. Als seine Handgelenke von der Fessel befreit waren, streckte Steve nacheinander die Finger der linken Hand aus und wandte sich an den Mann in Schwarz. »Wählen Sie einen aus.«

Tōshirō sagte nichts, bis Steve am Mittelfinger der anderen Hand angekommen war. »Dieser.«

Steve nahm eines der Nelkenblätter vom Bündel, tauchte es ins Wasser und drückte es in der linken Hand zusammen. Dann tunkte er den Finger in den Eimer, steckte ihn in die geballte andere Hand und drehte ihn darin. Nach einigen Minuten und einer Reihe weiterer Spülungen war keine Spur der Farbe mehr zu sehen. Er streckte den Arm aus, schloss die Faust bis auf den Mittelfinger, den er Tōshirō zur Prüfung vors Gesicht hielt.

Der Herold, der nichts von der symbolischen Bedeutung dieser Geste wusste, starrte schweigend auf den rosafarbenen Finger.

»Zufrieden?«

Tōshirō schaffte es, seinen Ärger zu unterdrücken, aber es kostete ihn große Mühe. Er hatte den übermächtigen Wunsch, dem Wolkenkrieger den Arm abzuhacken, um ihn für seine Unverschämtheit zu bestrafen, aber es war nicht möglich. Zumindest noch nicht. Aber er musste diesem Ausländer klarmachen, dass er es nicht mit einem Dummkopf zu tun hatte. »Übertreibe es nicht, Kerl!«

»Herr, es war Ihre Vertrautheit mit meiner Sprache, die mich dazu verleitete, einen Umgangston anzuschlagen. Ich wollte Ihnen ein Kompliment zollen; es war nicht meine Absicht, Sie zu beleidigen.«

»Verschone mich mit deinen Ammenmärchen«, sagte Tōshirō. »Ich kann sehr gut beurteilen, wann mich jemand beleidigen will.«

Es gab nur eines, das Steve tun konnte: er verneigte sich tief.

»Also gut«, sagte Tōshirō. »Du hast die Haut und das Gesicht eines Langhundes. Aber das hat die Frau, die du suchst, auch. Und zuvor war sie gefärbt wie du.«

»Das stimmt.« Steve wies auf das Muster auf seinem Arm. »Dieses Zeug wird speziell von den Mutanten hergestellt, um diejenigen zu tarnen, die mit einer reinen Haut geboren wurden.«

»Leider haben wir nur dein Wort darauf.«

Steve zuckte die Achseln. Das Benehmen von diesem Knaben ging ihm allmählich gegen den Strich. »Es ist schade, dass der Samurai-Hauptmann die Dame gehen ließ. Wenn sie hier wäre, könnte sie beweisen, dass ich die Wahrheit sage.«

Der Herold dachte über diese Antwort nach, dann warf er dem Rōnin einen Blick zu. Noburō reagierte mit einem angedeuteten Nicken. »Also gut. Wir werden hören, was sie sagt.«

Jetzt war es an Steve, überrascht zu sein. »Sie ist hier?«

»Ja. Heute ist dein Glückstag.«

Ein wirklich kluges Kerlchen …

Tōshirō wandte sich an den Rōnin und sagte auf Japanisch zu ihm: »Mein Freund, wenn es noch möglich ist, bringen Sie mir ohne Verzug die Frau her, und nötigen Sie sie in den Nebenraum, bis ich bereit bin, sie zu fragen.«

Noburō erwiderte in derselben Sprache: »Soll ich die Hände des Ausländers fesseln?«

Tōshirō unterdrückte ein Lächeln. »Nein. Er ist zwar eine giftige Schlange, aber ich denke, ich werde mit ihm fertig. Wenn wir eine Möglichkeit fänden, ihn an den Busen unserer Feinde zu setzen, könnte er sehr nützlich für uns sein.«

»Und später …?«

»Ich werde mir ein Vergnügen daraus machen, ihm die Giftzähne zu ziehen.«

Die Sprache seines Opponenten nicht zu verstehen, war, als spiele man mit verbundenen Augen. Steve sah, wie Noburō sich verneigte und dann zur Tür ging. Aus unerfindlichen Gründen zogen diese Jungs jedes Mal die Schuhe aus, wenn sie einen Raum betraten. Auch er war angewiesen worden, seine Schuhe auf der Veranda zurückzulassen. Merkwürdige Leute. Er wandte sich wieder dem Mann in Schwarz zu und fragte sich, wie sein Gesicht hinter der Maske aussehen mochte.

»Sehen Sie … ah … darf ich offen sprechen?« Keine Antwort. Steve versuchte es noch einmal. »Der Samurai-

Hauptmann hat mir gesagt, dass Ausländer wie ich keine Fragen stellen dürfen, aber da sind ein paar Dinge, die ich klären möchte.«

»Zum Beispiel?«

»Nun, es wäre hilfreich, wenn ich Ihren Namen erführe.«

»Das ist nicht nötig.«

»Okay. Dann … sagen Sie mir einfach, wie Sie ins Bild passen.«

»Auch das brauchst du nicht zu wissen«, erwiderte Tōshirō. »Was du dir fest einprägen musst, ist dies: Dein Leben ist in meiner Hand. Wenn ich entscheide, dass du für uns von Nutzen bist, wird deine Exekution aufgeschoben. Wenn du meine Anweisungen befolgst und mir hilfst, diese Situation zu einem erfolgreichen Abschluss zu bringen, könnte sie sogar auf unbestimmte Dauer aufgeschoben werden.«

»Heißt das, dass ich nach Hause gehen kann?«

»Das liegt an dir.« In diesem Stadium war es am besten, sich nicht festzulegen.

»Okay. Gestatten Sie mir, Ihnen einen Rat zu geben. Ich bin froh, mit Ihnen zusammenarbeiten zu können, aber ich beschäftige mich schon eine Weile mit diesem Fall. Ich kenne diese beiden. Ich weiß, wie sie denken. Deshalb könnte es sein, dass ich ein paar Einfälle habe, an die Sie bisher nicht gedacht haben.«

Das unbedarfte Selbstvertrauen dieses Wolkenkriegers war wirklich unerträglich. Wenn man ihn reden hörte, konnte man tatsächlich glauben, er sei ebenbürtig! Tōshirō fletschte die Zähne und holte tief Luft. »Ich denke, du bist ein wenig voreilig, Kerl. Ich habe mich noch nicht zur Zusammenarbeit entschlossen. Wenn es dir nicht gelingt, mich zu überzeugen, dass die maskierte Dame eine Mutantin ist, bist du tot, ehe die Sonne aufgeht.«

Clearwater war sehr erschrocken, als sie erwachte und einen maskierten Samurai in ihrem Schlafzimmer erblickte. Sie wich zurück, als er neben ihr auf die Knie fiel, aber er deutete ihr durch Gesten an, dass er ihr nichts antun wolle. Er legte einen Finger an die Lippen und erzählte ihr in gebrochener Grundsprache, ein Herr, der sich um ihre Zukunft sorge, erwarte sie in der Nähe und wünsche mit ihr zu sprechen. Wenn sie ihn freiwillig begleite, würde er garantieren, dass sie sicher zurückkäme. Als er ihr Zögern sah, versicherte ihr der Samurai, ihre beiden Wächterinnen hätten Drogen bekommen und würden frühestens bei Tagesanbruch erwachen; bis dahin sei sie längst wieder in ihrem Bett. Clearwater zog ihren Reiseumhang über ihr dünnes Baumwollhemd, zog sich den Schal über den Kopf, sodass ihr Gesicht im Schatten lag, und nahm ihre Holzsandalen an sich.

Der Samurai, dessen Stimme und Gestalt sie zu kennen glaubte, öffnete die Schiebetür zum Vorzimmer und führte Clearwater an Su-Shan und Nan-Khe vorbei. Die beiden Frauen lagen entspannt auf ihren Futons und atmeten tief. Clearwater folgte dem Samurai barfuß an mehreren Gästezimmern vorbei über die Veranda, eine Treppe hinab, und schlüpfte erst in die Sandalen, als sie einen gewundenen Weg betraten. Der Mond war verschwunden; die Poststation lag in völliger Finsternis, aber als sie früher am Tag zu ihrem Zimmer geführt worden war, hatte Clearwater bemerkt, dass der Pfad zu einem kleinen, abgelegenen Pavillon führte. Aus seinen Fenstern fiel kein Licht, aber als sie näher kam, sah sie davor zwei Rotgestreifte Wache stehen. Einer von ihnen schob die Tür auf und verbeugte sich, als sie und der Samurai die Stufen betraten, ihre Sandalen draußen ablegten und hineingingen.

Im Licht einer abgeschirmten Laterne stand ein Mann in schwarzer Kleidung. Nur seine Augen waren sichtbar. Als die Tür zugeschoben worden war, trat der Mann in den Schatten zurück. »Nimm deinen Umhang ab und stell dich ins Licht.«

Clearwater ließ den Umhang fallen. Unter dem knöchellangen Hemd zeichneten sich ihre Brustwarzen ab, und es schmiegte sich weich an Bauch und Hüften an. Ihre lose herabfallenden Haare umrahmten Gesicht und Hals. Sie hob sie hoch und warf sie über die Schultern zurück.

Die verschatteten Augen des Mannes in Schwarz blitzten kurz im Laternenlicht auf. Er bedeutete ihr, den Hemdensaum hochzuheben. Sie raffte den Stoff über der Hüfte zusammen.

»Höher.«

Sie entblößte ihren Venushügel. Die Angehörigen des Prärievolks schämten sich ihrer Nacktheit nicht. Sie bekleideten sich und lehnten auch einen gewissen Schmuck nicht ab, aber ohne Kleidung zu sein wurde weder als beschämend noch als störend angesehen. Das Prärievolk war lebenslustig und erotisch, aber nicht lüstern.

»Höher.«

Clearwater hob ihr Hemd über die Brüste. Sie fühlte nichts, weil es nichts bedeutete, wenn sie ihren Körper vor diesem kaltäugigen Fremden entblößte. Beim Generalkonsul war es ebenso. Obwohl sie nicht hätte angeben können, wie oft er schon in sie eingedrungen war, hatte er sie nicht wirklich berührt. Für die Mutanten zählte nur das Innere selbst. Ihre Seele war dem Wolkenkrieger verpflichtet, und würde es immer bleiben.

»Dreh dich um!«

Clearwater wandte dem maskierten Samurai das Gesicht zu. Sie war sicher, dass er derselbe Mann war, der sie in der Höhle begutachtet hatte. Sie fühlte, dass keiner der beiden lüstern nach ihr war. Wenn überhaupt, betrachteten sie sie mit einem gewissen Widerwillen. Aber weshalb waren sie neugierig auf ihren Körper? Die Tatsache, dass sie Haare auf dem Kopf und um die Scham hatte, wo sie keine besaßen, konnte nicht der wahre Grund dafür sein, dass sie verschleppt worden war, ohne Erklärung wieder freigelassen, und sich schon wieder in den Händen desselben Mannes und eines seiner Komplizen befand.

Yama-Shita und seine Freunde hatten sie in einer Sänfte und fensterlosen Räumen untergebracht. Wenn diese Männer ihr Gesicht hinter schwarzen Masken und Tüchern verbargen, mussten sie Gegenspieler Yama-Shitas sein. Ihr reinhäutiger Körper war in irgendeiner Weise für beide Seiten wichtig geworden.

»Bedeck dich!«

Clearwater zog ihr Hemd über die Hüften und ließ es fallen. Der maskierte Samurai reichte ihr den Umhang. Sie legte ihn um die Schultern und wandte sich dem Mann in Schwarz zu.

Tōshirō sprach den Rōnin auf Japanisch an. »Schicken Sie einen der Männer, dass er ein Auge auf die Hausdienerinnen hat. Wenn sie aufwachen sollten und Alarm auslösen ...«

»Ich werde Sorge tragen, dass dies nicht geschieht.«

»Gut. Ich möchte, dass Sie draußen bleiben und Wache

halten, solange ich mit diesen beiden spreche. Wenn ich Hilfe brauche, werde ich rufen. Anderenfalls darf es keine Unterbrechungen geben. Haben Sie das verstanden?«

Noburō verneigte sich. »Natürlich.«

Der Herold öffnete die Schiebetür zum angrenzenden Raum und bedeutete Clearwater einzutreten. Sie verneigte sich respektvoll vor beiden Männern und ging durch die Tür. Ihre Hand flog zum Mund, als sie den Wolkenkrieger auf der Matte bei der abgeschirmten Lampe knien sah.

Steve war ebenso überrascht, sie zu sehen.

Tōshirō wies auf den Platz rechts neben Steve. »Geh dorthin!«

Als Steve beiseiterutschte, bedeutete der Herold Clearwater, seinen Platz einzunehmen. Als sie beide mit gebeugten Köpfen knieten, setzte sich der Herold ihnen gegenüber, beugte die Ellbogen auswärts und legte die Hände auf die Oberschenkel. »Also, richtet euch auf. Wir wollen diese Sache hinter uns bringen.«

Sie ließen sich auf die Fersen nieder. Tōshirō wies auf Steve. »Diese Person hat gewisse Behauptungen gemacht, die ich nachzuprüfen wünsche. Du wirst mir ausführlich und mit größter Aufrichtigkeit antworten. Hast du verstanden?«

»Ja, Herr.«

»Gut. Es mag dich nicht im Geringsten interessieren, aber ich sage es dir trotzdem. Wenn diese Person …« – wieder deutete er auf Steve – »… mich in irgendeiner Form belogen hat, wirst du Zeugin seiner sofortigen Exekution sein.«

Clearwater verbeugte sich und blickte Steve verstohlen von der Seite an. *Oh, mein geliebter Wolkenkrieger! Was hast du nur gesagt …?*

»Wir wollen anfangen«, sagte Tōshirō. »Kommst du aus einer Untergrundwelt, die Föderation genannt wird?«

»Nein. Ich wurde unter dem Himmel geboren.«

»Also bist du eine Mutantin.«

»Ich habe nie behauptet, etwas anderes zu sein, Herr.«

»Wie ist dein richtiger Name?«

»Clearwater.«

»Und die Namen deiner Eltern?«

»Ich bin die Blutstochter von Sun-Dance. Mein Vater war Thunder-Bird, ein großer Krieger.«

»Zu welchem Clan gehörst du?«

»Zu den M'Calls, aus der Blutlinie der She-Kargo, Erstgeborene des Prärievolkes.«

So weit, so gut. Gong zur zweiten Runde.

»Die Person, die mit dir vom Himmel kam und jetzt am Reiherteich arbeitet; ist ihr Name Steven Roosevelt Brickman?«

»Nein. Sein Name ist Cadillac. Er ist wie ich vom Prärievolk und aus dem Clan M'Call. Seine Mutter war Black-Wing. Sein Vater war Heavy-Metal.«

»Was hast du gejagt, als Cadillac zum ersten Mal Knochen nagte?«

»Renner.«

»Wie war der Name des Kriegers, der ihn herausforderte?«

»Shakatak D'Vine, aus der Blutlinie der D'Troit.«

»Hat Cadillac ihn getötet?«

Clearwater zögerte. »Er hat mutig und gut gekämpft.«

»Ich frage dich nur noch einmal. Hat er ihn getötet?«

»Nein, Herr. Ich tat es.«

»Wie ist deine Beziehung zu Mr. Snow?«

»Er ist mein Lehrer und Beschützer.«

»Ist er ein Agent der Amtrak-Föderation?«

»Nein, Herr. Er verabscheut die Föderation und alles, was mit ihr zusammenhängt. Er hat geschworen, bis zu seinem letzten Atemzug gegen sie zu kämpfen.«

Tōshirōs Miene veränderte sich nicht im Geringsten, aber innerlich bröckelte er so rasch ab wie das Szenario, das er vor dem Shōgun ausgebreitet hatte. Jede Antwort dieser Grasäffin bestätigte die Behauptung dieses verwünschten Mexikaners. Statt ihm Sake zu geben, als er anfing, das Maul aufzumachen, hätte ihm Noburō die Zunge herausschneiden sollen.

Er raffte seinen schwindenden Mut zusammen und versuchte es noch einmal: »Bist du oder ist Cadillac ohne Wissen von Mr. Snow ein Bündnis mit euren Feinden eingegangen?«

»Nein, Herr. Ein derartiger Betrug wäre undenkbar. Wir wurden gesandt, um euch in Gegenleistung für langes, spitzes Eisen zu helfen.«

»Gewehre.«

»Ich habe diese Gegenstände nicht gesehen, aber ich habe gehört, wie die Clan-Ältesten dieses Wort benutzt haben.«

»Weshalb habt ihr beiden eure Haut gefärbt?«

»Weil wir wie unsere Clan-Brüder und -Schwestern sein möchten. Für uns als Angehörige des Prärievolkes ist es keine Verkleidung. Es ist, wie wir wirklich zu sein wünschen.«

»Ich verstehe. Aber weshalb – wenn das eure wahren Farben sind – hast du sie entfernt?«

Clearwater senkte den Kopf. »Aus Schwachheit, Herr. Als ich die erbärmlichen Bedingungen sah, unter denen die hier gehaltenen Angehörigen des Prärievolkes leben, hoffte ich, mein Los zu verbessern, indem ich vorgab, eine Langhündin zu sein.«

»Ist das der Grund, aus dem Cadillac als Wolkenkrieger der Föderation verkleidet herkam?«

»Ja, Herr. Fürst Yama-Shita weiß nicht, dass einige von uns reinhäutig sind, und er hält das Prärievolk für unwissend und beschränkt. Wenn er unser Wissen und unsere Fähigkeiten erführe, wäre er vielleicht nicht mehr daran interessiert, mit uns Handel zu treiben.«

Bei ihrer so unschuldig vorgetragenen Antwort lief dem Herold ein Schauer den Rücken hinab. Bei der geheiligten *kami!* Er dachte an die Tausende über Ne-Issan verteilten Mutanten. Mehrere dienstbare Generationen, die sich in aller Stille vermehrt hatten. In den letzten Jahrzehnten hatte die *bakufu* Zählungen der Mutanten vorgenommen und war zu dem Ergebnis gekommen, dass die Wirtschaft längst von ihnen abhing. Die Eröffnung, dass sie keine stumpfsinnigen, kuhdummen Sklaven, sondern eine schweigende, von Rachegedanken erfüllte Armee sein mochten, die geduldig auf das Signal warteten, sich gegen ihre Herren zu erheben, stellte eine unerwartete Komplikation dar.

Wenn sich das als wahr erweisen sollte, lag die Schuld eindeutig bei der Yama-Shita-Familie, denn sie war es gewesen, die diese Ausländer nach Ne-Issan gebracht hatte, und sie war reich und mächtig dabei geworden. Vielleicht konnte das die Basis einer neuartigen Anklage gegen sie sein – wirtschaftliche Sabotage.

»Hast du schon vom Dunklen Licht gehört?«

»Nein, Herr. Ich kenne diesen Begriff nicht.«

Dritte Runde. Du hältst dich gut, Champ …

Tōshirō deutete auf Steve. »Wer ist dieser Mann?«

Clearwater sah die versteckte Warnung in Steves Augen. »Seine Haut ist gemustert wie die meisten meiner Clan-Brüder, aber er gehört nicht zum Präerievolk. Er ist ein Sandgräber.«

»Sandgräber …?«

»Das ist der Name, mit dem wir die Krieger der dunklen Städte unter den Wüsten des Südens bezeichnen. Ihr nennt sie Langhunde.«

»Kennst du seinen Namen?«

»Ja.« Clearwater warf Steve einen Blick zu. »Er heißt Brickman. Steven Roosevelt Brickman.«

»Das ist der Name, den dein Clan-Bruder als Teil seiner Tarnung benutzt …«

»Das war ein Racheakt. Meine Leute nennen diesen Mann den Todbringer.«

Tōshirōs Interesse wurde wiedererweckt. »Er war bei euch?«

Clearwater nickte. »Letztes Jahr. Er verbrannte unser Land gemeinsam mit den übrigen Wolkenkriegern mit Feuer, das er vom Himmel warf. Und die Eisenschlange verzehrte das Fleisch unserer Leute. Viele starben.«

Tōshirō wandte sich an Steve. »Du scheinst in der Welt herumzukommen.«

Steve nickte. »Es ist mein Job, Herr. Und seit ich weiß, wie Sie vorgehen, habe ich den Eindruck, dass wir beide einen ähnlichen Job haben.«

Tōshirōs Hand fuhr an den Griff seines Langschwertes, doch wieder brachte er den mörderischen Impuls, der in ihm aufstieg, unter Kontrolle. Er musste eine Möglichkeit finden, eine neue Anklage gegen Yama-Shita und seine Mitverschwörer aufzubauen. Aber dazu brauchte er den Ausländer vielleicht. Das war keine Aussicht, die ihm gefiel; besonders, da es so aussah, als müsse man die Knie dieses schlecht erzogenen Langhundes am Boden festnageln, damit er an seinem Platz blieb.

»Hat dir schon mal jemand gesagt, dass du ein großes Maul hast?«

»Oft«, erwiderte Steve.

Noburō erhob sich, um dem Herold entgegenzukommen, als er mit der reinhäutigen Frau herauskam. Er warf einen Blick durch die Tür und sah, dass der Krieger noch auf der Matte kniete.

Tōshirō sprach ihn auf Japanisch an. »Ich stehe tief in Ihrer Schuld, dass Sie mir diese Ausländer gebracht haben. Es war höchst lehrreich für mich. Bitte, tragen Sie Sorge, dass sie sicher und ohne Zwischenfall zurückkehrt.«

Noburō verbeugte sich.

Tōshirō wandte sich an Clearwater. »Es ist in deinem eigenen Interesse, niemandem von dem zu erzählen, was du heute Nacht gesehen und gehört hast. Und wenn ihr beide, du und dein Clan-Bruder, nach Hause zurückkehren wollt, lass dir sagen, dass mir Fürst Min-Orota persönlich versichert hat, Cadillac würde alle Freiheiten und Vergnügungen verlieren, wenn er aufhörte, nützlich zu sein, und in den untersten Rang verstoßen. Und wenn er genug Zeit hatte, den Verlust seiner Vergünstigungen zu bedauern, wird er einen sehr langsamen und schmerzhaften Tod erleiden. Deine Situation ist ähnlich gefährdet. Die Freunde deines Herrn betrachten sein Verlangen nach deiner Gegenwart als gefährliche Schwäche, die sie alle bedroht. Habe ich mich klar ausgedrückt?«

Clearwater verbeugte sich. »Ja, Herr.«

Noburō schob sie hinaus auf die Veranda und übergab

sie dem wartenden Rotgestreiften. »Bring sie zu Bett, versichere dich, dass sie alles hat, was sie braucht, dann komm zurück und bring Tennō mit!«

Der Rotgestreifte verschwand mit Clearwater in der Dunkelheit.

»Ich werde den Ausländer mit mir nehmen«, sagte Tōshirō, als der Rōnin wieder den Pavillon betrat. »Maskieren Sie ihn und binden Sie ihm die Hände hinter dem Rücken. Und hängen Sie ihm den Beutel mit Blättern um.«

Noburō tat das Befohlene und brachte Steve vor den Herold. Er hatte ihm zusätzlich ein Seil um die Taille gebunden. Noburō reichte Tōshirō das Seilende und fragte: »Soll ich Sie zum Pferd geleiten?«

»Nein, Sie haben genug getan«, erwiderte Tōshirō. »Nochmals vielen Dank, mein Freund. Es war mir eine Ehre, Sie kennengelernt zu haben. Seien Sie versichert, dass ich Sie und Ihre Männer dem Shōgun ans Herz legen werde.«

Noburō verbeugte sich. »Ihm zu dienen ist Belohnung genug. Möge die *kami* für Ihre sichere Überfahrt über diese unruhigen Gewässer sorgen.« Er folgte Tōshirō hinaus und sah zu, wie er seinen Gefangenen die Stufen hinabführte, sich nach rechts wandte und auf die Bäume hinter dem Pavillon zuging. Noburō ging bis ans Ende der Veranda, aber die beiden wurden bald von der Dunkelheit verschluckt.

Als sie ein paar Hundert Meter weit entfernt waren, wandte sich der Mann in Schwarz, der ihn an der Leine führte, Steve zu. Steve hatte ein plötzliches Vorgefühl drohender Gefahr, aber sogar seine Reflexe waren nicht schnell genug, um Tōshirōs Faust abzuwehren. Der Hieb traf das

Nervenzentrum am Hals Steves genau unter dem Ohr, und er stürzte besinnungslos zu Boden. Rasch band der Herold Steves Füße zusammen und eilte zum Pavillon zurück.

Tennō, der andere Rotgestreifte, der beauftragt worden war, vor den Räumen der Kurtisane und ihrer Hausdienerinnen Wache zu stehen, nahm eine Angriffsposition ein, als er Schritte auf dem Kies hörte, aber er entspannte sich wieder, als er ein dreimaliges Froschquaken hörte. Er erwiderte den Ruf. Shida, sein Kollege, kam mit der Frau auf die Terrasse. Sie hatte die Kapuze ihres Umhangs über den Kopf gezogen, sodass er ihr Gesicht nicht sehen konnte. Während Shida weiter Wache stand, bedeutete ihr Tennō, still zu sein, dann öffnete er die Schiebetür zu ihrer Unterkunft und führte sie an den schlafenden Hausdienerinnen vorbei in den gesonderten inneren Raum.

Obwohl es hier noch dunkler als draußen war, konnte Clearwater die Gestalten Su-Shans und Nan-Khes auf den Futons erkennen; beide schienen sich seit ihrem Fortgang nicht gerührt zu haben. Der Rotgestreifte wartete, bis sie ihren Umhang aufgehängt und unter die Decke geschlüpft war, dann ging er.

Tennō und Shida kehrten zum Pavillon zurück. Da der geheimnisvolle Besucher wieder fort war, waren sie nicht wenig überrascht, Licht in der Tür zu sehen. Sie gingen die Stufen hinauf und sahen, dass zwei abgedeckte Laternen an der Decke hingen, deren einzige Lichtstrahlen auf die offene Tür fielen. Dann fiel ihr Blick auf Noburō. Er lag mit den Füßen in ihrer Richtung, sein Kopf wies auf die Schiebetür, die auf die rückwärtige Veranda führte. Sie war weit geöffnet – ein unheilschwangeres schwarzes Rechteck.

Tennō und Shida ließen sich links und rechts neben Noburō auf die Knie fallen. Seine Kehle war von Ohr zu Ohr durchgeschnitten. Ein Bogen Papier war mit einem Stilett an seine Brust gespießt, auf dem stand: »So enden alle Rōnin, die es wagen, den Se-Ikos zu trotzen!«

Die beiden sprangen auf die Füße, ihre Hände flogen an die Griffe ihrer Langschwerter. Während sie vorsichtig auf die hintere Tür zugingen, wurde die tödliche Stille durch zwei scharfe, dicht hintereinander folgende sirrende Geräusche unterbrochen; wie das Zischen zweier kämpfender Schlangen. Es war das letzte Geräusch, das Tennō und Shida hörten; es wurde durch zwei rasiermesserscharfe Wurfsterne verursacht, die durch die Dunkelheit flogen und sich den beiden mitten in die Stirnen gruben und sie auf der Stelle töteten.

Kurz nachdem die beiden zu Boden gesunken waren, sprang Tōshirō in seinem schwarzen Anzug über das Geländer der Veranda. Er betrat den Raum, schloss die vordere Tür, zog die beiden Leichen in eine Reihe neben den toten Noburō und nagelte sie mit ihren eigenen Schwertern am Boden fest. Als er seine Arbeit getan hatte, löschte der Herold die Laternen, verließ den Raum auf dem Weg, den er gekommen war, und schob die Tür hinter sich zu.

Noburō hatte den Herold als geschickt und überkorrekt eingeschätzt. Aber abgesehen von diesen offensichtlichen Eigenschaften, besaß Tōshirō Hase-Gawa weitere, weniger offenkundige Fähigkeiten, die ihm heute Nacht gute Dienste geleistet hatten.

Als er die Stelle erreichte, an der er den Ausländer zurückgelassen hatte, fand er seinen Gefangenen noch immer ohnmächtig vor. Er band Steves Füße los und massierte seine Druckpunkte an Hals und Schultern. Es dauerte zwei oder drei Minuten, und als Steve zu sich kam, war er immer noch benommen, und Tōshirō musste ihn stützen, damit er stehen konnte.

»Komm, wir wollen gehen.«

»Okay, okay. Ich bin bereit.« Steve schüttelte den Kopf, um die Benommenheit zu vertreiben, und bewegte versuchsweise den Unterkiefer. »Ich weiß nicht, womit ich mir das verdient habe, aber es war ein hübscher Trick. Sie müssen ihn mir bei Gelegenheit beibringen.«

Die schwarz gekleidete Gestalt trat auf ihn zu. Steve wich zurück und stieß gegen einen Baum. Er war gut einen Kopf größer als der Japaner, aber mit gefesselten Händen konnte er nicht viel ausrichten. Und selbst, wenn sie frei gewesen wären, hätte er dem Mann nichts antun wollen. Dieser Bursche war seine Rückfahrkarte.

»Hör zu, Brickman! Da du so weit gekommen bist, kannst du nicht so dumm sein, wie du aussiehst. Ich habe es dir oft genug beizubringen versucht, aber so, wie du redest, muss dein Hirn auf Urlaub gewesen sein. Also lass es mich dir ein letztes Mal erklären. Du hast schon genug geplappert, um dein Leben mehrere Male verwirkt zu haben. Der einzige Grund, aus dem du noch lebst, ist meine Hoffnung, dass wir beide einen Handel abschließen können, der dir Begnadigung einbringt und uns beiden nutzt. Aber gib dich nicht dem Wahn hin, dass dir das eine unangreifbare Position verschafft. Niemand ist unersetzlich. Wenn du nicht bald anfängst, mir einen gewissen Respekt zu erweisen, werde ich mich deiner entledigen und allein weitermachen. Und du wirst in Stücke gehackt und den Schweinen zum Frühstück vorgeworfen. Hast du das begriffen?«

Steve verbeugte sich, um ein wenig Respekt zu zeigen. »Ja, Herr.« Du mickriges, schlitzäugiges, gelbes Arschloch. Die Strohmaske verbarg sein spöttisches Lächeln, und seine Stimme ließ keine Spur seines Triumphes durchkommen, aber innerlich frohlockte er. 2102-8902 Brickman, S.R., hatte eine weitere Hürde genommen. Er würde allen blutrünstigen Drohungen zum Trotz einen weiteren Sonnenaufgang erleben.

Und eines Tages diesen eitlen, großspurigen Furzern den Arsch bis zum Nacken aufreißen.

# 8

In der Föderation hatte es seit fast tausend Jahren keinen Sonnenaufgang oder -untergang gegeben. Jahrein, jahraus blieben überall dort, wo Menschen arbeiteten, die Lichter an. Das Leben der Wagner vollzog sich in einem Vierundzwanzig-Stunden-Rhythmus. Die Maschinen, die das Leben unter der Erdoberfläche ermöglichten, wurden ständig durch aufeinanderfolgende Generationen von Technikern gewartet. Für alle, die nicht mit Nachtarbeiten betraut waren, wurde der endende Tag durch den Beleuchtungspegel in den Ruhebereichen und öffentlichen Plätzen signalisiert: das sogenannte Dämmerlicht.

Dunkelheit fürchteten die Wagner am meisten. Und ein paar alte Vertreter, die sich selbst zu subversiven Hütern einer alternativen Historie ernannt hatten, die nicht in den Video-Archiven verzeichnet war, sprachen flüsternd über eine Zeit, die als Blackout bekannt war, als ein scheinbar gut geplanter, aber fehlgeschlagener Versuch einer Revolte gegen die Erste Familie den Untergrund in eine völlige Dunkelheit gestürzt hatte, die nach einigen Zeugenaussagen mehrere Jahrzehnte gedauert hatte.

Tausende erstickten, als die Belüftung versagte, Tausende andere wurden wahnsinnig und rissen einander in Stücke, wie verhungernde, in einem Betonkeller gefangene

Ratten, und Unschuldige starben gemeinsam mit den Schuldigen. Die wenigen Überlebenden verdankten ihre Rettung der Ersten Familie; den Schöpfern des Lichts, der Arbeit und des Weges; den Hütern alles Wissens, aller Weisheit und Wahrheit.

Von diesem Moment an wurde ihre Autorität absolut. Die Eliminierung abweichlerischer Elemente, der Undankbaren, Machtgierigen und Unloyalen befreite den Apfel, der einst in der Welt des Blauen Himmels gedeihen würde, vom Wurm. Und der Fortschritt, der in Richtung dieses Traumes gemacht worden war, bestärkte ihre Eignung, die Föderation zu führen; er war ein sichtbarer Beweis für den Genius hinter ihrer Vision von der Zukunft, unterstrich die Sicherheit ihrer lenkenden Hand und die Wahrheit in den Worten des Gründervaters, George Washington Jefferson des Ersten: »Nur Menschen versagen, nicht das System.« Amen …

Im Paul Revere Medical College, einem Teil der Innerstaats-Universität, die ihrerseits zu Houston/Hauptzentrum gehörte, sah Roz Brickman, als sie mit ihren Klassenkameraden und -kameradinnen aus dem neurologischen Labor kam, John Chisum an der Wand gegenüber der Tür lehnen. Wegen der vielen mit dem Curriculum verbundenen Arbeit hatte sich Roz angewöhnt, einige der üblichen Samstagnacht-Sessions auszulassen, die Chisum veranstaltete, aber ihre Gewohnheit, das Apartment im Santanna-Turm wenigstens einmal im Monat aufzusuchen, hatte sie beibehalten.

Chisum hatte einen Draht zu besonders gutem Gras, und obwohl Roz ihren Verbrauch eingeschränkt hatte, half ihr ein gelegentlicher Joint immer noch, den Druck zu mildern. Und Chisum hatte das Beste an verbotenen Musikbändern zu bieten, die einem einen Urlaub in der Zelle oder, bei Rückfall, eine Drogentherapie oder Schlimmeres einbringen konnten. Und es bestand immer die Möglichkeit, dass er Neuigkeiten von Steve hatte.

Chisum löste sich von der Wand, als sich Roz durch die wuselnde Menge der Weißkittel kämpfte und auf seine ausgestreckte Hand schlug. »Hei! Was führt dich her?«

»Hab dich letzten Samstag vermisst.«

»Konnte nicht.« Sie verzog das Gesicht. »Kann sein, dass ich diese Woche auch keine Zeit hab.«

»Schade.« Chisum warf einen Blick auf das Getriebe auf dem Korridor und legte ihr die Hand auf den Ellbogen. »Hast du eine Minute Zeit?«

»Du kannst mich in die nächste Stunde begleiten.«

»Gut.« Sie folgten den Studenten.

»Was hast du für ein Problem?«

»Hab ich gesagt, ich hätte ein Problem?«

»Nein, aber ich spüre negative Schwingungen.«

»Du hast recht«, erwiderte Chisum seufzend. Er blickte sich um und nagte an seiner Unterlippe. »Man hat mich angemacht.«

»Wer?«

»So 'n Knabe.«

»Du kommst besser bald zur Sache, John. Der Korridor ist gleich zu Ende.«

»Er hat seinen Namen nicht genannt«, sagte Chisum. »Ich weiß nur, dass er ein Hohes Tier vom Schwarzen Turm ist.«

Das Hauptquartier der AmEx – der Amtrak-Exekutive.

Roz sah ihn neugierig an. »Ich hab das Gefühl, dass ich es bedauern werde; aber wieso kommt er auf dich?«

Chisum zuckte die Achseln und erwiderte: »Jemand muss mich verpfiffen haben.«

»Wegen Gras? Christoph Columbus!«

Chisum bedeutete ihr, leiser zu sein. »Halb so schlimm, wie es sich anhört. Diese Burschen sind keine MPs. Sie haben versprochen, keinen Druck auszuüben, wenn ich ihnen gewisse Informationen gebe.«

Roz spürte, wie ihr Magen sich verkrampfte. »Informationen worüber?«

»Über dich und Steve.« Chisum sah den Ausdruck auf ihrem Gesicht und spreizte abwehrend die Hände. »Ich musste es tun, Roz! Sie haben mir die Pistole an die Stirn gesetzt. Es war nicht viel; ehrlich!«

»Was hast du ihnen erzählt, John? Von der Nacht, in der Steve und ich zusammen waren, bevor er fortgeschickt wurde?«

»Über Santanna wussten sie schon alles, was es zu wissen gibt.«

»Columbus! Schließt das die Jungs von hier mit ein, die jede Samstagnacht rausgetunnelt sind?«

»Nein, mach dir keine Sorgen. Diese Leute interessieren sich nicht für Kinderkram. Da ist nur etwas, das sie wissen wollen über … Komm schon, du weißt, wovon ich spreche.«

»Kann sein. Was hast du erzählt?«

»Ich hab ihnen ein paar Brocken hingeworfen, die Steve mir erzählt hat; darüber, wie du und er … äh …«

Roz wandte sich um und blickte ihm ins Gesicht, während die Studenten vor ihnen in den Vorlesungssaal gingen. »Über Verbindungen?«

»Ja«, sagte Chisum eifrig. »Sachen von der Art. Der Punkt ist nur, sie wollen dich sehen. Fragen stellen.«

»Weshalb kommen sie dann nicht selbst zu mir? Warum schicken sie dich, John?«

»Vielleicht haben sie sich gedacht, du würdest vielleicht nicht kooperieren wollen. Wenn es zu Gedankenübertragung kommt, weiß ich nichts von Shit, aber mir scheint, das eine wie das andere wäre schwer zu beweisen. Du könntest ihnen erzählen, was du willst.«

Roz bedachte ihn mit einem kalten Blick. »Wieso glauben sie, ich würde reden, nur um deine Haut zu retten?«

Chisum zuckte die Achseln. »Du musst gar nichts tun, aber …« Ein neuer, verzweifelter Ton kam in seine Stimme. »Sei fair, Roz … Der einzige Grund, aus dem ich in der Sache stecke, ist, dass ich meinen Hals riskiert habe, um dich und Steve zusammenzubringen.«

»Ja.« Roz warf einen Blick über die Schulter zurück und sah, dass sie allein auf dem Korridor waren. »Muss gehen.« Sie drehte sich um. »Du weißt wirklich, wie man ein Mädchen glücklich macht. Schönen Tag noch.«

»Hör zu …«

Die Tür zum Vorlesungsraum schloss sich vor seiner Nase.

Chisum wandte sich mit einem Lächeln ab und machte sich auf den Weg in Richtung Ebene eins. Es sollte wirklich nicht so einfach sein, besonders nicht bei jemandem, von dem es hieß, er sei telepathisch.

Trotz ihrer geistigen Verbindung mit ihrem Blutsbruder hatten sie sich beide als leichte Ziele erwiesen. Nach dem Treffen, das ihnen Chisum ermöglicht hatte, hatte Steve seinen heißgeliebten Pilotenstatus verloren und war auf die A-Ebene zurückgestuft worden. Steve hatte man gesagt, es sei eine Strafe für seine Zurschaustellung von Sympathie für die Mutanten – die ihn früher gefangen genommen hatten und die ständigen Feinde der Föderation waren –, aber in Wahrheit gehörte es zu einem vorbereitenden Prozess, der Steve in die passende geistige Verfassung für seine nächste Aufgabe versetzen sollte.

Fast am Ende des dritten Monats seiner dreijährigen Strafe hatte sich Chisum als A-Ebene-Mediziner verkleidet und ein scheinbar zufälliges Treffen arrangiert. Als Steve nach dem Grund für seine Degradierung fragte, hatte Chisum Roz die Schuld zugeschoben. Steve hatte die Story samt Köder, Leine und Angelrute geschluckt. Und später, als Karlstrom, der Kopf der AMEXICO, Steve weisgemacht hatte, Roz sei freiwillig gekommen und habe alles berichtet, was er ihr über seine Zeit bei den Mutanten erzählt hatte, war er so arglos gewesen, auch das zu schlucken.

Aber nichts davon war wahr. Roz hatte niemandem etwas erzählt. Es war nicht nötig gewesen: ihre Treffen mit Steve in Santanna-Turm waren auf Videoband aufgezeichnet worden. Alle diese Lügen waren Teile eines Plans. Roz und Steve waren nur zwei aus einer unbekannten Zahl von Wagnern, deren Leben von Geburt an manipuliert wurde und die wahrscheinlich sterben würden, ohne zu erfahren, dass sie auf einer Speziellen Behandlungsliste standen.

Steve Brickman war ein merkwürdiger junger Mann. Als Chisum ihn vor dem Treffen mit Roz weichgeklopft hatte, waren die Geschichten über Mutantenzauberei nur so aus ihm hervorgesprudelt, während er hartnäckig die mentalen Kräfte leugnete, über die er und seine Blutsschwester verfügten. Vielleicht war es deshalb gelungen, die beiden gegeneinander auszuspielen. Der Geist von Roz war offen und mitteilsam, aber Steve hatte die Rollläden heruntergelassen.

*Und wer wollte sagen, er habe unrecht?*, dachte Chisum. Wenn einem die Erste Familie in jedem wachen Augenblick sagte, was man denken sollte, war es schwierig genug, die eigenen Gedanken herauszufiltern, ohne dass einem ein anderer im Kopf herumgeisterte.

Chisum war ein getarnter Agent der AMEXICO, der Geheimorganisation, der sich Steve Anfang März angeschlossen hatte. Nach viermonatiger Tätigkeit für die AMEXICO war Steve noch immer ein blutiger Anfänger, und er würde es wohl noch eine Weile bleiben. Chisum war schon seit Jahren ein voll flügger Mexikaner, aber im Gegensatz zu Steve war er nie über der Erde gewesen. Er wurde von der Sektion beschäftigt, die sich mit internen Angelegenheiten befasste – und zwei seiner Zielpersonen trugen die Namen Steve und Roz Brickman.

Nach Roz' Ankunft in der Innerstaat-Uni, wo sie ihr Medizinstudium abschließen wollte, war Chisum auf ihren Fall angesetzt worden; und als ihr Blutsbruder im letzten Viertel des Jahres 2989 in die Amtrak-Föderation zurückgekehrt war, hatte sich Chisum auch mit ihm befasst.

Dass Chisum eine Akte über sie besaß, bedeutete nicht, dass er alles über sie gewusst hätte. Die Erste Familie, die allein den Zugang zu den in COLUMBUS gespeicherten Daten kontrollierte, gab nur Informationen heraus, wenn es nötig war. Niemand hatte es für nötig gehalten, Chisum zu erklären, weshalb diese beiden jungen Leute getäuscht werden mussten. Abgesehen von ihren wichtigsten Bio-Daten und Ausbildungsprofilen, bestand die einzige Information, die zu erhalten ihm gelungen war, in der Feststellung, dass die beiden schon als Kleinkinder programmiert und als »sensitiv« klassifiziert worden waren.

Diese seltene Eigenschaft hatte genügt, ihnen einen

SB-Eintrag zu verschaffen, aber es mochte noch weitere Faktoren geben, auf die man ihn nicht hingewiesen hatte. Es war zum Beispiel möglich, dass sie gar nicht Blutsschwester und -bruder waren. Das Vorhandensein eines Erinnerungsblocks legte die Vermutung nahe, dass es vielleicht nicht der Samen des General-Präsidenten gewesen war, der die Eier in Annie Brickmans Gebärmutter befruchtet hatte. Es war auch möglich, dass beide nicht in Annie implantiert und ausgetragen worden waren. Oder sie waren bei der Geburt ohne Annies Wissen gegen ihre eigenen Babys ausgetauscht worden – oder sie war einverstanden gewesen, als Ersatz-Wächter-Mutter der beiden zu fungieren.

Es gab zahllose Möglichkeiten. Chisum wusste von früheren Aufträgen her, dass im Lebensinstitut seltsame Dinge geschahen, und der größte Teil der Arbeit des Instituts wurde hinter verschlossenen Türen ausgeführt.

Nur Fran – ihre Kontrolleurin und seine derzeitige Chefin – hatte Zugang zu der vollständigen Geschichte. Und wie alle Kontrolleure gehörte Fran zur Ersten Familie. Und nicht nur das, sie war eng mit dem General-Präsident verwandt; ein Hinweis darauf, dass Roz und Steve möglicherweise weit wichtiger waren, als er ahnte.

Am Abend desselben Tages wurde Roz Brickman ins Studio des Prinzipals gerufen. Als sie das äußere Büro betrat, in dem während der Arbeitsstunden mehrere Verwaltungsassistenten eine Verteidigungsphalanx gegen Besucher bildeten, die ins innere Heiligtum vorgelassen zu werden wünschten, fand Roz den Prinzipal, Russell Waxmann, über einen der VDUs gebeugt und auf die Tastatur hämmernd vor. Roz wartete, bis er seine Aufmerksamkeit vom Bildschirm löste, dann stellte sie sich vor und zeigte ihm ihre ID-Karte. Er warf einen flüchtigen Blick darauf und versprach, sie sofort weiterzureichen.

In einem holzgetäfelten und mit Teppich ausgelegten Raum erwarteten sie ein Mann und eine Frau, beide in schwarze und silberne Overalls gekleidet – die Standardkleidung der bei AMEX Tätigen.

Roz erkannte sie als die Spezialbeamten der Legal Division von AMEX, die sie in der privaten Krankenhausstation der Medizinschule besucht und das Auftreten der geheimnisvollen Wunden an ihrem rechten Arm und Kopf begutachtet hatten. Und sie begriff, weshalb Waxmann es vorgezogen hatte, draußen zu bleiben. Wenn sie Probleme hatte, wollte er sich im Hintergrund halten, um geschützt zu sein.

Der Mann forderte sie auf, ihm ihre ID-Karte zu geben. Sie tat es. Dann teilte die weibliche Exec mit, ihre Mitarbeit sei in Bezug auf eine laufende Untersuchung nötig. Roz erklärte ihre Bereitschaft, nach Kräften zu helfen, dann wurde sie ohne weitere Umstände in den privaten Aufzug des Prinzipals genötigt und in die eigene U-Bahn-Station der Medizinschule hinuntergefahren.

Nach einer Fahrt, die zweimaliges Umsteigen erforderte, erreichten Roz und ihre schweigende Eskorte eine namenlose U-Bahn-Station, deren Wände mit schwarzem Marmor verkleidet waren. Ein Aufzug brachte sie auf Ebene Drei-1 und in ein weiteres Büro, das sich nach der Farbe der Marmorwände in der U-Bahn-Station, dem teppichverkleideten Aufzug und der gepflegten Raumgestaltung zu urteilen, im Schwarzen Turm befand. Dies war der Sitz der Männer und Frauen der Organisation, der Hohen Tiere mit den höchsten ID-Karten und großzügig bemessenen Unterkünften in den neuen, prächtigen Komforttürmen.

»Geh schon mal vor«, brach der Exec das Schweigen. »Wir kommen später zu dir.«

Roz war innerlich erleichtert zu erfahren, dass es ein Später geben würde. Es war das erste ermutigende Wort, das jemand zu ihr gesagt hatte, seit Chisum früher am Tag seine Bombe hatte platzen lassen. Von jenem Zeitpunkt an war ihr Denken im Aufruhr. Sie ging durch die Drehtür in das Büro dahinter.

Hinter einem Schreibtisch saß ein weiterer Mann in einem schwarzen und silber-blauen Overall. Aber bei ihm waren die Ärmel mit Goldlitze verziert, ein Zeichen, dass er zur Spitze gehörte.

Roz war sogleich hellwach. Der Mann, der eine hohe Stirn und hagere, kantige Gesichtszüge hatte, bedeutete ihr, sich in den Stuhl vor seinen Schreibtisch zu setzen. Das Hohe Tier stand auf. Er legte die Hände hinter den Rücken und umschritt sie mit gemessenen Bewegungen, wie ein Raubtier, das seine Beute umschleicht.

»Du brauchst nicht zu wissen, wer ich bin«, sagte Karlstrom. »Aber ich kann dir versichern, dass ich alles weiß, was es über dich und deinen Blutsbruder zu wissen gibt; das solltest du dir bei der Beantwortung der Fragen vor Augen halten, die ich dir stellen werde. Jeder Versuch, eine Information zu verheimlichen, wird unangenehme Folgen haben. Hast du das verstanden?«

Roz nickte.

»Steven ist nicht mehr auf den A-Ebenen.« Karlstrom durchbohrte sie mit einem Blick aus tief liegenden Augen. »Aber das wirst du bereits wissen.«

Roz wurde blass, sagte aber nichts.

»Wie ich es mir dachte.« Karlstrom schritt zwischen ihr und dem Schreibtisch vorbei, dann trat er hinter den Tisch. »Ich habe die Bandaufzeichnungen der psychosomatischen Wunden gesehen, die sich bei dir zeigten, als dein Blutsbruder im letzten Juni abgeschossen wurde. Und es ist mir nicht entgangen, dass es nicht dabei geblieben ist.« Er machte eine erwartungsvolle Pause. »Ich verstehe. Du möchtest dich nicht dazu äußern. Gut. Dann schau dir das an.«

Karlstrom drehte einen Videoschirm auf einem Standfuß in ihre Richtung und drückte auf einen Knopf auf seiner Schreibtischkonsole. Eine farbige Linie erschien und weitete sich aus, bis sie den ganzen Bildschirm erfüllte. Es war ein Bild von Roz, aufgenommen durch eine versteckte Kamera. Sie lag schlafend auf der Seite in ihrer Koje, die Decke bis ans Kinn gezogen. Das Bild war scharf, jedes Detail war deutlich zu sehen; Menschen, die Medizin studierten, schliefen bei eingeschaltetem Licht, wie alle übrigen.

Roz sah, wie ihr schlafendes Selbst den Mund zu einem lautlosen Schrei öffnete, dann sah sie, wie sich eine unsichtbare Pfeilspitze in ihre Wange bohrte. Die Kamera schwenkte auf ihre andere Gesichtsseite und zeigte die Austrittswunde. Die Film-Roz setzte sich aufrecht und barg ihr Gesicht in den Händen. Blut sickerte durch ihre Finger und tropfte von den Händen. Sie strampelte die Decke von sich und lief barfuß aus dem Aufnahmebereich in Richtung der Waschräume.

Das Bild änderte sich. Die nächste Kamera war so installiert, dass sie die Reihe der Waschbecken und Gemeinschaftsduschen abdeckte. Roz fragte sich, welche anderen Aktivitäten die Beobachter seit Anbringung der Kameras aufgezeichnet hatten. Oder waren diese verborgenen

Augen allgegenwärtig; nicht nur für sie bestimmt, sondern um Bänder von der ganzen Klasse zu erhalten? Von der ganzen Schule …? Wo endete es?

Ihr Film-Ich trat ein und eilte zu dem Spiegel über dem Waschbecken. Ihre Wangen und Hände waren blutverschmiert. Sie drehte den Wasserlauf auf, spie einen Mundvoll Blut aus, zog Watte aus einem Spender und rieb sich Gesicht und Hände ab. Roz sah sich selbst ihr Spiegelbild anstarren und rief sich stumm die Gefühle in Erinnerung, die sie damals durchdrungen hatten.

Die versteckte Kamera zeigte in Großaufnahme, wie sie ihr Gesicht näher überprüfte. Die Wunden schlossen sich zusehends. Eine Minute später war die Haut unversehrt, nur ein dunkler Fleck markierte noch die Stelle, an der die Pfeilspitze ihre Wange durchbohrt hatte. Sie brachte das Gesicht näher an den Spiegel, offensichtlich zweifelte sie am Zeugnis ihrer eigenen Augen. Dann hob sie die Schultern und spülte sich die letzten Reste Blut aus dem Mund.

Das Videoband schaltete auf eine Weitwinkelaufnahme der an ihrem Schlafplatz installierten Kamera um. Die digitale Zeitangabe oben rechts im Bild zeigte 0630. Andere Studenten gingen vorbei, in unterschiedlichen Stadien des Angezogen- und Wachseins. Roz sah und hörte sich selbst Gina Blackwell, der Studentin in der nächsten Koje, erklären, das Blut auf ihrem Kissen rühre von Nasenbluten her.

Karlstrom unterbrach die Wiedergabe durch einen Knopfdruck. »Bemerkenswert.« Er setzte sich hinter den Schreibtisch und blickte Roz über die verschränkten Finger hinweg an. »Gibst du zu, dass es sich hier um eine wahrheitsgemäße Aufzeichnung handelt?«

»Ja«, sagte Roz leise.

»Ja, Sir«, verbesserte Karlstrom.

»Natürlich. Tut mir leid, Sir. Ich wollte nicht …«

Karlstrom gebot ihr mit einer Handbewegung Schweigen. »Wäre es zutreffend anzunehmen, dass du auch mentalen Kontakt zu deinem Blutsbruder hattest, als diese Wunden erschienen? Würdest du zum Beispiel sagen, dass du fähig bist, dir seinen Aufenthaltsort sowie auch die … äh … unangenehme Situation, in der er sich befindet, bildlich vorzustellen?«

»Zu einem gewissen Grad, Sir. Manchmal ist es nur ein sehr verschwommener Eindruck, bei anderen Gelegenheiten ist es, als wäre ich tatsächlich dort.«

Karlstrom deutete ein Lächeln an. »Zum Beispiel, als Clearwater die Hütte betrat, in der dein Blutsbruder die Nacht verbrachte. Das war ein Bild, das klar hereinkam.«

Roz spürte, dass sie errötete. Der Mann hatte nicht gelogen, als er behauptete, alles zu wissen. Das hieß, dass sie vermutlich auch Bilder von ihr hatten, wie sie versuchte, in Steves Overall zu steigen. Der Gedanke, dass kalt blickende Fremde alle ihre Bewegungen verfolgt, jedes ihrer Worte gehört hatten, machte sie krank.

»Könnt ihr miteinander sprechen?«

»Manchmal höre ich eine Stimme, aber es ist nicht wie eine Unterhaltung. Ich fühle, wie mir seine Gedanken in den Kopf kommen, teile seine Empfindungen, sehe, was er sieht. Aber ich glaube, dass es mein eigener Verstand ist, der all das erzeugt.«

»Kann er dasselbe?«

»Gelegentlich. Es hängt davon ab.«

Karlstrom sah belustigt aus. »Wovon?«

»Ob er in aufnahmebereiter Stimmung ist. Er versteht nicht, wieso wir miteinander in Verbindung stehen oder wie es funktioniert, und das ärgert ihn. Meistens versucht er mich auszuschließen.«

»Aber er hörte dich deutlich genug, als er mit der Fähre nach Grand Central zurückgebracht wurde. Ich glaube, du sagtest: ›Sie beobachten mich!‹ Von wem hast du gesprochen, Roz?«

Christoph! Sie hatten jedes Wort aufgezeichnet! »Ich … ich weiß es nicht«, stammelte sie. »Es war nur ein Gefühl, das … das sich aufbaute, als es geschehen war. Als Steve abgeschossen wurde, kamen diese beiden Leute, die mich hereingebracht hatten, um mich in der Medizinschule zu besuchen, und …«

»Und stellten eine Menge Fragen.«

»Ja, Sir.«

»Auf die du ausweichende Antworten gegeben hast.«

»Ich war erschrocken. Ich … ich wollte nichts sagen, für den Fall, dass sie mich aus dem Kursus nehmen würden. Ich wusste nicht, was ich tun sollte. Ich hatte so etwas noch nie zuvor erlebt.«

»Vielleicht die Wunden noch nicht. Aber keine Spielchen mehr, Roz. Du weißt schon lange, dass ihr beide über diese besondere Gabe verfügt. Von jetzt an wirst du nur noch die Wahrheit sagen. Eine Menge Leute hängen von dir ab. Hast du begriffen, wovon ich spreche?«

»Ja, Sir.« Spiel mit, oder Steve, Annie und Papa Jack rutschen in den Schacht. Zusammen mit John Chisum und den Mitstudenten, die mit Hilfe seiner Saturday-Night-Specials raustunnelten.

Karlstrom stand auf, kam um den Schreibtisch und setzte sich auf die Vorderkante. Er war jetzt nur wenige Zentimeter von Roz entfernt, die nervös die Hände verschränkte. »Kannst du meine Gedanken lesen, Roz?«

Sie blickte zu ihm auf. Diesmal waren ihr Blick und ihre Stimme fest. »Nein, Sir.«

»Schade …« Karlstrom legte ihr väterlich die Hand auf die Schulter. »Ich hätte gern gesehen, dass du dich selbst von den positiven Gefühlen überzeugen könntest, die wir für dich und Steve hegen.«

»Wir«? Wer waren »wir«? Die Erste Familie?

»Ihr beide wurdet immer als … ganz besondere Menschen betrachtet. Leute mit außergewöhnlichen Gaben, die – eines Tages – in der Lage sein würden, ihre Kräfte in die Dienste der Föderation zu stellen. Es wäre nicht übertrieben zu sagen, du und Steve, ihr könntet, gemeinsam mit … gewissen anderen … eines Tages die Waagschale im Kampf um die Blauhimmelwelt zu unseren Gunsten senken. Steve ist bereits an diesem Kampf beteiligt, Roz. Er ist jetzt dort draußen und möglicherweise in Schwierigkeiten – wenn es allerdings schlimm wäre, wären wir wohl schon darüber informiert.«

Roz spürte, wie ihr Herz aussetzte. »Was verlangen Sie von mir?«

»Wir haben die Verbindung mit ihm verloren. Vielleicht einfach nur, weil sein Funkgerät nicht mehr funktioniert. Oder aus einem ganz anderen Grund.«

Etwa, weil uns der alte Scheißkerl verraten hat.

Karlstroms Finger drückten ihre Schultern fester. »Ich möchte, dass du die Verbindung mit ihm aufnimmst, Roz. Ich muss wissen, wo er ist. Es ist sehr wichtig.«

»Ich werde mein Bestes tun, Sir«, flüsterte sie.

»Braves Mädchen. Ich habe hier etwas, das hilfreich sein könnte.« Karlstrom trat an ein Wandregal, holte eine Karte aus einem Pappzylinder und rollte sie auf dem Schreibtisch auseinander. »Komm näher mit deinem Stuhl.«

Roz rückte an den Tisch, bis ihre Knie daranstießen, und betrachtete die Karte. Sie war in Grün- und Brauntönen bedruckt und zeigte die Bodenbeschaffenheit des Terrains. Der rechte Rand war blassblau. »Wo ist das?«

»Ein Teil der Nordostküste Amerikas. Das Blaue ist Wasser. Der Atlantische Ozean. Diese Karte zeigt, wie es vor dem Holocaust war. Bevor die Mutanten kamen und alles niederbrannten.« Karlstrom deutete auf einen Schifffahrts-Knotenpunkt namens Pittsburgh. »Hier ist Steve gelandet …« Sein Finger bewegte sich von Westen nach Osten entlang der Pennsylvania Turnpike. »Wir glauben, dass er diese Straße benutzt hat, und …« Sein Finger hielt bei dem Gebiet inne, das Steve Big D getauft hatte. »Und hier etwa haben wir den Kontakt mit ihm verloren.«

Roz folgte der von Karlstrom aufgezeigten Route mit dem Finger, beschrieb mehrere Kreise um Big D, schloss die Augen und setzte ihren Geist auf Steve an.

Karlstroms Stimme kam immer noch durch: »Er ging hinaus, um Clearwater zu rauben, Roz. Das ist der Grund, weshalb wir deine Hilfe brauchen. Wir wollen alles tun, damit er sicher zurückkommt. Wenn du uns helfen kannst, werden wir nie wieder zulassen, dass Clearwater zwischen dich und ihn tritt; das verspreche ich dir.«

Plötzlich wurde der Körper Roz' schlaff. Ihr Kopf fiel nach hinten, der Mund öffnete sich. Karlstrom fing sie auf, als sie vom Stuhl zu kippen drohte, und hielt sie sanft gegen die Rückenlehne. Er blieb neben ihr stehen, um sie zu halten, falls sie von Konvulsionen ergriffen würde. Er war noch nie einer Sensitiven so nahe gewesen und fühlte sich unbehaglich, während er sie beobachtete. Die Föderation brauchte Leute mit solchen Kräften, falls sich herausstellen sollte, dass die Prophezeiung des Talisman ein genaues Bild künftiger Ereignisse war. Aus diesem Grund waren die Geheimprogramme der Befruchtungen gestartet worden. Die Frage war, ob die Erste Familie – wenn diese Kräfte erst offiziell erforscht und einsatzbereit waren – sie würde kontrollieren können.

Karlstrom schrak aus seinem Nachsinnen auf, als Roz sich regte. Ihre Augen öffneten sich weit und starrten, ohne zu blinzeln. Was auch immer sie sehen mochte, es geschah weit von diesem Raum entfernt. Ohne auf die Karte zu schauen griff sie hinaus und fand Big D, dann folgte sie unbeirrbar der kreisförmigen Route, die Noburō beschrieben hatte, um zu der Poststation bei Midiri-tana zu gelangen.

Von hier aus bewegten sich ihre Fingerspitzen in nördlicher Richtung, entlang einer Route, die mehrere Schifffahrtspunkte schnitt – Stadtgebiete, die vor dem Holocaust als Mahany City, Hazeltown und Wilkes Barre bekannt gewesen waren – nach Scranton, dann über die Grenze in Fürst Yama-Shitas Land nach Binghampton, dann nach Albany am Westufer des Hudson River – jetzt eine rege benutzte Fährstation, die bei den Eisenmeistern als Ari-bani bekannt war.

»Hier ist er«, murmelte Roz.

Karlstrom sah ihr über die Schulter. Die Karte zeigte nicht die zahlreichen Distrikte oder die Grenzen des Gebiets der Eisenmeister, aber er wusste durch die von Mexikanern wie Side-Winder durchgegebenen Daten, dass westlich des Hudson River auf dieser Höhe alles den Yama-Shitas gehörte. Auf der Ostseite lagen die Ländereien der Familie des Shōgun – den Toh-Yotas –, und dahinter begann Fürst Min-Orotas Distrikt.

»Was macht er?«

»Er schläft. Er ist gelaufen.«

»Gelaufen? Fortgelaufen? Ist jemand hinter ihm her?«

»Nein. Er läuft, weil er es will. Er …« Roz legte die Stirn in Falten, als sie sich darauf konzentrierte, die Bilder, die sie empfing, zu deuten. »Er muss Botschaften überbringen.«

»Für wen?«

Roz versuchte es noch einmal, dann schüttelte sie den Kopf. »Ich kann es nicht erkennen. Der Mann, der ihm diese Aufgabe stellte, hat keinen Namen.« Sie machte noch einen Versuch. »Sein Gesicht und Körper sind in Dunkelheit gehüllt. Nur seine Augen …« Sie drückte die Hände an die Stirn. »Er macht falsche Versprechungen. Mein Bruder weiß, dass dieser Mann gefährlich ist, aber auch mächtig. Indem er bereit ist, mit ihm zusammenzuarbeiten, kann er gehen, wohin er will.«

»In welcher Verfassung ist Steve?«

Roz lächelte. »Er ist müde, aber es geht ihm gut. Er hat Clearwater gefunden …«

»Ist sie bei ihm?«, fragte Karlstrom heftig.

»Nicht mehr. Sie haben sich getroffen, aber nicht … sind aber nicht zusammengewesen.«

»Sind ihre Gefühle ihm gegenüber unverändert?«

Karlstrom sah, wie sich ihre Augen verengten. Die unverblümte Frage hatte sie aufgebracht. Das war auch ihr Zweck gewesen. Ihr Hass auf Clearwater war das Mittel, das ihren Geist in einem zur Kooperation bereiten Zustand halten würde.

»Ja.«

»Was ist mit Cadillac? Hat Steve seinen Aufenthaltsort herausgefunden?«

»Nicht genau. Aber er kennt … die ungefähre Gegend.«

»Zeig sie mir!«

Roz' Finger zitterte über der Karte, aber die Information kam nicht durch. »In der Nähe des östlichen Sees. Er muss die Straße nach Osten nehmen, dorthin, wo die Vögel sind …«

Vögel – die gefiederten oder die von Menschen gebauten?, überlegte Karlstrom. Er warf einen Blick auf die Karte. Die Straße war der alte Massachusetts Turnpike, der südlich von Albany auf den Hudson River stieß und nach Osten durch Springfield und Worcester nach Boston und zum Atlantischen Ozean führte. Hmmm … »Hat er ein Funkgerät – oder überhaupt Waffen?«

»Nein. Sie wurden ihm abgenommen.«

»Denkt er an dich? Will er … zurückkommen, zur Föderation?«

Nach langer Pause sagte Roz: »Seine Gedanken befassen sich nur mit dem, was er tun muss. Ich sehe Bilder von Tod und Zerstörung. Sie …« Roz brach ab und versuchte, die Bilder aus ihrem Geist zu vertreiben. »Sie machen mir Angst.«

Während sie sprach, sah Karlstrom, dass sich ihr entrückter Blick wieder normalisierte. Sie sah ihn erstaunt an, dann blickte sie sich unruhig um, als versuche sie, herauszufinden, was sie hier tat. Einen Augenblick später sah Karlstrom, dass sie sich entspannte.

»Oh, habe ich … habe ich es getan?«

»Erinnerst du dich nicht?«

»Ich weiß, dass ich Verbindung mit Steve hatte, aber … Habe ich etwas gesagt, das einen Sinn ergibt?«

Karlstrom legte ihr die Hand auf die Schulter. »Vieles. Ich bin sehr beeindruckt.« Er bedeutete ihr, aufzustehen, und geleitete sie zur Drehtür. »Du wirst natürlich niemandem gegenüber dieses Treffen erwähnen.«

»Nein, Sir. Aber … es ist nur, ich möchte nicht, dass jemand Schwierigkeiten wegen mir bekommt. John Chisum hat gesagt …«

Karlstrom unterbrach sie. »Dein Freund Chisum war sehr dumm, und er hätte es besser wissen müssen. Aber wir alle tun manchmal Dinge, die wir besser nicht tun würden. Das soll nicht bedeuten, dass ich gutheiße, was im Santanna-Turm geschehen ist. Aber …«

Roz suchte nach den richtigen Worten, um Chisums und ihre Handlungsweise zu entschuldigen, und öffnete den Mund.

Karlstrom bedeutete ihr, zu schweigen. »Das wichtigste ist, alles für die Föderation und die Erste Familie Nötige zu tun, wenn der Ruf ergeht. So, wie du mir heute geholfen hast. Das wird nicht vergessen werden. Allerdings werde ich dich vielleicht noch einmal um deine Hilfe bitten. Steven ist ein sehr erfinderischer junger Mann, aber er schafft es vielleicht nicht, ohne unsere Hilfe gesund wieder hierher zu finden. Dann zähle ich auf dich.«

»Ja, Sir. Danke sehr, Sir. Ich werde immer tun, was ich kann.«

»Da bin ich sicher. Die Leute draußen werden dir eine besondere Nummer geben, die du anrufen solltest, wenn du etwas von Steven … ah … ›hörst‹.« Er tätschelte ihr den Rücken und schob sie in die Drehtür. »Jetzt zurück ins College. Und … ah … ich gratuliere dir zu deinen guten Noten. Weiter so!«

Karlstrom drückte auf einen Knopf, und die Drehtür beförderte Roz in die angrenzenden Büros. Die beiden Execs erhoben sich bei ihrem Anblick und kamen ihr entgegen.

# 9

»Roz?«

Steve erwachte mit dem Namen seiner Blutsschwester auf den Lippen, und in seiner Nase war der frische Duft ihrer Haare. Für den Bruchteil einer Sekunde war er überzeugt, dass sie in seinem dunklen Zimmer war. Oder gewesen und soeben wieder gegangen war. Langsam wich dieser Eindruck. Es war ein Traum gewesen, sonst nichts. Er fröstelte und zog hastig die Decke, die sich am Fußende seines Lagers zusammengeschoben hatte, wieder über seinen entblößten Körper.

Es war erstaunlich, wie das Gehirn eine so reale mentale Landschaft erschaffen konnte, dass man sie mit offenen Augen bis ins letzte Detail sah. Es konnte Menschen herbeizaubern, mit denen man sprechen, die man berühren und umarmen konnte. Darüber hinaus erweckten Traumpartnerinnen die gleichen Gefühle und Empfindungen in einem, als sei man hellwach: den Geschmack und die feuchte Weichheit ihrer Lippen, das erregende Gefühl ihrer Haut unter den Fingern, die lustvolle, alles umhüllende Wärme, die man empfand, wenn man sich mit ihnen vereinigte.

Er fragte sich, ob sie, wenn sie schliefen, dieselben Träume hatten. Vermischten sich die Träume auf einer der unsichtbaren Existenzebenen, von denen Mr. Snow so oft gesprochen hatte? In seinem Traum war Steve mit Clearwater zusammengewesen. Sie waren wieder in der Hütte, wo sie ihn wenige Stunden vor seiner Flucht von den M'Calls besucht hatte, dem Mutantenclan, der ihn im Sommer 2989 gefangen gehalten hatte. Clearwaters nackter Körper war an seinen geschmiegt gewesen, aber als er den Mund auf ihren Mund gepresst hatte, war es Roz gewesen, in deren Umarmung er sich befand. Und sie waren nicht länger in Cadillacs Hütte gewesen. Er und seine Blutsschwester hatten nackt unter einer Decke auf seinem Bett in dem Quartier gelegen, das der Brickman-Familie in Roosevelt Field zugeteilt worden war. Der Raum war ihm viel größer vorgekommen, als er ihn in Erinnerung hatte; das galt auch für das Bett. Erst dann hatte er erkannt, dass sich die Brüste seiner Blutsschwester in ihren Körper zurückgezogen hatten. Ihre Haut war wie die einer Mutantin gemustert, und sie war nicht älter als zehn Jahre gewesen.

Als er sich überrascht und mit Schuldgefühlen von ihr zurückzog, war ihm bewusst geworden, dass Karlstrom, das Oberhaupt der AMEXICO, am Bettende saß und ihnen mit einem amüsierten Lächeln zusah. Plötzlich waren ein Mann und eine Frau in schwarzen Overalls mit Silberblau aufgetaucht. Der Mann hatte die Decke von ihnen gezogen. Steve hatte sie festhalten wollen, aber seine Finger waren nicht stark genug gewesen. Seine Hände waren schwach und knochenlos geworden. Die weibliche Exec hatte Roz vom Bett hochgehoben; sie war jetzt etwa fünf Jahre alt gewesen. Sie hatten sie in die Decke gewickelt und mit sich fortgenommen. Als sie an der Tür angekommen waren, war seine Blutsschwester ein kleines, stupsnasiges Baby gewesen; die Augen fest zugekniffen, den Mund weit offen … es schrie …

Hatte Roz versucht, mit ihm in Verbindung zu treten? Versuchte sie, ihm etwas zu sagen, oder handelte es sich um eine weitere Botschaft von dem hinterhältigen Fremden, der die dunklen Winkel seines Gehirns heimsuchte?

Vermischte Fragmente seines Traums trieben durch sein Denken, und er begann schon wieder einzudösen. Die Welt außerhalb der mit Fensterläden versehenen Holzhütte lag still und stumm. Im Innern wurde die Stille nur durch die tiefen Atemzüge seiner schlafenden Kollegen unterbrochen – vierzehn Mutanten, die Kopf an Kopf auf zwei Reihen Matratzen lagen.

Die Hütte, in der Steve die Nacht verbrachte, lag in der Nähe der Poststation bei Ari-bani, und dass er hier war, gehörte zu dem Handel, den er mit dem Mann in Schwarz abgeschlossen hatte – oder mit jemandem, der sich genau wie er anhörte. Vier Tage, nachdem er die Poststation verlassen hatte, in der er Clearwater begegnet war, hatte Steve die Papiere und die ID-Plakette eines Straßenläufers erhalten. Die Straßenläufer waren Boten, die ersten Glieder in dem zentral geleiteten Postsystem, das vom Toh-Yota-Shōgunat eingerichtet worden war, um den endlosen Strom von Briefen im Land nicht abreißen zu lassen.

Der Job eines Straßenläufers war jetzt eine exklusive Domäne der Mutanten, die nach ihrer Fähigkeit ausgewählt worden waren, unermüdlich Kilometer um Kilometer, Stunde um Stunde laufen zu können. Es war der beste Job, den ein Mutantensklave erhalten konnte, und er war mit einer sehr sicheren Position verbunden. Vorausgesetzt, man ging nicht verloren oder verlor den kostbaren Postbeutel und kam innerhalb der zulässigen Zeit an, wurde man gekleidet und ernährt, und während man auf der Straße war, kostete man das, was in Ne-Issan der Freiheit am nächsten kam, die das Geburtsrecht des Prärievolks war. Aber wenn man sich krank fühlte oder eine kleinere Unregelmäßigkeit zuschulden kommen ließ, wurde man zurückgeschickt und durfte wieder auf dem nächstbesten Misthaufen arbeiten.

Da sie Beschäftigte der Regierung waren, wurden die Straßenläufer im Amtssitz des Generalkonsuls stationiert, wo sie in einem speziellen Lager untergebracht wurden, und in kleinen Unterkünften, die zu gewissen Poststationen an den größeren Straßen gehörten, welche als Verteilerstationen dienten. Die Poststation war zu einem Synonym für das am Weg gelegene Gasthaus geworden, denn unternehmungsfreudigere Besitzer hatten ihre Etablissements direkt neben den Stationen eröffnet, in der Hoffnung, die vorbeikommenden Händler anzuziehen. Dieses Arrangement hatte sich als für alle Beteiligten nützlich erwiesen, und in der Folge waren Poststationen und Herbergen immer enger zusammengerückt. Heute, rund fünfundsiebzig Jahre später, waren sie in den meisten Fällen unter einem Dach vereint.

Straßenläufer dienten als zweibeinige Packpferde. Sie lieferten die Post ab, die von lokalen Stellen gesammelt wurde. Offizielle Dokumente für Bezirksfunktionäre wurden durch Kuriere an die Adressaten überbracht – eine Aufgabe, die gewöhnlich einem Mutterländer koreanischer oder vietnamesischer Abstammung übertragen wurde. Korrespondenz auf höchster Ebene wurde durch eine Art Pony-Express übermittelt, der von Samurai unterhalten wurde. Neben diesen Einrichtungen verfügten die herrschenden Familien aller Landfürstentümer über eigene

Botendienste, um sicherzustellen, dass private Mitteilungen an Verwandte und Freunde nicht durch die Hände von Regierungsagenten liefen.

Alles in allem beschäftigte das System eine beachtliche Armee von Postboten, vom niedrigsten Straßenläufer bis zum berittenen Samurai, und über ihnen allen flogen Brieftauben mit kryptisch beschriebenen Reispapierstreifen von den Regierungsspionen zum Shōgun.

Steve wusste von diesem letzten Glied der Kommunikationskette nichts, aber allein der Umfang des Systems und das Verkehrsaufkommen veranlassten ihn zu der Frage, weshalb sie sich nicht um eine technische Lösung bemüht hatten. Die Eisenmeistergesellschaft schien unter einer Knebelung des Fortschritts zu leiden. Sie hatten ihre handwerklichen und mechanischen Leistungen zu einer eindrucksvollen Höhe entwickelt, aber schienen nicht bereit – oder fähig –, den nächsten Sprung nach vorn zu machen. Er war ernsthaft versucht, ihnen zu zeigen, wie dieser Sprung aussehen musste, aber das würde es für die Föderation noch schwieriger machen, den Kampf um die Blauhimmelwelt zu gewinnen. Besser, er ließ ihnen ihre Steinzeitmethoden. Und um sicherzugehen, dass sie dabeiblieben, musste er der Konstruktion dieses Flugpferdes ein Ende bereiten, das – den Worten des Mannes in Schwarz zufolge – Cadillac bereits vom Boden hochzubringen geschafft hatte …

Bei seiner Einigung mit dem Wolkenkrieger war sich Tōshirō Hase-Gawa zweier Dinge schmerzlich bewusst: dass er (a) seine ganze Zukunft von dieser Sache abhängig gemacht hatte und (b) das Gleiche getan hatte, dessen er fälschlich Fürst Yama-Shita angeklagt hatte: nämlich einen Handel mit einem Langhund abgeschlossen. Dennoch fühlte er sich im Recht, denn die wichtigste Anklage gegen Yama-Shita stand noch immer. Er und Min-Orota hatten konspiriert, um den Schwager des Shōgun zu stürzen, und Tōshirō hoffte immer noch, bald ein paar handfeste Beweise zur Unterstützung der Gerüchte vorzeigen zu können, Yama-Shita treffe Vorbereitungen, das Dunkle Licht wiederzuentdecken.

In seiner Vorstellung sah er sich nicht im Auftrag des Shōgun handeln, und er betrachtete Brickman nicht als Vertreter der Föderation. Die Absprache mit dem Wolkenkrieger war ein privater Vertrag zwischen zwei Personen: ein rein taktisches Manöver, um sich aus einer peinlichen Lage zu befreien. Er hatte Brickman zu verstehen gegeben, dass ihm, wenn er alles tat, was von ihm verlangt wurde, gemeinsam mit seinen beiden Mutanten-Gefangenen freies Geleit aus dem Land zugestanden würde. Brickman hatte das alles ohne angemessene Dankbarkeitsbezeugungen akzeptiert, und dann war er noch so unverschämt gewesen, dasselbe für eine Langhündin zu fordern!

Wieder hatte Tōshirō seinen Ärger hinuntergeschluckt und ohne Einwände zugestimmt. Vier, vierzehn oder vierzig; die Anzahl war rein akademisch. Tōshirō hatte nicht gezögert, Noburō und seine beiden Rotgestreiften zu töten, um seinen vorherigen Irrtum zu verschleiern; diese drei lästigen Ausländer würden das gleiche Schicksal erleiden. Hatte er sich ihrer erst entledigt, stünde ihm nichts mehr im Weg. Die Verschwörer wären entweder tot oder unsterblich kompromittiert; seine Position dem Shōgun gegenüber wäre gestärkt, und er wäre seinem höchsten Wunsch einen Schritt nähergekommen.

Von der Poststation bei Midiri-tana aus war Tōshirō während der verbliebenen Nacht in nördliche Richtung geritten, auf Ari-saba zu, den Wolkenkrieger mit dem Gesicht nach unten über den Rücken seines Pferdes gelegt, wie ein Jäger, der einen erlegten Hirsch nach Hause bringt. Als die Morgendämmerung anbrach, hatte der Herold seinem Gefangenen vorsichtshalber eine Augenbinde angelegt. Wenn sein Plan Erfolg haben und seine Position gestärkt werden sollte, war es von äußerster Wichtigkeit, dass Brickman die Identität seines Wohltäters nicht kannte.

Die Zwanzig-Kilometer-Reise nahm nicht viel Zeit in Anspruch. In den Außenbezirken Ari-sabas warteten seine beiden Rotgestreiften auf ihn – ein Teil der Tarnung, mit der ihn entgegenkommenderweise der Hofkämmerer Ieyasu, der zweitmächtigste Mann im Shōgunat Toh-Yotas, ausgestattet hatte. Während sich seine Männer Brickmans annahmen, vertauschte Tōshirō sein schwarzes Assassinengewand gegen das Reisekostüm eines Samurai, dann stieg er wieder aufs Pferd und führte die beiden Fußsoldaten und den Gefangenen durch den Morgennebel zur Poststation, in der er tags zuvor Räume gemietet hatte. Sie kamen an, bevor die ersten Diener sich zu rühren begonnen hatten, und konnten unbeobachtet ihr Quartier beziehen.

Steve wurde den größten Teil der folgenden Tage über sicher gefesselt und mit Augenbinden versehen gehalten. Aus den für ihn unverständlichen Gesprächen ging hervor, dass er von zwei Japanern bewacht wurde, und er hörte die gedämpften Stimmen der draußen vorbeigehenden Leute, aber nichts ergab einen Sinn. Das einzige Ereignis, an dem Steve die verstreichende Zeit ablesen konnte, waren zwei Näpfe Reis mit Gemüse. Sie wurden mit einigen Stunden Abstand von seinen ungesehenen Gefangenenwärtern gebracht, die dann seine rechte Hand losbanden und sie zu dem auf dem Boden zwischen seinen Knien platzierten Napf führten.

Inzwischen blieb Tōshirō in seinem Quartier und arbeitete seine nächsten Züge aus. Als er glaubte, alle Eventualitäten bedacht zu haben, und wusste, was er dem Wolkenkrieger sagen würde, begab er sich in den Raum, in dem die Rotgestreiften untergebracht waren, und befahl ihnen, vor der Tür Wache zu stehen, während er den Gefangenen befragte.

Bevor er auf die Grundsprache umschaltete, rollte der Herold zwei Baumwollstreifen zusammen und steckte sie sich in die Backentaschen, damit seine Stimme anders klang. Indem er sich als Kollege Noburōs und des Mannes in Schwarz ausgab, unterbreitete er dem Wolkenkrieger seinen Aktionsplan. Steve, mit Augenbinde, hörte aufmerksam zu und enthielt sich aller Einwände und Fragen. Der Herold war durch diese ungewohnte Zurückhaltung so verunsichert, dass er sich bemüßigt fühlte, sich näher über mögliche Gefahren und die Punkte des Planes auszulassen, an denen seiner Ansicht nach besondere Vorsicht geboten war. Brickman quittierte diese Anmerkungen mit demselben Gleichmut und tat mögliche Probleme mit der Bemerkung ab: »Wenn wir diese Brücke erreichen, werden wir auch darüberkommen.«

Die Zuversicht des jungen Mannes war unglaublich. Tōshirō erkannte, dass er sorgfältig darauf würde achten müssen, sich nicht in seinem Gefühl der Überlegenheit irreführen zu lassen, indem er diesen schlecht erzogenen Kerl unterschätzte. Brickman mochte aus einer anderen

Welt mit völlig verschiedenen Werten kommen, aber er war mit einer Intelligenz ausgestattet, die in jeder Hinsicht so scharf und flexibel wie seine war.

Der Herold fuhr mit der Darlegung seines Planes fort, Steve als Straßenläufer in das System einzubauen. Sobald er registriert war, würde seine unverzügliche Überstellung in das Hauptpostdepot der Regierung in Min-Orotas Distrikt in Angriff genommen werden. Dann stünde es ihm frei, sich offen und legal überall in Ne-Issan zu bewegen.

Der Reiherteich lag ein paar Hundert Kilometer von ihrem derzeitigen Standort entfernt. Die Reise würde mehrere Wochen beanspruchen, denn Steve würde in seiner neuen Rolle Post entlang einer für ihn festgelegten Route austragen müssen. Aber wenn er seine Bestimmung erst erreicht hätte, befände er sich im Zentrum des Geschehens und gehörte zur Residenz des Generalkonsuls Nakane Toh-Shiba, dessen sehnsuchtsvollen Armen Clearwater gegenwärtig zugeführt wurde. Und es wäre seine Aufgabe, Schriftstücke vom Reiherteich zu empfangen und zu ihm weiterzuleiten, wo sein primäres Ziel, Cadillac, eifrig damit befasst war, eine kleine Flotte Flugpferde zu bauen.

Die nächste Zusammenkunft, versprach Tōshirō, würde im Distrikt Min-Orotas stattfinden, nachdem Steve dem Postpersonalstab des Generalkonsuls beigetreten war. Sobald er sich von Grund auf mit der Situation vertraut gemacht hatte, würden sie darüber nachdenken, wie sich Steve seiner Verkleidung als Grasaffe entledigen und dem Poststab beim Reiherteich als Langhund beitreten konnte.

»Angenommen, ich muss vor diesem Zeitpunkt mit Ihnen in Verbindung treten?«

Das war eine Frage, die Tōshirō erwartet hatte. »Das kannst du nicht. Von jetzt an heißt es: ›Rufen Sie uns nicht – wir rufen Sie‹.«

»Ich verstehe … Ich dachte nur, wir würden zusammenarbeiten.«

»Das tun wir auch, aber es ist nur so möglich, Kerl. Mach dir keine Gedanken. Ich werde Sorge tragen, dass immer jemand ein Auge auf dich hat.« Tōshirō log. Er konnte seine Spione und Informanten, die in Fürst Min-Orotas Distrikt für ihn arbeiteten, nicht auf Brickmans Fall ansetzen. Er war zu riskant. Aber es konnte nicht schaden, wenn der Wolkenkrieger glaubte, er stehe von diesem Augenblick an unter Beobachtung. Es mochte seine Lust auf den Versuch dämpfen, etwas auf eigene Faust zu unternehmen.

»Also gut«, sagte Tōshirō. »Das wär's für heute. Wir müssen nach Ari-dina reisen, um dich als Straßenläufer registrieren zu lassen. Dort sitzt der Generalkonsul für diesen Distrikt. Danach bist du auf dich selbst gestellt. Vorausgesetzt, du hältst deine Zunge im Zaum, wirst du keine Probleme haben.«

»Ich werde versuchen, daran zu denken. Dieser … äh … Ort, zu dem wir gehen – ist er weit von hier?«

»Achtzig Kilometer.« Tōshirō hatte einen erschreckenden Einfall. »Können Langhunde so weit laufen? Da du als Mutant verkleidet bist, nahm ich an …«

Steve nickte. »Deshalb haben sie mich für diesen Job ausgesucht.«

Da war noch ein Punkt, der Tōshirō interessierte. »Mein Kollege, der sich mit dir getroffen hat, und Samurai-Hauptmann Naka-Jima haben mir erzählt, was geschehen ist, als die Se-Iko das Lager der Rōnin stürmten. Wie wäre es, wenn du mir die Vorgänge aus deiner Sicht schildern würdest?«

»Haben wir Zeit genug?«

»Doch, sicher. Wir brechen nicht vor morgen früh auf.«

Steve begann mit dem überraschenden Auftauchen der Rōnin, die die Straße überquerten, die Se-Ikos dicht auf den Fersen, und erzählte alles bis zu dem Punkt, an dem ihm der Sake die Zunge gelöst hatte. Der einzige Umstand, den er nicht erwähnte, war, dass Clearwater einige Stunden lang in seiner Nachbarzelle gewesen war – und nur eine Lattenwand zwischen ihnen. Da er nicht in Bezug auf sie gefragt wurde, setzte er voraus, dass sein ungesehener Befrager nichts davon wusste – oder es nicht für wichtig hielt.

Tōshirō wusste es nicht, aber sein Interesse hatte ohnehin in dem Augenblick nachgelassen, als Steve seine Waffen ausgehändigt hatte. Der Herold hatte festgestellt, dass er nur wissen musste, wo sich das Lager befand und wie man Zugang zu ihm erhielt. Diese Informationen konnten in einem Brief mitgeteilt werden, der an Hideyoshi Se-Iko adressiert war, den militärischen Kommandanten des südlichen Distrikts, und unterzeichnet mit »ein Wohlmeinender«. Da es Se-Ikos Samurai nicht gelungen war, alle an dem Überfall auf den Konvoi Beteiligten zu fangen, konnte Tōshirō sich darauf verlassen, dass er die nötigen Maßnahmen ergreifen würde.

Nach der Eliminierung der letzten Überlebenden würde Brickman die einzige Person sein, die von seinem Fehler in Bezug auf die wahre Identität des Liebesobjekts und des falschen Wolkenkriegers wusste. Das Geheimnis war in seiner Brust gut aufgehoben. Es war kaum anzunehmen, dass er Dritten gegenüber Einzelheiten seiner Mission offenbaren würde. Wenn er erfolgreich war, würde er verschwinden; wenn nicht, wäre er tot.

Die Mutanten-Straßenläufer des Depots bei Ari-bani und ihre wechselnden Kollegen waren in einem festen Blockhaus im Hof hinter der Poststation untergebracht. Verpflegung, Unterkunft und Wäschedienst wurden von der *bakufu* bezahlt und vom Wirt geliefert, der in der Regel eine Mutantenfamilie oder eine Gruppe Mutantenfrauen mit diesen Aufgaben beschäftigte. Die Vorstellung, dass Angehörige eines höheren sozialen Ranges für die eines niedrigeren kochten, war undenkbar. Deshalb mussten sich die beiden Hausdienerinnen Clearwaters ihr Essen selbst bereiten. Der Grund, aus dem die Rōnin Steve Essen gebracht hatten, war der, dass sie ihn als Sonderfall ansahen.

Steve und seine vierzehn Kollegen für eine Nacht wurden um fünf Uhr geweckt. Das Wecksignal wurde von einer untersetzten Mutantin mit kräftigen Armen gegeben, die mit einem dicken, langen Knüppel ausgerüstet war. Sie marschierte durch den Raum und schlug vor jeder Matratze mit dem schenkeldicken Knüppel auf die Holzplanken des Bodens. Da sie alle angewiesen waren, mit dem Kopf zur Mitte des Blockhauses zu schlafen, drohten die Knüppelhiebe, Steves Kopf zu zersprengen, und er spürte die Erschütterung in den Zähnen. Für einen vom Schlaf benommenen Kopf glich der Lärm einem Erdbeben und bewirkte, dass die Mutanten im Nu auf und wach waren.

Steve sprang auf die Füße und eilte über den gepflasterten Hof in den Badeschuppen für Mutanten. Als Bedienstete der *bakufu* und wegen ihres täglichen Kontakts mit

Eisenmeistern waren die Straßenläufer zu größter Sauberkeit verpflichtet.

Als er fertig war und ein freundlicher Junge einen Eimer kaltes Wasser über seinem Kopf ausgegossen hatte, trocknete sich Steve ab und legte ein baumwollenes Hüfttuch an, während der Junge seinen Eimer neu füllte, um den nächsten Mutanten zu taufen, der aus der dampfenden Wanne gestiegen war.

Der Junge war ein Eisenfuß, ein Name, mit dem in Ne-Issan geborene Mutanten bezeichnet wurden. Er leitete sich von den Fußschellen her, die zu tragen Mutantensklaven und Wagner-Renegaten oft gezwungen wurden. Steve, der noch keine Gelegenheit gehabt hatte, sich längere Zeit mit einem erwachsenen Eisenfuß zu unterhalten, fragte sich, ob sich diese Sklaven der zweiten und dritten Generation immer noch dem Prärievolk verbunden fühlten. Seit er ein Straßenläufer geworden war, hatte er entdeckt, dass die unüberbrückbare Kluft zwischen den verschiedenen Clans in Ne-Issan gewaltsam zugeschüttet worden war. Die D'Troit, erbitterte Feinde der She-Kargo, die San'Paul, San'Louis, C'Natti und M'Waukee waren ohne Rücksicht auf ihre Feindschaft zusammengewürfelt worden.

Bei Gesprächen mit anderen Straßenläufern, die er auf dem Weg nach Ari-bani traf, hatte er gehört, dass die Eisenmeister bei Auseinandersetzungen zwischen den Angehörigen verschiedener Clans sehr hart vorgingen – besonders, wenn behelfsmäßige Waffen eine Rolle dabei spielten. Steve war bei den Über-Nacht-Aufenthalten Zeuge latenter Feindseligkeiten zwischen D'Troit und M'Waukee geworden, aber es war immer mäßig zugegangen. Es war nie zu den provozierenden Gesten und Beleidigungen gekommen, die Anlässe zu den Gewaltausbrüchen gewesen waren, die er in der Woche erlebt hatte, als sich die Clans an den Handelsposten versammelt hatten.

Mutantensklaven zogen die Gesellschaft ihrer Clan-Brüder und -Schwestern immer noch vor, aber ein paar Jahrzehnte der Sklaverei hatten die Macht der alten Traditionen geschwächt. Das Leben unter der Knute der Eisenmeister hatte das Prärievolk etwas gelehrt, das sie in den Jahrhunderten brüderlichen Streits zu lernen versäumt hatten: die Vorzüge einer friedlichen Koexistenz. Es wäre nicht ohne Ironie, dachte Steve, wenn der Sinn für die Zusammengehörigkeit des Volkes, von der in der Talisman-Prophezeiung die Rede war, hier geboren würde, unter denen, die Mr. Snow »die Verlorenen« nannte.

Musste man die Freiheit erst verlieren, um sie zu gewinnen? Was bedeutete dieses Wort – das im Wörterbuch der Föderation nicht auftauchte – wirklich? Steve wusste, dass sie mit dem Fehlen einer Kontrolle durch eine zentrale Autorität zusammenhing, wie sie etwa in der Ersten Familie verkörpert war. Aber genau dieses Fehlen war es, das, der Ersten Familie zufolge, den Zustand anarchistischer Gewalt und Degeneration mit sich gebracht hatte, der zum Holocaust geführt hatte.

Führte Freiheit ohne Gemeinschaftssinn immer zur Selbstzerstörung? Bedeutete absolute Freiheit, dass die unerschütterliche Tyrannei der Jeffersons durch das gleichermaßen tyrannische Betragen von Individuen oder Gruppen ersetzt wurde, wenn jeder auf Kosten aller übrigen darum kämpfte, seine eigenen, engstirnigen Interessen zu schützen oder zum Allgemeingut werden zu lassen? Führte diese Art von Freiheit am Ende zum Chaos und zu einem Punkt, an dem die größte Gruppe Benachteiligter in einer solchen Gesellschaft jede Form des Protests als hassenswert betrachtete und eine Rückkehr zu den selbstherrlichen Gesetzen einer zentralen Autorität verlangte?

Vielleicht war das die wahre Weisheit der Ersten Familie. In der abgeschlossenen Untergrundwelt der Föderation schuf der unbedingte Gehorsam, der verlangt und fast immer auch geleistet wurde, für jedermann eine Rolle, einen Sinn und Befriedigung durch das Wissen, dass gemeinsames Handeln, und sei es auch geplant – die Bemühungen aller Individuen –, die Gesellschaft der Verwirklichung eines großen Traumes Schritt für Schritt näher brachten: ihrer Rückkehr in die Blauhimmelwelt. Eine geordnete, friedliche Welt unter der ständigen Verwaltung der Jeffersons, nicht das eigennützige Handeln, das zum Holocaust geführt hatte. Geordnet nicht durch Zwang, sondern weil alle demselben Ziel zustrebten und dieselben Ideale hatten; friedlich, weil die Feinde der Menschheit (deren einzige Überlebende zu sein die Wagner glaubten), die die Welt an den Rand der völligen Selbstzerstörung gebracht hatten, vom Angesicht der Erde gewischt worden waren.

Die Mutanten glaubten, dass die Talisman-Prophezeiung eine Vorschau auf das Bevorstehende sei, aber vielleicht war das, wie Steve anfangs gedacht hatte, ein bloßes Hirngespinst; die Sehnsucht nach einem längst verlorenen Sinn.

Während die Wagner ihr unterirdisches Reich angelegt hatten, waren das Prärievolk und die südlichen Mutanten fast tausend Jahre lang frei über den Erdboden gewandert. Sie hatten die Freiheit genossen, die von den härteren Renegaten als zu verweichlichend erachtet wurde – aber was hatten sie damit angefangen? Nichts. Und doch … und doch …

Trotz der Tatsache, dass es dem Prärievolk nicht gelungen war, etwas von der Großartigkeit des John-Wayne-Platzes zu schaffen, dass es nur wenige Habseligkeiten besaß und immer noch von Mann gegen Mann mit spitzem Eisen kämpfte, lebten sie im Einklang mit der Umwelt und standen in direkter Berührung mit den urtümlichen Gewalten, die sie geschaffen hatten. Sie konnten weder schreiben noch lesen, aber ihr Blick war rein, und ihr Denken war offen für die Schau anderer Welten. Sie machten Musik auf primitiven Saiten- und Schlaginstrumenten und sangen selbst ersonnene Lieder.

In der Föderation war dieser schöpferische Bereich ein ausschließliches Vorrecht der Ersten Familie – mit Ausnahme natürlich des verbotenen Handels mit Blackjack. Aber die Familie mochte auch das produzieren und den Markt dafür zu ihren eigenen unergründlichen Zwecken kontrollieren.

Auch in Ne-Issan machte man Musik auf nicht elektrisch verstärkten Instrumenten, und da auch die elektronische Nachrichtenübermittlung noch der Entdeckung harrte, notierte eine riesige Armee von Schreibern die durch das Postsystem übermittelten Informationen, zeichnete Transaktionen auf und hielt Ereignisse für die Nachwelt fest. Aber es gab noch eine andere Klasse von Schreibern, die freie Folgen von Ideogrammen komponierten – so hießen die unverständlichen Zeichen, mit denen die Eisenmeister Aufzeichnungen des gesprochenen Wortes herstellten – und offenbar zeichneten sie keine Daten auf, sondern erfanden sie; nahmen Details aus dem realen Leben, um imaginäre Situationen zu schaffen, in denen imaginäre Leute handelten. Diese Folgen von Ideogrammen waren wie aufgezeichnete Träume; sie trugen die Bezeichnungen Gedichte und Geschichten und wurden anderen Menschen zu lesen gegeben.

Steve hatte diese unterschiedlichen Schreiber bei der Arbeit gesehen, wie sie in den kleinen, vorn offenen Häusern saßen, die entlang der Hauptstraßen der Dörfer und Gemeinden standen, durch die er auf dem Weg von Aridina nach Ari-bani kam. In anderen Geschäften waren eine unbestimmbare Zahl von Händlern und Handwerkern untergebracht: Kerzen- und Laternenmacher, Korb- und Mattenflechter, Färber, Zimmerer, Möbelschreiner, Sattelmacher, Stellmacher, Töpfer, Kunst- und Hufschmiede, Kaufleute in Baumwoll- und Seidenkleidern, Sake-Lieferanten und Lebensmittelhändler. Die Liste war endlos.

Und er hatte Eisenmeister gesehen, die mit Pinseln auf Stellwänden aus Papier und Seide oder Holz farbige Bilder schufen. Darauf waren Szenen aus der Natur zu sehen, Tiere auf Waldwiesen, in Bäumen sitzende Vögel, Reiter bei der Verfolgung von Berglöwen, heitere Landschaften mit Wasserfällen und fernen, schneebedeckten Bergen; Bilder, die mit Leben erfüllt waren und alles übertrafen, was COLUMBUS geschaffen hatte. Und es gab Leute, die merkwürdige Tiere und menschliche Gestalten mit finsteren Gesichtern aus Blöcken aus Holz oder Steinen herausbildeten.

Steve konnte nicht begreifen, wie jemand Dinge schaffen konnte, die keinen nützlichen Zweck erfüllten, aber in ihm war etwas, das auf die Geschicklichkeit und Hingabe der Künstler ansprach. Diese Formen erfreuten das Auge, aber was ihn am meisten beeindruckte, war der Umstand, dass die regierenden Mächte in Ne-Issan ihren Untertanen erlaubten, Gedichte, Bilder und Gegenstände zu erschaffen und anderen weiterzugeben.

In der Föderation war so etwas nicht erlaubt; sogar unmöglich. Wagner waren zwar mit Konstruktions- und Produktionsprozessen befasst, aber erdacht und entworfen wurde alles von der Ersten Familie – einschließlich des Lebens selbst.

Kunst und Literatur waren zwei weitere Bezeichnungen, die im Wörterbuch der Föderation nicht vorkamen. Die einzigen Bilder, die sich Wagner anschauen konnten, waren jene, die über den öffentlichen Archiv-Kanal bezogen wurden, und die obligatorischen Wandhologramme des Gründervaters und des gegenwärtigen General-Präsidenten. Niemand spielte Instrumente; die elektronisch produzierte Musik kam durch die Lautsprecher. Wagner schrieben nicht, sie tippten auf Tasten. Selbst wenn ihnen der Einfall gekommen wäre, hätte es nichts gegeben, worauf sie hätten schreiben können – oder womit. Papier gab es nicht. Was ihm am nächsten kam, war der Plasfilm, der zur Herstellung der an die Kommandanten der Wagenzüge verteilten Karten benutzt wurde.

Abgesehen vom gesprochenen Wort bestand die einzige Kommunikationsmethode in der Nutzung des von COLUMBUS kontrollierten Netzes von Video-Schirmen. Die Jeffersons produzierten keine Fiktionen. Sie befassten sich nur mit Fakten, und alle von ihnen entworfenen und unter ihrer Aufsicht geschaffenen Gegenstände hatten festgelegte Funktionen.

Im letzten Jahr hatten Steves Erfahrungen in der Oberwelt Zweifel an der Wahrheit vieler Informationen hervorgerufen, mit denen die Erste Familie die Wagner abspeiste. Aber er stellte nicht ihr Recht auf Geheimhaltung in Frage. Die Notwendigkeit, Informationen zu verschweigen, schien ihm ein integraler Bestandteil der menschlichen Natur. Seine persönliche Suche nach der Wahrheit war nicht durch den Wunsch motiviert, den Menschen insgesamt eine Wohltat zu erweisen; er wollte nur zu der Gruppe der Auserwählten gehören, die wussten, was wirklich ablief.

Zumindest wünschte sich das seine dunklere Seite. Aber es gab noch eine andere Seite seiner Natur, der es die Oberwelt angetan hatte, und die ihm rebellische Gedanken eingab. Dieser andere Brickman hatte angefangen zu erkennen, dass die leitende Hand der Ersten Familie eine eiserne Faust war, die um die kollektive Kehle des Wagnertums geklammert war und alle freien Gedanken und Gefühle erwürgte. Und es war diese Hälfte seiner Seele, die ihren Griff brechen, ihre Unterwelt in Stücke sprengen und ganz von vorn anfangen wollte.

Als er zum Blockhaus zurückkam, faltete Steve Strohmatratze und Decke zusammen und legte sie in einem säuberlichen Stapel an die Wand. Als die anderen Bewohner das Gleiche getan hatten, wurden vier niedrige Tische in die Mitte des Raumes getragen, und der Bedienungsstab servierte das Frühstück. Es war eine alte Sitte bei den Straßenläufern, dass sie bei allen Mahlzeiten nur ihre losen Baumwollhemden und Hüfttücher trugen, um ihre Uniformen so sauber wie möglich zu halten. Als Teil der Abmachung zwischen dem Wirt und dem Postmeister hielt der Mutantenstab einen kleinen Vorrat an Uniformen sowie einen Waschservice bereit, sodass ankommende Straßenläufer von der Reise verstaubte Kleider gegen saubere eintauschen konnten, bevor sie sich wieder auf den

Weg machten. Das Einzige, wovon sich die Läufer nie trennten, war ihre Halskette mit einer Kupferplakette von der Form einer Banane. In das Metall waren Wort-Zeichen der Eisenmeister und Zahlen eingeprägt. Das war ihre ID-Karte, ihre Essensmarke und ein Ausweis für den Eintritt in ein gutes Leben – das heißt, so gut, wie es ein Mutant in Ne-Issan erhoffen konnte.

Die Straßenläufer saßen mit gekreuzten Beinen zu je vieren an einem Tisch; Steve teilte den am weitesten von der Tür entfernten Tisch mit einem Mitglied der San'-Louis – Freunde der D'Troit – und einem weiteren She-Kargo-Mutanten, dem Ersten, dem er seit Verlassen des Handelspostens begegnet war. Deer-Hunter vom Clan M'Kewan war während der letzten beiden Jahre seiner vier Jahre als Sklave Straßenläufer gewesen. Er erzählte Steve, dass weitere drei Jahre auf der Straße vor ihm lägen, bevor seine Zeit abgelaufen sei.

»Was geschieht danach?«, fragte Steve.

Deer-Hunter runzelte die Stirn. »Hat dir das niemand gesagt?«

»Niemand hat mir irgendwas gesagt. Ich bin eben vom Schiff gekommen.«

Deer-Hunter hob die Augenbrauen. »Du bist schnell.«

Steve bemühte sich, bescheiden zu klingen. »War wohl eher Glück, schätze ich.«

»Das hat nichts mit Glück zu tun«, grunzte der San'Louis. »Die raffinierten She-Kargo kriegen immer die besten Jobs, weil sie ihre Nasen so dicht an den Ärschen der Eisenmeister haben.«

Steve und Deer-Hunter betrachteten den Mutanten, ließen sich aber nicht provozieren.

»Du wolltest mir sagen …«

»Du kriegst den Fangschlag«, sagte Deer-Hunter.

»Du meinst, man endet wieder in Ketten.«

»Nein. Du endest unter der Erde.« Diese Aussicht schien Deer-Hunters Appetit nicht zu mindern.

Steve starrte ihn an. »Süße Himmelsmutter! Weshalb?«

Deer-Hunter zuckte die Achseln. »Frag mich nicht. Vielleicht wollen sie verhindern, dass sich zu viele vom Prärievolk in Ne-Issan auskennen. Wer seine Augen offen hält, kriegt eine Menge von dem mit, was passiert. Diese Totengesichter haben eine Menge schöner Gärten; aber man darf sie nicht umgraben.«

»Aber sie scheinen alles gut unter Kontrolle zu haben. Man braucht ja fast eine Erlaubnis, um atmen zu dürfen.«

»Das stimmt, aber wenn es so weitergeht wie bisher, gibt es hierzulande schon bald mehr von uns als von ihnen.«

»Ein interessanter Gedanke«, sagte Steve. »Und danke, dass du mir die Augen geöffnet hast. Hätte ich gewusst, dass sie es auf meinen Kopf abgesehen haben, würde ich den Job nicht angenommen haben.«

»Dann wärst du verrückt gewesen. Es ist der beste, den es gibt.«

»Ja, aber … stört es dich denn nicht, zu wissen, dass du nur noch drei Jahre hast?«

Ein weiteres Achselzucken. »Niemand lebt ewig.«

»Mo-Town hat Durst, Mo-Town trinkt …«

»Genau.« Deer-Hunter wischte den letzten Fingervoll Reis aus seinem Napf. »Und falls du es noch nicht kapiert hast, lass es mich dir noch einmal deutlicher sagen. Du musst hier nicht unbedingt einen Fehler machen, um Schwierigkeiten zu kriegen. Wenn eines dieser Totengesichter Lust hat, dir den Kopf abzuschlagen, muss er nicht lange um Erlaubnis fragen. Er tut es einfach. Und du siehst aus, als wärst du unter den ersten Kandidaten.«

»Weshalb?«

»Die Augen.« Deer-Hunter schnippte mit den Fingern nach dem jungen Eisenfuß, der Steve im Bad mit Wasser begossen hatte.

Der Junge eilte mit einem Napf voll Wasser herbei und hielt ihn hin.

»Es liegt daran, wie du die Leute anschaust.« Deer-Hunter tauchte seine Finger ins Wasser, wischte sich über den Mund und trocknete sich mit dem Tuch ab, das der Junge über dem Arm trug. »Die Totengesichter mögen keine dreisten Mutanten.«

»Ich weiß.« Steve machte seine Finger nass und trocknete sie ab. »Man hat mich schon oft gewarnt.«

Der San'Louis-Mutant, ein Beulenkopf namens Purple-Rain vom V'Chenzo-Clan, bediente sich aus dem Napf und stand auf. Der Junge begab sich an den nächsten Tisch.

Deer-Hunter sah dem sich entfernenden Purple-Rain nach, dann wandte er sich wieder Steve zu. »Vielleicht gefällt es dir, gefährlich zu leben. Wenn nicht, solltest du etwas unternehmen.«

»Das will ich tun. Danke.« Steve erhob sich vom Tisch und zog seine Uniform an: eine lose, safrangelbe Jacke mit passender Hose und ein Tuch in derselben Farbe, das zu einem Streifen gefaltet, um die Stirn gelegt und hinter dem Kopf verknotet wurde.

Deer-Hunter zog sich neben ihm an. »Gibt es unter den M'Calls viele Glatthäutige wie dich?«

»Ein paar.« Steve band sich die schwarze Schärpe um und zog die Schuhe an. Sie besaßen extra dicke Kordelsohlen, die an die dicken Oberteile aus Baumwolle genäht waren, und Bänder, die um den Knöchel gebunden wurden.

»Mich wundert es, dass sie einen wie dich genommen haben. Sie hätten bei den Sandgräbern einen besseren Handel machen können. Hätten sie dich als Jährling gekauft …«

Steve unterbrach ihn. »Die M'Calls geben sich nicht mit den Sandgräbern ab.«

»Vielleicht sollten sie damit anfangen. Warst du bei der Schlacht letztes Jahr? Gegen die Eisenschlange?«

»Ja.« Steve nahm seinen Hüftbeutel mit dem kostbaren Bündel Nelkenblätter. »Wie kommst du darauf?«

Deer-Hunter lächelte. »Die Gerüchte sind schnell. Man sagt, die M'Calls hätten einen Sturmbringer, dessen Magie die Schlange halbieren könnte. Viele Sandgräber starben, aber ihr Biest entkam und spuckte weißes Feuer. Es heißt auch, Mo-Town habe an jenem Tag viel getrunken.«

Steve nickte. »Das nächste Mal werden wir uns besser schlagen.« Er verließ das Blockhaus und ging zur Poststation hinüber. Er wollte nicht noch einmal über die Schlacht zwischen dem Clan M'Call und dem Wagenzug sprechen, der als *Louisiana Lady* bekannt war – besonders, weil er auf der anderen Seite gekämpft hatte.

Innerhalb weniger Minuten hatten sich Deer-Hunter und die übrigen Straßenläufer vor der Poststation in einer Reihe mit respektvoll niedergeschlagenen Augen aufgestellt und zeigten, was Mr. Snow in seiner Abschiedslektion als »ein bisschen Bescheidenheit« bezeichnet hatte. Als sein Mutantenkamerad aus der Blutlinie der She-Kargos hatte sich Deer-Hunter verpflichtet gefühlt, Steve anzuhalten, seinen herausfordernden Ton und die oft hochmütige Art zu mäßigen, in der er die Leute ansah. Nach drei Jahren auf der Flugakademie, wo die Studenten ständig aufgefordert wurden, sich als die Klügsten und Besten zu betrachten, und wo Steve überzeugt gewesen war, der Beste aus dem Haufen zu sein, war das nicht einfach für ihn.

Nach einem Hammerschlag gegen die Eisenglocke erschien der für das Depot verantwortliche junge Eisenmeister mit seinen beiden Hauptschreibern und ging die übliche, mit gerecktem Kinn und finsteren Blicken verbundene Routine durch, schritt gemessen die Reihe ab und vergewisserte sich, dass alle sauber und anständig gekleidet waren und mit dem erforderlichen Maß an Hochachtung auftraten.

Als die Inspektion beendet und die Anwesenheitsliste komplett war, wurde den Straßenläufern gestattet, sich auf eine lange, aus einem Balken bestehende Bank entlang der Veranda neben der Tür vom Posthaus zu setzen. Dort wurden die Läufer jeweils zu viert hereingerufen, um die versiegelten schwarzen Postbeutel in Empfang zu nehmen.

Deer-Hunter war beim ersten Quartett. Nach einer Weile kam er mit dem Ledersack auf dem Rücken wieder heraus. Er hakte die Schulterriemen vorn zusammen und kam, um sich von Steve zu verabschieden.

»Wohin musst du?«

»Uti-ka«, erwiderte Deer-Hunter. »Meine übliche Tour. Kenne sie wie meine Westentasche.« Sie schlugen nach Kriegermanier die Hände gegeneinander. »Seh dich, Bruder.«

»Vielleicht. Pass auf den Weg auf!«

Deer-Hunter grinste, sprang über das Geländer der Veranda und eilte die Straße hinunter.

Steve war in der dritten Gruppe, die hineingerufen wurde. Abgesehen von der Tatsache, dass ihn sein Job immer näher an den Reiherteich brachte, verschaffte er ihm Zugang zu detaillierten Karten Ne-Issans. An einer Wand einer jeden Poststation hing eine große, handgezeichnete Karte des vom Depot versorgten Gebietes. An der gegenüberliegenden Wand war eine ebenso große Karte des Reichs der Eisenmeister, auf denen die Distrikte, die größeren Straßen und das Netzwerk der Poststationen eingezeichnet waren. Außerdem standen dort die Namen der Familien der Landfürsten und der Plätze, Gebirge und Flüsse auf Japanisch und in der Grundsprache.

Da die Mutanten keine Schriftsprache besaßen, war Steve zu Beginn seiner Reise gezwungen gewesen vorzugeben, er könne nicht lesen, und man hatte ihm beigebracht, die Namen seines Zielortes und der Ortschaften unterwegs auszusprechen und zu erkennen. Er hatte sie dann für den Schreiber wiederholt, anfangs unter Stottern, dann mit zunehmender Sicherheit, bis ihn der Dink zufrieden losgeschickt hatte. Er hatte dieses Manöver bei jeder Poststation wiederholt und seine Lesefähigkeit gradweise verbessert, und immer sorgsam darauf geachtet, ab und zu einen Fehler zu machen, damit er nicht auffiel.

Dank seines fotografischen Gedächtnisses hatte Steve jetzt ein deutliches Bild des Landes im Kopf und wusste genau, wohin er ging. Und er kannte die relative Größe und Lage der Distrikte.

Anstelle der mehr oder weniger willkürlichen und starren Grenzen zwischen den Staaten des Amerika vor dem Holocaust tendierten die Distrikte der Eisenmeister eher dazu, den natürlichen Linien von Flüssen oder Seen zu folgen. Yama-Shitas Distrikt war der einzige, der von den

Großen Seen im Westen bis zum östlichen See an der Mündung des Uda-sona-Flusses reichte. Hier zerfiel Toh-Yotas Reich in zwei Teile, und die nördliche Hälfte – ein schmaler Streifen, der vom Westufer des Uda-sona bis zum San-Oransa-Fluss verlief – lag zwischen den Distrikten Yama-Shitas und Min-Orotas.

Die Karten boten keinen Hinweis darauf, wer bei einem Feuergefecht zurückweichen würde, aber aus strategischer Sicht lagen die Yama-Shitas günstiger. Sie konnten nicht eingekreist werden, und die Flüsse und Seen, die einen Großteil ihrer Grenzen bildeten, schränkten die Anzahl der Punkte, von denen aus sie angegriffen werden konnten, stark ein. Es war nicht überraschend, dass sich der geheimnisvolle Kollege des Mannes in Schwarz für eine verdeckte Operation ausgesprochen hatte, die, wenn sie schiefging, den Wagner-Renegaten und Mutanten in die Schuhe geschoben werden konnte.

Einer der Schreiber nötigte Steve an die Distrikt-Karte und deutete auf einen Ort westlich des Uda-sona. »Heute du gehen an diesen Ort. Sapirina-fida; verstehen?«

Steve verneigte sich. »Sapirina-fida.«

Der Schreiber deutete auf eine dritte Karte, die das Straßennetz Ari-banis zeigte. »Du gehen Fluss diesen Weg. Nimmst du Fähre an Uh-tha-Seite. Wir geben dir speziale Ausweis für Überfahrt. Jetzt du mir zeigen Weg, du müssen gehen.«

Steve gab vor, angestrengt nachzudenken, dann zog er rasch mit dem Finger die Route von der Poststation zur Fähre nach, trat dann an die größere Karte und fuhr die Straße von Albany bis zu der Prä-Holocaust-Stadt Springfield, Massachusetts, entlang.

Mit einem zufriedenen Grunzen ging der Schreiber

wieder hinter die Theke zurück und schrieb die Wort-Zeichen, die auf Steves Plakette gestempelt waren, auf einen Fährpass, den er ihm zusammen mit dem Postsack reichte.

Steve nahm beides mit einer anmutigen Verbeugung entgegen, machte mit gesenktem Blick fünf Rückwärtsschritte auf die Tür zu, verneigte sich noch einmal und ging hinaus.

Aufgeblasene Furzer …

Steve rückte den Postsack auf seinem Rücken zurecht, winkte den verbliebenen Straßenläufern zu und machte sich zur Fähre auf. Obwohl traditionell als die niedrigste Lebensform betrachtet, waren Mutanten, die als Straßenläufer tätig waren, dennoch Diener des Shōgunats. Getreu dem Grundsatz, dass die Post unter allen Umständen zugestellt werden musste, hatte die *bakufu* beschlossen, von den Läufern nicht zu verlangen, dass sie jedermann unterwegs durch einen Kotau begrüßten, außer berittenen Samurai und Noblen oder hohen Hofbeamten, die in Sänften getragen wurden. Die Letzteren wurden immer von Samurai eskortiert und waren deshalb schon aus großer Entfernung auszumachen. Es war ein sinnvoller Erlass; wären die Straßenläufer verpflichtet gewesen, sich jedes Mal zu verbeugen, wenn sie einem sozial Höhergestellten begegneten, wäre das ganze Postsystem zusammengebrochen.

Wo die Straße auf den Fluss traf, mündete sie in einem langen, hölzernen Landesteg. Mehrere Schiffe verschiedener Formen und Größen lagen daran vertäut. Stromaufwärts, links von Steve, lag ein zweimastiger Raddampfer. Steve streifte ihn mit einem zufälligen Blick, als er nach der Anlegestelle der Fähre suchte. Er fand sie fast ganz rechts.

Er war schon ein paar Schritte in diese Richtung gegangen, als ihm plötzlich einfiel, dass der Raddampfer dieselbe Bemalung aufgewiesen hatte wie der, auf dem er nach Ne-Issan verschifft worden war. Er drehte sich um und eilte darauf zu. Es war dasselbe Schiff! Dieselben Wimpel und Banner wehten an den Masten und Relingpfosten. Side-Winder hatte beim Abschied gesagt, die Raddampfer würden alle Teile Ne-Issans anlaufen. Und hier war er! Es war ein unglaublicher glücklicher Zufall. Jetzt musste er nur noch Side-Winder finden, und der Tag war gerettet.

Und wahrhaftig, dort stand er, mit dem Rücken zu Steve, und sprach mit einer Gruppe Mutantenschauerleuten, das rote Tuch um den rasierten Kopf geknotet. Als sich Steve der Gruppe bis auf ein paar Meter genähert hatte, wandte er seine Aufmerksamkeit dem Raddampfer zu. Während er das Schiff eingehend betrachtete, legte er den linken Zeigefinger hinters Ohr, ertastete den winzigen implantierten Sender/Empfänger und drückte darauf, um ihn zu aktivieren. Der zweite Druck schaltete ihn wieder aus. Er drückte ihn an und aus, morste sein Rufzeichen: H-G-F-R. Hangfire.

Für jeden etwaigen Beobachter sah es so aus, als kratze er sich am Hals. Side-Winder warf einen beiläufigen Blick über die Schulter, als er das schwache, aber unverwechselbare Summen in seinem Kopf hörte, und erblickte Steve. Er rieb sich den Nacken und sandte die Buchstaben M-X, um zu verstehen zu geben, dass die Botschaft empfangen und verstanden wurde.

Steve schlenderte über die Rampe zurück. Jetzt, da er einen legalen Status besaß, lief er nicht mehr Gefahr, den Behörden aufzufallen, aber er konnte es sich nicht leisten, herumzulungern. Da klopfte ihm Side-Winder auf die Schulter.

»Du bist wirklich der Letzte, dem zu begegnen ich erwartet hätte.«

»Das gilt auch umgekehrt«, sagte Steve. Sie schlugen die Hände gegeneinander.

Side-Winder betrachtete ihn kritisch. »Weißt du was? Als du das Schiff bei Pi-saba verlassen hast, hätte ich keinen Rattenarsch darauf gesetzt, dass du überleben würdest. Ich habe Mutter sogar gesagt, nach meiner Meinung würdest du es keine Woche lang machen. Alle Achtung, Amigo. Für einen so unbedarften Burschen, wie du einer bist, hast du dich gut geschlagen. Aber es sieht so aus, als hättest du noch etwas auf dem Herzen.«

»Hör zu!«, erwiderte Steve. »Ich hab keine Zeit, dir das Wo und Wie zu erklären, aber ich hab mein Funkmesser verloren. Stehst du noch in Verbindung mit Mike-X-Ray Eins?«

MX-1 war der Codename für Commander Karlstrom. »Mutter« war sein Spitzname bei den Mexikanern.

»Ja, was willst du ihm erzählen?«

»Sag ihm, ich wäre immer noch an dem Fall. Ich habe meine Ziele in der Nähe von Bo-sona ausgemacht und bin jetzt auf dem Weg dorthin.«

»Zum Reiherteich?«

»Ja. Du tust mir einen großen Gefallen, wenn du das weitergibst.«

»Gehört alles zum Service. Brauchst du irgendwelche Hilfe?«

Steve machte ein unglückliches Gesicht. »Schon möglich. Das Problem ist nur, ich werde es erst wissen, wenn ich dort ankomme.«

»Ja.« Side-Winder sog an seinen Zähnen. »Ist'n harter Job.«

»Ein Problem gibt es, bei dem du mir helfen könntest.«

»Okay. Lass hören!«

Steve fragte sich, wie viel er dem Mexikaner erzählen konnte, ohne sich bloßzustellen. »Es geht um Folgendes: Ich muss zwei Leute hier rausholen. Der Reiherteich ist in der Nähe eines Ortes namens Mara-bara, westlich von Ba-satana. Ich denke schon, dass ich diesen Teil schaffe. Ich frage mich nur, wie ich von dort wegkommen soll. Nach den Karten in der Poststation sind die Entfernungen riesig.« Er machte eine hilflose Gebärde. »Ich weiß nicht, wie ich es schaffen soll.«

»Wohin musst du?«

»Zur Föderation zurück. Aber da liegt der Hund begraben – ich muss über Wyoming.«

Side-Winder stieß einen leisen Pfiff aus. »Wyoming ...?«

»Ich habe keine andere Wahl. Dort ist mein drittes Ziel.«

»Du hast recht; du hast ein Problem. Da haben sie dir aber beim ersten Mal draußen gleich eine hübsche Aufgabe gestellt.«

»Nach meiner Schätzung müssen es von Ba-satana bis zum Eriesee ungefähr achthundert Kilometer sein.«

»Ungefähr. Und von dort aus sind es nochmals zweieinhalbtausend Kilometer bis Wyoming. Wenigstens.«

»Ich bin auf knapp zweitausend gekommen. Aber fünfhundert mehr oder weniger ...« Steves Blick fiel auf den Dampfer, und er fragte: »Wie ist das Ding hierhergekommen?«

»Durch den Kanal.«

»Denselben, der uns nach Pi-saba brachte?«

»Nein. Dieser Kanal verläuft durch Yama-Shitas Distrikt. Er war die Grenze zwischen den Yama-Ha und den Matsu-Shita, bevor sich die Familien zusammenschlossen. Er beginnt bei Bu-faro am Eriesee, führt durch Uti-ka bis Taro-ya ein paar Kilometer flussaufwärts von hier.«

Steves Blick folgte seinem ausgestreckten Arm. »Angenommen, ich schaffe es, meine beiden Ziele hier am Reiherteich zu erreichen, wie groß sind meine Chancen, eine Schiffspassage zu bekommen?«

»Zum Eriesee?« Der Mexikaner schürzte die Lippen. »Werden diese Burschen um sich treten und schreien?«

»Nein. Wenn alles wie geplant verläuft, werden sie es eilig haben, fortzukommen. Das gilt auch für mich. Ist es möglich?«

»Theoretisch ja. Aber selbst wenn es geht, ich könnte keine drei blinde Passagiere unterbringen. Ich konnte dir eine freie Passage verschaffen, aber du hattest es schon selbst geschafft, an Bord zu kommen.«

»Ich verstehe. Die Sache ist nur, wir könnten zu viert sein. Verschiffen die Eisenmeister Mutanten und Wagner?«

»Ja, ab und zu. Aber du müsstest Papiere haben. Einen Reisepass und ein Dokument, das bestätigt, dass du von jemandem in Bu-faro gekauft worden bist. Am besten wäre ein Sklavenhändler.«

»Verdammt! Das ist komplizierter, als ich dachte.«

»So ist es immer.«

Steve dachte kurz nach und hatte eine Idee. »Okay, nehmen wir an, ich kann die Papiere beschaffen. Was muss in ihnen stehen?«

Side-Winder teilte ihm den üblichen Wortlaut und den Namen eines Sklavenhändlers in Bu-faro mit. »Ich begreife nicht, was dir das nützen soll. Du kannst nicht einmal Japanisch sprechen, geschweige denn schreiben.«

»Lass das meine Sorge sein.«

»Okay, angenommen, du schaffst es nach Bu-faro. Was willst du dann tun?«

Steve grinste. »Aha, das willst du also wissen. Ich hoffe, du kannst mir eine Ballonsonde beschaffen.«

»Meine Fresse! Du gibst nie auf, was?«

»Ich weiß, es ist ein bisschen viel verlangt – aber du bist mein einziger Kontakt zur Föderation.«

»Ja; okay … und wann soll das ungefähr sein?«

Steve hob die Schultern. »Kann ich nicht sagen. Wie lange wirst du auf dieser Route arbeiten?«

»Von Erdbeben, Fluten, Havarie und Bürgerkrieg abgesehen, sollten wir diese Fahrt noch vier Monate lang machen. Der Umkehrpunkt ist vierundzwanzig Kilometer südlich von hier. Ein Ort namens Byo-yoko. Dort mündet dieser Fluss in den östlichen See.«

»Ja, ich habe es auf der Karte gesehen. Es gibt eine Reihe Inseln dort.«

Side-Winder nickte. »Der Shōgun hat auf einer von ihnen einen Palast. Hast du gewusst, dass vor dem Holocaust mehr als fünfundzwanzig Millionen Menschen hier gelebt haben? Fünfundzwanzig Millionen, auf ein paar Quadratkilometer zusammengepfercht! Kannst du dir das vorstellen?«

Steve schüttelte den Kopf. »Das ist vermutlich der Grund dafür, dass am Ende einer den anderen umgebracht hat.«

»Vielleicht … Gegen Mittag fahren wir nach Nyo-yoko, zwei Tage später sind wir wieder hier, dann geht's auf nach Bu-faro. Das dauert hin und zurück ungefähr drei Wochen. Behalt das im Kopf. Wenn du es zeitlich hinkriegst, kannst du mit uns fahren, und ich werde tun, was ich kann. Diese Dinks sind oft unberechenbar. Die Fahrt könnte leichter für dich sein, wenn du einen Freund an Bord hast.«

»Sicher.« Steve boxte Side-Winder gegen die Schulter. »Muss abhauen, aber … ich weiß das wirklich zu schätzen. Hättest du mir nicht geholfen auf dem Weg …«

Side-Winder winkte ab. »Wenn wir uns je wieder zu Hause treffen, und wenn ich diese Beulen aus dem Gesicht hab, teilen wir eine KornGold und tauschen unsere Erlebnisse aus. *Buena suerte!*«

»Das gilt auch für dich, Amigo. *Hasta la vista!*« Steve nahm seinen Weg zur Fähre wieder auf.

»He! Ich hab was vergessen!«

Steve blieb stehen, und Side-Winder holte ihn ein.

»Du wirst für die Fahrt bezahlen müssen.«

»Womit?«

»Mit Geld. Hat dir das keiner gesagt?«

Steve starrte ihn verständnislos an.

»Offenbar nicht. Es ist wie mit den Kreditabbuchungen von unseren ID-Karten, nur anders. Vergiss es. Sieht so aus, als hättest du noch eine Menge zu lernen. Find es raus und sieh zu, dass du Geld in die Finger bekommst. Die Reise wird dich fünf Dollar pro Kopf kosten.« Er wandte sich um. »Die Extras nicht eingerechnet! Bring zwanzig Dollar mehr mit, nur um sicher zu sein!«

»Klar! Kein Problem!« Steve seufzte auf und setzte seinen Weg an den vertäuten Booten vorbei fort. Geld … Dollar … Columbus! Als hätte er nicht schon genug Sorgen!

Side-Winder sah Steve nach, bis er den Steg der Fähre betrat. Der kleine Zwillings-Raddampfer hatte soeben vom gegenüberliegenden Flussufer abgelegt. In wenigen

Minuten würde Brickman die nächste Etappe seiner Reise erreichen – obwohl, wenn man die Entfernungen berücksichtigte, der Begriff Odyssee angemessener wäre. Ihn zu treffen war ein glücklicher Zufall gewesen, aber nicht ganz unerwartet. Die AMEXICO hatte ihm mitgeteilt, dass sich Steve einen Job als Straßenläufer gesichert hatte und möglicherweise hierher unterwegs war.

Wie Mutter es geschafft hatte, das herauszufinden, blieb ein Geheimnis; und wie es Brickman so schnell gelungen war, sich in das Postsystem einzuschalten, war ein noch größeres Mysterium. Side-Winder hatte es zwei Jahre harte Arbeit und eine brutale Vorgehensweise gekostet, bis es ihm gelungen war, diese Arbeit auf den Raddampfern zu bekommen, und weitere zwölf Monate hatte er gebraucht, um seinen Weg als Aufseher zu machen. Und das war ihm nur gelungen, indem er die größte Ratte an Bord war. Nein ... Brickmans rasches Vorwärtskommen musste von innen gesteuert worden sein. Er musste ein Auge auf ihn haben.

Während er zu den Schauerleuten zurückging, fiel Side-Winder ein, dass er vergessen hatte, Steve zu sagen, dass es Mutanten und Wagnern verboten war, Geld zu besitzen. Sklaven besaßen nichts und konnten nichts verdienen: Essen, Kleider und Unterkunft brachte ihnen ihre Arbeit ein, aber was sie im Bauch hatten und auf dem Leib trugen, gehörte ebenso wie das Dach über ihrem Kopf ihrem Herrn – und das galt auch für sie selbst.

Eine Waffe zu tragen war weniger gefährlich, als Geld zu besitzen, wie Brickman bald entdecken würde, wenn er seine Hausaufgaben machte. Schiffsfahrkarten mussten bezahlt werden; aber nur Eisenmeister konnten sie bezahlen.

Side-Winder war wegen seiner Unterlassung nicht übermäßig betrübt. Wer schlau genug war, um in weniger als sechs Wochen vom illegalen Immigranten zum Straßenläufer zu avancieren, würde auch ein so kleines Problem wie dieses lösen können.

# 10

Während Steve zum unverhofften Treffen mit Side-Winder nach Norden eilte, erreichte der Straßenkonvoi, dem Jodi Kazan und Dave Kelso angehörten, mit einiger Verspätung Firi an den Ufern des Delaware.

Die Ziegelsteine, aus denen Firi erbaut worden war, entstammten der Asche Philadelphias, Stadt der brüderlichen Liebe, eingeäschert 2015 n. Chr. – dem Jahr, das das Ende dessen markierte, was die Mutanten als die Alte Zeit bezeichneten.

Für eine Vielzahl Reisender, die sich dem Konvoi im Laufe der Zeit angeschlossen hatten, stellte die kleine, wegen des bevorstehenden Sklavenmarktes mit Kaufleuten und Händlern überfüllte Stadt am Fluss das Ende ihrer Reise dar, und nachdem sie sich von den Beamten am westlichen Schlagbaum hatten registrieren lassen, eilten sie davon, auf der Suche nach einer Unterkunft in einem der bereits überfüllten Gasthäuser.

Für Jodi und Kelso aber war der lange Marsch, der mit ihrer Gefangennahme bei den M'Calls in Westnebraska begonnen hatte, noch nicht zu Ende. Die beiden Wagner-Renegaten wurden am Schlagbaum von einem Paar kräftiger koreanischer Schreiber abgefangen, die für einen Schiffsagenten arbeiteten, der sich des Vertrauens und der kommerziellen Protektion der Min-Orota-Familie erfreute. Die Beamten, deren hervorstehende, schräge Wangenknochen ihre Augen zu Schlitzen zusammenpressten, geleiteten sie durch die überfüllten Straßen in das Büro des Agenten, wo eine Menge Schreibarbeit ihrer harrte.

Durch eine geöffnete Schiebewand, die als Tür und Fenster diente, erblickte Jodi einen geschäftigen Lebensmittelmarkt, auf dem es von Käufern und Verkäufern wimmelte. Die Stände waren mit einer verblüffenden Vielfalt an Nahrungsmitteln ausgestattet, die in den Ecken gestapelt waren oder von den Dachbalken herunterhingen. Einige Händler boten Ungekochtes feil, andere gekochte Mahlzeiten, die man an Ort und Stelle verzehren konnte. Eine milde Sommerbrise wehte die köstlichen Gerüche in Jodis Richtung und ließ sie schwach werden vor Hunger.

Ein kurzer Blick auf Kelso verriet ihr, dass es ihm genauso erging. Während der Reise hatte man ihnen ausreichend zu essen gegeben, aber seit Pi-saba hatten sie mehr als vierhundertachtzig Kilometer zurückgelegt – zu Fuß. Durch den Treck waren sie magerer und zäher geworden, und der Hunger begleitete sie überall hin. Es sah so aus, als würde sich daran nichts ändern. Der Agent ernährte seine Familie und seine Mitarbeiter, trank und speiste mit seinen Klienten, aber er war keine Versorgungsanstalt. Soweit es ihn betraf, waren die beiden Langhunde nur eine weitere Fracht, die versandt werden musste.

Mit den notwendigen Passierscheinen für sich und ihre Schützlinge ausgestattet, trieben die beiden Schreiber Jodi und Kelso mit einem einsilbigen Befehl in Grundsprache zurück auf die Straße und zu einer Fähre, die den breiten Fluss kreuzte, der sich hinter dem östlichen Stadtrand auf seine Reise in den Süden begab, dem offenen Meer entgegen.

Während sie am Landungssteg auf die Fähre warteten, wurden die beiden Wagner Zeugen der Ankunft eines vertrauten Gegenstandes; der versiegelten Sänfte samt ihrer geheimnisvollen, weiß maskierten Insassin und den winzigen Gefährtinnen, die, gleich ihnen, dem Konvoi seit dessen Aufstellung in Pi-saba gefolgt waren. Auf halbem Wege hatte eine starke Streitmacht berittener Räuber den Konvoi in der Morgendämmerung überfallen und die Weiße Dame und ihre Begleiterinnen als Teil der Beute entführt. Offensichtlich besaßen die Entführer ein gutes Herz, denn man hatte sie wieder freigelassen, und sie schlossen sich bereits Ende des folgenden Tages in Midiritana wieder dem Konvoi an.

Da sie die Sprache der Eisenmeister nicht verstanden, blieben Jodi und Kelso über den Vorfall im Unklaren. Sie wussten nur, was sie mit eigenen Augen gesehen hatten. Und da niemand fähig war, es ihnen in Grundsprache zu erklären, konnten sie nur vermuten, was geschehen war – und ob es in Verbindung mit dem stand, was darauf folgte. Denn der gewalttätige Überfall der fast hundert Rōnin, bei dem eine Handvoll Fahrer und Reisender getötet wurden, bedeutete nicht das Ende der Alarme und Störungen. Am Morgen, nachdem sich das entführte Trio wieder dem Konvoi angeschlossen hatte, wurde die Abfahrt wegen der Entdeckung dreier Leichen – eine davon war von einem Samurai –, verzögert, die man in der Poststation gefunden hatte, in der die Fahrer des geplünderten Güterwagens und die durchgeschüttelten Reisenden eine Rast eingelegt hatten, um Vorräte aufzufüllen und umzuschichten.

Für die Eisenmeister war die Ermordung eines Samurai eine ernste Angelegenheit. Bereits Minuten nach dem Alarm erschien eine kleine Abordnung Beamter in der Poststation, die ein wahnsinniges Verhör inszenierten und alle und jeden mit einem unverständlichen Kauderwelsch überschütteten. Für ein ungeübtes Ohr hörte es sich wie das Gekreisch eines Geleges junger Krähen an, die durch einen marodierenden Bussard aufgeschreckt wurden.

Man trieb das Personal und die Übernachtungsgäste zusammen; es wurden Fragen gestellt und Erklärungen abgegeben, Zimmer und Gepäck durchsucht; der Tatort nach Spuren durchkämmt. Jodi und Kelso konnten einen kurzen Blick auf die Toten werfen, als diese vom Gartenpavillon ins Hauptgebäude getragen wurden, aber sie wurden nicht gerufen, um eine Erklärung abzugeben. Da beide die Nacht in gewohnter Weise verbracht hatten, unter einem Wagen, die Füße an ein Rad gefesselt, kamen sie als Verdächtige nicht in Betracht. Endlich, nachdem man jedermanns Papiere zum soundsovielten Mal genauestens überprüft hatte, erlaubte man dem Konvoi, seine Reise fortzusetzen.

Mit Peitschen und Stachelstöcken wurden die Zugochsen angetrieben, um den Zeitverlust wettzumachen, aber die Bemühungen der Fahrer hatten wenig Erfolg. Unter dem Regen von Schlägen aufbrüllend, wechselten die starkknochigen Kreaturen vom gemächlichen Trott zum schwerfälligen Trab, aber sie schafften keine fünfzig Meter, dann fielen sie wieder in ihren alten Trott zurück. Darauf begann das Ganze wieder von vorn.

Nachdem sie etliche Kilometer hinter sich gebracht hatten, wurde Jodi – für die es eine neue Erfahrung darstellte – klar, dass die Ochsen schon ein großes Zugeständnis gemacht hatten, als sie sich anschirren ließen; und dass sie etwas dagegen hatten, zum Laufen gezwungen zu werden. Die Konvoi-Meister schienen endlich zur gleichen Einsicht zu kommen, denn die Treiber sahen alsbald erschöpfter aus als die Tiere, und erlaubten den Joch-Gespannen nach einer kurzen Unterhaltung mit den verzweifelten Fahrern, ohne weitere Belästigung in ihrem gewohnt gemächlichen Tempo weiterzugehen.

Während sie zur Stadt und dem Land dahinter zurückblickte, das sich westwärts bis zum Horizont erstreckte, und die Unendlichkeit des Horizonts in sich aufnahm, fragte sich Jodi, welches Schicksal wohl die anderen Renegaten aus Malones Gruppe erlitten haben mochten. Sie dachte dabei besonders an Medicine-Hat, der ihren arg lädierten Körper wieder gesund gepflegt hatte, nachdem drei aus Malones Gruppe sie halb im Schlamm begraben gefunden hatten.

Kelso war einer der Burschen gewesen, die sie ausgegraben hatten. Seitdem war eine Menge passiert. Sie war durch die Umstände, nicht durch freie Wahl, zur Renegatin geworden, aber das Leben in der Oberwelt hatte neue Gefühle in ihr geweckt, die sie traurig und verwirrt machten. Selbst die Begegnung mit Steve Brickman hatte ihr nicht geholfen. Sie hatte alles in ihrer Macht Stehende getan, um das Leben ihres ehemaligen Mannschaftskameraden zu schützen, und was machte er? Bemalte sich den Körper, flocht sich das Haar und zog Mutantenkleidung an. Der Streit darüber und was sie darüber erfahren hatte, wie die Erste Familie die Amtrak Föderation kontrollierte, regten sie immer noch auf.

Jodi hatte eine Menge aufgeschnappt, das einen Sinn zu geben schien, aber wie viel davon entsprach der Wahrheit? Brickman war über ihre Beschuldigungen hinweggegangen und hatte sie gebeten, ihm zu vertrauen. Aber wie konnte man einem Tracker trauen, der es vorzog, mit dem Feind ins Bett zu gehen, und seine eigene Art links liegen ließ?

Aber wem konnte man schon trauen?

Nach Ansicht der Ersten Familie waren es die Mutanten, die die Luft mit ihrer Gegenwart vergifteten. Sie mussten getötet werden – damit man wieder atmen konnte. Aber was war mit den Eisenmeistern? Sie lebten in keiner Hightech-Welt, waren aber ein gut organisierter, arbeitsamer und erfinderischer Haufen, und befanden sich ganz eindeutig in einem anderen Lager. Sie waren um einiges gefährlicher als die Mutanten. Woher kamen sie? Bedeutete die Tatsache, dass sie auf der Erdoberfläche lebten, dass auch sie die Atmosphäre mit ihrem Atmen vergifteten? Wenn dem so war, dann bedeutete das, dass man sie beim Kampf um die Blauhimmelwelt als Nächstes austilgen musste. Aber wie kam es, dass sie in den öffentlichen Archiven nicht erwähnt wurden? Die Erste Familie musste über sie Bescheid wissen. Die Familie wusste alles, was es zu wissen gab.

Bevor die Explosion sie von der *Lady* geschleudert hatte und sie fast ertrunken war, war ihr alles so einfach erschienen. Die Welt war fein sauber in wir und sie unterteilt gewesen: Wagner und Mutanten. Man wusste, wer der Feind war und musste den Befehlen der Familie Folge leisten. Aber die Gegenwart der Eisenmeister brachte alles durcheinander und zerstörte die rigorose Symmetrie. Okay, sie mochten flachgesichtige, plattärschige Zwerge sein, aber man konnte sie schwerlich als Untermenschen bezeichnen. Sie waren eine Art Zwischenwesen. Und das veränderte alles. Denn wenn es eine dritte Rasse gab, mochte irgendwo dort draußen auch eine vierte oder fünfte existieren, die sich ihren Claim in der Blauhimmelwelt bereits abgesteckt hatte.

Wie würde die Föderation reagieren, wenn sich herausstellte, dass einige dieser Menschenarten auf dem evolutionären und technologischen Baum weiter wären als die Eisenmeister? Die Mutanten waren leicht einzuordnen; aber was bedeutete das Wort Untermensch wirklich? Wer legte die Kriterien fest, und woher wussten sie, wo die Linie gezogen werden musste?

Sobald man anfing, darüber nachzudenken, bekam das ganze Konzept Risse. Und das war gefährlich, denn es stellte die historische Basis des Anspruchs der Ersten Familie in Frage, dass es den Wagnern bestimmt sei, Erben der Erde und die alleinigen Herren alles dessen zu sein, was sie trug.

Yeah – irgendwann würde jemand eine Menge Erklärungen abgeben müssen.

Der Delaware stellte die Ostgrenze des Mitsu-Bishi-Distrikts dar. Jenseits des Flusses lag Nyo-jasei. Das Territorium hatte einst, zusammen mit Aron-giren, den Da-Tsunis gehört, die aber nach einer Niederlage gegen die Toh-Yotas von ihrem Besitz vertrieben worden waren. Nach dem Sieg herrschte die Familie des Shōgun über ein Land, das sich vom St. Lawrence bei Quebec bis nach Cape Charles an der Chesapeake-Bucht erstreckte. Die Reste der Da-Tsunis, deren Rachegelüste durch Heiraten mit der neuen Herrscherfamilie neutralisiert wurden, hatten jetzt einen Distrikt inne, der einen Teil des Virgin-Hill-Forest an der südwestlichen Grenze umfasste.

Nachdem die Fähre angelegt hatte, wurde die versiegelte Sänfte auf ein zweirädriges Chassis geladen, das für diesen Zweck gemietet sein mochte, zusammen mit einem Paar Trägern, die an den vorderen und hinteren Pfosten Stellung bezogen. Die Dienerinnen und die beiden koreanischen Schreiber reisten in offenen Handwagen – eine primitive Version der *jinrikisha*, ohne Wetterschutz, gepolsterte Sitze und den Luxus gefederter Achsen. Jodi und Kelso waren wie gewöhnlich genötigt, ihnen zu Fuß zu folgen.

Sie befanden sich am westlichen Ende eines sechsundachtzig Kilometer langen Highways, der in gerader Linie durch einen Wald aus wohlriechenden Pinien und weißen Zedern und über Marschland führte, das von einem dichten Teppich aus Preiselbeeren bedeckt war. Die Gruppe machte nach ungefähr achtundvierzig Kilometern in einer Poststation Rast, wo Kelso und Jodi zum ersten Mal an diesem Tag etwas zu essen bekamen. Was sie der Weißen Dame zu verdanken hatten, deren Sänfte man vom Chassis gehoben und auf ihr Zimmer gebracht hatte, wo sie, vor neugierigen Blicken geschützt, ihre Reisesänfte verlassen konnte.

Am anderen Ende der Straße, das sie tags darauf am späten Nachmittag erreichten, befand sich eine nackte, sandige Küste. Die sich nach Norden und Süden erstreckenden Buchten waren durch eine Kette schmaler Sandbänke und verstreuter Inseln gegen Brecher geschützt. Die wenigen Bäume, denen es gelungen war, hier Wurzeln zu schlagen, hatten nicht so viel Glück. Die verdrehten Stämme und verkümmerten Äste legten Zeugnis von der immensen Stärke der Winterstürme ab, die vom östlichen See über sie hereinbrachen.

Eine Holzbrücke, deren Mittelteil durch Ankerwinden und männerarmdicke geflochtene Seile hochgezogen wurde, bildete die schmale Verbindung zwischen dem Festland und einer ausgedehnten Insel namens Atirantikkasita. Ein Fischerdorf mit einem windgeschützten Hafen war auf den Resten der Prä-Holocaust-Gebäude entstanden, deren sandgefüllte Ruinen keinen Hinweis auf ihre frühere Funktion gaben. Generationen von Aasfressern, die das Eiland bereits vor Ankunft der Eisenmeister in Besitz genommen hatten, hatten alles, was sie gebrauchen konnten, mitgenommen.

Hinter dem Dorf stachen Reihen fossiler Balken wie die abgebrochenen Rippen eines halb begrabenen Dinosauriers aus dem Sand. Die verwitterten Planken, die sie einst getragen hatten, waren schon vor langer Zeit verschwunden – herausgerissen, um Feuern als Nahrung zu dienen und die zitternden Glieder der verstreuten grauen Phantome zu wärmen, die die geistige und körperliche Kraft besessen hatten, die ungezählten Jahre zu überleben, die bei den Mutanten die Große Eisfinsternis hieß.

Der Hafen war die Heimat einer bunten Flotte kleiner Fischerboote und ein Anlaufpunkt für verschiedene gepanzerte Hochseedschunken. Zu einer dieser Dschunken führten die koreanischen Schiffsschreiber ihre menschliche Fracht. Die Landungsbrücke war von Holzhütten verschiedener Formen und Größen gesäumt. Als sie das vertäute Schiff erreicht hatten, trat der hiesige Vertreter des Firi-Agenten aus einem Schuhkarton von einem Büro, um ihnen bei der Arbeit durch die verschiedenen Schichten der Bürokratie zu helfen. Identitätsbescheinigungen und Reisepässe wurden überprüft und abgestempelt, Namen wurden erfasst, Einzelheiten notiert. Und da sie in einen anderen Distrikt reisten, wurde ihr bescheidenes Gepäck nach zollpflichtigen Gegenständen durchsucht, auf die man eine Exportsteuer erheben könnte.

Handel und Zölle waren in Friedenszeiten die beiden Hauptbeschäftigungen der Eisenmeister. Die Toh-Yota-Familie verfügte zwar über einen immensen Reichtum, aber das war nicht immer so gewesen. Als oberste Herrscher Ne-Issans profitierten sie mehr von einer altehrwürdigen Tradition, die schon ihre Vorgänger, die Da-Tsunis, wohlhabend gemacht hatte, deren flüssige Vermögenswerte zusammen mit den Distrikten der Enteignung zum Opfer gefallen waren. »Dem Sieger die Beute« war eine Maxime, die noch immer Gültigkeit hatte.

Regieren war immer schon ein kostspieliges Geschäft, und die Gelegenheit, eine zusätzliche Einnahmequelle aufzutun, wurde begierig ergriffen; ganz gleich, wie gering der Gewinn war. Wenn man die Anzahl der Transaktionen zusammenzählte, war die Existenz der gewaltigen Armee von Steuereinnehmern und Zöllnern gerechtfertigt – die schließlich auch bezahlt werden wollten.

Die Dokumente Yoko Mi-Shimas wurden von Su-Shan überbracht. Nachdem er ehrerbietig angeklopft hatte, öffnete sich die Tür der Sänfte einen Spaltbreit, was dem Hafenmeister Gelegenheit gab, sich davon zu überzeugen, dass die Insassin eine nach traditioneller Manier gekleidete Kurtisane war. Nachdem er sich artig verbeugt hatte, gab er durch Zeichen zu verstehen, die Tür zu schließen. Es wurde kein Versuch unternommen, diese Sänfte näher zu untersuchen oder die Person hinter der Maske von Angesicht zu Angesicht zu sehen. Solange die Papiere in Ordnung waren, wurde Menschen ihrer Art mit einem Nicken die Durchreise gewährt.

Aus gutem Grund. Das Maskieren der Kurtisanen, die die Gunst eines Landfürsten oder gar des Shōgun gewonnen hatten, ging auf eine zweihundert Jahre alte Tradition zurück und war ein Statussymbol, das den Favoritinnen vornehmer Herren zusammen mit gewissen anderen Privilegien, wie etwa Inkognitoreisen, gewährt wurde. Eine Folge der ihnen zugestandenen Diskretion war, dass es unter hochwohlgeborenen Damen üblich wurde, sich der gleichen schützenden Verkleidung zu bedienen, wenn sie sich einer unerlaubten Liaison erfreuten. Auch muss gesagt werden, dass sich gelegentlich unter der weißen Maske und dem schwerseidenen Kimono ein hochwohlgeborener Herr verbarg. Um peinliche Entdeckungen zu vermeiden, wurden solche Reisende mit äußerster Diskretion behandelt. Jeder Beruf hat seine warnenden Beispiele, und es gehörte zum Allgemeinwissen, dass in der Vergangenheit eine Anzahl übereifriger Zollbeamter und Schlagbaumwächter auf fatale Weise endeten, weil sie mehr gewusst hatten, als ihnen guttat.

Jodi und Kelso, die nicht mehr besaßen als das, was sie am Leibe trugen, waren mit einer kleinen Dokumentenmappe aus gewebtem Stroh ausgestattet, die sie um den Hals hängen hatten, damit man sie mit einem Blick lesen konnte. Zusammen mit den nummerierten Armbinden enthielten sie alle relevanten Einzelheiten: Herkunftsort und Erteilung der Reiseerlaubnis, Reiseroute, Bestimmungsort und Name der neuen Besitzer. Jeden Wagner oder Mutant, der ohne gelbe Karte aufgegriffen wurde, erwartete Arrest und anschließende Exekution als flüchtiger Sklave. Man hatte ihre Unterarme bereits bei der Einreise nach Atiran-tikkasita mit unauslöschbarer Tinte gestempelt, und jetzt, bei der Ausreise, fügte der Hafenmeister der wachsenden Stempelsammlung den seinen hinzu.

Nach der üblichen Feilscherei zwischen dem Dschunkenkapitän und dem örtlichen Vertreter einigte man sich auf einen Gesamtpreis für die Reise nach Porofidanisa, der mit Bechern voll Sake und beiderseitigem Lächeln besiegelt wurde. Die koreanischen Schreiber rückten mit dem Geld heraus, der Gesetzesvertreter nahm sich seinen Anteil – der eine Provision für den Hafenmeister und den Zollmeister enthielt –, und als allen Nettigkeiten Genüge getan war, bat man die Reisenden, die Gangway zu ersteigen.

Su-Shan und Nan-Khe gingen den Trägern der versiegelten Sänfte voraus; Jodi und Kelso bildeten, wie es sich geziemte, die Nachhut. Die Sänfte wurde an der Tür, die zu den Kabinen im Heck führte, abgesetzt; eine der Kabinen war für die Weiße Dame reserviert worden. Die beiden Dienerinnen stellten sich an der Tür auf, um Clearwaters Aussteigen vor neugierigen Augen zu decken, dann folgten sie ihr nach unten. Jodi und Kelso, die als Fracht eingetragen waren, hatte man die Frischluft-Suite zwischen dem Bug und dem vorderen Laderaum zugewiesen.

Während der nächsten beiden Tage trugen sie Fußeisen, aber wenigstens war der See relativ ruhig. Nachts wärmten sie sich, indem sie sich zwischen die auf dem Vorderdeck gestapelten Baumwollballen verkrochen. Die spartanische Diät aus gekochtem Reis und Gemüse war leicht zu verdauen, und diesmal schafften sie es, im Gegensatz zu ihrer Reise über die Großen Seen, das meiste davon bei sich zu behalten.

Der Dschunkenkapitän machte in einem kleinen Hafen

halt, dann steuerte er eine Kurve in Richtung Meer, die vom südlichen Aron-giren nach Norden an Baro-kiren vorbei führte, zu einer Insel, die früher einmal unter dem Namen Rhode Island Sund bekannt gewesen war.

Block Island – um ihren alten Namen zu benutzen – stellte die östliche Grenze der Schutzzone rund um Aron-giren dar, sollte der Shōgun sich in seiner Residenz aufhalten. Wenn sie sie weitläufig umschifften, würden sie von den neugierigen Mannschaften auf den Patrouillenbooten des Shōguns nicht belästigt werden. Der Dschunkenkapitän hatte zwar nichts zu verbergen, aber er und seine Crew waren in ihrem Heimathafen Ba-satana geboren und aufgewachsen, und das bedeutete, dass sie primär der Min-Orota Familie Gehorsam schuldeten. Deshalb betrachteten sie es als Ehrensache, Toh-Yotas Lakaien, wenn eben möglich, von Deck fernzuhalten; eine Einstellung, die von allen Seefahrern aus Ro-diren und Masachusa geteilt wurde.

Es war in Providence, als Jodi und Kelso der Weißen Dame Gesellschaft leisteten. Als jedermann an Bord sie vergessen zu haben schien, nutzten sie die Gelegenheit, lehnten sich an die Reling und sahen zu, wie sich ein Eisenmeister, dessen gebieterisches Gehabe und Kleidung ihn als Mann von einigem Vermögen auswiesen, der versiegelten Sänfte bemächtigte und sie durch ein Quartett tatkräftiger Träger fortschaffen ließ. Jodi war jedes Mal aufs Neue überrascht, wie sie mit der schwankenden Last fertigwurden; das Gewicht wurde auf ihre Rücken und die Stoffbänder verteilt, die sie um die Stirn trugen. Kein Wunder, dass sie Säbelbeine hatten.

Der Mann war derselbe Fischhändler, der es arrangiert hatte, Clearwater in dem Konvoi nach Kari-faran bringen zu lassen; jetzt hatte er die Aufgabe, ihre diskrete Rückkehr in das Liebesnest auf der Insel des Generalkonsuls sicherzustellen.

Drei mit Bambusstöcken bewaffnete Weißgestreifte holten die beiden Wagner von der Dschunke und marschierten mit ihnen durch den Hafen, dann in nördliche Richtung durch die Stadt, bis zu einer Landstraße. Jodi und Kelso, jetzt ohne Fußfesseln, aber durch ein um ihre Hälse geschlungenes Seil miteinander verbunden, gingen Seite an Seite. Ein Weißgestreifter schritt voran, die beiden anderen marschierten hinter ihnen her und versetzten ihnen, sobald sie aus dem Schritt gerieten oder langsamer wurden, und manchmal auch – wie man ihrem Gelächter entnehmen konnte – nur so zum Spaß, einen Schlag mit dem Bambusstock.

Die beiden Wagner ertrugen es stoisch. Wartet nur, Burschen. Eines Tages …

Nach einem Sechsundfünfzig-Kilometer-Gewaltmarsch näherten sich Jodi und Kelso ihrem Bestimmungsort, dem Reiherteich in der Nähe des kleinen Dorfes Marabara. Hätten sie Zugang zu einer Poststationskarte gehabt, würden sie festgestellt haben, dass sie sich ungefähr zweiunddreißig Kilometer westlich von Boston auf einer Straße befanden, die einst Highway 20 hieß. Die Landschaft wurde von Weihern und Wasserreservoirs unterbrochen. Der größte Weiher im Süden, aus dem zwei Inseln ragten, war Teil des Besitzes Nakane Toh-Shibas, Generalkonsul von Ro-diren und Masa-chusa, durch dessen Hintertür man Clearwater über allerlei Umwege beförderte.

Während sie die letzten Kilometer auf der staubigen Straße unter den neugierigen Blicken der auf den Feldern arbeitenden Menschen marschierten, waren sich Jodi

Kazan und Dave Kelso über den Handel zwischen Mr. Snow und Yama-Shita zwecks Lieferung eines Flugpferdes und die Verschwörungen und Gegenverschwörungen, die dadurch ausgelöst worden waren, völlig im Unklaren. Und obwohl sie wussten, dass man sie ausgesucht hatte, weil sie Piloten waren, hatte ihnen niemand gesagt, wohin sie geschickt würden, und warum.

Erst als sie beide fast gleichzeitig nach oben schauten und einen Gleiter erblickten, der von der Form her deutlich dem Himmelsfalken der Föderation ähnelte, dämmerte ihnen, was sie hier erwartete. Der Gleiter, mit weißer Seide bespannt, die von den Strahlen der untergehenden Sonne in rosafarbenes Licht getaucht wurde, und der an den Unterseiten der Flügel eine aufgemalte rote Scheibe trug, schwebte fast genau über ihren Köpfen, dann senkte er den rechten Flügel, zog eine tiefe, seitwärtsgerichtete Schleife, bevor er hinter einer Häusergruppe links von der Straße landete.

Kelso warf Jodi einen Blick zu und hob die Augenbrauen. »Denkst du, was ich denke?«

»Ich weiß nicht – aber sie haben uns ganz bestimmt nicht hierher gebracht, damit wir den Hof kehren.«

»Richtig. Was dem Ding noch fehlt, ist ein Motor, dann könnten wir beide von hier verschwinden.«

Jodi lächelte. »Schlag dir das aus dem Kopf, Dave. Wenn sie die Absicht haben, uns nahe an das Ding herankommen zu lassen, dann kannst du deinen süßen Arsch darauf verwetten, dass sie den Haken schon versteckt haben. Weißt du, die Jungs sind keine Idioten.«

»Wir auch nicht«, erwiderte Kelso. »Wir auch nicht …«

Durch einen Zufall hatte auch Steve die Landung des Gleiters beobachtet. Von Westen kommend, mit einem Postsack auf dem Rücken, war er bei Awo-seisa auf den alten Highway 20 eingebogen und befand sich im Augenblick dreiviertel Kilometer hinter Jodi und Kelso. Steves Puls schlug schneller, als er den Gleiter träge über den wolkenlosen Himmel schweben und dann zur Landung ansetzen sah. Dort hinten war er. Der Reiherteich. Er hatte sein erstes Angriffsziel erreicht.

Steve sah eine kleine Gruppe vor sich auf der Straße. Als er an ihr vorbeikam, drehten die Wanderer ab und schritten durch eines der offenen Tore. Er setzte zu einem langsamen Trab an, um einen Blick in den Innenhof zu werfen. Dort gab es eine Anzahl Gebäude zu sehen, Menschen gingen geschäftig umher, aber es gab nichts Interessantes zu sehen und keinen Hinweis darauf, was hier vor sich ging, abgesehen von dem Gleiter, der in der Nähe gelandet war. Macht nichts, er würde wiederkommen …

Bis dahin musste er Post beim Generalkonsul Nakane Toh-Shiba abliefern, dessen offizielle Residenz ein paar Kilometer weiter lag. Dort würde er sich aufhalten, bis der Mann in Schwarz hinter dem Balkenwerk hervortrat und ihm den versprochenen Job am Reiherteich zuwies. Dann würde er aufhören, ein Straßenläufer zu sein. Mit Hilfe des kostbaren Bündels Nelkenblätter würde er seine Fesseln abstreifen und der neueste Rekrut jenes kleinen Teams von Wagner-Renegaten werden, die von Cadillac angeführt wurden.

Und dann würde es losgehen …

Nachdem man sie unter einem ziegelgedeckten, drei Meter hohen Holztor hindurchgeführt hatte, standen Jodi und Kelso auf einem umzäunten Platz, auf dem sich zwei brandneue einstöckige Unterkünfte befanden. Wie die meisten Wohnsitze der Eisenmeister begannen sie direkt über dem Boden. Sie waren aus einem System rechteckiger Rahmen, Gitterschirmen und Papierwänden gefertigt. Das Dach bestand aus einander überlappenden Holzschindeln, die den Anschein erweckten, als habe man es nicht für die Ewigkeit gebaut. Sie waren von den üblichen Nebengebäuden, wie die beiden sie in den verschiedenen Poststationen während ihrer Reise gesehen hatten: Badehäuser, Kochhäuser, Waschhaus etcetera, und verschiedenen älteren Gebäuden umgeben.

Die Neuankömmlinge wurden von ihren gelben Karten befreit und mit dem üblichen bürokratischen Aufwand ins Buch eingetragen. Der Geruch nach Tusche und Papier übte eine beruhigende Wirkung aus, und nach dem geschäftigen Treiben der Weißgestreiften zu schließen, war es nicht so leicht, das Ganze in den Griff zu bekommen. Sobald sie offiziell zum Bestand gehörten, wurden ihnen die Armbinden abgenommen und durch metallene Identitätsscheiben ersetzt, die man ihnen an einer dünnen Drahtschlinge um den Hals hängte. Der kleine Chefschreiber, der vor der Wahl stand, zu ihnen aufzuschauen oder sich hinter seinem großen Schreibtisch zu verschanzen, blieb sitzen und drohte ihnen mit dem Finger: »Ihr tragen Scheibe alle Zeit. Wenn sie entfernt, Kopf ab. Ho-kay?«

Jodi und Kelso schluckten und senkten den Kopf.

Eine Mutantin wurde angewiesen, sie zum Badehaus zu bringen. Die Aussicht auf heißes Wasser versetzte sie in Entzücken. Sie legten den Strohumhang, die Bettrolle und den Beutel mit Nahrungsmitteln, die sie in Pi-saba erhalten hatten, beiseite, schälten sich aus den fadenscheinigen Resten ihrer Wagneruniformen und glitten in die dampfende Wanne. Nach den kalten Wassergüssen vor undenklichen Zeiten kam ihnen das heiße Bad wie ein unerhörter Luxus vor.

Sie ließen sich bis zu den Ohren ins Wasser sinken, tauchten einander spielerisch unter und schrubbten sich gegenseitig den Schmutz vom Körper. Die Sanduhr, die anzeigte, wie viel Zeit ihnen noch blieb, leerte sich zu schnell. Aber das hatte auch sein Gutes, denn wären sie noch länger in der Wanne liegen geblieben, hätte die allumfassende Wärme sie in den Schlaf gelullt. Um sicherzustellen, dass sie wach blieben, verabreichte ihnen die Mutantin, die sich während ihres Bades ruhig und distanziert verhalten hatte, die übliche Kaltwasser-Behandlung, dann gab sie ihnen riesige, wohlriechende Handtücher. Oh, Junge! Der Schmerz und die Unannehmlichkeiten der letzten Tage wurden von der Freude, endlich wieder sauber zu sein, gelindert.

Im angrenzenden Kleiderlager, in dem ebenfalls Mutantinnen arbeiteten, wurden sie mit sauberer Kleidung versorgt, wie sie die niederen Ränge trugen: Hüfttücher, weite Arbeitshemden mit V-Ausschnitt, bauschige Hosen, eine Steppjacke mit Knebeln und Schlingen, und Sandalen, um ihre nackten Füße zu bedecken.

Die Sandalen waren dunkelbraun, während der Rest in einem rauchigen Blau gehalten war. Die Rückseite von Steppjacke und Hemd zierte eine achtblättrige Blume in einem Kreis von demselben Dunkelbraun wie die Schuhe. Die Weißgestreiften, die sie von Bord geholt hatten, hatten dieses Zeichen an ihren Stirnbändern getragen, genauso wie die Besen-Jungen im Verwaltungsblock. Jodi hielt es für das Äquivalent zu einem Divisionszeichen und lag damit gar nicht so falsch. Die braune Blume war das Emblem der Min-Orota-Familie, ihrer neuen Herren.

Als Nächstes ging es zum Bettenlager. Mit einer Matratze und einer neuen Steppdecke versehen, folgten Jodi und Kelso ihrer Führerin in eine der Unterkünfte, wo man ihnen bedeutete, es sich auf den leeren Plätzen zur Rechten des Eingangs gemütlich zu machen.

»Danke«, sagte Jodi. »Und was jetzt?«

Die Mutantin betrachtete sie mit einer Mischung aus Ressentiment und Resignation und ging davon, ohne ein Wort zu sagen.

Jodi und Kelso warfen einander verwunderte Blicke zu, dann richteten sie ihre Matratzen nach den anderen aus, die in regelmäßigen Abständen über die Länge des Raumes verteilt waren, und brachten ihre Habseligkeiten und das Geschirr auf einem Bord über ihrem Schlafplatz unter.

Es ähnelte der Prozedur, der sie sich während ihrer Trainingsjahre in der Föderation unterworfen hatten. Egal, wie müde du bist, du kannst nicht einfach in einen neuen Standort hineinschneien, dein Werkzeug in die Ecke schmeißen und es dir in dem ganzen Schlamassel bequem machen, bis der für deine Sektion Verantwortliche kommt und dich nach draußen winkt. Wenn er dir nicht bereits im Rücken sitzt, solltest du alles säuberlich verstauen und nach ihm Ausschau halten.

Ein Wagner, der den gleichen blauen Arbeitsanzug wie sie trug, erschien in der Türöffnung. Er sah verhärmt aus. »Hallo. Seid ihr allein hier?«

»Soweit wir wissen, ja.«

Der Wagner streckte die Hand aus. »Willkommen am Reiherteich. Ich bin Ray Simons. Reagan/Lubbock.«

»Jodi Kazan. Nixon/Fort Worth. Und das ist Dave Kelso.«

»Houston/HZ.« Die beiden Männer schüttelten sich die Hand. »Bist du der Obermotz?«

Simons lachte trocken. »Möglich. Einer ihrer kleinen Helfer. Seid ihr gerade vom Boot gekommen?«

»Ja, und du?«

Simons grinste. »Im dritten Jahr.«

»Hier?«

Der Wagner ließ ein bitteres Lachen hören. »Nein … hier bin ich erst seit März. Davor waren es die Gruben.«

»Gruben?«, fragte Jodi.

»Die Feuergruben von Beth-Lem.« Simon schüttelte den Kopf. »Tag um Tag nur Hochöfen. Dort schmelzen sie das Erz und verarbeiten es zu Eisen und Stahl. Im ersten Jahr war ich Heizer, dann übertrug man mir die Verantwortung für eine Bande von Mutanten, die die Hochöfen anstachen. Das geschmolzene Erz rinnt in schmale Gräben in einem Bett aus nassem Sand von der Form wie ein Baum mit einem dünnen Stamm und kurzen, dicken Ästen. Sobald es fest geworden ist, musst du die noch rotglühenden Äste abschneiden und mit der Zange zur Walzstraße tragen. Dabei musst du aufpassen, dass du nicht mit den Kerlen zusammenstößt, die neben dir das Gleiche machen; wenn du sie überhaupt sehen kannst, denn es ist alles voll Dampf und Rauch. Vierundzwanzig Stunden am Tag; dreihundertfünfundsechzig Tage im Jahr.

Durch die Hitze wirft deine Haut Blasen, und der Rauch ätzt dir die Lunge aus dem Leib. Schießt die Schmelze zu schnell heraus, fließt die Gussform über und verbrennt dir die Füße. Schüttest du sie in Sand, der zu nass ist, wird der

Dampf die Hälfte der Schmelze wie goldenen Sprühregen durch die Luft jagen. Sieht zwar schön aus, kann aber ein Loch durch deinen Körper brennen …«

Kelso unterbrach seinen Redeschwall. »Das kannst du uns ja irgendwann mal erzählen.«

»Enden so die meisten Ausbrecher?«, fragte Jodi in dem Versuch, das Desinteresse ihres Partners wettzumachen.

»Entweder dort oder in den Minen.«

»Klingt, als wärst du froh, hier zu sein«, sagte Kelso.

»Nicht so froh wie du.« Simons klang etwas bedrückt.

Jodi wartete einen Augenblick. Dann fragte sie: »Nun, was läuft hier so ab, Ray?«

»Wir bauen Flugzeuge. Das heißt, wir haben gerade damit angefangen.«

»Wer ist ›wir‹?«

»Ein paar Dutzend Kerle wie du und ich. Sie haben uns von überall hierhergeholt.«

»Kommst du vom Lindbergh Field?«, fragte Kelso.

Simons schüttelte den Kopf. »Stürmer. Tech-4. Keiner von uns ist jemals in die Nähe eines Flugdecks gekommen, aber jeder von uns besitzt irgendwelche Tech-Grade. Vermutlich sind wir deshalb hier. Und was seid ihr – Bodenpersonal?«

Jetzt war Jodi an der Reihe, den Kopf zu schütteln. »Piloten. Ich habe letztes Jahr die Seiten gewechselt, nach fünf Jahren an der Front.« Sie zeigte auf Kelso. »Er hing länger am Haken, aber … ich habe nie die ganze Geschichte gehört.«

»Was soll's?«, sagte Simons. »Das ist Vergangenheit. Spart euch den Atem. Sobald du das Schiff verlässt, sind die Bänder sauber. Die Dinks kümmert es einen Scheißdreck, wer ihr seid und woher ihr kommt – genauso wie wir. Was du hier tust, zählt. Und Regel Nummer eins lautet: Vertraue keinem Kollegen.«

»Das gefällt mir«, sagte Kelso.

»Und Regel Nummer zwei?«, fragte Jodi.

»Tu, was man dir sagt, halte den Kopf gesenkt, und versuche nicht, dich gegen das System aufzulehnen.« Simons' Grinsen wurde bitter. »Es liegt bei dir – kommt nur darauf an, wie lange du die Hitze aushältst. Wenn du rauswillst, erfüllen dir die Dinks gern deinen Wunsch. Denke immer an Regel eins. Welchen Weg du auch einschlägst, sprich mit niemandem darüber.«

»Verstanden.«

Simons warf ihnen einen weiteren, abschätzenden Blick zu. »Wahrscheinlich haben sie euch eingezogen, um dem anderen Knaben bei den Testflügen zu helfen.«

»Möglich«, stimmte Kelso zu. »Als wir auf der Straße waren, haben wir eine Art Gleiter gesehen. Hat er ihn geflogen?«

»Yeah ...«

»Alle Achtung«, sagte Jodi. »Ist er auch so ein Aussteiger aus Lindbergh Field?«

Simons nickte. »Yeah. Er leitet das Projekt.«

Kelso wechselte einen erstaunten Blick mit Jodi und fragte: »Habe ich dich richtig verstanden? Ich dachte, die Eisenmeister würden hier die Befehle erteilen.«

»Das stimmt auch. Es ist ... eine Art Vereinbarung.«

Jodi hatte einen Kloß im Hals. »Wie heißt der Knabe?«

»Brickman.«

Kelso öffnete den Mund, um etwas zu sagen, aber er bekam kein Wort heraus.

Jodi stellte statt seiner die Frage: »Steve Brickman? Von Roosevelt-Santa Fé?«

»Yeah«, antwortete Simons. »Ihr kennt ihn?«

»Worauf du dich verlassen kannst«, brummte Kelso. »Verdammt! Der Hurensohn ist schuld daran, dass wir hier sind! Das letzte Mal, als wir ihn sahen, streunte er, kostümiert wie ein Lackaffe, mit einer Bande Mutanten herum, und jetzt steckt er seine Nase in die Ärsche von diesen Japsen.«

»Beruhige dich, Dave!«

»Yeah, hör auf deine Freundin«, sagte Simons und nutzte die Gelegenheit, es Kelso heimzuzahlen. »Ich weiß zwar nicht, was da draußen passiert ist, und, ehrlich gesagt, es interessiert mich einen feuchten Dreck, aber es sieht so aus, als wäre der gute alte Steve um einiges schlauer als du.«

Kelso wollte sich auf Simons stürzen, aber Jodi stellte sich zwischen sie. »Ich sagte, beruhige dich, Dave! Das führt doch zu nichts!«

»Genau«, stimmte Simons zu. »Brickman ist der große Macker. Ich weiß zwar nicht, wie lange es noch dauert, aber jeder Tag, an dem man hier arbeitet, ist ein Tag weniger in den Gruben oder mit einem anderen lausigen Job. Meine Freunde und ich haben uns diese Freiheit verdient, und wir werden nicht zulassen, dass irgend so ein Scheißer, der noch feucht hinter den Ohren ist, uns in die Quere kommt.«

Kelso sah rot. »Jetzt reicht's! Halt die Klappe!«

Simons blieb unbewegt stehen, während sich Jodi bemühte, Kelso zu bändigen. Er war zwar größer und schwerer, aber sie war schnell und drahtig.

»Kaz! Verdammt! Lass mich los!«

Sie wandte sich an Simons. »Keine Angst. Ich werde ihm schon den Kopf zurechtsetzen.«

»Das will ich hoffen«, sagte Simons und wandte sich zum Gehen. »Sonst kommt er zu spät zum Frühstück.«

»O yeah!«, brüllte Kelso. »Wir sehen uns noch. Keine Angst, ich habe deine Nummer!«

Simons hielt inne. »Wie schön für dich. Ich und dreiundzwanzig andere Burschen haben deine.« Er unterstrich die Drohung mit einer obszönen Geste. »Denk daran, bevor du dich heute Abend schlafen legst.«

Kelso schob Jodi beiseite und ging zum Fenster. Beide sahen Simons hinterher.

»Das war nicht besonders intelligent, Dave.«

»Yeah? Ein kräftiger Schlag in die Fresse wäre besser gewesen. Und hätte mir gefallen. Dieser verfluchte Brickman …« Er betrachtete sie argwöhnisch. »Auf welcher Seite stehst du eigentlich?«

»Auf deiner. Aber hier ist weder die Zeit noch der Ort, um es ihm heimzuzahlen. Diese Dinks würden sich wie eine Tonne Ziegelsteine auf uns stürzen. Versprich mir, dass du keinen Mist baust.«

»Möglich.« Kelso starrte trübsinnig aus dem Fenster und zuckte die Achseln. »Wir werden ja sehen, wie's läuft.« Er sah, dass sie zur Tür ging. »Wohin gehst du?«

»Ein paar Brücken reparieren.«

»Nicht nötig. Ich brauche deine Hilfe nicht. Wenn du nicht bereit bist, mir den Rücken zu stärken, dann halte dich da raus. Okay?«

Jodi schloss den Mund und zählte bis fünf, ehe sie antwortete: »Du bist unmöglich – weißt du das?«

Kelso nahm es als Kompliment. »Teil meines verhängnisvollen Charmes. Niemand kommt an die Spitze, wenn er immer nur nett ist.«

»Red keinen Scheiß!«, sagte Jodi, ihn nachäffend.

»Irgendwann musst du mir mal erzählen, wie es da oben ist.«

Vom Standpunkt der physikalischen Komponenten – wie Fläche, Anlage und Personal – aus gesehen, erweckte Reiherteich nicht den Anschein eines großen Unternehmens. Trotz Cadillacs Eifer befand es sich noch im Embryonalstadium; ein experimentelles Projekt, nicht mehr.

Dies war teilweise der Vorsicht Fürst Kiyos Min-Orota zuzuschreiben. Dessen Urteil über Cadillacs Fähigkeiten hatte sich um keinen Deut geändert, aber er war sich bewusst, dass Herold Hase-Gawa die Fortschritte am Reiherteich aufs Genaueste beobachtete. Nach den Berichten der Langhunde über den Nutzen dieser Maschine zu schließen, war klar, dass bereits ein paar Regimenter Flugpferde das gegenwärtige Machtgleichgewicht dramatisch verändern konnten – eine Möglichkeit, die der Aufmerksamkeit des Shōguns nicht entgangen sein mochte.

Die Söhne Ne-Issans besaßen zwar noch nicht die Schnellfeuergewehre und die Explosivgeschosse, die aus den Flugpferden eine tödliche Waffe machten, aber das war nur eine Frage der Zeit. Bis dahin war es allein durch die Geschwindigkeit möglich, eine starke Streitmacht von Samurai auf schnellstem Wege in jeden Winkel des Landes zu bringen, ganz gleich, um welches Terrain es sich handelte. Sie würden buchstäblich wie Falken vom Himmel stoßen. Allein die Möglichkeit derartiger Manöver erforderte eine komplette Revision der militärischen Taktik.

Fürst Kiyo Min-Orota war sich bewusst, wie schmal der Grat war, auf dem er wandelte. Man hatte seine Familie mit dem Bau dieser Maschine beauftragt, weil man sie als *fudai* betrachtete; als vertrauenswürdige Verbündete des Shōgunats. Aber Erfolg barg auch Gefahren. Wenn der Reiherteich zu rasch expandierte und seine Bedeutung durch lose Zungen und wilde Spekulationen aufgebläht würde, könnte der junge Shōgun auf andere Gedanken kommen und die Lizenz zugunsten seiner Familie zurückziehen; das musste unter allen Umständen vermieden werden. Wären die Toh-Yota alleinige Besitzer einer solchen Waffe, würden sie sie dazu benutzen, ihre Gegner in Schach zu halten, und man konnte die Hoffnung auf ein neues Zeitalter der Entwicklung begraben.

Als Schlüsselgestalt dieser modernistischen Verschwörung war Min-Orota bemüht, den Eindruck zu erwecken, dass er das Flugpferd-Projekt zwar förderte, aber nicht uneingeschränkt unterstützte. Indem er Cadillacs ständiges Drängen nach mehr Arbeitskräften und mehr Mitteln abwies, verlangsamte er die Weiterentwicklung. Er ließ in Hofkreisen verlauten, er glaube, dass sich eine mit Energie betriebene Maschine – falls es gelänge, sie zu bauen – auf lange Sicht für die Gesellschaft der Eisenmeister eher nachteilig auswirken könnte.

Natürlich waren das Lügen, aber so konnte er sein Gesicht wahren, weil sie seine Unterstützung der traditionellen Werte zum Ausdruck brachten. Und sie hielten ihm einen Fluchtweg offen, falls Yama-Shitas Plan, das Dunkle Licht zurückzuerobern – ein Unternehmen, das er nur halbherzig unterstützte – fehlschlug.

In die Grundsprache übersetzt, lautete die Botschaft an den Shōgun folgendermaßen: »Ich mache damit nur weiter, weil ihr Jungs mir die Arme verdreht.«

Das war eine geschickte List. Die ganze Geschichte war natürlich auf Yama-Shitas Hintertreppe zusammengebraut worden, aber die Aufzeichnungen würden besagen, dass sich Min-Orota nicht um dieses Geschäft gerissen hatte. Es war Ieyasu, der verschlagene Hofkämmerer gewesen, der dem Shōgun empfohlen hatte, der Min-Orota-Familie die Produktionslizenz zu erteilen, in Umgehung der üblichen Prozedur, es dem Höchstbietenden zuzuschlagen. Jetzt musste nur noch ein Weg gefunden werden, zu verhindern, dass der Generalkonsul Nakane Toh-Shiba die Dinge verdrehte – sowohl wörtlich als auch bildlich – und alles würde ihnen in die Hände fallen.

Jodi fing Simons ab, als er durch den Bogengang an der Rückseite des Lagers gegenüber vom Haupttor ging. Simons hielt erwartungsvoll inne.

»Hör zu«, sagte Jodi. »Bevor der Streit weitergeht, möchte ich nur sagen, dass Dave okay ist. Ich weiß ein paar von den Sachen, die drüben abgelaufen sein müssen, aber die Wahrheit ist … ah … keiner von uns hat den Wunsch, in der nächsten Zeit mit Brickman zusammenzustoßen. Ich weiß nicht, wie er es macht, aber der Kerl kommt herum.« Sie ging neben Simons her. »Bist du sicher, dass er Steve Brickman heißt?«

»So nennt er sich jedenfalls. Ich wüsste nicht, weshalb er lügen sollte, aber was macht das für einen Unterschied? Er gibt die Befehle, und er scheint zu wissen, was er macht. Mir scheint, dass nur ihr ein Problem habt.«

Simons führte sie einen Torgang zwischen zwei langgestreckten, einstöckigen Gebäuden hinab, die vorn in regelmäßigen Abständen Schiebetüren aufwiesen, die weit offen standen und Jodi einen Blick ins Innere erlaubten. Es waren geräumige, luftige Werkstätten. In der linken waren Stöße von Sägeholz und eine Reihe von Bänken zu sehen, an denen die Bauteile hergestellt wurden; in der rechten gab es verschiedene Spannvorrichtungen, an denen Rippen und Holme zu Flügeln zusammengebaut wurden, während auf anderen Spanten und Langversteifungen zum Rumpf vereinheitlicht wurden.

Zwischen den beiden Hallen erstreckte sich ein primitives Fließband, an dem die Einzelteile zusammengesetzt wurden. Alles in allem zählte Jodi ein Dutzend Flugzeuge in verschiedenen Stadien der Fertigstellung. Einige Wagner in blauen Anzügen legten Werkzeuge zurück und reinigten die Arbeitsbänke; andere fegten den Boden. Der Job sah aus, als verlange er Geschicklichkeit und Intelligenz, die Umgebung wirkte sauber und gesund, und die Atmosphäre, die über allem lag, schien entspannt zu sein; weit und breit war kein Weißgestreifter und kein Bambusstock zu sehen. Jodi verstand, weshalb Simons und seine Kollegen keinen Wirbel haben wollten.

Aber eines verstand sie nicht ganz. Simons war im März zum Reiherteich abkommandiert worden, und er hatte angedeutet, dass Brickman zu diesem Zeitpunkt bereits die Produktion aufgenommen hatte. Aber sie und Kelso waren Anfang April zum ersten Mal mit Brickman zusammengestoßen, als sie noch zu Malones Renegatenbande gehört hatten. Das letzte Mal hatten sie ihn Ende Mai gesehen, als sie sich bei den Mutanten-Fängern am Handelsposten aufhielten. Jodi war sich der genauen Daten nicht so sicher; ihre Standard-Kalenderuhr hatte sich, während sie im Wrack ihres Donnerkeiles in den Fluten des Hochwassers flussabwärts getrieben war, von ihrem Handgelenk gelöst.

Aber ein oder zwei Tage früher oder später änderten nichts an der Frage, wie, um alles in der Welt, es Brickman gelungen sein sollte, sich in den Monaten April und Mai im Gebiet des Prärievolks aufzuhalten, während er eigentlich am Reiherteich hätte sein sollen – und wie hatte er es geschafft, so schnell wieder zurück zu sein?

Bevor sie Simons danach fragen konnte, erregte ein Pfeilflügel-Gleiter ihre Aufmerksamkeit, der soeben im Begriff war, von einem riesigen Feld hinter den Werkstätten aus zu starten. Ein weiterer Gleiter desselben Typs wurde auf einem Räderkarren in ihre Richtung gezogen. Die fliegende Maschine ragte jetzt an einem Seil, das man an der Spitze angebracht hatte, steil in die Höhe. Das andere Ende des Seiles führte zu einer Ansammlung von Maschinen, die in der rechten Ecke des Feldes standen.

Ein leises tuff-tuff-tuff drang an Jodis Ohr.

»Dampfgetriebenes Katapult«, erklärte Simons.

Jodi beobachtete den Aufstieg interessiert. Sie war mit den Regeln der Segelfliegerei, nach denen die Donnerkeile gebaut wurden, vertraut, aber reine Segelgleiter gab es in der Föderation nicht. Dort lernte man mit Hilfe eines Propellers und Batterie-Energie fliegen.

Als der Pilot etwa dreißig Meter hoch war, löste er das Kabel. Das fallende Ende war mit einem flatternden blauen Wimpel markiert. Das Segelflugzeug schwenkte langsam nach rechts, die Nase nach unten, um schneller zu werden, und schoss dann in einer Schleife in die Höhe. Einen Augenblick lang blieb das Flugzeug auf dem Schwanz stehen, dann ließ es der Pilot über den Backbordflügel rollen, setzte zu einem Sturzflug an und schwebte über ihre Köpfe hinweg auf das Feld zu.

»Sauber. Aber warum Segelflugzeuge?«

»Die Dinks haben keine Elektrizität«, erwiderte Simons.

»Sie hatten auch keine Flugzeuge, bevor ihr sie gebaut habt. Warum hat ihnen niemand erzählt, was ihnen fehlt?«

»Hat keinen Sinn. Die Dinks hatten früher einmal Elektrizität. Sie nennen sie das Dunkle Licht und halten sie für Teufelswerk. Laut Brickman haben die Eisenmeister bei Strafe verboten, elektrische Geräte zu benutzen. Das Thema ist absolut tabu. Klingt verrückt, aber es ist so.«

Jodi sah zum Gleiter hinauf. »Vielleicht ist das auf lange Sicht gar nicht mal so schlecht. Dieses Ding stellt für niemanden eine Bedrohung dar.«

»Sei nicht zu sicher. Brickman arbeitet an dem Energie-Problem. Er entwickelt gerade eine leichtgewichtige Dampfmaschine.«

»Dampfmaschine?« Bei der Vorstellung musste Jodi lachen.

»Das ist überhaupt nicht lustig. Wir sind schon bei den Tests. Unser einziges Problem ist, dass sie nicht genügend Energie erzeugt.«

»Was für Treibstoff benutzt ihr?«

»Öl. Aber wir suchen nach einem Stoff, der schneller verbrennt und eine stärkere Hitze erzeugt.«

Jodi rümpfte die Nase. »Das werdet ihr niemals vom Boden kriegen.«

»Bis jetzt noch nicht«, gab ihr Simons recht. »Aber wir arbeiten daran.«

Die sieben Wagner zogen das gelandete Segelflugzeug in die rechte Werkstätte. Ihr Weg führte sie an den beiden Zuschauern vorbei. Während Simons sie nach dem Ergebnis des Testfluges fragte, warf Jodi einen professionellen Blick auf ihre Arbeit.

Die seidenbezogenen Flügel reichten nicht so weit nach hinten wie die des Himmelsfalken. Sie waren starr konstruiert und wurden nicht durch Heliumgas in Form gebracht. Der schmale Rumpf, dem der Motor und die Propeller des Originals fehlten, saß direkt an der Unterseite des Flügels, und das Cockpit befand sich genau vor der Führungskante.

Der Himmelsfalke war genau wie ein Deltaflügel konstruiert, er besaß weder Höhenflosse noch Ruder; Brickmans Maschine hatte einen Rumpf, der vom Mittelteil nach hinten lief und in einem kreuzförmigen Schwanz mündete. Das war nicht das Einzige, was sie vom Original unterschied; beim Himmelsfalken waren die Ruder links und rechts mit Drahtzügen verbunden, die die äußere Hinterkante der Flügel krümmten. Brickmans Gleiter besaß eingesetzte Klappen, die sich auf und ab bewegten: Querruder – wie man sie beim zweisitzigen Himmelsreiter und dem Mark-2-Himmelsfalken fand.

Aber Jodi kannte die Letzteren nicht. Der Himmelsreiter wurde ausschließlich von der AMEXICO geflogen, deren Existenz ein streng gehütetes Geheimnis war; und sie war über Bord gegangen und fast getötet worden, bevor die Mark-2 an die Großen Roten geliefert wurde – der Rote-Fluss-Wagenzug, Flaggschiff der Amtrak Föderationsstreitkräfte.

Und es gab noch einen anderen, auffallenden Unterschied – das dreirädrige Untergestell war durch einen zentralen hölzernen Bremsklotz ersetzt worden, an dessen Seiten man kleine Laufräder angebracht hatte, die verhinderten, dass der Gleiter bei der Landung vornüberkippte und die Flügelspitzen beschädigte.

Aber dadurch war das Problem noch nicht gelöst. Ein Anfänger würde diese wunderschönen Flügel bei jeder missglückten Landung in Stücke reißen.

»Kein Untergestell«, stellte Jodi fest, als Simons zurückkehrte.

»Nein. Die Dinks haben keinen Gummi für die Räder. Und ohne Elektrizität gibt es keine Möglichkeit, Aluminium oder andere leichtgewichtige Metalllegierungen herzustellen. Wir müssen mit Eisen, Stahl, Kupfer und Messing vorliebnehmen. Für den Start benutzen wir Fahrlafetten. Ist zwar ein bisschen primitiv, wie vieles hier, aber es funktioniert.«

»Vorausgesetzt, man landet wieder auf demselben Feld.«

»Du hast es erfasst«, räumte Simons ein. »Wenn du noch mehr gute Ideen hast, scheue dich nicht, sie auszusprechen. Brickman führt zwar ein strenges Regiment, aber er hat stets ein offenes Ohr für Verbesserungsvorschläge. Und ihr als Piloten habt mehr Ahnung von dem Zeug als wir.«

»Yeah …«

»Wie ist eure Beziehung?«

»Zu Brickman? Oh … wir waren auf demselben Wagenzug. Der *Louisiana Lady*. Ich war sein Abteilungschef. Wir haben eine Menge scheußlicher Dinge durchgemacht – deshalb habe ich auch die Seiten gewechselt. Als ich ihn wiedertraf, erzählte er mir, dass er kurz nach mir abgeschossen wurde. Aber er ist ein Überlebenstyp. Und raffiniert. Immer einen Trick auf Lager.«

»Das kannst du laut sagen.«

Jodi sah zu, wie das Segelflugzeug durch den Abendhimmel schwebte. »Ich bin erstaunt, dass er nicht einem von euch das Fliegen beigebracht hat.«

Simons lachte. »Soll das ein Witz sein? Mich kriegt keiner in so ein Ding rein. Hat schon lange gedauert, bis ich hier unten stehen konnte, ohne das große Zittern zu kriegen.«

Der Gleiter segelte jetzt zu ihrer Linken, glitt südwärts

über die Straße hinter den Gebäuden, und schwenkte dann wieder auf das Feld zu. Als er sich der Straße näherte, senkte Brickman den Steuerbordflügel, benutzte das Top-Ruder und steuerte ebenso steil auf den Erdboden zu wie beim ersten Mal. Es sah aus, als würde er in die Werkstätten stürzen, aber in einer Höhe von etwa fünfzehn Metern riss er den Gleiter nach oben, rauschte über ihre Köpfe hinweg und setzte ganz in der Nähe auf.

Kelso kam gerade zur rechten Zeit, um die Landung mitzuerleben. Er stellte sich mit verschränkten Armen zwischen sie und tat, als wären sie Luft. Simons warf ihm einen Blick zu und sah Jodi fragend an. Sie hob die Augenbraue und zuckte die Achseln.

Der Gleiter kam etwa hundertfünfzig Meter vor ihnen zum Stehen und neigte sich langsam nach Steuerbord, während die Bodencrew mit der Fahrlafette übers Feld eilte. Eine weiß gekleidete Gestalt kletterte aus dem Cockpit, sah mit in die Hüften gestemmten Händen zu, wie die glänzende Maschine behutsam in den Tragerahmen gehievt wurde, und ging hinter den sechs Mann her, die den Gleiter in die Werkstatt zurückbrachten.

»War's das für heute?«, erkundigte sich Kelso. »Oder werden jetzt die Laternen rausgehängt?« Seiner Stimme war keine Spur Groll anzuhören.

»Nein. Mit den Nachtflügen fangen wir erst nächste Woche an.«

Der Witz verpuffte. »Gut. Wie wär's, wenn du uns vorstellen würdest?«

»Ich dachte, ihr kennt euch bereits.«

»Stimmt. Aber da er uns nicht erwartet, wäre es vielleicht besser, wenn du das Eis brichst. Möchte nicht, dass er auf falsche Ideen kommt.«

Simons schaute Jodi an. »Ist er immer so schwierig?«

»Nur wenn sein Fuß schmerzt.«

Die Gruppe, die den Gleiter zog, kam näher. Brickman marschierte neben der Höhenflosse her, ein Teil seines Gesichts lag im Dunkeln. Er trug ein weißes Stirnband mit dem braunen Blütenmotiv der Min-Orota und schien seit dem letzten Mal, wo Jodi ihn gesehen hatte, dünner geworden zu sein. Das kurz geschnittene Haar wirkte dunkler als früher.

Simons bewegte sich auf das Flugzeug zu. Jodi und Kelso ließen ihn zehn Meter vorangehen, ehe sie ihm folgten.

»Steve! Hier sind zwei Neue, die dich begrüßen möchten.«

Die weiß gekleidete Gestalt winkte ihnen zu und gab dem Bodenpersonal durch Zeichen zu verstehen, das Flugzeug in die Werkstatt zu fahren. Als er auf sie zukam, konnten Jodi und Kelso ihren ehemaligen Kameraden genauer betrachten. Er war dünner als früher. Aber sein Haar war nicht nur dunkler geworden, es war kohlrabenschwarz.

Und der Kerl, dem es gehörte, war nicht Brickman.

Kelso blieb stehen. »Warte mal …«

»Geh weiter!«, flüsterte Jodi. »Spiel nach Gehör!«

Sie trafen gerade rechtzeitig ein, um zu hören, wie Simons sie mit Namen vorstellte und hinzufügte: »Sie sagten, sie seien alte Freunde von Ihnen.«

Cadillac befand sich in einem Dilemma. Als er sich Steves Erinnerung ausborgte und später dessen Identität annahm, hatte er nicht mit der Möglichkeit gerechnet, dass er Wagnern begegnen könnte, die den wirklichen Steve Brickman gekannt hatten. Er lief zwar nicht Gefahr, dass sie in ihm einen Mutanten vermuteten, aber sie wussten, dass er ein Betrüger war – und das könnte sich als lästig erweisen.

Wären sie keine Piloten gewesen, hätte er sie durch erfundene Anschuldigungen wegen schlampiger Arbeit oder anmaßenden Verhaltens liquidieren lassen können. Aber das war nicht möglich. Er suchte verzweifelt nach Leuten, die Flugerfahrung hatten, und diese beiden Neuankömmlinge waren die Einzigen, die in ganz Ne-Issan aufzutreiben waren.

Cadillac pflanzte sich vor ihnen auf und schaute sie abwechselnd an. Er war sicher, dass es Steve gelungen wäre, eine verfahrene Situation wie diese zu seinen Gunsten zurechtzubiegen. Aber zu wissen, was Steve wusste, bedeutete nicht, zu wissen, wie Steve unter bestimmten Umständen reagieren würde. Ganz und gar nicht …

Und es gab noch ein weiteres Problem, das er nicht vorausgesehen hatte. Der Informationstransfer war in dem Moment zu Ende, als Steve aufgehört hatte, ihm das Fliegen beizubringen. Danach war Cadillac mit Mr. Snow auf eine lange Reise gegangen, von der er gerade noch rechtzeitig zurückgekehrt war, um Zeuge von Steves Flug in die Freiheit zu werden. Er wusste nur aus zweiter Hand, welche Ereignisse zu Steves Flucht geführt hatten, und hatte keine Ahnung, was seitdem passiert war. Er konnte sich an alles erinnern, was Steve bis zu Jodis dramatischem Abgang über sie wusste, während Kelso ein völlig Fremder für ihn war.

»Jodi Kazan … Yeah, der Name klingt vertraut. Kazan war Flugabteilungsleiter auf der *Louisiana Lady*. Aber sie wurde bei dem Versuch, während eines Gewitters zu landen, getötet.«

»Mhh«, sagte Jodi. »Beinahe.« Sie deutete auf das entstellende bläuliche Narbengewebe, das sich über ihre linke Gesichtshälfte und den Nacken zog. »Hier ist der Beweis.«

»Verstehe …« Der falsche Brickman betrachtete sie eingehend. »Du hast dich sehr verändert. Du siehst nicht mehr aus wie die Kazan, die ich kenne.«

»Ich bin auch anders. Du siehst auch nicht mehr so aus wie früher.«

»Du musst mich mit jemand anderem verwechseln«, sagte der falsche Brickman. »Ich habe davon gehört, was mit Kazan und der *Lady* passiert ist, aber ich war zu diesem Zeitpunkt nicht an Bord. Ich will nicht behaupten, du wärst nicht die, für die du dich ausgibst, aber ich habe Hartmanns Crew nach der Ausbesserung getroffen. Das Präriervolk hat es der *Lady* richtig besorgt.«

»Stimmt. Yeah, nun … das erklärt vieles«, sagte Jodi.

Der falsche Brickman unterdrückte ein Lächeln und wandte sich Dave Kelso zu. »Bist du sicher, dass wir uns schon einmal gesehen haben? Ich weiß nicht, wo ich deinen Namen hintun soll.«

»Das überrascht mich nicht«, antwortete Kelso. »Als Simons deinen Namen erwähnte, dachte ich, ich würde dich kennen, aber … äh … mir geht es wie Jodi, wahrscheinlich habe ich dich mit jemand anderem verwechselt.« Er zuckte die Achseln. »So was passiert.«

»Oft«, erwiderte der falsche Brickman. »Macht nichts. Wir haben in den nächsten Wochen Zeit genug, uns besser kennenzulernen. Willkommen an Bord.« Er schüttelte ihnen die Hände. »Ray Simons wird euch ins Bild setzen. Wir sind ein kleines, aber gutes Team, aber jetzt, wo ihr beide hier seid, geht es endlich voran.« Er salutierte forsch und ging davon. Es war besser gelaufen als erwartet. Er hatte sie nicht angelogen, und beide hatten kapiert, dass sie sich ruhig verhalten mussten.

Simons sah Kelso an. »Ich bin froh, dass das vorbei ist. Was meinst du – fangen wir noch mal von vorn an?«

Kelso ergriff die ausgestreckte Hand. »Ja. Keine nachtragenden Gefühle?«

»Keine.« Simons trat einen Schritt zurück. »Wir sehen uns in der Baracke – okay?« Dann drehte er sich um und folgte dem falschen Brickman.

Jodi und Kelso schauten zu, wie er um eine Ecke verschwand, dann sahen sie sich an. Jodi fand zuerst ihre Sprache wieder.

»Nun, also ...«

»Genau«, stimmte Kelso zu. »Was, zum Teufel, geht hier eigentlich vor?«

Genau die gleiche Frage – nur etwas geschliffener formuliert und auf Japanisch – stellten mit ähnlicher Vehemenz Generalkonsul Nakane Toh-Shiba, Fürst Min-Orota und, mittels einer Brieftaube, Fürst Hiro Yama-Shita. Aber auch sie konnten nur spekulative Schlüsse aus den neuen Fakten ziehen.

Der Generalkonsul, beunruhigt von den Berichten, dass der Straßenkonvoi vor seiner Ankunft in Firi zweimal Verspätung gehabt hatte, ließ sich von seinen beiden Hausdienerinnen genauestens schildern, was geschehen war. Su-Shan und Nan-Khe, die vor diesem Augenblick gebangt hatten, schilderten in hohem Falsett, was sich zugetragen hatte, unterstrichen ihre Geschichte mit flatternden Handbewegungen und zwitscherten wie verschreckte Kanarienvögel.

Ihnen zuzuhören war, als stäche man sich lange Nadeln

in den Kopf; aber Toh-Shiba ertrug es mit stoischer Gelassenheit; dann ließ er Clearwater rufen, deren strahlende Gegenwart erneut das Schlafzimmer des Seehauses beglückte. Frisch gebadet und in einen spinnwebleichten Kimono gehüllt, auf dem wilde Blumen und tauschwere Sommergräser zu sehen waren, bat man sie, ihre Künste am Lustgerät des Meisters erneut unter Beweis zu stellen und ihn von seinen Sorgen abzulenken. Erst nachdem sich die über Wochen eingepferchte Leidenschaft freie Bahn gebrochen und sie überschwemmt hatte, bat er sie, auf dem Rücken liegend, mit dem köstlich-schmerzlichen Gefühl, dass seine Eier gleich wieder Feuer fangen würden, um ihre Version des Ereignisses.

Gebeten, über jeden Augenblick ihrer Gefangenschaft zu berichten, bekannte Clearwater, dass man sie demaskiert und einer körperlichen Untersuchung unterzogen hatte; doch schwor sie bei ihrem Leben, weder habe der Rōnin ihr Fragen gestellt noch habe sie Informationen, gleich welcher Art, weitergegeben. Das mitternächtliche Treffen mit Noburō, Steve und dem Herold Hase-Gawa erwähnte sie nicht. Hätte sie etwas darüber verlauten lassen, wäre der Wolkenkrieger in tödliche Gefahr geraten. Aber das Thema kam nicht zur Sprache. Nakane Toh-Shibas Fragen basierten auf dem, was die Hausdienerinnen, die die ganze Zeit über fest geschlafen hatten, ihm erzählt hatten.

Bei einem seiner regelmäßigen offiziellen Besuche auf Fürst Min-Orotas Festung in Ba-satana berichtete der Generalkonsul die Einzelheiten der Entführung und erlaubte sich die Feststellung, das Unternehmen sei nicht intelligent genug geplant und deshalb von vorneherein zum Scheitern verurteilt gewesen. In dem Bemühen, alles im besten Licht erscheinen zu lassen, ließ Toh-Shiba die einfachste und offensichtlichste Erklärung hören: eine Gruppe Rōnin, angelockt durch die Gegenwart einer versiegelten Reisesänfte, hätten deren Insassin in der Hoffnung auf ein stattliches Lösegeld entführt und, als sie entdeckten, dass sich hinter der Maske nur eine wertlose Langhündin verbarg, sie und ihre beiden Dienerinnen umgehend wieder freigelassen.

Kiyo Min-Orota hörte ihm aufmerksam zu und nickte zustimmend, als der Generalkonsul schloss, dass kriminelle Akte dieser Art zwar bedauerlich seien; dieses Vorkommnis jedoch zu unbedeutend sei, um sich deswegen Sorgen zu machen.

»Das ist ohne jeden Zweifel eine ansprechende Theorie, der ich mit Freuden zustimmen würde, wäre da nicht ein kleines, störendes Detail.« Kiyo hielt inne, um die Eröffnung wirken zu lassen. Er zog eine gewisse Befriedigung aus der Beobachtung, dass sich auf Nakane Toh-Shibas bulligen Gesichtszügen Angst, Unsicherheit und Zweifel breit machten. Der Generalkonsul mochte ein einflussreicher Edelmann sein, aber er bezeugte wenig Respekt, und Kiyo hatte stets seine Freude daran, den übergewichtigen Frauenheld ein oder zwei Sprossen tiefer zu drücken.

»Ich weiß nicht, ob ich Sie richtig verstanden habe …«

»Ach, kommen Sie, es ist doch offensichtlich. Die Rōnin verloren bei der Entführung sechsundvierzig Reiter …«

Der Generalkonsul staunte: »Das wissen Sie bereits?«

Die Lüge ging ihm leicht über die Lippen: »Ich erfuhr auf Umwegen, dass die Rōnin einem Konvoi aufgelauert hatten und herbe Verluste einstecken mussten, aber mir war bis zu diesem Augenblick noch nicht klar, dass es sich hierbei um … äh … Güter handelte, die Ihnen gehörten. Tatsache ist, dass die Rōnin einige Männer verloren, nur um in den Besitz einer Langhündin und ihrer zwei Dienerinnen zu gelangen. Drei wertlose Individuen, denen sie zu essen gaben und die sie zur Hauptstraße eskortierten – wobei sie sich weiteren Gefahren aussetzten.«

»Das stimmt – aber sie bewegten sich im Schutz der Dunkelheit.«

»Aber kommt Ihnen das alles nicht etwas seltsam vor?«

Toh-Shiba sah verwirrt aus.

»Warum ließ man sie gehen? Warum tötete man sie nicht oder verkaufte sie als Sklaven?«

Toh-Shibas Stirnfalten vertieften sich, als er sich mit den Aspekten dieser Frage auseinandersetzte. Da sein Geist fast völlig von den Bedürfnissen seiner niederen Regionen okkupiert war, hatte er Mühe, logisch zu denken. »Mmmm, nun, jetzt, da Sie es erwähnen, scheint es mir auch recht merkwürdig …« Er kratzte sich geistesabwesend das verklebte Schamhaar. »Ich nehme an, dass sie einen Grund gehabt haben, aber ich kann mir nicht vorstellen, welchen.«

»Denken Sie noch einmal darüber nach, mein Freund«, sagte Kiyo eindringlich. »Vielleicht hängen unsere Leben von der Antwort ab! Bei der großen *kami;* es ist doch offensichtlich! Diese drei Individuen hätten verschwinden sollen, man sollte nie wieder etwas von ihnen gehört haben!«

»Ja … jetzt verstehe ich.«

»Meiner Meinung nach«, fuhr Kiyo fort, »gibt es dafür nur eine Erklärung. Sie wurden freigelassen, weil sie nicht so wertlos sind, wie sie scheinen. Jemand legt auf diese Langhündin genauso viel Wert wie Sie.« Er legte eine dramatische Pause ein, dann fügte er hinzu: »Da es sich hier um Ihre Affäre handelt, bitte ich Sie, darüber nachzudenken, wer dieser Jemand sein könnte. Ich nehme an, man ist Ihnen auf die Schliche gekommen, und schlage deshalb vor, umgehend einen Hausputz durchzuführen.«

Landfürst Yama-Shita kam durch reine Fakten, die ihm von einer Brieftaube überbracht wurden, zu genau demselben Ergebnis. Er hatte aufgrund seiner engen Verbindungen zu den Se-Ikos bereits zwei Tage später von dem Überfall und seinen blutigen Nachwirkungen erfahren und sofort einen seiner geflügelten Kuriere zu Fürst Min-Orota geschickt, um ihn zu warnen.

Yama-Shita war wütend. Trotz all seiner Bemühungen war die Langhündin, wenn auch nur vorübergehend, in unbekannte Hände gefallen. Glücklicherweise hatte man den Generalkonsul nicht in das Komplott eingeweiht, das Dunkle Licht wieder in Besitz zu nehmen. Yama-Shita wünschte sich, er hätte sich an seine Regel gehalten, sich niemals mit Menschen, die ihm missfielen, denen er misstraute, besonders aber solchen, die er nicht respektierte, einzulassen. Er hatte sich von Kiyo Min-Orota einreden lassen, Toh-Shiba als Schwager des Shōguns stelle eine nützliche Schachfigur dar, aber trotz all seiner Aufmerksamkeit war es dem degenerierten Clown gelungen, sie und sich selbst zu kompromittieren!

Niemand wusste, wer die Rōnin, die die Langhündin über Nacht gefangen gehalten hatten, wirklich waren, aber die wenigen Stunden mochten sich als gefährlich erweisen. Es war ein offenes Geheimnis, dass kriminelle Banden manchmal auf Befehl von oben handelten. Wenn Gesetz und Gepflogenheiten nicht die nötigen Mittel boten, zögerten die Herrscher Ne-Issans nicht, unorthodoxe Methoden anzuwenden, um ihr Ziel zu erreichen; das Gleiche galt für ehrgeizige Landfürsten. Laut der Depesche, die Min-Orota ihm zukommen ließ, hatten die Entführer die Hure von einer Langhündin keinem Verhör unterzogen. Aber man hatte ihren Bericht Toh-Shiba gegenüber noch nicht unter Androhung von Folter auf seinen Wahrheitsgehalt überprüft. Wer konnte sagen, ob sie die Wahrheit sagte? Schon als aufgetakelte Hure Toh-Shibas war sie ein Sicherheitsrisiko gewesen; aber als Objekt auswärtiger Interessen stellte sie eine noch viel größere Gefahr dar.

Ja … man würde etwas unternehmen müssen …

Man hatte Yama-Shita auch davon in Kenntnis gesetzt, was die Dienerinnen über den Samurai und die beiden Rotgestreiften berichtet hatten, die tot in der Midiri-tana-Poststation aufgefunden wurden. Es kursierte ein Gerücht, das besagte, sie seien von *ninja* getötet worden, aber die beiden Frauen wussten dazu nicht viel zu sagen, und Yama-Shita besaß keine andere unabhängige Informationsquelle, die ihn befähigt hätte, die Morde mit dem Überfall auf den Straßenkonvoi in Verbindung zu bringen. Das Papier auf Noburōs Brust, das ihn und seine beiden Kumpane als Rōnin und Feinde der Se-Ikos identifizierte, war verbrannt worden, ehe die Öffentlichkeit von ihm erfahren konnte. Midiri-tana lag im Distrikt der Mitsu-Bishis, Verbündeten des Shōgun, die einem Appell aus dem Sommerpalast in Yedo Folge leisteten und einen undurchdringlichen Schleier über die ganze Geschichte breiteten.

Der Inhalt des namenlosen Briefes, von Herold Tōshirō Hase-Gawa verfasst und an ein Mitglied der Se-Iko-Familie adressiert, hätte Yama-Shita bei seiner Suche nach dem Puppenspieler helfen können. Aber der Brief, in dem er die Lage des geheimen Basislagers der Rōnin enthüllt hatte, sowie die Methoden, hineinzugelangen, erreichte nie seinen Bestimmungsort. Jemand, dem befohlen worden war, ein diskretes Auge auf alle Bewegungen des Herolds zu haben, hatte ihn dabei beobachtet, wie er in Ari-dina einen Kaufmann damit beauftragte, das versiegelte Dokument per Post zu verschicken. Es verschwand kurze Zeit nachdem es über den Ladentisch gereicht worden war, spurlos und auf Nimmerwiedersehen.

# 11

Nachdem Tōshirō Hase-Gawa seine Stellung als Herold des Inneren Hofes dazu benutzt hatte, Steve einen Job als Straßenläufer zu verschaffen, verließ er Ari-dina und kehrte zum Sommerpalast in Aron-giren zurück. Der ständige Pferdewechsel in den auf dem Weg liegenden Poststationen erlaubte ihm, ständig in vollem Galopp zu reiten. Selbst für einen erfahrenen Reiter wie ihn war es ein aufregendes Unterfangen. Er ließ sich erst abends vom Pferd fallen, um ein heißes Bad zu nehmen und ein paar Stunden zu ruhen, bevor er gegen 3.00 Uhr aufstand, um seine Reise durch dieselbe graue Dämmerungswelt, die er am Abend zuvor verlassen hatte, fortzusetzen.

In Yedo angekommen, tauschte der Herold die üblichen Grüße mit Kamakura aus, dem stets optimistischen Wachhauptmann, dann präsentierte er dem Büro des Hofkämmerers seine Beglaubigungsschreiben, wie es das Protokoll verlangte. Ieyasu konnte ihn leider nicht persönlich empfangen, da ihn heftige Darmbeschwerden plagten.

Tōshirō bat den Hauptprivatsekretär, der die Festung während Ieyasus Abwesenheit hielt, ihm sein größtes Bedauern über den angegriffenen Gesundheitszustand des illustren Meisters auszurichten und Ieyasu persönlich seine ehrerbietigen, aber dennoch tief empfundenen

Wünsche sowie seine inbrünstige Hoffnung auf eine baldige Genesung zu übermitteln. Der Sekretär antwortete in der gleichen blumigen Manier und versicherte dem Herold, der Kämmerer würde ob des Ausdrucks der Besorgnis und des guten Willens höchlichst entzückt sein. Etcetera, etcetera.

Das Ritual endete mit einer Reihe von Verbeugungen und der Frage Tōshirōs, ob es dem Shōgun schließlich doch noch gelungen sei, einen Giftmischer aufzutreiben, der ausreichende Kenntnisse und Finesse besaß, den lästigen alten Fuchs zu täuschen.

Yoritomo, der achtundzwanzig Jahre alte Shōgun, empfing den Herold in seinem Arbeitszimmer im ersten Stock des Palastes, von dem aus man einen Blick auf den mit Wasserlilien bedeckten Teich hatte, in dem rote und weiße Karpfen herumschwammen. Die letzte Nachricht des Samurai-Hauptmanns, die am Tag der Freilassung Clearwaters mittels einer Brieftaube abgeschickt worden war, hatte allen Spekulationen über ihre Identität ein Ende bereitet. Wieder einmal hatten sich die Informationsquellen des Herolds als äußerst zuverlässig erwiesen.

Tōshirō kniete sich vor dem Podest nieder, auf dem der Shōgun mit seinen fünf Leibwächtern saß. Sobald den üblichen Formalitäten Genüge getan war, ließ sich der Herold mit gekreuzten Beinen nieder und begann seinen Bericht über das Treffen mit Clearwater in Midiri-tana, in dem er natürlich einige Details ausließ. Er verschwieg ihre Enthüllung, dass sie und ihr Partner nicht gekennzeichnete Mutanten waren. Aber er berichtete, dass Noburō Naka-Jima einen weiteren Langhund mitgebracht hätte, und führte kurz aus, wie er in die Hände der Rōnin gefallen war.

Diese Person, erklärte Tōshirō, sei ein Mexikaner gewesen, ein Geheimagent, der einen dem seinen vergleichbaren Rang besaß und auf direkten Befehl des Shōgun der Föderation handelte. »Seine Antworten auf meine Fragen machten mir klar, dass ich aus früheren Berichten die falschen Schlüsse gezogen hatte. Fürst Yama-Shita hat sich weder mit der Föderation noch mit ihren Agenten verbündet. Bis zum heutigen Tag hat er ausschließlich mit den Grasaffen und den abtrünnigen Langhunden gehandelt.«

Yoritomos Gesicht verfinsterte sich. »Also sieht es jetzt – abgesehen davon, dass diese Hure, die mein lieber Schwager augenblicklich bespringt, eine Langhündin ist – so aus, als entbehrten die verbliebenen Anschuldigungen jeglicher Grundlage.«

Der junge Shōgun hasste Ungewissheiten. Die Verschwörung war klar festgestellt worden, umfassende Strategien waren entwickelt, Übereinkünfte mit vertrauenswürdigen Verbündeten nochmals bestätigt, schwankende Loyalitäten mit dem Versprechen harter Währung und *quid pro quos* abgestützt worden; alles war hübsch verschnürt gewesen – und jetzt löste sich der Knoten.

Der Gedanke, wie Ieyasu darauf reagieren würde, ärgerte Yoritomo noch mehr als die Tatsache, dass die ganze Übung umsonst gewesen war. Der alternde Hofkämmerer hatte niemals akzeptiert, die Kontrolle über das Büro der Herolde verloren zu haben, und ergriff jede Gelegenheit, das gegenwärtige Arrangement des direkten Zuganges in Misskredit zu bringen. Wenn der alte Fuchs erführe – was wahrscheinlich sehr bald geschehen würde –, dass die letzte Runde Rückversicherungen und Abschlagszahlungen – bei denen er inbegriffen gewesen war – auf einer falschen Prämisse beruht hatten, über die man ihn weder um Rat gefragt noch um einen Kommentar gebeten hatte, würde er sich bei seinem Gang ins nächste Hurenhaus vor Lachen biegen.

»Das gefällt mir nicht, mein Freund. Ganz und gar nicht. Ich hatte von Anfang an Bedenken, diese Geschichte zu glauben, aber ich verließ mich auf Ihr Urteil – und jetzt sieht es so aus, als hätten Sie die Situation vollkommen missverstanden.«

»Nicht völlig, Herr. Lassen Sie mir ein wenig Zeit, und ich verspreche Ihnen, einen direkten Zeugen heranzuschaffen, der …«

»Zeit lassen? Ha! Wofür? Um noch mehr Märchen zu spinnen? Kiyo Min-Orota, den Sie als Hauptpartner Fürst Yama-Shitas bezeichnen, leitet dieses Flugpferde-Projekt, weil Ieyasu mir riet, die Lizenz jemandem zu geben, dem man trauen kann! Wahrscheinlich werden Sie in einem Monat zurückkommen und mir erzählen, dass der Hofkämmerer – allem Anschein nach die einzige Person, auf die ich mich verlassen kann – ebenfalls in diese Verschwörung verwickelt ist.«

Der Shōgun schien vergessen zu haben, dass Ieyasu, der urplötzlich vom lästigen Zudringling zum unvergleichlichen Weisen avanciert war, ihm auch geraten hatte, Nakane Toh-Shiba die Hand seiner vierten Schwester und den Posten eines Generalkonsuls zu geben.

Tōshirō verneigte sich tief. Es nahte der entscheidende Augenblick. Sein Leben hing davon ab, wie der Shōgun auf das, was er als Nächstes sagte, reagieren würde. »Herr, erlauben Sie mir, nochmals zu erwähnen, dass Ihnen zu dienen, im Tod wie im Leben, eine Ehre für mich ist; aber ich bitte Sie, Folgendes in Betracht zu ziehen. Als die Siebte

Welle die Küsten erreichte, färbte das Blut der Hase-Gawas das Ostmeer und vermischte sich mit dem ihrer Waffenbrüder, der erhabenen Toh-Yotas.

Kein Samurai, der auf einen solchen Stammbaum zurückblicken kann, würde vorsätzlich den Namen eines anderen Adelshauses mit unbegründeten Anklagen beflecken. Täte er es dennoch, brächte er Schande über seine Familie und sich selbst – eine Schande, die nach alter Tradition nur durch einen *seppuku* ausgelöscht werden kann.

Ob ich lebe oder sterbe ändert nichts an der Tatsache, dass das Machtstreben des Hauses Yama-Shita eine wachsende Bedrohung für die gegenwärtige Ära des Friedens und der Stabilität darstellt. Die Schlüsse, die ich zog, waren zwar falsch, aber mein Fehler war ein redlicher Fehler; ein Ergebnis natürlicher Vorsicht und des allumfassenden Wunsches, das Shōgunat zu schützen.

Aber meine Intentionen, obwohl gut fundiert, zeitigten wenig Wirkung. Ein Samurai, der diesen Namen verdient, bittet nicht um mildernde Umstände. Hat er sich korrekt verhalten, sprechen seine Handlungen für sich selbst. Wie immer auch der Urteilsspruch lautet, mag er grausam oder barmherzig sein, ein Diener muss das Urteil seines obersten Herrschers dankbar und ohne Fragen annehmen, denn er ist der alleinige Richter, und seine Autorität muss stets aufrechterhalten werden.«

»Gut gesprochen. Ich wünschte, jeder andere fühlte ebenso.«

Tōshirō nahm den Kommentar mit einer weiteren tiefen Verbeugung entgegen. So weit, so gut. Aber er war noch nicht aus dem Schneider. »Herr, wäre ich genötigt gewesen, mit leeren Händen zurückzukehren, hätte ich mich eher getötet, als durch das Eingeständnis dieses gravierenden Fehlurteils mein Gesicht zu verlieren. Doch ich gebot meiner Hand Einhalt, weil die Neuigkeiten, die ich zu überbringen habe, von größerer Wichtigkeit als alles sind, worüber wir bis jetzt gesprochen haben.«

»Fahren Sie fort …«

Der Herold zögerte, sein Mund war plötzlich trocken. Er fuhr sich mit der Zunge über die Zähne und sagte: »Die Bedrohung durch eine mögliche Allianz zwischen den Yama-Shitas und der Föderation wurde von einer direkten Bedrohung durch die Föderation abgelöst.«

Lippen und Augen des Shōguns bildeten drei dünne Linien.

»Die Herrscher der Föderation wissen alles über das Arrangement zwischen den Grasaffen und Fürst Yama-Shita – bis hinab zu den Bedingungen des Handelsvertrages. Eine Schiffsladung Repetiergewehre gegen ein Flugpferd samt Reiter. Der Mexikaner wusste auch, wann und wohin die Waffen geliefert wurden. Er erklärte, seine Herren seien im Besitz von Geheimvorrichtungen, die es ihnen erlaubten, uns aus der Luft zu beobachten. Er drückte es so aus: ›Sie haben überall am Himmel Augen und Ohren.‹«

»Erklärte er, was er damit meinte?«

»Nein, Herr. Ich nehme an, er bezog sich dabei auf Geräte derer, die sich mit der Himmlischen Kunst auskennen. Selbst wenn er es mir erklärt hätte, bezweifle ich, dass ich ihn verstanden hätte.«

»Glauben Sie ihm?«

Tōshirō griff in seine Robe und holte Steves in schwarze Seide gewickeltes Funkmesser hervor. »Der Mexikaner bot dies als Beweis seiner Identität. Er übergab es Samurai-

Hauptmann Naka-Jima.« Er nahm das Ende des schmalen Päckchens zwischen die Fingerspitzen und legte es vorsichtig auf die Matte neben dem Podest.

Die fünf Wachen, die mit gekreuzten Beinen im Halbkreis hinter dem Shōgun saßen, lüpften ihre Hinterteile und verrenkten sich fast den Hals, um einen Blick darauf zu werfen.

Yoritomo schaute abschätzig. »Was ist das?«

»Etwas, das zu berühren, ja, über das zu sprechen mich ängstigt, jedoch die Pflicht erfordert, dass ich es Ihnen vorlege.«

»Sprechen wir über ein Gerät, das vom Dunklen Licht angetrieben wird?«

Tōshirō senkte den Kopf.

»Nun gut. Sie haben meine uneingeschränkte Entschuldigung, ein solches Objekt in Ihren Besitz und es vor meine Augen gebracht zu haben«, sagte Yoritomo. »Und ich spreche Sie im Voraus von jeder künftigen Anklage wegen Hochverrat frei, die im Zusammenhang mit diesem Gegenstand erhoben werden könnte. Fühlen Sie sich jetzt besser?«

»Ein wenig.« Tōshirō hätte es vorgezogen, die Erlasse schriftlich zu haben.

»Sie machen sich zu viele Gedanken. Öffnen Sie das Päckchen.«

Tōshirō wickelte das Funkmesser aus, indem er sorgsam darauf achtete, es nicht zu berühren.

Der Shōgun starrte auf das Kampfmesser. »Ich hoffe für Sie, dass es mehr ist, als es zu sein scheint.«

Der Herold betätigte den Druckverschluss, der den hölzernen Teil des Griffes freigab und die Mikroelektronik darunter freilegte.

Yoritomo, der noch nie zuvor ein elektrisches Gerät gesehen hatte, beäugte den winzigen Funksender mit der Vorsicht eines Menschen, der halb erwartet, dass das Gerät plötzlich zum Leben erwacht und den Raum mit tödlichen Strahlen erfüllt. »Wozu dient es?«

Tōshirō wiederholte Noburōs Erklärung und fügte hinzu, dass er Steve nicht weiter darüber ausgefragt hätte, da er es vorgezogen habe, einen völligen Mangel an Interesse an einem Gegenstand zu bekunden, den der verkappte Langhund für etwas Aufsehenerregendes zu halten schien.

»Wenn ich Sie richtig verstanden habe, wollen Sie damit sagen, dass die Meister des Mexikaners ihn mit diesem Gerät überall und zu jeder Zeit erreichen können, egal, ob es Tag ist oder Nacht – und genau wissen, wo er sich aufhält?«

»So verhielt es sich, bis er dem Samurai-Hauptmann Naka-Jima in die Hände fiel. Seitdem befindet sich das Gerät in meinem Besitz.«

Der Shōgun nickte. »Könnten Sie herausfinden, zu welchem Zweck der Mexikaner hierher gesandt wurde?«

»Er war begierig darauf, es mir zu verraten, Herr. Er hatte zwei Befehle: er sollte den abtrünnigen Langhund, der das Objekt am Reiherteich leitet, entführen oder töten und, falls möglich, die gesamte Einrichtung zerstören.«

»Auf sich allein gestellt? Sehr ungewöhnlich ...«

»Herr, ich gebe es ungern zu, aber er ist ein ungewöhnliches Individuum. Seine Kriegskünste brachten ihm die widerwillige Bewunderung von Samurai-Hauptmann Naka-Jima ein; er ist ein schneller Denker, leichtsinnig, unerträglich selbstsicher in Bezug auf das System, das er repräsentiert, und ihm ist es völlig egal, ob er lebt oder stirbt.«

»Könnte es noch weitere wie ihn bei uns geben?«

»Damit müssen wir rechnen«, antwortete Tōshirō.

»Hat er auch gesagt, warum er hierher geschickt wurde?«

»Ja, Herr. Die Föderation betrachtet unsere Entscheidung, Flugpferde zu bauen, als Bedrohung des derzeitigen Status. Sie hofft, durch die Entführung oder das Töten des Abtrünnigen, der ihre Geheimnisse an uns verriet, das Projekt zu zerstören. Sollte der Mexikaner versagen, wird die Föderation Truppen einsetzen und einen massiven Präventivschlag führen, der einen weitreichenden Konflikt auslösen könnte.«

Die Aussicht auf einen Krieg gegen einen Feind, der über Waffen verfügte, die ihre Kraft vom Dunklen Licht bezogen, vernichtete die innere Ruhe, die der Shōgun während der kostbaren Stunden der Kontemplation im Steingarten erlangt hatte. Als sein Pulsschlag stieg, wurden die Adern an den Schläfen sichtbar.

»Und … was haben Sie unternommen?«

»Ich bot ihm meine Hilfe an.«

Der Blick des Shōgun wurde hart. »Ich nehme an, Sie hatten einen guten Grund dafür?«

Tōshirō senkte den Kopf. Er hatte lange nachgedacht und jeden Schritt sorgsam abgewogen, ehe er sich entschlossen hatte, Brickmans Anwesenheit zu enthüllen. »Ich hielt es in Ihrem eigenen Interesse für das Beste, Herr.«

Der Herold fuhr fort, zu beschreiben, wie er es arrangiert hatte, den Mexikaner als Straßenläufer in der Residenz des Generalkonsuls unterzubringen, von wo man ihn im geeigneten Moment – sobald der Shōgun es wünschte – zum Reiherteich verlegen könnte.

»Indem wir dieses Individuum in die Mitte des Systems

platzierten, haben wir es unter Kontrolle. Und es kann seine gegenwärtige Identität nicht eher ändern, als bis man es ihm erlaubt.« Tōshirō holte das Bündel Nelkenblätter hervor, zeigte es dem Shōgun und erklärte ihm, welchem Zweck sie dienten.

»Die Zustimmung, ihm zu helfen, versetzte mich in die Lage, seine Pläne zu erfahren, und ich kann sie unterstützen oder verhindern, ganz wie es opportun erscheint. Zu wissen, wer und wo er ist, bedeutet, dass man ihn überwachen lassen und seine Kontakte ermitteln kann. Und er kann jederzeit, wann immer Sie es befehlen, getötet werden.

Sollten Sie hingegen aus irgendeinem Grund beschließen, einen oder mehrere Ihrer … Gegenspieler zu entfernen, oder der Arbeit am Reiherteich Einhalt zu gebieten, könnte man diesen Langhund zur Ausführung Ihrer Wünsche benutzen – und ihn anschließend als Schuldigen hinstellen.«

Yoritomo legte den Ellbogen auf die lackierte Armstütze, die neben seinem linken Bein stand, und zog sich nachdenklich an der Unterlippe. »Mmmmm. Eine interessante Idee.«

»Es würde wie eine Intervention fremder Mächte aussehen. Und obgleich nicht das Ziel, könnte Yama-Shita dennoch nicht den Nachwirkungen entgehen. Sehen wir den Tatsachen ins Gesicht, es ist seine Familie, die die Ausländer hierhergebracht hat. Sollte nun, nehmen wir nur einmal an, ein Ereignis eintreffen, bei dem, sagen wir einmal … der Generalkonsul von Ro-diren und Masa-chusa getötet würde …«

»Könnte man es als einen Angriff gegen das Shōgunat interpretieren …«

»… aufgrund dessen man von denen, die, wenn auch unwissentlich, darin verwickelt waren, eine großzügige Wiedergutmachung verlangen könnte.«

»Genau …«

Es trat eine längere Pause ein, während derer der Shōgun verschiedene Szenarien überdachte. Tōshirō hielt der Tradition gemäß den Blick gesenkt, bis der Shōgun sprach.

»Ich muss eingestehen, dass ich, als dieses Gespräch begann, ernsthafte Zweifel an Ihrer weiteren Karriere hegte. Und als Sie mir von dem Handel mit dem Mexikaner berichteten, schien es mir, als hätten Sie sich endgültig ins Aus manövriert. Aber jetzt erkenne ich, dass das Arrangement einige Möglichkeiten birgt. Gut gemacht.«

Tōshirō verneigte sich dankbar und nahm, überaus zufrieden mit sich, wieder seine aufrechte Haltung ein. Er hatte die Situation richtig interpretiert. Selbst wenn die Langhunde mit dem Dunklen Licht bewaffnet waren, würden die Samurai-Krieger Mittel und Wege finden, einen Angriff der Konföderation zurückzuschlagen. Aber ein Sieg könnte sich letztendlich als Niederlage für das Shōgunat herausstellen. Die schwächenden Folgen eines umfassenden Krieges würden das gegenwärtige empfindliche Gleichgewicht der Kräfte ins Wanken bringen und eine turbulente Situation schaffen, in deren Verlauf sich die Toh-Yota-Familie plötzlich von den Yama-Shitas, den Verkündern des Fortschritts, abgelöst finden könnten. Tōshirō hatte gewusst, dass sich der Shōgun für eine Opferung des Reiherteich-Projekts entscheiden würde, da er sich einiges davon versprach. Und das passte dem Herold sehr gut ins Konzept.

Nachdem er vier Tage lang die Post zwischen den unzähligen Häusern der Min-Orota-Familie und der Residenz des Generalkonsuls verteilt hatte, erfuhr Steve, dass er eine neue Route, die den Reiherteich einschloss, zugewiesen bekommen hatte. Man sagte ihm nicht, weshalb, aber er vermutete, dass sein maskierter Wohltäter wieder ein paar Fäden gezogen hatte.

Auf seinen Reisen von und nach Ba-satana und hinunter nach Nyo-poro hatte Steve seine Augen offen gehalten, aber keinerlei Flugaktivitäten feststellen können – ein Zeichen dafür, dass die Reichweite der von Cadillac konstruierten Segelflugzeuge ziemlich begrenzt war.

Bei seinem Wissen über Aeronautik – und er war der Beste seiner Klasse gewesen –, schien es Steve, als müsse man, wenn man auf die Unterstützung durch Helium verzichtete, eine gänzlich andere Flügelform konstruieren, um den Auftrieb für einen ausgedehnten Segelflug zu gewährleisten. Wenn der junge Wortschmied, wie Mr. Snow ihm erklärte, ihm das theoretische und praktische Wissen gestohlen hatte, das er im Laufe der Jahre durch Studium und harte Arbeit erworben hatte, müsste er wissen, was zu tun war. Die Tatsache, dass er nicht danach handelte, ließ den Schluss zu, dass er vorhatte, in einem bestimmten Stadium ein Triebwerk einzusetzen. So gesehen, schien der Pfeilflügel, den Steve auf dem Weg zum Reiherteich gesehen hatte, einen Sinn zu ergeben. Offenbar testete Cadillac die Stabilität der Flugzeugkonstruktion, während er Berechnungen anstellte, wie er mit den vorhandenen Materialien und Werkzeugen einen effizienten Motor bauen konnte.

Toll. Könnte nicht besser sein. Wäre die Entwicklung bereits weiter fortgeschritten, hätte sich Steve mit einer

Menge Unannehmlichkeiten konfrontiert gesehen. Aber wie es jetzt aussah, konnte es ihm gelingen, eine nützliche Neuerung einzuführen. Vielleicht würde Cadillac anfangs noch zögern, aber wenn er ihm zusicherte, dass er allein die Ehre für jede von ihnen beiden entwickelte Idee einstreichen konnte, gelang es ihm vielleicht, den Mutanten zu überreden, ihn an Bord zu nehmen. Cadillac mochte in seinem Verstand herumgestochert haben, aber er dachte nicht wie er. Die Defekte in seiner Psyche hinderten ihn daran, die gestohlenen Informationen für einen Blick auf Steves Gedankengänge zu benutzen. Das Wissen, das er gewonnen hatte, war ein wertvoller Besitz, aber zu wissen, wie man es benutzte, war etwas völlig anderes.

Wie Cadillac bereits entdeckt hatte.

Diese tröstliche Erkenntnis beschwingte Steves Schritt, als er in westliche Richtung entlang des Highway auf Mara-bara und den Reiherteich zu marschierte. Als er sich dem kleinen Weiler näherte, sah er etwas, das ihn sogar noch mehr anspornte. Drei weißflügelige Segelflugzeuge in dichter Donnerkeilformation schwebten hinter einer riesigen Kumuluswolke hervor ins Blaue.

Steve schätzte ihre Höhe auf ungefähr sechshundert Meter. Es war ein heißer Tag, also stieg von den umliegenden Getreidefeldern reichlich Thermik auf, und ein Pilot der Konföderation wusste, wie er, sobald der Segler die Wolken erreicht hatte, diese Aufwinde nutzen konnte, um noch höher zu steigen.

Sie flogen in harmonischer Übereinstimmung, drehten eine Rechtskurve und gingen dann in einen Sturzflug über. Als Steve klar wurde, dass sie dabei waren, einen Looping zu fliegen, blieb er stehen, um zuzusehen. Er hielt den Atem an und fragte sich, ob sie genug Geschwindigkeit hätten, um ihr Kunststück durchzuführen. Mit einem Motor im Rücken trat die Frage, ob man schnell genug war, nicht auf, aber diesen Kerlen dort oben könnte vor Vollendung des Loopings die Luft ausgehen, und da sie so dicht nebeneinander flogen, konnten sie eine Menge Probleme bekommen. Steve bezweifelte, dass die Geräte Fahrtmesser besaßen, und fragte sich, wie es Cadillac gelungen sein mochte, sicherzustellen, dass die Rahmenkonstruktion diese Kunststücke heil überstand.

Steves Befürchtungen erwiesen sich als grundlos. Die Segler blieben heil, und niemand fiel vom Himmel. Sie erreichten die Spitze in der gleichen dichten Formation, mit der sie den Looping begonnen hatten – als hätte man sie zusammengeklebt – dann tauchten sie aus der nachfolgenden Kurve und schossen über ihn hinweg.

Steve ging weiter und fiel in den langen, lockeren Trab, den er von den M'Call-Bären gelernt hatte. Die drei Gleiter hatten während ihres letzten Manövers ungefähr dreihundert Meter an Höhe verloren. Wenn sie den augenblicklichen Kurs beibehielten, würden sie es bis zur Straße am hinteren Ende Mara-baras schaffen, wo der Reiherteich lag. Falls er nicht durch einen Kotau vor einem vorbeigehenden Samurai aufgehalten wurde, konnte er früh genug dort sein, um die Landung zu beobachten – und sich einen Gesamteindruck zu verschaffen.

Während er der Formation nachschaute, sah er, wie der linke Segler wild zu schaukeln begann, aus dem Verband ausbrach und nach unten stürzte. Irgendetwas hing von seinem Backbordflügel herab. Steve sprang über den Bewässerungsgraben und rannte durch das Getreidefeld. Der Gleiter schwankte wie ein Betrunkener auf ihn zu und verlor rapide an Höhe.

Was dort vom Backbordflügel herunterhing, war ein Teil der Verkleidung. Der Pilot, der den unbeschädigten Steuerbord-Flügel senken musste, um das Ungleichgewicht zu korrigieren, war offensichtlich eifrig bemüht, das Flugzeug zu landen, ehe sich noch mehr Stoff losreißen konnte. Wenn das geschähe, würde der Gleiter mit der Nase voran landen.

Von dem instinktiven Eifer getrieben, einem Kollegen zu helfen, rannte Steve blind weiter, bis er erkannte, dass er Gefahr lief, von dem Segler, der sich nunmehr auf einer Höhe von fünfzehn Metern befand, plötzlich seitlich ausbrach und steil nach unten stürzte, ein Flügel nach unten geneigt, niedergemäht zu werden. Unfähig, zu entscheiden, wohin er laufen sollte, blieb Steve mit offenem Mund stehen. Einen schrecklichen Augenblick lang sah es so aus, als würde der ganze Klimbim auf seinen Zehen landen, aber der Pilot schaffte es im letzten Augenblick, die Flügel auszubalancieren. Der Gleiter kam neun Meter vor ihm mit einem entnervenden Knirschen zu stehen, bäumte sich auf und schwebte über seinem Kopf, während er sich durch einen Sprung zur Seite rettete.

Verdammt! Das war knapp! Steve fing seinen Sturz mit ausgestreckten Armen ab und sah aus der Froschperspektive, wie sich die Spitze des Gleiters wieder senkte. Er hatte eine weite Schneise im Getreidefeld hinterlassen und kippte jetzt langsam zur Seite. Die rechte Flügelspitze war nur wenige Zentimeter vom Rand des Feldes entfernt. Vom zerbrochenen Stützbalken abgesehen, der eine unregelmäßige Furche durch das Feld gezogen hatte, war es dem Piloten gelungen, den Gleiter in einem Stück auf die Erde zurückzubringen. Mit anderthalb Flügeln war das gar nicht so schlecht.

Steve rannte näher und kämpfte sich in gebückter Haltung durch die von der Hinterkante des Backbordflügels herabhängenden Stofffetzen, während der Pilot vorsichtig aus dem Cockpit kletterte. Er, oder sie, trug ein weißes Stirnband und eine weite Tunika samt Hose. Die linke Gesichtshälfte bedeckte ein bläuliches Narbengewebe.

»Du solltest aufpassen, wo du hinfliegst«, sagte Steve freundlich. »Du hättest mich fast geplättet.«

Jodi Kazan hielt inne, ein Bein über dem Cockpit, dann fiel der Groschen. »Süßer Christoph! Was, zum Teufel, tust du hier?«

»Ich wollte dich gerade das Gleiche fragen.«

»Ich war zuerst dran. Los, erzähl!«

»Das ist eine lange Geschichte; unter anderem bin ich hier, um dich zu sehen. Ich habe versprochen, nach dir Ausschau zu halten – erinnerst du dich?«

Jodi warf ihm einen altklugen Blick zu und schwang das andere Bein aus dem Cockpit.

Als beide Beine den Boden berührten, ging sie leicht in die Knie.

Steve griff nach ihrem Arm. »Bist du okay?«

Jodi richtete sich steif auf. »Fühlt sich an, als hätte sich mein Rückgrat durch den Arsch gebohrt.« Sie machte sich von seinem Griff los, warf einen Blick auf den zerfetzten Flügel, wanderte um den Leitwerksträger herum, überprüfte den unbeschädigten Steuerbord-Flügel, dann kniete sie nieder und untersuchte die Unterseite des Rumpfes und den zerbrochenen Stützbalken.

Steve spähte ins Cockpit. Es war mit einem Sitz aus Rohrgeflecht, Steuerknüppel und Seilzügen für das Seitenleitwerk ausgestattet, aber, wie er schon vermutet hatte, es gab keine Instrumente. Er kniete nieder und besah sich den Schaden. Der hölzerne Sitz war arg zersplittert, und die Stützstreben waren in die Unterseite des Rumpfes eingedrungen. Er richtete sich auf und beugte sich über die Nase des Gleiters.

»Hätte schlimmer sein können. Als der Flügel anfing auszufransen, dachte ich, du würdest es nicht schaffen. Aber wie ich sehe, hast du dein Fingerspitzengefühl noch nicht verloren.«

Jodi hob den Kopf, blieb aber knien. »Was willst du, Brickman?«

»Nichts.«

»Komm schon; für wie naiv hältst du mich?«

»Ich war gerade auf dem Weg, Post für den Reiherteich abzuliefern. Ich arbeite jetzt hier in der Gegend.« Er lächelte. »Genau wie du.«

»Du kannst einen ganz schön nerven, weißt du das?«

»Glaub ich nicht. Was ich im Big Open gesagt habe, war ernst gemeint.« Steven schaute über die Schulter und sah eine kleine Gruppe blau und weiß gekleideter Gestalten vom Reiherteich in ihre Richtung laufen. Sie waren noch weit entfernt. Er drehte sich zu Jodi um, und seine Stimme hatte einen drängenden Klang angenommen. »Hör zu, wir haben nicht viel Zeit. Mit wem bist du geflogen?«

»Kelso ...«

»Wie geht's dem guten alten Dave?«

»Zähl nicht auf ihn. Wenn du ihn triffst, halte dich zurück. Er gibt dir immer noch die Schuld dafür, dass er hier ist.«

»Und wer war der Dritte?«

»Du meinst die Nummer Eins.« Jodi konnte ein Grinsen nicht zurückhalten. »Der Knabe, der das Projekt leitet.«

Sie machte eine Pause, dann holte sie zum Schlag aus. »Hört auf den Namen Steve Brickman.«

Steve reagierte gelassen. »Gut. Noch andere Piloten bei dem Projekt?«

Jodi, die gehofft hatte, Steve zu verblüffen, war von dessen nüchterner Antwort aus dem Konzept gebracht.

»Nein …« – sie erhob sich langsam und überlegte, wie sie den Satz beenden sollte – »… nur wir drei und ein paar Dutzend Stürmer.« Sie hielt verwirrt inne. »Ich begreife es nicht. Du weißt von diesem Burschen?«

»Er ist der Grund, aus dem ich hier bin. Sein Name ist Cadillac. Er ist ein Mutant. Du hast von den Normalen gehört – der hier ist ein Supernormaler.«

Jodi verbarg ihre Überraschung hinter einem sarkastischen Lachen. »Tatsächlich?« Sie ließ den Blick über Steves schwarzgelbes Äußeres und die wirbelnden Hautmuster auf Gesicht und Armen schweifen. »Und was stellst du dar?«

»Hey, lass das – ich habe keine Lust, den ganzen Mist wieder aufzuwärmen. Was du siehst, ist der Preis, den man zahlen muss, um am Leben zu bleiben. Darunter bin immer noch ich.«

Jodi betrachtete ihn misstrauisch. »Ich habe nur dein Wort darauf.«

Steve schaute nach hinten, um festzustellen, wie nahe die Rettungsmannschaft bereits herangekommen war. »Winke ihnen zu. Vielleicht laufen sie etwas langsamer, wenn sie wissen, dass du noch heil bist.«

Jodi trat vor den Gleiter und winkte, während sie Steve anschaute. »Ich weiß wirklich nicht, was ich mit dir machen soll, Brickman. Aber eins muss man dir lassen. Du steckst voller Überraschungen.«

»Yeah? Das Gleiche gilt für dich. Da ist noch etwas.« Steve atmete tief ein. »Ich habe dir in Nebraska nicht die ganze Geschichte erzählt.«

»Du Bastard. Malone hatte recht. Du bist ein Spitzel der Föderation!«

»Bin ich nicht!«, rief Steven. Dann flüsterte er heiser: »Aber ich habe einen Auftrag.«

Jodi wich einen Schritt zurück.

»Ich hatte keine andere Wahl! Sie haben gedroht, meine Blutsschwester zu töten und Papa Jack die Haut abzuziehen! Ich bin den Mutanten entkommen, wie ich es dir erzählt habe; aber dann bin ich nach Hause zurückgekehrt.« Er warf die Arme hoch. »Der größte Fehler meines Lebens. Dachte, ich wäre ein Held. Stattdessen war die Kacke am Dampfen; ich wurde in die Mangel genommen und bin in den A-Ebenen gelandet! Christoph! Kannst du dir vorstellen, was es für einen von uns bedeutet, dort unten zu leben?« Er machte eine Pause. »Wie weit sind sie noch weg?«

»Ungefähr hundertdreißig Meter.« Jodis Stimme war weicher geworden. »Aber sie rennen nicht mehr.«

Sie kauft es mir ab. Ich habe eine Chance …

»Ich habe bei den Vorbereitungen zur Flucht von den M'Calls einen großen Fehler gemacht. Damit sie mir vertrauten, überredete ich diesen Kerl Cadillac, mir zu helfen, dieses Flugzeug aus dem wieder zusammenzubauen, was von Fazettis Maschine und der des anderen Kerls übrig geblieben war.«

»Naylor.«

»Yeah. Naylor. Nun, der Mutant war bereit, mir zu helfen, wenn ich ihm das Fliegen beibringen würde.«

»Mann …«, stieß Jodi hervor. »Ich wette, die Sachverständigen waren entzückt, als sie das hörten.«

»Ich hab es ihnen nicht gesagt. Aber sie haben es trotzdem erfahren. Die Sache ist die. Dieser Kerl ist nicht nur ein normaler, ungezeichneter Mutant, sondern auch noch ein Wortschmied …«

»Das sollen die hellsten Köpfe sein.«

Steve nickte. »So ist es. Und dieser ist mehr als nur helle. Er beherrscht die Mutanten-Magie, von der man immer hört, an die man aber nicht glaubt. Frag mich nicht, wie er es macht, aber wenn du ihm etwas beibringst, ist er in der Lage, deinen Verstand anzuzapfen und alles herauszusaugen, wie jemand, der KornGold durch einen Strohhalm nuckelt.«

»Scheeiiße …«

»Genau. Glücklicherweise weiß niemand zu Hause davon. Sollten sie es je erfahren, würde ich wieder auf den A-Ebenen landen. Nachdem ich drei Monate in der Kanalisation geschuftet hatte, gab mir ein Hohes Tier die Chance, die Sache geradezubiegen …«

»Ansonsten würden sie sich deine kleine Schwester vornehmen …«

Steve spreizte die Finger. »Ich musste es tun, Jodi.«

Sie nickte nur. »Okay, nehmen wir einmal an, ich würde dir das abkaufen – was führt dich hierher?«

»Ich muss einen Weg finden, den Mutanten von hier fortzuschaffen und in einem Stück nach Hause zu bringen. Samt seiner Freundin. Es gibt zwei von der Sorte.«

»Klingt interessant. Und das alles willst du ganz allein machen?«

»Ich hoffe, du hilfst mir dabei. Wegen der alten Zeiten.«

Jodis Augen wurden zu Schlitzen. »Christoph – du nervst mich ganz schön.«

»Ich weiß. Du hast es mir schon mal gesagt. Lass uns

aufhören, um den heißen Brei herumzureden. Du hast es nicht verdient, hier zu sein, genauso wenig wie ich. Du bist keine Ausbrecherin, Jodi, du bist ein Fliegeras. Wenn die Malone-Bande dich nicht gefunden hätte, wärst du nach Hause zurückgekehrt – mit gebrochenem Arm und all dem Zeug.« Steve warf einen Blick über die Schultern. »Überleg's dir. Übrigens wäre es nicht schlecht, wenn du in der Zwischenzeit ein bisschen zittrig in den Knien wärst, damit ich so tun kann, als würde ich dich wiederbeleben.«

»Ich habe das Gefühl, als würde ich das alles noch einmal bereuen.«

Steve schenkte ihr ein gewinnendes Lächeln. »Was hast du schon zu verlieren? Wenn dir die Idee nicht gefällt, kannst du immer noch einen Rückzieher machen. Ich bin in deiner Hand.«

»Stimmt …« Jodi ließ sich zu Boden gleiten.

Steve lief um den Gleiter und nahm den schlaffen Körper auf die Arme. »Vertraue mir«, flüsterte er und tätschelte ihr Gesicht. »Wenn wir das alles hinter uns haben, sind wir Helden.«

»Ich kann nicht lange bleiben«, sagte Steve.

»Mach dir keine Sorgen, du hast Zeit.« Cadillac führte ihn in einen Raum, den er sein Arbeitszimmer nannte. »Ich habe eine Vereinbarung mit dem Häuptling. Er hat einen unserer Mutanten mit der Nachricht, dass du dich verspätest, zur Poststation in Wah-seisa geschickt.« Er lächelte. »Du hast unschätzbare Hilfe bei dem Unfall geleistet und wirst gleich Fragen beantworten, die uns helfen können, den Fehler zu entdecken. Entspann dich. Fühl dich wie zu Hause.«

Er machte eine schwungvolle Handbewegung. »Was hältst du davon?«

Steve ließ seinen Blick durch den Raum schweifen. Die zurückgeschobenen Wände erlaubten einen Blick auf den akkurat getrimmten Rasen und andere Vegetationsformen, die die Wohnung Cadillacs umgaben. Der Boden, auf dem sie in Socken standen, war mit einer der allgegenwärtigen Tatamis ausgelegt – rechteckige Strohmatten, die von den Eisenmeistern in Masse produziert und gegen Mutanten eingetauscht wurden. Ein schmales Abteil auf einer Seite des Raumes bot Platz für Vorräte.

Der Hauptraum enthielt einen niedrigen, kastenförmigen Tisch, zwei Sitzmatten, einen großen Zeichentisch, einen Stuhl, eine Reihe Einmachgläser, in denen sich, wie Steve vermutete, Zeichenwerkzeuge befanden, und ein Gestell mit etwas, was die Dinks als Papier bezeichneten. Abgesehen von der Unordnung auf dem Zeichentisch, die auf eine menschliche Präsenz hinwies, war der Raum von jener nüchternen Anonymität geprägt, die Steve mit dem Interieur der Eisenmeister assoziierte.

»Nicht schlecht.«

Cadillac ließ ein trockenes, spöttisches Lachen hören. »Nicht schlecht! Es ist fantastisch. Kannst du dir vorstellen, wie das ist, wenn man plötzlich, nachdem man jahrelang auf Händen und Knien in einer Fellhütte gelebt hat, aufrecht stehen kann, ohne ans Dach zu stoßen?« Er schüttelte den Kopf. »Ich sage dir – diese Leute verstehen zu leben.«

Cadillacs Wohnung lag fernab von den Unterkünften am Reiherteich, ungefähr hundertachtzig Meter die Straße in Richtung Mara-bara hinunter. Inmitten der Büsche und Bäume, auf einem sanft abfallenden Gelände erbaut, erinnerte es Steve an das einzeln stehende Gebäude an der Poststation, in der er Clearwater und den Mann in Schwarz getroffen hatte.

Wieder einmal fragte sich Steve, ob es ein geheimes Grundsprachen-Vokabular geben mochte, das die Begriffe enthielt, mit denen er die Dinge beschreiben könnte, die er seit seiner Ankunft in Ne-Issan gesehen hatte. Wenn man wie er aus der Untergrundwelt der Föderation stammte, wo militärische Organisation und Terminologie das Leben aller bis hinauf zum General-Präsidenten prägten, fehlten einem die Worte, präzise zu beschreiben, was man während seiner Reise durch die Oberwelt gesehen und gefühlt hatte.

Selbst etwas so Simples wie die zusammenklappbaren Hütten der Präriemutanten entsprang einer neuen Anpassung. Die Raddampfer waren kein Problem. Obwohl völlig fremdartig, konnte man sie als primitive schwimmende Wagenzüge bezeichnen und dadurch ein Bild von ihnen übermitteln. Aber die verwirrende Vielfalt der Architektur der Eisenmeister, die einem schon äußerlich den Eindruck eines völlig anderen Lebensstils vermittelte, eröffnete eine absolut neue Welt. Paläste, Häuser, Pavillons, Landhäuser, Läden, Märkte, Städte, Dörfer und Weiler waren Begriffe, von denen Steve vorher nichts geahnt hatte, ebenso wie er früher nichts von der Existenz von Wörtern wie Liebe und Freiheit gewusst hatte.

Das Treffen mit Clearwater hatte alles verändert, und er wusste, dass die Erinnerung an sie in diesem Moment zwischen ihnen stand; unsichtbar, aber dennoch fühlbar und störend, als hielte sie sich in diesem Raum auf.

Cadillac schob ein Wandpaneel beiseite und enthüllte eine Reihe Regale. Er nahm eine Porzellanflasche mit Sake und zwei kleine Schalen mit dem gleichen Glasurmuster heraus. Dann stellte er die Schalen auf den Zeichentisch, füllte sie mit professionellem Schwung und ermunterte Steve, eine zu nehmen.

Sie hoben die Schalen und stießen an.

»Auf die alten Zeiten«, sagte Cadillac. Weder seine Stimme noch sein Gesicht verrieten, ob er die alten Zeiten für gut oder schlecht hielt, aber er stürzte den Inhalt der Schale in einem Zug hinunter – vielleicht ein Zeichen dafür, dass er etwas brauchte, das seinen Schmerz abtötete, oder um sich einen Extra-Schub zu geben, mit seinem unerwarteten Besucher zu verhandeln.

In Gedanken an den zungenlösenden Effekt des Sake, den er mit Noburō getrunken hatte, nippte Steven nur daran und konzentrierte sich ganz darauf, seinen Rivalen zu studieren. Er hatte nicht erwartet, Cadillac so früh und auf diese Weise zu treffen, und wusste nicht, wie er anfangen sollte.

Cadillac goss sich noch einmal ein, schloss die Flasche und stärkte sich mit einem weiteren großen Schluck. »Und … was führt dich hierher?«

Steve ging auf den Ton ein. »Oh, Verschiedenes. Ich habe eine Nachricht von Mr. Snow für dich.« Er sah, wie Cadillacs Augen aufblitzten, als er den Namen seines Lehrers erwähnte. Ein schlechtes Gewissen, liebevolle Erinnerungen, ein Gefühl der Loyalität? Egal. Da war die Lücke in seiner Verteidigung, wo er ansetzen konnte.

»Hat er dich hierher geschickt?«

»Nicht direkt. Er machte sich Sorgen um dich. Als er feststellte, dass du nicht mit dem Raddampfer zurückgekommen bist …«

»Du warst beim Handelsposten?«

In Situationen wie dieser folgte Steve einer einfachen Regel. Sag so lange wie möglich die Wahrheit, weiche unangenehmen Fragen aus, indem du vorgibst, schwer von Begriff zu sein, und pass auf, dass die Lügen nicht sichtbar werden. Wenn du schon lügen musst, dann in großem Stil – und pack die Lüge so ein, dass sie auf die schwächsten Stellen im Charakter des Adressaten stößt.

»Das Flugzeug, das wir beide gebaut haben, hat nicht lange gehalten. Ich bin nicht zur Föderation zurückgekehrt.«

»Ich habe auch nicht geglaubt, dass du das tun würdest … nicht ohne Motor.«

»Mr. Snow erzählte mir, dass du ihn erstklassig hingekriegt hast.«

»Ja. Selbst du wärst beeindruckt gewesen.«

»Glaub ich. Da stand ich nun, mitten im Nirgendwo. Ein paar Renegaten haben mich aufgelesen. Während der Schneefälle gruben wir uns ein, dann wurde die ganze Bande während dem, was ihr die Neue Erde nennt, von den M'Calls gefangen genommen.«

Cadillac reagierte überrascht.

»Hat Mr. Snow dich für den Weg den Fluss hinunter bezahlt?«

»Nein«, gab Steve lachend zur Antwort. »Ich bot ihm an, mich auf die Suche nach dir zu machen. Er machte sich Sorgen wegen Sachen, die du in den Steinen gesehen hast und …«

»Ich habe viele Dinge in den Steinen gesehen«, wandte Cadillac ein.

Steve ignorierte die Unterbrechung. »Er bat mich, herauszufinden, ob du okay wärst, und dir zu sagen, dass die Zeit knapp wird. Wenn er erfährt, dass du dich entschlossen hast, hierzubleiben – wie es aussieht, aus freien Stücken – wird ihm das den Rest geben.«

Cadillac antwortete mit einem Achselzucken. Er trank den Rest Sake aus und füllte den Becher wieder auf.

Steve, der immer noch an seiner ersten Schale nippte, konnte nicht verstehen, wie der Mutant sich noch auf den Beinen halten konnte. »Hey – meinst du nicht, du solltest mal eine Pause einlegen?«

»Keine Angst. Ich kann damit umgehen. Heißt es nicht, Übung macht den Meister? Wird dir auch guttun.« Cadillacs Stimme klang etwas schleppend, aber seine Hand war noch ruhig. Er hob die Schale. »Trink aus! Es gibt noch genug davon. Nur eine der vielen zusätzlichen Sozialleistungen.«

»Welches sind die anderen?«

Cadillac machte mit dem freien Arm eine ausladende Geste, während er die Schale an den Mund hob. »Wie viele Mutanten können so wie ich leben?«

»Bestimmt nicht viele.«

»Ich habe noch ein Zimmer, in dem ich schlafe, eines fürs Essen und zur Unterhaltung, eine Küche, ein Bad. Und ein paar Leute, die Brennholz schlagen und nach dem Garten sehen; einen Koch, ein Scheuermädchen, und vier Leibsklavinnen, die auf das Haus aufpassen, meine Kleider in Schuss halten, mir die Mahlzeiten servieren, mein Bett machen und sich hineinlegen, wenn's mir danach ist.«

»Klingt fast zu schön …«

»Und das Beste ist, dass ich hier etwas tue, das mir wirklich Spaß macht. Etwas Sinnvolles, Kniffliges; etwas, das mich fordert. Du weißt, was ich meine? Und zum ersten Mal in meinem Leben bin ich jemand. Überall in diesem Land werden Mutanten und Wagner wie der letzte Dreck behandelt. Aber am Reiherteich ist das anders. Die Leute hier respektieren mich.«

»Schön, das zu hören«, sagte Steven.

Cadillac schüttete noch eine Schale Sake in sich hinein. »Wie dem auch sei; meine Arbeit hier ist noch lange nicht zu Ende. Und weshalb, in Columbus' Namen, sollte ich, wenn das hier abgeschlossen ist, alles aufgeben, nur um für eine Bande dreckiger Tölpel die Amme zu spielen, die stinken, als hätten sie sich gerade in Büffelkot gewälzt?«

»Yeah. Nun, als wir uns das erste Mal trafen, hätte ich das Gleiche von dir sagen können.«

»Außer dass ich intelligenter als der durchschnittliche Bär war.«

»Um einiges intelligenter«, stimmte Steve zu. Das Ego dieses Kerls war unersättlich. Egal. Wenn er Lob wollte, sollte er es bekommen. Eimerweise. »Denkst du so auch über Mr. Snow?«

»Nein. Natürlich nicht.«

»Was wird aus dem Clan, wenn er stirbt? Du hast seinen Tod in den Steinen gesehen, erinnerst du dich? Die Stelle, wo es passiert.«

Cadillac zuckte die Achseln. »Vielleicht habe ich sie gesehen, vielleicht nicht.«

»Er schien mir sicher zu sein. Er sagte mir, dass er nur noch einige Monate zu leben hätte.«

»Auch ein Grund, nicht zurückzugehen.« Cadillacs betrunkener Trotz bröckelte ein wenig ab. »Weißt du, Steinelesen ist keine exakte Wissenschaft. Ich bin noch ein blutiger Anfänger. Ich bin nicht unfehlbar – wie er. Okay, ich habe eine Menge Blut, Schweiß und Tränen in den Steinen gesehen. Auch Tod und Zerstörung. Mr. Snow war darin verwickelt, aber auch der Rest des Clans. Selbst du. Aber es könnte sein, dass ich zwei verschiedene Ereignisse miteinander vermischt habe, dann stimmen die Zeitangaben nicht mehr. Es könnte in diesem Jahr oder im nächsten … oder erst in zehn Jahren passieren. Nicht, dass das einen Unterschied machen würde.«

»Warum sagst du das?«

Cadillac leerte die Schale. »Weil dieser Teil meines Lebens Vergangenheit ist. Und bald wird es nichts mehr geben, wofür sich eine Rückkehr lohnt. Sie sind am Ende.« Er nahm die Flasche, setzte sich an den niedrigen Tisch und stellte den Sake vor sich hin.

Steve warf einen Blick auf die Skizzen und Zeichnungen auf dem Zeichentisch, dann ließ er sich auf die Matte sinken und schaute dem jungen Wortschmied ins Gesicht. »Wer ist am Ende – die M'Calls? Das Prärievolk?«

»Ich möchte nicht darüber sprechen.«

Steve schob ihm seine Schale hin, damit er sie füllte. Eigentlich wollte er nichts mehr, aber wenn er mitmachte, blieb für Cadillac weniger übrig. Abgesehen von der undeutlichen Stimme, hielt er sich wacker. Aber Steve wurde das Gefühl nicht los, dass der Mutant jede Minute wie eine Kerze erlöschen könnte. Und er wollte nicht, dass es gerade jetzt passierte. Sie hatten noch eine Menge zu besprechen.

Steve hob die zweite Schale, während Cadillac bei der vierten angelangt war, nahm einen Schluck und ließ ihn langsam die Kehle hinuntergleiten. Wie sehr Cadillac sich auch verstellte, Steve wusste, dass er sein plötzliches Auftauchen als Bedrohung empfand. Das weitere Gespräch würde wie ein Gang auf dünnem Eis sein. »Tut mir leid. Ich habe dein Leben durcheinandergebracht.«

»Im Gegenteil. Die Dinge könnten nicht besser sein. Wenn du nicht gewesen wärst, wäre ich nicht hier.«

»Ich meinte nicht das Herumstochern in meinem Kopf. Du bist dort jederzeit willkommen. Ich spreche von Clearwater.« Er machte eine Pause und hoffte auf eine Reaktion. Cadillacs Gesicht blieb regungslos. Er versuchte es noch einmal. »Was ich getan habe, war gemein. Du hast mein Leben gerettet, mir deine Freundschaft angeboten, und ich … ich habe dich verraten. Ich habe es nicht bewusst getan, aber …«

Er zuckte hilflos die Achseln. »Deshalb bin ich abgehauen. Es gelang mir nicht, meine Gefühle für sie zu verbergen. Und nach dem, was ich getan habe, konnte ich dir und Mr. Snow nicht mehr in die Augen schauen.«

»Es hat so sein sollen. Es war der Willen Talismans. Ein wahrer Krieger muss die innere Kraft besitzen, diese Dinge zu akzeptieren.«

»Aber es muss dir wehgetan haben.«

»Eine Weile«, sagte Cadillac. »Aber jetzt spüre ich nichts mehr.«

»Das sehe ich …« Steve schaute zu, wie er eine weitere Schale Sake in sich hineinkippte. »Ist sie deshalb nicht hier?«

»Nein, die Eisenmeister haben uns sofort nach der Ankunft getrennt.«

»Beunruhigt dich das nicht?«

»Warum sollte es? Ich bin nicht in Gefahr, und solange sie die Kraft des Talismans anrufen kann, ist sie es auch nicht.«

»Weißt du, wo sie jetzt ist?«

»Ja. Sie wurde deinem gegenwärtigen Dienstherrn übergeben.« Als Cadillac Stevens Reaktion sah, musste er lächeln. »Überrascht? Jetzt sind wir drei wieder beisammen. So nah – und doch so fern.« Er hob die Schale, wobei er etwas Sake verschüttete. »Sieht so aus, als sollte es so sein.«

»Yeah«, sagte Steve. »Wunderbar …« Er stand auf und ging zum Zeichentisch, um sich Cadillacs Arbeit genauer anzusehen. Alles war gewissenhaft mit der Hand gezeichnet, unter Zuhilfenahme hölzerner Lineale.

In der Föderation waren Zeichnungen wie diese im COLUMBUS gespeichert. Der Zentralcomputer der Föderation verfügte über eine umfangreiche Bibliothek, in der sich Zeichnungen von jedem Teil jeder Maschine fanden, die je gebaut worden war. Jemand, der Zugang zur richtigen Ebene hatte, konnte die Zeichnungen abrufen, sie auf dem Bildschirm mit einer neuen Konstruktion verbinden und die Informationen dann auf vollautomatische Maschinen übertragen, die alles Weitere übernahmen.

Die Blätter, die Steve sich anschaute, enthielten grobe Skizzen, die verschiedene Modifikationen einer leichtgewichtigen Dampfmaschine darstellten. Sie war noch einmal auf einem größeren Blatt Papier zu sehen, in drei Ansichten gezeichnet, mit einem Querschnitt, der die inneren Details offenbarte. Es war eine raffinierte Konstruktion, aber sie erforderte eine Menge Präzisionsarbeit, und es würde ewig dauern, bis sie in eine begrenzte Produktion gehen könnte.

Hier lag das wirkliche Problem. Zeit war der kritische Faktor. Sie konnten es sich nicht leisten, herumzustehen und Däumchen zu drehen, bis die Eisenmeister das Niveau ihrer Werkzeugmaschinen-Industrie anhoben. Zu viele Hände rührten im Verschwörungs-Topf herum. Je länger sie hier wären, desto größer war die Gefahr, dass etwas falsch lief. Mit Jodis und vielleicht auch Kelsos Hilfe musste er Cadillac und Clearwater auf ein Schiff nach Bu-faro schaffen. Und damit er den Hudson mit einem schnellen Satz erreichte, musste das Antriebsproblem mit Hilfe der existierenden Technik rasch gelöst werden. Steve, vom Sake wohlig gewärmt, wusste, dass er die Lösung hatte.

»Eine hübsche Idee, aber es dauert zu lange, es zusammenzubauen.«

»Ich weiß. Ich muss mir bald etwas einfallen lassen, sonst verlieren die Eisenmeister das Interesse.«

»Darf ich einen Vorschlag machen?«

»Ich bezweifle, dass es mir gelingen würde, dich davon abzubringen.«

»Du weißt, was dir fehlt?«

»Ja, eine neue Flasche Sake.« Cadillac schleuderte die leere Flasche durch die offene Tür in den Garten.

Steve nahm eine volle Flasche vom Regal und stellte sie auf den Tisch. Er füllte Cadillacs Schale, dann setzte er sich hin und goss sich selbst etwas ein. »Du brauchst einen Assistenten. Jemanden, mit dem du Ideen austauschen kannst. Jemanden, dem du vertraust. Der auf die Jungs aufpasst, während du an größeren Entwürfen arbeitest.«

»Und an wen dachtest du?«

Steve antwortete mit einem bescheidenen Achselzucken. »Warum in die Ferne schweifen? Ich weiß genauso viel wie du. Wir haben die Bluebird nur mit Hoffnung und frischer Luft zusammengebaut. Mit einer Anlage wie dieser und unseren Köpfen könnten wir es packen.« Er hob die Schale. »Natürlich gebührt dir all die Ehre. Was hältst du davon?«

»Ich werde darüber nachdenken«, antwortete Cadillac

lallend. Er schaffte es gerade noch, sich die Hälfte der fünften Schale Sake einzuverleiben. Den Rest verschüttete er über sein Hemd, als er die Kontrolle verlor. Einen Augenblick später schlug er mit der Stirn gegen die Tischkante.

Das war offenbar ein Geräusch, das seine Dienerinnen gut kannten – und auf das sie bereits gewartet zu haben schienen. Ein Wandschirm glitt zur Seite, und vier kleine weibliche Dinks, in farbenfrohe, knöchellange Umhänge gehüllt, trippelten in weißen Socken herein. Sie verbeugten sich ehrerbietig vor Steve, dann packten sie Cadillacs Arme und Beine und trugen den Besinnungslosen aus dem Zimmer.

Steve schüttete den Rest seiner Schale in die Flasche zurück, schulterte seinen Postsack und machte sich auf den Weg. Es war ein seltsames Treffen gewesen, als hätte man sich mit einem leicht verzerrten Spiegelbild unterhalten. Vorausgesetzt, Cadillac hatte beim Aufwachen nicht alles vergessen, hätte Brickman, S.R., eine Chance, ins Team zu kommen. Mit einer Menge Schmeicheleien und harter Arbeit würde er schnell eine Schlüsselposition einnehmen.

Während er durch das Tor des Lagers schritt, fragte er sich, wie es wohl in Jodi Kazans Kopf aussehen mochte. Sie hatte versprochen, Kelso nicht den wahren Grund seines Hierseins zu verraten, und Steve war sich zu neunundneunzig Prozent sicher, dass er ihr vertrauen konnte. Er spürte, dass er eine empfindsame Saite angeschlagen hatte, als er ihr sagte, dass sie tief im Innern immer noch ein Fliegeras sei. Jetzt musste nur noch Kelso gewonnen werden, aber das war nicht unmöglich. Man musste ihn nur mit der richtigen Geschichte füttern. Alles, was Steve jetzt noch brauchte, war der Segen des Mannes in Schwarz und das kostbare Bündel Nelkenblätter.

Und Clearwater. Von seinem neuen Standort aus hatte ihn sein erster Lauf an der Küste des Sees mit der Insel entlanggeführt, auf der sie wohnte. Im Rōnin-Lager hatte er ihr übereilt versprochen, sie zu besuchen, und trotz ihrer Bitte, wegen eines leichtsinnigen Abenteuers nicht sein Leben zu riskieren, war es ein Versprechen, das er zu halten beabsichtigte. Nachdem er Straßenläufer geworden war, stellte er fest, dass es möglich war, während der freien Stunden über die Mauer zu klettern, aber bis jetzt hatte sich ihm diese Möglichkeit noch nicht geboten. Sein Dienst hatte es mit sich gebracht, dass er die Nächte in anderen, weit entfernteren Poststationen zubringen musste – wodurch Clearwater außer Reichweite geriet.

Durch das Laufen verschwanden die betäubenden Nebenwirkungen des Sake. Steve fiel gut gelaunt in einen schnellen Trab. Yeah … Alles in allem gar kein so schlechter Tag.

Ein paar Tage später lief Steve am westlichen Ufer des Zwei-Insel-Sees entlang in Richtung Süden. Vor dem Holocaust war er als Sudbury Reservoir bekannt gewesen. Der See, der ungefähr fünf Kilometer lang und an seiner breitesten Stelle über zwei Kilometer breit war, lag an einer Nord-Süd-Achse. Die gewundene Küstenlinie ließ ihn wie einen abgetragenen, hochhackigen Stiefel erscheinen; wie die Zehen Italiens, nur in der Nähe der Knöchel etwas beschädigt. Clearwater wohnte auf der größeren Insel, die im zerbröckelnden Stiefelschaft lag, in der Nähe der Ostseite, wo sich eine schmale Landungsbrücke befand. Die zweite Insel lag genau über den schlanken Fesseln, wo die beiden gegenüberliegenden Küsten über zweihundert Meter nach innen schwangen.

Steve verfluchte den Umstand, ihr so nah und doch so fern zu sein. Es machte ihm nichts aus, vom westlichen Ufer aus zur Insel zu schwimmen, aber nur ein Verrückter würde es am Tag versuchen. Und er musste an seinen gegenwärtigen Job denken. Wenn er seinen Posten verlor, weil er die Briefe zu spät abgeliefert hatte, und wieder Scheiße schaufeln müsste, wäre seine Chance, an den Reiherteich zu kommen, gleich Null. Er fluchte vor sich hin und machte sich auf den Weg nach Wu-nasak, dem ersten einer Reihe Briefkästen, an denen er auf dem Weg nach Nyo-poro vorbeikommen würde.

In der Nähe des Knöchels führte der Pfad vom Strand weg zu einem Hain hochgewachsener Pinien hinauf. Die Morgensonne malte schräge Streifen von Schatten und Licht über seinen Weg und verwandelte das rote Gras in Feuerteiche. Staubkörner und Blütenstaub schwebten ziellos wie Glühwürmchen in den goldenen Sonnenstrahlen, von der Schönheit der Welt um sie herum wie hypnotisiert.

Das gehörte zu den Reichtümern der Oberwelt; das Spiel von Licht und Schatten, die im Laufe eines Tages, eines Monats, eines Jahres Farbe und Intensität wechselten. Die Föderation kannte nur künstliche Dämmerung, aber keine Schatten, keine kalten, dunklen Ecken; keinen Ort, wo man sich verstecken konnte. Das von allen Seiten strahlende Licht war geschickt ausgerichtet worden, um dem Tageslicht zu entsprechen, aber es konnte es nicht ersetzen, ebenso wie die von Menschenhand geschaffene Untergrundwelt mit ihren glänzenden Marmorpiazzas und den kühlen Abgründen trotz des Genies der Ersten

Familie niemals mit der unermesslichen und fantastischen Oberfläche, ihrem blau verschleierten Horizont und den mit unaufhörlich wechselnden Wolkengebilden erfüllten Himmel konkurrieren konnte.

Steves Träumereien wurden jäh durch den Anblick eines sich nähernden Reiters in rotschwarzer Rüstung und zwei großen, schmalen Bannern, die an seinem Rücken befestigt waren, unterbrochen. Ein Samurai – und so wie er aussah, bestimmt kein gewöhnlicher.

Steve trat neben den Pfad, sank auf die Knie und beugte sich nach vorn, Unterarme auf den Boden, Handflächen zusammen, die Nase zwischen die Daumen gepresst. Als jemand, der in der Gesellschaft der Eisenmeister den niedrigsten Rang einnahm, war Steve genötigt, so lange mit gesenkten Augen in dieser Haltung zu verharren, bis der Samurai an ihm vorüber war, und ganz langsam bis zehn zu zählen, bevor er sich erhob. Zu seiner Überraschung brachen die Hufschläge ab, bevor der Samurai ihn erreichte.

Was ist los?

Er schaute kurz zur Seite und sah, wie der Samurai vom Pferd stieg und die Zügel um einen Schössling schlang, der ungefähr zehn Meter entfernt stand. Das Tier, das sich zwischen Steve und dem Reiter befand, verdeckte das Gesicht des Dink. Nicht dass das wichtig gewesen wäre. Für Steve sahen sie alle gleich aus, und die Regeln, die festlegten, wann und wann nicht Augenkontakt aufgenommen werden durfte, machten es noch schwieriger, ein Dink vom anderen zu unterscheiden.

Steve richtete seine Aufmerksamkeit wieder auf den Erdboden und wartete angespannt auf den nächsten Schritt des Samurai. Er sah das Spiel von Licht und Schatten, als dieser langsam näher kam, und durch das Geräusch der sich bewegenden Rüstung vernahm er ein leises Geräusch, das ihn erstarrten ließ, das Geräusch, wenn ein langes Schwert aus der Scheide gezogen wird.

Scheiße …

Der Schatten des Samurai kam genau vor ihm zum Stillstand und verwandelte die Farbe des Grases neben seinen Fingern in ein tiefes Dunkelrot.

Steve beschwor den Geist des Talisman und bewegte keinen Muskel, als das eiskalte Blatt seine rechte Wange streifte und an seinem Ohr haltmachte. Er brauchte nicht hinzuschauen, um zu wissen, dass die scharfe Seite nach oben zeigte. Nach einer kurzen, nervenaufreibenden Pause fuhr das Blatt fort, Linien auf seinen Nacken zu zeichnen, dann hielt es unter seinem linken Ohr inne. Er spürte den Schnitt nicht, nur das Tröpfeln des Blutes, das seine Haut wärmte, während es den Kiefer herunterlief.

»Nun – wie geht's, Kerl?«

Es war der Mann in Schwarz. Nur dass er jetzt eine Verkleidung trug.

Steve hatte den selbstmörderischen Wunsch, hochzuschauen, und ein ungeheures Bedürfnis, festzustellen, was von seinem linken Ohr noch übrig geblieben war. Sein blutdürstiger Wohltäter hantierte mit einem Stecher herum. Steve hatte schlechte Karten. Er konnte nicht damit rechnen, unersetzlich zu sein. Das rasiermesserscharfe Blatt, das jetzt nur wenige Zentimeter über seinem Kopf schwebte, erinnerte Steve daran, dass es für Glück auch Grenzen gab. Er löste die Nase vom Daumen und erzählte von seinem Treffen mit Cadillac.

»Lauter!«

Steve hob den Kopf, räusperte sich und fuhr mit der

Erzählung fort, ohne ein weiteres Mal unterbrochen zu werden, und schloss den Bericht mit seinem Angebot an Cadillac, ihm bei der Konstruktion einer geeigneten Maschine zu helfen.

»Und was meinte er dazu?«

»Er sagte, er würde es sich überlegen.«

»Kein Problem wegen … vergangener Zeiten?«

»Nein. Er schien recht froh, mich zu sehen. Besonders jetzt, wo er die Oberhand hat.«

»Ich kenne das Gefühl«, sagte Tōshirō. Steve beobachtete, wie die gepanzerten Füße seines Gesprächspartners einen Halbkreis beschrieben, von der linken Schulter zur rechten und wieder zurück, wobei jeder Schritt von einem leichten Antippen mit dem Schwert begleitet wurde.

»Die von mir vertretenen Interessen erlaubten mir, dich während der Operation zu unterstützen. Doch bevor du den Reiherteich zerstörst, solltest du ihnen zu einem Erfolg verhelfen.«

»Herr, das Vergnügen ist ganz auf meiner Seite.«

»Nun – ich wusste, dass dir das gefallen würde. Bist du sicher, dass du die Maschine zum Funktionieren bringen kannst?«

»Sobald ich meine Füße unter der Werkbank habe, wird es keinen Monat mehr dauern, bis eine von ihnen unter Dampf fliegt.«

»Gut. Das ist sehr wichtig. Dein Leben könnte davon abhängen.«

*Das sagst du,* dachte Steve. »Darf ich mir die Frage erlauben, ob unsere Originalvereinbarungen noch Gültigkeit haben?«

»Und die wären?«

»Sichere Passage aus diesem Land, zusammen mit

Cadillac und der Mutantenfrau, die mit ihm gekommen ist, Clearwater.«

»Nun, ja … ah … es wird nicht leicht sein, das zu arrangieren.«

»Um das Arrangement werde ich mich kümmern«, erwiderte Steve. »Alles, was ich von Ihnen brauche, ist die persönliche Zusicherung, dass die Interessen, die Sie zu vertreten vorgeben, uns nicht im Wege stehen werden.«

Das unverschämte Gebaren des Langhundes verblüffte und ärgerte Tōshirō immer wieder aufs Neue, aber er konnte seinen mörderischen Impuls, ihn mit eigener Hand zu töten, erfolgreich unterdrücken. Es schmerzte ihn, Brickman wie einen Gleichgestellten zu behandeln, aber so lauteten seine Befehle. Im Augenblick war er gezwungen, seinen Ärger hinunterzuschlucken. Sollte dieser selbsternannte Mexikaner zustande bringen, was man von ihm verlangte, würden die Feinde des Shōgun erniedrigt und vernichtet werden, und für Tōshirō wäre der Weg frei, das zu erlangen, was er am meisten begehrte.

»Meinetwegen, du hast mein Wort darauf. Doch es gibt noch etwas, das du beachten solltest. Wir benötigen dich, um uns eines gewissen Nakane Toh-Shiba, Generalkonsul dieses Distrikts, zu entledigen. Er ist übrigens zufälligerweise der … ah … Hüter des zweiten Individuums, das du außer Landes zu bringen wünschst.«

*Das wird mir ebenfalls ein Vergnügen sein,* dachte Steve. *Aber wenn du mich fragst, dann ist das kein Zufall.* Er musste diesen Kerl im Auge behalten.

»Sobald wir von seiner Gegenwart befreit sind, werde ich sicherstellen, dass die Frau dir unverletzt übergeben wird. Ist das ein Angebot?«

Steve warf einen Blick auf die lackierten Zehen des

Samurai und wägte das Angebot ab. Einen Sklaven zu bitten, einen hochrangigen Eisenmeister zu töten, war verdammt ungewöhnlich. Abgesehen von früheren Intrigen, von denen er keine Ahnung hatte, schien es, als hätten der Mann in Schwarz und die Interessen, die er vertrat, seine Story geschluckt und wären nun geneigt, ihn ernst zu nehmen. Er war wieder im Spiel. Und die Bitte, eine von ihren schmutzigen Arbeiten zu erledigen, zeigte, dass er bereits einen gewissen Einfluss besaß. Wenn man den Hilf-und-Zerstör-Auftrag am Reiherteich dazurechnete, bedeutete das, dass er genügend Platz zum Manövrieren hätte und die Zeit, seine eigenen Pläne zu realisieren.

Ja … es kam alles zusammen. Aber man sollte es nicht übertreiben.

»Ich fühle mich durch diese Aufgabe geehrt, aber für jemanden in meiner Position ist es nicht leicht, nur in die Nähe eines Mannes, der, wie ich Ihren Worten entnahm, eine so hochrangige Position einnimmt, zu kommen.«

»Keine Angst, Kerl. Wenn die Zeit gekommen ist, wirst du jegliche Unterstützung bekommen.«

Das waren zwar die richtigen Worte, aber ihnen fehlte der tröstende Klang. Steve sehnte sich danach, aufzustehen, aber er entschied, dass es unklug wäre. Besser weiter mit dem Gras reden. »Wie bald soll es geschehen?«

Tōshirō legte eine Pause ein, ehe er antwortete: »Die Instruktionen, die ich bekommen habe, sind sehr genau. Der Generalkonsul soll in einem Flugpferd mitfliegen und in größter Höhe über Bord gehen. Sein zerschmetterter Körper soll aussehen wie der eines streunenden Köters, der vom eigenen Wagen überfahren wurde. So soll er sterben. Nicht anders. Ist das klar?«

»Sicher.« Hörte sich wie eine Selbstmord-Mission an,

aber jetzt war nicht die Zeit, weiche Knie zu bekommen. »Ihn über Bord gehen zu lassen wird nicht schwer sein. Ihn an Bord zu bekommen ist das Problem. Zuerst muss ich an den Reiherteich verlegt werden. Ich bin sicher, dass es mir, sobald ich dort bin, gelingt, einen Antrieb zusammenzubauen. Ich weiß, dass ich das schaffe. Und wenn diese Hürde genommen ist, wird es ein Leichtes sein, Cadillac zu überreden, mich an den Testflügen zu beteiligen. Damit bekomme ich Zugang zu einer Maschine. Dann fängt es an, schwierig zu werden. Laut Cadillac gehört der Reiherteich dem hiesigen Landfürsten …«

»Fürst Kiyo Min-Orota.«

»Richtig. Cadillac hat zwar nominell die Verantwortung für dieses Projekt, aber er ist auch nur ein Angestellter wie alle anderen. In Wirklichkeit wird das Ganze von Fürst Min-Orotas Leuten geleitet. Ich muss Ihnen nichts über die Hierarchie dort sagen, Sie gehören ja dazu. Aber wenn ich sie schon nicht anschauen darf, wie soll ich es dann schaffen, die gleiche Luft wie der Generalkonsul zu atmen? Und angenommen, es würde mir gelingen, wird es schwer sein, ihn zu einer Spritztour zu überreden.«

»Mach dir darüber keine Sorgen, Kerl. Wenn es so weit ist, wird er zur Stelle sein.«

Die Antwort des Samurai bestätigte Stevens Vermutung über die Identität des Mannes, der am Drücker saß. Es gab nur eine Person, die genügend Macht besaß, dem Generalkonsul zu befehlen, mit einem Ausländer am Steuer in die Luft zu gehen: der Shōgun selbst.

Yeah – schön aufgepasst, Stevie, sagte er sich. Du bist zwar wieder im Spiel, aber wir sind hier nicht in der Erschieß-einen-Mutanten-Videothek und spielen nicht um ein Glas KornGold. Du sitzt jetzt mit den großen

Jungs am Tisch, die Typen wie dich zum Frühstück verspeisen …

Die Tatsache, dass der Mann in Schwarz über die Beziehung zwischen Clearwater und dem Generalkonsul nicht gerade mitteilsam war, bewies, dass man ihm nicht trauen konnte. »Zusagen an Mutanten zählen nicht.« Hatte Karlstrom das nicht immer gesagt? Du kannst deine letzte Mahlzeit verwetten, dass dieser herausgeputzte Dink genau dasselbe von den Wagnern dachte. Ja – wenn er aus dieser Sache heil herauskommen wollte, brauchte er mehr Unterstützung, als Jodi und Kelso ihm geben konnten. Er müsste mit einem schweren Geschütz auffahren. Und es gab eins, ganz in der Nähe, begierig darauf, zu Diensten zu sein.

Clearwater.

Sie konnte zwar keine Berge versetzen, aber sie hatte gezeigt, dass sie genügend Macht hatte, große Brocken durch die Landschaft zu befördern. Er musste einen Weg finden, sie von der Insel zu schaffen, bevor es brenzlig wurde. Mit ihrer Hilfe würde er von den Yama-Shita-Boys oder den Freunden des Mannes in Schwarz nichts zu befürchten haben. Beim ersten Anzeichen von Gefahr würde sie diese Burschen aus den Socken pusten.

Die Stimme des Samurai riss ihn aus seinen Gedanken. »Also gut; so viel zum Plan.« Seine Füße verschwanden und tauchten wieder auf. »Besser, du hältst dich daran. Ich nehme an, du möchtest deine Freunde wissen lassen, was geschehen ist.«

Ein schmales Bündel, in Seide gewickelt, fiel ein paar Zentimeter von Stevens Stirn entfernt zu Boden. Das konnte nur eines sein – sein Kampfmesser mit dem im Griff verborgenen Funkgerät.

»Meinen Sie das ernst?«

»Natürlich. Du kannst ihnen mitteilen, wie gut alles läuft. Wir wollen doch nicht, dass in diesem Stadium jemand einen unüberlegten Zug macht, oder?«

»Nein, ich schätze nicht ...«

»Ist es möglich, dieses Ding im Griff herauszunehmen und das Messer fortzuschmeißen?«

»Nein. Ich weiß zwar nicht genau, wie es funktioniert, aber die Anlage wird von einer Schicht spezieller Kristalle gespeist, die sich im Blatt befinden.«

»Gut. Verstau es auf dem Boden des Postsacks, bis du ein besseres Versteck findest.«

»Danke«, sagte Steve. »Besteht die Möglichkeit, dass ich meinen Stock wiederbekomme?« Er wusste die Antwort bereits, aber zur Hölle, man konnte es wenigstens versuchen.

Die Frage löste ein verächtliches Lachen aus. »Bist du verrückt geworden? Das Messer ist schon Grund genug, dich augenblicklich zu töten. Was hast du vor – willst du dir ein Schild um den Hals hängen?«

»Sie haben recht. Okay, vergessen Sie den Stock. Geben Sie mir nur das Bündel Nelkenblätter zurück. Ich muss diesen Dreck ankriegen, ehe ich am Reiherteich anfangen kann.«

»Hab sie nicht dabei, Kerl.«

Steve fluchte lautlos. »Und wann kriege ich sie zurück?«

»Wenn die Zeit gekommen ist.«

»Niemand lässt mich in ein Flugzeug steigen, wenn ich ausstaffiert bin wie ein Mutant.«

»Das weiß ich.«

»Okay. Wie schnell kann ich verlegt werden?«

»Ich arbeite daran.«

Dieser Bursche macht mich rasend! »Wollen Sie mir damit sagen, dass es ein Problem gibt?«

»Nichts Ernsthaftes. Es ist nur so, dass ich wegen der Interessen, die ich vertrete, nicht direkt zu deinen Gunsten intervenieren kann. Wenn ich das täte, würde ich deine Position als freier Agent aufs Spiel setzen – und eventuell die ganze Operation gefährden. Ich muss … ah … verschlungene Wege gehen und meine Kontakte zu den Mitarbeitern des Generalkonsuls und den Verantwortlichen im Hauptposthaus spielen lassen. Sie müssen den Schritt billigen.«

Schrecklich … »Dann wollen wir hoffen, dass Sie sich nicht im Schreibkram verirren. Wann treffen wir uns wieder?«

»Wenn es notwendig sein sollte.«

»Ja, aber manchmal …«

»Keine Sorge. Ich weiß, wo ich dich finden kann. Behalte einen kühlen Kopf, entspann dich und bleib am Ball!«

Steve hörte, wie das Langschwert in die Scheide geschoben wurde und das sanfte Geklapper der Rüstungsplatten, als die Füße sich entfernten.

Am Ball bleiben … Was für ein Schwachkopf.

Steve beobachtete aus den Augenwinkeln heraus, wie der Samurai aufs Pferd stieg, es in seine Richtung wendete und in einen kurzen Galopp fiel. Die oberste Hälfte des Gesichtes wurde von einem breitkrempigen Helm beschattet; die untere Hälfte war unter einer schmalen weißen Schärpe verborgen, die von einem geflochtenen, rotseidenen Kinnband gehalten wurde. Steve hielt die Nase am Boden, bis die Hufschläge verklangen, dann stand er auf und rieb sich den Krampf aus den Knien.

Das war zwar ein weiteres aufschlussreiches Treffen gewesen, aber Steve hatte keine Lust, herumzuhängen, während der Mann in Schwarz sein bereits viel zu aufgeblähtes Ego durch weitere Punkte aufwertete. Die Zeit wurde knapp. Side-Winders Raddampfer würde nicht ewig auf dem Hudson bleiben, und der Trip nach Bu-faro war der schwierigste Abschnitt des Fluchtplans. Wenn der Mann in Schwarz nicht willens oder fähig war, die Sache schneller voranzutreiben, musste er, Steven Roosevelt Brickman, die Sache allein durchziehen.

# 12

Als Clearwater erwachte und Steve neben ihrem Kopfkissen kniend vorfand, war sie weder überrascht noch beunruhigt. Ihr Unterbewusstsein hatte seine Gegenwart schon registriert und Steves Bild in die letzten Sekunden ihres Traumes eingeflochten; Illusionen, die sich nahtlos mit der Realität vermischten. Trotz ihrer im Rōnin-Lager geäußerten Befürchtungen hatte sie sich mit Leib und Seele danach gesehnt, wieder mit ihm vereint zu sein – und jetzt war er endlich gekommen.

Steve hatte sich abgetrocknet, bevor er das Seehaus betrat, um verräterische Spuren zu vermeiden; seine Haut dampfte und fühlte sich kühl an. Clearwater ließ ihre Finger langsam über Arme und Schultern gleiten, dann nahm sie Steves Gesicht in beide Hände und zog es an sich, bis sich ihre Lippen berührten.

Die Chemie wirkte noch immer. Die Berührung ihrer Lippen und die Wärme ihrer Umarmung brachten die Erinnerung an jene Nacht zurück, die sie zusammen verbracht hatten. Das Verlangen, sie zu besitzen, Körper und Seele, und die unaussprechlichen Gefühle, die ihre Nähe weckte, überwältigten ihn und verdrängten jeden Gedanken an seine Sicherheit.

Auch Clearwater schien die tödliche Gefahr, in die er

sie gebracht hatte, vergessen zu haben. Sie löste die Hand von seinem Nacken, schlug die seidene Bettdecke auf und lud ihn schweigend ein, sich neben sie zu legen.

Obwohl Steve der Verlockung kaum widerstehen konnte, gewann er einen Rest seiner Selbstbeherrschung zurück. Er war nicht durch den See geschwommen, nur um ihr in die Arme zu fallen. Er nahm ihre Hand und legte die Bettdecke wieder an ihren Platz zurück, um eine Barriere zu schaffen, die ihren nackten Körper von seinem trennte. Er wusste so sicher, wie die Erste Familie zum Herrschen geboren war, dass er, sobald sich ihre Schenkel berührten, alles vergessen würde; einschließlich seines Namens, Ranges und seiner Nummer. »Wir müssen miteinander reden.«

»Später …«

»Nein, jetzt!« Steve nahm ihre Hände in seine, um sie davon abzuhalten, ihn abzulenken. »Lass das!«, zischte er.

Clearwater legte sich zurück und gab sich damit zufrieden, seine Umrisse nachzuzeichnen und ihm gelegentlich über die Haare zu streichen.

Die letzte Hand, die ihm unter die Gürtellinie geglitten war, war die von Roz im Santanna-Turm gewesen. Das war fast ein Jahr her. Sie hatten schlechtes Gras geraucht, und er wusste nicht genau, wie weit sie gegangen waren, doch er hatte immer noch Schuldgefühle deswegen. Roz hatte von Clearwater gewusst, noch ehe er ihr etwas über sie erzählen konnte, und er hatte das unbestimmte Gefühl, dass sich dieser Teil ihres Denkens jetzt in seinem befand.

*Vergib mir, kleine Schwester. Es hat so sein sollen …*

Steve gab Clearwater einen raschen Abriss dessen, was seit ihrem letzten mitternächtlichen Treffen in der Poststation unter den Augen des mysteriösen Mannes in

Schwarz alles passiert war, und schloss mit der sakeseligen Sitzung bei Cadillac.

Aber er ließ einiges aus. Er erwähnte weder das Treffen mit Side-Winder am Dock von Ari-bani, noch die Begegnung mit Jodi Kazan im Getreidefeld und ließ auch nichts über sein letztes Zusammentreffen mit dem Kontaktmann des Shōguns verlauten. Das hatte noch Zeit.

»Was sollen wir mit Cadillac machen? Ich habe versucht, ihn zur Vernunft zu bringen, aber er scheint fest entschlossen, hierzubleiben. Er sagt, hier hätte er alles, was er brauchte. Alles … außer dir.«

»Hat er dir das gesagt?«

»Das war nicht nötig. Warum würde er sich sonst so volllaufen lassen? Er schüttet das Zeug in sich hinein, als gäbe es kein Morgen.«

»Habt ihr über mich gesprochen?«

Steve zögerte. »Er weiß, wo und von wem du festgehalten wirst, aber … ah …«

»Hat er sonst noch etwas gesagt?«

Steve wählte die Worte sorgsam. »Nicht viel. Er scheint anzunehmen, dass du dir selbst helfen kannst. Aber vielleicht war das an mich adressiert.« Er zuckte die Achseln. »Aber sehen wir den Tatsachen ins Auge. Wie ich ihm bereits sagte – wenn ich nicht hereingeschneit wäre …«

»Aber du bist. Es war so bestimmt. Das weiß Cadillac auch. Er hat es in den Sehsteinen gelesen.«

»Möglicherweise. Aber er braucht etwas, das ihm hilft, die Schmerzen zu betäuben.«

»Der Schmerz begann in dem Augenblick, in dem du uns verlassen hast. Und ich teile diesen Schmerz, denn ich möchte nicht, dass er meinetwegen leidet. Doch selbst wenn wir zusammengeblieben wären, hätte ich ihn nicht trösten können. Unsere Lebensfäden sind nicht mehr so eng miteinander verbunden, wie es früher der Fall war. Eines Tages wird er verstehen, weshalb alles so kommen musste. Und du auch.«

»Ja – ich glaube, du hast recht. Aber ich muss mit dem Cadillac klarkommen, der hier und heute existiert. Er mag mir gegenüber vielleicht nicht feindlich gesonnen sein, aber solange er sich in Reichweite einer Flasche aufhält, ist er unberechenbar.«

»Und was willst du jetzt machen?«

»Das hängt von Cadillac ab. Er meinte, er hätte einige Probleme beim Bau eines Motors, deshalb … habe ich ihm meine Hilfe angeboten. Hör zu, das ist ein Anfang. Wenn ich in seiner Nähe bin, gelingt es mir vielleicht, ihn zu überreden. Was uns beide betrifft, so möchte ich nicht einen Tag länger als nötig hierbleiben; aber es würde das Leben um einiges vereinfachen, wenn er friedlich mitkäme.«

»Und was hat er geantwortet?«

»Nun, er sagte weder Ja noch Nein. Trotz allem, was passiert ist, schien er begierig darauf zu sein, wieder in meinem Verstand herumzupicken.« Steve lachte heiser. »Das heißt, er will sich auf die letzten Reste, die er noch nicht aufgepickt hat, stürzen.«

»Bist du deswegen wütend?«

»Nein … das macht das Ganze interessanter. Die Sache ist die, ich hatte gehofft, ihr beide wärt noch zusammen, dann könntest du ihn … ah … überreden. Es ihm plausibel machen. Aber …«

»Er hört nicht mehr auf mich. Er wird von den Dämonen beherrscht, die in seinem Kopf herumschwirren.«

»Ja …« *Die haben wir alle,* dachte Steve. *Vielleicht hast du eine dunkle Seite, von der ich nichts weiß. Diese … Sache bindet uns aneinander; dieses Gefühl, das ich kaum noch beherrschen kann – wohin wird es uns führen? Wird es uns die Kraft geben, bis an die Spitze zu gelangen – oder wird es uns zerstören?*

Die Bettdecke war verführerisch dünn, und wenn sie seine Haut berührte, sprang ein elektrischer Funke über, der ihn von Kopf bis Fuß durchzuckte. Die Zeit würde erweisen, wie es sich weiterentwickeln würde, aber sollte sie sein Tod sein, so konnte er sich keinen süßeren vorstellen.

*He, sachte! Reiß dich zusammen, Brickman! Konzentrier dich!*

Er rückte ein wenig ab und legte sich auf den Bauch. Sein Puls raste. Er presste seine Erektion gegen die Matratze. Als er sich wieder etwas beruhigt hatte, sagte er: »Hör zu! Es geht um Cadillac. Da gibt es etwas, über das wir uns einigen müssen. Wenn es uns nicht gelingen sollte, ihn zu überreden, Ne-Issan aus eigenem Antrieb zu verlassen, müssen wir es ihm unmöglich machen, hierzubleiben. Verstehst du, worauf ich hinauswill?«

Clearwater schob die Bettdecke beiseite, drehte sich zu ihm herum und schmiegte sich an seine rechte Schulter. Steven spürte, wie ihre Brustwarzen seine Haut streichelten – fühlte, wie ihr Herz gegen sein Schulterblatt schlug. Sie ließ ihre Hand von seinem Nacken aus langsam das Rückgrat hinuntergleiten bis zum Gesäß und flüsterte ihm ins Ohr: »Tu, was immer du tun musst …«

Steve presste die Schenkel zusammen, die Hüfte gegen die Matratze und versuchte die Gedanken beisammenzuhalten. »Ich habe einen Plan. Besser gesagt, ein paar unausgegorene Ideen. Ob sie funktionieren, werden die nächsten Wochen zeigen.« Er brach ab und keuchte, befriedigt und frustriert zugleich. »He, was soll das? Hör mal eine Minute damit auf. Das ist wichtig!«

Clearwaters Hand glitt wieder zurück und blieb unschuldig auf seinem Nacken liegen. Seine rechte Schulter lag weniger unschuldig zwischen ihren Brüsten, aber da sich der Rest ihres Körpers unter der Decke befand, gelang es Steve gerade noch, sich auf den wahren Grund seiner mitternächtlichen Schwimmpartie zu konzentrieren.

Während er vorgab, nicht zu bemerken, was sie mit Zunge und Zähnen an seinem Ohr anstellte, berichtete er ihr vom Angebot des Mannes in Schwarz: ihr Leben gegen den Tod eines Generalkonsuls. Das Knabbern hörte abrupt auf. Und als er auf die Details einging, wie Toh-Shiba sterben sollte, zog sie sich ganz zurück.

Steve richtete sich auf einem Ellbogen auf und sah auf sie hinab. Als er durch den See geschwommen war, hatte der Mond hoch am Himmel gestanden und die silbernen Ränder dunkler, eilig dahinziehender Wolken gestreift. Es war hell genug gewesen, um einen grauen Schatten zu werfen, als er sich verstohlen aufs Haus zu bewegte; aber im Innern des Zimmers war es zu dunkel, um ihr Gesicht erkennen zu können.

»Regt dich der Gedanke an seinen Tod auf?«

Sie umarmte ihn. »Nein. Ich fürchte um dein Leben. Wenn es so weit ist, lass mich ihn töten.«

»Nein«, entgegnete Steve. »Das könnte dir gefährlich werden. Wenn mir etwas passieren sollte, kannst du immer noch mit Cadillac verschwinden. Aber wenn wir dich verlieren, können wir alles vergessen. Dann hat keiner von uns mehr eine Chance.«

»Aber es wird nichts passieren! Bin ich nicht, wie du, im Schatten des Talisman geboren? Mr. Snow sagte zu mir und Cadillac, wir seien für ihn Schwert und Schild. Seine Kraft fließt durch mich!«

»Ich weiß. Darauf zähle ich. Aber es ist lebenswichtig, dass wir sie zum richtigen Zeitpunkt anwenden.« Er küsste sie auf die Nasenspitze. »Ich schätze dein Angebot, aber ich muss den Plan so ausführen, wie sie es wollen.« Seine Stimme wurde schärfer. »Und nebenbei bemerkt, werde ich mich danach um einiges besser fühlen.«

Clearwater streichelte sein Gesicht. »Oh, mein Wolkenkrieger, du hast keinen Grund, auf einen anderen Mann eifersüchtig zu sein. Nicht einmal Cadillac hat mit mir geteilt, was wir geteilt haben! Der Eisenmeister mag meinen Körper besessen haben; aber nicht mein Herz und meine Seele. Ich war wie ein leeres Gefäß, ohne jedes Gefühl; und doch erzählt er mir, ich sei die Frau seiner Träume. Und genau das bin ich für ihn – ein Traum, nicht mehr. Das meiste von dem, was er mit mir anstellt, findet nur in seinem Kopf statt.«

Steve hörte aufmerksam zu, als sie erklärte, wie sie ihre Kraft dazu benutzt hatte, den Verstand des Generalkonsuls zu beeinflussen. Es hörte sich so an, als sei das der Ansatzpunkt, nach dem er suchte. Er kehrte zu den Verhandlungen mit dem Mann in Schwarz zurück. »Das Dumme ist, ich traue ihm nicht. Deshalb wäre es besser, du würdest dich, wenn es so weit ist, auch am Reiherteich aufhalten. Ich kann dir zwar nicht sagen, wie und wann es so weit sein wird, aber wenn ich es schaffe, alles wie vorgeschrieben zu erledigen, dann wird hier das größte Chaos ausbrechen. Und drei Sekunden später haben wir die Eisenmeister am Hals. Deine Erdmagie ist das Einzige, was uns dann noch retten kann.«

»Ich werde alles tun, worum du mich bittest, das weißt du.«

»Sicher. Aber wir haben noch einen langen Weg vor

uns. Niemand von uns kann irgendwo hingehen, ehe ich nicht am Teich bin, um die Basis zu legen. Und da gibt es noch ein weiteres Problem. Die Dinks durchkämmen Ne-Issan nach Wagnern, die fliegen können – und ich sehe aus wie ein Mutant!«

»Steht dir gut.«

»Versteh mich nicht falsch. Ich habe keine Komplexe deswegen. Du solltest das am besten wissen. Ich hatte ein Bündel Nelkenblätter dabei, aber der Mann in Schwarz hat sie mir abgenommen und scheint nicht besonders scharf darauf zu sein, sie mir wiederzugeben. Hast du noch ein paar?«

»Nur noch wenige – nicht genug, um deinen ganzen Körper zu reinigen.«

Steve fluchte leiste. »Macht nichts. Kann ich sie haben? Vielleicht komme ich damit aus.«

»Möchtest du sie jetzt?«

»Nein, später. Hör zu, ich habe nachgedacht. Wenn du fähig bist, Toh-Shiba etwas zu suggerieren, kannst du ihn vielleicht dazu bringen, mich an den Reiherteich zu verlegen.«

»Als was – als Wagner?«

»Nein, das ist zu kompliziert. Ich habe keine ID. Sie haben mich als Mutant klassifiziert, also werde ich so lange einer bleiben, bis ich absehen kann, wie sich die Dinge entwickeln.«

»Und was soll ich ihm einreden?«

»Schlag ihm vor, er soll eine Inspektion der Poststation samt allen, die dort arbeiten, einschließlich der Straßenläufer, anordnen. Wenn er dann die Reihen abschreitet, möchte ich, dass er mich herauspickt und zu Cadillacs Dienerschaft verlegt. Egal, als was.«

»Bist du sicher, dass du weißt, was du tust?«

Steve lachte leise. »Keine Angst. Nach drei Monaten auf den A-Ebenen bis zu den Knien in der Scheiße fange ich alles auf, was Cadillac mir zuwirft. Ein bisschen Bescheidenheit hat noch niemandem geschadet.« Er packte sie bei den Schultern. »Ich weiß, dass ich dich um einen großen Gefallen bitte … aber würdest du das für mich tun?«

»Ich kann es versuchen.« Sie legte die Arme um seinen Hals.

»Das ist um einiges besser, als die anderen Vorstellungen, die du ihm suggeriert hast.«

»Wie oft muss ich es dir noch sagen? Er bedeutet mir nichts!« Sie versuchte ihn an sich zu ziehen, aber er blieb unnachgiebig.

»Und was ist mit Cadillac?«

»Wir sind zusammen aufgewachsen – wie Bruder und Schwester. Wir teilten unsere Freuden und fochten unsere Kämpfe zusammen aus. Ich kann das Band, das uns verbindet, nicht zerschneiden. Aber er braucht meine Kraft, nicht meine Liebe.«

Steven gab dem Druck ihrer Arme nach und schmiegte sich an sie. »Ich habe dir so viel zu sagen …«

»Sshhh …« Clearwater zog die Decke über sie beide. »Die Berührung deiner Haut sagt mir alles, was ich wissen will. Halt mich fest, Wolkenkrieger. Uns bleibt nur wenig Zeit.«

»Aber ich muss dir noch erklären …«

Clearwater brachte ihn mit einem Kuss zum Schweigen. »Vergiss die Welt, Liebster«, flüsterte sie. »Wir sind wie zwei Blätter im Gilben, die der Ostwind davongetragen hat. Unsere Leben hatten schon Gestalt, lange bevor unser Geist in den Schoß unserer Mütter strömte. Das

Rad dreht sich. Der Pfad ist vorgezeichnet. Und wir müssen ihn gehen, wohin er uns auch führen mag …« Sie zog ihn an sich. Er ließ sich hineingleiten. Ihre Körper verschmolzen.

Es wurde bereits Tag, als Steve ans Ufer und zu der Stelle kletterte, wo er seine Sachen gelassen hatte. Glücklicherweise hatte er nicht weit. Der Zwei-Insel-See bildete die westliche Grenze des Besitzes des Generalkonsuls, und die Hauptpoststation, der er zugeteilt war, befand sich in der Nähe von Toh-Shibas offizieller Residenz. Da ihm die Zeit davonlief, war er gezwungen, an den Baracken vorbeizugehen, in denen das Regiment der Regierungstruppen einquartiert war, aber er schaffte es, ohne entdeckt zu werden, und war in der Baracke der Straßenläufer, noch ehe die Ersten aufstanden.

Straßenläufer wurden, wie alle Mutanten, über Nacht nicht eingeschlossen. Die Strafe, die auf Flucht stand, war so schwer, dass nur Leichtsinnige und die, deren Geduld erschöpft war, versuchten, sich aus dem Staub zu machen. Da der Job eines Straßenläufers seinem Inhaber beneidenswerte Privilegien einbrachte, setzte man voraus, dass kein Mutant, der das Glück hatte, ausgewählt zu werden, etwas unternahm, das ihn wieder zum Kotschaufeln verurteilen würde.

Die Eisenmeister waren zwar raue und strenge Arbeitgeber, aber keine herzlosen Monster. Die gefangenen Mutanten, die sie eine Stufe über das Tier stellten, hatten die gleiche Freiheit wie das Vieh, sich aufs Geratewohl zu paaren; und denen, die zur selben Belegschaft gehörten, gestattete man, Familiengruppen zu bilden. Ein Sklavenmeister mochte während der letzten Woche einer Schwangerschaft eine Arbeitskraft für die Feldarbeit verlieren, aber Eisenfuß-Kinder waren eine willkommene Bereicherung der Arbeiterschaft. Sie wurden nicht nur frei Haus geliefert, sondern waren auch ein wachsender Aktivposten.

Für Straßenläufer bedeutete das, dass sie in ihrer Freizeit mit den weiblichen Mutanten, die in den Küchen, Badehäusern und Wäschereien arbeiteten, oder anderen, die in der unmittelbaren Nachbarschaft des Lagers zur Verfügung standen, anbändeln konnten. Der See lag sechs Kilometer weit entfernt – also entschieden außer Reichweite. Wäre Steve in eine Wachpatrouille gerannt, hätte es böse für ihn ausgesehen, aber er hatte wieder einmal Glück gehabt.

In der folgenden Nacht hatte Steve Gelegenheit, die erste Nachricht an General Karlstrom, das Haupt der AMEXICO, zu senden. Er benutzte den winzigen Griffel, der das Diagnostik-Programm startete, um herauszufinden, ob der Sender funktionierte, dann gab er sein Rufzeichen und den gegenwärtigen Standort ein. Es folgte eine Zusammenfassung der Informationen, die er Side-Winder gegeben und die Neuigkeit, dass er Kontakt mit den beiden letzten Zielen hatte. Er schloss mit dem Drei-Buchstaben-Code, mit dem er um Bestätigung seiner Übertragung bat; unterzeichnet »HG-FR«, wählte die passenden Zeitintervalle und drückt die Auto-Sendetaste.

Da er wusste, dass die Anlage die Nachricht während der nächsten zweistündigen Sendezeit in regelmäßigen Intervallen zwischen 22.00 und 24.00 Uhr und zwischen 04.00 und 06.00 Uhr ausstrahlen würde, baute Steve das Messer wieder zusammen, verstaute es und ging schlafen.

Da er nicht begriff, wie man mit einem Funkgerät, das über eine dermaßen begrenzte Reichweite verfügte, eine Nachricht an die Föderation senden konnte, war Steve zu dem Schluss gekommen, dass die Erste Familie in ganz Ne-Issan geheime Relaisstationen installiert haben musste. In seiner Unwissenheit hatte er waagerecht statt senkrecht gedacht. Eins oder mehrere Flugzeuge der AMEXICO, deren Typ Steve nicht kannte, flogen auf vorbestimmten Flugbahnen im Zuge einer verdeckten Operation viermal am Tag hin und zurück, die elektronischen Lauscher auf die Erde gerichtet.

Mit den Überflügen war schon vor fünfzig Jahren begonnen worden. Die Eisenmeister hatten sie nicht entdeckt, weil sie in acht Kilometern Höhe stattfanden. In dieser Höhe waren Flugzeuge vom Erdboden aus praktisch unsichtbar; hören konnte man sie ebenfalls nicht, da ihre speziell dafür entworfenen schlanken Flügel sie befähigten, sanft über das Gebiet von den Appalachen bis zur See zu gleiten. Sobald das Flugzeug über Wasser war, wurden die Maschinen angeworfen, um den Höhenverlust auszugleichen, dann begannen die Piloten mit dem Rückflug, zeichneten Nachrichten ihrer Agenten auf, stellten deren Standort fest und übermittelten Instruktionen der AMEXICO.

Am nächsten Tag brachte Steves Zustellungsroute ihn westwärts zu einem Ort, der einst als Springfield bekannt gewesen war. Die Rundreise umfasste zweihundertvierundzwanzig Kilometer, das hieß, er war drei Nächte lang nicht an seinem Standort. Bei der Rückkehr legte er einen Extraspurt auf seinem Weg nach und von Awo-seisa ein, sodass er fast fünfundvierzig Minuten gespart hatte, als er am Reiherteich eintraf.

Das Glück war ihm auch jetzt wieder hold. Cadillac arbeitete im Haus und entdeckte ihn durch die offene Seitenwand, als er den Weg heraufkam. Der Mutant grüßte ihn freundlich, aber reserviert. Steve entschloss sich, nicht zu erwähnen, dass er Clearwater gesehen hatte, um keine unnötige Missstimmung zu verursachen.

Cadillac führte ihn zum Zeichentisch, und sie sprachen eine Weile darüber, wie man das existierende Modell am besten in einen Zweisitzer verwandeln könnte. Das Gespräch wurde unterbrochen, als Cadillac wegen eines aufgetretenen Problems zu den Werkstätten geholt wurde. Nachdem er versprochen hatte, in Kürze wieder zurück zu sein, ließ er Steve im Arbeitszimmer allein und schlug ihm vor, in der Zwischenzeit seine Ideen, was die Verwandlung in einen Zweisitzer betraf, zu Papier zu bringen.

Das tat Steve. Aber er nahm auch die Gelegenheit wahr, sein Funkmesser aus dem Versteck zu holen. Beim Check des Erinnerungsspeichers fand er eine kurze Glückwunsch-Botschaft von Karlstrom, worin er den Empfang der Sendung bestätigte.

Die Botschaft enthielt auch ein Hilfsangebot und die entmutigende Mitteilung: MACH DIR KEINE SORGEN, WENN WIR GENÖTIGT SIND, FÜR LANGE ZEIT FUNKSTILLE ZU HALTEN. DEINE BLUTSSCHWESTER HILFT UNS, AUF DEINER SPUR ZU BLEIBEN. MIKE X-RAY EINS. Karlstroms Rufzeichen. Das war eine Erinnerung daran, dass das Leben von Roz und ihren Wächtereltern noch immer am seidenen Faden hing. Und wenn Roz ihn immer noch las, wenn er im Stress oder emotionell aufgewühlt war, wie sie es früher getan hatte, dann sah es ganz so aus, als hätte die Erste Familie ihn bei den kurzen Haaren.

Steve gab eine neue Botschaft ein, in der er um ein paar Hintergrunddaten und wissenschaftliche Formeln bat, die er für seine Arbeit benötigte, dann drückte er die Auto-Sendetaste, wickelte das Messer ein und versteckte es in einem Sammelbehälter. Ein optimistischer Schritt, der auf der festen Überzeugung beruhte, dass er bald hier arbeiten würde, und zugleich eine Vorsichtsmaßregel. Die Daten waren nutzlos, solange er nicht am Reiherteich arbeitete, und jetzt, wo der Kontakt wiederhergestellt worden war, hatte er keine Lust, seinen Hals wegen des Messers zu riskieren. Die AMEXICO wusste, wo er sich aufhielt, und wenn sie wissen wollten, was er machte, brauchten sie bloß Roz zu fragen.

Wie viel hatte sie ihnen erzählt? Bei dem Gedanken, dass die Erste Familie sie dazu benutzte, um in seinen Verstand einzudringen, kam er sich wie ein gefangenes Tier vor. Er verfluchte seine Dummheit, seine Kraft, die ihrer ähnelte, nicht gebraucht zu haben. Schlimmer noch, er hatte sie vorsätzlich unterdrückt. Die Fähigkeit, sich miteinander zu verbinden, war Teil ihres einzigartigen Zusammengehörigkeitsgefühls gewesen. Aber als er älter wurde, hatte er versucht, sich von Roz zu lösen; versucht, eine Mauer zwischen sich und seiner Blutsschwester zu errichten, hinter der er heimlich Pläne schmieden konnte. Doch statt einer Mauer hatte er sich einen Käfig gebaut, dem sein Verstand nicht entkommen konnte, während ihrer in der Lage war, zwischen den Gitterstäben durchzuschlüpfen.

Gut gemacht, Brickman. Zieh eine Lehre daraus; auch aus der Tatsache, dass du dich wie ein Mutant bemalst, während Cadillac und Clearwater sich für Wagner ausgeben. Die vertauschten Rollen hatten Steve während seines kurzen Beisammenseins mit Clearwater sehr nachdenklich gemacht. Sie zeigten, dass es letzten Endes nicht auf die Farbe der Haut, sondern auf die Person darunter ankam.

Als er in die Poststation zurückkehrte, waren alle mit hektischen Vorbereitungen wegen der angekündigten Inspektionstour des Generalkonsuls beschäftigt. Er ließ sich von der allgemeinen Aufregung anstecken. Hatte Clearwater ihre Magie spielen lassen – oder war die Inspektion schon vor langer Zeit geplant worden? Er würde es erst erfahren, wenn Toh-Shiba die Reihen abschritt und ihm den Marschbefehl gab.

Alle Straßenläufer waren zum Saubermachen abkommandiert worden und machten Überstunden beim Wischen und Schrubben, Ausrangieren und Polieren. Alle Schmutzstellen wurden vom Hof des Posthauses entfernt, Schlaglöcher und Wagenspuren aufgefüllt, die Torpfosten neu gestrichen, das Lederzeug gewienert, Zeichen und Embleme auf Hochglanz gebracht. Die Mauern wurden gesäubert – selbst das Dach blieb nicht verschont, und in den Wäschereien arbeiteten Mutantinnen die Nächte hindurch, um die Uniformen zu säubern und zu bügeln.

Am folgenden Tag, drei Stunden vor Eintreffen des Generalkonsuls, erschienen der Postmeister und seine Schreiber in ihren besten Gewändern und inspizierten jeden Zentimeter des Posthauses und der Nebengebäude, die zu ihrem Bereich gehörten. Die chinesischen und koreanischen Mitarbeiter, die zur mittleren und unteren Ebene der Organisation gehörten, standen wie Statuen an ihren Arbeitsplätzen und bewegten sich nur, um sich tief zu verneigen, wenn eine Gruppe Dinks vorbeikam.

Mit dem Ergebnis zufrieden, befahl man den Schreibern

und Straßenläufern, sich im Hof zu versammeln. Mutanten, Wäscherinnen, Köche und die Putzkolonne sollten außer Sicht bleiben, bis alles vorüber war.

Zum verabredeten Zeitpunkt stellten sich der Postmeister und seine sechs ranghöchsten Schreiber vor der Einfahrt auf. Hinter ihnen stand das Personal in Dreierreihen; die Füße berührten die hinteren Ränder einer Reihe von Strohmatten. Mit einem plötzlichen Tusch unsichtbarer Fanfaren fegte Nakane Toh-Shiba auf dem Rücken eines Pferdes mit zehn berittenen Samurai und einer Kompanie Fußsoldaten in den Hof. Die ranghöchsten Mitarbeiter verbeugten sich aus der Hüfte heraus, während die niederen Ränge auf die Knie sanken und den Kopf beugten, und die Straßenläufer ihre Nasen auf den Boden pressten.

Toh-Shiba und fünf seiner Samurai stiegen ab, um den Postmeister zu begrüßen. Die anderen Reiter blieben wachsam in ihren Sätteln sitzen, während der Kommandant der Kompanie seine Soldaten um den Hof herum und vor dem Tor postierte. Das Leben des Generalkonsuls war – soweit bekannt – nicht in Gefahr. Jeder hochrangige Regierungsbeamte reiste mit einer bewaffneten Eskorte, egal, wie freundlich der Landfürst auch sein mochte. Bei den umherziehenden Banden von Rōnin, die nur auf eine Gelegenheit warteten, jemanden zu entführen, um Lösegeld zu erpressen, konnte man nicht vorsichtig genug sein.

Nachdem er die vorgeschriebene Anzahl von Verbeugungen absolviert hatte, begrüßte der Postmeister Toh-Shiba in der üblichen übertriebenen Manier, wobei er seine Worte an den Samurai, der zwischen ihnen stand, richtete. Da Toh-Shiba ein hoher Adeliger und durch seine Heirat ein Verwandter des Shōguns war, wäre es ein unverzeihlicher Bruch der Etikette gewesen, ihn direkt anzusprechen. Der Samurai musste das Gesagte nicht wiederholen; er war sozusagen das Hörrohr, dessen sich sein Vorgesetzter bediente. Toh-Shiba beantwortete den Gruß auf die gleiche weitschweifige Art und akzeptierte das Angebot, ein paar Erfrischungen zu sich zu nehmen.

*Was für eine Art, ein Land zu regieren!*, dachte Steve. *Wenn sie während eines Krieges genauso viel Zeit brauchen, wird es ein Kinderspiel.*

Auf einen japanisch gebrüllten Befehl hin erhoben sich die niederen Ränge und blieben mit gesenktem Kopf stehen. Ein Schreiber, dem die Grundsprache geläufig war, befahl den Straßenläufern, sich auf die Fersen zu hocken, die Hände auf die Schenkel zu legen und das Kinn an die Brust zu pressen. In Begleitung des Postmeisters schritt Toh-Shiba die beiden Reihen der Schreiber ab, die sich tief verneigten, sobald der Generalkonsul an ihnen vorbeikam.

Für einen Eisenmeister war Nakane Toh-Shiba ziemlich groß und wenn auch nicht dick zu nennen, doch recht stämmig gebaut. Sein breitschultriger, gepolsterter Kimono machte es schwer, sich ein genaues Bild von seinem körperlichen Zustand zu machen; doch er hatte kurze, plumpe Finger und ein aufgedunsenes Gesicht. Steve, der sein Ziel aus den Augenwinkeln heraus beobachtete, kam zu dem Schluss, dass der Generalkonsul verhätschelt und überfüttert aussah.

Trotz seiner Größe war Toh-Shiba gut zu Fuß. Er bewegte sich mit königlicher Selbstsicherheit, so gut er konnte. Wie alle Dinks von hohem Rang trug er eine Perücke aus Mutantenhaar mit dem üblichen Samuraiknoten und einen kleinen, merkwürdig aussehenden Hut auf der Stirn. Da ihm so etwas auf seinen Reisen noch nicht begegnet war, nahm Steve an, dass er Toh-Shibas Rang bezeichnete, womit er richtig lag.

Die Gruppe um den Generalkonsul näherte sich den knienden Straßenläufern.

*Jetzt kommt's*, dachte Steve. Aber es kam nicht. Er wartete bis zum letzten Augenblick, bevor er seine Nase in der Matte vergrub, aber Toh-Shiba marschierte mit seinen Samurai-Leibwächtern und dem Postmeister gleichgültig an ihm vorbei.

Schrille Befehle von den diensthöheren Schreibern jagten das Personal auf die Posten – eine Übung, die mehrere Male geprobt worden war. Steve und die übrigen Straßenläufer stellten sich auf der Veranda links von der Tür des Posthauses in einer Reihe auf. Dank seiner vorherigen Position am Ende der Reihe gelang es ihm, in die Nähe des Eingangs zu kommen. Aber wieder mussten sie aus Ehrerbietung vor dem Besucher auf die Knie gehen und die Nase auf den Boden pressen, während der Generalkonsul ins Haus ging, um die Postschreiber bei der Arbeit zu sehen.

Sobald Toh-Shiba nicht mehr zu sehen war, erlaubte man den Straßenläufern, sich auf eine Holzbank zu setzen. Mist! Steve fluchte vor sich hin und schlug mit der Faust in die Handfläche. Wieder einmal war der fettfingrige Dink vorbeistolziert, ohne den Mutanten eines Blickes zu würdigen. So viel zur Mutanten-Magie. Wenn Clearwater schon bei einer so einfachen Sache versagte, würde sie die wirkliche Krise nicht bewältigen können. Und gerade jetzt, wo er dem Mann in Schwarz hatte zeigen wollen, dass es auch ohne ihn ging!

Fünfzehn Minuten nach seinem Betreten des Posthauses hatte Toh-Shiba, der sich zu fragen begann, was er eigentlich hier machte, alles über Empfang und Versendung privater und offizieller Dokumente gehört und gesehen. Der Generalkonsul hatte keine Lust, seinen Kopf mit Kenntnissen vollzustopfen, die seine Angestellten beherrschen mussten.

Als Vornehmer hatte sich Toh-Shiba noch nie im Leben Gedanken über das Wäschewaschen gemacht; er erwartete nur, dass frische Wäsche bereitlag, wann immer er danach verlangte. Mit Briefen war es ähnlich: man befahl, sie zu schreiben, drückte ihnen das Siegel auf, dann wurden sie verschickt. Was mit ihnen auf dem Weg zum Empfänger geschah, war uninteressant, genauso wie das kriecherische, ermüdende Gequieke, das aus der Höhe seines Ellbogens zu ihm emporschwebte.

Toh-Shiba, der sich träge mit einem Fächer die Sommerhitze vertrieb, ließ den Fächer in seiner linken Hand zusammenschnappen, ein mit seinem Adjutanten vereinbartes Zeichen, dass er augenblicklich zu gehen wünschte. Der Samurai brachte den Postmeister mit einer Handbewegung zum Schweigen und verkündete, der Besuch sei sehr lehrreich gewesen. Sein Meister wäre überaus zufrieden mit der Flinkheit und Hingabe des Postpersonals. Etcetera, etcetera …

Der Postmeister und seine Schreiber eilten auf die Veranda und verneigten sich in einem fort, während Toh-Shiba und seine Gefolgschaft aus dem Haus traten. Dabei verstellten sie ihm die Sicht auf die Straßenläufer. Während er die Treppen hinunter auf sein Pferd zuging, spürte der Generalkonsul, wie es in seinem Kopf arbeitete. Da war noch etwas, das er hatte tun wollen, etwas, das mit seinem Besuch in dieser Poststation zusammenhing, aber er konnte sich nicht mehr daran erinnern, was es war.

Der Druck, etwas zu unternehmen, wurde immer stärker und mündete in einem stechenden Schmerz. Toh-Shiba schüttelte den Kopf, um wieder klar denken zu können, dann stieg er aufs Pferd. Die Samurai folgten in passendem Abstand.

Steves Hoffnung sank.

Toh-Shiba nahm die Zügel in die Hand und wendete sein Pferd. Die Kopfschmerzen wurden unerträglich und zwangen ihn, die Hand an die Stirn zu legen. Das Bild eines goldhaarigen Mutanten erschien vor seinem inneren Auge. Als ihm der eigentliche Grund seines Besuches wieder einfiel, ließ der Schmerz ein wenig nach. Mit einem ärgerlichen Schrei wandte er sein Pferd um und ritt zur Veranda zurück.

Der Postmeister und seine Schreiber wussten nicht, woher dieser plötzliche Stimmungs- und Richtungsumschwung kam. Die Straßenläufer, die, seitdem er das Posthaus verlassen hatte, auf den Knien lagen, beeilten sich, ihre Köpfe zu senken, als er so nah vor ihnen anhielt, dass er fast das Geländer berührte.

Toh-Shiba, dessen Kopfschmerzen fast verschwunden waren, ließ die Augen über die Mutanten schweifen, richtete seinen Kommandostab auf Steve und schrie auf Japanisch: »Dieser Grasaffe! Der dritte von der Tür! Er soll aus dem Postdienst entlassen werden! Umgehend! Habe ich mich klar ausgedrückt?«

»H-h-hat sein Verhalten in irgendeiner Weise das M-m-missfallen meines edlen Fürsten erregt?«, stotterte der Postmeister. »Wenn dem so ist, werde ich p-p-persönlich sicherstellen, dass er augenblicklich sch-sch-schwer bestraft wird.«

»Nicht nötig«, schnauzte Toh-Shiba. »Mir gefällt nur seine Haarfarbe nicht. Er soll von hier verschwinden.«

Steve hatte keine Ahnung, was eigentlich vor sich ging, bis man ihn auf die Füße und vor den Postmeister zerrte, der sich in Intervallen von zwei Sekunden verbeugte und dabei ständig an die Brust klopfte und für seine Sorglosigkeit in Bezug auf die Auswahl seines Hilfspersonals um Verzeihung bat.

Toh-Shiba musterte die verbliebenen Straßenläufer, die alle dunkelbraunes oder schwarzes Haar hatten. »Das sieht schon viel besser aus.« Vom Kopfschmerz war kaum noch etwas zu spüren. »Das Individuum, das gerade entfernt wurde, ist an den Reiherteich zu schicken, als Haussklave für den Wolkenkrieger. Man möge sich darum kümmern und mir eine schriftliche Bestätigung senden.«

Der Postmeister versicherte dem Adjutanten des Generalkonsuls, dass er dem Befehl umgehend Folge leisten würde.

Toh-Shiba nickte zufrieden und ritt in seltsam gehobener Stimmung auf das Tor zu.

Der Postmeister und seine Schreiber hielten die Köpfe gesenkt, bis der letzte Fußsoldat außer Sicht war, dann atmeten sie erleichtert auf. Keiner von ihnen hatte eine Erklärung für das sonderbare Verhalten des Generalkonsuls. Vielleicht ein Geistesblitz. Die Straßenläufer konnten leicht wieder auf Sollstärke gebracht werden. In der Zwischenzeit könnte man eine alte Rechnung begleichen. Der Postmeister wies einen Schreiber an, ihm einen Peitschenstock zu holen. Der Generalkonsul hatte zwar sein Angebot, den gelbhaarigen Mutanten schwer zu bestrafen, zurückgewiesen, und sein Wunsch war ihm Befehl. Er würde den Mutanten nur leicht bestrafen; dafür, dass er der Grund für eine solche Beunruhigung gewesen war.

Steve brachte es fertig, niedergeschlagen auszusehen, als man ihm Uniform, Postsack und das Straßenläufer-Halstuch abnahm. Sie banden ihm ein Sklavenzeichen um den Arm und hängten ihm eine gelbe Karte um den Hals; dann händigte man ihm eine zerrissene, weite Tunika mit Hose, ein Paar alter Sandalen mit waffeldünnen Sohlen und einen Strohhut aus. Den Juteponcho und die Baumwolldecke hatte er zu einem Bündel gerollt, das er unterm Arm trug. In Bezug auf Stand und Erscheinung war er auf der untersten Sprosse der Leiter angelangt, aber das kümmerte ihn wenig. Clearwater hatte bewiesen, dass ihre Fähigkeiten als Ruferin noch ebenso gut waren wie früher. Dank ihr war er jetzt auf dem richtigen Weg.

Nur mit dem Abschiedsgeschenk des Postmeisters hatte er nicht gerechnet. Als Steve sich unter ständigen Verbeugungen rückwärts durch die Tür verdrücken wollte, wobei er ein Lächeln unterdrücken musste, packte man ihn, hielt ihn über das Verandageländer und versetzte ihm eine gehörige Tracht Prügel auf Rücken und Hintern. Er zitterte und keuchte, aber sie ließen von ihm ab, bevor Blut floss.

»Raketen«, sagte Steve.

Cadillac, der am Zeichentisch saß, sah mit einem verwirrten Stirnrunzeln zu ihm hinunter.

Steve, der auf Händen und Füßen die Strohmatten kehrte, legte Besen und Kehrblech beiseite und setzte sich mit überkreuzten Beinen hin. »Du warst beim Handelsposten?«

»Ja, letztes Jahr.«

»Haben die Raddampfer keine Raketen abgeschossen? Mr. Snow erzählte mir, das würden sie immer machen, wenn sie ablegten.«

»Sie haben brennende Pfeile in die Luft gejagt, die explodierten und in einem Schauer aus farbigem Feuer niedergingen«, antwortete Cadillac.

»Man nennt sie Raketen – sie benutzen grüne, die nicht explodieren, um anzuzeigen, wo du landen musst, wenn du nach Ne-Issan fliegst …«

»Woher weißt du das?«

»Clearwater hat es mir erzählt. Als wir von den Rōnin gefangen gehalten wurden.«

»Ich weiß immer noch nicht, worauf du hinauswillst.«

»Was du gesehen hast, war ein Feuerwerk. Pyrotechnik. Hinter diesen hübschen, farbigen Lichtern versteckt sich eine Kombination aus Chemie und Physik. Eine Kraft, die sich in einer Richtung bewegt, produziert eine gleich starke, entgegengesetzte Kraft. Man nennt es Schub.«

»Ich weiß«, unterbrach ihn Cadillac. »Eure Himmelsfalken erzeugen es auch.«

»Genau«, bestätigte Steve. »Nun, die gleiche Treibladung, die eine Rakete in den Himmel steigen lässt, könnte dazu verwendet werden, unsere Flugpferde in die Luft zu kriegen. Wir brauchen nur eine größere Rakete, die mehr Schub entwickelt.«

»Ja … ich sehe, worauf du hinauswillst.« Cadillac dachte über die Idee nach, dann warf er Steve einen kurzen Blick zu. »Wie kommt es, dass mir das nicht eingefallen ist?«

»Es ist dir gerade eingefallen. Ich kehre hier nur die Böden.« Steve wartete auf eine positive Reaktion. Wenn ihm jemand diese Idee auf einem Tablett serviert hätte, würde er Purzelbäume geschlagen haben. Aber Cadillac saß einfach nur herum. »Du siehst nicht sehr überzeugt aus.«

»Nein, daran liegt es nicht. Ich sehe, dass es möglich ist, aber … ist es nicht zu gefährlich?«

»Genauso gefährlich wie hier auf dem Boden herumzuhocken. Du hast selbst gesagt, dass Min-Orota langsam ungeduldig wird. Wenn er sich entschließt, den Stöpsel zu ziehen …« – Steve machte eine ausladende Handbewegung – »… kannst du dich schon mal hiervon verabschieden.«

»Erinnere mich nicht daran …«

»Natürlich gibt es Risiken. Wir müssen sicherstellen, dass die Mischung stimmt. Zuerst werden wir auf dem Experimentiertisch kleinere Mengen testen, dann suchen wir uns einen leichten Container, in dem wir ein paar Pfund von diesem Stoff unterbringen können. Eine Art Röhre, die an einem Ende zu ist. Sie muss feuerfest sein, sonst haben wir irgendwann Feuer unterm Hintern.«

»Dann verbinden wir die Röhre – wir werden wahrscheinlich mehrere brauchen – mit einer dieser Fahrlafetten, beladen das Ding mit Steinen, um das Gewicht des Flugzeuges samt Piloten zu simulieren, zünden das blaue Zündpapier an und … ah … sehen zu, was passiert. Aber nicht zu schnell. Wir wollen doch nicht, dass die Flügel zerstört werden.«

»Nein …«

»Das ist die ideale Lösung. Es erfordert natürlich etwas Geschicklichkeit von dir, aber wir können verfügbares Material nehmen und kommen mit minimalen Technikkenntnissen aus, und das Beste ist, wir müssen den existierenden Flugrahmen nicht groß verändern. Wir bringen die Rakete auf der Unterseite des Rumpfes an und benutzen einen Booster am Abschusswagen.«

»Abschusswagen?«

»Die Fahrlafetten, diese Wagen, mit denen ihr die Flugzeuge in die Hangars karrt. Wir müssen sie nur etwas verstärken.«

»Aber diese Treibladung …?«

Steve klopfte sich an die Stirn. COLUMBUS hatte ihm die Daten gegeben, die er brauchte. »Keine Angst, ist alles hier drin. Zutaten, Verhältnis, Mischverfahren, Bindemittel …« Er hielt inne, als er Cadillacs Gesichtsausdruck sah. »Ich werde natürlich deine Hilfe brauchen.«

Cadillac antwortete mit einem gequälten Lachen: »Sieht so aus, als hättest du schon alles ausgearbeitet.« Es missfiel ihm sichtlich, die zweite Geige zu spielen.

Steve schmierte ihm Honig um den Bart. »Sicher. Ich weiß, was getan werden muss. Aber im Augenblick sind es nur Worte. Heiße Luft. Ehe Min-Orota einwilligt, uns mit den nötigen Materialien zu versorgen, läuft überhaupt nichts. Und du bist der Einzige, der das arrangieren kann.«

»Ja«, sagte Cadillac. »Und ich kann auch arrangieren, dass du hier rausfliegst. Darum sei vorsichtig.«

Steve nahm es mit einer spöttischen Verneigung zur Kenntnis und machte sich erneut daran, den Boden zu kehren.

Wie Steve geahnt hatte, hatte Cadillac nicht der Gelegenheit widerstehen können, ihn in die Schranken zu verweisen. Mit seiner reinen Haut hatte er die Oberhand und ließ es Steve spüren. Aber es gab bereits gut etablierte Regeln für die Behandlung von Mutanten. Steve musste außerhalb des Hauses, in einer kleinen, niedrigen hölzernen Hütte schlafen. Er besaß keine eigene Kochstelle. Sein Essen wurde von einer thailändischen Dienerin vor die Küchentür gestellt.

Thais, die noch unter den Vietnamesen, aber über den Sklaven rangierten, waren in den Augen ihrer japanischen Oberherren fast Un-Personen. Eigentlich nahmen sie einen höheren Rang ein als gefangene Wagner, aber die acht Thais, die im Hause arbeiteten, waren ebenso von Cadillac abhängig wie Steve. Die Thais konnten damit umgehen: erstens hatten sie kein Gesicht zu verlieren, und zweitens dienten sie nicht Cadillac, sondern Fürst Min-Orota. Steve hatte keine Lust, sich wie der letzte Dreck behandeln zu lassen, jetzt, wo alles so gut lief. Cadillac würde langsam fallen. O ja. Wenn er auf dem Boden aufschlug, würde man es noch in Houston/HZ hören.

Steve stand beim ersten Hahnenschrei auf – ein gefiedertes Alarmsystem, mit dem man in Ne-Issan die unteren Ränge weckte – und musste verschiedene niedrige Dienste verrichten, ehe es Frühstück gab. Zu seinen Aufgaben gehörte unter anderem das Hacken und Aufstapeln von Brennholz, und er musste die Asche des Vortages und das, was man höflich mit Nachterde umschrieb, mit Kot und Urin gefüllte Eimer, fortschaffen.

In Ne-Issan wurde nichts verschwendet. Die Scheiße landete zusammen mit den Küchenabfällen auf dem Misthaufen, wo man sie verrotten ließ und anschließend dem Erdboden zuführte – genau wie das Abwasser, das die Föderation produzierte, bearbeitet und in die viele Morgen großen Tanks gefüllt wurde, in denen die Wagner Sojabohnen und anderes Gemüse zogen.

Nach dem Frühstück durfte Steve für den Rest des Tages Cadillacs Hündchen spielen. Gebadet und mit sauberen Sachen musste er Cadillac überallhin folgen, wie ein Hund, der an einer kurzen Leine gehalten wird. Sobald sie allein im Arbeitszimmer waren, behandelte Cadillac ihn wie einen Gleichgestellten. Er war höflich, freundlich, bereit zuzuhören und begierig, etwas zu lernen. Doch kaum waren sie mit Jodi, Kelso und den anderen Wagnern beisammen, oder in Gegenwart von Eisenmeistern, wurde er arrogant und abweisend.

Bei diesen Gelegenheiten hielt Steve sich zurück und sagte kein Wort. Er wusste, dass Cadillac jede Minute seines Schweigens genoss, aber er schwieg vor allem, damit die dreißig Dinks, die als Aufseher fungierten, nicht misstrauisch wurden. Sie nahmen nicht am Produktionsprozess teil, sondern schauten nur allen über die Schulter und behielten alles im Auge. Eine Gruppe Schreiber war damit beschäftigt, die gewünschten Rohmaterialien zu besorgen – Holz, Profilstahl, gewebte Seide –, die man zum Bau der Flugpferde benötigte. Einige Teile, wie Wagenräder, Achsen und geflochtene Rohrsitze, wurden von einheimischen Handwerkern angefertigt und komplett geliefert.

Nach einer Woche Botengängen für Cadillac war er zu einer vertrauten Gestalt am Reiherteich geworden. Zwar war ihm der Zutritt zu dem Gebiet, in dem die Eisenmeister lebten, verwehrt, doch ansonsten legte man seinem Bewegungsdrang kaum Steine in den Weg. Bereits wenige Tage nach seiner Ankunft wäre er fähig gewesen, ein detailliertes Bild der Operation und einen vollständigen Lageplan zu zeichnen – Kenntnisse, die ihm weiterhelfen würden, wenn die Zeit zur Flucht gekommen war.

Er richtete es so ein, dass er Jodi öfters über den Weg lief. Es war nicht gefährlich, wenn man sie in ihrer Freizeit zusammen sah, vorausgesetzt, es geschah nicht zu oft, und das Gespräch dauerte nicht zu lange. Steve musste behutsam vorgehen und Distanz halten. Denn Kelso wusste, wer er war. Von allen männlichen Kollegen Jodis war er derjenige, den er im Auge behalten musste. Wenn sie feststellten, dass er zu freundlich wurde, könnte es Ärger geben.

»Du überraschst mich, Brickman«, sagte Jodi, als sie sich trafen. »Du kommst als Illegaler an, kriegst einen der besten Jobs, und jetzt arbeitest du für den Häuptling. Wie schaffst du es nur, immer auf der Innenspur zu bleiben?«

»Hör zu, mein Tag fing mit Scheiße ausschütten an. Nennst du das ›auf der Innenspur bleiben‹?«

»Du weißt, was ich meine.«

Steve lächelte. »Ich habe einflussreiche Freunde.« Er konnte ihr ruhig die Wahrheit sagen, sie würde ihm doch nicht glauben. Es gab Augenblicke, in denen er es selbst nicht glaubte. »Ich musste hierherkommen. Was ich über die Flucht gesagt habe, stimmt. Bald ist es so weit. Wenn es klappt. Ich verschwinde mit den beiden Mutanten, von denen ich dir erzählt habe. Kommst du mit?«

»Yeah. Zähl auf mich.«

»Hast du Gelegenheit gehabt, Kelso auszuhorchen?«

»Noch nicht. Ich warte noch auf die passende Gelegenheit.« Jodi ließ ein kurzes Lachen hören. »Dich wiederzusehen hat seine Verdauung ruiniert.«

»Vielleicht ist es besser, wenn ich selber mit ihm rede und ein paar Dinge richtigstelle.«

»Das würde ich an deiner Stelle nicht tun«, gab Jodi zu bedenken. »Aus dem, was er so von sich gibt, schließe ich, dass er dich am liebsten in einer finsteren Gasse treffen möchte. Aber das kann er nicht riskieren, da du ja für den Boss arbeitest. Sollte er Ärger machen, werden ihn die anderen Jungs in der Luft zerreißen.«

»Hat er den anderen erzählt, dass ich einer von euch bin?«

»Nein. Und ich habe ihm nicht erzählt, dass du ein Geheimagent der Föd ...«

»Jodi! Wie oft muss ich es dir noch sagen? Ich bin kein ...«

»Ja, ich weiß. Man hat dich dazu gezwungen, indem man deine Blutsschwester bedrohte. Vielleicht stimmt's, vielleicht nicht. Egal. Ich bin nicht blöd, Brickman. Du würdest nie zugeben, ein Agent der Föderation zu sein, weil so etwas offiziell überhaupt nicht existiert. So läuft es doch, oder? Niemand weiß es genau, deshalb hält niemand den Kopf hin. Sie sind zu eifrig damit beschäftigt, über ihre Schultern zu sehen. Aber du und ich, wir wissen genau, was du bist. Deshalb verschon mich bitte in Zukunft mit dieser rührseligen Story.«

Steve betrachtete sie nachdenklich. »Du hast recht. Ich bin auf ihrer Lohnliste. Aber das mit Roz stimmt. Sie haben sie benutzt, um mich dazu zu zwingen.«

Jodi grinste schief. »Keine Angst. Ich werde dich nicht verraten. Auch du hattest recht. Ich bin ein Fliegeras. Wir sind zusammen geflogen und waren Kojengefährten auf der *Lady*. Du hast mich um Hilfe gebeten, und ich habe dir jede Unterstützung zugesagt. Versuch dich daran zu erinnern, wenn es so weit ist.«

»Ich weiß nicht, was du meinst ...«

»Das ist ganz einfach. Natürlich möchte ich gern zurück – aber nicht, wenn sie mich an die Wand stellen.«

»Das wird nicht geschehen.«

»Sicher. Aber wenn etwas schiefgehen sollte, gib mir die Gelegenheit, zu verschwinden. Das ist alles, worum ich dich bitte. Wenn ich schon sterben muss, dann hier oben, wo die Sonne scheint. Okay?«

»Ich gebe dir mein Wort.« Steve hielt ihr die Hand hin, aber Jodi ergriff sie nicht.

»Ich muss gehen«, sagte sie stattdessen. »Es gibt da ein paar Kerle, die ein Auge auf uns haben. Möchte nicht, dass sie auf falsche Gedanken kommen.«

Steve stand auf und streckte sich. »Verstehe. Noch etwas. Wenn du dir ganz tief drinnen noch nicht über mich im Klaren bist, warum machst du dann mit? Warum hältst du dich dann nicht raus?«

Jodi zuckte die Achseln. »Vielleicht, weil Jungs, die Regeln brechen, aufregender sind.« Sie lachte trocken. »Verrückt, nicht wahr? Wenn ich für dich nicht von Nutzen wäre, würdest du mich nicht einmal anschauen. Besonders jetzt, wo ich nur noch ein halbes Gesicht habe.«

»Das stimmt nicht«, zischte Steve. »Ich habe es dir schon einmal gesagt. Mich interessiert, was mit dir passiert.«

Jodi betrachtete ihn mit einem durchdringenden Seitenblick und lachte. »Soll ich dir mal was sagen, Brickman? Nicht dass das einen Unterschied macht – ich denke, dass du dich noch nie in deinem Leben um jemanden geschert hast.«

Steve sah zu, wie sie davonging. Sein Brustkorb schien eine leere, frostige Höhle zu sein. Sie hatte unrecht! Ihm fiel ein, was Donna Monroe Lundkwist nach der Parade zu ihm gesagt hatte. Donna, seine Klassenkameradin und Rivalin und Bettgefährtin an der Luftwaffen-Akademie. Donna, die ihn gebeten hatte, sie zu töten, als sie sich wegen eines Pfeiles im Rückgrat nicht mehr bewegen konnte. Auch sie hatte unrecht gehabt. Es stimmte nicht. Nein!

Jodi hatte die Bemerkung über ihr Aussehen nicht nur aus weiblicher Eitelkeit gemacht; sie fühlte sich nicht mehr als vollständiger Mensch. Von klein auf bekamen die Wagner die Idee der physischen Unversehrtheit eingetrichtert. Sie mochten in Größe, Körperbau und Aussehen verschieden sein, aber wenn man sie beisammen sah, schien es, als entstammten sie alle derselben Produktion. Bei ihnen gab es weder Zwerge noch Bohnenstangen. Alle waren stark, gesund, kläräugig und gut proportioniert. Ein Held wie Papa Jack, Stevens Wächtervater, mochte an Krebs als Folge radioaktiver Strahlung dahinsiechen und im Rollstuhl zur Schau gestellt werden, aber eine dauernde Invalidität existierte nicht. Kein verkrüppeltes oder geistig behindertes Kind verließ jemals die Entbindungsstation des Lebensinstitutes, und es war eine feststehende Tatsache, dass ein Wagner, der das Pech hatte, durch einen Unfall im Untergrund oder bei einer Oberwelt-Operation dienstuntauglich oder entstellt zu werden, nicht mehr aus dem Operationsraum kam.

Der Vorschlag, die Flugpferde mit Raketen auszustatten, wurde Min-Orota durch die üblichen Vermittler zugetragen. Zwei Tage später erhielt Cadillac die geheime Aufforderung, vor dem Landfürsten zu erscheinen. Es war ihr fünftes Treffen, und wie gewöhnlich beförderte man ihn in einer versiegelten Sänfte bis zum Palast in Ba-satana, dort geleitete man ihn in einen kleinen Raum, der für Privataudienzen reserviert war.

Cadillac wusste durch Anzapfen der Psyche des Landfürsten, dass ihre Beziehung beispiellos war. Treffen, bei denen sich Sklave und Landfürst von Angesicht zu Angesicht sahen, galten als unmöglich. Die geheimen Stelldicheins hatten sich als der brauchbarste Weg herausgestellt, das einschränkende Protokoll zu umgehen. Für Cadillac war die Tatsache, dass Min-Orota so weit ging, ein Zeichen der Wertschätzung. Sein Wunsch nach Anerkennung machte ihn blind dafür, dass Min-Orotas Wertschätzung zeitlich begrenzt und reine Taktik war.

Der Eisenmeister, dem die Grundsprache geläufig war, saß zwischen seinen engsten Ratgebern und hörte aufmerksam zu, wie Cadillac seine Pläne mittels detaillierter Skizzen, die Steve mit ihm vorbereitet hatte, darlegte. Danach wartete er mit gesenktem Kopf, während Min-Orota den Vorschlag auf Japanisch mit seinen Ratgebern erörterte – die keine Ahnung hatten, dass Cadillac ihre Sprache bereits absorbiert hatte und jedes Wort verstand.

Nachdem die drei Eisenmeister zu einer Entscheidung gekommen waren, informierte ihn einer der Ratgeber darüber, dass sein Vorschlag angenommen worden sei. Man würde die notwendigen Genehmigungen ausstellen und das von ihm gewünschte Material an den Reiherteich liefern. Es sei, so der Ratgeber, Min-Orotas Wunsch, dass das Werk ohne Verzögerung fortgesetzt werde.

Mit einer tiefen Verbeugung drückte Cadillac seine demütige Dankbarkeit aus – und pries im Stillen Mo-Town, die große Himmelsmutter.

Sobald das Material geliefert worden war, begannen Cadillac und Steve unter Mithilfe von sechs Wagnern mit dem Bau eines Triebwerks, wie sie es großspurig nannten. Cadillac hatte die Wagner persönlich ausgewählt, aber er hatte keine Ahnung, wie Steve dafür gesorgt hatte, dass Jodi und Kelso zu den Auserwählten gehörten. Er hatte Jodi mit den Grundbegriffen der Raketentechnik vertraut gemacht und sie gebeten, die Daten an Kelso weiterzugeben. Als Cadillac dann die Belegschaft antreten ließ und fragte, ob jemand etwas von Raketenantrieben verstünde, konnten sie den Arm heben und zuversichtlich vortreten.

Immer, wenn sie an einem Punkt angelangt waren, an dem es nicht mehr weiterging, versprach Steve, über Nacht darüber nachzudenken. Und am nächsten Morgen hatte er stets eine Antwort parat. Cadillac, der die neuen Informationen genauso rasch absorbierte, wie Steve sie erwarb, konnte nicht verstehen, wie Steve es fertigbrachte, ihm immer einen Schritt voraus zu sein.

Die Gründe waren kompliziert, aber die Antwort war einfach. Cadillac konnte nur in bestimmte Teile von Steves Gehirn gelangen, aber er konnte nicht in seinem Verstand lesen. Es war wie mit den Eisenmeistern; er konnte nur in Bereiche gelangen, die mit erworbenem Wissen zu tun hatten, Spezialausbildung und Training, Sprachkenntnisse, Verhaltensmuster, Sitten und Gebräuche und Informationen über Menschen, mit denen Steve zusammengetroffen war – aber er konnte nicht lesen, was er von ihnen dachte. Um ein Beispiel zu nennen: Cadillac wusste zwar über Funkmesser Bescheid, aber er hatte keine Ahnung, dass Steve eines besaß und es für seine Zwecke verwendete.

Karlstrom hatte es arrangiert, dass von dem Augenblick an, in dem Steve den regulären Kontakt mit der AMEXICO wieder aufgenommen hatte, eines seiner Flugzeuge täglich zwischen 22.00 Uhr und Mitternacht über dem Reiherteich operierte.

Abgeschirmt in seiner kleinen Hütte, konnte Steve einen Strom von Fragen senden, während Cadillac bis zur Besinnungslosigkeit betrunken in seinem Bett lag. Nachdem der Funkspruch durch ein BLEIBEN SIE AUF EMPFANG/ANTWORT ERFOLGT UMGEHEND bestätigt worden war, sendete der Autopilot Steves Fragen nach Rio Lobo, dem Hauptquartier der AMEXICO in Houston/HZ. Dort gab man sie COLUMBUS ein. Einige Sekunden später gelangten die gewünschten Daten via Funkantenne in den Erinnerungsspeicher von Steves Funkmesser.

Dieselbe Information wurde simultan in Karlstroms persönliches Video-Kommunikations-Netzwerk eingespeist, und eine Nachricht, die ihn darüber informierte, tauchte auf einem Bildschirm auf, in dessen Nähe er sich gerade befand, so war er über alles informiert. Karlstrom musste die Antworten, die man Steve sandte, nicht überprüfen. COLUMBUS, dessen unbegrenzter Gedächtnisspeicher auch Aufzeichnungen über jeden einzelnen Wagner enthielt, von der Ersten Familie bis zum geringsten Kriecher, wusste genau, zu welchen Bereichen und welcher Informationsebene 8902 Brickman, S.R., Zugang hatte.

Für Steve, der nichts von dem fliegenden Vermittler ahnte, war die Schnelligkeit und Effizienz des Dienstes eine ständige Quelle des Staunens und brachte ihm die Macht der Ersten Familie in Erinnerung. Ihr entkam man nicht. Egal, wie schnell du rennst; sie kriegen dich immer.

# 13

Da man der Familie Min-Orota die Lizenz zum Bau von Flugpferden nur unter der Bedingung bewilligt hatte, dass die Repräsentanten des Shōgun ungehinderten Zugang zum Reiherteich hatten, war der Generalkonsul bereits über die Entscheidung, ein Raketentriebwerk zu bauen, informiert.

Nakane Toh-Shiba, dessen Gedanken ständig um die Vergnügungen des Fleisches kreisten, reagierte auf die Nachricht mit oberflächlichem Interesse; aber als sein Brief im Sommerpalast Yoritomos eintraf, erkannte der junge Shōgun sofort, was für ein militärisches Potenzial sich in dieser Maschine verbarg.

Schwarzpulver war bereits seit Jahrhunderten bekannt. Man benutzte es für Sprengungen in Minen und Steinbrüchen und füllte Patronen damit. Das Shōgunat brauchte Schwarzpulver vor allem für seine Kanonen, die man einsetzte, um Festungen rebellierender Landfürsten zu schleifen.

Für Belagerungen konstruiert, waren diese langen Geschütze nur unter großen Schwierigkeiten zu manövrieren, und in den Friedenszeiten unter den Toh-Yotas beschränkte sich ihr Nutzen auf zeremonielle Salute. Kleinere Geschütze, wie die an Fürst Yama-Shitas Raddampfer, existierten zwar, doch wurden sie von den Eisenmeistern nicht favorisiert, da sie nur beschränkt beweglich waren.

Wie zu erwarten, lehnten die vom Samurai-Ethos durchdrungenen Krieger den Kampf mit großkalibrigen Waffen aus tiefstem Herzen ab. Für sie war der Kampf Mann gegen Mann der Inbegriff der Kriegsführung, was zur Folge hatte, dass der Sieg in den meisten Fällen von den Kriegskünsten berittener Schwertkämpfer, Bogenschützen und leichtbewaffneter Fußsoldaten abhing.

Militärische Verbände benutzten mit Schwarzpulver gefüllte Raketen zum Signalisieren, doch hauptsächlich wurden sie zur harmlosen Unterhaltung eingesetzt. Man jagte sie in verschwenderischer Fülle zusammen mit anderem Feuerwerk zur Auflockerung privater und öffentlicher Feiern und religiöser Feste in die Luft, und sie erfüllten den nächtlichen Himmel mit farbenfrohem Schauern.

Aber wenn man eine Rakete konstruierte, die stark genug war, ein Flugpferd samt Reiter in die Lüfte zu erheben, konnte man mit ihr auch eine Sprengladung ins Lager einer feindlichen Formation schleudern. Und wenn jeder Fußsoldat eine Rakete auf seinem Rücken trüge, könnte man auf einen Schlag Hunderte von ihnen zünden. Ein tödlicher Hammer, der die Feinde betäubt und demoralisiert zurücklassen würde. Und dann …

Ja … Darüber müsste er einmal genauer nachdenken.

Die Nachricht, dass der Shōgun ihn umgehend sprechen wollte, erreichte Herold Tōshirō während eines gemütlichen Essens mit dem Wachhauptmann Kamakura. Die Frau des Hauptmanns und ihre fünf Töchter hatten Tōshirō mit der üblichen Wärme und Gastfreundschaft willkommen geheißen und ihn von dem Moment an, als er seinen Fuß über die Türschwelle setzte, mit Aufmerksamkeiten überhäuft. Durch die Nachricht, die ihn aus ihrer Mitte und vom Essen fortriss – das Beste sollte noch kommen –, gerieten die drei Frauen fast außer sich. Tränenüberströmt warteten sie in einer Reihe, knicksten und verbeugten sich, während sie ihm Lebewohl sagten. Tōshirō antwortete mit den üblichen Dankesbezeugungen und entschuldigte sich vielmals dafür, dass er nicht länger bleiben könne, um die Delikatessen, die sie vorbereitet hatten, zu genießen. Hätte er von dem Betthupferl gewusst, das dem Dessert folgen sollte, würde er vermutlich ein gewisses Bedauern verspürt haben. Das zweitjüngste und hübscheste der Kamakura-Mädchen war von ihrer ehrgeizigen Mutter ausgewählt worden, das Bett des Herolds zu wärmen. Doch wieder einmal war ihr Versuch, ihm eine Falle zu stellen, durch dringende Staatsangelegenheiten zunichtegemacht worden. Und die Zeit eilte dahin! Ein weiteres Jahr ging zur Neige. Wenn der Herold ihr noch länger auswich, würde man die beiden ältesten Mädchen mit Soldaten von niedriger Geburt, wie ihr gemütlicher, aber nicht besonders heller Ehemann einer war, verheiraten müssen!

Die Neuigkeit, dass Versuche mit Raketen stattfinden sollten, erreichte Tōshirō bald nach seiner Rückkehr auf Geheiß des Shōgun in dem Distrikt Fürst Min-Orotas. Da Herolde geheime Bindeglieder zwischen dem Shōgun und den Landfürsten waren, hielt man eine Suite in der Residenz des Generalkonsuls zu Tōshirōs Verfügung. Der Besitz war Staatsterritorium und diente Tōshirō als Basis, von der aus er des Öfteren in Verkleidung zu Treffen mit Agenten aufbrach oder sich unter die niederen Ränge mischte. Gleichzeitig war die Residenz das Heim Ihrer Hoheit Mishiko Toh-Shiba, Nakanes überaus geduldiger Gattin und ihrer drei Kinder.

Trotz des verletzenden und beleidigenden Verhaltens ihres Gatten hatte sie ihrem allmächtigen Bruder gegenüber nie ein Wort der Klage verlauten lassen. Sie bewegte sich zurückhaltend und voller Würde und verbarg ihren Kummer hinter einer ruhigen, gelassenen Miene.

Viele hielten es für eine gekünstelte Gleichgültigkeit ihrem Schicksal gegenüber, aber im Laufe der Jahre hatte Tōshirō erkannt, dass dem nicht so war. Fürstin Mishiko war überaus unglücklich, und der Herold konnte nicht begreifen, wie jemand – selbst ein so gespürloser Tölpel wie der Generalkonsul – eine Frau vernachlässigen oder kränken konnte, die nicht nur äußerst intelligent, künstlerisch begabt und von sehr hohem Rang war, sondern auch sensibel, sanft und wunderschön.

Wie schade, dachte Tōshirō, dass der Generalkonsul sterben würde, ohne zu erkennen, wie blind er gewesen war. Es hätte seinem Fall eine bittersüße Komponente hinzugefügt. Egal. Wie lautet das Sprichwort: »Des einen Mannes Verlust …«

Von einem seiner Informanten hatte Tōshirō von dem sonderbaren Verhalten des Generalkonsuls während der Inspektion der Poststation erfahren. Der Herold konnte sich nicht vorstellen, wieso es sich dieser widerliche Hanswurst in den Kopf gesetzt hatte, den Mexikaner zu verlegen, aber er war froh, dass man ihm diese Sorge abgenommen hatte. Tōshirō besaß ein effizientes Netz von Informanten, aber er hatte nicht, wie er vor Steve geprahlt hatte, überall Augen und Ohren, und er war nicht imstande, Leute herumzuschieben wie Figuren auf einem

Schachbrett. Es war ihm gelungen, Steve als Straßenläufer registrieren zu lassen, weil er wie ein Mutant aussah und weil die Registrierung im Distrikt der Mitsu-Bishis, verlässlichen Verbündeten des Shōguns, stattgefunden hatte.

Hier lagen die Dinge anders. Masa-chusa und Ro-diren waren sozusagen Feindesland, wo man den Herold zwar in der Öffentlichkeit mit angemessenem Pomp willkommen hieß, ihn privat aber für einen Meisterspion und *agent provocateur* hielt. Deshalb musste er hier sehr behutsam vorgehen, um weder sich noch den Shōgun zu kompromittieren. Jemanden vom Grasaffen in einen Langhund zu verwandeln war gar nicht so einfach, wie Brickman es sich vorstellte. Es gab nur eine Person, die gefälschte Papiere besorgen konnte – Ieyasu, der Hofkämmerer; die einzige Person, an die sich Tōshirō nicht zu wenden wagte. Das Leben war schon ohne dieses Spinnennetz kompliziert genug.

Ohne zu wollen, hatte ihm Nakane Toh-Shiba eine Menge Zeit und Ärger erspart und somit unwissentlich sein eigenes Todesurteil unterschrieben. Wenn sich Raketenkraft als die Lösung erweisen würde, wäre der Generalkonsul der erste fliegende Eisenmeister. Der Brief mit dem Befehl war bereits geschrieben und befand sich in Tōshirōs Besitz – und er brannte darauf, ihn zu überreichen.

Zwei Tage später wurde der Samurai-Major Ryoshi – einer der fähigsten Militärs in Min-Orotas Haushalt – zur Residenz gerufen, um Tōshirō zum Reiherteich zu begleiten. Der Herold hatte keine Bedenken, dem Gelände in seiner offiziellen Eigenschaft einen Besuch abzustatten. Wenn er nicht selbst mit ihm Kontakt aufzunehmen wünschte, würde Brickman ihn nicht wiedererkennen. Sollten sich ihre Wege kreuzen, so wäre es unwahrscheinlich, dass sie sich von Angesicht zu Angesicht gegenüberstünden; der Mexikaner würde seine Nase in den Dreck stecken, genau wie alle anderen, die dort arbeiteten. Und da Brickman kein Wort Japanisch konnte, würde er auch die Gespräche nicht verstehen, die Rückschlüsse auf seine wahre Identität geben mochten.

Shigamitsu, der diensthabende Samurai-Hauptmann am Reiherteich, begrüßte die beiden Männer ehrerbietig und führte sie nach einer kurzen Willkommenszeremonie an den Werkstätten vorbei zum Flugfeld, wo der erste von drei gewichtigen Abschusswagen stand.

Man hatte einen vier Meter fünfzig großen Flügelteil und ein rudimentäres Schwanzteil mit Holzstreben verbunden. Damit wurde das Flugzeug simuliert, das später vom Startwagen getragen werden sollte. Man hatte die Vorderachse vergrößert, um dem Ganzen eine größere Stabilität zu verleihen. Das Vehikel wurde von vier Raketen angetrieben. Man hatte die Röhren, die etwa sechzig Zentimeter lang und sieben Komma fünf Zentimeter im Durchmesser waren, in Paaren angebracht, eine über der anderen. Sie waren durch eine kurze Zündschnur miteinander verbunden.

Tōshirō, Ryoshi und der andere Dink aus Ba-satana inspizierten das Vehikel eingehend. Sein Erbauer, ein dunkelhaariger Langhund, der unterwürfig in seiner Nähe kniete, warf ihnen keinen zweiten Blick zu. Als Shigamitsu ihre Fragen abgehandelt hatte, bat der Langhund um Erlaubnis, mit dem Test fortzufahren. Shigamitsu gab die Bitte mit den üblichen Höflichkeitsfloskeln an den Herold und Ryoshi weiter und lud sie, nachdem er ihre Erlaubnis erhalten hatte, ein, dem Test aus sicherer Entfernung beizuwohnen.

Der dunkelhaarige Langhund hielt eine brennende Wachskerze an den Zünder. Zwei weitere Sklaven packten die Seiten des Wagens und schoben ihn vorwärts. Das erste Raketenpaar erwachte zum Leben. Shwaahhpa-POWW! Lange, sengende Feuerzungen fuhren aus den Röhrenenden. Der Wagen raste über das Feld und zog zwei dünne Rauchfahnen hinter sich her.

Ppa-ppPOWW! Das zweite Raketenpaar zündete. Die Geschwindigkeit des Förderwagens nahm zu. Als er zu schwanken begann und ein paar Sekunden lang flog, ging ein Aufschrei durch die an den Türen der Werkstätten versammelten Langhunde, dem ein Stöhnen folgte, als der Wagen das linke Vorderrad verlor, sich mehrmals überschlug und dann zusammenbrach.

Tōshirō und Ryoshi wischten die unterwürfigen Entschuldigungen des Reiherteich-Kommandanten beiseite. Die Demonstration hatte bewiesen, dass das Antriebssystem funktionierte. Ein zweiter Wagen mit dem gleichen Aufbau wurde herangefahren. Man legte noch ein paar Steine darauf, um das Gewicht zu erhöhen, dann wiederholte man den Test. Diesmal schoss der Wagen wie verrückt hin und her, behielt aber ständigen Bodenkontakt. Als die Raketen ausgebrannt waren, schoss der Wagen durchs Gras und raste gegen die niedrige Steinmauer am anderen Ende des Feldes, wo er zum allgemeinen Entzücken der zuschauenden Eisenmeister explodierte.

Der Herold erkundigte sich, ob das alles gewesen sei. Man verneinte. Der Konstrukteur hatte noch eine Karte im Ärmel. Ein dritter, bemannter Förderwagen verließ die Werkstätten. Er unterschied sich von den vorherigen dadurch, dass er an der Vorderseite weitere Streben hatte, die einen dreieckigen Käfig bildeten, in dem ein Mutantensklave saß. Bei näherem Hinschauen erkannte Tōshirō in ihm seinen Mitverschwörer – den getarnten Mexikaner.

Hhhawww!

Durch Shigamitsu erläuterte der Konstrukteur, dass der Passagier mittels einer einfachen Fußsteuerung in der Lage sei, nach links und rechts zu schwenken. Der dritte Wagen hatte nur ein Vorderrad, das mit dem Schwanzende in eine Richtung gedreht werden konnte, wenn sein Fahrer auf eine Stange trat. Der hintere Abschnitt des Flügels konnte mittels eines Knüppels, der sich zwischen den Beinen des Fahrers befand, auf und nieder geschwenkt werden. Das bewirkte, dass die Luft über den Flügel hinwegstrich und das Vehikel am Boden blieb.

Ach so ...!

Die Eisenmeister traten zurück, die Raketen wurden gezündet, und der Wagen machte sich auf den Weg. Tōshirō gefiel es überhaupt nicht, dass sich der Mexikaner einer derart gefährlichen Situation aussetzte, nur um etwas zu beweisen, das bereits bewiesen war. Er sollte sich lieber mit wichtigeren Dingen befassen – zum Beispiel mit der Beseitigung des Generalkonsuls. Seine Kollegen, die nichts von seiner persönlichen Sorge um Steve wussten, fieberten der Demonstration entgegen. Sie faszinierte die Ästhetik der Grausamkeit, was sich in Friedenszeiten durch ihre Vorliebe für Blutsport ausdrückte – angefangen mit dem Hahnenkampf bis zur Jagd mit Speer und Bogen. Für sie stellte das Töten einen wesentlichen Teil ihres Lebens dar, und sie hofften sehnsüchtig darauf, dass der Wagen samt Fahrer an der Steinmauer zerschellen würde.

Ppa-ppowww! Als das zweite Raketenpaar zündete, nahm die Geschwindigkeit zu. Steve wurde gegen den Sitz gepresst. Bei den ersten statischen Tests war der Schub nicht sonderlich groß gewesen, aber durch die von AMEXICO empfohlenen Zusätze ging jetzt echt die Post ab.

Die Mauer kam immer näher. Zeit für einen kleinen Trick. Es war seine Idee gewesen, aber er hatte darauf geachtet, mit Cadillac konform zu gehen, um so sein Vertrauen zu gewinnen. Es musste einfach funktionieren. Sonst würde man ihn mit den Füßen zuerst fortschaffen.

Die Eisenmeister und das bunte Gemisch inoffizieller Zuschauer ahnten nicht, dass mit Shigamitsus Zustimmung eine niedrige, grasbedeckte Rampe am Ende des Feldes aufgeschüttet worden war, die Tōshirō und die anderen Eisenmeister von ihrem Standpunkt aus nicht sehen konnten. Steve bewegte das linke Ruder, um den Wagen auf die Rampe auszurichten. Dann drückte er den Knüppel nach vorne, damit die Räder auf dem Boden blieben. Als er zur Rampe kam, riss er ihn hart zurück und befand sich plötzlich in der Luft. Dieser Teil war noch nicht geprobt worden. Steve und Cadillac hatten es zwar für möglich gehalten, dass es klappte, aber das war Theorie gewesen. Bis jetzt.

Gäste und Arbeiter schrien überrascht auf, als sich der geflügelte Wagen in die Lüfte erhob. Sechs Meter vor der Mauer schwang er sich empor, wie ein Reiher im Sumpf, und stieg höher und höher.

Hinter der Mauer war ein schmaler Streifen Morast mit Büscheln langen Grases, und dahinter lag ein Weiher, dessen gegenüberliegendes Ufer von Bäumen gesäumt war. Als Steve das Ufer des Teichs in einer Höhe von fünfzehn Metern überflog, brannten die beiden letzten Raketen aus. Der Wagen, dessen Gleitfähigkeit kaum besser war als die eines Ziegelsteines, setzte umgehend zum Sturzflug an. Steve versuchte zu retten, was zu retten war, aber vergebens. Kerr-PLATSCH!

Die Eisenmeister brachen in ungestümes Gelächter aus, als sie eine riesige Fontäne sahen. Tōshirōs Schadenfreude wurde durch die Sorge um das Schicksal des Insassen ein wenig gedämpft, aber auch er konnte ein breites Grinsen nicht unterdrücken.

Min-Orotas Samurai-Major, der mit einer zehn Mann starken Truppe aus Ba-satana gekommen war, um sich die Demonstration anzusehen, drehte sich zum Herold um und versetzte ihm einen kameradschaftlichen Schlag auf die Schulter. »Ha! Wenn es diesem Langhund gelingt, Karren wie Gänse durch die Luft fliegen zu lassen, werden wir beide bald Pferde haben, die wie Adler fliegen können!«

»Ich kann es kaum erwarten«, erwiderte Tōshirō.

Jodi und Kelso, die auf den Beinen waren und rannten, als Steve zum Sturzflug ansetzte, waren die Ersten, die über die Mauer kletterten. Jodi, weil sie sich genau wie der Herold Sorgen machte; Kelso, weil er dabei sein wollte, wenn man die Teile aufsammelte. Seine nachtragende Hälfte hatte sich gewünscht, zu erleben, wie Steves selbstgefälliges Grinsen beim Zusammenstoß mit der Mauer erlosch, die andere Hälfte wollte, wenn auch widerstrebend, einem Kollegen helfen, der den Kürzeren gezogen hatte. Aber der Hurensohn hatte schon wieder Glück gehabt und watete, mit grünem Schleim behangen, auf das Ufer zu. Hinter ihm, in der Mitte des Teiches, trieb der zerbrochene Flügel.

Sie kamen an der Unfallstelle an, als Brickman eben mit einem fröhlichen Grinsen ans Ufer kletterte. Blut rann ihm über eine Gesichtshälfte.

»Geh zurück, und wasch dir den Dreck ab«, sagte Jodi. »Du stinkst ja fürchterlich.«

Steve gehorchte.

»Du musst verrückt sein. Wie konntest du dich nur für so etwas melden.« Weder sie noch Kelso hatten von der verborgenen Rampe gewusst.

»Du irrst dich, Lady. Ich habe mich nicht freiwillig gemeldet, ich wurde abkommandiert.«

»Was soll's, es funktioniert«, knurrte Kelso. »Die Vögel fliegen.«

»Sieht so aus ...« Steve hielt sich an Kelsos ausgestrecktem Arm fest und kletterte auf festen Boden.

Jodi untersuchte seine Kopfwunde. »Du wirst es überleben.«

Kelso sah ihn scharf an. »Kaz erzählte mir, dass die Raketen deine Idee waren.«

»Aber das bleibt unter uns. Offiziell war es Mister Brickman – okay?«

»Ich wollte dich schon immer mal was fragen. Wer, zur Hölle, ist er und warum trägt er deinen Namen?«

»Ich würde es dir ja gerne sagen, Dave, aber ... es ist eine lange Geschichte, die dich nur durcheinanderbringen würde.«

Sie arbeiteten sich zur Mauer durch. Eine Handvoll Wagner hatten sich hinter dem Wall versammelt. Als sie feststellen mussten, dass Steve an einem Stück und wohlbehalten gelandet war, hatten sie sich die Mühe, über die Mauer zu klettern, erspart. Für sie war er nur ein widerlicher Mutant, und ein stinkender dazu.

Steve krabbelte vor den beiden Piloten über den Steinwall und sprang zwischen die wartenden Stürmer.

»He, Kelso! Wasch dir bloß die Hände!«, schrie einer

von ihnen. »Wenn man Scheiße anfasst, fallen einem die Finger ab.«

Die anderen quittierten den Witz mit schallendem Gelächter und sahen Steve erwartungsvoll an, aber der wandte den Blick ab und lief hinkend über das Feld auf die Werkstätten zu.

»Gut gemacht«, sagte Cadillac. Die Eisenmeister hatten sich bereits verabschiedet. »Bist du okay?«

Steve schnitt eine Grimasse. »Yeah. Ich habe mir nur das Bein ein bisschen verdreht. Und wie war's bei dir?«

»Fantastisch. Sie sind begeistert. Ryoshi, der Anführer der Gruppe aus Ba-satana, ist einer von Min-Orotas Spitzenleuten. Er meinte, wir würden alles bekommen, was wir brauchen. Sie wollen das Projekt vorantreiben. Alle Konstruktionspläne sollen abgeschlossen werden. Sie sprachen von einer Art Vorführung für den Shōgun.«

»Gut. Sprachen sie auch davon, mehr Leute in das Projekt einzubeziehen?«

»Ja. Aber sie wollen keine Wagner mehr.«

»Japse?«

»Nein. Die würden das Gesicht verlieren, wenn sie mit uns arbeiteten. Wahrscheinlich werden sie Koreaner oder Vietnamesen nehmen.«

»Verstehe.« Steve testete, ob das schmerzende Knie sein Gewicht aushielt. Es tat noch weh. »Da wir gerade von Dinks sprechen, ich habe am Pfosten draußen ein Pferd gesehen. Trug dieses schwarze Zeug auf dem Rücken, mit roten Verzierungen …«

»Man nennt es Schabracke …«

Steve ignorierte die Unterbrechung. »… und mit roten Puscheln …«

»Quasten …«

»… die von den Zügeln herunterhängen. Weißt du vielleicht, wem es gehört?«

»Yeah. Tōshirō Hase-Gawa. Er ist Herold des Inneren Hofes.«

»Klingt, als wäre er wichtig.«

»Er ist wichtig.« Cadillac gab Steve einen kurzen Abriss über die Rolle eines Herolds, seiner Position in der Staatshierarchie und der besonderen Beziehung zum Shōgun.

Steve hörte aufmerksam zu. Er hatte Cadillac gefragt, weil das Pferd dort draußen mit dem am Zwei-Insel-See identisch war. Also war der Mann in Schwarz Tōshirō Hase-Gawa, Herold des Inneren Hofes, eines der Augen und Ohren des Shōgun, des höchsten Mannes in Ne-Issan. Auf was für eine hochrangige Verschwörung hatte er sich da eingelassen?

Es war nicht schwer zu erraten, dass es der Shōgun war, der den Generalkonsul ermorden lassen wollte. Und da die Tat von einem niedrigen Langhund verübt werden sollte, würde niemand in ihm den Urheber des Mordes vermuten. Nicht schlecht. Steve war bereit, sich an seinen Teil der Vereinbarung zu halten, um Clearwaters Freilassung zu gewährleisten, aber was dann? Der Shōgun brauchte nur den kleinen Finger zu heben, und seine Leute würden sich überschlagen, um sie sicher über die Grenze zu bringen. Nur, dass sie es aus denselben Gründen, aus denen er für sie morden sollte, scheuten, dabei gesehen zu werden.

Es würde die Sache erleichtern, wenn sie sich unter dem Schutz des Shōgun bewegen könnten, aber konnte man ihm trauen? Wie viel wusste er wirklich? Hatte er zum Beispiel die Geschichte von dem massiven Luftangriff geschluckt, der die Folge sein würde, wenn er nicht mit Cadillac und Clearwater heimkehrte? Der Mann in Schwarz war ein ganz ausgekochter Bursche. Er könnte seine Position dazu benutzen, ein paar Rechnungen zu begleichen.

Ein faszinierendes Problem. Aber noch faszinierender waren Cadillacs intime Kenntnisse über die Eisenmeister. »Kannst du mir erzählen«, sagte Steven, »woher du das alles weißt?«

»Ich höre ihnen zu.«

Steve sah ihn verwirrt an. »Willst du damit sagen, dass du ihre Sprache verstehst? Wie, zum Teufel, hast du das gelernt?«

»Genauso, wie ich gelernt habe, Flugzeuge zu bauen.«

»Unglaublich. Kannst du auch Japanisch sprechen?«

»Ja, wie ein Einheimischer. Und ich kann es ebenso gut lesen wie schreiben.« Cadillac prüfte, ob die Luft rein war, dann ließ er einen Haufen unverständliches Zeug vom Stapel. Steve verstand kein Wort davon, aber es hörte sich wie Japanisch an. Er schüttelte den Kopf. »Warum hast du mir das nicht schon früher gesagt?«

»Du hast mich nie danach gefragt. Aber vergiss, dass ich mit dir darüber gesprochen habe. Ausländern ist es verboten, Japanisch zu sprechen. Wenn sie es erführen, würden sie mich töten.«

»Keine Sorge. Ich werde schweigen.«

»Gut. Komm, lass uns ins Haus zurückgehen.«

»Und was ist mit den Wagen?«

»Unsere Freunde können die Teile aufsammeln. Wir beide müssen etwas feiern.«

Es fiel Steven schwer, seine Aufregung zu zügeln. Christoph! Das konnte es sein! Nachdem ihm Jodi von dem System mit den gelben Karten und den Armbinden erzählt hatte, hatte Steve verzweifelt nach einer Möglichkeit gesucht, den Schreibkram zu umgehen. Da gab es noch ein kleines Problem, das Side-Winder zu erwähnen versäumt hatte: Sklaven durften kein Geld bei sich tragen. Ergo war der einzige Dink, der ihnen ihre Tickets beschaffen konnte, der Herold, aber Steven hatte keine Lust, jemandem, dem er nicht traute, die geplante Route zu verraten. Aber so, wie es jetzt aussah, konnte man auf den Herold verzichten. Steve überdachte seinen Plan noch einmal. Yeah … das war brillant. Cadillac war die Lösung.

Mit gekreuzten Beinen am niedrigen Tisch sitzend, zog Cadillac den Stöpsel aus einer neuen Flasche Sake und füllte ihre Schalen bis zur blauen Linie, nahm sich eine und prostete Steve zu: »Auf den tollkühnen jungen Mann in seiner fliegenden Kiste.«

»War schon seltsam.« Steve hob die Schale und tat einen herzerwärmenden Schluck. »Das nächste Mal möchte ich richtige Flügel haben. Sonst kannst du dir einen neuen Assistenten suchen.«

»Sollst du haben«, sagte Cadillac. Er betrachtete die Schale nachdenklich, als wolle er herausfinden, weshalb sie schon wieder leer war. »Ich weiß, dass du ein gewaltiges Risiko auf dich genommen hast, aber es hat funktioniert. Ich kenne mich in den Köpfen dieser Leute aus. Als sie sahen, wie der Wagen in die Luft ging, war der Tag gerettet.«

»Freut mich zu hören. Und meine Tage wären bald gezählt gewesen.«

»Yeah. Einen Augenblick lang dachte ich, der Wagen würde sich überschlagen, aber …« Cadillac füllte Steves Schale und goss sich selber nach.

Steve fragte sich, weshalb er nicht gleich aus der Flasche trank.

»… du hast es wieder einmal geschafft. Du bist der glücklichste Mann, den ich kenne. Prost.«

Das hörte sich eher wie ein Vorwurf als nach einem Kompliment an. »Gib die Hoffnung nicht auf«, sagte Steve. »Noch ein paar solcher Kunststücke wie heute, und ich bin weg vom Fenster.« Er kippte noch einen Sake. Obwohl er, als er ans Ufer gewatet war, so getan hatte, als stünde er über den Dingen, hatte er innerlich wie Espenlaub gezittert. Der Sake schaffte fast augenblickliche Erleichterung. Er musste aufpassen. Man gewöhnte sich schnell an dieses Zeug. Er stellte die Schale auf den Tisch. »Und … was machen wir als Nächstes?«

»Etwas Einfaches. Du hilfst mir, den Zweisitzer zu bauen, und ich bringe dir bei, wie man ihn fliegt.«

Steven starrte ihn verblüfft an, dann lachte er auf. »Wäre eine interessante Erfahrung, aber glaubst du wirklich, ich hätte Nachhilfe nötig?«

»Absolut. Ich möchte, dass du den raketenbetriebenen Prototyp fliegst. Es war ja auch deine Idee.«

»Ja, aber …«

»Es ist ganz einfach. Außer mir gibt es noch zwei Leute mit Flugerfahrung. Kazan und Kelso. Ich möchte nicht ihr Leben aufs Spiel setzen, bevor die Maschine einen Flugtest hinter sich hat.«

»Und hier komme ich ins Spiel.«

»Genau. Es fällt mir schwer, es dir zu sagen, aber du bist der beste Mann für den Job. Deshalb möchte ich, dass du sie fliegst.«

»Okay, aber was soll das ganze Theater mit dem Fliegen lehren?«

Jetzt musste Cadillac lachen. »Du bist doch sonst nicht so schwer von Begriff. Muss am Sake liegen.« Cadillac legte den Kopf zurück, leerte die Schale mit einem Zug und stellte sie hart auf den Tisch zurück. »Du bist ein Grasaffe, Brickman. Ausgestattet mit einer gewissen beschränkten Intelligenz, aber ansonsten ein ungeschickter, unwissender Wilder. Aber mach dir nichts draus. Ich habe beschlossen, dich unter meine Fittiche zu nehmen, und ein Teil meiner Ausbildung wird darin bestehen, dir das Fliegen beizubringen.«

»Netter Zug«, sagte Steve. »Und wie viele Bruchlandungen darf ich mir leisten?«

»Keine. Du bist ein aufgeweckter Schüler.« Cadillac goss sich zum dritten Mal ein und prostete Steve zu.

»Der Durchschnitt auf der Akademie ist zehn Stunden. Sagen wir, fünfzehn.«

»Besser zwanzig. Du bist nicht so klug.«

Steve hob die Schale mit einem bedauernden Lächeln und leerte sie in kleinen Schlucken. Beim Bodentest war nur eine kurze Brennzeit notwendig gewesen. Die Raketen für die Flugpferde würden doppelt so lange brennen. Aber sie waren nicht wie normale Triebwerke mit Drosselventil und Ausschalter ausgestattet. Einmal gezündet, war der Pilot zum Nichtstun verdammt. Er konnte nur noch sitzen und fliegen. Doch wenn die Flügel die Beschleunigung heil überstanden, würde es keine unüberwindlichen Probleme geben. Wenigstens nicht, was das Flugzeug betraf. »Von mir aus geht es klar, aber was halten die Dinks davon? Werden sie es dir erlauben?«

»Was erlauben?« Cadillacs Stimme klang undeutlich.

»Dass du mir das Fliegen beibringst. Wenn ich dich daran erinnern darf – ich bin ein Mutant.«

»Ich weiß nicht, worauf du hinauswillst.«

»Ich nehme an, die Eisenmeister wollen später mal mit den Dingern fliegen?«

»So ist es vorgesehen. Und was sonst?«

»Nun – sie lassen ihre niederen Ränge nicht einmal auf Pferden reiten. Die sind für die Samurai reserviert, ebenso wie die Flugzeuge, die du baust. Meinst du, sie hätten nichts dagegen, wenn ein Sklave Pilot wird?«

»Ich wüsste nicht, weshalb sie etwas dagegen haben sollten«, erwiderte Cadillac. »Wagner sind auch Sklaven. Okay, sie sind vielleicht gebildeter, und einige von ihnen mögen weitgehende technische Kenntnisse besitzen, aber die Eisenmeister legen nicht viel Wert auf ihr Leben. Für die Japse sind wir niederes Gewürm und austauschbar.«

»Außer dir«, sagte Steven.

Cadillac nahm die Behauptung mit einem schiefen Grinsen zur Kenntnis. »Yeah, das habe ich mir auch gesagt.« Er goss sich einen weiteren Sake ein. »Aber ich habe heute etwas erfahren, das mich zwingen könnte, meinen Aufenthalt zu verkürzen.«

Steve winkte ab, als Cadillac ihm einen neuen Drink anbot. »Ja?«

»Ja … ich habe das Gespräch von Min-Orotas Leuten belauscht. Wenn die Flugtests zufriedenstellend verlaufen, wollen sie eine Gruppe Samurai zur Pilotenschulung an den Reiherteich schicken.«

Steve erfasste sofort die Möglichkeiten, die sich daraus ergaben. »Herzlichen Glückwunsch.«

Cadillac musterte ihn finster. »Das erscheint mir zu früh.«

»Ich verstehe dich nicht. Hast du nicht damit gerechnet?«

»Das ist noch nicht alles. Ich habe gehört, dass die Japse,

die uns über die Schultern gesehen haben, alle Handwerksmeister sind.«

»Na und …?«

»Das ist doch offensichtlich. Sie haben ihre Leute eingeschleust, damit sie uns helfen, den ersten Teil abzuschließen. Wenn die Samurai erst einmal fliegen können, werden sie es auch anderen beibringen.«

»Ja, und weiter …?«

»Und sie wissen über den Produktionsprozess Bescheid. Es sieht so aus, als würden wir nicht mehr gebraucht.«

Das war Musik in Stevens Ohren, aber er konnte nicht widerstehen, wieder auf den Punkt zurück zu kommen. »Ich und die anderen Jungs vielleicht, aber ganz bestimmt nicht du – nach dem, was du für sie getan hast.«

Cadillac warf ihm einen Blick zu, sagte aber nichts. Er war zwar wieder dabei, sich bis zur Besinnungslosigkeit zu betrinken, aber noch in der Lage, kleine Spitzen wahrzunehmen. Zeit für eine neue. »Ich bin überrascht, dass du es nicht vorausgesehen hast. Hast du denn nicht die Steine gelesen?«

»Ich habe keinen Sehstein mehr angefasst, seit ich vom Schmerz und vom Kummer gelesen habe, den du uns bringen würdest.«

Steve nahm es leicht. »He, was soll das! Das ist passé. Was geschehen ist, war nicht meine Schuld. ›Der Weg ist vorgezeichnet‹, so sagt Mr. Snow doch immer. Ich bin hier, um zu helfen. Warum schnappst du dir nicht einen Sehstein und findest heraus, was mit uns passiert?«

Cadillac schüttelte müde den Kopf. »Wird nicht funktionieren. Ich habe nachgesehen … aber ich kann keinen finden.«

»Aber es müssen welche …«

»Sicher. Es gibt hier welche. Aber ich kann sie nicht mehr erkennen.« Er schüttete den Sake in sich hinein. »Sieht so aus, als hätte der Alkohol meine Wahrnehmung abgestumpft.«

»Schade«, sagte Steve. »Dann müssen wir wohl so weitermachen.« Er hätte zu gern gewusst, ob ihnen die Flucht gelingen würde. Aber andererseits bedeutete es auch, dass Cadillac nicht die leiseste Ahnung von dem hatte, was hier eigentlich gespielt wurde. Und das war gut so. Wenn er vom Fluchtplan erführe, würde die ganze Sache nur noch komplizierter.

Cadillac versuchte sich durch einen weiteren Drink aufrecht zu halten, aber er schaffte es nicht, die Schale zu füllen. Seine Stimme klang heiser, sein Gesicht wirkte alt. Er beugte sich vor und massierte Wangen und Stirn, um die Tränen zu verbergen. »Warum bricht mein Leben immer in Stücke, wenn du auftauchst?«

Steve plagten Gewissensbisse. »Das siehst du falsch«, antwortete er sanft. »Dein Leben bricht nicht in Stücke, es sammelt sich.«

Cadillac hielt den Kopf gesenkt. »Wirklich?«, schniefte er.

»Yeah! Worüber beschwerst du dich eigentlich? Mr. Snow hat dir alles beigebracht, was er wusste. Rechnen wir das dazu, was du aus mir und den anderen Kerlen herausgepickt, und das, was du von diesen haarlosen Wundern gelernt hast, bist du die zweibeinige Version von COLUMBUS!«

»Es sei denn, man lässt mich nicht länger auf zwei Beinen herumwandern.«

»Daran darfst du nicht einmal denken!«, rief Steve. »Du wirst immer an der Spitze stehen! Okay. Vielleicht haben die Japse vor, das alles hier zu übernehmen, aber das können sie erst, wenn du ihnen gezeigt hast, wie man die Vögel in die Luft kriegt und wie sie dort bleiben.«

»Ja, aber … angenommen, wir versagen?«

*Junge!*, dachte Steve. *Wenn der Kerl sich einen Downer einwirft, dann ist er ganz unten …*

Er wusste nicht, dass bei Alkohol die Stimmung von einem Schluck zum anderen von manischer Hochstimmung in Depression umschlagen kann. »Wir werden nicht versagen! Wir werden unser Bestes geben und diesen Ort berühmt machen – denn wenn dieses Ding abhebt, werden auch wir abheben.«

Cadillac hob den Kopf und sah Steve durchdringend an. »Wie schön. Und wie sollen wir das anstellen?«

*Schlechter Zug*, dachte Steve. *Schlechter Zug!* »Überlass das mir«, antwortete er hastig. »Du hast schon genug am Hals.« Er schob die Flasche außer Reichweite. »Und trink nicht mehr so viel von dem Zeug. Sonst hast du irgendwann gekochten Reis statt Hirn im Kopf.«

»Was ist mit Clearwater?«

»Mach dir keine Gedanken. Sobald die Zeit gekommen ist, wird sie bei dir sein.«

»Okay, aber versprich mir eins.«

»Und das wäre?«

»Dass du keinen Schritt unternimmst und etwas Verrücktes anstellst, ohne vorher mit mir darüber gesprochen zu haben. Ich will wissen, was passiert – bevor es passiert.«

»Klar.«

»Wenn sich herausstellen sollte, dass Min-Orotas Leute den Reiherteich nicht übernehmen, vergiss die ganze Geschichte. Und wenn du Clearwater zurückbringen willst – gut. Aber ich bleibe. Hast du verstanden?«

»Ja.«

»Okay. Aber …« – Cadillac fuchtelte mit dem Zeigefinger vor Steve herum, während er nach Worten suchte. Er konnte sich kaum noch konzentrieren – »… wenn ich … ah … wenn ich rauskriege, dass du versuchst, mich reinzulegen …«

»Christoph Columbus!«, zischte Steve. »Für wen hältst du mich? Du hast mir das Leben gerettet! Wie oft muss ich dir das noch sagen? Die Sache mit Clearwater war nicht meine Schuld …«

»Das ist mir egal!«

»Aber mir nicht. Das versuche ich dir klarzumachen. Vielleicht zweifelst du manchmal an mir, aber ich bin dein Freund! Ich habe Mr. Snow versprochen, dass ich dich finden würde, aber wenn du hierbleiben willst, gut; das ist zwar schlecht für ihn, aber okay für mich. Clearwater und ich wollen uns nur klammheimlich aus dem Staub machen. Du wirst nicht einmal erfahren, wohin wir gehen.« Steve streckte die Hand über den Tisch und strahlte ihn aufrichtig an. »Ich gebe dir mein Wort. Abgemacht?«

Cadillac beäugte die angebotene Hand. »Vielleicht. Ich werde darüber schlafen.«

Steve nahm die Flasche, die er beiseitegeschoben hatte und stellte sie vor den Mutanten. »Sei mein Gast …«

Cadillacs Beurteilung der Situation stellte sich als richtig heraus. Er bekam die Erlaubnis, Steve auf dem umgebauten Flugzeug das Fliegen beizubringen, und nach einigen zaghaften Starts und nervenaufreibenden Landungen durfte Steve alleine fliegen.

Auf dem Boden sah sich Steve gezwungen, seine Rolle als unterwürfiger Ergebener weiterzuspielen. Seine neuentdeckte Fähigkeit zu fliegen brachte ihm ein paar neidische Kommentare von wegen eingebildeter Mutant ein, aber Cadillac glättete die Wogen, indem er die Wagner-Stürmer auf die Risiken eines Testflugs hinwies. Der blonde Grasaffe war eine bedauernswerte Gestalt, die, falls etwas schieflaufen sollte, als Brandopfer enden würde.

Der neue Gleiter wurde von schlanken Raketen angetrieben, die man an der Unterseite eines Metallrahmens neben dem Rumpf angebracht hatte. Er wurde von einem neuentwickelten dreirädrigen Wagen aus gestartet, der auf dem Modell basierte, das Steve benutzt hatte. Das neue Modell besaß ein niedriges, bodennahes Profil, das ihm während der Startphase mehr Stabilität verlieh, und vier leicht zu entfernende Bügel, die den Wagen mit dem Gleiter verbanden und vom Piloten abgeworfen wurden.

Da die Eisenmeister nicht die präzisen Messgeräte und Computersimulationstechniken der Föderation besaßen, war Cadillacs Flugpferd nach den einfachsten Berechnungen konstruiert worden. Das Gleiche galt für die Raketen. Dank der mathematischen Formeln, die die AMEXICO ihm übermittelt hatte, war Steve in der Lage, eine grobe Schätzung über den Schub anzustellen, der sich während der Zündung entwickelte. Aber die Ziffern waren sinnlos, wenn die Belegschaft nicht in Metern und Zentimetern maß oder Gewichte in Pfund und Gramm wog.

In seiner Verkleidung als Laufbursche begleitete Steve Cadillac durch alle Stationen der Montage, um sicherzugehen, dass alles nach seinen Berechnungen zusammengebaut wurde. Auf seine Anregung hin wurden Jodi und Kelso ausgewählt, die Nacht vor dem Start mit Cadillac hinter verschlossenen Türen zu arbeiten, was ihn in die Lage versetzte, sich aktiv an den letzten Einstellungen zu beteiligen. Bei Tagesanbruch hatten sie jede einzelne Verbindungsstelle überprüft. Nur eine große Frage war noch nicht beantwortet worden. Die Tests mit den beladenen Startwagen hatten gezeigt, dass die Raketen genügend Kraft besaßen, sie in die Luft zu befördern – aber wie schnell konnte der seidenflügelige Sarg fliegen?

In wenigen Stunden würde Steve genau Bescheid wissen. Der Flug, der vor derselben hochrangigen Delegation von Eisenmeistern stattfinden sollte wie beim letzten Mal, war für den späten Morgen angesetzt worden, und es ging das Gerücht, dass der Generalkonsul von Ro-diren und Masa-chusa das Ereignis mit seiner Anwesenheit beehren wolle. Ein Kader Eisenmeister, der für den Reiherteich zuständig war, ließ einen Extratrupp Putzhilfen und Gärtner antreten und hängte Banner und Flaggen heraus, wobei sie sich nicht verrückt machten. Man hatte sie angewiesen, die ständigen Vertreter des Shōgun mit angemessener Ehrerbietung zu behandeln, aber sie waren keine Staatsangestellten, wie der Postmeister und seine zitternden Schreiber. Der Generalkonsul verfügte nur innerhalb der Grenzen seines Besitzes über uneingeschränkte Macht. Der Reiherteich war Teil des Distrikts Fürst Min-Orotas und jeder, der hier arbeitete, stand unter seiner Herrschaft – und unter seinem Schutz.

Steve kehrte erst um vier Uhr morgens in seine Hütte zurück, doch da sein großer Tag bevorstand, hatte man ihm erlaubt, sein Tagewerk zu schwänzen. Er erwachte erst, als die Diener gegen die Tür hämmerten.

Als Mutant war es Steve nicht erlaubt, das Badehaus zu benutzen, ihm stand nur eine Wanne im Hof zur Verfügung, aber Cadillac ließ ihn in den für Hausbesitzer reservierten Teil seiner Wohnung rufen und lud ihn zu einem Bad ein. Steve schlüpfte aus seinen Arbeitskleidern und sprang ins Wasser. Da sich in der tiefen Wanne bereits Cadillac und zwei seiner Leibsklavinnen befanden, gab es anfangs ein leichtes Durcheinander, aber es gelang ihnen, sich zu entwirren und mit dem ernsthaften Geschäft der Säuberung fortzufahren.

Den beiden schwarzäugigen Thais, die nichts außer einem freundlichen Lächeln und Kopftüchern trugen, war es sichtlich unangenehm, mit einem Mutanten die Wanne zu teilen, doch die Jagd nach einem Stück Seife ließ das Eis schmelzen. Nachdem er sich überall gewaschen hatte, wollte Steve aus der Wanne klettern, aber die Mädchen, von Cadillac angestachelt, zerrten ihn wieder zurück und begannen ihn noch einmal zu waschen, nur so zum Spaß. Normalerweise hätte Steve mit Freuden kooperiert, aber heute hatte er etwas anderes im Sinn als Spaß und Vergnügen. Als sie ihn spielerisch untertauchten, entzog er sich ihrem Griff und tauchte zwischen ihren Beinen auf den Wannenboden. Ihre anfänglichen Freudenschreie verwandelten sich in Schreie der Enttäuschung, als er mit dem großen hölzernen Stöpsel in der Hand wieder auftauchte und ihn quer durch den Raum warf.

Neben der zungenbrecherischen Sprache der Eisenmeister hatte Cadillac auch ihr Zeremoniell gelernt. Dem gemeinsamen Bad war eine Einladung zum Frühstück gefolgt, wobei er einen von Cadillacs Mänteln trug – einem Geschenk Fürst Kiyomori Min-Orotas.

»Nervös?«

»Ach was!«, erwiderte Steve leichthin. Natürlich war das eine Lüge, und er sah, dass Cadillac sie ihm nicht abkaufte.

Nach dem Essen brachte eine der Sklavinnen Steve weiße Baumwollwäsche: die übliche lose Jacke und weite, wadenlange Hosen. Oben auf den sauber gefalteten Kleidungsstücken lagen frische Unterwäsche, weiße Baumwollsocken und Sandalen. Und ein weißer Schal, auf den jemand mit blutroter Farbe japanische Wörter geschrieben hatte.

Cadillac faltete ihn auseinander, legte den Teil mit der Aufschrift auf Steves Stirn und knotete ihn im Nacken zusammen.

»Ist es zu fest?«

»Nein. Genau richtig.« Steve betrachtete sich in einem kleinen, quadratischen Wandspiegel. »Und was steht drauf?«

»Wir preisen die Weisheit Fürst Min-Orotas und die Erhabenheit seines Werkes.«

»Hmmm ... Hast du das geschrieben?«

»Hätte ich gekonnt – wäre aber nicht klug gewesen. Ich habe den Satz in der Grundsprache formuliert und von einem Schreiber übersetzen lassen.«

Steve schob den Schal von den Augenbrauen fort. »Bald bist du ein richtiger Japs.«

»Gehört zur Überlebensausrüstung, Brickman. Gerade du solltest das wissen.«

»War nur ein Scherz. Komm, wir wollen gehen.«

Cadillac begleitete Steve zum Reiherteich. Das Flugzeug, an dem sie bis zum Morgengrauen gearbeitet hatten, befand sich auf einem Startwagen, der am Feldrand stand; man hatte es mit einer Leiter versehen, die zum Cockpit führte. Jodi Kazan und Dave Kelso standen mit roten Augen und sauberer Arbeitskleidung daneben. Am anderen Ende des Feldes war ein Netz gespannt worden, das den Wagen abfangen sollte. Die meisten Wagner standen hinter dem Netz – vermutlich sollten sie Steves Knochen einsammeln, falls es ihm nicht gelang, abzuheben.

Cadillac und Steve gingen zu den Strohmatten, die vor der Flugzeugspitze lagen und knieten nieder, um den versammelten Eisenmeistern und ihren Gehilfen, die ungefähr fünfundvierzig Meter weit entfernt auf einem stoffbespannten Podium saßen, ihre Reverenz zu erweisen. Über dem Aufbau flatterten an langen Bambusstäben befestigte Banner mit drei verschiedenen Emblemen.

»Die auf der linken Seite gehören zu den Min-Orotas«, flüsterte Cadillac. »Die rechts zu Yama-Shita und die in der Mitte repräsentieren die Toh-Yotas, die Familie des Shōgun.«

»Eine nette Art, um zu sagen, ihr seid umstellt«, sagte Steve.

Sie verbeugten sich noch einmal, wobei sie die Matten mit der Nase berührten. Jodi und Kelso hinter ihnen taten das Gleiche.

»Okay, packen wir's an!«, sagte Steve. Er überprüfte die fünf Hämmer, die die Raketen zünden würden, dann stieg er ins Cockpit. Nachdem er sich davon überzeugt hatte, dass das Leitwerk auf Steuerknüppel und Fußhebel reagierte, betätigte er einige Auslöser auf dem winzigen Armaturenbrett.

Cadillac bestätigte, dass sich alle fünf Zündstifte an ihrem Platz befanden.

»Okay. Kammern zünden!«

Jodi und Kelso schoben die Zündkapsel in die Kammern am hinteren Ende der Rakete.

»Kammern gezündet, Hämmer gespannt«, schrie Cadillac.

Steve schloss die rechte Hand fest um den Steuerknüppel und steckte den linken Zeigefinger durch den Ring, um die erste Rakete zu zünden.

»Zündet die Booster!«

»Booster gezündet!«

Steve lehnte sich in seinem Sitz zurück und begann mit zusammengebissenen Zähnen zu zählen. Zehn-neun-acht …

Jodi und Kelso stemmten sich mit den Schultern gegen die Schubstäbe zu beiden Seiten des Wagens. Endlich bewegte er sich.

Fünf-vier-drei … Steve überprüfte die Steuerung des Vorderrades … zwei-eins-null …

SHHHhooowwaAHHH! Die Booster erwachten mit durchdringendem Röhren zum Leben. Jodi und Kelso sprangen zur Seite und beobachteten besorgt, wie der Wagen mit einem Schweif aus Feuer und Rauch über das Feld raste.

»Flieg! Flieg! Flieg! FLIEG!«, riefen sie und stießen die Fäuste in die Luft.

Steven wurde durch die Beschleunigung in den Sitz gepresst. Durch grobe Messungen beim Bodentest wusste er, dass der Wagen in acht Sekunden seine Höchstgeschwindigkeit erreichen würde.

… fünf-vier-drei-zwei-eins-ZÜNDUNG!

Steve zog den Abzug der Hauptrakete. Als er hörte, dass sie gezündet hatte, griff er mit einer Hand aus dem Cockpit und zerrte am Hebel, um das Flugzeug vom Wagen zu trennen, dann zog er den Steuerknüppel zurück und machte sich auf den Weg zu den Wolken.

Whussshhh! Was für ein fantastisches Gefühl. Noch nie war er so steil und so schnell in die Luft gestiegen. Er warf einen Blick zur Erde, die sich immer rascher von ihm entfernte. Die hochgereckten Köpfe der Zuschauer wurden zu gesichtslosen, blassen Flecken; wie winzige Blumen auf einer Wiese.

In weniger als fünfzehn Sekunden hatte er eine Höhe von ungefähr sechshundert Metern erreicht. Als die Rakete ausgebrannt war, verstummte das zischende Geräusch, und die Vibrationen, die ihn fast die Zähne gekostet hätten, machten einer unheimlichen Stille Platz. Steve unterbrach den Aufstieg und setzte zu einer niedrigen Rechtskurve an. Um den Verlust des Abstiegs auszugleichen, zündete er die zweite Rakete.

Shuwahh-pa-powwW! – Was für ein Gefühl!

Steve hielt die Nase der Maschine unten. Da ihm keine Instrumente zur Verfügung standen, konnte er die Geschwindigkeit des Flugzeuges nur von dem Geräusch des Windes ablesen, der über die seidenen Flügel strich, und den Übelkeit erregenden Vibrationen. Jetzt! Er machte einen Looping, erreichte die Spitze und setzte zu einem weiteren Looping an – ein luftakrobatisches Kunststück, das man als Aufwärts-S bezeichnete.

Die Rakete setzte aus, als er sich auf dem Höhepunkt des zweiten Loopings befand, aber er hatte noch genügend Geschwindigkeit, um eine Rolle zu machen. Steve musste zugeben, dass Cadillac gute Arbeit geleistet hatte – mit Hilfe seiner Freunde. Als Segelflugzeug war sein Werk nicht mehr als Durchschnitt gewesen, aber jetzt war es ausgezeichnet zu handhaben.

Yeah, es war ein süßer Vogel …

Das Aufwärts-S hatte ihn weitere dreihundert Meter höher gebracht und erlaubte ihm einen Blick auf Basatana, das sich am Rand der östlichen See, einer riesigen

Wasserfläche, ausbreitete. War das der Rand der Welt – oder befand sich noch etwas dahinter? Er benutzte die nächsten beiden Raketen, um verschiedene Luftkunststückchen zu machen und setzte zur Landung an, wobei er sich ernsthaft überlegte, ob er den Dinks nicht ein wenig Angst einjagen sollte. Er kam zu dem Schluss, dass sie seine Art von Humor wahrscheinlich nicht zu würdigen wussten. Er schoss in niedriger Höhe über das Feld hinweg, brachte die Wagner ans Laufen und verfehlte die Mauer nur um wenige Zentimeter.

Dann stieg er wieder in die Lüfte und beendete das Manöver mit drei Siegesrollen, bevor er zu einer makellosen Landung ansetzte.

Die reine Brennzeit hatte fünfundsiebzig Sekunden betragen, aber dadurch, dass er zwischen den einzelnen Zündungen gesegelt war, war er fast zwanzig Minuten in der Luft gewesen. Er hatte es bewusst kurz gemacht, um die Eisenmeister nicht zu langweilen, aber das Flugzeug war in der Lage, länger und weiter zu fliegen. Für einen Aufstieg nach Westen würde er vier Raketen brauchen, die ihn auf eine Höhe von fast zweitausendvierhundert Meter brächten, plus eine Reserverakete. In dieser Höhe könnte man mit einem Passagier die ganze Strecke bis zum Hudson segeln. Yeah. Nicht übel.

Sein spektakulärer Flug und die fehlerlose Vorführung versetzten die Eisenmeister in heitere Stimmung. Cadillac trug Sorge, zu beweisen, dass seine Flugkünste genauso gut wie die Steves waren, und machte die nächsten beiden Flüge zunächst mit Jodi, dann mit Kelso im Passagiersitz. Ein zufälliger Beobachter hätte keine Differenz zwischen den beiden Darbietungen feststellen können. Jodi und Kelso, die den Unterschied kannten, waren zwar beeindruckt, aber nicht begeistert. Cadillacs Flugkünsten fehlte das undefinierbare Etwas, das einen routinierten Piloten, der versucht, sein Bestes zu geben, von einem As unterschied, das zum Fliegen geboren war.

Nach einem Lunch im Freien schickten die Eisenmeister einen Samurai aus Min-Orotas Gruppe mit Cadillac auf die Reise. Er verbrauchte zwei Raketen beim östlichen Aufstieg, drehte eine Runde über Ba-satanas Hafen und schoss in niedriger Höhe über Min-Orotas Residenz hinweg. Während des Aufstiegs hatte sich der Samurai an die Ränder des Cockpits geklammert, aber mit jeder Minute, die er sich in der Luft befand, schwand seine Angst. Und als er entdeckte, dass die Feldarbeiter eine Pause einlegten und Soldaten und Diener aus dem Palast strömten, um einen Blick auf sie zu werfen, ließ er ein glückliches Glucksen hören und winkte mit beiden Händen. Cadillac zündete die dritte Rakete, um wieder Höhe zu gewinnen und führte mit Hilfe des letzten Raketenpaares in der Nähe des Feldes noch einige ansehnliche Kunststücke vor.

Nach Cadillacs Landung verkündete der kommandierende Samurai des Reiherteiches, der Herold des Shōgun wünsche mit dem Piloten, der zuerst geflogen sei, aufzusteigen. Nachdem man Flugzeug und Wagen mit einem neuen Satz Raketen ausgerüstet hatte, wurde Tōshirō Hase-Gawa mit der üblichen überschwänglichen Höflichkeit aufgefordert, Platz zu nehmen. Nachdem er es sich auf dem Vordersitz bequem gemacht hatte, betrat Steve die Szene. Shigamitsu hatte das kitzlige Protokollproblem gelöst, indem er Steve befohlen hatte, Handschuhe und Strohmaske anzuziehen. Auf diese Weise war der Herold nicht dem Anblick eines Mutantensklaven ausgesetzt.

Da Scheibenglas schwer zu erhalten war und man noch

nichts von Perspex gehört hatte, waren die Windschutzscheiben des Seglers recht simpel. Cadillac war es gelungen, an ein Paar Schutzbrillen zu kommen. Ein Baumwollschal, den man über Nase und Kinn band, vervollständigte die Flugausrüstung. Steve, der nur den Rücken seines Passagiers sehen konnte, hatte keine Ahnung, wer er war, bis er eine gedämpfte Stimme sagen hörte: »Also gut, dann wollen wir mal, Kerl.«

Gemäß Tōshirōs Wunsch nach einem kurzen Rundflug folgte Steve Cadillacs Spuren und flog über Ba-satana und den Familienbesitz der Min-Orota-Familie. Auf dem Rückflug kreiste er über dem Palast des Generalkonsuls und dem Zwei-Insel-See. Irgendwo dort unten war Clearwater. War sie im Garten und schaute dem weißflügeligen Vogel nach? Kein Laut war zu hören, nur ein sanftes Geräusch, Wind, der über Seide strich, und das Flattern ihrer Schals.

Tōshirō drehte sich so weit, wie sein Sicherheitsgurt es ihm erlaubte, auf dem Sitz um und zog den Schal vom Mund. »Hast du dir überlegt, wo du ihn abwerfen willst?«

Steve deutete nach unten und schrie gegen den Wind an: »Ich denke, der See wäre nicht schlecht. Dann kann er im Fallen noch über einiges nachdenken.«

»Netter Zug! Und wie willst du es anstellen?«

»Indem ich den Sicherheitsgurt manipuliere. Die Hüftgurte wurden am Boden festgenagelt, und die Schultergurte sind hier befestigt – am Spant hinter Ihrem Sitz.«

»Ich hab's.«

»Ich werde die Nägel so präparieren, dass sie sich lösen, sobald ich an einem Draht ziehe, und bevor er noch weiß, wie ihm geschieht, werde ich …« Steve zog den Steuerknüppel scharf an seine rechte Hüfte – »wenden!«

Tōshirō riss entsetzt den Mund auf, als die Maschine plötzlich auf dem Rücken lag. Bis jetzt war der Flug recht beschaulich verlaufen, und plötzlich hing er kopfüber neunhundert Meter über dem Erdboden, von nur vier zwei Zentimeter breiten Gurten gehalten.

»Und schon fliegt er dahin!« Steve hielt den Gleiter noch ein paar Minuten in dieser Position und sah zu, wie Tōshirō seinen Kopf in dem Bemühen, einen sicheren Halt zu finden, von einer Seite zur anderen warf. Konnte nicht schaden, wenn er am eigenen Leib erfuhr, wie sich der Generalkonsul in dem letzten, fürchterlichen Augenblick vor dem freien Fall fühlen würde.

Steve setzte zu einem halben Looping an, dann stieg er in die Höhe. Sein Passagier versank dankbar in seinem Sitz.

»Sehen Sie? Wird ein Kinderspiel.«

Keine Antwort.

»Sind Sie okay?«

Tōshirō nickte, ohne sich umzusehen. Er war mitgeflogen, um den Weg für des Generalkonsuls Reise ohne Wiederkehr zu ebnen, aber eins wusste er, das war das erste und letzte Mal, dass er auf einem Flugpferd geritten war. Nie wieder. Niemals!

Als die letzte Rakete zündete und sie in Richtung Feld segelten, berührte Steve die Schulter des Herolds. »Können wir reden?«

»Worüber?«

»Ich brauche das Bündel mit den Nelkenblättern.«

Tōshirō warf ihm einen kurzen Blick zu. »Immer der Reihe nach. Wie du weißt, habe ich dich an den Reiherteich verlegen lassen.«

»Yeah, das stimmt … Vielen Dank.« *Ich glaube es einfach*

*nicht,* dachte Steve. *Und dieser Scheißkerl hält unser Leben in der Hand!*

Sie landeten ohne Zwischenfälle auf den Bambuskufen. Räder hätten die Sache vereinfacht, aber die Eisenmeister waren nicht fähig, Räder nach ihren Bedürfnissen zu fertigen. Es hatte schon einige Mühe gekostet, an die kleinen und leichten Räder für die Startwagen zu kommen.

»Warten Sie nicht zu lange damit«, sagte Steve, als Tōshirō mit kreidebleichem Gesicht und wackligen Beinen aus dem Cockpit kletterte. »Die Dinge hier entwickeln sich schnell.«

»Mach dir keine Sorgen«, erwiderte der Herold. »Wir werden uns bald wiedersehen.«

Was für ein unverschämtes Schwein dieser Ausländer doch war! Er ertrug Brickmans ungeschliffenes Benehmen, um den Tod des Generalkonsuls nicht zu gefährden. Es war eine widerwärtige Allianz, doch sein verletzter Stolz hatte sich mit der Aussicht auf eine exquisite Rache getröstet, die er an Steve nehmen wollte, sobald der fette, degenerierte Generalkonsul nicht mehr unter den Lebenden weilte. Doch der Shōgun hatte entschieden, dass der Langhund mit den beiden Gefangenen fliehen durfte, und das machte Brickmans unausstehliches Selbstvertrauen noch ärgerlicher.

Es sah fast so aus, als hätte jemand dem Mexikaner gesagt, er brauche die versteckten Drohungen Tōshirōs nicht ernst zu nehmen. War es möglich, dass das Büro der Kämmerer in diese Affäre verwickelt war? Ieyasus Tentakeln reichten bis in die entferntesten Ecken Ne-Issans. Ein erschreckender Gedanke. Der Herold hoffte inständig, dass es sich nicht so verhielt, und verfluchte sich dafür, diesen Weg eingeschlagen zu haben. Aber jetzt war es zu spät für einen Rückzieher. Man hatte Versprechungen gemacht, Erwartungen geweckt. Er würde Brickman unterstützen müssen. Es war seine Pflicht. Aber er würde den angemalten Straßenköter so lange wie möglich auf die Folter spannen.

Steve hielt die Augen gesenkt, als Tōshirō die Schultern straffte und zu seinen Freunden stolzierte. Hinsichtlich der Flucht konnte er sich nicht auf den Dink verlassen. Clearwater würde auf die gleiche Weise zum Reiherteich kommen wie er – durch den Kopf des Generalkonsuls.

Nachdem man die VIPs unter etlichen Verbeugungen verabschiedet hatte, erzählte Cadillac Steve, was beschlossen worden war. Der Umbau der zwölf existierenden und halbfertigen Flugzeuge in Zweisitzer mit doppelten Kontrollen sollte vorrangig vorangetrieben werden. Man würde vierundzwanzig Samurai zum Flugeignungstest an den Reiherteich entsenden. Die zwölf Besten bekamen Unterricht im Segelfliegen. Die sechs Spitzenleute aus dieser Gruppe wurden an der modifizierten Version ausgebildet. Wenn sie den geforderten Standard erreicht hatten, würden sie ihre frisch erworbenen Flugkenntnisse den Landfürsten Min-Orota und Yama-Shita, den höchsten Mitgliedern ihrer Haushalte und – wie man hoffte – dem Shōgun selbst vorführen.

»Haben sie dir ein Datum genannt?«

»Ja. Es muss in einem Monat stattfinden. Zu einem späteren Termin hätte der Shōgun nicht kommen können. Er verbringt den Sommer auf einer großen Insel vor der Küste Ro-direns, und in der Zeit des Gilbens reist er nach Süden.«

Steve nickte nachdenklich. Cadillacs Gebrauch der

Mutantenbezeichnung für den Herbst erinnerte ihn an die Zeit, die er bei den M'Calls verbracht hatte – und daran, wie die Zeit verging. »Damit habt ihr den Ast abgesägt, auf dem ihr sitzt.«

»Ja, ist alles dein Fehler. Meiner auch. Wir haben uns selbst reingelegt. Weißt du, weshalb der Herold mit dir fliegen wollte? Er sagte zu Min-Orotas Leuten, wenn ich es geschafft habe, einem Grasaffen innerhalb einer Woche beizubringen, so zu fliegen, dann würden seinen Samurai in vier Wochen Flügel wachsen.«

Steve unterdrückte ein Grinsen. »Soll ich dir helfen?«

»Als Ausbilder?« Cadillac schüttelte den Kopf. »Sie könnten es nicht ertragen. Sie würden es nicht verwinden, von einem Mutanten Anweisungen entgegenzunehmen. Das widerspricht allem, was man sie zu denken gelehrt hat.«

»Kann sein, aber … wie du schon sagtest, Wagner sind auch Sklaven. Wie wollt ihr eure Anweisungen geben?«

»Das wird nicht leicht sein«, seufzte Cadillac. »Aber mit ihrem verqueren Denken ist es ihnen gelungen, einen Weg aus dem Dilemma zu finden. Als Ausländer sind wir für sie Un-Personen, aber sie sind bereit zuzugeben, dass Jodi, Kelso und ich gewisse hochwertige Kenntnisse besitzen, die sie nicht haben. Um diese Kenntnisse zu erwerben, sind sie bereit, sich uns in bestimmten Bereichen unterzuordnen. Aber außerhalb des Cockpits, des Flugfeldes und der Werkstätten wollen sie unsere Nasen im Dreck sehen.«

»Was für eine Bande halsstarriger Arschlöcher.«

»Was soll's, sie sind nun mal so.«

»Schade, dass ich die Körperbemalung nicht entfernen und mich wieder als Wagner registrieren lassen kann …« Steve ließ die Idee wirken.

»Nun – ich habe noch ein paar Reinigungsblätter …«

»Ja?«

»Ja. Ein ganzes Bündel. Und einen Satz Körperfarbe. Clearwater und ich haben es mitgenommen, für alle Fälle.«

»Gute Idee«, sagte Steve nachdenklich. »Ja, … ich bin froh, dass du mir das gesagt hast.«

»Aber Papiere kann ich dir nicht verschaffen.«

»Dann fälsche sie. Du kannst doch Japanisch schreiben. Kopiere einfach Kelsos Papiere.«

»Das ist gar nicht so einfach. Alle Papiere werden im Aufzeichnungsbüro aufbewahrt. Und das liegt außerhalb meines Gebietes. Und selbst wenn ich es könnte, was ist mit den Armabzeichen? Sie prägen es auf Metall. Keine Ahnung, wie ich sowas fälschen soll.«

»Hmm«, Steve lächelte schief. Sah so aus, als seien sie auf die Hilfe des Herolds angewiesen. Mit seinen Beziehungen sollte es ihm leichtfallen, sie mit allem zu versorgen, was sie brauchten, einschließlich Straßenkarte und Kompass. »Du hast recht. Vergiss es.« Er ließ sich die Sache noch einmal durch den Kopf gehen und sagte dann: »Es gibt nur eine Möglichkeit, die Dinge voranzutreiben. Du, Jodi und Kelso, ihr drei konzentriert euch auf das Training mit den Dinks und ich … ah …«

»Du machst die Flugtests …?«

Steve spreizte die Hände. »Erraten.« Bei diesem Knaben zahlten sich Schmeicheleien wirklich aus. »Und ich werde mal sehen, ob ich die Raketen verbessern kann. Ich bin sicher, dass ich Schub und Brenndauer steigern kann, ohne das Gewicht sonderlich zu erhöhen. Was hältst du davon?«

Cadillac dachte darüber nach. »Ja, okay. Gute Idee.« Soll

das ein Witz sein? Das ist nicht nur eine gute Idee, Amigo, das ist ein Geniestreich …

Steve blieb bei Cadillac im Arbeitszimmer, brütete über den Konstruktionszeichnungen des Gleiters und versuchte herauszufinden, wo man den Flugzeugrahmen verstärken müsste. Ihnen beiden wie auch Jodi und Kelso waren die Schwingungen ganz schön auf die Nerven gegangen. Was sie brauchten, war eine Möglichkeit, die Vibrationen ohne größere Umbauten zu dämpfen.

Ihre Suche nach einer schnellen Lösung setzte sich bis zum Einbruch der Dunkelheit fort. Einige der nötigen Zeichnungen waren noch in der Werkstatt, und während Cadillac zu Abend aß, schickte er Steve, sie zu holen.

Als Steve mit den Zeichnungen unterm Arm aus der Werkstatt kam und in eine fast stockdunkle Gasse einbog, hörte er eine vertraute Melodie.

»Da-di da-da-dahh … unten in Mexico … dah-di dah-di di-di dah-di di-di … da kniete sie sich zum Gebet …«

Eine stämmige Gestalt löste sich von der Mauer. Es war Kelso. »Hei.«

Steve stoppte. Seit seinem Sprung über die Mauer hatte Kelso ihn mit einer Art neidischer Kameradschaftlichkeit behandelt, aber immer war Jodi bei ihm gewesen. Jetzt, wo sie sich alleine gegenüberstanden, sah das anders aus. »Hab das Lied seit Ewigkeiten nicht mehr gehört.«

Kelso antwortete mit einem trockenen Lachen. »Wenige Leute kennen es noch. Das Dumme ist, mir fallen die Worte nicht mehr ein.« Er summte einige Takte. »Wie geht der letzte Teil?«

»Die Kirchenglocken sagten mir, dass ich nicht bleiben konnte …«

Kelso stimmte ein: »Südlich der Grenze, unten in Mexiko … Genau, das ist es.«

Das Lied und der Austausch halberinnerter Sätze war eines der geheimen Erkennungszeichen, das die AMEXICO-Mitarbeiter benutzten, wenn sie auf andere Mexikaner stießen. Steve fingerte an seinem Ohr herum und drückte auf das winzige implantierte Funkgerät, doch er erhielt keine Antwort auf seinen Morsecode. Natürlich bestand die Möglichkeit, dass Kelso irgendwann einmal etwas von dem Signal erfahren hatte, aber selbst wenn …

Pass auf, Stevie …

Kelso kam mit verschränkten Armen näher und lehnte sich an die Wand. »Ich hörte, du willst uns bald verlassen …«

»Wer hat dir das erzählt?«

»Kaz.«

»Und?«

»Yeah. Ich habe dich falsch eingeschätzt, Brickman. Ich dachte, du wärst ein ungehobelter Klotz. Aber du bist okay. Hast heute eine gute Schau abgezogen.«

»Nichts Weltbewegendes. Hätte jedes Fliegeras machen können.«

»Verscheißere mich nicht, Brickman. Bescheidenheit passt nicht zu dir.«

Steve sagte nichts.

»Weißt du, diese Kisten, die wir da bauen. Jemand, der weiß, was er will, könnte mit diesen Dingern eine lange Reise machen.«

»Kommt ganz darauf an, was er vorhat …«

»Yeah, zuerst einmal weg von hier.«

»Da hast du wahrscheinlich recht«, sagte Steve. »Wie viel hat Jodi dir erzählt?«

»Wie viel weiß sie?«

»Komm, Dave. Was soll das?«

»Sie sagte was von deiner Blutsschwester, und dass man dich hierhergeschickt hat, um ein paar Wirrköpfe aufzulesen … und dass sie mit dir zurückgehen will.«

»Und was hältst du davon?«

»Das Leben im Big Open ist auch nicht das Wahre. Meinst du wirklich, du schaffst es?«

»Ja, ich bin sicher, dass es klappt. Sie hat mir schon einmal das Leben gerettet. Du hast ihr geholfen. Erinnerst du dich? Darum seid ihr beide jetzt hier.«

»Keine Angst. Ich habe es nicht vergessen.« Kelso zögerte, dann sagte er: »Würdest du mich auch mitnehmen?«

Steve konnte das Gesicht des Wagners in der Dunkelheit kaum erkennen. »Ich sehe keinen Grund, weshalb ich es nicht machen sollte. Bist du sicher, dass du es wirklich willst?«

»Hör zu! Wenn Kaz geht, dann gehe ich auch.«

»Freut mich zu hören.« Steve wusste nicht, ob er Kelso trauen konnte, aber wie ein längst verstorbener Präsident seinen Kritikern sagte, die nicht verstanden, weshalb er einem lästigen Gegner einen Posten im Weißen Haus gab: »Besser, er pisst aus dem Zelt als hinein.«

Er reichte ihm die Hand. »Willkommen an Bord.«

# 14

Als sich der Monat dem Ende zuneigte, hatte Cadillac allen Grund, zufrieden zu sein. Die Wagner und die neu hinzugekommenen vietnamesischen Handwerker hatten die ersten zwölf Flugzeuge umgebaut und komplettiert. Vier waren während der ersten Trainingsperioden beschädigt worden. Sie wurden eilends repariert und wieder in Dienst gestellt.

Von den zwölf Samurai, die man als potenzielle Piloten ausgewählt hatte, besaßen acht die nötigen Qualifikationen, um den intensiven vierwöchigen Kurs mit einer Vorführung raketenbetriebener Formationsakrobatik abzuschließen. Nach drei Wochen war klar, dass von den acht nur fünf in der Lage waren, als Team zu arbeiten. Die drei anderen waren zwar kompetent, aber sie hatten nicht das, was man in früheren Zeiten »das Zeug dazu« nannte. Dank ihren Hilfsausbildern Jodi und Kelso besaßen die fünf Topstudenten einen bemerkenswert hohen Wissensstand. Sie übten jetzt das Programm für die Vorführung ein, das er und Steve ausgearbeitet hatten.

Dutzende von Gärtnern und Mutantentrupps waren emsig damit beschäftigt, die Landschaft von jeglichem Unrat zu säubern. Eine brandneue Zubringerstraße mündete in den Highway an der Ostseite des Feldes, wo hundert

Koreaner damit beschäftigt waren, eine hölzerne Tribüne mit Abteilen für die beiden Landfürsten und die anderen VIPs sowie Bänke für die niederen Ränge zu errichten.

Die Euphorie, die sich aus den Vorbereitungen für das zu erwartende große Spektakel ergab – dessen Hauptinitiator er war –, fegte Cadillacs düstere Gedanken beiseite. Wenn alles gut ging, konnte das der Beginn einer neuen, glorreicheren Etappe seiner Karriere werden. Was er in den letzten Wochen vollbracht hatte, ließ die Idee, man würde auf seine Dienste verzichten, total absurd erscheinen. Er hätte Steve seine Unsicherheit nicht zeigen sollen. Aber andererseits, hätte er es nicht getan, wäre der blonde Wagner nicht mit seinem Fluchtplan herausgerückt. Ja. Nur eine Wolke trübte den strahlenden Himmel: Brickman.

Was die Steine erzählt hatten, würde wahr werden. Früher oder später würde Brickman Clearwater in die dunkle Welt unter der südlichen Wüste bringen, und viele würden dabei ihr Leben lassen. Cadillac fürchtete nicht um sein Leben. Mr. Snow, der mit den Himmelsstimmen sprach, hatte ihm versichert, er und Clearwater würden am Leben bleiben. Denn er war das Schwert und sie das Schild des Talisman.

Die Bedeutung der Worte Mr. Snows war unklar, aber sie wiesen auf ein fernes Ereignis hin. Aber Cadillac interessierte mehr das Hier und Jetzt. Die Ankunft des Wolkenkriegers hatte das Schuldgefühl, das er zu verdrängen suchte, wieder geweckt. Der Verrat an Mr. Snow, die Gleichgültigkeit gegenüber Clearwaters Schicksal und die Verweigerung seiner Pflichten gegenüber dem M'Call-Clan waren der Grund dafür, weshalb er jede Nacht im Sake Vergessen suchte.

Ja, das Schuldgefühl war ein Teil seines gegenwärtigen Unbehagens, aber die wahre Ursache war Neid, der seinen Ursprung darin hatte, dass man ihn mit seinem Rivalen, mit dem er auch noch zusammenarbeiten musste, verglich. Einem Rivalen, der sich nicht einmal die Mühe machte, mit ihm zu konkurrieren; dessen Überlegenheitsgefühl so stark war, dass er die erniedrigende Rolle, einen Mutantensklaven zu spielen, akzeptierte und die niederen Arbeiten mit dem gleichen Enthusiasmus ausführte wie er an ein kniffliges Problem der Aerodynamik heranging. Aber das Schlimmste war sein Wissen, dass er ohne Brickmans Rat und Hilfe nicht so weit gekommen wäre.

Die Erkenntnis, dass er mit dem Wolkenkrieger nicht mithalten konnte, vermehrte Cadillacs Groll. Aber es war nicht nur das. Er brauchte Brickman. Seine Gegenwart wirkte als Ansporn, machte ihn schärfer, brachte seinen Verstand auf Hochtouren. Doch von jemandem abhängig zu sein, dem man nicht traute, war verrückt und gefährlich. Cadillac hätte sich in den Hintern beißen können, dass er Brickman nicht schon nach dem ersten Treffen denunziert hatte. Jetzt war es zu spät, und er bezweifelte, ob er jemals dazu in der Lage gewesen wäre. Auf seinem Gewissen lastete zu viel Verrat. Nein … die Flucht war die Lösung. Soll er Clearwater mitnehmen. Er würde froh sein, wenn er beide loswürde. Solange sie durch die Flucht nicht seine Position gefährdeten.

Es war ehrlich gemeint, als er Brickman gesagt hatte, ihn würde nichts nach Hause ziehen. Vielleicht trat Clearwater auf Geheiß des Talisman eines Tages wieder in sein Leben, aber soweit es die vorhersehbare Zukunft betraf, hatte er sie verloren. Seine Hoffnung, man könnte die brüchige Beziehung wieder kitten, war durch Brickmans

Ankunft in Ne-Issan zunichtegemacht worden. Kehrte er jetzt zum Clan zurück, würde man ihn zwingen, seine Rolle als Mr. Snows Lehrling, als sein ergebener Schatten, weiterzuspielen. Er würde erst nach Mr. Snows Tod einen angemessenen Platz erlangen. Aber die Steine hatten ihm gezeigt, dass die M'Calls aufhören würden zu existieren, sobald der alte Wortschmied in den Himmlischen Grund eingegangen war. Warum also sollte er zurückkehren? Außer Mr. Snow und Clearwater hatte er keine wirklichen Freunde. Seine Beziehung zum Wolkenkrieger war etwas anders. Sie hatten zwar einiges gemeinsam, aber nicht Freundschaft hielt sie zusammen, sondern das Schicksal.

Auch Steve hatte genug zu tun gehabt. Acht Piloten, die jeden Tag, sechs Tage in der Woche, in der Luft herumkurvten, verbrauchten eine Menge Schwarzpulver. Zum Glück konnte man die benutzten Raketen und Startbooster je nach Zustand wiederverwenden. Auf Steves Vorschlag hin heuerte Cadillac Verstärkung an. Eine Gruppe thailändischer und vietnamesischer Frauen aus der heimischen Feuerwerkfabrik fand sich ein, um beim Füllen der Rohre zu helfen.

Cadillac hatte auch einen weiteren Vorschlag Steves in die Tat umgesetzt und arrangiert, dass Jodi Kazan und Dave Kelso in sein Haus zogen, an dem jetzt die neue Zubringerstraße vorbeiführte. Der Schritt wurde durch den Hinweis auf das unter Hochdruck laufende Trainingsprogramm gerechtfertigt. Durch ihr Zusammenleben blieb den Dreien mehr Zeit, um nach dem Fliegen einen Blick auf die Fortschritte ihrer Schüler zu werfen und Änderungen im Lehrplan zu koordinieren.

Das Arrangement passte perfekt in Steves Plan. Jetzt

konnte er solange er wollte mit Jodi und Kelso sprechen, ohne dass einer von den anderen Wagnern misstrauisch würde. Für die war er nur der eingebildete Mutant, und die Tatsache, dass er fliegen konnte und als Testpilot fungierte, hatte genügt, um ihre kaum verhüllten Ressentiments zu entfachen.

In den wenigen Minuten, in denen er nicht unterwegs war, machte sich Steve über Cadillacs Zukunft Gedanken. Die Eisenmeister schauten jetzt nicht mehr zu, nein, sie arbeiteten mit. Grob geschätzt kamen auf einen Wagner jetzt drei Dinks. War das ein weiterer Schritt zur Übernahme, von der Cadillac gesprochen hatte, bevor seine Nase im Sake versank? Steve wartete auf eine Antwort, aber Cadillac schien das alles nicht sonderlich zu interessieren. Auch über den Fluchtplan hatte er noch kein Wort verlauten lassen.

Bei Cadillacs Charakter war das keine Überraschung. Der Mutant zog es vor, sich an jeden Strohhalm zu klammern, statt der Tatsache ins Gesicht zu sehen, dass man ihn nur benutzt hatte und er in Kürze entbehrlich sein würde. Die in wenigen Tagen stattfindende Show war für Cadillac der große Augenblick, auf den er lange gewartet hatte, und er wollte nicht, dass ihm jemand in die Parade fuhr. Aber ob es ihm gefiele oder nicht, er war dabei, über die Mauer zu gehen. Und wenn der gute alte Steve seine Arbeit beendet hatte, würde Cadillac froh sein, wenn ihm jemand einen Platz für den Flug nach draußen gebucht hätte.

Den Gerüchten zufolge hatte Min-Orota eine Einladung an den Shōgun geschickt. Yoritomo hatte seine Bereitschaft, zu kommen, angedeutet, und man hatte ihm eine geschmackvoll ausgestattete Privatloge auf der Vorderseite der Tribüne gebaut. Doch alle Mühe war umsonst, denn wie Cadillac soeben erfahren hatte, zog der Shōgun es vor, der Veranstaltung fernzubleiben. An seiner Stelle würden Generalkonsul Nakane Toh-Shiba und Herold Tōshirō Hase-Gawa dem Fest beiwohnen. Ein weiser Zug.

Yoritomos Brief an Fürst Min-Orota ließ nichts über den Grund für den Meinungswechsel verlauten – der Shōgun brauchte seine Entscheidungen nicht zu rechtfertigen –, doch er versicherte nochmals, dem Projekt, von dem er so viel Gutes gehört hatte, auch weiterhin seine volle Unterstützung zu gewähren. Der Brief, der in den wärmsten Tönen, die die offizielle Hofsprache erlaubte, gehalten war, endete mit der leidenschaftlich betonten Hoffnung, dass die Veranstaltung vom Erfolg gekrönt sein möge und alle daran Beteiligten den verdienten Lohn für ihre Mühe erhalten sollten. Fürst Min-Orota dachte lange über die Bedeutung des letzten Satzes nach. Er kam zu dem Schluss, dass es nicht die Worte des Shōgun waren, die ihn beunruhigten, sondern sein eigener treuloser Plan.

In der letzten Woche vor der Flucht hatte Steve noch einiges zu erledigen. Er musste Clearwater sehen, das Problem mit den Reisestempeln und Papieren klären und das letzte einer Vielzahl von Überraschungspaketen auflesen, die während der letzten vier Wochen von der AMEXICO geliefert worden waren.

Die Pakete wurden nachts, wenn Wolken den Mond bedeckten, über dem Weiher hinter dem Reiherteich abgeworfen. Um einen präzisen Abwurf zu gewährleisten und eine Entdeckung zu vermeiden, schaltete das tiefschwarze Flugzeug beim Anflug den Motor aus und schwebte auf seinen unglaublich schlanken Flügeln bis auf dreißig Meter über den Weiher, ehe der Pilot den wasserfesten Behälter abwarf. Das einzige Geräusch war eine leichte Brise, die in ein Crescendo überging und in einem ersterbenden Seufzer endete, wie ein plötzlich aufkommender Windstoß, der mit den Baumwipfeln spielt. Der an einem Fallschirm hängende Behälter machte beim Eintauchen nicht mehr Lärm als ein springender Fisch. Sobald das Paket auf dem Boden gelandet war, löste sich ein als Stock getarnter Schwimmer, der die Position markierte. Steve war es stets gelungen, die Behälter kurz nach Anbruch der Dämmerung zu lokalisieren und herauszufischen, sobald alle schliefen.

Steve schirmte die Kerzenflamme mit der Hand ab, bückte sich, um in seine niedrige Hütte zu treten, und zog die Tür hinter sich zu. Dann ließ er sich auf dem Stroh nieder, das als Fußboden und Matratze diente, und zündete den Docht einer Lichtkugel auf einem kleinen Regal an.

Als die Flamme größer wurde und ihr trübes Licht die Hütte erfüllte, entdeckte Steve in der hinteren Ecke der Hütte eine von Kopf bis Fuß in Schwarz gehüllte Gestalt, die dort mit gekreuzten Beinen hockte, ein halb aus der Scheide gezogenes Schwert auf dem Schoß. Die rechte Hand umklammerte das Heft, die linke die Scheide. Um das Gesicht des Eindringlings war ein Tuch geschlungen, das nur die Augen freiließ, doch sie lagen so tief, dass Steve sie nicht ausmachen konnte.

»Wie geht es dir, Kerl?« Es war der Herold in seiner ursprünglichen Tarnung.

»Den Umständen entsprechend. Sind Sie schon lange hier?«

»Lange genug.«

Steve verbeugte sich tief, wobei er versuchte, die tödliche Schneide, die sich in Reichweite seines Nackens befand, zu vergessen. Das gehörte zum Spiel des Herolds. »Ihre Gegenwart bringt Glanz in meine bescheidene Hütte. Darf ich wagen, Sie nach Ihrem Begehr zu fragen?«

»Übertreib's nicht, Brickman. Leute, die versuchen, mich auf den Arm zu nehmen, enden böse.«

»Nichts läge mir ferner, Herr.« Steve streckte sich. »Was kann ich für Sie tun?«

»Ich möchte deine Pläne erfahren. Die Zeit drängt.«

»Ich weiß. So weit ist alles klar, bis auf ein paar unwichtige Details. Sie müssen jetzt nur noch sicherstellen, dass der Generalkonsul erscheint.«

Der Herold schnob ärgerlich. »Er wird zur Stelle sein! Und was ist mit deiner Hälfte der Abmachung?«

»Ich habe es Ihnen bereits gesagt. So weit ist alles klar.«

»Ich will Einzelheiten, Brickman. Komm schon! Wir haben nicht die ganze Nacht Zeit.«

»Mit der Flugdemonstration sieht es nicht gut aus. Um ehrlich zu sein, wahrscheinlich wird es ein totales Desaster geben. Ich weiß nicht, welche Vorsichtsmaßregeln Sie für diesen Tag planen, aber ich bin erleichtert, dass Ihr Boss nicht anwesend sein wird. Hätte die Sache nur noch schwieriger gemacht.«

Tōshirō packte den Griff seines Kurzschwertes fester. »Mein … Boss?«

»Ja. Der Shōgun. Seine Erhabene Hoheit Yoritomo Toh-Shiba. Er ist, wie viel … achtundzwanzig Jahre alt? Unverheiratet. Zwei seiner Schwestern sind verheiratet. Ist das korrekt?«

»Langhund-Schwein! Du wagst es, seinen Namen in

den Mund zu nehmen?« Tōshirō hatte Mühe, sich zu beherrschen.

Steve schien die Gefahr, in der er schwebte, nicht zu bemerken. »Kommen Sie. Seien Sie vernünftig! War ich zu respektlos? Ich meine, wenn wir beide schon ein Geschäft miteinander machen, sollten wir die Zeremonien vergessen.«

»Pass auf, was du sagst, Brickman! Niemand ist unentbehrlich. Nicht einmal du.« Tōshirō hielt inne. »Als ein Mann, dem jeglicher Sinn für Ehre fehlt, hältst du das wahrscheinlich für eine leere Drohung. Aber da irrst du dich gewaltig. Geschäft oder nicht Geschäft – es gibt Grenzen. Wenn du zu weit gehst, werde ich mich gezwungen sehen, dich zu töten – ohne an die Folgen zu denken. Und in meinem Falle werden sie schrecklich sein, das kannst du mir glauben.«

Steve neigte den Kopf. »Niemand weiß das besser als ich, Herr. Meine Gebieter sind genauso gnadenlos wie Ihr Herrscher.«

Die Antwort des Langhundes erinnerte Tōshirō an die großen Risiken, die jeder auf sich nahm, der sich an diesem Doppelspiel beteiligte. Als er sich wieder beruhigt hatte, sagte er: »Woher hast du diese Information?«

»Aus derselben Quelle, aus der ich auch weiß, dass Sie Herold des Inneren Hofes sind und Ihr Name Tōshirō Hase-Gawa ist.«

Der Herold schob den Schal zurück und legte die untere Hälfte des Gesichtes frei. »Ich möchte dich nicht noch einmal warnen müssen, Brickman. Sei vorsichtig!«

»Glauben Sie denn, wir wären uns zufällig begegnet? Sie wurden in dem Moment ausgewählt, als meine Leute wussten, dass sich die beiden davongelaufenen Mutanten in diesem Gebiet aufhielten.« Das war reiner Bluff, aus Informationen zusammengedichtet, die Cadillac von den Eisenmeistern aufgefangen hatte. Doch das wusste der Herold nicht.

»Ausgewählt?«

»Als der Mann, der den Finger am Puls hat. Als jemand, mit dem man verhandeln kann.« Steve beobachtete den Herold genau. »Intelligent, erfinderisch, wendig … ehrgeizig.«

Tōshirō fixierte Steve mit seinen ausdruckslosen Augen und wartete.

Steve starrte weder herausfordernd noch ängstlich zurück. »Sie scheinen nicht überrascht zu sein?«

»Ich versuche Überraschungen zu vermeiden«, erwiderte Tōshirō. »Du bist Abgesandter einer mächtigen Nation. Ich bin neugierig zu erfahren, wieso du mir das Ganze nicht schon früher gesagt hast?«

Steve antwortete mit einem wohlkalkulierten Lächeln. »Haben Sie denn alle Karten auf den Tisch gelegt? Trotz der Kluft, die unsere Gesellschaften trennt, sind wir beide – mit allem nötigen Respekt, Herr – vom gleichen Schlag.«

Tōshirō prustete los. »Und ich nehme an, dir ist trotz deines Mangels an Sensibilität bewusst, dass es verschiedene Gelegenheiten gegeben hat, bei denen ich dich hätte töten können – was ich auch jetzt mit Freuden tun würde.« Er schob das Schwert zurück in die Scheide. »Eines Tages werde ich vielleicht das Vergnügen haben.«

»Nicht, wenn ich Sie zuerst sehe.«

Der Herold schlug sich auf die Schenkel. »Gut gebrüllt! Nun …« – er senkte die Stimme – »… wie sieht dein Fluchtplan aus?«

»Wir werden uns drei Flugpferde verschaffen«, flüsterte Steve.

Tōshirō runzelte die Stirn. »Aber zur Westgrenze sind es fast fünftausend Kilometer. Können die Maschinen denn so weit fliegen?«

»Eines Tages vielleicht – aber heute noch nicht.« Steve führte ihn auf eine falsche Fährte. »Sobald wir den Hudson überquert haben, fliegen wir in südwestlicher Richtung zu unserem Treffpunkt in der Nähe von Scranton. Ein Ort, den Sie Skara-tana nennen.«

»Und dann …«

»Dann kommen unsere Leute und holen uns ab. Wir werden noch vor Einbruch der Dunkelheit daheim sein.«

Tōshirō bemühte sich, nicht beeindruckt auszusehen. »Was ist mit der Frau? Wo und wann soll sie freigelassen werden?«

»Darum brauchen Sie sich nicht zu kümmern. Der Generalkonsul wird sie mitnehmen.«

Diese Neuigkeit nahm Tōshirō den Atem. »Hast du das arrangiert?«

»Noch nicht. Ich wollte es heute Nacht tun. Der Generalkonsul diniert mit Fürst Min-Orota und wird vor morgen früh nicht zurück sein.« Das hatte Steve von Cadillac erfahren, der ein Gespräch belauscht hatte. »Aber das wissen Sie ja bereits.«

Das stimmte, und er hatte bereits Pläne geschmiedet, Toh-Shibas Abwesenheit zu seinem Vorteil zu nutzen. Aber woher wusste Brickman davon – und was wollte er damit sagen? »Du verblüffst mich.«

»Alles halb so wild«, erwiderte Steve. »Ich tue nur meinen Job.«

»Aber …«

»Es gibt eine Sache, bei der Sie mir helfen könnten.« Steve nahm Tōshirōs Warnung zwar ernst, aber er hatte das Gefühl, dass er ihn jetzt am Wickel hatte. »Haben Sie Ihr Pferd dabei?«

»Ja …«

»Fantastisch. Es war mir ein Vergnügen, mit Ihnen zu sprechen, aber die Zeit drängt. Wie sieht es mit einem Ritt zum Zwei-Insel-See aus?«

Trotz Clearwaters verlockenden Angebotes einer weiteren Runde körperlicher Freuden brach Steve unmittelbar nachdem sie alle Einzelheiten durchgesprochen hatten, zum Reiherteich auf. Um dorthin zu gelangen, musste er zum westlichen Ufer schwimmen und dann noch ungefähr vier Kilometer weit laufen. Mit Beginn des Herbstes waren die Nächte merklich kühler geworden, während das Wasser noch relativ warm war. Die Seeoberfläche lag unter einer dicken Schicht fahlgrauen Nebels verborgen.

Der Nebel glättete das steile Ufer und verhüllte das Gewirr von Steinen, Büschen, herabgefallenen Zweigen und verfaulten Pflanzen. Es war schon schwierig, sich bei Tageslicht einen Weg zu bahnen, aber fast nackt und in tiefster Dunkelheit war es riskant und schmerzhaft.

Auf dem Weg zur Insel hatte er nach einem hellgelben Lichtpunkt Ausschau gehalten; der Laterne, mit der Clearwater anzeigte, wenn sie allein war.

Um den Rückweg wiederzufinden, hatte Steve zwei Laternen aufgehängt; die erste war gelb, die zweite rosa. Das von Bäumen umgebene Seehaus stand auf dem höchsten Punkt der Insel, sodass er die Laternen beim Verlassen des Wassers durch den Nebel sehen konnte. Solange er das gelbe Licht sah, wusste er, dass er die korrekte

Richtung eingeschlagen hatte und nicht im Kreis herumschwamm.

Auf halber Strecke passierte Steve einen schmalen, nebelfreien Kanal. Er drehte sich um und schwamm auf dem Rücken weiter. Das war zwar geräuschvoller als Brustschwimmen, aber es brachte einen schneller voran. Und man konnte gleichzeitig schwimmen und die Lichter im Auge behalten.

Selbst wenn er die Strecke vor sich im Auge behalten hätte, wäre zweifelhaft gewesen, ob er dem grobmaschigen Fischernetz hätte ausweichen können, das plötzlich knapp einen Meter vor ihm aus dem Wasser gezogen wurde.

Die Netzenden wurden von sechs schemenhaften Gestalten gehalten, die in zwei langen, flachen, im Nebel unsichtbaren Booten standen. Mit einer kurzen, präzisen Bewegung, wie man sie nur durch jahrelanges Fischen erwerben konnte, wurde das Netz über Steve geworfen und zusammengezogen. Die Boote glitten aufeinander zu und stießen erst vorn zusammen, ehe sie Seite an Seite zu liegen kamen. In jedem Boot stellte sich eine Gestalt auf den Bug und zog den sich windenden Fang aus dem Wasser. Ehe Steve begriff, wie ihm geschah, warf man ihn auf den Boden des linken Bootes und schickte ihn mit einem kurzen, gezielten Schlag auf den Hinterkopf ins Land der Träume.

Als er wieder zu Bewusstsein kam, stellte Steve fest, dass er zwar trocken, aber immer noch splitternackt war. Zwei schwarzgekleidete Gestalten hatten sich über ihm aufgebaut. Als er die Augen aufschlug, zerrten sie ihn auf die Knie. Er brauchte mehrere Sekunden, ehe er begriff, in welch unangenehmer Lage er sich befand. Seine Arme waren in Schulterhöhe an einen kurzen Pfahl gebunden, der über seinen Nacken und unter seine gebogenen Ellbogen ragte.

Das war nicht gerade bequem, und wenn die Krämpfe einsetzten, würde es sogar recht schmerzhaft werden. Aber nicht so schmerzhaft wie die dünne Kordel, die man ihm um Schwanz und Eier zugezogen hatte, bevor man das andere Ende um seinen Hals geschlungen hatte. Ein hübscher Trick. Die einzige Möglichkeit, die Spannung zu lösen, bestand darin, sich vornüberzubeugen. Sobald er versuchte, sich aufzurichten, würde er sich die Eier ausreißen.

Entsetzlich …

Ein dritter Mann starrte ihm ins Gesicht. Auch er war schwarz gekleidet, aber sein schmales, totenkopfähnliches Gesicht war unbedeckt. Die schmalen Schlitzaugen, das eckige Kinn und der Mund, der wie eine Naht aussah, versprachen nichts Gutes.

An einem kurzen Pfahl zu Steves Rechten baumelte eine Laterne. Der braune Arbeitsanzug, den er unter einem umgestürzten Baum zurückgelassen hatte, lag säuberlich gefaltet neben ihm. Sein Kopf schmerzte. Er bewegte ihn vorsichtig von einer Seite zur anderen, um den verkrampften Nacken aufzulockern. Dabei stellte er fest, dass er sich in einem schwarzen Zelt befand.

Totenkopf füllte aus einer lederbezogenen Flasche Sake in eine kleine Schale. »Trink aus! Wird dir helfen, deine Gedanken zu ordnen.«

Der Wächter hielt die Schale an Steves Lippen. Er musste sich, mit der Kordel um Hals und Geschlecht, nur etwas weiter nach vorne beugen, um den Mund in die richtige Position zu bringen.

»Fühlst du dich jetzt besser?«

»Ja. Danke.«

»Gut.« Totenkopf schnauzte etwas auf Japanisch.

Die beiden maskierten Wächter griffen sich ihre Peitschenstöcke und stellten sich hinter Steve.

»Ich habe keine Lust, um den heißen Brei herumzureden, Mr. Brickman. Wir haben beide keine Zeit zu verlieren. Deshalb möchte ich, dass du meine Fragen sofort und ohne Umschweife beantwortest. Wie du bald herausfinden wirst, bin ich über alles informiert – deshalb versuche nicht, mich reinzulegen, und komm mir nicht mit der gerissenen Tour. Mein Job ist es, dir bei der Flucht zu helfen, und dafür hilfst du mir. Ist das jetzt klar?«

»Ja. Aber … was ist, wenn ich die Antwort nicht kenne?«

Totenkopf seufzte. »Ich habe dich gewarnt«, sagte er mit leiser Stimme. »Aber wie ich sehe, hast du es bereits vergessen.« Er gab den schwarz gekleideten Gestalten ein Zeichen.

SssaWICK! SssaWOKKK! Steve schnappte nach Luft, als die Peitschenstöcke zweimal seine Schultern trafen. Christoph! Das ging wirklich tief. Und als er sich unter der Wucht der Schläge aufbäumte, wurde die Schlinge um seinen Hals enger und sein Sack schmerzhaft zusammengeschnürt.

»Ich hoffe, das überzeugt dich davon, dass wir nicht zum Spielen hier sind«, sagte Totenkopf. »Wenn du mich weiter ärgerst, schneide ich dir Schwanz und Eier ab, stecke beides in dieses Einmachglas und schicke es euch nach Hause.« Er griff hinter sich und brachte einen krummen Dolch und ein Einmachglas zum Vorschein und platzierte beides vor Steve.

Das war die Art von Schau, wie sie der liebe alte Onkel Bart gerne abzog, aber Steve hatte das beunruhigende Gefühl, dass der Typ hier es ernst meinte.

»Okay, Mr. Brickman. Wir wissen, dass du ein AMEXICO-Agent bist und mit einem Vertreter der herrschenden Clique zu tun hattest. Wir wissen auch, dass du eine Vereinbarung getroffen hast, dass du das Reiherteich-Projekt vernichten und Generalkonsul Nakane Toh-Shiba töten sollst. Dafür wurde dir und den beiden Langhunden, die dem Landfürsten Hiro Yama-Shita die originalen Flugpferde lieferten, die ungehinderte Ausreise zugesagt. Ist das korrekt?«

Er hatte keine andere Wahl. »Ja.«

»Gut. Diese Vereinbarungen finden unseren Beifall. Du wirst weitermachen wie geplant. Weißt du, wer der Mann ist, mit dem du verhandelst?«

»Er hat es mir nie gesagt, aber ich glaube, er ist ein Herold des Inneren Hofes namens Tōshirō Hase-Gawa.«

»Exzellent. Wir machen Fortschritte. Ich werde dich jetzt fragen, welche Pläne du in Bezug auf deine Flucht gemacht hast, doch zuvor möchte ich dir eine Frage beantworten, die sicher in deinem Kopf herumspukt: Bin ich in den Händen von Leuten, die mit Hase-Gawa zusammenarbeiten? Nein. Bist du nicht. Wie dir bereits klar sein sollte, verfolgen wir zwar ähnliche Ziele, gehören aber einem Konkurrenzunternehmen an. Was dich zweifellos zu der Frage veranlassen wird: Und wo ist der Beweis?

Ich möchte dir drei Fakten nennen, von denen du sicher weißt, dass der Herold sie nicht kennt. Fakten, die dir den Umfang unseres Wissens und die Effizienz unserer Organisation vor Augen führen werden und – wer weiß – dich vielleicht davon überzeugen, dass du uns trauen kannst.

Faktum eins: Wir wissen, dass die Frau, die du gerade besucht hast, ihren Einfluss dazu benutzte, den Generalkonsul davon zu überzeugen, dass er dich vom Posthaus zum Reiherteich verlegen lassen sollte.

Faktum zwei: Wir kennen ihren Partner, der deine Identität angenommen hat und unsere Sprache fließend spricht.

Faktum drei: Wir wissen, dass du mit einem Kollegen über eine Bootsfahrt durch das Kanalsystem von Ari-bani nach Bu-faro gesprochen hast. Dein Kollege hat sich als Mutant verkleidet. Er trägt ein rotes Halstuch, und sein Tarnname ist Side-Winder.«

Steve versuchte sein Erstaunen zu verbergen, doch es gelang ihm nicht.

Totenkopf beobachtete ihn mit einem dünnen Lächeln. »Er ist uns schon länger bekannt. Wir haben ihn ein paar Wochen nachdem man ihn in Ne-Issan eingeschleust hatte, aufgelesen und machen seitdem mit ihm Geschäfte. Tatsache ist, dass er seinen gegenwärtigen Job auf dem Raddampfer uns zu verdanken hat.«

Äußerlich nackt, schien es Steve, als würde nun auch sein Inneres bloßgelegt. Gab es etwas, das diese Leute nicht wussten? Wussten sie, dass seine Rede von einer massiven Intervention nur ein gewaltiger Bluff gewesen war? In seinem jetzigen Zustand, zusammengeschnürt und wehrlos, war es das Beste, wenn er Ruhe bewahrte. Aber tief im Innern war er so erschrocken wie schon lange nicht mehr.

Und völlig verwirrt. Seine Vorbereitungen für den großen Durchbruch und das letzte Treffen mit dem Herold waren reibungslos verlaufen, und das hatte ihn in eine sorglose, selbstzufriedene Stimmung versetzt. Er war der

Bursche, dem alles gelang. Und so war er blind ins Netz geschwommen. Aber er bezweifelte, dass es ihm, selbst wenn er aufgepasst hätte, gelungen wäre, seinen Entführern zu entkommen. Steve hatte eine Menge Erfahrungen gesammelt – darunter viele schmerzhafte –, seit er aus dem Untergrund aufgetaucht war. Er wusste, dass er sich in den Händen von Männern befand, die wirkliche Profis waren. Christoph! Und er hatte geglaubt, beim großen Spiel mitzumischen!

Totenkopf, der ihn aufmerksam beobachtet hatte, sagte: »Ich sehe, es fällt dir schwer, alles zu verstehen. Aber du bist noch ein ziemlicher Anfänger. Mit der Zeit wirst du herausfinden, dass jene, die mit dem Sammeln von Nachrichten und der Erhaltung der Inneren Sicherheit zu tun haben, oft Interessen verfolgen, die nicht immer mit denen ihrer Herren übereinstimmen.«

Steve nickte vorsichtig. »Das kann ich verstehen.«

»Wir wissen zum Beispiel, dass du ein verborgenes Funkgerät verwendet hast, um Kontakt mit der AMEXICO aufzunehmen. Wir haben eine Anzahl ähnlicher Geräte.« Totenkopf zog ein Walkie-Talkie hervor, das nur von der Föderation stammen konnte.

Der Japs drückte den Sendeknopf und sprach kurz in die Sprechmuschel. Steve hörte jemanden antworten.

»Das ist unser Mann am Reiherteich«, erklärte Totenkopf. »Er passt auf deine Hütte auf. Es könnte unangenehm werden, wenn jemand entdecken sollte, dass du nicht zu Hause bist.« Er bestätigte die Nachricht und legte den Hörer auf die Matte zwischen ihnen.

Steve starrte den Dink an, während er überlegte, in welch eine Sache er da hineingeschlittert war.

»Lass mich raten, was in deinem Kopf vorgeht«, sagte

Totenkopf. »Du versuchst deine Entdeckung, dass unsere Organisation Funkgeräte benutzt, mit deinem Wissen in Einklang zu bringen, dass das Dunkle Licht und alles, was damit zu tun hat, ausdrücklich verboten ist. In der Tat ist es Hochverrat, ein Gerät wie dieses in Ne-Issan einzuführen.«

»Es ist mir durch den Kopf gegangen.«

»Recht so. Das Dunkle Licht ist eine zerstörerische Macht, die nie wieder in die Hände der Habgierigen und Skrupellosen fallen darf. Nie wieder werden die Spinner und Weber die Welt in ihren tödlichen Netzen fangen. Aber uns geht es nicht um Herrschaft; wir benutzen die uns gegebene Macht, um den status quo aufrechtzuerhalten – und um unser Ziel zu erreichen, ist uns jedes Mittel recht.«

Totenkopf nahm das Walkie-Talkie zur Hand, verzog die dünnen Lippen zu einem Lächeln und bleckte pergamentgelbe Zähne. Er sah aus wie der leibhaftige Tod.

»In der Welt Davor gab es ein Sprichwort: ›Im Land der Blinden ist der Einäugige König.‹«

»Nicht schlecht …«

Totenkopf nickte. »Jetzt erzähl mir etwas von dir. Wie sieht dein Fluchtplan aus?«

Steve erzählte dem Japs alles, was er wissen wollte. Es gab keinen Grund, etwas zu verbergen. Wenn Side-Winder mit beiden Seiten zusammenarbeitete, war die Flucht mit dem Schiff über Bu-faro stark gefährdet. Steve erklärte, wie sie nach ihrer Ankunft am Hudson mit Hilfe Cadillacs ausgezeichneter Japanischkenntnisse weitermachen würden. In eines von Clearwaters seidenen Gewändern gekleidet und mit der weißen Maske ausgestattet, die sie auf ihren Reisen getragen hatte, würde sich der

Mutant in die Kurtisane Yoko Mi-Shima verwandeln. Als solche könnte sie Bootstickets und Nahrungsmittel kaufen und jede Frage betreffs der vier Mutantensklaven beantworten, die sie begleiteten. Steve war schon fast vollständig bemalt, nur der rechte Mittelfinger fehlte noch. Mit den beiden Körperfarbensets würden sich Jodi und Kelso, die er zur Bewachung seiner Gefangenen rekrutiert hatte, in Mutanten verwandeln. In Clearwaters Fall war es keine Tarnung, sondern die Rückkehr zu ihrer normalen Färbung.

Totenkopf dachte über das Gehörte nach und fragte: »Weiß Hase-Gawa, dass die beiden von dir gesuchten Individuen Grasaffen sind?«

»Ja. Ich habe es ihm gesagt, und Clearwater hat es später bestätigt.«

Der Japaner beäugte ihn misstrauisch. »Bist du sicher? Könnte es kein Missverständnis gegeben haben?«

»Nein. Er hat sie ausführlich befragt. Frag den anderen Samurai, der dabei war. Den Anführer der Rōnin. Noburō Naka-Jima.«

Totenkopf schien überrascht. »Woher kennst du den Namen dieses Mannes?«

»Das ist eine lange Geschichte. Ich habe seiner Frau und seinen Kindern das Leben gerettet. Aber das tut nichts zur Sache. Er brachte mich zu dem Treffen mit dem Herold. Er saß neben mir, als ich Hase-Gawa sagte, er sei falsch informiert.«

»Verstehe. Und er war auch dabei, als der Herold die Frau verhörte?«

»Als sie hereingebracht wurde, blieb er im anderen Zimmer. Aber die Wände waren aus Papier. Vielleicht hat er gelauscht.«

»Vielleicht …«, sagte Totenkopf. »Beschreibe, was geschah, nachdem du den Pavillon verlassen hast.«

»Zuerst führten Noburōs Männer Clearwater davon, dann band er mir die Hände hinterm Rücken zusammen. Hase-Gawa führte mich ab.«

»War es dunkel?«

»Stockdunkel.«

»Erzähl weiter …«

»Wir waren ungefähr neunzig Meter gegangen, da drehte sich Hase-Gawa plötzlich um und versetzte mir einen Schlag, der sich gewaschen hatte.« Steve drehte den Kopf. »Genau hier unter das linke Ohr. Ich muss sofort zu Boden gegangen sein. Als ich wieder zu mir kam, kniete er über mir und massierte meinen Nacken.«

»Du weißt nicht, wie lange du bewusstlos warst?«

»Keine Ahnung.«

»Egal. Was du gesagt hast, könnte uns bei der Lösung eines Rätsels helfen. Und jetzt erzähl mir – ich bin gespannt, ob es dir gelingt, mir etwas zu erklären, das mich verwirrt –, wie konnte der männliche Mutant unsere Sprache lernen, ohne Unterricht genommen zu haben; und wie ist es der Frau gelungen, den Generalkonsul zu beeinflussen?«

»Sie sind, was man im Prärievolk Begabte nennt. Sie haben gewisse Kräfte. Ich weiß nicht, wie sie funktionieren; keiner weiß es. Aber ich weiß, dass sie ungewöhnliche Dinge vollbringen können. Die meisten Menschen glauben nicht an Mutantenmagie. Aber es gibt sie. Ich bin dabei gewesen, als solche Kräfte freigesetzt wurden. Es flößt einem Angst ein.«

Totenkopf nickte nachdenklich. »Gibt es viele von diesen begabten Grasaffen?«

»Nein. Glücklicherweise sind sie extrem selten. Meine Erfahrungen beziehen sich nur auf das Prärievolk, aber es sieht so aus, als würden nur die Gradgewachsenen und Reinhäutigen diese besonderen Fähigkeiten besitzen.« Das war zwar nicht die ganze Wahrheit, aber falls nötig, konnte er immer noch auf Unwissenheit plädieren. »Wir in der Föderation nennen sie Supernormale.«

»Weil sie genau wie ihr aussehen …«

»Sie ähneln uns, aber in ihrem Innersten sind sie völlig anders. Ihre Gesellschaft, ihr ganzes Glaubenssystem ist uns fremd. Deshalb sind sie auch so gefährlich.«

»Aber warum tötet ihr sie nicht einfach? Warum sind die beiden für deine Herrscher so wichtig?«

»Unsere Welt ist nicht wie eure«, erwiderte Steve. »Wir fürchten das Dunkle Licht nicht. Es ist die Quelle unserer Stärke. Seine Energie nährt unsere Welt, wie Blut, das durch die Adern fließt. Wir benutzen es, um damit spezielle Instrumente und Verfahren anzuwenden, die uns ermöglichen, selbst kleinste Materiepartikeln zu untersuchen – die Bausteine, aus denen man, wenn man sie richtig kombiniert, menschliche Wesen und alles, was einen umgibt, erschaffen kann.«

Steve war froh, dass er seiner Blutsschwester bei ihrem Vortrag über die Grundbegriffe der Genetik zugehört hatte. »Wenn wir diese beiden Individuen untersuchen, werden wir das abtrünnige Gen finden, das sie so anders macht, und einen Weg finden, es zu neutralisieren.«

Totenkopf ging nicht weiter auf das Thema ein. »Zurück zu deinem Fluchtplan. Wie geht es weiter, nachdem ihr euch getarnt habt?«

»Nun, ja … hier wird es schwierig. Es sieht so aus, als reisten Kurtisanen nur in versiegelten Sänften, die von

Trägern, nicht von Mutanten, gezogen oder getragen werden. Clearwater ist überzeugt, dass sie vom Generalkonsul zwar das benötigte Geld, aber keine ID-Papiere, Reisepässe und Nacken-Plaketten bekommt.«

»Freut mich zu hören«, erwiderte Totenkopf.

»Und dann haben wir noch das Problem mit den Armstempeln, die Sklaven an den verschiedenen Kontrollpunkten erhalten.«

Totenkopf zeigte die Zähne. »Jetzt weißt du, dass es sich dabei nicht um einen Fall von verrückt gewordener Bürokratie handelt. Es hilft uns, Leute wie dich im Auge zu behalten.« Er griff in die Satteltasche an seiner Seite und zog etwas hervor, das sich nach dem Auseinanderfalten als wunderschön gearbeitetes Schreibkästchen entpuppte. Dann zog er einen feuchten Pinsel aus einem Röhrchen, strich mit ihm über eine Palette fester Tinte und schrieb mit schnellen, fließenden Strichen eine unverständliche Botschaft. Dann reinigte er den Pinsel und steckte ihn in das Röhrchen zurück.

»Gut. Die Zeit wird zwar knapp, aber wir werden dir bei deinen Reisevorbereitungen helfen – vorausgesetzt, dir gelingt die Flucht vom Reiherteich. In den nächsten Tagen wirst du eine Karte bekommen. Wir werden sie an derselben Stelle verstecken, an der auch dein Funkmesser liegt. Die Karte wird dich zu einem Punkt nahe dem östlichen Ufer des Uda-sona führen. Das Landefeld wird mit einem weißen Quadrat markiert sein. Dort wirst du auf einen von unseren Leuten treffen.«

Totenkopf prüfte nach, ob die Tinte getrocknet war, dann faltete er das Blatt zusammen und legte es vor Steve auf den Boden. »Gib das deinem Japanisch sprechenden Freund. Darauf steht, mit welchen Worten sich unser

Mann vorstellt und was er antworten muss. Wenn ihr euch bekannt gemacht habt, könnt ihr das Gespräch in der Grundsprache fortsetzen. Er wird euch mit den nötigen Papieren und Plaketten versorgen – einschließlich Bootstickets und etwas Geld für die Reise.

Die Lady bekommt eine Transportsänfte und zwei Dienerinnen. Wenn ihr so weit seid, wird man Träger anheuern, die die Sänfte zur Fähre bringen. Sobald ihr den Fluss überquert habt, wird sie am Hafen ausgeladen. Wir werden Side-Winder informieren, dass er in Ari-bani auf euch warten soll – obwohl ich mir vorstellen könnte, dass du gerne selbst mit ihm Kontakt aufnehmen möchtest. Einmal auf dem Raddampfer, dürftet ihr ungehindert bis Bu-faro kommen. Von da an ist es euer Spiel.«

Das schien zu schön, um wahr zu sein. Wenn seine Arme und Schultern nicht so fürchterlich wehgetan hätten, würde er den Ruf der Ausbrecher gebrüllt haben. Er versuchte den Schmerz zu verbergen, aber seine Stimme verriet ihn. »Ich … ich weiß nicht, was ich … sagen soll!«

»Du brauchst nichts zu sagen«, erwiderte Totenkopf, der Steves wachsende Pein nicht zu bemerken schien. Er schloss den Schreibkasten mit langsamen, bedächtigen Bewegungen und stellte ihn beiseite. »In diesem Falle sind Handlungen lauter als Worte. Wenn du den Vertrag nicht erfüllst, wirst du weder auf einem Boot noch sonst wo landen. *Comprendes?*«

»Alles klar!«, keuchte Steve.

»Gut.« Totenkopf entwirrte seine gekreuzten Beine, nahm den Dolch und rutschte auf den Knien zu Steve.

Dessen Herzschlag setzte aus. Die Dolchspitze deutete drohend auf seinen Unterleib. In letzter Minute ließ

Totenkopf sie bis zum Nabel gleiten und schnitt die Kordel, die Hals und Geschlecht miteinander verband, durch. Dann stand der Dink auf und schaute zu, wie zwei Wächter Steves Arme losbanden.

»Und jetzt zieh dich an!«

Steve entfernte die Kordel von Penis und Hoden und atmete erleichtert auf. Oh, Boy! Als er in die Kleider steigen wollte, versagten ihm die steifen Arme den Dienst. Seine Finger konnten nicht mehr zupacken. Er hielt inne und massierte die Arme, um den Kreislauf anzuregen. Er hoffte, dass die Schmerzen im Unterleib mit der Zeit verschwinden würden. Zuletzt band er sich den Schal um die Taille, beugte sich vor, nahm das zusammengefaltete Stück Papier mit der lebensrettenden Losung an sich und steckte es ein.

Totenkopf löschte die Laternen und trat aus dem Zelt. Er wartete draußen, als Steven mit den beiden Wächtern durch die Tür kam. Jetzt, da er wieder auf eigenen Füßen stand und nicht mehr in unmittelbarer Gefahr war, sahen die drei Japse weniger einschüchternd aus. Nachdem er sich ausgiebig gestreckt und die Lungen mit frischer Luft gefüllt hatte, stellte Steve fest, dass er den größeren der beiden Wächter um einen Kopf überragte. Totenkopf, ihr Meisterbefrager, schien in einem Loch zu stehen. Jetzt verstand er, weshalb sie ihn so zusammengeschnürt hatten.

»Das Regal in deiner Hütte …«

»Ja?«

»Wenn du zwei Steine darin findest – einen schwarzen und einen weißen – heißt das, dass alles in Ordnung ist.«

»Verstanden.«

Totenkopf begleitete ihn bis zum Ende des Weges, der

durch die Pinien führte. Steve gelang es, einen Blick auf den See zu werfen, als der Halbmond kurz aus den Wolken trat und die dunkle Seeoberfläche in silbernes Licht tauchte. Sie waren erst ein paar Meter gegangen, doch das schwarze Zelt war nicht mehr zu sehen.

Der Japs drehte sich zu ihm. »Wirst du den Weg wiederfinden?«

Steve machte eine artige Verbeugung. »Ja, Herr. Kein Problem.«

»Gut. Noch eins. Wie du zweifellos geahnt haben wirst, haben wir von deinen Leuten als Belohnung für erwiesene Dienste ein paar Abhörgeräte bekommen. Jetzt nur mal unter uns: Gehörte es zu deinem Auftrag, mit dem weiblichen Mutanten anzubändeln?«

Diese Frage hatte Steve nicht erwartet, aber er war um eine Antwort nicht verlegen. »Ja, Herr. Es ist die übliche Vorgehensweise, die jeder aus unserer Organisation von Zeit zu Zeit anwendet. Wir nennen es die Sexfalle.«

Totenkopf nickte. »Verstehe. Nun, ich nehme an, eine Erklärung ist so gut wie die andere. Gute Nacht, Mr. Brickman. Du bist, was wir einen glaubhaften Abtrünnigen nennen. Ich habe das Gefühl, dass du es, wenn es dir gelingt, deine Eier aus dem Einmachglas fernzuhalten, noch weit bringen wirst.«

Am Tag vor dem Fest stellte Steve fest, dass er nicht der Einzige war, der Pläne geschmiedet hatte. Auch die Eisenmeister waren nicht untätig gewesen. Shigamitsu eröffnete Cadillac die Neuigkeit bei seiner täglichen Runde durch die Werkstätten. Der japanische Stab des Reiherteiches würde die Leitung des Festes übernehmen, und das neue Team der Koreaner, Vietnamesen und Thais würde die

Bodenarbeiten und das Wiederbeladen der Raketensätze und Bodenwagen übernehmen. Kein Wagner durfte während der Veranstaltung sein Quartier verlassen.

Im letzten Monat waren die strikten Regeln, die das Verhalten der Sklaven bestimmten, gelockert worden. Damit das Projekt schneller voranging, hatten die gefangenen Wagner während der Arbeitszeit keinen Kotau mehr vor den Samurai machen müssen. Das galt aber nur für die Eisenmeister des Stabes, allen auswärtigen Besuchern war äußerste Hochachtung zu bezeugen.

Als Cadillacs ständiger Schatten war auch Steve von dieser vorläufigen Regelung betroffen, doch musste er sich auch weiterhin tief verneigen, sobald man ihn ansprach, und in Gegenwart eines Samurai den Blick senken. Das tat er im Moment, wobei er einen verstohlenen Seitenblick auf Cadillac warf. In Gesellschaft seiner neuen Herren versuchte der Mutant das gleiche ausdruckslose Gesicht zu machen wie sie. Das Prärievolk nannte die Japaner wegen ihrer grässlichen Metallmasken Totengesichter, aber ihre richtigen Gesichter waren ebenso leblos. Es waren seltsame Leute. Bei einem Rüffel ihres Vorgesetzten oder schlechten Nachrichten wurde ihr Gesicht nur noch ausdrucksloser. Lachen war erlaubt, aber nur, wenn man sich zwischen Gleichgestellten befand oder der Anführer einen Wink gab.

Cadillac würde nicht viel Spaß beim Fest haben. Steve wusste, dass der Mutant viel Zeit damit verbracht hatte, zu entscheiden, was er anziehen und wie er sich verhalten sollte, wenn er das Lob der Landfürsten entgegennahm. Aber dazu würde es nicht kommen. Sobald Steve mit seinen beiden Freunden verschwunden war, würden die Dinks nur noch Halseisen verteilen – wenn man Glück hatte –, oder einen ins kochende Wasser werfen. Aber davon ahnte der Mutant nichts.

Nach einer tiefen Verbeugung erkundigte sich Cadillac, ob man ihm in Hinblick auf vergangene und gegenwärtige Verdienste erlauben möge, der Veranstaltung als Zuschauer beizuwohnen. Shigamitsu erklärte ihm, dass er diesen Punkt bereits im Palast zur Sprache gebracht habe. Die Antwort lautete »Nein«. Fürst Min-Orota hatte großmütig verfügt, dass er und die beiden Piloten sich erst eine Stunde vor Ankunft der illustren Gäste in ihr Haus zurückziehen und dort bleiben sollten, bis ein anderslautender Befehl kam. Das Gleiche gelte auch für den Grasaffen, der sein Assistent sei.

Cadillac und Steve akzeptierten die Anweisung mit einer weiteren tiefen Verbeugung und hielten den Kopf gesenkt, bis Shigamitsu und seine beiden Adjutanten fort waren. Als er sich wieder aufrichtete, stellte Steve fest, dass er einem gebrochenen Mann gegenüberstand. Die Weigerung hatte Cadillacs Stolz aufs Tödlichste verletzt und seine Erwartungen aufs Grausamste zerschlagen.

Es war traurig, wie die Person, die er gerade aufgebaut hatte, wieder in sich zusammensackte, aber wenn er Mitleid von ihm erwartete, war er bei ihm an den Falschen geraten. »Schau mich nicht so an«, sagte Steve. »Du warst der Einzige, der das kommen sah; aber du hast es vorgezogen, den Kopf in den Sand zu stecken.«

Der Mutant, für gewöhnlich nicht um Worte verlegen, sagte nichts. Steve schwieg ebenfalls. Cadillac hatte schon immer zu einer gewissen Arroganz geneigt, und dieser Charakterzug hatte sich durch die Privilegien, die ihm Fürst Min-Orota und dessen Untergebene gewährten, ins Unermessliche gesteigert. Bei dem Versuch, Steve nachzueifern, hatte Cadillac den Kontakt zu seiner inneren Kraft, seiner wahren Natur und seinem Erbe als Kind des Prärievolkes verloren. Seine Gier, die Vergangenheit gegen eine neue Existenz einzutauschen, hatte ihn die Tatsache übersehen lassen, dass er völlig von den Eisenmeistern abhängig war. Jetzt musste er den Preis für seine Blindheit bezahlen. Steve konnte nichts anderes tun als abzuwarten, bis die Zeit gekommen war, die Stücke aufzusammeln.

»Und was machen wir jetzt?«

»Ich würde eher fragen, was sie jetzt machen«, erwiderte Steve. »Aber ich habe, offen gestanden, keine Lust, hier rumzuhängen, um das herauszufinden.«

Cadillac war zu sehr in Gedanken versunken, um die Nachricht zu verstehen. »Was?«

»Ich werde mir eines von unseren Flugzeugen schnappen und mit Clearwater abhauen. Und wenn du noch etwas Hirn im Kopf hast, solltest du das Gleiche tun.«

»Du bist verrückt. Das wirst du niemals schaffen.«

»Hast du eine bessere Idee?«

»Nein, aber …« Cadillac schaute sich um, ob jemand in der Nähe war, dann senkte er die Stimme: »Morgen werden acht Piloten an der Parade teilnehmen – zwölf, wenn man die Gleiterpiloten dazurechnet. Selbst wenn es uns gelingen sollte, ein paar davon zu stehlen, werden sie in der Lage sein, uns zu verfolgen.«

»Dann müssen wir eben sicherstellen, dass sie nicht …«

Cadillac blinzelte nervös, als er die Implikationen überdachte. »Du meinst … wir sollten die Raketen unbrauchbar machen?«

»Etwas in dieser Art.« Steve war noch nicht bereit, die Karten auf den Tisch zu legen. »Irgendwelche Bedenken?«

»Ich weiß nicht. Ich bin mir nicht sicher.« Cadillac sah

sich noch einmal um. »Ich ... ich brauche Zeit, um in Ruhe darüber nachzudenken.«

»Wir haben keine Zeit mehr!«, zischte Steven. »Das Fest morgen ist unsere erste und einzige Chance.«

»Aber wie sollen wir ...?«

»Mach dir über das Wie keine Gedanken! Bist du bereit, mitzukommen? Ja oder nein?«

Cadillac seufzte schwer. »Sieht nicht aus, als hätte ich die Wahl. Ich tendiere zum Ja. Zufrieden?«

»Du klingst nicht gerade überzeugt. Wenn du einmal zugesagt hast, kannst du keinen Rückzieher mehr machen. Dann kannst du dich nicht einfach umdrehen und sagen: Tut mir leid, Mr. Shigamitsu, ich habe es nicht so gemeint.«

»Das weiß ich! Ich bin kein Idiot, Brickman. Es ist nur, alles geht so schnell!« Er deutete auf die Werkstatt. »Ich habe mir den Arsch aufgerissen, um das aufzubauen.« Dann flüsterte er. »Und jetzt fragst du mich, ob ich dir dabei helfen will, es zu zerstören.«

»Ja«, sagte Steve. »Bevor es dich zerstört!«

Das war die Wahrheit, und Cadillac wusste es. Seinem Gesicht sah man an, dass er mit sich kämpfte; wie ein Fisch, der versucht, sich vom Angelhaken zu lösen. »Du hast noch nicht erklärt, wie wir die Raketen unbrauchbar machen sollen.«

»Das brauche ich auch nicht. Es wird anders laufen.«

»Aber ...«

»Vergiss es! Ich habe mich schon darum gekümmert.«

Cadillac mochte zwar aller Gewissheiten über seine Zukunft beraubt sein, aber er wusste genau, was er von Steve zu halten hatte. »Du verlogener Hurensohn! Du hast mir dein Wort gegeben!«

Steve fletschte die Zähne. »Ja, stimmt, habe ich! Dich anzulügen war der einzige Weg, deinen Arsch zu retten! Wenn wir es auf deine Art gemacht hätten, würden wir jetzt die Hände ringen. Und statt unsere Chancen auszurechnen, wären wir am Ende! Auf diese Weise haben wir wenigstens eine Chance, es bis Wyoming zu schaffen. Deshalb hör auf zu jammern, und sei kooperativ!«

Fürst Hiro Yama-Shita war bereits seit einigen Tagen auf dem Weg zum Reiherteich, als Cadillac widerstrebend beschloss, seine Karriere als Erbauer von Flugpferden an den Nagel zu hängen. In Begleitung seiner Adjutanten und eskortiert von einhundert Samurai und der gleichen Anzahl Fußsoldaten, ging er an Bord seines rotgoldenen Raddampfers, um den Hudson flussabwärts zu fahren. In Na-yuk, dem letzten Hafen seines Distrikts, wechselte die Gruppe samt Pferden auf drei Hochseedschunken über, die sie durch die Meerenge von Nyo-yoko in die offene See zum südlichen Zipfel Aron-girens brachten und dann nach Norden, immer die Küste entlang, zum Hafen Basatanas fuhren.

Yama-Shita hätte die Reise abkürzen können, wenn er den Hudson bei Ari-bani überquert und dann den Ost-West-Highway genommen hätte, aber für ihn war die Entfernung kein Thema. Er zog es vor, sich so lange wie möglich in einem Gebiet aufzuhalten, über das er die totale Kontrolle besaß. Yama-Shita hatte durch den Distrikt seiner engen Verbündeten, der Se-Ikos, gute Fortschritte gemacht, aber sie waren zu weit vom Zentrum der Macht entfernt. Seine Freunde, die Min-Orotas, besaßen ein höchst ungeschütztes Stück Land.

Von Ari-bani bis Ba-satana waren es rund zweihundertfünfzig Kilometer; eine Reise von vier Tagen. Das Dumme war nur, dass die ersten zwölf Kilometer durch den Distrikt der Familie des Shōgun, der Toh-Yotas, führten. Er erstreckte sich von seinem südlichsten Punkt bei Nyo-yoko nach Norden, zwischen den Flüssen Uda-sona und Konei-tika entlang bis zur großen Eisfluss-Grenze, die Ne-Issan vom Nebelvolk trennte. Beim Durchqueren des Territoriums würde jeder seiner Schritte von beutegierigen Augen belauert. Nein. Yama-Shita bevorzugte den Komfort und die Ruhe seines Privatabteils – besonders bei einer so kostbaren und empfindlichen Fracht.

In einer Truhe, die nur Seidenballen zu enthalten schien, befand sich der Motor, der das Original-Flugpferd des Langhundes angetrieben hatte. Yama-Shita hatte seine Zerstörung nur vorgetäuscht, aber einige beunruhigende Hinweise veranlassten ihn zu der Annahme, dass sein Trick nicht funktioniert hatte. Wenigstens zwei Herolde des Shōgun waren in das erfolglose Unternehmen verwickelt, gewisse unzuverlässige Mitglieder seines Haushaltes zu überreden, entweder zu bestätigen, dass diese Maschine noch existierte, oder ihr gegenwärtiges Versteck preiszugeben.

Die Tölpel besaßen nicht einmal genügend Verstand, sich klarzumachen, dass er niemals missgünstige oder unzuverlässige Verwandte in eine so delikate Angelegenheit einbeziehen würde. Die als potenzielle Verräter Erwählten informierten ihn umgehend über die Annäherungsversuche und angebotenen Belohnungen. Die Loyalität der Familie gegenüber hatte Vorrang vor den Verpflichtungen dem Shōgun gegenüber, egal, wie man sonst zueinander stand. Ein weiteres Motiv war ein starker Selbsterhaltungstrieb. Yama-Shita war nur mächtig geworden, weil er mitleidslos jeden eliminiert hatte, der närrisch genug war, sich seiner Politik zu widersetzen oder seine Führerschaft anzuzweifeln – sei es offen oder hinter seinem Rücken. Freund oder Verwandter, Mutter oder Kind, er hatte niemanden geschont. Und das Alter hatte ihn nicht milder gestimmt.

Die einzige Bedrohung seiner wachsenden Stärke und seines Einflusses waren seine Nachbarn, die Toh-Yotas. Trotz der Rolle, die seine Familie bei ihrer Machtergreifung gespielt hatte, und der kräftigen Unterstützung, die sie dem Shōgunat in der Vergangenheit gewährt hatten, war sich Yama-Shita bewusst, dass die Verbindung nicht mehr so fest wie früher und von Neid und Misstrauen geprägt war. Die dreißig Jahre alte Fusion zwischen den Familien der Yama-Has und Matsu-Shitas hatte eine bedrohliche Kombination aus Reichtum und militärischer Macht heraufbeschworen, und es war ein bekanntes Phänomen, dass Könige sich öfter gegen die Königsmacher wendeten. Alles, was sie brauchten, war ein überzeugender Vorwand, um die notwendige Unterstützung zu erlangen. Wenn sie zusammenarbeiteten, konnte selbst ein Rudel jämmerlicher Straßenköter einen Berglöwen zerreißen, aber das geschah selten. Sobald sie auf Widerstand stießen, zogen die feigen Bastarde stets den Schwanz ein.

So ähnlich war es mit den Hunden aus Toh-Yotas Rudel. Ein paar würden ihrem Anführer blind folgen und andere den Schwanz einkneifen – oder die Seiten wechseln –, wenn der Kampf zu mörderisch würde. Aber es wäre unklug, die Ressourcen des Shōgunats zu unterschätzen. Yoritomo hatte von dem Plan, das Dunkle Licht wieder zum Leben zu erwecken, Wind bekommen. Die Gerüchte – und in diesem Stadium konnten es nur Gerüchte sein – hatten durch die Hure von Langhündin, die sich dieser Idiot von Toh-Shiba in sein Bett geholt hatte, neue Nahrung bekommen.

Wenn man ihr glaubte, würde man weder ihm noch seinem Partner, Kiyo Min-Orota, die Schuld geben – aber konnte man ihr glauben? Yama-Shita hatte wenig Grund, zufrieden zu sein. Die elf Assassinen, die er in zwei Gruppen von dreien und später – in seiner Verzweiflung über ihr Versagen – in einer dritten Fünfergruppe beauftragt hatte, sie zu töten, waren wie vom Erdboden verschwunden. Das gefiel Yama-Shita nicht. Er bezweifelte, dass der Generalkonsul genug Voraussicht oder Mittel besaß, die ausländische Hure vor solchen Spezialisten zu schützen. Nein. Hier war eine andere unsichtbare Hand im Spiel – und Yama-Shita hatte eine genaue Vorstellung davon, wem sie gehörte. Sollte er recht haben, wäre es unklug, den Motor noch länger in seinem Besitz zu haben. Deshalb führte er ihn mit sich. Kiyo Min-Orota war begierig, die Früchte dieses gefährlichen Unternehmens mit ihm zu teilen. Es war nur recht und billig, wenn er auch das Risiko mit ihm teilte; etwas, gegen das er sich bis jetzt mit bemerkenswerter Hartnäckigkeit gesträubt hatte.

Der Schachzug war nicht schlecht. Trotz der Beziehung zur Yama-Shita-Familie, die durch das argwöhnisch betrachtete Reiherteich-Projekt entstanden war, hielt man die Min-Orotas für loyale Verbündete des Shōgunats, mit dem sie durch Heirat verbunden waren. Vielleicht waren sie manchmal recht eigensinnige Verbündete, aber sie waren eine Familie, die letztlich immer noch gewusst hatte, wo ihre Pflichten und Interessen lagen. Ausgezeichnet. Diener, die Vertrauen genossen, konnten ihre Herren am leichtesten betrügen.

An Kiyos Reaktion auf sein Angebot, Wächter dieses Höllendings zu werden, das sie beide zerstören konnte, war seine Entschlossenheit abzulesen. War er bereit zu helfen, könnte man dem Wolkenkrieger, der seine Fähigkeiten schon beim Bau der Flugpferde demonstriert hatte, ein neues Projekt übertragen, denn die Raketen, die er erfunden hatte, waren nur eine behelfsmäßige Lösung. Um für militärische Zwecke brauchbar zu sein, musste man die Flugpferde von jedem halbwegs ebenen Terrain aus starten und mit ihnen weite Flüge unternehmen können. Dazu benötigte man zwei Dinge. Erstens, eine Art mit Rädern versehener Lafette, die mit dem Flugzeug verbunden war, und zweitens, einen Motor wie den, den er mit sich führte. Seine Bestandteile nachzubauen war eine Aufgabe, die der Wolkenkrieger lösen musste. Aber das hatte noch Zeit. Zuerst musste man ihn dazu bringen, die geheimen Methoden preiszugeben, die die Spinner und Weber benutzten, um das Dunkle Licht einzufangen und zu manipulieren.

Während seine Dschunkenflotte an der Südküste Arongirens entlangglitt, schenkte Yama-Shita den vorüberfahrenden Wachbooten, die Toh-Yotas Flaggen trugen, keine Beachtung. Es bestand nicht die leiseste Gefahr, dass sie anhielten, um seine Dschunke zu überprüfen; jedes Schiff mit einem Landfürsten an Bord wurde als Erweiterung seines persönlichen Lehens betrachtet; und staatliche Seesoldaten, die es wagten, an Bord zu kommen, würden sich des bewaffneten Angriffes auf sein Territorium schuldig machen – eine kriegerische Handlung, die allzu leicht ernsthafte Konsequenzen haben konnte.

Nein. Seine Reise an der Insel des Shōguns vorbei würde heiter und ungehindert verlaufen. Trotz der irritierenden Aufmerksamkeit der Agenten Yoritomos war er dem jungen Besitzer des Sommerpalastes haushoch überlegen. Sein gefährlichster Gegenspieler war Ieyasu, der Hofkämmerer; aber glücklicherweise war das ein Mann, mit dem man handeln konnte. Ein Realist; ein Mann, der auch die dunklen Seiten der menschlichen Natur akzeptierte – kein milchgesichtiger, weichhirniger Idealist, der sich kaum aus dem seidenen Kokon des Inneren Hofes herauswagte.

Langsam, aber sicher kamen alle Schnüre zusammen und formten eine Schlinge, die sich um den Hals des Shōgun zuziehen würde. Ein kostspieliger, schwächender Krieg war nicht nötig. Der Machtwechsel würde glatt vonstattengehen; der junge Shōgun entthront und vertrieben. Man würde eine klügere, weltlichere und zugänglichere Person bitten, Ne-Issan in eine neue, fortschrittliche Zukunft zu führen, in der die Yama-Shitas die Standartenträger waren. Sie würden das Tempo angeben, die Gesetze verbessern, neue Gedanken und Ideen fördern und vielleicht – mit Einverständnis des Volkes – die Zügel der Macht übernehmen.

Nachdem sie die östliche Spitze Aron-girens umrundet hatten, nahmen die vier Dschunken Kurs auf Kei-pakoda. Eine leichte Brise war aufgekommen und krönte die Wellen mit weißen Kämmen. Mit Unterstützung einer Dampfmaschine, deren sonores Stampfen man bis zum Hauptdeck hören konnte, hob und senkte sich der Bug auf seinem Weg durch die Wellen. Außer ein paar weißen Wolken am Horizont war der Himmel klar; das hieß, das schöne Wetter würde anhalten. Genau das Richtige für die bevorstehende Veranstaltung. Das Bild, das sich ihm bot, zeugte von majestätischer, unaufhaltsamer Macht; es befriedigte ihn.

Die Eisenmeister und die bunt gemischte Gruppe aus Dink-Handwerkern, die jetzt den Reiherteich-Stab bildeten, legten abends gegen sechs Uhr letzte Hand an die zwölf Flugzeuge, dann zogen sie sich zurück, um persönliche Vorbereitungen für das große Ereignis zu treffen. Die Wagner ließ man zum Aufräumen zurück. Als das erledigt war, verschloss man die beiden Werkstätten und überließ sie dem Schutz der Nachtwächter. Als Cadillacs ständiger Begleiter war Steve zu einem Teil der Einrichtung geworden, und er benutzte die Gelegenheit, sich mit der Routine der Wachmannschaft vertraut zu machen.

Sein ursprünglicher Plan war gewesen, einen faustgroßen Klumpen Plastiksprengstoff im Raketenkopf zu verstecken, ihn mit einer Zündkapsel zu versehen und den Rest des Rohrs mit Schwarzpulvermischung aufzufüllen. Während der fünfzehn Sekunden langen Verbrennung konnte sich die Flamme ihren Weg durch die Röhre bahnen, die Kapsel zünden, und – blamm! – das Flugpferd würde sich in angebranntes, seidenes Konfetti und Holzkohlenstückchen verwandeln.

Aber die Dinge liefen nicht wie geplant. Die Dinks hatten das Fertigungsverfahren völlig über den Haufen geworfen und das Triebwerk fast völlig neu gestaltet, um mit dem steigenden Bedarf nach Raketen Schritt zu halten. Jodi und Kelso, mit deren Hilfe er gerechnet hatte, waren mit der Ausbildung der Piloten vollauf beschäftigt, und er selbst musste die Flugzeuge überprüfen und probefliegen, sobald sie aus der Produktion kamen.

Als der Monat zur Neige ging, spielten die Wagner bei allen Arbeiten außer beim Fliegen eine untergeordnete Rolle; eine Maßnahme, die Steves Zugang zu allen Abteilungen erheblich einschränkte. Um das Maß voll zu machen, hatten die Eisenmeister das Programm für den großen Tag geändert, und Cadillac musste jetzt acht statt fünf Piloten ausbilden. Da er nichts von Steves Fluchtplänen ahnte, hätte er fast ihre Fluchtmöglichkeiten zunichtegemacht, als er den restlichen vieren der anfänglichen zwölf Schüler noch zusätzlichen Unterricht im Segelfliegen gab. Alle vier waren schon ein paar Stunden allein in der Luft gewesen und hatten sich als einigermaßen begabt erwiesen. Was wiederum bedeutete, dass die Eisenmeister beschließen mochten, alle verfügbaren Flugzeuge einzusetzen, während Steve damit gerechnet hatte, dass die Hälfte von ihnen am Boden blieb; strategisch geparkt, aufgefüllt und bereit, sich in die Lüfte zu schwingen, wenn die Stunde schlug!

Er wollte nur drei Flugzeuge stehlen, aber es war unmöglich vorauszusehen, wie die Eisenmeister darauf reagieren würden. Er hoffte, sie mit Clearwaters Hilfe völlig zu verwirren. Sollte es dennoch zu einer unerwartet heftigen Reaktion kommen, bestand die Gefahr, dass ein paar von den Flugzeugen im Kreuzfeuer beschädigt würden – deshalb war es wichtig, wenigstens eines in Reserve zu haben. Das hörte sich in der Theorie so einfach an, war aber in der Praxis, in der die Eisenmeister jeden Tag ihre Meinung änderten, gar nicht so leicht zu bewerkstelligen. Jedes Mal, wenn sich Steve auf die neue Situation eingerichtet hatte, stellte er fest, dass wieder eine Änderung befohlen worden war.

Es sah fast so aus, als hätten Min-Orotas Leute den Verdacht, jemand habe die Absicht, ihr Fest zu ruinieren; und sie verdächtigten jeden.

Letztlich stellte sich ihre Unentschlossenheit als Segen heraus. Als ihm der Zutritt zum Pulverraum untersagt wurde, setzte sich Steve mit der AMEXICO in Verbindung und bat um ein fünftes und letztes Luftpostpaket, das man wie gewohnt im Weiher abliefern sollte. Im Lichte der Nachricht, die wie eine Bombe eingeschlagen hatte, dass man sie aus dem Team geschmissen und ihnen nicht einmal erlaubt hatte, zuzuschauen, war das noch der klügste Zug.

In der Nacht vor dem Fest spielte Steve das Vergessene Zeichnungen-Stück, um sich Eingang in die Werkstatt zu verschaffen, in der die zwölf Flugzeuge fein säuberlich aufgereiht standen.

Er erreichte den Bau genau zum richtigen Zeitpunkt, um das Abendessen der Nachtwächter zwischen Empfang und Austeilung mit einem speziellen Betäubungsmittel anzureichern.

Die Nachtwächter fielen in einen kurzen, aber tiefen Schlaf; ihr Atem roch nach Sake. Die AMEXICO hatte immer etwas Gutes auf Lager.

Steve blieben genau zwei Stunden für die letzten Vorbereitungen. Er brauchte nur eine. Der Plastiksprengstoff befand sich, als kleine, hölzerne Hilfsstrebe getarnt, bereits an seinem Platz. Steve hatte einen Teil davon schon während seiner Probeflüge eingesetzt; das andere Flugzeug war von Jodi und Kelso präpariert worden. Jetzt musste er nur noch das raffinierte Instrument einschalten, das die AMEXICO geliefert hatte. Das würde keine Schwierigkeiten bereiten. Das Einschalten dauerte nur ein paar Minuten. Die Werkstätten und der Pulverraum waren bereits verdrahtet; das Überraschungspaket für das Wächterhaus würde morgen früh geliefert werden. Jetzt musste er nur noch diesen Apparat anbringen, dann war er fertig.

Yeah. Sobald sich das Gerät an seinem Platz befand, war es egal, ob die Eisenmeister das Programm zum soundsovielten Male änderten oder die Veranstaltung auf einen anderen Tag verlegten. Egal, ob sie starteten, landeten oder stillstanden, diese Dinger würden ihnen eins aufs Maul geben.

# 15

Als die Sonne über dem östlichen See aufging, verließ Nakane Toh-Shiba nach einem ausgedehnten und, wie er glaubte, sehr intensiven Verkehr Clearwaters Bett im Haus am See und kehrte zu seiner offiziellen Residenz zurück. Eine dünne, wattige Nebelschicht schwebte über dem Wasser und wirbelte um den Rumpf der einrudrigen Prahm, die ihn ans Ufer brachte. Die fünf Samurai, die bei derartigen Besuchen als seine Leibwächter fungierten, saßen mit ihm zugewandten Gesichtern auf dem Bug.

Normalerweise troff der Generalkonsul nach einer Liebesnacht mit seiner olivhäutigen Langhündin vor Zufriedenheit, doch trotz des ekstatischen Deliriums war er heute Morgen in düsterer Stimmung. Aus gutem Grund. Der Shōgun hatte ihm eine Botschaft zukommen lassen, worin er ihm befahl, mit einem Flugpferd in die Lüfte zu steigen.

Seit der Herold ihn vor drei Tagen überbracht hatte, hatte Toh-Shiba den Brief immer wieder gelesen, und jedes Mal hatte er ihn verstört und noch besorgter gemacht. Es gebrach ihm vielleicht an den asketischen Moralgrundsätzen, nach denen sich ein Samurai zu richten hatte, aber es mangelte ihm nicht an Mut. Er fürchtete nur das Unbekannte. In seiner Jugend hatte er gekämpft, um die schneebedeckten Nordmarsche zu beschützen, und er war auch jetzt bereit, das Schwert zu schwingen, wenn die Pflicht rief – vorausgesetzt, er stand mit beiden Beinen fest auf dem Boden oder in den Steigbügeln.

Als offizieller Stellvertreter des Shōgun wäre es höchst unschicklich, Kritik an der Weisheit in Yoritomos Entschluss zu üben, das Reiherteich-Projekt zu unterstützen; aber als Privatmann erfüllte Toh-Shiba diese Idee mit düsteren Vorahnungen. Wenn Ameratsu gewollt hätte, dass die Menschen fliegen, hätte er ihnen Flügel verliehen. Der Himmel war das Reich der *kami*, und nur den Vögeln war erlaubt, ihn zu durchfliegen. Der Mensch gehörte auf die Erde und allenfalls aufs Wasser, und wer war er, den göttlichen Plan zu ändern?

In der alten Welt, die vom Dunklen Licht beherrscht wurde, waren die Menschen mit großen Himmelsbooten durch die Wolkenwelt gesegelt. Sie hatten versucht, das Reich der *kami* zu erobern und die funkelnden Juwelen des Himmels zu stehlen. Aber sie wurden niedergeworfen. Die schimmernden Silberseile, die sie nach oben trugen, waren gerissen, und Blitze hatten ihre stolzen Flugmaschinen in Trümmerhaufen verwandelt. Mannschaften und Passagiere gingen elendiglich zugrunde, als sie, im Innern der Boote gefangen, auf die Städte der Narren niederstürzten, die sie geschaffen hatten.

Von Ehrgeiz geblendet und gleichgültig gegenüber dem Zorn der *kami*, setzte die Menschheit den Sturm gegen den Himmel fort, wobei sie die Kräfte benutzten, die ihnen von den Spinnern und Webern des Dunklen Lichtes gegeben worden waren. Sie traten das Gesicht der Mondgöttin mit Füßen und sandten Kundschafter in Streitwagen zu den Sternen, bis Ameratsu-Omikami schließlich die Welt von ihrem Wahnsinn heilte, indem sie die Sonne ins Meer tauchte.

Die frühen Reisenden, die sich in die Lüfte gewagt hatten, waren vernichtet worden, und auch die neuen Versuche würden fehlschlagen. Aus diesem Grunde hatte sich, wie Toh-Shiba annahm, die Familie des Shōgun vom Unternehmen distanziert. Der Plan, Flugpferde zu bauen, war das Geistesprodukt Fürst Hiro Yama-Shitas, eines Mannes mit maßlosem Ehrgeiz. Indem er den Min-Orotas die Lizenz erteilte, hatte der Shōgun das Unternehmen geschickt in seinen Einflussbereich gebracht, während er es auf Armeslänge von sich fernhalten konnte.

Der Herold Tōshirō Hase-Gawa – der privat geäußert hatte, dass ihn das Projekt erschrecke –, hatte eines der Flugpferde bestiegen, um dem Inneren Hof einen Augenzeugenbericht über dessen Vorteile abzulegen. Und jetzt, wo sich durch das Training von zwölf Samurai, das ohne einen ernsthaften Unfall verlaufen war, gezeigt hatte, dass die Flugzeuge relativ sicher waren, hatte der Shōgun seinen Generalkonsul gebeten, gleichfalls in die Lüfte zu steigen, bevor er seine Meinung über das militärische Potenzial der Maschinen abgab.

Da er der höchstrangige Stellvertreter der *bakufu* war, wäre sein Flug ein Symbol der Billigung, ein Hinweis auf die Wichtigkeit, die der Shōgun dem Werk am Reiherteich beimaß. Das war der Sinn des Briefes.

Die Bitte des Shōgun war in Wahrheit ein Befehl. Toh-Shiba dachte an die Strafen, die die Menschheit wegen ihrer Narreteien hatte erleiden müssen. Der Inhalt des Briefes hatte ihn in Unruhe versetzt, aber noch mehr beunruhigte ihn die Art seiner Abfassung. Nakane Toh-Shiba war immerhin durch Heirat mit dem Schreiber verwandt, und alle früheren Mitteilungen seines Schwagers waren in einem merklich wärmeren Ton gehalten gewesen.

Toh-Shiba war nicht der Hanswurst, für den ihn viele hielten. Er verschwendete zwar eine Menge Energie bei seiner Sucht, die rosenblättrigen Tore des geheimen Gartens, der sich zwischen den Schenkeln einer Frau verbarg, zu öffnen; aber das war nicht sein einziges Interesse. In seiner Jugend hatte er die Erziehung genossen, die einem Sohn aus noblem Hause gebührte, und auch einige Jahre am Hof verbracht. Aus diesem Grund war er in der Lage, die subtilen und doch signifikanten Veränderungen im Ausdruck und der Wahl der Worte festzustellen.

Yoritomos Brief war in einem höflichen und korrekten Ton gehalten, doch las man zwischen den Zeilen, war er kalt und abweisend. Toh-Shiba war scharfsinnig genug, zu bemerken, dass er einen Wechsel in ihrer Beziehung darstellte. Sollte Min-Orota mit seiner Andeutung, die Nachricht über seine gegenwärtige dubiose Affäre sei in falsche Ohren geraten, recht gehabt haben? Die verzwickte Lage war nur durch ein persönliches Gespräch mit seinem Schwager zu klären, aber unglücklicherweise würde das noch warten müssen.

Vielleicht war es an der Zeit, den Freuden zu entsagen, die ihm die Langhündin so willig und verschwenderisch gewährte. Der Gedanke, sich von ihrem schlangengleichen Körper trennen zu müssen, war ihm unerträglich, aber manchmal musste ein Mann das Liebste, was er hatte, opfern, um zu prüfen, ob er noch Herr seines Herzens war, wenn er schon nicht Herr seines eigenen Geschickes sein konnte. Nicht sofort, aber bald. Er würde mit seiner Familie nach Aron-giren reisen, um den Bericht über die Flugpferde persönlich zu überbringen. Und sobald sich die Gelegenheit bot, würde er Yoritomo auf die augenfällige Kühle seines Briefes hin ansprechen, mit dem sicheren Wissen, dass der mutmaßliche Grund der Verstimmung zerstückelt, gekocht und von den Knochen befreit, den Schweinen zum Fraß vorgeworfen wurde.

Vielleicht war es Hase-Gawa gewesen, der die anstößigen Gerüchte in den Löchern und Absteigen aufgeschnappt hatte, die von den Soldaten der Regierungsgarnison oft frequentiert wurden. Einige von ihnen waren dabei gewesen, als die Langhündin ihre wahren Farben bloßlegte. Sie hatten keine Ahnung, was aus ihr geworden war, und das Personal des Seehauses, in dem sie wie ein Vogel in einem goldenen Käfig gehalten wurde, verließ die Insel nie. Die Nachrichten von ihrer Gegenwart konnten durch den Bootsmann, der die Nahrungsmittel brachte und den Generalkonsul übersetzte, verbreitet worden sein, aber er hätte es schriftlich tun müssen, da Toh-Shiba bereits vor Jahren befohlen hatte, ihm die Zunge abzuschneiden.

Das war eine simple Vorsichtsmaßnahme und eine wirksame Warnung an alle, die ihre Zunge nicht im Zaum halten konnten, aber kein großes Hindernis für den unverschämten jungen Herold. Seine eifrige Jagd nach Verrätern und Abtrünnigen erwies sich als derart erfolgreich, dass er es für sein gutes Recht hielt, sich in jedermanns Angelegenheit zu mischen; egal ob Freund oder Feind.

Ein Vipernnest, das der Shōgun, wie er schon oft hatte verlauten lassen, mit Stumpf und Stiel ausrotten wollte. Tōshirō Hase-Gawa war, wie jeder Herold, von der gleichen ermüdenden Tugendhaftigkeit erfüllt wie sein Meister. Beim ersten Anzeichen eines Vergehens, sei es Hochverrat oder eine verbotene Liaison, die für niemanden eine Bedrohung war, begann die Nase des Herolds zu vibrieren, und er folgte der Spur wie ein Jagdhund. Nakane bewunderte aufrechte Menschen, doch er bevorzugte den mehr weltlichen Typ, wie ihn Ieyasu, der Hofkämmerer, darstellte.

Der beglückende Zustand des Aufrechtseins, dessen er sich während der Nacht erfreut hatte, veranlasste ihn, über den dritten Grund für seine düstere Laune nachzugrübeln. Trotz seiner Angst vor dem Fliegen hatte er vor der Langhündin damit geprahlt, dass er in die Lüfte steigen würde, und sich über den Mangel an Mut beim Herold mokiert. Die Langhündin, die er wegen ihrer wunderbaren blauen Augen Safaiya – Saphir – nannte, hatte die Neuigkeit erregt aufgenommen. Ihre Bewunderung für ihn kannte keine Grenzen. Er sei, so hatte sie gesagt, ebenso kühn wie feurig, und sie bedauere, nicht Zeugin dieses wirklich bedeutsamen Ereignisses sein zu können.

Toh-Shiba konnte sich nicht mehr genau erinnern, was sie gesagt hatte, um ihn zu überreden, aber schließlich hatte er zugestimmt, sie in einer geschlossenen Sänfte mit zum Reiherteich zu nehmen. Aber er erinnerte sich, ihr erklärt zu haben, dass sie nicht als Teil seines Gefolges reisen könne und der Vorführung aus diskreter Distanz werde zusehen müssen. Die Bedingungen waren ohne Zögern akzeptiert worden. Sie hatte ihm die Füße geküsst und ihre Freudentränen mit dem Saum seines Gewandes getrocknet.

Oh, welche Freude seine Worte ihr schenkten! Welch unverdientes Glück sie, die wertlose Sklavin, mit einem so noblen, wundervollen und großzügigen Herrn wie ihm doch hatte. Seine Gegenwart versetzte sie in Ekstase; ein einziger Blick auf ihn ließ ihr Herz höher schlagen und ihre Lenden erbeben. Wenn er zu ihr von Liebe sprach, fühlte sich ihre entzückte Seele wie im Paradies. Von seinem Schatten berührt zu werden, dieselbe Luft wie er zu atmen war eine Ehre ohnegleichen, eine Quelle ständigen Entzückens. Etcetera, etcetera …

Toh-Shiba würde seine Gefühle für sie nie in solche Worte gekleidet haben, dennoch waren sie ähnlich – besonders nachdem sie ihre Dankbarkeit in einer so sinnenverwirrenden Weise bezeugt hatte. Doch jetzt, in seiner offiziellen Residenz, schien es ihm, als hätte er sein Versprechen zu vorschnell gegeben.

Obwohl seine Frau Mishiko unpässlich war und ihn nicht begleiten würde, konnte die Gegenwart der Langhündin am Reiherteich unangenehme Folgen haben. Sie hatte zwar geschworen, eher zu sterben, als ihre Beziehung zu offenbaren; aber wenn sie jemand zufällig unmaskiert sähe und zurückverfolgte, wer ihren Wagen gemietet hatte …

Nein. Das war reiner Wahnsinn.

Die Lösung des Problems war simpel. Am besten, er tat gar nichts. Was auch immer geschehen würde, er konnte seine Entscheidung nicht rückgängig machen. Etwas in seinem Inneren zwang ihn weiterzumachen, und er hörte sich seinem Privatsekretär mit abwesender Stimme befehlen, eine Sänfte samt den benötigten Trägern zu ordern.

Der Sekretär erkundigte sich mit gewohnter Zurückhaltung nach verschiedenen Details und dem geplanten Reisetermin, interessierte sich aber weder für die Identität noch für das Geschlecht des Passagiers. Der Generalkonsul informierte ihn, dass die fragliche Person von seinem Seehaus abzuholen sei und bis zum Pavillon östlich des Reiherteichs befördert werden solle. Dienerinnen seien nicht erforderlich, und die Träger sollten, sobald der Passagier ausgestiegen sei, mit der Sänfte zurückkehren.

Toh-Shiba begriff die Logik seines Arrangements selbst nicht, aber es schien ihm vernünftig. Der Pavillon, in dem ihr Langhund-Gefährte wohnte, grenzte an das Flugfeld hinter dem Reiherteich. Wenn sie die Maske abnähme und sich von ihrem Gefährten Kleider lieh, konnte sie den Ereignissen zuschauen, ohne Aufmerksamkeit zu erregen.

Der Sekretär zog sich unter unzähligen Verbeugungen zurück und hinterließ einen erleichterten Toh-Shiba.

Der Privatsekretär war dem Generalkonsul treu ergeben, doch einer seiner Beamten bezog ein zusätzliches Gehalt aus einer anderen Quelle. Die Nachricht, dass die Konkubine des Generalkonsuls zum Reiherteich gebracht werden sollte, wurde eilends dem Herold zu Gehör gebracht. Tōshirō wollte seinen Ohren kaum trauen. Wie, zum Teufel, hatte Brickman das geschafft?

Nachdem er festgestellt hatte, wann der Transfer stattfinden sollte, beendete Tōshirō flugs seine eigenen Vorbereitungen und schwang sich aufs Pferd, gefolgt von vier berittenen Standartenträgern aus der Staatsgarnison. Als Gesandte des Shōgun ritten Herolde bei offiziellen Gelegenheiten immer in Begleitung einer Eskorte.

Er stieß am Ostrand des Dorfes Mara-bara auf die Sänfte, befahl seiner Eskorte anzuhalten und ritt allein weiter. Als sie des von hinten kommenden Herolds mit seiner schwarzroten Rüstung ansichtig wurden, blieben die zu Tode erschrockenen Träger augenblicklich stehen. Sie setzten die Sänfte am Weg ab und gingen mit gesenkten Köpfen in die Knie. Doch anstatt vorüberzureiten blieb der prächtig ausstaffierte Reiter genau vor ihnen stehen und versetzte sie in Angst und Schrecken.

Er stieg ab und gab den zitternden Trägern in arrogantem Ton zu verstehen, es wäre besser für sie, wenn sie in der Folge taub, stumm und blind blieben. Nachdem ihr Sprecher ihm versichert hatte, sie würden sich bereits jetzt an nichts mehr erinnern, befahl er ihnen, dreißig Schritte weiterzugehen.

Als sie davongeeilt waren, band Tōshirō sein Pferd an einer Tragestange der Sänfte fest, löste einen Beutel vom Sattel und klopfte gegen die Tür. Nachdem er eine Weile gewartet hatte, damit die Insassin Gelegenheit hatte, sich zu beruhigen, berührte er den Griff. Die Tür war noch immer verschlossen. Er hielt den Mund an das Gitter. »Öffne! Ich bringe ein Geschenk von deinem Freund Brickman!«

Der Riegel wurde zurückgezogen. Jetzt konnte die Tür nach außen geöffnet werden. Tōshirō spähte ins Innere und sah Clearwater in einem farbenprächtigen, reichbestickten, seidenen Kimono auf einer gepolsterten Bank sitzen. Sie hatte sich wie ein Nachtgeschöpf, das das Licht scheute, in den hintersten Winkel zurückgezogen. Ihr Haar war im Stil der Geishas der treibenden Welt nach oben gekämmt, mit hölzernen Nadeln gespickt und mit lackierten Haarteilen verstärkt worden. Ihr Gesicht war hinter einer totenbleichen Maske mit winzigen roten Lippen, dünnen Augenschlitzen, über denen noch dünnere Augenbrauen schwebten, verborgen.

Tōshirō warf den Beutel in Clearwaters Schoß und verbeugte sich übertrieben höflich. »Sag ihm, der Herold hofft, dass das Glück seinem Vorhaben hold sein möge. Und versichere ihm, dass, falls er versagen sollte, mein Schwert das Erste ist, dessen er ansichtig wird.« Er schloss die Tür, stieg auf und gab seiner Eskorte einen Wink, sich ihm anzuschließen. Die knienden Träger vergruben die Gesichter im Gras und behielten diese Haltung bei, bis die Hufschläge verklungen waren.

Seit dem frühen Morgen, als die Soldaten und Beamten von Bo-sona eingetroffen waren, um nachzuprüfen, ob alles in Ordnung war, befanden sich Cadillacs Diener in heller Aufregung. Domestiken, die in ländlicher Beschaulichkeit lebten, kamen selten in den Genuss, bei einem solchen Ereignis zuzusehen, und vom Pavillon aus hatten sie eine hervorragende Sicht.

Es sollte mit einer Prozession beginnen. Von Fanfaren, Trommeln, Flöten, Glocken, Gongs und singenden Priestern angeführt, würden zwei Landfürsten mit reich geschmücktem Gefolge über die neue Straße östlich des Pavillons schreiten. Fußsoldaten mit langen Piken, an denen die Wimpel der Min-Orotas und Yama-Shitas hingen, hatten bereits ihre Positionen am Straßenrand eingenommen. Die Sonne stieg zum Himmel auf, dessen Blau winzige Wolken gleich weißen Seidenstückchen durchzogen.

Es versprach ein denkwürdiger Tag zu werden.

Auch Steve, Cadillac, Jodi und Kelso schauten von einem anderen Teil des Hauses aus zu, wie immer mehr Menschen eintrafen. Aber sie wurden zunehmend nervöser. Steve wusste, dass das Adrenalin erst verschwinden würde, wenn er in Aktion trat – aber ohne Clearwater lief nichts. Während seines letzten Besuches hatten sie zwar einen Plan ausgearbeitet, aber er wusste nicht, ob er erfolgreich gewesen war. Das würde sich noch zeigen, und wie gewöhnlich waren das Warten und die Ungewissheit am schwersten zu ertragen. Führten sie den ersten Schlag, hätten sie den Überraschungsvorteil auf ihrer Seite, doch es war ein Spiel von ungefähr 200 gegen 1. Nur Clearwater war dank ihrer Kraft in der Lage, das Missverhältnis auszugleichen.

*Oh, liebe Himmelsmutter, bring sie hierher; das ist alles, worum ich dich bitte …*

Cadillac stupste ihn an und deutete auf eine Gruppe von fünf Reitern, die sich in flottem Galopp näherten. Ihr Anführer war der Herold Hase-Gawa. Er hatte sich als eine gewisse Hilfe erwiesen. Nein. Das war unfair. Er war dumm genug gewesen, Steves Geschichte zu glauben, und intelligent genug, ihm einen Job als Straßenläufer zu besorgen. Ohne seine Unterstützung würden sie nicht hier stehen, mit dem Finger am Knopf. Der Herold hatte seine Warnung, der Veranstaltung fernzubleiben, in den Wind geschlagen; wahrscheinlich war ihm befohlen worden, zu erscheinen. Es würde seltsam aussehen, wenn niemand aus dem Team des Shōgun anwesend wäre, wenn die bösen Buben anfingen, die Asche zu durchsuchen. Yeah … T. H. G. hatte die gleichen Chancen wie alle. Wenn das Team der Fliegerasse gestartet war, würde er sich glücklich preisen, einen Helm zu tragen.

In der Ferne hörten sie Fanfaren und Trommeln. Steve schob die Wände einen Spalt auseinander, spähte hindurch und sah, wie ein berittener Samurai im Galopp über die Straße zum Reiherteich sprengte und den am Straßenrand postierten Soldaten etwas zurief. Die Soldaten nahmen Habtacht-Stellung ein. Das Trommeln und Trompeten wurde lauter, und Steve konnte weitere Instrumente ausmachen.

*Komm schon, Clearwater! Wo, zum Teufel, bleibst du?*

Aus den Gesprächen, die Cadillac belauscht hatte, wusste Steve, dass es erst eine Menge zeremonieller Verbeugungen und Kratzfüße geben würde, bevor der erste Pilot sein Können zeigen durfte, aber Steve brauchte Clearwater, um Cadillac zur Ordnung zu rufen. Der

Mutant hatte bereits die zweite Schale Sake in sich hineingeschüttet, um seine Nerven zu beruhigen oder seine Sorgen zu ertränken – oder beides. Steve hatte die Flasche weggestellt und ihm damit gedroht, dass sie ihm eins über die Rübe geben würden, wenn er noch einen Schluck trinken würde.

In der Nacht zuvor hatte sich Cadillac unter den Tisch getrunken, während Steve seinen Arsch dabei riskierte, die Apparate an Bord der Flugzeuge zu bringen. Genau der richtige Partner für Zeiten wie diese – hundertprozentig unzuverlässig. Die Ablehnung der Eisenmeister hatte den Mutanten schwer getroffen, aber er war nicht imstande, eine Lehre daraus zu ziehen. Wenn er die Möglichkeit hätte, würde er in letzter Minute eine Kehrtwendung machen und zu ihnen zurückkriechen. Steve hatte Jodi und Kelso gebeten, ihn nicht aus den Augen zu lassen. Clearwater müsste, sollte sie jemals eintreffen, seine Seele stärken. Deshalb hatte Mr. Snow sie zusammen hierher geschickt. Verrückter alter Kerl. Blut, Schweiß und Tränen – und wofür? Für hundert uralte Flinten, die für niemanden mehr von Nutzen waren außer den Eisenmeistern, die damit ihre Handelsposition stärkten.

Bei dem Gedanken an die Gewehre fielen Steve die Lagerbehälter ein, in denen er seine Feuerwaffen und die restlichen Handgranaten versteckt hatte, die die AMEXICO ihm geschickt hatte. Die Behälter standen an den Rändern des Podestes und sahen wie Kästen mit an Scharnieren befestigten Deckeln aus, passend zu den Holzbohlen. Sie waren, wie der Rest des Bodens, mit den allgegenwärtigen Tatamis bedeckt.

Steve schob eine Matte beiseite, öffnete die Klapptür und lüftete die Ecke einer zusammengefalteten Decke.

Darunter lagen vier mehrschüssige Luftpistolen mit etlichen Reservemagazinen und Platzpatronen, Splitter-, Rauch-, Phosphor- und Gasgranaten. Der letzte Granatentyp war Steve und Jodi unbekannt, aber laut Kelso genügte ein Atemzug, um sich zu fühlen, als wäre einem ein Büffel über den Brustkorb gedonnert. Wahrscheinlich griff es Nerven, Muskeln oder was auch immer das Atmungssystem kontrollierte, an, worauf sich Lunge und Kehle schmerzhaft zusammenzogen. Da man unter diesen Umständen kaum atmen konnte, war man nicht in der Lage, etwas anzustellen. Es hing vom Grad der Streuung ab, ob das Opfer eine oder mehrere Stunden bewegungsunfähig war; ständige Inhalation während eines begrenzten Zeitraumes konnte zum Tode führen.

Rauchgranaten zerstörten die Gesundheit nicht, die anderen konnte man werfen und dann davonrennen, doch diese kleinen Horrorgranaten pirschten sich heran, wenn man gerade mal nicht hinsah – deshalb hatte die AMEXICO sinnvollerweise fünf Gesichtsmasken mit chemischen Luftfiltern beigelegt.

Die Fanfaren und Trommelschläge wurden lauter. Cadillac wandte sich vom Fenster ab. »Da kommen sie …«

Da glitt die Tür zum Arbeitszimmer auf, und die beiden Dienerinnen, die mit Steve die Wanne geteilt hatten, traten zögernd ein. Sie warteten, bis ihre Hände nicht mehr zitterten, dann verbeugten sie sich in Cadillacs Richtung. »Äh, Sie haben … äh … bedeutend Gast!«, stotterten sie und fielen auf die Knie, als Tōshirō Hase-Gawa das Zimmer betrat.

Der Anblick des bewaffneten Samurai in Rüstung ließ auch Cadillac, Jodi und Kelso auf die Knie sinken.

Steve kniete bereits. Er schloss behutsam die Klapptür

und stand auf. »Nett von Ihnen, dass Sie mal vorbeischauen.« Das konnte Ärger bedeuten, aber er war zu nervös, um sich darüber Gedanken zu machen.

Die Hand des Herolds packte den Schwertgriff fester. »Wie ich hörte, hat sich der Plan leicht geändert«, stieß er hervor.

»Sprechen wir vom Generalkonsul?«

»So ist es.«

»Was ist passiert? Hat jemand den Trip abgesagt?«

»Nein. Er brüstet sich bereits damit.«

»Dann soll er aufpassen.«

»Das ist gegen unsere Abmachung, Brickman. Du weißt, was mein Klient wünscht. Es soll in der Luft stattfinden. Wie du es mir gezeigt hast.«

»Ja … äh … aufgrund gewisser Umstände, auf die wir keinen Einfluss haben, mussten wir von unserem alten Plan Abstand nehmen. Aber keine Angst, er wird über Bord gehen.«

»Würdest du mir bitte sagen, wie?«

»Ich kann es Ihnen nicht erklären. Sie würden es sowieso nicht verstehen. Aber da Ihre Freunde mich nicht fliegen lassen wollen, musste ich ein Gerät benutzen, das vom Dunklen Licht angetrieben wird. Okay? Ich kann nur sagen, Sie werden nicht enttäuscht sein. Und ich brauche Ihnen ja nicht zu erklären, wie ich einen sehr wichtigen Passagier über Bord gehen lasse.« Er zuckte mit den Achseln. »Es sieht gut aus für uns beide.«

»Oh, Brickman …«, keuchte Tōshirō.

»Ja«, antwortete Brickman. »Ich weiß, wie Sie sich fühlen. Aber warum wollen Sie allen den Spaß verderben?«

Sie starrten einander an. Die Atmosphäre lud sich auf. Cadillac, Jodi und Kelso hielten den Kopf gesenkt. Den beiden Wagnern kam es so vor, als hätten sie den Japaner schon einmal gesehen, aber sie wussten nicht, wer er war, weshalb Steve in einem solchen Moment mit seinem Leben spielte und was hier eigentlich los war. Gerade als die Spannung unerträglich zu werden schien, klopfte es an der Tür.

Eine zitternde Stimme sprach den Herold auf Japanisch an. Tōshirō antwortete mit einem schroffen Befehl. Die Tür glitt auf und gab den Blick auf zwei kniende Dienerinnen frei, dann trat Clearwater – noch immer maskiert – zwischen sie und bahnte sich einen Weg ins Zimmer.

Steves Herz tat einen Sprung, aber er ließ sich nichts anmerken, um den Herold nicht auf falsche Ideen zu bringen. »Was hat dich aufgehalten?«

Tōshirō, der nicht erkannte, dass das eine rhetorische Frage war, antwortete für sie: »Ich denke, ihre Träger mussten ausweichen, um die Prozession vorbeizulassen.«

Clearwater sagte nichts. Das letzte Mal, als sie den Herold getroffen hatte, war er von Kopf bis Fuß in Schwarz gekleidet gewesen. Obwohl sie ihm auf der Straße begegnet war und seine Stimme vertraut klang, hatte sie keine Ahnung, wer diese imposante Gestalt war und was sie wollte. Aber da Steve stand, blieb sie auch stehen.

Die beiden Dienerinnen, die eine hockende Position eingenommen hatten, schlurften herein und brachten Clearwaters Gepäck: ein Kleiderbündel und einen Beutel.

Tōshirō äußerte einen Befehl auf Japanisch. Eine der Dienerinnen nahm den Beutel und rutschte auf den Knien zu Tōshirō, um ihn auszuhändigen. Er gab einen weiteren Befehl, den sie mit einer tiefen Verbeugung akzeptierten. Dann zogen sie sich zurück und schlossen die Tür hinter sich. Steve hörte sie auf baumwollenen Socken davonhuschen, während Tōshirō sich umdrehte und ihm den Beutel zuwarf.

»Die Blätter, um die du mich batest. Damit habe ich den ersten Teil unserer Vereinbarung erfüllt. Stell sicher, dass du deinen Teil genauso erfüllst.«

Steve nickte. »Schön, mit Ihnen Geschäfte zu machen. Sie nehmen besser den Hinterausgang. Wenn man Sie …«

Tōshirō unterbrach ihn mitten im Satz. »Sparen Sie sich Ihren Rat, Brickman! Ich dachte, es wäre Ihnen klar, dass Sie es nicht mit einem Amateur zu tun haben.«

Steve verbeugte sich höflich.

Und du auch nicht, Prächtiger. Du auch nicht …

Mit ihren Oberstleutnants in der Mitte des Podiums sitzend, von den übrigen Zuschauern durch eine dicke Mauer eigener Samurai getrennt, betrachteten die Fürsten Yama-Shita und Min-Orota die Umgebung. Genau unter ihnen, hinter einem Baldachin versteckt, der dazu diente, potenziellen Meuchelmördern die Sicht auf den Shōgun zu entziehen, saßen der Generalkonsul und der Herold Tōshirō Hase-Gawa. Ihre Loge wurde an allen vier Seiten von Regierungssoldaten aus der Mara-bara-Garnison bewacht.

Die Tribüne rechts von Yama-Shita war mit Beamten und Kaufleuten aus seinem Bezirk gefüllt; die andere Hälfte war von einer ähnlichen Gruppe aus der Min-Orota-Familie besetzt. Vor ihnen auf dem Flugfeld aufgereiht, befanden sich acht Flugpferde, dahinter noch einmal vier. Alle zwölf standen auf Wagen. Auf den schimmernden weißen Seidenflügeln und an den Rümpfen sah man das *hinomaru,* die blutrote Scheibe, das Symbol Ne-Issans, des Landes der aufgehenden Sonne. Am Heck befanden sich zwei Zeichen: eine Wagner-Zahl und ihr japanisches Äquivalent.

Die fremden Markierungen waren nötig, damit die ausländische Stammbelegschaft die Flugzeuge identifizieren konnte. So erklärte es wenigstens Shigamitsu, der Kommandant des Reiherteiches, der zwischen den beiden Landfürsten saß, um ihre Fragen zu beantworten. Er informierte sie darüber, dass die ersten acht Flugpferde mit Raketen ausgerüstet waren, deren Effizienz später demonstriert würde; die vier Gleiter dahinter würden für das Anfangstraining benutzt.

Vor jedem Flugzeug standen zwei Samurai – ein Pilot und ein Beobachter –, und unter dem hohen Heck vier Mitglieder des Bodenpersonals. Die Flugcrew war ganz in Weiß gekleidet. Auf den Stirnbändern trugen sie das von zwei japanischen Schriftzeichen flankierte *hinomaru.* Sieben Piloten kamen aus der Min-Orota-, fünf aus der Yama-Shita-Familie; die Familienembleme schmückten die linke Brust und den Rücken ihrer weitärmeligen Tuniken.

Die Schau begann mit einer Trommelparade der Kavallerie und der Fußsoldaten, die die Landfürsten begleitet hatten. Die Kavallerie paradierte mit den großen, schmalen Bannern des jeweiligen Hauses an den Flugpferden und der Tribüne vorbei, angeführt von einem Standartenträger mit der Flagge des Toh-Yota-Shōgunats und einer Abteilung Regierungstruppen. Es war Brauch, dass sie jede Prozession anführten, an der der Generalkonsul in offizieller Eigenschaft teilnahm. Und da alle Zuschauer, wenigstens theoretisch, loyale Anhänger des Shōgun waren, erhoben sie sich und deklamierten, als Yoritomos Banner mit dem Zeichen des fliegenden Kranichs vorbeigetragen wurde, ihren Treueid.

Als die Parade vorüber war, versammelten sich die Truppen der beiden Landfürsten an den Seiten der Tribüne; die Regierungssoldaten stellten sich links neben Min-Orota auf. Sie befanden sich nur einen Steinwurf weit von der Mauer entfernt, die das Flugfeld von dem baumumstandenen Pavillon trennte, in dem sich Clearwater aufhielt.

Nach den Truppen folgte eine Gruppe Shintō-Priester, verschieden in Rang und Bedeutung, und ihre Assistenten mit Flöten, Glocken und Trommeln. Als sich die Soldaten zurückzogen, hielt die Gruppe an, verbeugte sich vor den versammelten Würdenträgern und begab sich ans linke Ende der Reihe. Nach einem längeren Ritual, bei dem Anrufungen und Antworten gesungen, Räucherstäbchen geschwenkt, Wasser gesprengt und Girlanden aus Papierblumen verteilt wurden, segnete man die Samurai und ihre Flugpferde im Namen der Himmelsgötter und zeichnete sie mit einem himmlischen Äquivalent eines Lufttauglichkeits-Zeugnisses aus.

Dann kehrten die Priester zur Tribüne zurück, wo sie sich als Ehrengarde in zwei Reihen aufstellten, verbeugten, sich umdrehten und einander anschauten. Das war das Signal für die beiden Landfürsten, mit ihrer engsten Begleitung von der Tribüne herabzusteigen und die Flugzeuge samt ihrer Crew zu inspizieren.

Durch eine schmale Öffnung zwischen den Wandschirmen beobachtete Steve, wie sich der Generalkonsul und Tōshirō der Gruppe anschlossen. Shigamitsu und seine beiden Oberstleutnants folgten diensteifrig. Steve holte mittels eines Teleskops, das sich im dritten Luftpostpaket befunden hatte, die Köpfe einzelner Individuen heran. Die beiden Anführer waren offensichtlich die Landfürsten, aber da er sie noch nie zu Gesicht bekommen hatte, konnte er nicht sagen, wer wer war.

Die Einleitung war fast vorbei. In ein paar Minuten würde es losgehen. Er reichte Cadillac das Teleskop. »Behalt den Generalkonsul im Auge. Wenn sie den Plan nicht wieder umgeschmissen haben, eröffnet er die Flugveranstaltung.«

»Darf ich auch durch das magische Auge sehen?«, erkundigte sich Clearwater.

»Natürlich ...« Steve gab ihr ein Zeichen mit den Augen, dann holte er die versteckten Waffen aus den Kisten.

Jodi hatte bereits das Haus durchsucht und festgestellt, dass alle Leute verschwunden waren. Das gesamte Personal stand an der Mauer und verfolgte gebannt das Geschehen. Es sah nicht so aus, als würden sie gestört werden, aber man wusste nie. In solchen Situationen herrschte Sods Gesetz: Wenn etwas schiefgehen kann, dann passiert's auch irgendwann. Deshalb strichen Jodi und Kelso, die sich heimlich mit Gewehren versorgt hatten, jetzt noch einmal durchs Haus, wobei ihr besonderes Augenmerk den Eingängen galt.

Steve zog die weite Jacke aus und eine gesteppte ärmellose Weste an. Sie hatte einen Holster für die Luftpistole, Taschen für Reservemagazine und Platzpatronen und Klammern für Granaten. In der Tasche neben seinem rechten Ellbogen befand sich eine Maske. Er füllte die einzelnen Fächer auf und wählte ein tödliches Sortiment Granaten aus. Als er fertig war, war er eine Ein-Mann-Kriegsmaschine.

Dann beschäftigte er sich mit den drei anderen Westen. »Wie sieht's aus?«

Cadillac antwortete: »Min-Orota hat seine Inspektion

beendet. Jetzt müsste Yama-Shita an der Reihe sein. Die vier Maschinen aus der zweiten Reihe werden in die Werkstätten zurückgebracht. Die Mannschaften sind auf dem Feld geblieben und gehen jetzt zur Tribüne.«

»Gut. Das reicht.«

»Gerade rollen fünf aus der vordersten Reihe.«

»Wohin?«

»Sie schieben sie vor die Tribüne. Warte eine Minute.« Cadillac schwieg, dann sagte er: »Ach, ja … Sie haben sie in V-Formation vor der Tribüne abgestellt, mit den Hecks zu den Zuschauern.«

»Und die Mannschaften?«

»Stehen davor und dahinter, wie vorhin.«

Steve füllte weiter Kampfwesten auf. »Dann müssten noch drei Maschinen auf dem Feld sein … Kannst du ihre Nummern sehen?«

»Ja. Sechs, sieben und acht. Die Nummern eins bis fünf stehen vor der Tribüne.«

»Gut.« Die Eisenmeister hätten es gar nicht besser einrichten können. Steve schaute auf und sah, dass Clearwater das Teleskop hatte. »Und was macht dein Schatz?«

»Der überreicht gerade deinem Freund, dem Herold, sein Schwert. Jetzt setzt er Hut und Perücke ab und bindet sich einen Schal um den Kopf.« Clearwater schwenkte das Teleskop, bis Min-Orota im Bild war; plötzlich füllte Yama-Shita den Bildrahmen aus. Ihr lief es eiskalt den Rücken hinunter, als sie die Schlitzaugen und den verkniffenen Mund erkannte. Das war ihr Peiniger; der gnadenlose Besitzer der Raddampfer, der acht Mutanten aus dem Prärievolk vernichtet, ertränkt und gefoltert hatte, nur um ihr zu zeigen, was mit ihr geschehen würde, wenn sie ihm nicht gehorchte.

Sie fühlte den Hass in sich aufsteigen. Kalten und berechnenden Hass. Die Erinnerung an das grausame Schauspiel, das sich auf dem großen Raddampfer abgespielt hatte, und an die beiden Köpfe mit den ausgebrannten Augenhöhlen, mit denen sie die Kabine hatte teilen müssen, war noch frisch und entsetzlich, als wäre es gerade erst passiert. Sie hatte geschworen, den Tod der Gefährten zu rächen, und heute war es so weit. Dieses seelenlose Monster und seine Diener würden die Blutschuld zurückzahlen. Viele Male.

*Oh, Talisman, leih mir deine Kraft, wenn ich dich rufe!*

»Jetzt schwingt er sich auf den vorderen Sitz. Ein Samurai setzt sich hinter ihn.«

Steve nahm sich das Teleskop und richtete es auf den Generalkonsul, dann schwenkte er zum Heck des Flugzeugs. Nummer sieben. Cadillac hatte ihm einmal erzählt, dass einer der Götter des Pantheon der Eisenmeister für glückliche Gelegenheiten verantwortlich war. Er wusste nicht, ob die Nummer sieben besondere Gunst verhieß, aber wenn dem so war, würde der fette Kerl eine große Überraschung erleben.

Das Bild wurde klarer. Toh-Shiba würde in Begleitung der Nummern sechs und acht in die Lüfte steigen. Die drei Maschinen wurden soeben aufs Feld zurückgefahren, gefolgt von den beiden anderen Piloten und ihren Beobachtern. Yama-Shita und Min-Orota waren auf die Tribüne zurückgekehrt.

Und der Herold? Ach ja … der Herold spazierte an Min-Orotas Truppen vorbei in Richtung Regierungstruppen, von Steve aus gesehen, zur rechten Seite. Steve folgte ihm mit dem Teleskop und bekam Tōshirōs Pferd mit dem auffallenden Geschirr ins Bild. Ein berittener Samurai hielt die Zügel. Steve sah zu, wie man dem Herold in den Sattel half. Er hatte offensichtlich beschlossen, seine Überlebenschancen durch Beweglichkeit zu verbessern. Nicht schlecht …

Steve rief Jodi und Kelso ins Arbeitszimmer und händigte ihnen die bestückten Kampfwesten aus. Sie verbargen sie unter den Tuniken. Dann half er Cadillac in die Weste. »Ich hoffe, du weißt, was man mit dem Zeug anstellt …?«

»Wenn du es weißt, weiß ich es auch.«

»Hiermit müsst ihr aufpassen.« Er nahm eine Gasgranate und erklärte Cadillac und Clearwater die Folgen und wie sie sich mit einer Gasmaske davor schützen konnten. Er gab die letzte Clearwater und bat sie, sie aufzusetzen.

Steve sah, wie sich ihre Augen erschreckt weiteten. Ihre gedämpfte Stimme drang durch die Seitenfilter. »Ich habe das Gefühl, als würde ich ertrinken!«, keuchte sie und riss sich die Maske vom Gesicht.

Er legte ihr die Hand auf den Arm. »Keine Angst. Du wirst nicht ersticken. Tief einatmen. Du brauchst sie nicht lange zu tragen, aber du musst sie aufsetzen, sobald einer von uns das Zeichen gibt …« Er legte die Hände übers Gesicht. »Sofort. Verstanden?«

Clearwater nickte.

»Und nimm sie erst ab, wenn wir unsere ausziehen. Verstanden?«

»Ja.«

»Okay. Zeit, sich umzuziehen.« Steve holte einen Segeltuchsack, gab ihn Clearwater und legte einen verschlissenen Wagner-Arbeitsanzug obenauf. »Pack die weiße Maske, den Kimono und alles, was du anhast, in den Sack. Aber vorsichtig. Hast du die Körperfarben dabei?«

»Ja, in dem Kleiderbündel, das ich mitgebracht habe. Zusammen mit den anderen Sachen, um die du mich gebeten hast.«

Steve wandte sich an Cadillac. »Was ist mit deinen Gehhäuten?«

»Hab sie verbrannt.«

Steve musterte ihn prüfend. »Hoffe ich. Wo sind die Körperfarben, von denen du mir erzählt hast?«

»In einem der Schränke.«

»Wir brauchen sie.« Steve legte den Beutel mit den kostbaren Nelkenblättern auf den Arbeitsanzug. »Pack das auch noch ein und alles, was dir sinnvoll erscheint.« Er gab Jodi und Kelso einen Wink, vorauszugehen. »Okay, wir schauen uns noch mal um. Du hast fünf Minuten, dich umzuziehen und zu packen. Danach läuft alles nach Plan.« Steve ging zur Tür, hielt an und schaute zurück. »Und da wir gerade dabei sind, wie wär's, wenn ihr euch versöhnen würdet? Wir haben einen weiten Weg vor uns, auf dem wir aufeinander angewiesen sind.«

Dann schloss er die Tür und gesellte sich zu Jodi und Kelso, die an der hinteren Wand des angrenzenden Zimmers standen, dessen Außenwände zum Reiherteich hin lagen.

Kelso betrachtete ihn nachdenklich. »Ich hab kein gutes Gefühl, wenn ich die Beulenköpfe mit dem ganzen Metall sehe. Könnten uns angreifen.«

»Yeah«, murmelte Jodi. »Ich dachte, die beiden kommen als Gefangene mit.«

»Später«, erwiderte Steve. »Im Augenblick kämpfen wir alle auf einer Seite. Ihr seid ein Paar Abtrünnige, die uns helfen, abzuhauen. Ihr wollt zurück zum Big Open, und sie wollen zu ihren Leuten.«

»Und du gehst mit ihnen …«

Steve zuckte die Achseln. »Hör zu, solange sie das glauben, ist der Job leichter – kapiert?«

»Ich hoffe nur, du weißt, was du tust«, erwiderte Kelso.

»Vertraue mir«, antwortete Steve.

Steve trat auf die Veranda und ging die Stufen hinab zum Hof. Dahinter lag ein kleiner Gemüsegarten, dahinter eine Wiese, die an einer Reihe von Büschen und Bäumen vor einer Mauer endete. Dort hatte sich Cadillacs Dienerschaft mit ihren Kindern auf der Schulter aufgereiht.

Obwohl sie bereits seit dem frühen Morgen zusahen, hatte ihre Aufmerksamkeit noch nicht nachgelassen. Gebannt verfolgten sie, wie drei Flugzeuge startklar gemacht wurden. Zwar waren während der letzten Monate fliegende Maschinen zu einem vertrauten Anblick geworden, doch der heutige Tag war wegen der Bedeutsamkeit der Zuschauer und des Zeremoniells etwas ganz Besonderes. Niemand bemerkte, dass Steve zum Misthaufen lief, wo zwei hölzerne Eimer standen, in denen für gewöhnlich die nächtlichen Hinterlassenschaften transportiert wurden. Als er sie aufnehmen wollte, drehte sich die Köchin um und hob ein herumwanderndes nacktärschiges Kind auf den Arm. Sie warf Steve einen misstrauischen Blick zu. Er neigte den Eimer ein wenig, um sie hineinsehen zu lassen, dann tat er so, als würde er ihn leeren.

Die Trommeln wurden lauter, und dann …

Shwaah-ba-ba-BOOOMMM! Das Geräusch der drei Paare Startbooster, die in kurzen Abständen gezündet wurden, war bis zum Pavillon zu hören. Die Köchin stellte das kleine Kind auf die Mauer, dann suchte sie nach einem Fußhalt, um eine bessere Sicht zu bekommen. Als das

Flugpferd des Generalkonsuls zusammen mit seinen beiden Begleitern in den Himmel stieg, schrien die Zuschauer vor Begeisterung.

Steve schnappte sich die beiden Eimer und lief zum Badehaus. Dort zog er die braune Uniform aus und geborgte Kleider an: das ärmellose Hemd und die Hosen, wie sie die Mutanten im Kochhaus trugen. Nachdem er sichergestellt hatte, dass die Kampfweste nicht zu sehen war, zog Steve einen schäbigen Strohhut über die Ohren, nahm die Eimer und machte sich auf den Weg an den Reiherteich-Unterkünften vorbei zu den Werkstätten.

Der Name, der erst Anfang des Jahres mit Beginn des Projektes aufgekommen war, bezog sich auf den Teich hinter dem Flugfeld. Die Gebäude selbst waren bereits einige Jahrzehnte zuvor gebaut und ursprünglich dazu benutzt worden, einer Abteilung von Min-Orotas berittenen Soldaten Unterkunft zu gewähren. In den Jahren des Friedens und der teilweisen Demobilisierung hatten sie leer gestanden, nur noch ein Aufseher mit Familie hatte dort gelebt. Die meisten Gebäude waren in ihre Einzelteile zerlegt und anderswohin transportiert worden. Einheimische Landbesitzer hatten es als Nahrungs- und Kornlager und als Winterquartiere für ihr Vieh benutzt.

Die Unterkünfte lagen in einem ländlichen Gebiet, in der Nähe des wichtigsten Ost-West-Highways, und grenzten an ein ausgedehntes Stück Weideland; Min-Orotas Berater war von der Lage sehr angetan gewesen, und so wurde das Land umgehend in Besitz genommen. Die baufälligen Ruinen im Nordwesten wurden den Mutantensklaven zugeteilt. Für die Wagner und ihre Wächter und Aufseher baute man neue, hölzerne Unterkünfte. Shigamitsu, der Kommandant des Reiherteiches, seine beiden

Oberstleutnants und ihre Familien hatten bei einem einheimischen Landbesitzer – der sich genötigt sah, ein neues Heim zu finden – ganz in der Nähe Quartier bezogen. Pächter wäre die genauere Bezeichnung; die Dauer des Pachtvertrages hing einzig und allein von der Laune des Landfürsten ab. Wie den alten Räuberbaronen gehörte Min-Orota jeder Quadratzentimeter Land und alles, was sich darauf und darunter befand.

Der einzige Nachteil des Lagers war seine Größe. Es war nicht genug Platz vorhanden, um Arbeiter und Arbeitsstätten innerhalb der Mauern unterzubringen. Deshalb waren zu beiden Seiten der breiten Gasse, die vom Torbogen bis zur Grenzmauer führte, langgestreckte Gebäude errichtet worden. Die ungefähr zwei Meter große Lücke zwischen dem südlichen Ende der Werkstätten und der bröckeligen rückwärtigen Mauer diente Steve und Cadillac, wenn sie zur Arbeit oder von der Arbeit nach Hause gingen, als Abkürzung. Die Alternative wäre gewesen, quer durchs Lager, durchs Haupttor über die Straße in Richtung Mara-bara gehen zu müssen.

Aus unerfindlichen Gründen wurde das rückwärtige Tor nur zeitweilig bewacht. Die Wagner wurden vor und nach der Arbeit gezählt, aber Steve hatte festgestellt, dass man während des Tages das Tor in beiden Richtungen passieren konnte, ohne angehalten zu werden. Vielleicht lag es daran, dass man ihn des Öfteren mit Cadillac gesehen hatte, jedenfalls hatte ihn niemand daran gehindert, die Abkürzung zu benutzen.

Nach allem, was er anderswo erlebt hatte, erstaunte ihn das. Vielleicht lag es daran, dass das Privileg, hier zu arbeiten, bedeutete, dass Sicherheit kein Problem war, wie bei den Straßenläufern. Wie Simons Jodi und Kelso erzählt hatte, würde kein Wagner, der noch richtig im Kopf war, etwas anstellen, womit er seine Stellung aufs Spiel setzte. Was immer auch der Grund sein mochte, es passte Steve ausgezeichnet in den Plan. Es mochte sich zwar als Pech für die Stürmer-Renegaten erweisen, aber Steve fiel es schwer, sie zu bedauern. Da sie nichts von seiner wirklichen Identität ahnten, hatten sie ihn mit der gleichen Geringschätzung behandelt wie jeden anderen Mutanten-Laufburschen. Und als sich herausstellte, dass er intelligenter war als sie und Aufgaben lösen konnte, die für sie zu hoch waren, hatten sie ihm richtig zugesetzt.

In jeder Hand einen vollen Eimer, trat Steve durch den Bogen und inspizierte das Lager. Er stand jetzt mit dem Rücken zur Nordmauer. Zu seiner Linken lagen die Quartiere der Japse und anderen Dinks, die den ständigen Stab bildeten. Vor ihm befand sich eine Gruppe hölzerner Gebäude: Kochhaus, Wäscherei, Badehaus, Kleider- und Bettzeuglager, in denen Mutanten arbeiteten. Rechts von ihm standen die wackeligen Überreste der Gebäude, in denen einst berittene Soldaten gewohnt hatten und jetzt die Mutanten hausten. Dahinter, an der nordwestlichen Ecke, befand sich der Ort, an dem man den Kot des ganzen Lagers sammelte, bis er von Bauern aus der Umgebung fortgekarrt wurde.

Die beiden langgestreckten Baracken, in denen die Wagner dichtgedrängt Seite an Seite lagen, liefen an der westlichen Mauer entlang. Sie waren von den Unterkünften der Mutanten durch einen etwa dreizehn Meter breiten Streifen geharkten Kieses abgetrennt, auf dem vier kreuzförmige Schandpfähle standen, die man bei kleineren Vergehen benutzte. Steve hatte sie einmal in Gebrauch gesehen. Man hatte das Opfer einfach aufrecht an den

Pfahl gebunden und einen Tag stehen lassen; eine Stellung, in er man garantiert unerträgliche Krämpfe bekam; aber die meisten Delinquenten, deren einziges Verbrechen es war, den vorübergehenden Eisenmeistern nicht den nötigen Respekt erwiesen zu haben, wurden für gewöhnlich gezwungen, mit den Händen hinter dem Kopf ein oder zwei Stunden auf den scharfkantigen Kieseln zu knien.

Hier gab es noch ein Gebäude von größter Wichtigkeit: das Wächterhaus. Es war das erste Haus, auf das der Blick eines Besuchers fiel, wenn er durchs südliche Haupttor kam und einen freien Platz betrat, der als Exerzierplatz benutzt wurde. Das Wächterhaus lag dem Haupttor gegenüber. Über den ganzen Ostrand des Platzes zog sich eine *cantina* für die niedrigen Ränge. Ein Treffpunkt, an dem es den herumziehenden Händlern erlaubt war, ihre Waren feilzubieten. In einem ähnlichen Gebäude an der Westmauer wurde eine andere Form der Entspannung angeboten, die Steve noch nie in dieser institutionalisierten Form angetroffen hatte. Cadillac hatte ihm erzählt, es sei ein *bordello,* das von einem Dutzend selbstständiger Frauen geführt wurde. Die ganze Geldwirtschaft und die kommerziellen Aktivitäten, auf denen die Gesellschaft der Eisenmeister basierte, war ein völlig neues Konzept, das Steve nur mit Mühe begriffen hatte. Die Idee, arbeiten zu müssen, um Währungseinheiten zu bekommen, die man dann der Person aushändigte, mit der man vögeln wollte, erschien ihm reichlich merkwürdig.

Steve kümmerte sich nicht um die *cantina* und *bordello.* Sein Ziel war das Wächterhaus, aber er konnte es von seinem gegenwärtigen Standpunkt aus nicht sehen, ebenso wenig wie die Doppeltore, aber er nahm an, dass sie offen waren. Eine Handvoll der dreißig Soldaten, die man im Wächterhaus einquartiert hatte, würden sicher am Tor Wache stehen, mit den Bauernmädchen scherzen und mit den Hausierern, die begierig darauf waren, ihre Waren den Kunden der *cantina* anzupreisen, zu feilschen.

Die Eimer mit ihrem durchdringend duftenden Inhalt waren Teil seiner Verkleidung. Viele Mutanten in Ne-Issan waren ständig mit etwas beschäftigt, das die gefangenen Wagner »das Scheißkommando« nannten. Es war unwahrscheinlich, dass er mit einer vollen Ladung das Misstrauen der Wächter erregte, aber selbst wenn man ihn anhalten sollte, würde man ihn nur einer oberflächlichen Untersuchung unterziehen. Darauf baute er. Während einer seiner früheren Nachtschichten, bevor die Zahl der Dinks zunahm, hatte Steve zwei runde Holzplatten hergestellt, die genau in die Eimer passten und einen falschen Boden bildeten. In diesem Versteck befanden sich, eingewickelt in eine durchsichtige Plastikfolie, eine stattliche Ladung Plastiksprengstoff und zwei Gasgranaten. Beide Pakete waren mit Spezialzündkapseln versehen. Wehe dem Unglücklichen, der das Pech hatte, in der Nähe zu sein, wenn der Eimer explodierte.

Steve vermutete, dass sich die meisten Eisenmeister auf dem Feld vor den Hangars befanden oder auf der Tribüne saßen, und nur das Stammpersonal im Lager zurückgelassen hatten. Abgesehen von einer Handvoll Mutanten, die mit verschiedenen Hausarbeiten beschäftigt waren, sah der Platz verwaist aus. Aber Steve wusste, dass das Wächterhaus voll belegt war. Um an die Flugzeuge zu kommen, mussten sie so viele Gegner wie möglich ausschalten.

Er näherte sich dem Misthaufen, leerte beide Eimer und

spülte sie in einem Steintrog aus. Die falschen Böden waren von den richtigen nicht mehr zu unterscheiden.

Okay, los geht's …

Wie er erwartet hatte, lungerten ein paar Wächter am Tor herum, andere saßen auf der Veranda der *cantina*. Alle hatten sich für den großen Tag fein gemacht, aber wie alle Soldaten wussten sie genau, wann sie sich entspannen und wie weit sie gehen konnten.

Es war nicht schwer, sich vorzustellen, worüber sie Witze rissen und lachten. An Tagen wie diesen, an denen sich die hohen Tiere vergnügten, ging es bei denen, die Dienst schieben mussten, recht locker zu. Nicht wie bei diesen armen Narren aus dem Palast, die den ganzen Weg von Ba-satana hierher marschierten und jetzt in Reih und Glied, unter den Augen ihrer Offiziere strammstehen mussten, um zuzusehen, wie eine Bande noch größerer Narren in allen Himmelsrichtungen durch die Lüfte schossen, wie Libellen mit feurigen Schweifen.

An der Rückseite des Wächterhauses, unter einem überhängenden Dach, lag ein abgeschirmter, vierlöchriger Abort. Die Eisenmeister hatten ein entspanntes Verhältnis zu ihrem Körper. Als Straßenläufer hatte er oft erlebt, wie Menschen beiderlei Geschlechtes in aller Öffentlichkeit urinierten – manchmal, ohne ihr Gespräch zu unterbrechen. Der Kot jedoch, seien es Pferdeäpfel, Stallmist und die menschliche Variante, war Sache des Einsammlers, und das hatte, laut Cadillac, zum Plumpsklo- und Eimersystem geführt. Eisenmeister von hohem Rang konnten ein Privatklo im Innern des Hauses ihr eigen nennen, in dem die hölzernen Eimer durch Behältnisse aus glasiertem Porzellan ersetzt waren. Neben ihrem eleganten Äußeren hatten sie den Vorteil, dass sie nach dem Ausspülen nicht mehr stanken. Glücklicherweise waren die niedrigen Ränge nicht in den Genuss solch erlesener Dinge gekommen – sonst wäre Steve aufgeschmissen gewesen.

Nachdem er festgestellt hatte, dass der Abort leer war, trat er ein und tauschte die Eimer, die dort standen, gegen die aus, die er mitgebracht hatte. Er leerte und spülte das Paar, nahm sie und ging davon. Jemand schrie ihm auf Japanisch nach, er solle stehen bleiben; ein Geräusch, auf das Sklaven sofort zu reagieren lernten.

Steve blieb wie angefroren stehen, drehte sich um und packte die Henkel fester. Zwei Soldaten, zwischen sich ein plumpes, kicherndes Bauernmädchen, bogen um die Ecke des Wachhauses und spazierten in seine Richtung. Soweit Steve sehen konnte, waren sie unbewaffnet. Mit dem, was er bei sich trug, hätte er sie zwar zehnmal töten können, aber er konnte es nicht riskieren. Das Mädchen blieb ein Stück zurück, als die beiden Soldaten näher kamen. Ihre Wangen waren gerötet, die Augen geweitet – ein Zeichen, dass sie sich ein oder zwei Schalen Sake genehmigt hatten. Steve stellte die Eimer ab und ging mit gesenktem Kopf in die Knie. Er verstand natürlich nicht, worüber die Dinks sprachen, aber es war offensichtlich, dass sie sich auf seine Kosten einen Spaß machen wollten. Und genauso war es. Nachdem sie um ihn herumstolziert waren, griffen sich beide Soldaten in die Hosen, holten ihre haarlosen Dongs heraus und pissten in die Eimer. Aber richtige Freude kam erst auf, als sie ihn als Zielscheibe benutzten.

Schrecklich. Steve waren die Hände gebunden. Er musste die Rolle des gemeinen Sklaven weiterspielen. Freut euch, solange ihr noch könnt, Freunde, denn glaubt mir, bald werdet ihr nichts mehr zu lachen haben …

Als sie Steve genug eingewässert hatten, schlurften sie zu dem kichernden Bauernmädchen zurück. Steve rappelte sich auf und blieb mit gesenktem Kopf stehen, bis das Trio durch die Hintertür des Wächterhauses verschwunden war.

Zeit für Phase zwei. Steve lief an den Baracken der Wagner vorbei zum Durchgang in der hinteren Mauer. Er hielt den Kopf unten und verbarg sein Gesicht unter dem Rand des Strohhuts. Wenn einer der Wagner zufällig nach draußen schauen und ihn sehen würde, könnten die intelligenteren von ihnen sich zusammenreimen, dass etwas im Busch war und die Wächter rufen. Und die konnte er momentan nicht gebrauchen.

# 16

Unter dem Beifall der Würdenträger auf der Tribüne und den Hochrufen der weniger bedeutenden Zuschauer stiegen fünf Flugpferde von den Wagen auf und donnerten himmelwärts, eines nach dem anderen, blaue Rauchfahnen hinter sich herziehend. In einer Höhe von dreihundert Metern formierten sie sich, während sie das Feld umkreisten, zu einem Donnerkeil, dann gingen sie herunter, um Geschwindigkeit für den Looping zu sammeln. Nach dem Bogen drehten sie eine halbe Rolle – ein Manöver, das einst nach seinem Erfinder Immelmann genannt wurde – und dann zogen sie die Flugzeuge wieder nach oben und flogen einen zweiten Looping. Die Formationsflüge waren zwar nicht fehlerfrei, aber eindrucksvoll.

Die Zuschauer holten tief Luft, als die blauen Rauchfahnen plötzlich von den Flugzeugen, die mit der Spitze nach unten flogen, durchkreuzt wurden. Die erste Rakete hatte das Ende ihres kurzen Lebens erreicht. Zeit für die zweite. Die Spannung wuchs. Die fünf Flugpferde hielten weiter auf den Boden zu, dann hörte man das beruhigende Fauchen einer gezündeten Rakete, und ein glühend weißer Flammenfinger erschien unter dem Rumpf des ersten Flugzeugs. Zwei, drei, vier – fünf!

Die Eisenmeister antworteten mit tosendem Beifall.

Cadillac hörte den Beifall auf der rückwärtigen Veranda, von wo aus er zusah, wie die von ihm gebauten Maschinen Rauchfäden über den Himmel webten.

Clearwater, die jetzt einen seiner weißen Arbeitsanzüge trug, kam nach draußen und stellte sich neben ihn, ihr dunkles, sonnengemasertes Haar hing lose über den Schultern.

Die Eisenmeister hatten ihm verboten, an der Veranstaltung teilzunehmen, aber sie konnten ihm nicht diesen Augenblick des Triumphes rauben. Ihm verdankten sie das alles, und er war froh, dass Clearwater neben ihm stand und Zeuge seines Erfolges war. Wenn er auch in ihren Augen in der Vergangenheit weniger gewesen war, als er hätte sein sollen, hier hatte er sein Geschick und sein Vorstellungsvermögen unter Beweis gestellt. Er schaute sie an, und sie drückte als Erwiderung seinen Arm. Er hätte zwar eine warmherzige Umarmung bevorzugt, aber in der Öffentlichkeit oder – wie in diesem Fall – unter den aufmerksamen Blicken von Kazan und Kelso waren ihre Gesten stets zurückhaltend gewesen.

Cadillac wusste durch sein Eindringen in den Verstand der Eisenmeister, dass die fliegenden Maschinen ihren Sinn für Ästhetik ansprachen.

Sie waren wie die stolzen Rosse der Samurai, geschmeidig und anmutig, und der dröhnende Donner, mit dem sie durch den Himmel jagten, vermittelte das gleiche unwiderstehliche Gefühl von Macht wie die Hufschläge galoppierender Streitrosse.

Er wollte nicht undankbar sein. Sie hatten ihm einige Privilegien zugebilligt, aber er hatte sich seine Position erarbeitet. Er hätte eine bessere Behandlung, mehr Macht, mehr Verantwortung verdient. Heute, das war erst ein

Anfang, das Beste würde noch kommen. Doch nein. Die kurzsichtigen Narren hatten sich von ihrem Misstrauen gegen Ausländer blenden lassen – egal, wie begabt sie auch sein mochten, in der Hinsicht waren sie blind. Er hatte ihren honigsüßen Worten geglaubt und seine Zukunft in ihre Hände gelegt, und sie hatten seine Hoffnungen zunichtegemacht. Aber das war nicht seine Schuld, sie hatten ihn reingelegt. Die Gänse würden davonfliegen und ihre goldenen Eier woanders legen.

Nachdem die zweite Rakete nach weiteren Loopingvarianten ihren Geist aufgegeben hatte, benutzten die fünf Samurai-Piloten die dritte dazu, langsame und schnelle Rollen zu drehen, dann schraubten sie die Maschinen höher, um für die schwierigste Übung an Höhe zu gewinnen: eine Fass-Formation.

Während eine gewöhnliche Rolle eine Drehung um eine imaginäre Linie zwischen Spitze und Heck war, erforderte eine Fassrolle, wie der Name sagte, die gleiche Drehung um dreihundertsechzig Grad, während man gleichzeitig eine Spirale über die Oberfläche eines imaginären Fasses zog. Ein kompetenter Flugschüler lernte rasch die erforderlichen Handgriffe, aber das gleiche Manöver als Teil einer Gruppe von fünf Flugzeugen durchzuführen verlangte ein höheres Maß an Koordination.

Nach einigen Beinahezusammenstößen hatten Jodi und Kelso Cadillac gedrängt, die Nummer aus dem Programm zu nehmen. Da er die Veranstaltung zu einem triumphalen Erfolg machen wollte, hatte er ihrem Drängen nachgegeben, doch ihre fünf Schüler hatten auf der Nummer bestanden. Die Lehrer hatten ob ihrer untergeordneten Position keine Möglichkeit, darüber zu diskutieren, doch es gelang ihnen, die ruhmsüchtigen Piloten davon zu überzeugen, bis zur Hälfte der Rolle genügend Abstand zu lassen und erst gegen Ende zusammenzukommen. Die letzte Probe hatte zwar immer noch Nerven gekostet, aber wenigstens war niemand zusammengestoßen. Mit etwas Glück würde es heute ebenso gut klappen.

Die Flugzeuge bildeten eine Keilformation: weiße Gänse auf dem Weg nach Süden. Sie befanden sich jetzt genau über dem Teich an der Nordseite des Feldes und zur Rechten Fürst Yama-Shitas.

Aus einer Höhe von ungefähr sechshundert Meter senkten sie nach Zündung der vierten Rakete die rechte Flügelspitze, flogen eine Kurve, drehten sich über die linke Spitze und stiegen wieder in die Luft. Die Keilformation stand jetzt auf dem Kopf und erreichte den höchsten Punkt der Rolle genau vor den beiden Landfürsten. Sie sahen der Annäherung der fünf Maschinen gebannt entgegen.

Westlich der Werkstätten hinter Büschen verborgen, von denen er eine ausgezeichnete Sicht auf das Flugfeld hatte, drückte Steve die ersten fünf Knöpfe des von der AMEXICO gelieferten Senders.

BooOOMM! Boo-boo-BOOMMM! BooOOOMMM!

Die beiden Fürsten erstarrten in ihren Sitzen, als die fünf Flugpferde in einem Feuerball explodierten. Seidenflügel und Rümpfe barsten entzwei und wurden von orangefarbenen Feuerzungen verschlungen. Bei den hochgestellten Gästen und den versammelten Truppen machte sich Panik breit, als die brennenden Trümmer zusammen mit Leichenteilen von Piloten und Beobachtern vom Himmel regneten.

Als die erste Maschine explodierte, lief Kelso auf die

Veranda und warf Cadillac und Clearwater Sack und Kleiderbündel zu. »Okay. Es geht los!«

Jodi wartete bereits beim Badehaus. Sie zog den Stift aus einer Gasgranate und warf sie zwischen die Diener. Die Explosion setzte lähmendes Nervengas frei. Kelso warf eine zweite Granate, während er hinter Cadillac und Clearwater über den Hof lief.

Wie jedermann waren die Diener durch das Unglück wie betäubt, aber wie der Zufall es wollte, traf der dumpfe Knall der ersten Gasgranate mit dem Beschützerinstinkt zweier Dienerinnen zusammen. Erst nachdem sie ihre Kinder um sich geschart hatten und zur Flucht ansetzten, entdeckten sie den weißen Rauch und wurden Zeuge, wie ihr Ex-Herr über den Hof lief und der rothaarige Sklave hinter ihm eine Art Stein in ihre Richtung warf.

Auf dem Weg zu den Werkstätten hörten Jodi und Kelso, wie die Frauen mit schrillen Stimmen Alarm gaben. Aber das machte nichts, denn im Augenblick schrien und brüllten eine Menge anderer Leute. Bis die ersten Soldaten die Gartenmauer erreicht hatten, würde kein Diener mehr imstande sein, ihnen etwas zu erzählen – und auch sie würden bald feststellen müssen, dass ihnen das Atmen schwerfiel.

Während sich Steve anschickte, die Formation zu vernichten, war Generalkonsul Nakane Toh-Shiba eben von seinem Ausflug nach Ba-satana zurückgekehrt und kreiste nun über seiner Residenz und dem angrenzenden Regierungsbesitz. Zwar hatte der Konsul seine Meinung über das Fliegen nicht geändert, doch nachdem er die anfänglichen Ängste überwunden hatte, faszinierte ihn die neue Sicht auf die Welt, und er betrachtete wie gebannt die größere der beiden Inseln des Sees, der sich unter ihm ausbreitete.

Alles sah so winzig aus! Und doch hatte er genau dort unten, im von Bäumen und einem Steingarten umgebenen Sommerhaus, die denkwürdigsten Stunden seines Lebens in den Armen seiner geheimen Geliebten verbracht, dieses wunderbaren, fremdartigen Geschöpfes, das mit einem seltenen Geschenk begabt war: schimmerndes, duftendes Körperhaar. Der Gedanke an seinen nächsten Besuch erfüllte ihn mit prickelnder Vorfreude; die Vorstellung, dass dies wahrscheinlich das letzte Mal war, dass sie sich sahen, schmerzte ihn. Er ahnte nicht, dass nicht ihr, sondern sein Tod bevorstand.

Als Steve die erste Maschine sprengte, befand sich das Flugzeug des Generalkonsuls mit seiner Eskorte gerade auf dem Weg zum Reiherteich. Der Pilot sah, wie sich vor ihm ein Feuerball aufblähte und wieder in sich zusammenfiel. Es gelang ihm, seine beiden Flügelmänner auf das Geschehen aufmerksam zu machen. Sie flogen näher heran, bis sich die Flügelspitzen ihrer Flugzeuge fast berührten. Der Anführer schrie seinen Kollegen etwas zu und deutete wiederholt nach vorne. Die Rauchfahne, die den Fall der Formationen markierte, war immer noch sichtbar. Die beiden Eskorten gaben durch Zeichen zu verstehen, dass sie verstanden hatten. Der Pilot des Generalkonsuls wies sie an, die letzte der fünf Raketen zu zünden und flog in Richtung Flugfeld.

Unten versuchte Herold Tōshirō Hase-Gawa hinter den Reihen der Soldaten, die Min-Orota links von der Tribüne stationiert hatte, sein nervöses Pferd unter Kontrolle zu bekommen. Auch ihn hatte die Zerstörung der fünf Flugpferde erschüttert, doch da der Schlag gegen bekannte Staatsfeinde gerichtet war, ließ ihn das allgemeine Entsetzen kalt. Was ihn wirklich erschreckt hatte, war Brickmans mitleidsloses und wirkungsvolles Vorgehen und die Macht, über die er verfügte. Doch im Moment konnte er nur daran denken, im Sattel zu bleiben und in dem ihn umgebenden Chaos ein gewisses Maß an Würde wiederzuerlangen.

Da von oben keine Befehle kamen, brüllten Offiziere und Gruppenführer den unteren Rängen zu, im Glied stehen zu bleiben und nach herabregnenden Trümmern Ausschau zu halten. Der beinlose Körper eines Piloten schlug nur wenige Meter vor dem sich aufbäumenden Pferd des Herolds auf dem Boden auf. Während er an den Zügeln zerrte und dem Tier die Peitsche über den Nacken zog, stürzte ein Raketenteil wie ein vom Sturm losgerissener Dachziegel in Min-Orotas Reihen ein, köpfte einen Fußsoldaten und verletzte ein weiteres Dutzend. Die Unverletzten stoben in allen Richtungen auseinander.

Im gleichen Augenblick erreichten Clearwater, Cadillac, Jodi und Kelso die rückwärtige Mauer des Lagers. Sie hielten nach Luft schnappend im Durchgang zwischen der Mauer und der ersten Werkstätte inne. Jodi warf einen Blick ins Lager, rannte los und versteckte sich.

Sie und Kelso waren mit Steve durch ein taschengroßes Funkgerät mit Ohrstöpsel und Kehlkopfmikrofon miteinander verbunden. »Steve! Wir sind am hinteren Tor. Bis jetzt keine Probleme!«

Sie hörte eine Stimme. »Okay. Haltet euch bereit. Bei drei geht's los. Eins! Und …«

Drei Wächter, die im Lager patrouilliert haben mochten, als die Formation explodierte, stürzten durch das Tor und liefen die Gasse hinunter. Es dauerte eine Weile, ehe sie begriffen, was sie soeben gesehen hatten: vier Wagner, die sich zwischen Mauer und Werkstatt versteckten. Als sie sich umdrehten, schauten sie geradewegs in den Lauf von Jodis Pistole. Kelso hielt das Tor im Auge.

»Zwei – und ...«

Kelso gab Clearwater und Cadillac Zeichen, sich Jodi anzuschließen, dann warf er eine Gasgranate ins Lager.

»Drei!« Die Eimer im Klosett des Wächterhauses explodierten.

Baa-BLAMMM! Das Haus flog in die Luft. Durch die Explosion wurden die vier im Sprengstoff steckenden Gasgranaten gezündet. Giftiger Rauch vermischte sich mit Wolken aus Staub und würden jene, die entkommen konnten, zu Fall bringen.

Steve hatte das Wächterhaus aus zwei Gründen in die Luft gejagt: erstens, um einer möglichen bewaffneten Intervention von dort vorzubeugen, und zweitens als Ablenkungsmanöver, um Werkstattarbeiter und Bodenpersonal von den vier an der Westgrenze des Feldes stehenden Flugzeugen fort ins Lager zu locken.

Die Soldaten und die Zuschauer auf der Tribüne waren immer noch in hellster Aufregung. Bevor sie überhaupt begriffen, was geschehen war, wollte Steve sie in neue Verwirrung stürzen. Aber das konnte er nicht, solange sich die Japse noch vor den Werkstätten aufhielten. Dort befanden sich außer den fünfzig Mann vom Bodenpersonal noch ungefähr sechzig Werkstattarbeiter und zwanzig Frauen aus dem Pulverraum. Plus Freunde und Verwandte.

Sie bekamen einiges geboten. Bevor der Boden unter

ihren Füßen zu zittern begann und sich eine Staubwolke über dem Lager erhob, waren bereits einige von ihnen zu den Tribünen gelaufen, um bei der Beseitigung der Trümmer mitzuhelfen. Ein paar blieben dort, doch der größte Teil kehrte wieder zu den Freunden zurück, die genauso reagierten, wie Steve es sich gewünscht hatte. Sie strömten ins Lager; nur ein paar Unentschlossene blieben zurück.

Clearwater, Cadillac, Jodi und Kelso warfen sich neben Steve zu Boden, als er auf einen weiteren Knopf drückte, der sechs Ladungen entlang der seitlichen Mauern zur Explosion brachte.

B-B-B-B-BA-BAMM!

Die Wucht riss die Mauern und die Dinks, die sich zwischen ihnen aufhielten, auseinander. Sechs Brandgranaten spuckten ihr Feuer in alle Richtungen. Sekunden später brannten Regale, Werkbänke und die Sparren des zusammengestürzten Daches lichterloh.

»Scheii-ße«, keuchte Kelso. »Hoffentlich funktioniert dein Fluchtplan. Ich möchte nicht hier sein, wenn sie herausfinden, wer für dieses ganze Schlamassel verantwortlich ist!«

Jodi zeigte nach Südosten. »Da kommen noch drei! Siehst du?«

»Ja, sie sind die Nächsten«, antwortete Steve. »Los geht's!«

Er schnappte sich Clearwaters Bündel und bedeutete ihr und Cadillac, ihm in geduckter Haltung zu folgen. Sie verließen den Schutz der Büsche und sprangen in den Graben hinter dem Graswall. Der Wall trennte den Westrand des Feldes von der Weide. Das Wasser im Graben ging ihnen bis zu den Waden, aber sie liefen nicht Gefahr, entdeckt zu werden. Bis jetzt waren die Einzigen, die sie gesehen hatten, entweder tot oder zu krank, um darüber zu sprechen.

In Höhe der vier Flugzeuge spähten sie über den Wall. Hinter den Maschinen standen zwei Wagen mit Rahmen für die Startbooster und Flugzeugraketen.

Steve lenkte Kelsos Aufmerksamkeit auf ein paar Dinks, die wie kopflose Hühner herumliefen. »Glaubst du, du kannst sie verscheuchen?«

Kelso wägte ab. »Es ist leichter, sich von hinten anzuschleichen.«

Steve schlug ihm auf die Schulter. Kelso ließ sich über den Wall gleiten und rannte in Deckung.

»Ich glaube, man hat uns entdeckt«, sagte Cadillac.

Steve schaute nach links. Die Flugzeugformation war auseinandergebrochen. Zwei Maschinen gingen eben über dem nördlichen Feldrand nieder. Die dritte Maschine befand sich noch in der Luft.

Das muss der Generalkonsul sein. Ja … das muss er sein.

Die beiden Flugzeuge zogen gerade eine Schleife, als Kelso stoppte und die erste von zwei Splittergranaten zwischen die aufgeregten Dinks warf. Die beiden Maschinen kreisten jetzt hundertfünfzig Meter über ihnen. Die Piloten mussten sie bereits entdeckt haben.

Der Herold sah die beiden Flugpferde über die brennenden Werkstätten hinweg in Richtung Tribüne fliegen, gerade als der Kommandant von Min-Orotas Truppe die Hälfte seiner Streitkräfte zum Löschen des Feuers übers Feld führte. Tōshirō befahl den Regierungstruppen, sich nicht zu rühren. Es war Min-Orotas Besitz, der dort in

Flammen aufging. Er würde erst eingreifen, wenn man ihn darum bat.

Steve nahm den Sender in beide Hände und drückte mit den Daumen die Knöpfe sechs und acht.

Baa-bamm!

Die beiden Flugzeuge lösten sich in ihre Bestandteile auf, als sie die heranmarschierenden Truppen kreuzten – das erste explodierte in ungefähr sechzig Meter, das zweite in knapp dreißig Meter Höhe. Die Trümmer stürzten wie Bomben in die Reihen. Der Kommandant wurde von einem verkohlten halbnackten Körper vom Pferd gefegt. Die Disziplin ging in die Brüche; Soldaten machten auf dem Absatz kehrt und flohen zur Straße am östlichen Ende des Feldes.

Tōshirō Hase-Gawa brüllte dem Garnisonskommandanten zu, seine Streitkräfte zurückzuziehen. Nach den Regeln des Protokolls durfte er das Feld nicht vor dem Generalkonsul verlassen, und so sah er sich gezwungen, auf seinem verängstigten Pferd sitzen zu bleiben. Es war ein Paradepferd und nicht gewohnt, feurigen Projektilen ausgesetzt zu sein. Es tänzelte unruhig im Kreis herum und maß seine Kräfte mit denen des Herolds. Mit rollenden Augen, gebleckten Zähnen und gewölbtem Nacken versuchte es mit aller Gewalt, die Trense abzuschütteln, doch Tōshirō hielt die Zügel straff und zog den schaumbedeckten Kopf des Pferdes zu sich her. Tōshirōs Blick war auf ein anderes, friedlicheres Tier gerichtet: auf das Flugpferd, das über seinem Kopf kreiste.

Komm schon, Brickman! Auf was wartest du noch? Steve hatte den Sender Clearwater gegeben, und die drückte in diesem Augenblick auf den richtigen Knopf.

Nachdem er Zeuge der Zerstörung seiner Eskorte geworden war, kehrten die anfänglichen Ängste des Generalkonsuls zurück. Seine Befürchtungen waren nicht unbegründet gewesen. *Kami* hatte ihren Zorn zurückgehalten und sich entschlossen, erst dann loszuschlagen, wenn sie die eitlen und närrischen Menschen, die es erneut gewagt hatten, den göttlichen Plan zu verhöhnen, am meisten demütigen konnte!

Ihnen hatte man eine verdiente Lektion erteilt. Doch er war nur ein unschuldiger Passant; sein einziger Fehler war der blinde Gehorsam gegenüber seinem obersten Lehnsherrn gewesen. Und jetzt lief er Gefahr, von feurigen Donnerkeilen verschlungen zu werden!

Oh, Ameratsu-Omikami! Hab Mitleid mit einem unschuldigen Sünder, den allein die Pflicht zwang, in deine wolkigen Gefilde einzudringen! Und muss ich mit meinem Leben für diese närrische Tat büßen, dann lass mich mit dem Schwert in der Hand eines ehrenvollen Todes sterben! Noch heute werde ich die Strafe auf mich nehmen! Noch in dieser Stunde! Aber ich bitte dich nur um eins, lass mich unter Menschen sein, mit Boden unter den Füßen!

Er hievte seine massige Gestalt herum und brüllte den Samurai-Piloten an: »Ich möchte aussteigen! Runter! Runter!«

Der Wind schnitt ihm die Worte ab. Plötzlich verschwand der Pilot hinter einer orangeweißen Flammenwand. Das Flugzeug begann zu taumeln, und der Generalkonsul, dessen rechte Gesichtshälfte verbrannte und Blasen zog, dessen Augäpfel weiß wurden wie gekochte Wachteleier, und dessen Rücken Feuer gefangen hatte, fand sich in einer Welt wieder, in der Himmel und Erde eins wurden.

Er hielt sich verzweifelt am Cockpit fest, um nicht herausgeschleudert zu werden, doch das hölzerne Gebilde hielt seinem Griff nicht stand. Die Sicherheitsgurte glitten von seinen Schultern, und schon schwebte er auf einem Luftpolster davon. Unter ihm lag eine Flickendecke aus roten, braunen und orangefarbenen Feldern. Die Welt drehte sich nicht mehr; Erde und Himmel hatten sich wieder getrennt.

Der Schock über das Geschehene und der Sturz, der ihm den Atem raubte, dämpften den brüllenden Schmerz und verdrängten das Entsetzen aus seinem Verstand. Während seiner Ausbildung hatte man ihn nicht gelehrt, dass ein Körper im freien Fall um 9,7536 Meter in der Sekunde beschleunigt, bis er eine Geschwindigkeit erreicht, je nach Luftwiderstand und -dichte bei plus/minus 200 Kilometern in der Stunde. Eine Endgeschwindigkeit im wahrsten Sinne des Wortes.

Mit ausgestreckten Armen und Beinen in einer Höhe von sechshundert Meter hast du das Gefühl, als könntest du für immer fliegen und – wenn du nur wüsstest, wie – eine anmutige Kurve beschreiben und sicher auf den Füßen landen. Erst unter der Dreihundert-Meter-Marke stellst du fest, dass der Boden sich dir mit einer erschreckenden Geschwindigkeit nähert und alles ganz anders enden wird.

Unter ihrem Baldachin kauernd und im Schutz ihrer Leibwächter beobachteten Yama-Shita und Min-Orota fasziniert, wie der Generalkonsul gleich einer derangierten mechanischen Puppe mit Armen und Beinen wedelnd zur Erde stürzte.

*Whummpff!*

Tōshirō, der lange auf diesen Augenblick gewartet

hatte, zuckte zurück, als der Generalkonsul auf dem Boden aufschlug und wie eine überreife Melone zerplatzte. Das war das Ende … In einem Anflug von Freude zwang er sein widerstrebendes Pferd zu einer Drehung und galoppierte vom Feld, während die Überreste des Flugzeugs neben dem schwelenden Leichnam niederregneten.

*Unglaublich,* dachte Jodi. Sie sah auf ihre Digitaluhr – eine von dreien, mit denen sie die AMEXICO zwecks Koordinierung ihrer Flucht ausgestattet hatte. So viel Tod und Zerstörung, und es waren erst knapp acht Minuten vergangen, seit Brickman das erste Flugzeug gesprengt hatte und sie den Pavillon verlassen hatten. Sie sah, wie Cadillac sich die Augen rieb. Er weinte.

Steve scheuchte sie über den Erdwall. »Okay, auf geht's! Packen wir's an!«

Die vier liefen auf die parkenden Flugzeuge zu. Sie stießen unter dem Heck von Nummer zwölf auf Kelso. Er hielt einen Deckel in der Hand – ein Sicherheitsverschluss, den die Dinks über die Stutzen der Raketen zu stülpen pflegten, um einer zufälligen Zündung vorzubeugen. Kelso war aschgrau im Gesicht. »Die Maschine ist nicht bestückt!«

Steve starrte ihn entsetzt an. »Nicht …«

»Der Raketeneinsatz ist leer! Schau her!«

Es stimmte. Steve wurde übel. »Scheiße, Scheiße, Scheiße!«

Er packte Jodi und Cadillac bei den Schultern. »Überprüft die beiden nächsten! Ich werde mir die Neun schnappen!«

Man hatte zwar die Booster an den Startwagen montiert, aber die Einsätze waren leer. Alle. Irgendein idiotischer Dink hatte alle Einsätze mit Verschlüssen versehen –

wahrscheinlich hatte er gedacht, das sähe besser aus. Jodi und Cadillac gingen gemeinsam mit ihm zu Kelso zurück. »Was für ein Esel.« Er schlug sich gegen die Schenkel. »Und sie waren die ganze Zeit hier. Direkt vor unseren Augen!«

»Na, wenigstens steht hier noch eine Wagenladung Raketen rum«, sagte Cadillac.

»Ja. Und du kannst Mo-Town danken, dass sie schon zündklar sind! Leert eure Taschen!« Steve legte fast alle Granaten und Reservemagazine ab. Cadillac tat es ihm nach und gab sie Jodi und Kelso.

»Wir laden, ihr gebt uns Deckung!«

»Das schaffen wir nie«, sagte Kelso.

»Aber wir wollen es wenigstens versuchen! Vielleicht müssen wir mit drei Röhren starten, anstatt einer vollen …« Steve stellte plötzlich fest, dass Clearwater verschwunden war.

Clearwater hatte die anderen verlassen, sobald sie erkannt hatte, dass das, was falsch gelaufen war, noch einige Zeit brauchte, um in Ordnung gebracht zu werden. Sie wusste nicht, wie die Flugpferde funktionierten, aber sie wusste, dass nur sie allein die Kraft hatte, die Krieger auf der anderen Seite des Feldes in ihre Schranken zu weisen. Sie spürte den wachsenden Zorn und wusste, dass sie sich bald zum Angriff sammeln würden. Sie durften dem Wolkenkrieger nichts tun. Wenn sie ihn und Cadillac überwältigten, wäre alles verloren. Und sie hatte noch eine andere Aufgabe: das Prärievolk zu rächen.

Steve und die anderen hielten einen Moment lang inne und sahen zu, wie sie zur Mitte des Feldes lief.

»Was, zum Teufel, macht sie da?«, schrie Kelso.

»Sie versucht, Zeit zu gewinnen«, murmelte Steve. Er ging zum Raketenwagen.

»Aber sie ist noch nicht einmal bewaffnet!«

»Bewaffnet?« Cadillac ließ ein geringschätziges Lachen hören. Ein Zugehörigkeitsgefühl überschwemmte ihn. Es war, als träfe man einen alten Freund. »Schau zu und hab acht, Sandgräber! Jetzt wirst du Zeuge der wirklichen Kraft des Prärievolkes!«

Als die ersten fünf Flugpferde explodierten, hielten die beiden Landfürsten die Katastrophe für Zufall oder das Werk einer feindseligen Gottheit. Aber nachdem der Explosion im Lager weitere folgten, die die Werkstätten in einen Trümmerhaufen verwandelten, wurde ihnen klar, dass der Reiherteich systematisch zerstört wurde.

Aber von wem? Bevor sie eine Antwort gefunden hatten, gingen in unmittelbarer Nähe zwei weitere Flugpferde in Flammen auf, und der Generalkonsul stürzte aus dem Himmel und grub sich dabei fast schon sein eigenes Grab. Wer war dieser unsichtbare Feind? Fürst Yama-Shita fürchtete wie alle Eisenmeister den göttlichen Zorn der *kami,* aber der Reiherteich wurde nicht von Blitzen, sondern von skrupellosen Menschen angegriffen!

An diesem Punkt dämmerte es ihm. Der Beobachter des notgelandeten Begleitflugzeuges war noch nicht tot. Obwohl fast jeder Knochen in seinem Körper gebrochen war, hatte der sterbende Samurai die Kraft gefunden, dem Nächsten derer, die über ihm knieten, unter Qualen ein paar Worte zuzuflüstern.

Sein Bericht über die Sichtung von fünf in Sklavenfarben gekleideten Personen in der Nähe der vier verbliebenen Flugpferde wurde umgehend Fürst Min-Orota zu

Gehör gebracht. Er und Yama-Shita teilten zwar den Schock und die Verwirrung, die ihre Umgebung ergriffen hatte, aber mochte ihnen die Angst auch auf den Magen schlagen, ihr Gehirn arbeitete noch einwandfrei. Beide Männer kamen fast zur selben Zeit zum gleichen Ergebnis. Das Geschehen war die Folge einer Revolte der Sklavenarbeiter des Reiherteiches! Eine gewaltige Narretei, für die sie und zahllose andere teuer bezahlen müssten.

Da seine Männer im Augenblick nicht zu gebrauchen waren, fragte er Fürst Yama-Shita, ob er ein paar seiner berittenen Samurai zur Untersuchung des Falles aussenden könne. Der Landfürst hatte gerade den Befehl gegeben, als eine einzelne, weiß gekleidete Gestalt über das Feld auf sie zukam. Keiner von ihnen wusste, was diese schlanke Gestalt wollte, aber das Erscheinen der Sklavin war ein untolerierbarer Akt des Widerstandes, der niedergeworfen werden musste. Augenblicklich!

Yama-Shita erhob sich, schickte seinen gerüsteten Stab zur Sklavin und brüllte seinen Leibwächtern einen Befehl zu. Zehn von ihnen blieben zurück, um ihre Herren zu schützen, während die anderen – es waren um die sechzig – die Tribüne verließen und übers Feld rannten. Ein paar zogen ihre Langschwerter, andere holten Pfeile aus dem Köcher. Sie spannten die Bögen und rückten vor.

Yama-Shita sandte einen zweiten Befehl an die Kompanie berittener Soldaten, die gerade Vorbereitungen traf, davonzureiten. Sie sollten die weiß gekleidete Gestalt ignorieren und an der nördlichen Mauer vorbei bis zu den vier Flugzeugen preschen.

Während er noch sprach, hörte er einen unirdischen Schrei, der sein Innerstes erstarren ließ – das durchdringende Geheul einer Mutanten-Ruferin.

Kelso, der mithalf, die Einsätze zu bestücken, fielen beinahe die beiden Raketen, die er trug, aus der Hand. »Was, zum …?«

»Weitermachen, weitermachen!«, schrie Steve. Zusammen mit Cadillac hatte er unter jeder der vier Maschinen zwei Raketen befestigt. Zwar hatte er davon gesprochen, notfalls mit dreien zu starten, aber was sie wirklich brauchten, war eine volle Ladung. Sie benötigten auch keine vier Flugzeuge, aber so wie es jetzt aussah, mussten sie sich alle Möglichkeiten offen lassen.

Jodi, die zum Erdwall gekrochen war, um aufzupassen, ob sich jemand von hinten heranschlich, beschloss, Hand anzulegen. Sie steckte die Pistole in das Holster und lief auf den Wagen zu. Auf halber Strecke fing der Boden zu zittern an, und sie wurde gegen eines der Räder geworfen. Als sie aufschaute, entdeckte sie, dass das Beben ein paar der Raketen aus ihren Gestellen gerissen hatte. Sie rappelte sich auf und konnte eine auffangen, bevor sie zu Boden fiel.

Clearwater, deren gespreizte Beine und erhobene Arme ein X bildete, fühlte, wie die Kraft des Talisman aus Himmel und Erde in sie floss. Für die Zuschauer auf der Tribüne schien sie von einem schimmernden Lichtschleier umgeben. Sie senkte die Arme, legte die Fingerspitzen aneinander und nahm Yama-Shita ins Visier.

Und wieder grollte die Erde. Vor Clearwater schoss eine Rauchsäule in die Höhe, teilte sich und wurde zu einem Spalt, der sich bis zur Tribüne zog. Die Erde wogte und warf die herannahenden Samurai zu Boden. Der Erdspalt erreichte die Tribüne, die zusammenbrach und die Zuschauer unter sich begrub.

Die zum Nordrand des Feldes galoppierenden Samurai zogen die Zügel an und drehten sich verwirrt im Kreis. Ihr Anführer ließ sein Pferd auf der Hinterhand wenden und brüllte seinen Männern mit blankem Schwert zu, sich für einen Angriff auf die weiß gekleidete Gestalt zu sammeln.

Clearwater deutete auf die seitliche Mauer und hob die ausgestreckte Hand langsam höher. Die Mauer zitterte und schwankte wie eine graubraune Schlange, die man aus dem Schlaf gerissen hat. Es krachte und knarrte, als sich die Steine aus der Mauer lösten und wie welke Blätter in einem Wirbelwind gen Himmel stiegen. Dann hob Clearwater die rechte Hand und rief die Mauer hinter dem Pavillon um Hilfe an.

Die Adler werden seine Goldpfeile sein,
die Steine der Erde sein Hammer,
und eine Nation wird geschmiedet sein
aus den Flammen des Krieges.
Das Volk der Prärie wird sein wie ein glänzendes Schwert
in den Händen Talismans, seines Retters.

Menschen und Pferde konnten sich der steinernen Lawine nicht erwehren. Doch immer mehr Steine schlugen immer schneller von zwei Seiten auf die kümmerlichen Reste von Yama-Shitas Kompanie, die zerstörte Tribüne und die Zugangsstraße ein, wo Min-Orotas Offiziere verzweifelte Versuche unternahmen, ihre demoralisierten Truppen zur Räson zu bringen.

Auf dem Feld rappelten sich schwankende Samurai auf die Füße und sprachen sich Mut zu. Dem Steinregen waren bereits einige Krieger zum Opfer gefallen, und seine Wucht ließ nicht nach. Die Bogenschützen verfehlten die Teufelin mit den langen, schwarzen Haaren, die wie dunkle Schwingen um ihr kalkweißes Gesicht wallten.

Und wieder hob Clearwater die Arme, bis sie mit den Schultern eine Linie bildeten, und konzentrierte die sie umgebenden Lichtstrahlen zu einem senkrechten Keil, dessen Spitze über ihren Fingerspitzen lag.

Alle Pfeile prallten von ihr ab. Die Bogenschützen gaben nicht auf. Wieder erreichten sie ihr Ziel nicht! Es war, als würde sie von einer unsichtbaren Mauer geschützt! Die durch den Steinhagel auf ein Drittel reduzierten Samurai warfen die Bögen beiseite und drängten mit schwingenden Schwertern vorwärts, wobei sie Ameratsu-Omikami um Hilfe anriefen.

Clearwater drehte die Handflächen zur Erde, legte die Daumen aneinander und spreizte die Finger. Ein zweiter durchdringender Schrei löste sich von ihren Lippen, noch furchtbarer als der erste. Die herandrängenden Samurai blieben wie angewurzelt stehen. Der Boden unter ihren Füßen bebte; ihre Körper zitterten, die Zähne klapperten, die Schwerter fielen ihnen aus den Händen. Ihre Mägen wogten, die Herzen schlugen schneller und schneller, und sie hatten das Gefühl, als würden ihre Köpfe zerspringen. Die schwachen Blutgefäße – ein fatales Erbe ihrer fehlerhaften Genstruktur – zerrissen. Gesichter und Hände nahmen eine gräulich-purpurne Farbe an. Als die Hauptschlagadern platzten, rann ihnen Blut aus Augen und Nase. Blutströme überschwemmten das Gehirn und verwandelten es in eine dunkle Grube.

Sie waren tot, bevor sie den Boden berührten.

Fürst Yama-Shita stolperte mit blutbefleckten und zerrissenen Kleidern von der Tribüne, gerade als die weißgesichtige Gestalt über seine gefallenen Samurai hinwegschritt. Plötzlich wusste er, wer sich hinter der Maske verbarg.

Die Langhündin des Generalkonsuls! Die Hure, deren haarigen Körper er einmal im Verborgenen mit einer Mischung aus Abscheu und Faszination betrachtet hatte. Die Unperson, die er einst so grausam verspottete, hatte seiner Macht getrotzt, sich an seiner Familie gerächt und ihn an den Rand des Ruins gebracht! Es war kaum zu glauben, doch die Beweise lagen überall um ihn herum. Fluch über sie! Fluch über alle Frauen!

Er zog das Schwert, warf die Scheide fort und sah sich nach Unterstützung um. Etwa einem Dutzend Mitglieder seiner Familie war es gelungen, sich aus den Trümmern zu befreien; andere kämpften sich noch heraus. Er bat die Überlebenden, sich ihm anzuschließen und hinkte mit vorgestrecktem Schwert, beide Hände am Griff, in Clearwaters Richtung. Niemand folgte ihm. Sei's drum. Er würde ihnen zeigen, wie tapfer man sein musste, um der mächtigste Landfürst Ne-Issans zu werden.

Clearwater erwartete ihn schweigend, mit ausgestreckten Armen und zusammengelegten Fingerspitzen, die auf sein Gesicht zeigten. Yama-Shita blieb eine Schwertlänge vor ihr stehen und baute sich breitbeinig vor ihr auf, um den Todesstreich auszuführen. Seine Augen trafen ihren Blick, und er sah sie wie Eiskristalle in der Sonne strahlen. Die Erde bebte. Seine Muskeln zitterten, und sein Verstand drängte ihn, zuzuschlagen, bevor es zu spät war, doch die Arme wollten ihm nicht gehorchen, und er konnte ihrem Blick nicht länger ausweichen.

Clearwater verschränkte die Finger. Die atemlosen Zuschauer verfolgten gebannt, wie Yama-Shita das Schwert umdrehte und die Arme langsam hob, bis die Klinge auf seinen Bauch wies. Dann sahen sie, wie die weißgesichtige Hexe – denn eine Hexe musste sie sein – ihre Arme senkte und mit verschränkten Händen auf den Landfürsten deutete.

Yama-Shita wusste, dass die Kraft, die seine Arme durchströmte und ihn zwang, das Schwert durch seinen Körper zu treiben, nicht die seine war, aber er konnte ihr nicht widerstehen. Noch konnte er dem stummen Befehl Einhalt gebieten, das Schwert herauszuziehen und es sich noch einmal in den Leib zu stoßen. Und noch einmal! Die ersten beiden Stöße hatten seinen Geist betäubt und seine Zunge gelähmt, doch jetzt verlangte der Schmerz nach Befreiung, und er schrie in Agonie, als sich das Schwert zum dritten Mal in seinen Körper bohrte.

Die Angehörigen seiner Familie, denen es an Mut gebrach, ihm zu folgen, sahen ungläubig, wie er sich das Schwert zum fünften Mal in den Körper stieß. Er brüllte vor Schmerz. Aber er fiel nicht. Der fünfte Stoß reduzierte ihn zu einem erbarmungswürdigen Geschöpf, das auf blutüberströmten Füßen schwankend um Mitleid flehte. Aber die weiße Hexe ließ sich nicht rühren.

Erst als er seinen Körper zum achten Mal durchbohrt hatte, ließ Clearwater Yama-Shita in einem Teich aus seinem eigenen Blut in die Knie gehen. Und sie wich keinen Schritt zurück, als er, den Griff des in seinem Körper steckenden Schwertes in der Hand, vor ihr niederfiel und ins Gras vor ihren Füßen biss.

Clearwater hielt die Arme triumphierend in die Höhe, und die Erde antwortete mit einem ohrenbetäubenden Grollen. Diejenigen, die sich noch auf den Beinen befanden, fuhren entsetzt zurück, drehten sich um und liefen um ihr Leben.

Steve, dem es gelungen war, eines der durchgehenden Pferde am Zügel zu packen, näherte sich ihr von hinten. Als sich ihre Blicke trafen, lief ihm ein Schauer über den Rücken. Wenn die Augen, wie Mr. Snow gesagt hatte, der Spiegel der Seele waren, dann hatte er gerade eine Fremde gesehen. »So werden die Feinde des Volkes vernichtet …« Ihre Stimme war ohne jegliches Gefühl.

Steve half ihr aufs Pferd. Ihr Körper schien unglaublich leicht und zerbrechlich zu sein, wie eine trockene Hülse. Sie schlang die Arme um seine Taille. »Halt dich fest!«, sagte er und packte ihre Handgelenke, während er das Pferd wendete und auf die wartenden Flugzeuge zugaloppierte. Sie standen startbereit mit der Nase gegen den Wind. Cadillac hatte in der ersten Maschine Platz genommen und half Clearwater auf den Vordersitz. Seine Augen strahlten. Steve warf ihm einen Blick zu. Ja. Natürlich. Das war sein Komplex, der hielt ihn in Bewegung. Cadillac musste immer zur siegreichen Partei gehören.

Steve schlug gegen das Cockpit. »Okay, los geht's! Wir sind genau hinter euch!« Als Cadillac die Booster zündete, trat Steve zurück und sah zu, wie die Maschine über das Gras rollte.

Kelso beobachtete über Steves Schulter hinweg, wie das Flugzeug fast senkrecht in die Höhe stieg. »Hältst du es für eine gute Idee, sie zusammen fliegen zu lassen?«

»Wolltest du mit ihr fliegen?«

»Nicht nach dem, was ich gerade gesehen habe, aber …«

»Mach dir keine Sorgen. Ich kann auch diese vier Maschinen in die Luft jagen. Ich habe immer noch den Sender.«

Kelso lachte kurz auf. »In diesem Fall werde ich wohl besser vorsichtig sein.«

»He! Könnt ihr mal aufhören, herumzualbern!«, schrie Jodi. »Ich glaube, da wollen uns ein paar Kerle einen Besuch abstatten!«

Steve hörte Hufschläge. »Du hast recht! Jetzt seid ihr an der Reihe!«

Er trieb Jodi und Kelso zur nächsten Maschine und nahm die übernächste. Jodi hatte noch ein Bein aus dem Cockpit hängen, als Kelso die Booster zündete. Steve betätigte die Zündung, als die ersten Reiter durch das Gebüsch brachen und auf das Feld ritten.

Die Maschine rollte vorwärts.

*Komm schon, komm schon, KOMM schon!*

Der Wagen wurde schneller, aber nicht schnell genug, um den Anführer der Reiterschar abzuhängen. Der Samurai galoppierte nach rechts, um dem Rauch zu entgehen, und näherte sich mit gespanntem Bogen dem Flügel. Aus dieser Distanz konnte er ihn nicht verfehlen, aber Mo-Town schien auf Steves Seite zu stehen.

Der Pfeil ging glatt durch eine Strebe und grub sich in seinen Oberschenkel.

Der Samurai hatte keine Chance für einen zweiten Schuss. Als er nach hinten griff, um einen Pfeil aus dem Köcher zu ziehen, streckte Steve den Arm aus und fegte ihn mit einer Salve vom Sattel.

Als Kelso und Jodi abhoben, sah Steve, weshalb Cadillac zwei Raketen gezündet hatte. Das Flugfeld war mit Steinen und Leichen übersät. Er biss die Zähne zusammen und folgte den beiden Wagnern auf einer steilen Kurve in Richtung Westen.

Hinter den rotbelaubten Hügeln lag der Hudson. Und

wenn Totenkopf recht hatte, dann gab es dort ein Flugfeld. Aber zuerst musste er noch etwas erledigen.

Steve senkte die linke Flügelspitze und sah auf die winzigen Gestalten hinab, die sich um das letzte Flugzeug geschart hatten. Zusammen mit Jodi, Kelso und Cadillac hatte er die beiden Raketenwagen in die Nähe der Maschine befördert und als Zugabe fast ihren gesamten Granatenbestand ins Cockpit geschmissen. Er nahm den Sender und drückte auf den Knopf. »Adios, Amigos.«

Es folgten zwei Blitze. Zuerst explodierte der Plastiksprengstoff und die Granaten, dann gingen die beiden Raketenwagen in die Luft. Die Rauchwolke dehnte sich aus und stieg zum Himmel. Die meisten der winzigen Gestalten bewegten sich nicht mehr.

Steve ließ den Blick schweifen. Es sah aus, als würde sich dort unten nichts mehr regen. Der Reiherteich war völlig zerstört. Die Eisenmeister hatten ihre Lektion bekommen, an die sie sich noch lange erinnern würden. Aber wer bezahlte dafür? Wie viele Menschen waren getötet worden, damit er, Clearwater, der Shōgun – und vielleicht auch der Herold – ihre persönlichen Rechnungen begleichen konnten? Wie viele Menschen würde man für das, was er getan hatte, bestrafen? Er verdrängte die Gewissensbisse. Er hatte es tun müssen.

Am besten war, nicht zu viel darüber nachzudenken …

In neunhundert Metern Höhe war die Luft merklich kühler. Aber zweifellos würde es bald heiß hergehen. Er gesellte sich zu den anderen, flog zwischen ihnen hindurch und setzte sich an die Spitze. Clearwater winkte, Cadillac hielt den Daumen hoch. Jodi und Kelso stießen die Fäuste in die Luft; das Siegeszeichen der Ausbrecher.

Steve antwortete instinktiv: »Yeah!«

Sie hatten Glück gehabt. Alle hatten mitgeholfen, aber Clearwater hatte den Tag gerettet. Doch auch er hatte Glück gehabt. Hätte der Pfeil nicht die Strebe durchschlagen, wäre er glatt durch den Oberschenkel gegangen. Süße Mutter! Die Wunde schmerzte. Aber er verlor kaum Blut. Er würde es überleben.

Abgesehen davon, hatte der Tag gut angefangen …

# 17

Clearwaters Sieg über Fürst Yama-Shita und seine Genossen war in gewisser Weise kein echter Sieg. Als Fürst Kiyo Min-Orota aus dem Trümmerhaufen befreit worden war, hatten seine Retter festgestellt, dass er wie durch ein Wunder lebte und von kleineren Verletzungen abgesehen wohlauf war. Shigamitsu, der Kommandant vom Reiherteich, der nur wenige Zentimeter von ihm entfernt gewesen war, als das plötzliche Erdbeben die Tribüne zerstörte, war erschlagen worden.

Für den Samurai war sein plötzliches Ableben ein Glück, denn hätte er überlebt, würde Fürst Min-Orota ihn grausam gefoltert haben. Trotz seines Ranges hätte man ihm nicht erlaubt, *seppuku* zu verüben. Er wäre wie ein gewöhnlicher Verbrecher behandelt und gezwungen worden, öffentlich die schändlichsten Entwürdigungen zu erdulden, die je verhängt worden waren.

Selbst sein Tod enthob ihn nicht Min-Orotas Rachsucht. Sein zermalmter Leib wurde enthauptet und anschließend gevierteilt. Die zerfetzten Gliedmaßen wurden am gemauerten Türsturz über den Toren zum Reiherteich aufgehängt und sein Kopf auf einen Pfahl gespießt und mit einem Anschlag versehen, auf dem seine kriminelle Unfähigkeit verkündet wurde. Seine Frau, deren einziges

Verbrechen ihr Ehestand war, wurde angewiesen, ihre beiden Kinder und dann sich selbst zu töten; ihre Leichen wurden neben seiner aufgehängt.

In Min-Orotas Augen lag die Schuld an dem, was geschehen war, ausschließlich beim Stab des Reiherteichs. Wären diese Leute aufmerksamer gewesen, hätten die Langhunde und ihre Mutantenkomplizen diese beispiellose Revolte nicht anzetteln können. Er zog es vor, seine eigene Beteiligung an dieser Affäre zu vergessen, und weigerte sich, den Implikationen dieser gewalttätigen Zurschaustellung dämonischer Kräfte ins Auge zu sehen, die den Angriff der Langhunde begleitet hatte.

Alle überlebenden Mitglieder des Stabes vom Reiherteich, die Wagner-Renegaten, die den Tag in ihren Quartieren verbracht hatten, und die mit Reinigungsarbeiten und der Zubereitung der Mahlzeit beschäftigten Mutantensklaven waren unter schwerer Bewachung im Lager zusammengetrieben worden. Unter ihnen befanden sich Paradesoldaten. Nach Min-Orotas Ansicht waren sie ebenso schuldig. Ihr feiges Verhalten war es gewesen, das es den Urhebern dieser Freveltat ermöglicht hatte, zu entkommen.

An Händen und Füßen gefesselt wurden sie von einer peitschenschwingenden Eskorte auf die Straße hinaus und in einer Reihe Richtung Bo-sona geführt. Vor ihnen waren mehrere Mutantentrupps damit beschäftigt, in Abständen von jeweils hundert Schritten Pfostenlöcher an den Straßenseiten zu bohren. Immer, wenn ein Loch erreicht war, hielt die Kolonne an. Der oder die jeweils erste wurde gezwungen, einen Pfosten von einem Karren zu nehmen und zu helfen, ihn fest in den Boden zu rammen, bevor er oder sie daran gebunden und einem qualvollen Tod überlassen wurde.

Dieses Verfahren, dem Min-Orota vom gemütlichen Inneren seines Wagens her zusah, war doppelt grausam, denn die Übriggebliebenen mussten an einer Doppelreihe gepeinigter Opfer vorbeimarschieren, sodass ihnen kein Zweifel an dem Schicksal blieb, das auch ihnen letztlich bestimmt war.

Die makabre Prozession setzte sich bis Ba-satana fort, und als die erste Kolonne aufgerieben war, wurden auf den Feldern links und rechts neben der Straße arbeitende Mutantensklaven zusammengetrieben und an die Pfähle gefesselt, und schließlich jene, die die Löcher gebohrt hatten.

Als Min-Orota in seinen Palast zurückkam, war sein erster Blutdurst gestillt, aber als er sich zu einem trübsinnigen Mahl mit den wichtigsten Mitgliedern seiner Familie und den Überlebenden der Gesellschaft Yama-Shitas niederließ, war ihm nicht viel geblieben, über das er hätte glücklich sein können.

Der Leichnam seines Freundes war in einem behelfsmäßigen Sarg vom Reiherteich auf sein Schiff überführt worden, aber sein Tod hatte große Schwierigkeiten mit sich gebracht. Obwohl es Yama-Shita gewesen war, der das Flugpferd und seine beiden Reiter nach Masa-chusa gebracht und den Shōgun überredet hatte, weitere Flugpferde bauen zu lassen, stand bereits fest, dass man ihm, Kiyo Min-Orota, die Schuld am Tod des Landfürsten geben würde.

Diese Anschuldigung war offenkundig unfair, aber bei einer mächtigen Familie wie den Yama-Shitas war Gerechtigkeit vom Betrachter abhängig. Sie würden Entschädigung verlangen: Güter, Geld … vielleicht auch Blut. Die Forderungen konnten sich als für seinen Distrikt verhängnisvoll erweisen, aber die Alternative wäre noch schlimmer.

Fürst Min-Orota sah auch Schwierigkeiten aus einer anderen Richtung entgegen. Der Generalkonsul war beim Flug in einer dieser Maschinen getötet worden, für deren Herstellung letztlich wiederum er, Min-Orota, verantwortlich war. Und was noch schlimmer war, die Revolte – die ausschließlich auf eine mangelhafte Beaufsichtigung der Sklavenarbeiter zurückzuführen war – war kein einfacher Ausbruchsversuch gewesen. Es hatte einen mörderischen Anschlag auf Angehörige hoher Ränge und Hochgeborene gegeben. Die Haupttribüne war völlig zerstört worden, einschließlich der für den Shōgun eingerichteten Loge! Wäre er zugegen gewesen und Opfer einer Belästigung oder sogar Verletzung seiner Person geworden … Min-Orota verbannte diesen Gedanken aus seinem Kopf. Die Folgen wären zu schrecklich gewesen.

Als er unter dreifacher Samurai-Bewachung in seine privaten Gemächer zurückkehrte, fand der Landfürst einen versiegelten Brief neben seinem Bett vor, der ihn darüber informierte, dass in Ba-satana aus dem Büro des Kämmerers ein Kurier mit einer mündlichen Mitteilung von höchster Wichtigkeit angekommen war. Min-Orota wurde ersucht, den Kurier unverzüglich zu empfangen. Die Audienz sollte unter größtmöglicher Geheimhaltung stattfinden, die Herkunft des Kuriers niemandem offenbart werden, und bei der Übermittlung der Botschaft sollten keine Zeugen zugegen sein.

Min-Orota hatte nicht die leiseste Ahnung, was ihm der Mann mitzuteilen hatte, aber die Versuchung, es herauszufinden, war unwiderstehlich. Ein Annäherungsversuch Ieyasus war leicht abzuwehren. Nachdem er den

Brief, wie angewiesen, vernichtet hatte, sandte er seinen zuverlässigsten Diener mit dem Befehl zu der angegebenen Adresse, den Kurier in den Palast und über eine Geheimtreppe direkt in seine privaten Gemächer zu geleiten.

Ieyasus Kurier erschien kurz nach Mitternacht vor ihm und präsentierte nach Austausch des verabredeten Losungswortes sein Amtssiegel. Als der Mann sein Gesicht entschleierte, glich es einem lebenden Totenschädel. Er war Steves kleiner Befrager. Der Name, den er angab, lautete Fuji-Wara, aber es war vermutlich nicht sein echter.

Die Botschaft des Hofkämmerers lautete im Wesentlichen wie folgt: Die Nachricht über die katastrophalen Ereignisse am Reiherteich hatte Ieyasus Büro erreicht und war unverzüglich an den Shōgun weitergeleitet worden. Seine Hoheit war – wie sich Min-Orota vorstellen konnte – tief betroffen, knapp dem entgangen zu sein, was ein Anschlag auf sein Leben hätte sein können.

Der Shōgun war auch über den Verlust seines Schwagers, des hochgeschätzten Generalkonsuls Nakane Toh-Shiba, zutiefst betroffen. Sein Tod hatte nicht nur den Zorn des Shōgun erweckt, er stellte auch eine Beeinträchtigung seiner Verwaltungskapazität als Herrscher Ne-Issans dar. Es war, wie Min-Orota befürchtet hatte: Ein Angriff auf den Generalkonsul – und den Herold Tōshirō Hase-Gawa – war zugleich ein Angriff auf das Shōgunat selbst. Wenn er als Landfürst nicht in der Lage war, abweichlerische Elemente zu unterdrücken und die persönliche Sicherheit und ungestörte Fahrten von Regierungsbeauftragten zu gewährleisten, würde das Shōgunat seine Rechte mit allen gesetzlichen Mitteln zu schützen wissen.

Der Kurier musste nicht verdeutlichen, was das bedeutete. Natürlich musste eine Entschädigung an die Witwe des Generalkonsuls gezahlt werden. Ein Beamter von seinem Rang kam nicht billig davon – und da seine Frau die Schwester des Shōgun war, würde sich die übliche Summe wahrscheinlich um den Faktor zehn erhöhen. Auch die indirekten Folgen des Vorfalls am Reiherteich konnten sich als teuer erweisen. Extragebühren mochten erhoben, Handelslizenzen und Vermögenseinlagen zurückgezogen werden. Ältere Adjutanten, die am Reiherteichprojekt mitgewirkt hatten, aber bisher unbestraft davongekommen waren, konnten ihr Leben verwirkt haben, und eine signifikante Vergrößerung der Anzahl der Regierungsbeamten und Truppengarnisonen – zu deren Erhaltung er beizutragen verpflichtet war – konnten ebenfalls nicht ausgeschlossen werden.

Wenn sich ein Landfürst derartigen Maßnahmen widersetzte, konnte sein Bezirk zum abtrünnigen Lehen erklärt werden. Das verlieh dem Shōgunat das Recht, seinen Bezirk einer militärischen Besatzung zu unterstellen. Seine Familie konnte, wenn es sich als erforderlich erwies, abgesetzt oder den viel härteren Bedingungen des Vasallentums unterzogen werden. Keine erfreuliche Aussicht – besonders, wenn er die noch nicht spezifizierten Repressalien seitens der Yama-Shita-Familie dazurechnete.

Fuji-Wara, ein zweifellos in heiklen Verhandlungen dieser Art erfahrener Mann, gab zu verstehen, dass sein Herr sich der prekären Situation in der Beziehung zwischen den Min-Orotas und den Yama-Shitas bewusst sei, die sich mit dem Tod ihres Landfürsten ergeben hatte. Der Hofkämmerer wünschte, das Haus Min-Orota zu unterstützen, denn immerhin handelte es sich um Freunde und Verbündete der Toh-Yota-Familie. Beide Häuser waren auf verschiedene Weise durch die Yama-Shitas bedroht.

Wenn sich ein Weg der Zusammenarbeit fände, diese Bedrohung zu eliminieren oder zumindest zu reduzieren, sagte der Kurier, sei er sicher, dass Ieyasu den Shōgun dazu überreden könne, die Suche nach den Schuldigen für die stattgefundenen Ereignisse mit weniger Nachdruck zu betreiben und nur eine nominelle Wiedergutmachung für den Tod des Generalkonsuls zu verlangen.

Min-Orota konnte es sich nicht leisten, dieses Angebot zurückzuweisen.

Er brauchte Hilfe, aber obwohl er in die Ecke gedrängt war, erkannte er, dass der Besuch des Kuriers nur die Spitze eines politischen Eisberges war. Ieyasu, dieser schlaue alte Fuchs, hatte wieder einmal genau in dem Augenblick, in dem seine Kritiker und Feinde zuversichtlich hofften, zu seinem Leichenbegängnis eingeladen zu werden, einen Trick aus der Kiste gezogen. Der Landfürst bedachte seine Möglichkeiten und versicherte dann seinem Gast, er sei selbstverständlich jederzeit bereit, dem Shōgun zu dienen und warte nur darauf, zu erfahren, was man von ihm verlange.

Der Totenschädel erzählte es ihm.

Die drei Hochseedschunken, die Fürst Yama-Shita, seine bewaffneten Begleiter und seine Eskorte nach Ba-satana gebracht hatten, lagen noch im Hafen vertäut, und die Überlebenden – darunter jene, die mit Fürst Min-Orota gespeist hatten – hatten die Nacht an Bord verbracht. Die Schiffsmannschaften, die das Dock nicht verlassen hatten, schätzten sich glücklich, dem furchtbaren Schicksal, das ihre Landsleute erlitten hatten, entgangen zu sein.

Als Kapitäne und Mannschaften erwachten, sahen sie, dass in der Nacht eine weitere große Dschunke mit der

Hausflagge der Hase-Gawa eingelaufen war und steuerbord vor Anker lag, an der Nordseite des Hafens. Beim Frühstück besprachen die derzeitigen Häupter der Delegation die nächsten Schritte. Sollten sie sofort absegeln oder abwarten, bis zusätzliche Männer, hauptsächlich Soldaten, über Land ankamen und ihre verminderte Anzahl auffüllten?

Die Nachricht von Yama-Shitas Tod war durch berittene Boten zum Palast bei Sara-kusa weitergegeben worden, aber ihr rasches Eintreffen war nicht sicher, weil der Reiter den nördlichen Bezirk Toh-Yotas durchqueren musste.

Die Brieftauben, die eingesetzt wurden, um geheime Botschaften des Landfürsten zum Palast zu übermitteln, waren mit ihm an den Reiherteich gegangen. Es war üblich, dass mehrere Körbe mit Brieftauben Yama-Shita auf allen seinen Reisen begleiteten, damit er dringende Nachrichten schnell weitergeben konnte. Unglücklicherweise hatte das Erdbeben den Reisewagen umgekippt und zerstört. Der Fahrer und der Taubenhalter waren vermutlich mit zerschmettertem Schädel aufgefunden worden, und die Vögel, die den Steinhagel überlebt hatten, waren entkommen, als ihre Körbe aufplatzten.

Während sie noch überlegten, brachte ein Schiffer eine Botschaft von Fürst Min-Orota. Der Landfürst stand am Kai und bat um Erlaubnis, mit vier Shintō-Priestern an Bord kommen zu dürfen, um seinem Freund und Verbündeten die letzte Ehre zu erweisen. Zwei ältere Mitglieder der Delegation gingen an Land, um ihn an Bord zu geleiten.

Fürst Yama-Shitas offener Sarg stand auf einem mit weißer Seide bedeckten Katafalk. Als die traditionelle Trauerfeier beendet war, brachte Min-Orota eine Stunde mit schweigender Kontemplation zu und bat dann um ein privates Gespräch mit den engsten Adjutanten des Toten. Nur zwei von ihnen waren noch auf den Beinen. Vier waren übel verwundet, von einem weiteren erwartete man, dass er sterben würde, bevor er die Heimat erreichte, und mehrere Leichen lagen im Frachtraum.

Nachdem er sich vergewissert hatte, dass niemand zuhören konnte, brachte Min-Orota das Thema auf eine Truhe voller wertvoller Seide, die Fürst Yama-Shita mitgebracht hatte, um sie den vornehmsten Damen des Hauses Min-Orota zu schenken. Der Landfürst hatte die einzigartige Qualität des Materials und der Verarbeitung erwähnt, aber leider nicht lange genug gelebt, um das Geschenk persönlich zu überreichen. Wussten die Adjutanten, erkundigte sich Min-Orota, von der erwähnten Absicht ihres Herrn, und, wenn ja, wo war die Truhe?

Min-Orota war glücklich, dass die beiden ihm gegenüber sitzenden Männer zu den vieren gehörten, die, abgesehen von ihm selbst und dem toten Landfürsten, um die wahre Natur der unter Stoffballen verborgenen Gegenstände wussten. Nachdem sie bedeutsame Blicke ausgetauscht hatten, erwiderte der ältere der beiden, ja, sie wüssten von dem beabsichtigten Geschenk, aber da ihr Herr nicht lange genug gelebt habe, es selbst zu überreichen, fühlten sie sich nicht kompetent, das Geschenk in seinem Namen zu machen. Eine diesbezügliche Entscheidung könnte nur sein Nachfolger treffen.

Min-Orota lobte ihren außerordentlichen Takt und ihre Bescheidenheit. Sie hatten ihn jedoch missverstanden. Es lag ihm fern, etwas zu verlangen, das ihm nicht aus freien Stücken gegeben werde. Sein Vorschlag lautete vielmehr, die Truhe mit Inhalt in seinen Gewahrsam zu schaffen, bis über ihr weiteres Schicksal entschieden war. Er hatte einen gewichtigen Grund für diesen Vorschlag, denn seine Spione in der Residenz des Verstorbenen hatten ihm am Morgen höchst beunruhigende Nachrichten überbracht. Der Shōgun hatte von der heiklen Fracht der Dschunke erfahren und plante, die Flotte auf ihrer Rückfahrt unter dem Vorwand, dem toten Landfürsten die letzte Ehre erweisen zu wollen, abzufangen.

Diese Enthüllung veranlasste die beiden Adjutanten, weitere Blicke auszutauschen.

Min-Orota drückte seine Besorgnis aus. Die Männer des Shōgun konnten leicht eine Entschuldigung finden, sich im Namen ihres Herrn des wertvollen Inhalts der Truhe zu bemächtigen. Falls ihnen diese Gefahr drohen sollte, konnten sie sich immer noch selbst retten, indem sie die Truhe zuvor über Bord warfen. Aber wäre das nicht ein erbärmlicher Verrat an den Wünschen ihres toten Herrn?

Die Alternative war, den Inhalt der Truhe über Land zu transportieren, aber auch in diesem Fall konnten ihre Träger von den Toh-Yotas abgefangen werden. Nur das Haus Min-Orotas, des wichtigsten Partners in dem Unternehmen, das ihm ihr toter Herr einst als das Spinnen und Weben von Träumen beschrieben hatte, konnte mit der Bewachung der Truhe und ihrem Inhalt betraut werden, bis der Nachfolger Yama-Shitas gewählt war.

Min-Orotas Wahl der Worte und der Nachdruck, mit dem er sie aussprach, ließ die beiden Adjutanten nicht mehr daran zweifeln, dass sein Vorschlag völlig dem entsprach, was Fürst Yama-Shita gewünscht haben würde. Nachdem sie sich zu einer geflüsterten Unterhaltung ans andere Ende des Raumes zurückgezogen hatten, kamen sie zurück und knieten vor Min-Orota nieder. Er bedeutete ihnen, sich zu erheben und zu sprechen. Sie verbeugten sich respektvoll und setzten sich mit gekreuzten Beinen hin.

Sie waren, sagte der Ältere, für die Warnung in Bezug auf das mögliche Abgefangenwerden ihrer Schiffe dankbar. Die Truhe würde seiner Obhut anvertraut – aber war er sich der Gefahr bewusst, der er sich durch sie aussetzte?

Min-Orota erklärte sich bereit, diese Gefahr auf sich zu nehmen. Fürst Yama-Shita hatte das höchste Opfer gebracht, um Ne-Issan in ein neues Zeitalter zu führen. Er, Kiyo Min-Orota, teilte diese erhabene Vision von der Zukunft und war glücklich, mithelfen zu dürfen, dass sie wahr wurde. Es würde dem Mann, der bald den Umhang ihres toten Herrn übernehme, beweisen, dass er ein würdiger Verbündeter war. Jemand, dem man die tiefsten und dunkelsten Geheimnisse anvertrauen konnte.

Wieder einmal machte Min-Orotas Wortwahl deutlich, dass er die wahre Natur ihres Unternehmens verstand: Die Wiedereinführung des Dunklen Lichts. Zeit und Ort wurden festgelegt: Mittag in einem abgelegenen herrschaftlichen Haus, das weit vom Palast und der Unruhe des Seehafens entfernt war. Die Verladung der Truhe im hellen Tageslicht würde nicht die Aufmerksamkeit der Wachen erregen, und ein Beamter des Palastes würde zugegen sein, um sicherzustellen, dass ihr Transport vom Dock reibungslos vonstatten ging.

Am festgesetzten Tag und zur geplanten Stunde fuhr ein Ochsenkarren mit dem Fahrer, der Truhe und vier Trägern zum Bestimmungsort. Dem Karren ritten die beiden Adjutanten und vier weitere Männer voraus, und ein zweiter Wagen mit zwölf Soldaten in ziviler Kleidung folgte ihm. Diese drei Trupps bewegten sich unterschiedlich schnell und verringerten oder vergrößerten die Abstände des einen zum anderen und mischten sich zuweilen unter den übrigen Verkehr. Ein zufälliger Beobachter würde keine Verbindung zwischen ihnen sehen, und das war beabsichtigt.

Als die berittenen Samurai die Umgebung des Landhauses nach verborgenen Streitkräften abgesucht hatten, gaben die beiden Adjutanten das Zeichen, dass der Karren mit der Truhe auf das Grundstück fahren könne. Das zweite Fahrzeug mit den getarnten Soldaten, deren Waffen unter dem Stroh versteckt waren, auf dem sie lagen, hielt auf der Straße an. Für jeden Passanten wären sie nur eine Gruppe Bauern gewesen, die sich die Beine vertraten, während der Fahrer und ein Junge die Tiere fütterten.

Das Landhaus, ein aus der Mitte des vorigen Jahrhunderts stammendes Gebäude aus Stein und Holz mit ziegelgedecktem Dach, war eine unbewohnte, vernachlässigte leere Hülle. Zwei von Min-Orotas Leutnants, die die Adjutanten schon kannten, geleiteten sie mit der Truhe vor Min-Orota und zogen sich dann mit den vier Trägern zurück. Auch diese vier waren verkleidete Soldaten, von den vierzig, die das Debakel am Reiherteich überlebt hatten.

Fürst Kiyo Min-Orota setzte sich auf eine Strohmatte in der Mitte eines Podiums, das die gegenüberliegende Seite des Raumes einnahm. Er bedeutete den Adjutanten, die vier Matten in der Mitte des Raums zu entfernen. Unter den Matten zeichnete sich eine Falltür ab. Sie öffneten sie und erblickten eine Treppe, die in den Keller führte.

Dies war, erklärte Min-Orota, der Ort, an dem die

Truhe versteckt würde. Die Falltür würde wieder verschlossen werden, und niemand würde einen Verdacht schöpfen, bis die Yama-Shitas die Truhe abholen kämen. Aber zuerst, sagte er, wollte er die Gelegenheit nutzen, sich das wertvolle Geschenk, das zu erhalten er so nahe gewesen war und das ein Symbol für die Träume der Verblichenen war, anzuschauen.

Also öffneten die beiden Adjutanten mit Hilfe der zurückgerufenen Leutnants die Truhe, nahmen die Stoffballen heraus und hoben einen schweren, in Leinen gewickelten Gegenstand heraus. Als die Männer Min-Orotas den Raum verlassen hatten, entfernten die Adjutanten die Umhüllung und legten den Motor eines Himmelsfalken frei. Er war mitsamt dem hölzernen Propeller in einem Holzrahmen befestigt.

Min-Orota betrachtete den Motor genau, ohne ihn zu berühren. War dies, fragte er, das seltsame Gerät, mit dem das Flugpferd ursprünglich ausgestattet gewesen war – von dem man glaubte, es sei zerstört worden?

Die Adjutanten bestätigten es.

Min-Orota pries Yama-Shitas Klugheit. Zusätzlich zu seinen übrigen Fähigkeiten war er ein Meister der Illusion gewesen. Stimmte es nicht, dass die Vertreter des Shōgun zugegen waren, als dieses Gerät angeblich durch Feuer vernichtet worden war? Welch schlaue Methoden musste er angewandt haben, um diese Werte zu retten!

Stück für Stück erfuhr Min-Orota die ganze Geschichte und verführte die Adjutanten, indem er seine Komplizenschaft eingestand, zu der Enthüllung, dass Fürst Yama-Shita der führende Kopf in dem Plan gewesen war, das Dunkle Licht wiedereinzuführen.

Sie wussten nicht, dass der Langhund, der den Plan verwirklichen helfen sollte, entlaufen war. Keiner von den Yama-Shitas wusste dies. Und Fürst Min-Orota hatte nicht die Absicht, es ihnen zu erzählen. Er verfolgte allerdings eine andere Absicht. Wir wollen, sagte er, auf den Erfolg des Planes eures Herrn und auf sein Angedenken trinken!

Er schlug einen kleinen Gong, um seine Leutnants herbeizurufen, die gleich darauf mit einem Tablett voller Erfrischungen eintraten. Becher wurden mit Sake gefüllt und gereicht.

»Auf die Yama-Shitas!«, rief Min-Orota. »Die Herren des Dunklen Lichts!«

»Mögen die Feinde des Fortschritts verderben!«, stimmten die Adjutanten ein.

Da Min-Orota bereits aus derselben Flasche getrunken hatte, trugen die beiden Samurai keine Bedenken, ihm zuzutrinken. Die Ränder ihrer Porzellanbecher waren mit einem wirksamen, unsichtbaren Gift bestrichen worden, das zu fast sofortiger Lähmung der motorischen Nerven führte, das bewusste Denken jedoch in keiner Weise beeinträchtigte.

Als die Becher klirrend zu Boden fielen, banden Min-Orotas Leute den Adjutanten die Hände. Die Lähmung verflog rasch; sie hatte nur den Zweck gehabt, zu verhindern, dass die beiden Alarm schlugen oder sich selbst töteten. Denn das würden sie bei dem Anblick, der sich ihnen jetzt bot, ohne Zweifel getan haben.

Die Stellwände hinter dem Podest wurden entfernt und gaben die Sicht auf den jungen Shōgun frei, der zwischen sechs Landfürsten und ihren Feldmarschallen saß. Min-Orota kniete nieder, um Yoritomo seine Ehrerbietung zu erweisen. Seine Leutnants taten es ihm gleich und zwangen die Adjutanten auch auf die Knie.

Ieyasu, der Hofkämmerer, hatte diese Zusammenkunft unter unvergleichlichen Täuschungs- und Geheimhaltungsmanövern ermöglicht. Beim Shōgun saßen als Jury die Landfürsten der Ko-Nikkas und Mitsu-Bishis, deren Ländereien an der südlichen Grenze des Bezirks Yama-Shitas lagen, und ihre unmittelbaren Nachbarn, die Dai-Hatsus, Da-Tsunis und Su-Zukis.

Die Ko-Nikka waren über Heirat mit den Yama-Shitas verbunden; von den Se-Ikos nahm man an, dass sie sich in allen ernsthaften Auseinandersetzungen mit dem Shōgunat auf deren Seite stellen würden. Die übrigen vier gehörten zum Lager der Toh-Yotas. Im Verhältnis ihrer Macht überwogen die Ko-Nikkas und die Se-Ikos die übrigen vier Mitglieder der Jury; aber Ieyasu hatte hinter der Szene manch einen Handel geschlossen und an so manchen Rädern gedreht.

Der Schiedsspruch war einstimmig. Das Haus Yama-Shita war des Hochverrats schuldig und musste zur Rechenschaft gezogen werden. Die Fürsten Ko-Nikka, Se-Iko und Mitsu-Bishi erklärten sich bereit, nach Sara-kusa zu reisen, um die Familie von der Anklage und den Beweisen in Kenntnis zu setzen, und von der Tatsache, dass sie durch den Rat der Fürsten für schuldig befunden worden waren. Sie würden außerdem eine Namensliste derer mit sich bringen, die für verantwortlich befunden waren. Die so Bezeichneten konnten entweder die angemessene Handlung vollziehen – Selbstmord – oder den Shōgun um Gnade bitten.

Es war eine Scheinalternative. Sie würden auf jeden Fall sterben. Die einzige andere Möglichkeit war eine bewaffnete Invasion, der Einzug aller Güter und die mögliche Auflösung des Distrikts.

Unter gewöhnlichen Umständen hätte das Shōgunat einen derartigen Schachzug gegen die Yama-Shitas nicht gewagt, aber dank der gesicherten vollen Unterstützung durch die Ko-Nikkas und Se-Ikos war ihr Widerstand gegen die Forderungen des Shōgunats unwahrscheinlich. Yoritomo war sicher, dass sich die der Komplizenschaft Überführten das Leben nehmen oder in aller Stille desselben beraubt würden. Jede Familie, die sich am Machtspiel beteiligte, musste damit rechnen, Opfer bringen zu müssen.

Die verkleideten Begleiter der Adjutanten Yama-Shitas, die vor dem Haus Wache gehalten hatten, waren überrascht und überwältigt worden, als der Gong ertönt war. Ihre Angreifer waren ebenfalls als Bauern verkleidet gewesen, teils mit Frauen und Kindern; auf drei Heuwagen, die angehalten hatten, scheinbar, damit die Bauern und ihre Familien Gerüchte austauschen und sich gegenseitig ihre Produkte zum Kauf anbieten konnten. Sie alle waren auf der Stelle exekutiert worden.

Während die beiden gelähmten Adjutanten fortgeschleppt wurden, um dasselbe Schicksal zu erleiden, beglückwünschte Yoritomo Min-Orota warm für seine Rolle bei der Aufdeckung des Verrats der Min-Orotas.

Seine eigene Beteiligung daran und seine Unterstützung der Affäre des Generalkonsuls mit der ausländischen Hure wurden mit keiner Silbe erwähnt. Solche Dinge konnten warten. Die gerüchteweise erwähnte Tändelei zwischen Min-Orotas zweitem Sohn und einer Tochter Yama-Shitas würde ohne viel Aufhebens enden. Ebenso wie das Leben der besagten Tochter und der übrigen engeren Familie des Landfürsten. Eltern, Frau, Söhne, Töchter; darunter ein neugeborenes Kind.

Es war bedauerlich, aber notwendig. Die Geschichte des alten Ne-Issan war nicht nur in einem Fall von verwaisten Kindern abgesetzter Landfürsten gestaltet worden, die es zu Armeegenerälen gebracht und jene vom Erdboden vertilgt hatten, die sie unklugerweise am Leben gelassen hatten.

Fürst Yama-Shita hatte alle seine ernsten Rivalen beseitigt, aber nach dem Verschwinden seiner eigenen direkten Linie würde es einen würdigeren – und, wie zu hoffen war, zugänglicheren Nachfolger geben. Alle großen Familien einschließlich der Toh-Yotas hatten starke und schwache Zweige. Sie waren wie Bäume; wo immer ein kräftiger Ast, der einen größeren Anteil am Sonnenschein beanspruchte, gekappt wurde, weil sein Schatten das Haus seines Besitzers dunkler machte, gediehen die schwächeren Zweige.

Die Maßnahmen, die gegen das Haus Yama-Shitas getroffen wurden, würden bestrafen, aber nicht verkrüppeln. Ihre kommerziellen Aktivitäten waren unentwirrbar mit dem allgemeinen ökonomischen Gedeihen Ne-Issans verknüpft. Wären sie gezwungen, einen zu hohen Preis zu bezahlen, würde eine Quelle ständiger Unzufriedenheit geschaffen.

Ein Gleichgewicht musste eingehalten werden. Strenge musste sich mit Großzügigkeit mischen. Aber sie würden nicht länger das Monopol beim Handel mit den Mutanten haben. Ihre früheren Verbündeten, die Ko-Nikkas, hätten deshalb die Möglichkeit, Raddampfer zu bauen und auf den westlichen Seen zu betreiben, und die Se-Ikos würden die Landagenten für den Sklavenhandel werden. Die Yama-Shitas konnten die Sklaven immer noch an Land bringen, aber verkauft werden durften sie nur noch durch die Se-Ikos. Durch die beiden entscheidenden Neuverteilungen, die sich der geniale Ieyasu ausgedacht hatte, würde ihrer beider Loyalität erworben – und die Yama-Shitas mussten den Preis bezahlen.

Das Schiff unter der Hausflagge der Hase-Gawas gehörte in Wahrheit zur Schlachtflotte des Shōgun. Dieses getarnte Schiff hatte Yoritomo und die sechs Landfürsten in der Nacht in diesen Teil Ba-satanas gebracht. Auf das Kommando Fürst Min-Orotas hin wurde in dem Inselfort, das die Zufahrt von der äußersten Bucht bewachte, eine Kanonensalve abgefeuert. Die Salve war das Signal für die übrigen fünf Kriegsschiffe, in den Hafen einzulaufen. Als sie in Sichtweite kamen und ihre Identität deutlich wurde, zog ihr Schwesterschiff die Flagge Hase-Gawas ein und hisste seine wahren Farben.

Als Truppen Min-Orotas das Dock erfüllten, wurde den verblüfften Kapitänen der Schiffe Yama-Shitas klar, dass eine Veränderung in der Seemacht der Familie ihres toten Herrn stattgefunden hatte. Sechs Schiffe Toh-Yotas versperrten die einzige Ausfahrt und ließen kaum eine Chance, aufs offene Wasser zu entkommen. Sie hatten nur zwei Möglichkeiten: kämpfend unterzugehen und ihre Dschunken zu versenken, sobald ihre Niederlage feststand, oder sich zu ergeben.

Je zwei Deckoffiziere von den drei Schiffen kamen ans Dock, um unter der Unterhändlerflagge mit Vertretern der Toh-Yotas, Min-Orotas und der sechs übrigen Landfürsten zu sprechen. Sie informierten die Deckoffiziere über die Anklage wegen Hochverrats gegen ihr Haus und sagten ihnen, dass die Schiffe beschlagnahmt seien. Wenn sie sich bis zur nächsten Flut ergäben, könnten ihre Mannschaften unbehelligt in ihre Heimatdistrikte zurückkehren. Widerstand sei zwecklos, aber wenn die Kapitäne es vorzögen, die Schiffe zu versenken, würde niemand lebend davonkommen. Sie alle wären in diesem Fall so schuldig wie ihr verstorbener Herr. Die Deckoffiziere kehrten zu ihren Schiffen zurück. Eine Stunde später wurden die Hausflaggen Yama-Shitas eingeholt und ehrfurchtsvoll über die aufgeschlitzten Leiber der drei Kapitäne und ihrer Offiziere gebreitet. Alles war vorbei, ohne dass ein einziger Schuss gefallen wäre.

Fürst Yama-Shitas Tod durch die Hand der geheimnisvollen weißen Hexe hatte Ieyasu nicht vorausgesehen, aber es hätte keinen Unterschied gemacht, wenn er noch am Leben gewesen wäre. Nur wäre der Hecht in die mit Hilfe Kiyo Min-Orotas vorbereitete Falle gegangen statt der kleinen Fische.

Der gedemütigte, durch sein knappes Entgehen einer ähnlichen Anklage wegen Hochverrats erschütterte Landfürst bemühte sich voller Eifer, wieder der Gunst des Hofes teilhaftig zu werden. Tatsächlich ging er in diesem Eifer so weit, das Thema einer möglichen Heirat zwischen einem seiner Kinder und einem der vielen Neffen oder Nichten des Shōguns anzuschneiden, als er Yoritomo an die Gangway seines Schiffes begleitete.

Yoritomo stimmte zu, dass dieser Vorschlag eine ernsthafte Erwägung wert sei, erinnerte Min-Orota jedoch daran, dass er immer noch auf seine Vorschläge warte, Ihre Hoheit, Fürstin Mishiko, für den Verlust ihres Gatten zu entschädigen. Die versteckte Drohung verhinderte die Erleichterung des Landfürsten, die er ansonsten hätte empfinden können, als er die Flotte des Shōgun aus seinem Hafen segeln sah.

Ieyasu hatte dem Shōgun eingeschärft, seine Abschiedsworte distanziert und gleichgültig ausfallen zu lassen, aber die politischen Zwänge verlangten eine Heirat, wie auch immer seine persönlichen Gefühle sein mochten. Und das stimmte ihn traurig. Er hatte Min-Orota für stark gehalten, wenn auch nicht unbedingt für vertrauenswürdig; aber er war rückgratlos und heimtückisch. Vielleicht würde sich ein Enkel mit Toh-Yota-Blut in den Adern als kräftiger erweisen.

Auf der Fahrt zurück zu seinem Palast in Aron-giren dachte Yoritomo über den Abgrund der Intrigen nach, der zuerst von Tōshirō, seinem zuverlässigsten Herold, entdeckt worden war. Ieyasu war es gewesen, der ihn gedrängt hatte, Kiyo Min-Orota die Erlaubnis zum Bau der Flugpferde zu geben. Mit der Entdeckung der Verschwörerachse zwischen seinem Haus und den Yama-Shitas war der Shōgun überzeugt gewesen, sein listiger alter Widersacher habe endlich ein entscheidendes Fehlurteil gefällt, das benutzt werden könne, um seine Entfernung aus dem Dienst zu sichern.

Er hatte insgeheim gehofft, Tōshirō würde ihm einen Beweis dafür liefern, dass Ieyasu direkt an der Verschwörung beteiligt war, aber jetzt war offensichtlich, dass er sich nicht mehr hätte täuschen können. Min-Orota war ausgesucht worden, weil der Hofkämmerer genau wusste, was er tat. Er kannte Min-Orotas Stärken und Schwächen und hatte ihn darauf angesetzt, die Yama-Shitas zuerst zu umgarnen und dann zu verraten. Ieyasu war noch immer so gerissen wie eh und je, und Yoritomo konnte sich nur beglückwünschen, dass seine Loyalität unerschütterlich war. Sie mochten über die Mittel streiten, aber sie dienten derselben Sache – der Fortdauer des Toh-Yota-Shōgunats.

Tōshirō nahm an den Gerichtsverfahren nicht teil. Tatsächlich ahnte er dank der perfekten Geheimhaltung im Umkreis dieser Ereignisse nicht einmal, dass sich der Shōgun und Ieyasu in Ba-satana aufhielten. Als die Sache durch die Beschlagnahmung der drei Hochseedschunken Yama-Shitas öffentlich bekannt wurde, war der Herold schon mit der trauernden Frau des Generalkonsuls und ihren weinenden drei Kindern auf dem Weg nach Süden.

Fürstin Mishiko hatte den Wunsch geäußert, in den Palast ihres Bruders bei Yedo auf Aron-giren zurückzukehren, und es war seine Pflicht, sie mitsamt ihrem Wagen und Bagage-Zug – der unter anderem den Sarg mit dem stark verunstalteten Leichnam ihres Gemahls transportierte – zu eskortieren.

Tōshirō musste auf jeden Fall dem Shōgun einen persönlichen Bericht über den erfolgreichen Abschluss seines Auftrags machen. Der Mexikaner war samt seinen Gefangenen entkommen; der Generalkonsul hatte in der vorgesehenen Weise den Tod gefunden. Aber er wusste nicht genau, wie er erklären sollte, was geschehen war, nachdem die Mutantin in den Kampf eingegriffen hatte. Er hatte das Feld unmittelbar, nachdem Nakane Toh-Shiba zerschmettert worden war, verlassen; also hatte er nicht mit eigenen Augen gesehen, was nach Aussage einiger Linienoffiziere Min-Orotas geschehen war.

Wenn es zutraf, dass Clearwater dämonische Kräfte entfesselt hatte, wie man sie den Hexen zuschrieb, brachte ihn das in eine ziemlich delikate Lage. Es war weit besser, das außerordentlich selektive Erdbeben der unberechenbaren Mutter Natur zuzuschreiben und die Geschichten über fliegende Steine mit Schock, Hysterie und überhitzter Fantasie zu erklären.

Da er die längere, aber beträchtlich raschere Seeroute genommen hatte, kam der Shōgun vor dem Herold und der frisch verwitweten Fürstin Mishiko in Aron-giren an. Nachdem der Shōgun die Fürstin im privaten Kreis begrüßt und ihr das brüderliche Beileid ausgesprochen hatte, zitierte er den Herold zu sich und forderte ihn auf, seinen Bericht über die Ereignisse am Reiherteich zu erstatten.

Als Tōshirō die Gemächer des Shōgun betrat, stellte er überrascht fest, dass Yoritomo nicht allein war. Sein Onkel Ieyasu war bei ihm und offenbar auch berechtigt, der Audienz beizuwohnen. Der Herold bezeugte den Männern angemessen seine Ehrerbietung und setzte sich hin, sobald ihm die Erlaubnis dazu erteilt worden war. Es war das erste Mal, dass der Hofkämmerer bei einer derartigen Besprechung zugegen war, und Tōshirō fand seine graue, spinnenhafte Präsenz störend. Er fragte sich, was dieses Ereignis für das Heroldbüro zu bedeuten hatte – vielleicht das Ende ihres privilegierten Zutritts zum Shōgun? Hatte Ieyasu es endlich geschafft, Yoritomo in ihrem nur notdürftig verborgenen Kampf um die Kontrolle des Inneren Hofes auszumanövrieren?

Yoritomo und Ieyasu hörten schweigend zu, während Tōshirō seine sorgfältig edierte Version des katastrophalen Ausgangs der Flugschau vortrug. Da nicht feststand, inwieweit der Shōgun Ieyasu ins Vertrauen gezogen hatte, vermied er jede Erwähnung der Rolle, die er beim Entkommen Brickmans und seiner Freunde und beim Sturz des Generalkonsuls gespielt hatte. Und natürlich den Umstand, dass Yoritomo beides angeordnet hatte.

Als er verstummte, sagte der hagere alte Kämmerer: »Ihr Takt ist höchst löblich. Aber lassen Sie mich Sie beruhigen. Ich war in Ihre zentrale Rolle in dieser Affäre eingeweiht; insbesondere in Ihre Verhandlungen im Auftrag des Hofes mit dem sogenannten Mexikaner. Der wirkliche Brickman, der nicht die Person ist – aus Gründen, die wir noch herausfinden müssen –, die seine Identität angenommen hat.

Aber noch ein weiterer Aspekt dieser Affäre fasziniert mich. Seine Hoheit und ich würden gerne erfahren, ob Sie eine Idee in Bezug auf die Rolle dieser Frau haben, die … die das Objekt der verhängnisvollen Verirrung des Generalkonsuls war.«

Plötzlich hatte Tōshirō das Gefühl, sich auf Treibsand zu bewegen, aber er hatte sich schon aus größeren Bedrängnissen herausgeredet. Aber im Augenblick fiel ihm keine schlagfertige Antwort ein. »Ich bin nicht sicher, ob ich Sie verstanden habe, Herr.«

»Dann will ich es erklären.« Yoritomo blätterte den neben ihm liegenden Papierstapel durch und entnahm ihm schließlich drei handgeschriebene Blätter. »Das sind Augenzeugenberichte der Katastrophe am Reiherteich; einige dieser Ereignisse fanden erst statt, nachdem Sie die Truppen aus der Mara-bara-Garnison vom Feld geführt haben.«

Tōshirō verneigte sich. »Ich habe meine Gründe dafür dargelegt.«

»Das haben Sie – und es war eine kluge Entscheidung. Ich bin, nebenbei gesagt, außerordentlich zufrieden mit der Art, wie Sie Ihren Auftrag ausgeführt haben. Es lief weit besser ab, als irgendjemand hier gehofft hatte.«

Ieyasu nickte zustimmend. »Dieser Ansicht bin ich auch. Äußerst befriedigend.«

Yoritomo las das oberste Blatt durch und legte es wieder auf die anderen in seinen Schoß zurück. »Was mich wundert, sind diese Berichte – die alle von unabhängigen

Zeugen bestätigt wurden – über die Handlungen einer Langhündin. Gehe ich recht in der Annahme, dass es sich bei ihr um dieselbe Person handelt, die im Haus am See logierte?«

»Das kann ich nicht mit Sicherheit behaupten, Herr. Aber man gab mir zu verstehen, die Frau, von der Sie sprechen, habe eine weiße Maske getragen.«

»Die Maske einer Kurtisane.«

»Auch das habe ich nicht selbst gesehen, aber es mag so gewesen sein.«

»Sie scheinen meiner Frage auszuweichen«, sagte Yoritomo. »Die Prostituierte meines Schwagers trug eine weiße Maske, als ich sie auf dem Rückweg von Kari-faran traf. Sie gehörte zu denen, die entkommen sollten, und Sie haben ihre Überbringung vom Reiherteich arrangiert. Ich denke, wir können als gesichert voraussetzen, dass sie es war, die jene Handlungen ausführte, die von diesen Augenzeugen beschrieben werden, meinen Sie nicht?«

Der Shōgun warf einen Blick auf das Papier in seinem Schoß und las ein paar Zeilen vor: »... spaltete die Erde mit einem Schrei ... ließ Steine vom Himmel regnen ... wehrte Pfeile mit einer Mauer aus Licht ab ... tötete etwa ein Dutzend Samurai, indem sie nur mit dem Finger auf sie zeigte ... zwang Fürst Yama-Shita, mehrmals das Schwert gegen sich selbst zu richten, und – wie es schien – hielt ihn währenddessen am Leben und auf den Füßen ...«

Er schob die Bögen zusammen und reichte sie Ieyasu. »Selbst, wenn nur die Hälfte davon wahr ist, wird klar, dass Fürst Yama-Shita jemandem gegenüberstand, der mit ganz außergewöhnlichen Kräften ausgestattet ist. Haben Sie eine Erklärung für diese Ereignisse?«

»Keine, Herr. Leute, die hinterher mit mir gesprochen

haben, nannten sie eine Hexe. Sie sagten, sie habe die dunklen Mächte der Erdmagie aufgerufen. Aber wir wissen ja, dass Dingen dieser Art heutzutage wenig Glauben geschenkt wird.«

»Ja«, erwiderte Yoritomo, »aber wenn wir jede Art von Magie ausschließen, welche Erklärung haben wir dann?«

Tōshirō verneigte sich. »Ich weiß es nicht, Herr.«

Yoritomo bedachte den Herold mit einem nachdenklichen Blick, dann wandte er sich seinem Onkel zu. »Hat uns nicht Fürst Yama-Shita schon vor einigen Jahren mit Erzählungen über Grasaffen unterhalten, die solche magischen Kräfte besitzen sollen?«

»Ja«, erwiderte Ieyasu. »Aber auch er glaubte nicht daran.«

Yoritomo lachte humorlos. »Ein großer Fehler.« Er wandte sich erneut an Tōshirō. »Es war nur natürlich, dass er ihre Fähigkeiten unterschätzte, aber jetzt wird deutlich, dass er weit weniger über sie wusste, als man von einem Mann in seiner Position und mit seiner Erfahrung hätte erwarten können.

So hat der Hofkämmerer zum Beispiel kürzlich entdeckt, dass nicht alle Mutanten eine vielfarbige, veränderte Haut und Beulen an den Köpfen aufweisen. Einige von ihnen sind glatthäutig wie die Wagner. Ich dachte, die beiden Individuen, die der Mexikaner rauben sollte, seien Langhunde gewesen. Aber ich habe mich geirrt. Sie waren Mutanten.«

Der Shōgun hob die Hände. »Was für eine merkwürdige Situation. Auf der einen Seite haben wir diesen Mexikaner, der behauptet, ein Langhund zu sein, aber als verkleideter Grasaffe herkommt. Auf der anderen Seite haben wir zwei Grasaffen, die vorgeben, Langhunde zu sein!«

Tōshirō sagte nichts. Er hatte ein flaues Gefühl im Magen.

»War Ihnen diese Irreführung bewusst?«, erkundigte sich Ieyasu, die Spinne, und wob geduldig an seinem Netz.

Der Herold verbeugte sich. »Ja, Herr. Ich entdeckte schließlich ihre Identitäten, vor ein paar Wochen, aber ich sagte nichts davon, weil …«

»Sie dachten, es würde mich verwirren«, half Yoritomo aus.

»Nein, Herr; aber es änderte nichts an der Situation im Allgemeinen. Fürst Yama-Shita war mit Fürst Min-Orota in eine Verschwörung verwickelt, das Dunkle Licht wiedereinzuführen, und die Drohung eines Angriffs der Föderation, wenn diese Personen nicht zurückkehren würden, hing immer noch über uns.«

»Und mein lieber Schwager hatte ein Verhältnis mit einer Grasäffin. Aber Sie waren bemüht, meine Gefühle und die Ehre meiner Schwester nicht zu verletzen, und berichteten mir nicht die ganze Wahrheit.«

»Ich habe auch diese Dinge berücksichtigt, Herr.«

»Ich achte Sie deswegen. Und das ist zweifellos auch einer der Gründe dafür, weshalb Fürstin Mishiko große Achtung vor Ihnen hat.«

Wieder sagte Tōshirō nichts.

Yoritomo wandte sich an den Hofkämmerer. »Ich habe eine persönliche Sache mit diesem Herold zu besprechen, der uns einen so hervorragenden Dienst erwiesen hat. Wenn Sie keine weiteren Fragen mehr haben …?«

Tōshirō beugte sich vor, bis er mit der Stirn fast den Boden berührte, als sich der Hofkämmerer vom Shōgun verabschiedete und gebückt rückwärtsgehend den Raum verließ.

Jetzt waren nur noch die fünf Leibwächter mit leeren Gesichtern zugegen. Unfähig, ein Wort in der Grundsprache zu sprechen oder zu verstehen, wie sie waren, wurden sie als Teil des Mobiliars betrachtet. So gesehen, waren er und der Shōgun jetzt allein.

Yoritomo bedeutete dem Herold, sich wieder aufzurichten.

Tōshirō legte die Hände auf die Knie. Der Tag mochte gut oder schlecht enden. Er würde stoisch akzeptieren, was immer er auch bereithalten würde.

Der Shōgun betrachtete ihn lange und nachdenklich. Dann sagte er: »Ich verstehe, weshalb Sie so gehandelt haben. Wäre ich in Ihrer … ah … Situation gewesen, würde ich vermutlich ebenso gehandelt haben. Aber es steht viel auf dem Spiel. Sie wussten, welches meine Absichten waren, als ich mich des Gesindels entledigte, das Hand in Hand mit Ieyasu arbeitete und ein neues Büro gründete – dessen Mitglieder direkten Zugang zu mir hatten.

Die Verbindung zwischen dem Shōgun und seinen Herolden basiert auf absolutem Vertrauen. Ihr seid meine Augen und Ohren. Unsere Sinne sind nicht unfehlbar. Unsere Augen sehen zuweilen weniger klar, als sie sollten, aber wenn die wahre Beschaffenheit einer Sache offenbar wird, korrigiert das Auge umgehend die fehlerhafte Information, die es ans Gehirn weitergeleitet hat. Aus Gründen, die Sie selbst am besten kennen, haben Sie dies versäumt.«

Tōshirō hielt den Kopf gesenkt. Jeder Einwand wäre vergebens gewesen.

»Sie werden gewiss verstehen, in welch eine schwierige Lage mich das versetzt. Wenn ich mich nicht mehr auf die Informationen verlassen kann, die meine Augen und

Ohren an mein Gehirn senden, kann ich nie mehr sicher sein. Plötzlich wird die Welt ein gefährlicher Ort – voller seltsamer Geräusche und lauernder Schatten.«

»Herr, Sie haben von keinem Mann in diesem Reich etwas zu befürchten. Meine Loyalität und Ergebenheit Ihrer Person und Ihrem Haus gegenüber sind ungetrübt. Ich kann nur zugeben, dass ich die Wahrheit vor Ihnen verschwiegen habe. Ich habe mich durch meine mangelnden Kenntnisse über das Prärievolk irreführen lassen. Durch mein Schweigen habe ich meinen ursprünglichen Irrtum vergrößert. In diesem Sinn bin ich doppelt schuldig. Ich wurde ein Opfer meines falschen Stolzes.« Er zögerte kurz und fügte dann hinzu: »Ich wollte in Ihren Augen nicht als dumm erscheinen.«

»Einem Dummkopf kann man vergeben, aber nicht jemandem, der eine Wahrheit vertuscht.«

In diesem Augenblick erkannte Tōshirō, dass alles für ihn verloren war. Der Shōgun spielte Katz und Maus mit ihm. Ein Entkommen war unmöglich. Er kniete nieder und verbeugte sich tief. »Herr, ich habe alles in meiner Macht Stehende getan, um sicherzustellen, dass Ihre Ziele erreicht wurden.«

»Alles und mehr«, erwiderte Yoritomo. »Aber Sie haben mir lebenswichtige Informationen vorenthalten. Versuchen Sie, es aus meiner Warte zu sehen. Von nun an kann ich nie mehr sicher sein.«

Tōshirō machte den Rücken gerade, hielt aber den Blick auf den Boden gesenkt.

»Andererseits gibt es jemanden – dessen Wort ich fraglos zu glauben gewohnt bin –, der Ihnen völlig vertraut. Sogar mit dem eigenen Leben.«

Tōshirō hob die Augen.

»Meine Schwester Fürstin Mishiko, deren langweiligen Ehemann Sie so zuvorkommend beseitigt haben. Tatsächlich glaube ich, dass Sie derjenige waren, der sie auf diese Idee gebracht hat.«

Der Herold starrte dem Shōgun direkt ins Gesicht. Die Zeit der Verbeugungen war vorbei.

»Es kam überraschend, dass mehrere Männer Ieyasus an diesem Fall arbeiteten. Und es sieht so aus, als hätten sie mehrmals Ihren Weg gekreuzt …«

Tōshirō wartete auf den nächsten Schlag.

»Ich weiß nicht, ob etwas daran ist, aber er behauptet, meine Schwester sei Ihre Hauptinformantin in Bezug auf die amourösen Aktivitäten ihres Gemahls gewesen. Besonders, was diese Langhündin betrifft. Oder Mutantin; was auch immer.«

Als der Herold schwieg, fuhr Yoritomo fort: »Und sie informierte mich über ihren Wunsch, Sie zu heiraten.« Er hob die Augenbrauen; vielleicht in der Hoffnung auf eine Erwiderung.

Aber Tōshirō schwieg.

»Ich weiß, was Sie denken, und ich stimme Ihnen zu. Es war ziemlich impulsiv von ihr. Aber Sie wissen ja, wie Frauen sind. Bitte, missverstehen Sie mich nicht. Sie kommen aus einer guten Familie. Ich muss Ihre Qualitäten nicht erst aufzählen. Von dem Augenblick an, als Sie dem Heroldbüro beitraten, habe ich Sie wie ein Mitglied der Familie angesehen. Und jetzt will meine Schwester es offiziell machen.«

»H-herr«, stammelte Tōshirō, »ich … Ich habe nie daran gedacht …«

Yoritomo gebot ihm, zu schweigen. »Mein lieber Freund, ich könnte mir kaum jemanden vorstellen, den ich lieber als Schwager hätte. Das ist mein Ernst. Ich habe Verständnis für den Aufruhr, den die Geschichte mit der Mutantin zur Folge hatte. Aber Ihr Stolz hat Sie zu einer sogar noch größeren Dummheit verführt.« Der Shōgun öffnete ein Lackkästchen, das neben ihm stand, entnahm ihm einen säuberlich gefalteten Bogen Papier und warf ihn auf die Matte zwischen ihnen. »Wenn Sie diesen Brief nicht abgeschickt hätten …«

Tōshirō erkannte die Art der Faltung und die Wassermarke auf dem Papier. Es war der Brief, den er an den militärischen Kommandanten des südlichen Teiles von Fürst Se-Ikos Distrikt geschickt hatte, und in dem er ihn über die Lage des Rōnin-Lagers und den Zugang zu ihm informiert hatte. Der Brief, für dessen Versendung nach Ari-dina er einen Ladenbesitzer bezahlt hatte.

Seine Kehle wurde eng, und als er sprach, war seine Stimme ein raues Flüstern: »Ich habe auch Noburō und seine beiden Begleiter getötet.«

Yoritomo nickte. »Ieyasu hat es mir erzählt.« Er schüttelte bedauernd den Kopf. »Weshalb? Was, in aller Welt, hat Sie veranlasst, so etwas zu tun?«

Tōshirō seufzte. »Der eine, ernste Fehler meines Charakters. Ich kann es nicht ertragen, mich geirrt zu haben.« Er senkte den Kopf. Es gab noch weitere Gründe, aber es war nicht sinnvoll, sie jetzt anzuführen.

»Es ist Ihnen natürlich klar, dass dies ein besonders widerwärtiges Verbrechen war, für das Sie geschunden, ausgeweidet und danach lebend gekocht werden sollten?«

»Ja, Herr.«

»Aber Sie haben noch etwas Schlimmeres getan. Sie haben mich wieder korrupten, unzüchtigen Männern in die Hände gegeben. Und das ist unverzeihlich. Immerhin;

wegen der Gefühle, die ich einst Ihnen gegenüber hegte, und mit Rücksicht auf meine Schwester, werde ich Ihnen den unehrenhaften Tod ersparen, den Sie so reichlich verdienen. Ich hoffe, Sie zeigen morgen früh keine Schwäche.«

Tōshirō ließ sich auf die Hände fallen, um im Übermaß seiner Dankbarkeit die Matte zu küssen. Seine Lippen berührten den verhängnisvollen Brief.

Als er sich wieder aufrichtete, sagte Yoritomo: »Wer soll Ihnen assistieren?«

»Hauptmann Kamakura.«

»Ach ja; der gute Hauptmann mit den fünf hübschen Töchtern …«

# 18

Nachdem er Wachhauptmann Kamakura über den Dienst informiert hatte, den er kurz nach Sonnenaufgang leisten sollte, zog sich Tōshirō in seine Gemächer im Palast zurück und schlief friedvoll ein paar Stunden, bis ihn ein Diener weckte. Nach der rituellen Reinigung seines Körpers widmete er dem kleinen Schrein in seinem Raum ein paar Gebete, dann verfasste er einen kurzen, aber aussagestarken Brief an die Fürstin Mishiko. Er übergab den Brief zusammen mit einem Geldbetrag, der seine diskrete Überbringung gewährleisten würde, seinem Diener, zog einen Umhang über und machte sich in den Steingarten auf.

Als Zeichen seiner Zuneigung zu seinem Herold hatte ihm der Shōgun erlaubt, in seinem eigenen Abteil der Veranda *seppuku* zu vollziehen. In seinen Umhang gehüllt verbrachte Tōshirō schweigend zwei Stunden mit Kontemplation über dem dämmrigen, in Nebel gehüllten Garten. Anfangs konnte er kaum etwas erkennen, aber als die Nacht dem Morgengrauen wich und der Nebel sich aufzulösen begann, wurden allmählich Muster erkennbar, bis schließlich jedes Detail deutlich sichtbar war.

Im Augenblick seines Todes würde er in die Dunkelheit zurücksinken; eine tiefere Dunkelheit, als er sie je zuvor erlebt hatte. Wenn er in schlechter Haltung starb, würde er für alle Zeiten in die niederen Regionen geschleudert werden; war sein Tod vorbildlich, würde sich seine Seele dem Licht entgegenheben, die vom Antlitz Ameratsu-Omikamis ausging.

Als die Sonne aufging, erschien Hauptmann Kamakura, gefolgt von vier Assistenten, die alles bei sich trugen, was Tōshirō brauchen würde. Er erhob sich und trat beiseite, damit sie mit weißer Seide eingefasste Strohmatten der erforderlichen Größe auf den Boden breiten konnten. Dann platzierten sie ein großes, weißes Kissen dort, wo der Herold niederknien würde. Davor wurde ein Lacktablett gestellt, auf dem der kurze, rasiermesserscharfe Dolch lag.

Als alles an seinem Platz war, reichte Tōshirō einem der Diener seinen Umhang. Er umarmte Hauptmann Kamakura und dankte ihm für seine Bereitschaft, ihm als *kaishaku-nin* beizustehen, dann kniete er nieder auf das weiße Kissen und atmete mehrmals tief ein und aus, während er sich auf den letzten Akt konzentrierte, von dem man erwartete, dass er ihn ohne das geringste Zögern oder Anzeichen von Furcht ausführen würde. Für den wahren Samurai war der Tod leicht wie eine Feder, und er erwachte an jedem Tag, bereit, ihm ins Gesicht zu sehen.

Hauptmann Kamakura kniete an der vorgeschriebenen Stelle einen Meter links hinter dem Herold und hielt das lange Schwert mit beiden Händen bereit. Auf beiden Seiten des Gartens waren der Shōgun und mehrere Mitglieder des Inneren Hofes versammelt. Unter ihnen erblickte Tōshirō das graue, knochige Gesicht Ieyasus.

Der Kämmerer hatte allen Grund, zufrieden zu sein. Es war ihm gelungen, das Vertrauen des Shōgun in seine Herolde zu erschüttern, und er hatte gezeigt, dass seine eigene Fähigkeit der Beeinflussung von Dingen unvermindert war. Es würde nicht mehr lange dauern, bis er sein privates Büro wieder zwischen den Shōgun und die Herolde geschaltet hatte. Sie waren intelligente junge Männer und von den besten Absichten beseelt, wie ihr Herr, aber sie kannten sich nicht in den Dingen der Welt aus. Sein Neffe Yoritomo benötigte weiterhin Anleitung, bevor man ihm zutrauen konnte, dass er Ne-Issan sicher ins nächste Jahrhundert führte. Er, Ieyasu, würde diese Anleitung in den wenigen ihm noch verbleibenden Jahren übernehmen.

Schwierige Zeiten lagen vor ihnen. Yoritomo besaß alle Qualitäten, diese Schwierigkeiten zu meistern, aber er musste eine gewisse Flexibilität in sein moralisches Urteil einbauen. In der früheren Welt hatte man die geistige Beweglichkeit, die einem Mann erlaubte, sich nach dem Wind zu richten, ohne entwurzelt zu werden, als doppelte Moral bezeichnet.

Tōshirō nahm das Messer an sich, sah es einen Augenblick lang an, als bewundere er seine tödliche Anmut, dann packte er den Griff fest mit beiden Händen und stieß sich den Dolch mit der ganzen Klinge in die linke Bauchseite. Er atmete scharf aus und wieder ein, ohne seinen Griff zu lockern, dann zog er die Klinge langsam und ruhig nach rechts.

Schweißperlen standen auf seiner Stirn, aber abgesehen von seinem Blick, der mit brennender Intensität auf dem Steingarten ruhte, ließ sein Gesicht nichts von dem furchtbaren Schmerz erkennen, den er sich selbst zufügte. Als Abschluss des tödlichen Schnitts drehte er die Klinge in seinem Leib und vollzog einen kurzen Schnitt nach oben. Der *jumonji;* der letzte entsetzliche Schnörkel.

Der Herold war in seinem Akt der Selbstverstümmelung viel weiter gegangen, als üblicherweise als erforderlich erachtet wurde, aber er hatte Kamakura angewiesen, nicht eher einzugreifen, als bis er das Messer wieder aus seinem Leib gezogen habe, um den Akt des *seppuku* mit Vollendung auszuführen. Aber seine Hände waren vom Blut schlüpfrig geworden, und er hatte nicht mehr genug Kraft, den Dolch wieder hervorzuziehen.

Kamakura sprang auf die Füße. Als *kaishaku-nin* war es seine Pflicht, seinem vornehmen Klienten unnötige Qualen zu ersparen. Es war seine Pflicht, in einem zuvor vereinbarten Augenblick – und sei es, während der Delinquent den Dolch ergriff –, oder beim leisesten Anzeichen von Wankelmut einzugreifen. Als sich der Herold in einem letzten Versuch, die Klinge herauszuziehen, vorbeugte, erhob Kamakura sein Schwert hoch in die Luft und schlug dem jungen Mann mit einem raschen Hieb den Kopf ab.

Es war ein guter Tod gewesen, aber er bot Kamakura wenig Anlass zur Zufriedenheit. Als Tōshirōs Schwertmeister hatte er zahllose Stunden damit verbracht, den jungen Mann zu instruieren und anzuleiten, und jetzt hatte ihn das Schicksal gezwungen, seinem vielversprechendsten Schüler den Gnadenstoß zu versetzen.

Derselbe Schwertstreich hatte den Traum seiner Frau vernichtet, einen Herold als Schwiegersohn zu haben; einen Traum, an dessen Erfüllung sie jahrelang gearbeitet hatte. Sie verstand, dass ihr Mann verpflichtet gewesen war, diese grausige Aufgabe zu übernehmen, aber sie würde es ihm nie verzeihen. Das Gleiche galt für seine Töchter.

Er warf einen Blick auf das blutige Haupt mit den halb geschlossenen Augen. Augen, die ihm so aufmerksam gefolgt waren, in all den Jahren, in denen er seine unvergleichliche Geschicklichkeit mit dem Schwert zu vermitteln versucht hatte. Welch eine Verschwendung! Kamakura säuberte sein Schwert, schob es in die Scheide und wandte sich ab. In seinen Augen brannten bittere Tränen, aber er hielt sie zurück. Es würde noch Tränen genug geben. Das Weinen würde sein Haus viele Monate lang erfüllen.

Totenkopf stand zu seinem Wort. Es war ein Feld nahe dem Ostufer des Hudson, das mit einem leeren, weißen Geviert markiert war, genau, wie auf der Karte angegeben. Und sie wurden bei der Landung von einem Dink erwartet, der sich Cadillac gegenüber wie angekündigt identifizierte. Steve kam als Letzter herein, und obwohl er sich bemühte, die Landung so glatt wie möglich hinzubekommen, verursachte sie einen scharfen Schmerz in seiner verletzten Hüfte.

Kelso hatte das gefiederte Ende des Pfeiles schon während des Fluges aus dem Cockpit ragen sehen und sich anhand der Signale Steves zusammengereimt, was geschehen war. Als die Maschine zum Halten kam, war Kelso mit einer geborgten Säge zur Stelle, um Steve zu befreien. Die anderen halfen ihm heraus, dann entfernten Clearwater und Cadillac die Pfeilspitze. Die Wunde war nicht allzu tief, und es war keine Sehne oder Arterie verletzt, aber es tat trotzdem weh. Der Dink versprach, ihn später zu behandeln und zu verbinden.

Steve zog sich hoch und entdeckte, dass er ohne Hilfe humpeln konnte, wenn er sein rechtes Bein nicht zu stark belastete.

Laub und Zweige waren von einer Anzahl gefällter Bäume vom Rand des Feldes zusammengetragen worden, um eine Reihe Feuer zu machen. Das erklärte, wieso Kelso so rasch an eine Säge gekommen war. Jetzt wurde der Grund für das Holzfällen klar. Sobald sie ihr Gepäck geholt hatten, wies sie der Japaner an, Strohballen und Zweige um die Maschinen anzuhäufen und in Brand zu setzen. Wer auch immer die Flugzeuge über dem Waldgebiet in der Luft gesehen hatte, konnte nicht wissen, wo und ob sie überhaupt gelandet waren; und drei zusätzliche Rauchsäulen würden niemandes Argwohn erregen.

Während die übrigen Stroh und Holz sammelten, biss Steve die Zähne zusammen und steckte den Kopf in jedes hintere Cockpit der Flugzeuge. Nachdem er die per Funk zündbaren Sprengkapseln entfernt hatte, riss er die Zündvorrichtungen heraus und steckte alles in einen Sack.

Sie traten zurück und sahen zu, wie der Dink die drei Flugzeuge anzündete. Es war deprimierend, wie rasch Wochen angestrengter Arbeit vernichtet wurden. Nachdem er alle nicht verbrannten Teile an den Rändern der Feuer in die Flammen geworfen hatte, führte sie der Dink zu einem geschlossenen Ochsenkarren, der sie zur nächsten Station ihrer Reise bringen würde.

Statt den Fluss zu überqueren und ein Schiff zu besteigen, waren sie gezwungen, die beiden folgenden Nächte in einem Haus mit Aussicht auf den Hudson zu verbringen. Das Ostufer, an dem sie jetzt waren, gehörte der Familie des Shōgun, den Toh-Yotas. Das Westufer mit dem dahinterliegenden Land bis zu dem, was Kelso die Großen Seen nannte, gehörte den Yama-Shitas. Die Schiffe beider Familien verkehrten auf der schiffbaren Strecke des Flusses von Nyo-yoko im Süden bis weit in den Norden, aber das Kanalsystem, das den Hudson mit dem Eriesee verband, war Schiffen im Besitz der Yama-Shita-Familie vorbehalten.

Der Dink, der die Grundsprache halbwegs gut beherrschte, erzählte Steve, er habe erfahren, dass Side-Winders Schiff aufgrund eines nicht spezifizierten mechanischen Defekts Verspätung haben würde. »Du bihte nicht sein zu traurich.« Kurz nach ihrer Ankunft in dem Haus hatte er es flussabwärts fahren sehen, also würde es, wenn keine weiteren Defekte auftraten, am frühen Abend des Tagana-morgen nach Ari-bani zurückkehren.

Der Aufenthalt erwies sich als Wohltat. Er verschaffte Clearwater die Zeit, vier erstklassige Malerarbeiten zu produzieren, und Cadillac konnte sich daran gewöhnen, Frauenkleider zu tragen. Als die Perückenteile und Kämme erst perfekt saßen und seine kupferfarbene Haut mittels eines süßlich duftenden Puders gebleicht war, hatte er es fast geschafft. Als er die weiße Maske und die Handschuhe anzog, sah er völlig überzeugend aus. Und dank seiner erstaunlichen Beherrschung der Sprache und Gebräuche der Eisenmeister erwarb er auch bald die dazugehörige Arroganz.

Da ihr japanischer Kontaktmann bei der Ankleideprobe nicht zugegen gewesen war, beschloss Steve, die Verkleidung zu testen. Er brachte Cadillac in einem anderen Raum unter und verwickelte den Dink in ein Gespräch, als er von einem seiner häufigen Einsätze zurückkam. Plötzlich drang eine schrille japanische Stimme aus dem angrenzenden Raum, die nach irgendeinem Dienst verlangte. Als der nichtsahnende Japaner zur Tür eilte und Cadillac dort in einzigartiger Pracht sitzen sah, beeindruckten ihn das herrschaftliche Gebaren und die fehlerlose Aussprache des Verkleideten derart, dass er sich unwillkürlich verbeugte und begann, sich vor Cadillac wegen seiner Unachtsamkeit zu entschuldigen.

Zum Glück hatte er Sinn für Humor. Und das Experiment bewies, dass sie eine Chance hatten.

Steve hatte bereits eine Mutantenidentität, aber sie wurde gegen eine neue ausgetauscht. Garnituren getragener Kleider, Sklavenmarken und gelbe Karten wurden an Jodi, Kelso und Clearwater verteilt, Reisepapiere und Geld für Yoko Mi-Shima bereitgestellt. Ihre Sklavenpapiere und Zollstempel wiesen nach, dass sie in Angelegenheiten des Hofes nach Firi gereist waren, wo es pro Jahr regelmäßig kleine Auktionen gab und eine große, die im Spätherbst im Anschluss an die jährliche Raddampferexpedition in den Westen stattfand.

Sklaven waren leicht veräußerlich; es war sicherer, auf einer Reise Sklaven mitzuführen, als Bargeld, das leicht von Taschendieben und Wegelagerern gestohlen werden konnte, die ahnungslosen Reisenden auflauerten. Tatsächlich hatten einige unternehmungslustige Händler, die eine genaue Studie des saisonalen und regionalen Betriebes auf dem Hafenmarkt angestellt hatten, beachtliche Vermögen erworben, indem sie Sklaven aufkauften und wieder verkauften, wo immer ein rascher Gewinn zu machen war. Weshalb sollte man Sklaven in Mah-ina und Nofoskosha durch den Winter füttern, wo der Boden gefroren war, wenn sie in den wärmeren Klimata Fyah-jinas und Karo-rinas gewinnbringend auf Pflanzungen arbeiten konnten?

Side-Winder nahm sich Steves und der übrigen Mutanten an, als sie an Bord des Raddampfers kamen, und geleitete sie hinab in die für den Sklaventransport vorgesehene dämmrige Bugsektion des unteren Zwischendecks. Cadillacs Sänfte wurde an die Tür der Kabine gebracht, die auf den Namen Yoko-Shima gebucht worden war, und er traf die Übrigen erst wieder, als sie alle in Bu-faro ausstiegen.

Der große Mexikaner war so wortkarg wie immer und wandte sich nur in seiner Eigenschaft als Sklavenaufseher an sie. Er behandelte sie nicht anders als die übrigen Sklaven an Bord, und wegen der Beulen auf seiner Stirn nahmen Jodi und Kelso an, dass er ein Mutant sei. Clearwater schien ihre Meinung zu teilen, aber Steve wusste nicht, was sie wirklich dachte. Vielleicht besaß das Prärievolk andere, subtilere Methoden, Angehörige ihrer Art zu erkennen.

Mit ihrer Hilfe hatte sich Steve Mutanten-Namen und kurze Lebensbeschreibungen für Jodi und Kelso ausgedacht, für den Fall, dass einer der Mitreisenden zu wissen begehren sollte, woher sie kamen. Er selbst hatte die Identität Cadillacs angenommen. Weshalb nicht? Es war ein fairer Tausch, und was das beste war, er brauchte nichts zu präparieren. Kleine Gruppen Mutanten kamen und gingen; aber sie waren die Einzigen, die den ganzen Weg bis Bu-faro auf dem Schiff blieben. Zwischen den Gruppen gab es wenig Kommunikation, selbst wenn das Deck voll war. Die meisten Mutanten waren auf dem Wasser benommen und geistesabwesend, deshalb erregte ihr Schweigen kein Misstrauen.

Steve hatte täglich Kontakt mit dem großen Mexikaner, aber den Übrigen erzählte er nichts über die wahren Verbindungen, und Side-Winder sagte er nichts darüber, was er über die Verknüpfungen der AMEXICO mit der anonymen Untergrundorganisation wusste, für die Totenkopf arbeitete. Oder darüber, dass er als einer der Mittelsmänner genannt worden war.

In der kurzen Zeit seit seinem Beitritt zur AMEXICO

hatte Steve gelernt, dass sich die Mitarbeiter nicht für die Einzelheiten der Arbeit anderer Mitarbeiter interessierten. Man stellte keine Fragen, und man gab nichts ohne vorherige Klärung durch das Operationszentrum am Rio Lobo preis. Side-Winder fragte nicht einmal, wie er und seine Freunde Ari-bani erreicht hatten. Soweit es ihn betraf, war das Steves Job – wie er ihm klargemacht hatte, als er Anstalten machte, über ihr Entkommen vom Reiherteich zu sprechen. Sein Job, sagte der große Mexikaner, sei, für ihre sichere Fahrt nach Bu-faro zu sorgen, und von dort zum Big Open. Abgesehen davon, wollte er nichts wissen.

Da er durch den kleinen vergitterten Lukendeckel zum Deck darüber nicht mehr als ein Stückchen Himmel sehen konnte, verbrachte Steve den größten Teil der Fahrt, indem er in der Nähe Clearwaters saß. Jodi und Kelso hatten für sich wenige Meter entfernt eine Lücke zwischen den Ballen gefunden. Es musste eine seltsame Erfahrung für sie sein, dachte Steve. Beide hatten vorher Mutanten gegenüber offene Verachtung gezeigt. Und jetzt waren sie hier und trugen die farbige Haut zur Schau, die das Kennzeichen ihrer größten Feinde war, und im Augenblick jedenfalls hing ihr Leben davon ab, wie gut sie diese Rolle spielen konnten.

Aus den Blicken, die sie ihm während ihrer Einfärbung zugeworfen hatten, war deutlich geworden, dass sie sich der Ironie ihrer Situation bewusst waren. Sie waren gezwungen gewesen, ihre eigenen bequemen Glaubenssätze und Vorurteile zu überprüfen. Keine leichte Sache nach einem Leben der schonungslosen Indoktrination, wie Steve am eigenen Leib hatte erfahren müssen.

Die Existenz reinhäutiger Mutanten war ihre erste große Überraschung gewesen. Die Tatsache, dass jemand mit den Fähigkeiten Clearwaters tatsächlich ein Mutant war, hatte sie sogar noch mehr verblüfft; und Clearwater hatte sie auch noch beiseitegeschleudert. Die Kraft, die sie gegen die Eisenmeister freisetzte, hatte sie verwirrt und mehr als ein wenig unsicher hinterlassen; was sich durch verlegenes Schweigen zwischen ihnen ausdrückte.

Steve verstand auch das. Er hatte genauso gefühlt, als er zum ersten Mal Zeuge ihrer Kräfte als Ruferin geworden war. Jodi und Kelso fanden es schwer, die fast übermenschliche Rächergestalt, die die Eisenmeister in Schach gehalten hatte, während sie in fieberhafter Hast die Raketenantriebwerke montierten, mit dem jungen, zerbrechlich aussehenden, blauäugigen Mädchen in Einklang zu bringen, das sich an Steves Schulter lehnte.

Aber sie kannten sie nicht so, wie Steve sie kannte. Sie kannten weder die Tiefe des Gefühls, das sie in einem erwecken konnte, noch die Wärme, mit der sie darauf antwortete. Sie sahen nur die Killermaschine, die im Augenblick deaktiviert war. Sie wussten nicht, dass sie nur ein Kanal war, durch den die Macht des Talisman auf die Erde fließen konnte.

Clearwater war durch die unbändigen Kräfte, die sie durchflossen hatten, ausgelaugt worden, physisch und emotional. Der erzwungene Aufenthalt hatte ihr Gelegenheit verschafft, auszuruhen und ihre Energie aufzufüllen, aber sie war immer noch still und sanft.

Steve legte ihr den Arm um die Schulter und zog sie an sich. »Bist du froh, nach Hause zu kommen?«

Sie schmiegte sich an ihn und legte die Stirn an seine Wange. »Ich bin glücklich, bei dir zu sein.«

»Das ist keine richtige Antwort. Was ist mit deinen Clanschwestern und -brüdern? Und mit Mr. Snow?«

»Sie sind nicht vergessen. Aber es ist schwer, weiter als bis zu diesem Augenblick zu denken. Wenn wir beisammen sind, besteht die Welt nur aus dir und mir.«

»Ja«, sagte Steve leise. »So habe ich auch gefühlt.«

Aber nicht jetzt. Die Zeit der Entscheidung ist nahe …

»Wann ist diese Reise zu Ende?«

»Ich weiß nur, dass wir einen halben Tag brauchen, um Bu-faro zu erreichen. Das ist an einem der Seen, die deine Leute den Großen Fluss nennen. Wenn wir ihn überquert haben, befinden wir uns auf dem Gebiet des Prärievolks – und haben eine lange Wanderung vor uns.« Bei dieser Aussicht tastete er nach der Verletzung an seiner Hüfte.

Gut gemacht, Stevie. Was für ein brillantes Timing.

Clearwater beugte den Kopf ein wenig zurück, sodass sie sein ganzes Gesicht sehen konnte. »Kennst du den Mann, der uns am Landeplatz entgegenkam, oder die anderen, die uns zum Raddampfer brachten? Wer sind sie?«

»Freunde«, erwiderte Steve.

»Wie ist das möglich? Sie sind Eisenmeister.«

»So?«

»Und der Mutant, der uns beaufsichtigt, der aber nicht zum Prärievolk gehört – ist er auch ein Freund?«

Steve ergriff ihre Hand und drückte sie. »Hör zu! Es spielt keine Rolle, wer er ist oder wer sie sind. Ich bin der einzige Freund, den du brauchst.« Er senkte die Stimme. »Ich habe Mr. Snow versprochen, dass ich dich sicher und heil zurückbringen würde. Um so weit zu kommen, musste ich lügen und betrügen und töten; und ich bin bereit, es immer wieder zu tun.«

»Und ich habe für dich getötet«, flüsterte sie. »Viele Male. Warum willst du es mir nicht sagen?«

»Frag mich nicht nach der Wahrheit! Ich weiß nicht mehr, was dieses Wort bedeutet. Die Welt ist eine Fata Morgana. Das einzige für mich Reale ist die Macht, das Gefühl, oder was auch immer uns zusammenbindet. Vielleicht nennt man es Liebe, oder es gibt ein anderes Wort dafür, das wir beide nicht kennen. Ich weiß nur, dass es sich nie ändern wird.«

Clearwater bedachte ihn mit einem langen, fragenden Blick, dann seufzte sie, als wisse sie etwas, das er nicht wusste, und sagte: »Das ist wahr, Wolkenkrieger. Die Macht der Liebe kann nicht vernichtet werden. Aber vielleicht wird die Welt uns verändern …«

Es war ein Glück, dass sie beschlossen hatten, die Reise als Mutanten verkleidet anzutreten, und nicht als gefangene Wagner. Bei den häufigen Aufenthalten wegen Fracht oder Passagieren am Kanal sah Side-Winder Soldaten am Ufer und hörte ihre Offiziere die Kapitäne fragen, ob sie Langhunde transportierten. Mehrere Raddampfer wurden von Hafenbeamten und Soldaten betreten, die Frachtpapiere und Passagierlisten überprüften und dann die Zwischendecks durchsuchten.

Die Sklavenmarken und gelben Karten Steves und der Übrigen wurden geprüft, und man leuchtete mit Laternen in dunkle Ecken, in denen sich ein blinder Passagier verbergen könnte. Selbst Cadillacs Kabine wurde betreten. Niemand hatte ihn gewarnt, dass so etwas geschehen könnte, aber der Mutant verlor seine Ruhe nicht. Er begann, die Yoko Mi-Shima zugedachte respektvolle Behandlung zu genießen, und spielte die Rolle perfekt; bis hinab zum wedelnden Fächer. Er beantwortete die höflichen Fragen der Beamten mit der gleichen Höflichkeit in höfischer Sprache und mit vornehmem Akzent. Niemand kam auf die Idee, dass die hinter der Maske verborgene Person nicht authentisch sein könnte, und seine Papiere wurden nie überprüft.

Der erste Kontaktmann hatte ihnen gesagt, man würde sie am Dock abholen, und wieder einmal erwies sich Totenkopfs Organisation als perfekt. Eine Sänfte für Yoko Mi-Shima wurde an Bord gebracht, und nachdem die übrigen Mutanten gefesselt worden waren, führten zwei koreanische Schreiber sie durch die verschiedenen Ebenen der Bürokratie und aus den Docks heraus.

Steve und die Übrigen hatten keine Ahnung, wer wer war oder was sie sagten, bis sie später wieder auf Cadillac trafen. Da stellte sich heraus, dass die Schreiber von einem reichen Sklavenhändler bezahlt gewesen waren, der kein anderer war als der Mann, dessen Namen Side-Winder Steve bei ihrem zufälligen Treffen bei Ari-bani gegeben hatte. Ein weiterer Beweis für die Verbindung des Mexikaners mit den Japanern. Es fragte sich nur, wie weit dieser Handel zwischen der Föderation und den Eisenmeistern ging.

Durch Schläge mit den Bambusstöcken vorangetrieben, folgten Steve, Jodi, Kelso und Clearwater der Sänfte durch die wimmelnden Straßen zur imposanten Residenz des Sklavenhändlers. Nur Cadillac wurde eingeladen, durch die Vordertür hineinzugehen; die Übrigen wurden in einen Pferch auf der Rückseite getrieben und eingeschlossen.

Der Pferch war einer von vielen, die alle mit Mutanten gefüllt waren. Unter einem vorspringenden Dach war ein mit einer dünnen Schicht verrottenden Strohs gedeckter Lattenrost, ein Stück über den Boden erhoben. Es gab einen Eimer voll Wasser zum Trinken oder Waschen –

falls jemand Lust dazu hatte – und einen weiteren Eimer für die Notdurft. Eine große Stufe hinunter von den feudalen Wohneinheiten, die Steve im Santanna-Turm entdeckt hatte.

Aus den schlüpfrigen Andeutungen, die Cadillac mit angehört hatte, während er aus den Docks getragen wurde, schien es, als seien seine Dienste – oder vielmehr die der maskierten Dame in der Sänfte – ebenfalls von dem Sklavenmeister gekauft worden. Unter Gelächter und geflüsterten Bemerkungen hatte eine lose Zunge enthüllt, dass der betreffende Herr ein Neureicher war, der keine Ausgaben gescheut hatte, um eine hochklassige Unterhalterin zu erwerben.

Zu Cadillacs Erleichterung unternahm sein neuer Besitzer in der Nacht keinen Versuch, einen Gegenwert für sein Geld zu bekommen. Am nächsten Morgen, als er sich für seine gute Unterbringung gratulierte, während sich die Übrigen im Hof halb zu Tode froren, fand sein verhätscheltes, parfümiertes Dasein jedoch ein plötzliches Ende. Einer der koreanischen Schreiber, die Yoko Mi-Shima im Hafen begrüßt hatten, trat in sein Zimmer und forderte ihn auf, seinen Segeltuchbeutel an sich zu nehmen. Dann öffnete er eine versteckte Tür und nötigte Cadillac eine enge Treppe hinunter in einen von mehreren Laternen erleuchteten Keller.

Clearwater erwartete ihn. Der Schreiber wies Cadillac an, seine Maske, die Perücke und die Kleider abzulegen. Als er damit fertig war, nahm der Schreiber alles mit sich nach oben. Clearwater kniete sich auf den Boden und durchsuchte den Inhalt des Beutels.

Cadillac kniete sich hilfsbereit neben sie. Sie holte einen Satz Körperfarben hervor. »Werden sie reichen?«

»Ja.« Sie malte die vertrauten Linien auf seinen Rücken und füllte die derart entstandenen Teilflächen mit den verschiedenen Farben aus. Das war etwas, das sie schon füreinander getan hatten, seit sie vom Rat der Clanältesten als seine Seelengefährtin gewählt worden war. Die Rückkehr zu seinen wahren Farben war der letzte Schritt zur Anerkennung, dass seine Bestimmung beim Prärievolk lag.

Clearwater sang leise vor sich hin, während sie die wasserfesten Farben in Cadillacs Haut einrieb. Es war eines der alten M'Call-Feuer-Lieder, das sie beide gut kannten. »Bist du traurig?«

»Nein. Was geschehen ist, war der Wille Talismans.« Cadillac seufzte. »Aber unsere gegenwärtige Lage beunruhigt mich.«

»Fürchtest du, dass etwas geschehen wird, das unser Entkommen verhindert?«

Cadillac zuckte die Achseln. »Wenn es so ist, sollte es so sein. Was mich bedrückt, ist, dass Brickman nicht länger allein ist. Weshalb helfen ihm diese Eisenmeister? Er erzählt mir nichts. Hat er mit dir gesprochen?«

*Wie seltsam,* dachte Clearwater. *Je mehr Farbe seinen Körper bedeckt, desto weniger spricht er mit der Stimme des Wolkenkriegers.* »Er sagt, wir müssten ihm vertrauen.«

Cadillac stieß ein bitteres Lachen aus. »Was könnte er sagen … außer der Wahrheit?«

»Du hast in seinem Geist gelesen.«

»Ja, aber nicht seine Gedanken. Du bist ihm näher, als ich es je sein könnte. Du kannst in seiner Seele lesen.«

»Manchmal.«

»Und was liest du?«

Clearwater war mit seinem Rücken fertig und begann

mit dem Gesicht. »Liebe. Tod. Betrug. Einen neuen Beginn …«

»Wirst du mir entfremdet?«

Sie zog eine feine Linie über seine Wangen und den Hals. »Ich weiß es nicht. Du hast die Steine gelesen. Aber was auch geschehen wird, ein Teil von mir wird immer bei dir bleiben.«

»Aber du wirst es nicht.«

Clearwater fasste ihn unters Kinn. »Wenn du das Schwert Talismans sein willst, muss deine Stärke nicht von mir kommen, sondern aus dir selbst.« Sie legte ihm einen Finger aufs Herz.

*Leichter gesagt als getan,* dachte Cadillac. Oh, süße Mutter! Weshalb muss das Leben so hart sein, so voller Schmerz?

Mit der Kleidung und Marke eines Mutanten versehen wurde Cadillac zusammen mit Clearwater wieder zu den anderen in den Pferch gebracht. Es war das erste Mal, dass er erfuhr, was es hieß, als Grasaffe in Ne-Issan zu leben. Der Pferch stank nach vollen Kübeln, und das wenige Essen, das es gab, war geschmacklos und unappetitlich. Und was am schlimmsten war, es gab keinen Sake.

Später an diesem Tag tauchte Side-Winder außerhalb des Pferches auf. Steve trat an den Holzzaun und redete mit dem Ankömmling. »Wieso haben sie dich vom Schiff gelassen?«

»Eine neue Panne. Alle haben Landurlaub, außer den Technikern.«

»Kommst du, um dich zu verabschieden?«

»Nein. Ich komme mit euch.« Der harte Mund des Mexikaners verzog sich zu einem glücklichen Grinsen. »Was hältst du davon?«

Steve lächelte ihn an. »Du wirst deine Beulen vermissen.«

»Ganz bestimmt nicht.«

»Ich kann es dir nachfühlen. Hör zu! Da du hier bist, und da du mit uns zurückreisen wirst, kann ich dich etwas fragen, das mich schon lange beunruhigt.«

»Aha. Und was wäre das?«

»Nun, ich kam nicht umhin festzustellen, dass du eine Menge schlitzäugiger Freunde hast. Wie wär's, wenn du mich einweihen würdest?«

Side-Winders offenes Lächeln wurde zu einem verlegenen Grinsen. »Kann ich nicht machen, Amigo. Versuch mal, Mutter zu fragen, wenn du wieder in Rio Lobo bist.«

»Glaubst du, er wird es mir erzählen?« Die Vorstellung eines mitteilsamen Karlstrom war sehr unwahrscheinlich.

»Weiß nicht …«

»Aber du wirst mir sagen, wie wir hier rauskommen.«

»Ja. Wir hauen heute Nacht auf einem Fischerboot ab, dann steigen wir auf zwei Schlauchboote mit Motor um und fahren zu einem Ort namens Long Point auf der anderen Seite des Eriesees.«

»Wird Mutter uns auflesen?«

Side-Winder nickte. »Beim ersten Tageslicht kommen zwei Himmelsreiter. Sie werden einen von uns vorn und zwei im Gepäckraum aufnehmen. Wenn alles gut geht, sind wir um Mitternacht in einem der Türme.«

Plötzlich erschien Steve diese Aussicht nicht sehr erfreulich. »Ich habe Jodi und Kelso versprochen, dass sie anständig behandelt werden würden, weil sie mir rausgeholfen haben.« Er sah dem Mexikaner ins Gesicht. »Ich hätte diese Sache ohne sie nicht abziehen können.«

»Dann gibt es nichts, worüber sie sich Sorgen machen müssten«, sagte Side-Winder. »Die Föderation kümmert sich um ihre Leute.« Er warf einen Blick auf Cadillac und Clearwater. »Was ist mit den Grasaffen?«

»Könnte ein Problem werden. Wenn sie die Himmelsreiter sehen …«

»Ja, also … du, ich und die beiden Piloten. Aber es sollte keine Schwierigkeiten geben. Ich glaube, einer deiner Freunde hat sein Herz für dieses Gebräu entdeckt. Was ist mit ihr?«

»Sie trinkt nicht.«

»Es gibt immer ein erstes Mal, Amigo. Zum Teufel, wenn wir die andere Seite erreichen, werden wir ein bisschen feiern, oder?«

»Richtig.«

»Also werden wir ein bisschen trinken. Vielleicht auch ein bisschen Gras rauchen. Dann rufen wir die Luftwaffe.«

»Verstanden.«

Side-Winder kräuselte die Nase. »Junge, hier stinkt's aber wirklich.«

»Ein bisschen.«

»Was ist mit deinem Bein; du hältst es so hoch?«

Steve zuckte die Achseln. »Besser als gar kein Bein.«

»Okay.« Side-Winder kniff ein Auge zu. »Ich seh später nach dir.«

Steve gesellte sich wieder zu Jodi und Kelso. Clearwater und Cadillac saßen am anderen Ende des Pferchs mit gekreuzten Beinen auf dem Stroh.

Kelso starrte gedankenverloren dorthin, wo Side-Winder eben gestanden hatte. »Dieser Bursche hat etwas an sich, das mich beunruhigt.«

Steve setzte sich neben ihn. »Das bildest du dir ein. Er ist einer von uns.«

»Ein Föderierter.«

Jodi blickte die beiden an, sagte aber nichts.

»Mit diesen Dinks unter einer Decke …«

Steve nickte. »Das hat mich auch überrascht. Es beweist nur, dass man von der Ersten Familie nicht loskommt, ganz gleich, wie weit man geht.«

Kelso nickte düster. »Wissen die, dass wir unseren Kopf aufs Spiel gesetzt haben, um dir zu helfen?«

»Sie werden es erfahren. Ich habe ihm davon erzählt.«

»Und was hat er gesagt?«

»Die Föderation kümmert sich immer um ihre Leute.«

Kelso warf Jodi einen Blick zu und hob die Augenbrauen.

Es war noch dunkel, als Side-Winder die Schwimmwesten verteilte. Sie verließen hinter ihm das Fischerboot und stiegen in die beiden Schlauchboote. Clearwater und Cadillac stiegen zu Side-Winder, Jodi und Kelso gingen zu Steve in das andere Boot. Sie stießen sich ab, warfen die mit flüssigem Methan betriebenen Außenbordmotoren an und rasten nach Westen. Hinter ihnen sah Steve die rechteckigen Segel des Fischerboots gegen einen Himmel, der bereits hell wurde.

Ihr Ziel war eine seltsame, nadelartige Landspitze von rund dreißig Kilometern Länge. Beide Schlauchboote waren mit Kompassen ausgerüstet, aber Steve richtete den Blick auf das kleine blaue Hecklicht des Mexikaners etwa fünfzig Meter vor ihnen. Er übergab Jodi das Steuer und setzte sich am Bug zu Kelso.

»Was ist los mit Jodi?«

Kelso warf ihm einen seltsamen Blick zu. »Sie hat ihr Herz geändert.«

»Was meinst du damit?«

»Sie will nicht zurück.«

Steve nahm es gelassen auf und wandte Jodi den Rücken zu, um sie nicht anzuschauen. »Ach ja? Wann denn?«

»Ich denke, es fing bald nach der Landung an. Diese ganzen Dinks; und dann dein Freund Side-Winder …« Kelso zuckte die Achseln.

Steve lachte und schüttelte den Kopf. »Hat sie geglaubt, wir könnten es allein schaffen? Woher, zum Teufel, glaubt sie, kommt dieser ganze Sprengstoff und das übrige Zeug?«

»Sicher. Sie wusste, auf was sie sich einließ. Es ist nur, dass … Also, sie hat sich daran erinnert, was am anderen Ende der Reise auf uns wartet. Lass uns vernünftig sein. Das hier ist eine große Sache, richtig? Es hat sie erschreckt.«

Steve seufzte. »Übernimm das Steuerruder.«

Jodi kam zu ihm. Sie sahen sich einander eine Weile an.

»Kelso hat mir erzählt, dass du nicht zurückwillst«, sagte er schließlich.

Sie antwortete nicht.

»Was ist los – traust du mir nicht?«

Wieder keine Antwort.

»Komm schon, Jodi! Ich war immer ehrlich zu dir. Sei du es auch zu mir.«

Sie sagte nichts. Die Zeit verging. Endlich sah sie ihn wieder an. Ihr Blick war trotzig. »Hat Dave dir auch gesagt, dass er ebenfalls nicht zurückwill?«

Sie wandten sich beide um und warfen einen Blick auf Kelso. Er sah in Steves Augen, was los war, und breitete entschuldigend die Hände aus. Steve gab ihm durch ein Nicken zu verstehen, dass er begriffen hatte, und wandte den Blick ab. Vor ihnen lag die schäumende Kielwasserspur, die das Boot Side-Winders erzeugte. Steve fragte sich, wie der große Mexikaner mit Cadillac und Clearwater zurechtkommen mochte. Und ob ihm klar war, dass sie wussten, keinen echten Beulenkopf vor sich zu haben. Er musste an Mr. Snow denken. Und daran, wie Mr. Snow ihm beigebracht hatte, zu denken – wirklich nachzudenken; über die Welt um ihn und die Tatsache, dass er ein Teil in einem größeren Plan der Dinge war.

Was für ein Durcheinander! So viele Versprechen so vielen Leuten gegenüber. Wie es sich auch entwickelte, jemand würde in den Schacht rutschen. Das Gesicht seiner Blutsschwester Roz tauchte vor seinem inneren Auge auf. Er vertrieb alles andere aus seinem Denken, konzentrierte sich auf ihr Bild und versuchte, Kontakt herzustellen. Trotz der Barrieren, die er errichtet hatte, war ihre Stimme manchmal zu ihm durchgedrungen. Wie auf der Fähre zum Hauptzentrum, als er unter Bewachung und in Lebensgefahr gewesen war.

*Komm schon! VERSUCH ES. Du steckst nur wegen Roz in diesem Schlamassel!*

Eine angenehme Kühle breitete sich in seinem Kopf aus, als sie zueinander durchbrachen. Er war sich gewichtsloser und formloser geisterhafter Leiber bewusst, die einander umarmten und miteinander verschmolzen. Er war sowohl Beobachter als auch Teilnehmer. Der Kontakt war nie zuvor so stark gewesen. Ihre Stimme war direkt in seinem Kopf. Es geschah alles wortlos, aber er begriff, was er zu tun hatte. Eine tiefe Ruhe vertrieb seine Seelenqual.

Er richtete sich auf und stellte fest, dass Jodi ihn an der Schulter rüttelte. »He! Bist du okay?«

»Was? Ja, sicher.«

»Ich habe mir schon Sorgen um dich gemacht.«

Steve blinzelte. »Ich habe nur ein bisschen nachgedacht.«

»Und …?«

»Würde es dich sehr überraschen, wenn ich wie du dächte?«

Jodi starrte ihn ungläubig an. »Willst du mich auf den Arm nehmen?«

»Nein. Ich meine es ernst. Wohin wollt ihr beide abhauen?«

»Wyoming«, sagte sie zögernd. »Wir … ah … wir wollen versuchen, uns zu Malone und den anderen Jungs durchzuschlagen.«

»Könnte nicht besser sein. Ich habe denselben Weg.«

Jodi kroch zurück zu Kelso und erzählte ihm die Neuigkeit. Er bedeutete Steve, zu ihnen zu kommen, und fragte laut, um den Motor zu übertönen: »Wie sollen wir's anstellen?«

»Wir sind fünf, und sie nur drei. Sollte nicht besonders schwierig sein.«

»Wie wär's, wenn du deine Freundin Clearwater um Hilfe bitten würdest?«

Steve schüttelte den Kopf. »Mutantenmagie kann man nicht einfach ein- und ausschalten. Außerdem ist es zu riskant. Du hast gesehen, was am Reiherteich passiert ist. Die Flugzeuge wären fast von den Wagen gehüpft. Wir wollen doch nicht, dass sie die Verdrahtung dieser Himmelsreiter lockert.«

»Was stellst du dir vor?«

Steve legte die Hand auf den Segeltuchsack. »Fragt mich nicht, weshalb ich sie nicht fortgeworfen hab. Aber hier drinnen sind fünf Gasmasken, und …« – er griff in seine

Tunika und beförderte eine graue Blechdose zutage – »... hier ist eine Gasgranate.«

Kelso nahm die Granate aus seiner Hand, und Jodi schrie vor Entzücken auf und legte Steve den Arm um den Nacken. Beide landeten auf dem Boden des Bootes. Sie schmiegte ihre Wange an seine und küsste ihn mehrmals fest auf den Mund.

»Jodi! Dein Gesicht ist wie ein Eisblock!«

»Deins auch. Mach dir nichts draus. Du bist ein toller Bursche, weißt du das?«

»Ich schulde dir was – weißt du noch?«

Long Point stellte sich als ein unfreundlicher Landstreifen heraus, der fast vollständig aus Sanddünen bestand, die von windzerzausten Büscheln langen Grases bewachsen waren. Sie folgten den Anweisungen Side-Winders und zogen das Schlauchboot auf den Strand. Side-Winder orientierte sich und stellte fest, dass sie etwa vierhundert Meter zu weit östlich waren.

Als er einen der Traggriffe des Bootes anpackte, traten Jodi und Kelso herbei und halfen ihm, und überließen das andere Boot Steve, Cadillac und Clearwater. Steve sagte ihnen in knappen Worten, was geschehen würde, während sie hinter den übrigen her den Strand entlanggingen. Sie nahmen jeder eine Gasmaske aus dem Beutel, verstauten sie in ihrer Tunika und bemühten sich nach Kräften, so mutlos wie zuvor auszusehen.

Side-Winder fand, wonach er gesucht hatte: eine große Luke unter einer raffinierten Anordnung von Sand und Kieseln, wie sie für diesen Strandabschnitt typisch waren. Dies war keine vorübergehende Anordnung; es war der Transitpunkt für Reisende nach und von Ne-Issan.

Nach Entfernen der Motoren und Treibstofftanks ließen sie die Luft aus den Schlauchbooten und verstauten alles in dem Geheimversteck. Side-Winder holte ein Funktelefon, einen Kocher, Kochtopf, eine Packung Eiswürfel, einen Sechserpack Kunststoffbecher mit Aromabeuteln (Java und Sweet'n'White) und eine Flasche hervor – die er an Cadillac weitergab. Sie schlossen die Luke wieder, schoben mit den Füßen Sand über die Ränder und trugen ihr Gepäck und das Frühstück ein Stück landeinwärts.

Sie fanden eine grasbewachsene Fläche. Ein früherer Besucher schien vor längerer Zeit einen breiten Streifen des Grases gemäht zu haben. Side-Winder stellte den Kocher auf, zog den Zündstreifen, und legte die Eiswürfel in den Topf. Wenige Minuten später wärmten er und die übrigen drei Wagner sich die Hände an Bechern mit heißem Java.

Side-Winder, der jetzt alle Versuche aufgegeben hatte, einen Mutanten darzustellen, inhalierte genussvoll das Aroma. »Ahhh. Das ist guter Stoff. Erinnert einen an all die Sachen, die man vermisst hat.«

»Recht hast du«, sagte Kelso, der im Kopf eine Liste mit all den guten Sachen entwarf, die er vom Strand mitnehmen würde, bevor er verschwand.

Side-Winder wandte sich an Cadillac und Clearwater. Die beiden Mutanten hockten über dem Kocher. Clearwater wärmte sich die Hände, Cadillac hätschelte die geöffnete Flasche Sake. »Guter Stoff, he? Wie ich gesagt hab, hä?«

Cadillac nickte und nahm noch einen Schluck.

»Sag deinen Freunden, sie sollen es auch mal versuchen«, drängte Side-Winder. »Na los!«, wandte er sich an Clearwater. »Er wärmt dich schneller auf als der Kocher.«

Clearwater nahm einen Schluck und umklammerte ihren Hals, während ein Hustenanfall sie schüttelte.

»Das ist in Ordnung«, sagte Side-Winder. »Das ist immer so. Mach nur weiter! Beim zweiten Schluck fühlst du dich schon besser.« Er sah ihr zu, wie sie die Flasche wieder an sich nahm und nochmals trank. »So ist's richtig. Siehst du? Übung macht den Meister.«

Clearwater ließ die Flasche sinken, kicherte und hielt sich die Hand vor den Mund. Sie fiel gegen Cadillac und hätte beinahe das Gleichgewicht verloren. »Hicks!«

Side-Winder griff nach der Flasche. »Vorsicht! Nicht, dass du etwas verschüttest!« Er bot die Flasche den Übrigen an. Niemand reagierte. »Keine Interessenten?« Er hob Cadillac die Flasche entgegen. »Umso mehr für dich und mich!« Er trank und hielt die Flasche den beiden Mutanten hin. »Okay, wer will?«

Clearwater griff daneben, aber Cadillac packte richtig zu. Er setzte die Flasche an die Lippen, legte den Kopf in den Nacken und trank.

»He, he! Lass es langsam angehen!«, rief der Mexikaner. »Lass was für Blauauge und mich übrig!«

Cadillac sackte betrunken vornüber und ließ es geschehen, dass Clearwater ihm die Flasche abnahm. Sie trank und kicherte wieder. »Es macht, dass sich der Boden bewegt.«

»Nein«, sagte Side-Winder. »Das ist nicht der Sake. Wir waren lange auf dem Wasser. Das Schlingern des Bootes lässt den Boden sich scheinbar bewegen. Trink noch was, dann fühlst du gleich nichts mehr.«

Drei Minuten später waren beide Mutanten im Aus.

Side-Winder trank die letzten Tropfen aus der Flasche und blickte Steve an. »Siehst du? Ich habe dir ja gesagt, dass es kein Problem sein würde. Diese Affen vertragen das Zeug nicht.« Er stand auf, stöpselte die leere Flasche zu und schaltete das Funkgerät ein. »Hier ist Farmboy. Sky-Bucket, bitte kommen. Wie ist der Empfang? Over.«

Ein leises statisches Rauschen war zu hören, dann: »Bei Fünf Strich Fünf, Farmboy. Sky-Bucket Eins und Zwei hier. Over.«

»Roger, Sky-Bucket, ihr könnt landen. Sagt Mutter, wir haben eine volle Ladung.«

»Verstanden, Farmboy. Wir sind unterwegs.«

Jodi sah sie als Erste. Sie deutete über den See. Steve und Kelso drehten sich um und erblickten zwei geflügelte Punkte, aus denen rasch zwei anthrazitgraue Himmelsreiter wurden. Side-Winder fuhr fort, den Piloten kurze Anweisungen zu geben.

Die ankommenden Flugzeuge beschrieben vorsichtshalber eine Schleife, dann drehten sie gegen den Wind und setzten aus westlicher Richtung zur Landung an. Sie waren nur wenige Sekunden auseinander. Der Himmel war im Westen immer noch grau, aber im Osten breitete sich am Horizont ein helles Orange aus.

Die beiden dickleibigen Himmelsreiter gingen auf dem gemähten Streifen nieder, rollten auf die Wartenden zu und hielten neben ihnen an. Für Steve stellten sie einen vertrauten Anblick dar; er war schon zweimal als Passagier mitgeflogen. Beim ersten Mal mit Donna Lundkwist von der Pueblo-Zwischenstation, dann mit einem anonymen MX-Piloten, der ihn nach Nebraska gebracht hatte.

Die Flugzeuge gehörten der zweiten Generation an und waren aus ganz neuen Materialien erbaut. Sie waren mit geschlossenen Cockpits, mehr Instrumenten und allem erdenklichen Komfort ausgestattet. Für Steve waren sie eine große Überraschung; sie ließen den Himmelsfalken, das langgediente Arbeitspferd der Föderation, wie ein Gerät aus der Steinzeit und Cadillacs hübsche Flugpferde wie einen Witz erscheinen.

*Yeah. Du müsstest sie der Ersten Familie zugänglich machen. Sie waren immer einen Schritt voraus. Hatten immer eine Antwort …*

Steve hatte Jodi und Kelso mit knappen Worten auf das vorbereitet, was sie erwartete. Aber jetzt, da die Flugzeuge hier waren, war der Drang, einen näheren Blick auf sie zu werfen, unwiderstehlich. Er lief mit den beiden auf die Himmelsreiter zu und ließ Side-Winder und die halb bewusstlosen Mutanten zurück.

Der Mexikaner ließ noch ein paar Eiswürfel in den Topf fallen. Cadillac schnarchte betrunken. Clearwater machte vergebliche Versuche, sich aufzurichten, aber ihr Kopf fiel immer wieder nach unten.

Die beiden Piloten nahmen ihre schwarz verglasten Helme ab, stellten sie auf die Instrumentenkonsole, öffneten die vorn aufklappbaren Perspex-Hauben und kletterten ins Freie. Der schmallippige Bursche, der Steve nach Nebraska geflogen hatte, war versteckt und anonym geblieben. Dieses Paar hatte sogar gewebte Namensschilder. BLACKWELL, B. und RITCHIE, K. – das menschliche Gesicht der AMEXICO.

Die drei Wagner tauschten Grüße mit den Piloten aus, die voller Zurückhaltung ihre gefärbten Gesichter betrachteten, als sie ihnen die Hände schüttelten.

»Die Färbung ist eine Schutzmaßnahme«, erklärte Steve.

»Gut zu hören«, sagte BLACKWELL, B. Er warf einen Blick auf die drei Gestalten am Kocher. »Einen Augenblick lang dachte ich, wir wären in einen Mutantenkonvent geplatzt.«

Jodi begutachtete das Cockpit. »He, Dave! Sieh dir nur diese Instrumente an! Fantastisch!«

»Ist es in Ordnung, wenn ich mich mal kurz reinsetze? Nur, um zu sehen, wie man sich fühlt?«, fragte Steve.

»Nur zu!«

Während Steve ins Cockpit stieg, schüttelte Kelso RITCHIE, K. die Hand und stellte sich vor. »Kelso, Klasse von ’77. Kenne ich Sie nicht von irgendwo her?«

Der babygesichtige RITCHIE, K. lächelte. »Ich glaube kaum. Das war vor meiner Zeit.« Er wandte sich Side-Winder zu, der kam, um die Piloten zu begrüßen.

»Wir haben heißen Java für euch, Jungs.«

»Prima«, erwiderte BLACKWELL, B. »Java haben wir das letzte Mal getrunken, bevor wir das HZ verließen.«

Steve tauschte Blicke mit Jodi und Kelso und schloss die Haube über dem Cockpit. Der Pilot hatte in seinem Helm ein Paar schwarze Lederhandschuhe abgelegt. Steve zog sie an. Er blickte auf und sah die beiden Wagner um die Nase des Flugzeugs auf die zweite Maschine zugehen.

Die beiden Piloten standen bei Side-Winder, der die Aromabeutel in die Becher gab, kochendes Wasser darübergoss und die Becher weitergab.

BLACKWELL, B. rührte um und warf einen Blick auf Clearwater und Cadillac. »Sie sehen satt aus.«

»So satt waren die noch nie«, sagte Side-Winder.

RITCHIE, K. nahm einen Schluck Java. »Ist es okay, wenn wir sie hierlassen, solange sie einen Kater haben?«

»Klar.«

»Was ist mit den beiden Renegaten?«

»Kein Problem. Blindgänger hat ihnen gesagt, sie seien Helden.« Side-Winder warf einen Blick auf die Himmelsreiter und sprang auf die Füße. »Was, zum Teufel …?«

Die beiden Piloten wirbelten herum und fluchten bei dem Anblick, der sich ihnen bot. Die Cockpithaube des ersten Flugzeugs war geschlossen – und von weißem Rauch erfüllt. Sie ließen ihre Becher mit Java fallen und rannten zu dem Himmelsreiter. Als sie ankamen, sahen sie jemanden von innen mit den Fäusten gegen die Abdeckung hämmern.

RITCHIE, K. packte den Griff der Haube und zog. »Scheiße! Es ist verriegelt. Versuch es mit der anderen Seite.«

BLACKWELL, B. lief um die Nase des Flugzeugs, während Jodi und Kelso vom anderen Flugzeug hergelaufen kamen.

»Christoph!«, rief Jodi. »Es brennt!«

»Aus dem Weg!«, schrie BLACKWELL, B. Er packte den Griff. »Okay, Ritchie! Ich hab's! Heben!«

Die Haube flog hoch, Rauch quoll heraus und gab eine Gestalt mit einer Gasmaske frei. Die beiden Piloten wichen einige Schritte zurück, als der Rauch sie erreichte, und schlangen ihre Arme um Brust und Kehle. Steve warf sich aus dem Cockpit und entwaffnete RITCHIE, K. Kelso, der jetzt ebenfalls eine Gasmaske trug, kümmerte sich um BLACKWELL, B.

Side-Winder, der etwa einen Meter hinter RITCHIE, K. stand, hatte einen Sekundenbruchteil vor dem Piloten begriffen, was geschah. Er wirbelte herum und versuchte zu entkommen, aber er sah sich einer maskierten Clearwater gegenüber. Bei seinem Versuch, sie beiseitezuschleudern, fiel er der Länge nach über Cadillac, der hinter ihm kauerte.

Jodi, die sich gleich nach ihrem Aufschrei die Maske übergezogen und unter das Flugzeug geduckt hatte, ließ sich auf den großen Mexikaner fallen und half Clearwater, ihn am Boden zu halten, bis er zu keuchen anfing. Als sie ihn losließen, rollte er sich auf den Rücken, krümmte sich vor Schmerzen und schnappte nach Luft.

Steve half Kelso, Side-Winder zum Feuer zu tragen und ging dann zurück, um nach den beiden Piloten zu schauen. Jodi versuchte, Cadillac wieder auf die Füße zu bringen. Nachdem die Piloten neben Side-Winder gelegt worden waren, zog Kelso die schwere Luftpistole, die er BLACKWELL, B. abgenommen hatte, und richtete sie auf den Kopf des Piloten.

Jodi stieß die Pistole beiseite. »Nein, Dave! Bitte, tu es nicht!« Ihre Stimme klang durch die Maske gedämpft.

»Also gut.« Kelso erleichterte die beiden Männer um ihre Schulterhalfter, dann suchte er Side-Winder nach verborgenen Waffen ab.

Nichts. Nur das Funktelefon …

Clearwater nahm die leere Sakeflasche auf, steckte sie dem Mexikaner in die Tunika und tätschelte ihm zum Abschied die Wange. Dann nahm sie den Segeltuchbeutel an sich und ging mit Jodi und Kelso zum Flugzeug. Cadillac war schon wieder hingefallen.

»Überlass ihn mir«, sagte Clearwater.

»Wie kommt es, dass du noch auf den Füßen bist?«, erkundigte sich Kelso.

»Ich habe längst nicht so viel getrunken, wie ihr dachtet«, sagte sie.

Jodi und Kelso halfen Steve, das zweite Flugzeug herumzudrehen, sodass sein am Heck montierter Propeller auf das Backbord seiner Schwestermaschine wies. Steve zog sich unter Schmerzen an Bord, löste die Bremsen und hieb auf den Startknopf, dann öffnete er weit das Frischluftgebläse, um das Gas aus dem Cockpit zu blasen.

Er wartete gut zehn Minuten, dann verringerte er die Frischluftzufuhr und kletterte hinaus, ließ den Propeller aber an. »Okay. Wer möchte die erste Lunge voll nehmen?«

»Cadillac.« Clearwater schob ihn nach vorn. »Mach dir nichts draus. Er wird nichts spüren.«

Steve zog Cadillac die Maske ab, schlug ihm leicht auf die Wange, um seine Aufmerksamkeit zu erwecken, und brüllte ihm ins Ohr: »Atme! Tief!«

Cadillac tat, wie geheißen, und zeigte keine negativen Reaktionen. Steve nahm ebenfalls seine Maske ab und warf sie fort. Die Übrigen folgten seinem Beispiel.

»Okay. Lasst uns aufbrechen!« Steve stieß Cadillac Kelso in die Arme. »Verstau ihn im Frachtraum! Wenn er wach wird, sind wir fast in Wyoming.«

Kelso zögerte. »Was ist mit all den guten Sachen am Strand?«

Steve ergriff den Sack und machte sich mit Clearwater zum zweiten Flugzeug auf. »Vergiss es, Dave. Wir können uns keinen Aufenthalt mehr leisten.«

»Bist du verrückt? Bis wir Malone finden, stecken wir bis zu den Ärschen im Schnee! Wir brauchen einiges von dem Zeug! Hör zu, gib uns fünfzehn Minuten, so viel aufzusammeln, wie wir tragen können.«

»Also gut. Aber beeilt euch!«

Jodi und Kelso stopften Cadillac in die kleine Gepäckluke, die sie offen ließen, und liefen dann zum Strand. Steve half Clearwater in den Sitz im Cockpit, verstaute den Beutel, schlenderte zu Kelsos Flugzeug hinüber und warf den Motor an, sodass sie sofort starten konnten. Wo die AMEXICO die Hände im Spiel hatte, war es am besten, nichts dem Zufall zu überlassen.

Am Strand war Kelso in die wasserdichte Höhle hinabgesprungen und warf so viele Gegenstände hinaus, wie er nur konnte. Erste-Hilfe-Päckchen, Nahrungsmittelrationen, Filtriergeräte. Es gab genug, um eine Bande ein Jahr lang zu versorgen.

Jodi kniete auf dem Boden, sammelte so viel wie möglich ein und stopfte es in zwei Beutel mit Reißverschluss, die Kelso ebenfalls gefunden hatte. »Dave! Wir haben nur noch vier Minuten! Mach doch endlich Schluss!«

Kelso warf weitere Päckchen hinaus. »Sind die Beutel voll?«

»Ja! Komm schon; hör auf, rumzuwühlen; wir müssen abhauen!«

»Okay. Geh schon mal vor. Wenn er dich sieht, weiß er, dass ich hinter dir bin.«

Jodi schnappte sich einen der Säcke und sah ungeduldig auf Kelso hinab. »Du hast noch genau drei Minuten und neunzehn Sekunden. Wenn du nicht am Flugzeug bist, haue ich ohne dich ab.«

»Um Himmels willen, ich komme ja schon.« Kelso machte sich daran, aus dem unterirdischen Vorratslager zu klettern.

Jodi machte sich zu den wartenden Himmelsreitern auf. Kelso kniete mit dem Rücken zu ihr und raffte weitere Päckchen in seinen Beutel. Als Jodi außer Sichtweite war, griff er in seine Tunika, holte Side-Winders Funktelefon hervor und aktivierte es.

»Mayday, Mayday, Mayday. Hier ist Rattenfänger. Rattenfänger an alle Mutter-Stationen. Kann mich jemand hören? Over.«

Statisches Rauschen. »Rattenfänger, hier ist Sky-Bucket Drei. Wir haben Ihr Mayday bei Fünf Strich Fünf. Aktivieren Sie Ihren Such- und Rettungskanal, oder beschreiben Sie die Art des Notfalls. Over.«

Kelso lief mit dem prallvollen Sack auf dem Rücken auf die Flugzeuge zu. Steve und Clearwater saßen im geschlossenen Cockpit, die Helme auf den Köpfen, angeschnallt und bereit zum Abflug. Kelso streckte den Daumen in die Höhe, warf seinen Sack neben den schlafenden Cadillac in die Frachtluke und schloss sie. Jodi saß auf dem Pilotensitz. »Rutsch rüber!«

Jodi folgte seinem Befehl unwillig. »Wo, zum Teufel, bist du noch so lange gewesen?«

»Ich bin hier, oder? Lass mich erst mal verschnaufen.« Kelso drehte den Motor auf und machte rasch die Checks, die Jodi ihm vorlas. Sie sahen Steve sein Flugzeug drehen und ans Ende der Landebahn fahren. Kelso folgte ihm. Er stülpte sich den Helm, den BLACKWELL, B. zurückgelassen hatte, auf den Kopf. Der Kanal zur Verständigung zwischen den Flugzeugen war eingeschaltet.

Steves Stimme kam durch den Kopfhörer. »Hier ist Big Open Airways, Flug Eins startbereit. Wie steht es mit dir?«

»Okay«, erwiderte Kelso. »Verbrennen wir das Gras.«

Steve warf einen Blick zu Clearwater hinüber und drückte ihre Hand. »Angst?«

»Nein.« Ihr Lächeln war beherrscht und versonnen. »Ich habe immer gewusst, dass wir eines Tages zusammen fliegen würden.«

Steve justierte die Landeklappe, öffnete die Haube weit und löste die Bremse. Der Himmelsreiter senkte die Nase, als er einen Satz nach vorn machte, nahm wieder seine normale Stellung ein, und bald glitten sie übers Gras und aufs offene Wasser hinaus. Der östliche Horizont war jetzt goldüberströmt. Steve warf einen Blick über die Schulter zurück und sah, dass der Himmelsreiter hinter ihnen aufstieg und nach Westen abdrehte. Zum ersten Mal seit langer Zeit fühlte er sich wirklich glücklich.

Rund dreißig Minuten nachdem die beiden Himmelsreiter die Landspitze Long Point verlassen hatten, kam ein zweites Paar Flugzeuge aus südlicher Richtung hereingeflogen. Sie landeten ohne den üblichen Aufklärungsflug und blieben schließlich dicht bei den reglosen Mexikanern stehen.

Der erste Pilot trug einen MX-Spezialkoffer für Erste Hilfe bei sich. Er öffnete ihn, nahm einen Satz bereits gefüllter Spritzen heraus und verpasste jedem der Männer eine Injektion. Es war ein Gegenmittel für Spätfolgen des Nervengases und garantierte, dass das Opfer nach einer halben Stunde so gut wie neu war.

Nach einer Weile half der erste Pilot Side-Winder und den beiden Männern auf die Füße, und nach anfänglichem Keuchen und Würgen sogen die drei begierig die frische Luft ein.

»Junge«, sagte Side-Winder, »das Zeug haut einen wirklich um.« Er griff in seine Tunika und fand die leere Sakeflasche. Er warf sie lachend fort. Was die Ausreißer nicht wussten, war, dass die AMEXICO bestimmt zuletzt lachen würde.

Der zweite Pilot kehrte zu seiner Maschine zurück und sprach über eine offene Ultrahochfrequenzverbindung mit einem Funkorbiter. »Sky-Bucket Drei an Cloud-Cover. Botschaft an Mutter. Blindfänger-Transporter mit Rattenfänger und drei Zielen, Null-Sechs-Fünfzehn. Erbitten Bestätigung. Over.«

Commander Karlstrom verließ den zentralen Kommunikationsraum und machte sich zum Weißen Haus auf, um die Botschaft dem General-Präsidenten persönlich zu überbringen. So weit, so gut. Mit ein wenig Hilfe hatte sich Brickman ausgezeichnet geschlagen. Er hatte bei den Eisenmeistern keinen Zweifel daran gelassen, dass die Föderation eine Macht war, mit der man rechnen musste, und er hatte Cadillac und Clearwater wieder auf das Haupt-Spielbrett zurückgebracht. Er hatte sogar einen Mit-Mexikaner befreit: Rattenfänger, den Renegaten, den er als Kelso kannte.

Trotz der Jahre des Programmierens war es unmöglich, vorauszusagen, wofür sich Brickman letzten Endes entscheiden mochte, aber Kelso würde zuverlässig verhindern, dass er den großen Spielplan gefährdete. Und durch Roz konnte er auf subtilere Weise beeinflusst werden. In ihrer Eile, fortzukommen, war Brickmans Gesellschaft gestartet, ohne zu erkennen, dass es auf Long Point außer Nahrungsmitteln auch Treibstoffvorräte gab. Die beiden Himmelsreiter waren schon mehrere Hundert Kilometer geflogen – sie würden lange vor Wyoming aufgetankt werden müssen.

Sie würden also in feindlichem Gebiet landen müssen, aber Kelso alias Rattenfänger war genau über die Stelle instruiert worden. Nachdem sie Gelegenheit gehabt haben würden, sich zurechtzufinden, würden sie sich unter alten Freunden wiederfinden. Von diesem Punkt an würde – mit oder ohne Brickmans Hilfe – das nächste Stadium der Operation beginnen …

*Die folgende Liste umfasst die bei den Eisenmeistern gebräuchlichen Bezeichnungen für die in diesem Band erwähnten Städte und Gebiete:*

| | |
|---|---|
| Ari-bani | Albany, NY |
| Ari-dina | Reading, Pa |
| Ari-geni | Allegheny River |
| Ari-saba | Harrisburg, Pa |
| Aron-giren | Long Island, NY |
| Atiran-tikkasita | Atlantic City, NJ |
| Awashi-tana | Washington, DC |
| Awiri-kasaba | Wilkes Barre, Penn |
| Awirimasa-poro | Williamsport, Penn |
| Awo-seisa | Worcester, Mass |
| Baru-karina | Brooklyn, NY |
| Bari-timoro | Baltimore, Md |
| Ba-satana | Boston, Mass |
| Bei-sita | Bay City, Mi |
| Bu-faro | Buffalo, NY |
| Du-aruta | Duluth, Minn |
| Eri-siren | Ellis Island |
| Firi | Philadelphia, Penn |
| Fyah-jina | Virginia |
| Govo-nasa | Governor's Island, NY |
| Hui-niso | Windsor, Ontario |
| Iri | Lake Erie |
| Iyuni-steisa | United States (of America) |
| Kara-li | Carlisle, Penn |

| | |
|---|---|
| Kari-faran | Cleveland, Ohio |
| Karo-rina | Carolina |
| Kei-pakoda | Cape Cod, Mass |
| Konei-tika | Connecticut River |
| Mana-tana | Manhattan I, NY |
| Mah-ina | Maine |
| Mara-bara | Marlboro, Mass |
| Masa-chusa | Massachusetts |
| Mei-suri | Missouri River |
| Midiri-tana | Middletown, Penn |
| Mira-woki | Milwaukee, Minn |
| Mi-shiga | Lake Michigan |
| Nofo-skosha | Nova Scotia |
| Nya-gara | Niagara Falls |
| Nyo-jasei | New Jersey |
| Nyo-poro | Newport, RI |
| Nyo-yoko | New York City, NY |
| Ori-enita | Orient Pt, LI |
| O-hiyo | Ohio River |
| Porofi-danisa | Providence, RI |
| Pi-saba | Pittsburgh, Penn |
| Ro-diren | Rhode Island |
| Sa-piryo | Lake Superior |
| Sara-kusa | Syracuse, NY |
| Skara-tana | Scranton, Penn |
| Sta-tana | Staten I, NY |
| Taro-ya | Troy, NY |
| Uda-sona | Hudson River |
| Uti-ka | Utica, NY |